LE GRAND MONDE

Pierre Lemaitre est écrivain et scénariste. Ses romans sont récompensés par de nombreux prix littéraires nationaux et internationaux. En 2013, le prix Goncourt lui est décerné pour *Au revoir là-haut*, premier volet de sa trilogie *Les Enfants du désastre* (*Au revoir là-haut*, *Couleurs de l'incendie*, *Miroir de nos peines*). En 2018, il reçoit le César de la meilleure adaptation avec Albert Dupontel pour ce même roman. Ses romans sont traduits en plus de quarante langues.

Paru au Livre de Poche :

LES ENFANTS DU DÉSASTRE

Au revoir là-haut

Couleurs de l'incendie

Miroir de nos peines

LES ANNÉES GLORIEUSES

Le Grand Monde

ROMANS NOIRS

Robe de marié

Cadres noirs

Trois jours et une vie

Le Serpent majuscule

Romans noirs (*intégrale*)

LA TRILOGIE VERHŒVEN

Travail soigné

Alex

Rosy & John

Sacrifices

Verhœven (*intégrale*)

PIERRE LEMAITRE

Le Grand Monde

Les Années glorieuses

ROMAN

CALMANN-LÉVY

Contenus pédagogiques à l'intention des enseignants disponibles sur livredepoche.com

ISBN : 978-2-253-94084-5 – 1re publication LGF

À Pierre Assouline
avec mon amitié

Pour Pascaline

Il y aurait des romans à écrire.

Lucien BODARD,
La Guerre d'Indochine

Si on peut être sûr d'une chose, c'est qu'aucune histoire n'est jamais vraiment terminée.

Robert PENN WARREN,
Tous les hommes du roi

I

BEYROUTH, MARS 1948

1

Puisque tu as décidé de partir

Au fil des années, la procession familiale qui empruntait l'avenue des Français avait connu bien des variantes, mais jamais encore elle n'avait pris l'allure d'un cortège funèbre. Au détail près qu'elle était bien vivante, il semblait, cette année, qu'on emmenait Mme Pelletier à sa dernière demeure. Son mari, lui, comme à son habitude, marchait en tête d'un pas d'autant plus solennel que son épouse se traînait loin derrière et ne cessait de s'arrêter pour adresser à son fils Étienne le regard d'une agonisante qui supplie qu'on l'achève. Derrière eux, Jean dit Bouboule, en digne aîné, avançait d'un pas raide, sa petite épouse Geneviève trottinant à son bras. François fermait la marche en compagnie d'Hélène.

À l'avant du cortège, M. Pelletier saluait en souriant les marchands ambulants de pastèques et de concombres, adressait un signe de la main aux cireurs de chaussures, on aurait juré un homme marchant vers son couronnement, ce qui n'était pas loin de la réalité.

Le « pèlerinage Pelletier » se déroulait le premier dimanche de mars, quel que soit le temps. Les enfants l'avaient toujours connu. On pouvait échapper au mariage d'un voisin, au réveillon du jour de l'an, à l'agneau pascal, il était impensable de manquer l'anniversaire de la savonnerie. Cette année, M. Pelletier avait même payé les billets aller-retour depuis Paris pour être certain de la présence de François, de Jean et de son épouse.

Le rituel comprenait :

Acte I, la lente déambulation jusqu'à la fabrique, principalement destinée aux voisins et aux connaissances.

Acte II, la visite des locaux que tout le monde connaissait par cœur.

Acte III, le retour avenue des Français avec un arrêt au Café des Colonnes pour prendre l'apéritif.

Acte IV, le repas de famille.

— Comme ça, disait François, on s'emmerde quatre fois au lieu d'une.

Reconnaissons qu'au retour de la fabrique il était assez pénible, au café, d'entendre M. Pelletier rappeler à l'usage de tous ceux qui l'écoutaient parce qu'il payait la tournée les principales étapes de la saga familiale, histoire édifiante qui conduisait du premier Pelletier recensé (dont la présence auprès du maréchal Ney était, paraît-il, attestée) jusqu'à lui-même et à la « Maison Pelletier et Fils » qui, à ses yeux, constituait l'accomplissement de la dynastie.

Louis Pelletier était un homme calme, du genre qui ne perd pas facilement son sang-froid. Une petite moustache poivre et sel semblait, au-dessus d'une bouche bien dessinée qu'il avait léguée à tous ses enfants, un rappel de sa chevelure presque blanche, tirée au cordeau et qui faisait sa fierté. « Tous les hommes de la famille étaient chauves à quarante ans ! » rappelait-il avec superbe, comme si ne pas l'être confirmait qu'avec lui la lignée Pelletier était à son acmé. Ses épaules étroites contrastaient avec ses hanches devenues larges. « Je pourrais être mannequin à Saint-Galmier », plaisantait-il parfois en évoquant ces bouteilles d'eau gazeuse au col fin qui s'évasaient irrésistiblement vers le bas. On sentait chez lui une énergie sereine et quelque chose de discrètement satisfait. Il avait, c'est vrai, bien réussi. Dans les années vingt, il avait acquis une savonnerie de taille modeste et l'avait développée en « alliant la qualité de l'artisanat à l'efficacité industrielle », il aimait les formules. Dans son esprit cette manufacture, située à un jet de pierre de la place des Canons, était destinée à devenir la principale industrie de la ville. En quelques années, les Pelletier seraient à Beyrouth ce que les Wendel étaient à la Lorraine, les Michelin à Clermont ou les Schneider au Creusot. Il en avait, depuis, un peu rabattu sur ses prétentions, mais se targuait d'être à la tête d'un « fleuron de l'industrie libanaise », ce que personne n'aurait eu le cœur de lui contester. Au cours des années, il n'avait cessé d'innover, ajoutant aux recettes traditionnelles des huiles de coprah, de palme ou de coton, peaufinant les conditions de séchage, modifiant l'usage des acides oléiques, etc.

Les années trente avaient été profitables à la Maison Pelletier qui avait racheté quelques petites manufactures à Tripoli, à Alep, à Damas. Sans doute la fortune des Pelletier était-elle plus importante que son train de vie, assez modeste, le laissait supposer.

Si la gestion des filiales avait été confiée à des gérants, Louis Pelletier n'abandonnait à personne le soin de surveiller la qualité de la fabrication. Ainsi se faisait-il un devoir de visiter les succursales, arrivant parfois même sans prévenir, prélevant, analysant, modifiant les processus de production.

Il prétendait ne pas trop aimer les voyages. « Je suis assez casanier… », disait-il en s'excusant. Il avait bien de vagues responsabilités dans une fédération d'anciens combattants qui l'amenaient à des déplacements à Paris, mais, visiblement, elles ne pesaient pas pour grand-chose dans son existence parce que toute son énergie, tout son talent, toute sa fierté se concentraient sur la fabrique et la qualité de « son savon ». Rien ne le rendait plus heureux que de voir ses chaudrons fumants dont des équipes surveillaient la température vingt-quatre heures sur vingt-quatre, d'admirer les goulottes qui charriaient le savon liquide jusque dans les mises. Le découpage en pains et en blocs lui mettait les larmes aux yeux. « Je vais vous reprendre un peu », disait-il parfois à l'employé de bout de chaîne qui n'avait rien demandé. On voyait alors le propriétaire de l'usine s'installer devant l'appareil de découpe qui faisait glisser vers lui des pains de savon vert sur lesquels, d'un coup de maillet ni trop faible ni trop puissant, il appliquait l'estampille « Maison Pelletier » composée de la silhouette de la fabrique entre deux feuilles de cèdre. Mme Pelletier dirigeait le personnel, surveillait l'arrivée des produits, les départs en camion et faisait les comptes. Son domaine, à lui, c'était la fabrication. Il n'était pas rare qu'en pleine nuit il prenne son vélo (il n'avait jamais essayé de conduire une automobile) et se rende à l'usine pour procéder lui-même à des prélèvements qu'avec le maître savonnier de garde il pouvait commenter jusqu'aux premières heures du matin.

Il affirmait que la Maison Pelletier était véritablement née le jour de la mise en route du premier « grand chaudron » qu'il appela « la Ninon », par lien paronymique, prétendit-il, avec la *Niña*, première des trois caravelles de Christophe Colomb, et dont le nom était gravé sur une plaque de cuivre apposée au pied de la cuve portant les emblèmes de la Maison. Mme Pelletier fronça les sourcils lorsque, deux ans plus tard, son mari baptisa la seconde cuve « la Castiglione », elle voyait mal le rapport avec la découverte de l'Amérique. L'installation de la troisième cuve (« la Païva ») la plongea dans la perplexité. Elle interrogea François, réputé l'intellectuel de la famille parce qu'il avait passé son baccalauréat avant l'âge.

— Ce sont des noms de demi-mondaines, maman. Ninon de Lenclos pour la première, Virginia de Castiglione pour la seconde. La Païva, c'est le nom adopté par une femme nommée Esther Lachmann. On disait d'elle : « Qui paie y va. »

Mme Pelletier ouvrit une bouche ronde.

— Ce sont des… ?

— Oui, maman, confirma calmement François, ce sont des.

— Mais pas du tout ! protesta M. Pelletier lorsqu'il fut interrogé. Ce sont des courtisanes, Angèle. Je les ai appelées comme ça parce que ce sont mes petites chéries, voilà tout…

— Des salopes, oui.

— Oui, aussi… Mais c'est pas trop pour ça…

Mme Pelletier aimait à faire à son mari la réputation d'un homme infidèle. Cela devait la flatter. En réalité, Louis ne l'avait jamais trompée, mais elle ne manquait pas une occasion de stigmatiser en public des écarts de conduite qu'elle savait parfaitement imaginaires. Il en allait ainsi, par exemple, du fait que son mari, lorsqu'il se rendait à Paris, descendait toujours à l'Hôtel de l'Europe. Il vantait souvent les qualités d'accueil de Mme Ducrau, l'hôtelière que Mme Pelletier n'appelait jamais autrement que « la maîtresse de mon mari » ou « la maîtresse de votre père » quand elle s'adressait aux enfants. Louis protestait toujours. « Mme Ducrau doit être bicentenaire, Angèle ! » disait-il, mais elle accueillait cet argument d'un petit mouvement de main signifiant : « À d'autres ! »

Pour l'heure, Mme Pelletier avait un tout autre souci que les maîtresses de son mari ou le surnom des trois grandes cuves à savon : survivre.

Selon elle, rien n'était moins certain.

On venait seulement de dépasser la mosquée de Medjidié. La fabrique lui semblait un horizon inatteignable.

— Laisse-moi, Étienne, je…

Elle avait failli dire « je vais mourir ici », mais un fond de lucidité et le sens du ridicule (on ne cessait de croiser des gens de connaissance) l'en empêchèrent. Elle se contenta de ralentir le pas et de presser son mouchoir sur ses tempes. L'air de la mer caressait la ville d'une fraîcheur printanière, personne ne transpirait, pas même elle. Elle fit tout de même signe à Étienne d'arrêter un vendeur de boissons fraîches qui faisait tinter ses cymbales, pour lui acheter un verre d'eau parfumée au tamarin qu'elle but d'un air résigné, comme s'il s'agissait de la ciguë. Hormis soulever légèrement son chapeau pour passer un doigt sur son front, elle n'avait aucun autre moyen de montrer à quel point la fatigue l'accablait. Elle s'arrêta une nouvelle fois, une main sur le cœur, cherchant sa respiration. Étienne se retourna et adressa à Hélène une moue fataliste, il n'y avait rien à faire. Les départs successifs des enfants étaient autant de clous que, chacun à son tour, ils plantaient dans le cœur de leur mère.

— Mais, Angèle, ils sont grands, nos petits, avait plaidé M. Pelletier, c'est tout de même normal qu'ils quittent la maison…

— Ils ne quittent pas la maison, Louis : ils s'enfuient !

M. Pelletier baissait les bras. Son épouse disposait de trésors casuistiques dont il n'était jamais venu à bout.

— Va, va…, souffla Mme Pelletier, ne t'occupe pas de moi…

Étienne avait cessé de répondre et se contenta d'une légère pression sur son bras pour l'inciter à poursuivre malgré l'épuisement. Pas après pas, on finirait bien par y arriver. C'est lui qui avait la tâche de soutenir sa mère puisque c'était lui, cette fois, le fautif, le coupable.

Les précédents étaient encore dans toutes les mémoires.

Quand François, deux ans plus tôt, avait fait part de son désir de partir pour Paris afin de se présenter à l'École normale supérieure, Mme Pelletier était tombée de tout son long sur le carreau de sa cuisine.

— C'est bien étonnant…, hasarda le docteur Doueiri qui, de toute manière, n'avait jamais soigné que des coups de soleil et des bronchites (c'était un homme assez stupide, toujours effaré par les problèmes de santé de ses patients, il ne brillait un peu qu'à la belote).

François dut rester une journée entière au chevet de sa mère à l'écouter se lamenter, jusque dans son sommeil, d'avoir un fils d'une telle ingratitude et répéter que cette famille allait la tuer. « Et toi, tu ne dis rien, bien sûr », lançait-elle à son mari.

— L'École normale, quand même…, répondait-il vaguement, mais il enfourchait rapidement son vélo et filait à la fabrique.

Lorsque Mme Pelletier consentit à se lever, François dut subir une autre épreuve, à peine moins pénible, consistant à regarder sa mère « préparer sa malle ». « Puisque tu as décidé de partir… », grommelait-elle dix fois par jour en rassemblant, triant, sélectionnant des piles de linge et des provisions de bouche. Entamée comme la préparation d'un trousseau de mariage, l'opération s'enkysta peu à peu. Mme Pelletier s'emportait sur des détails, posait les choses avec brusquerie, son désarroi basculait vers la colère. François n'était plus un garçon majeur que l'on voyait partir avec tristesse, c'était un fils indigne que l'on fichait à la porte.

En fait, Mme Pelletier soldait une vieille affaire avec lui. Elle avait encore en travers de la gorge la lettre laissée sur la commode, ce jour de mai 1941 où, à dix-huit ans, il s'était enfui pour aller rejoindre, au camp de Qastinah, le général Legentilhomme et s'enrôler dans la 1re division légère de la France libre. Curieusement, elle avait mieux compris le premier départ. Il partait pour la guerre, ce qui était somme toute honorable, et non pour des études qu'il aurait pu faire à Beyrouth.

— Non, maman, expliquait François, ici ça n'est pas possible...

— Oui, bien sûr ! Ici, ça n'est pas assez bien pour « monsieur » !

Lorsque François était monté sur le bateau précédé de deux malles bourrées à craquer, Mme Pelletier s'était montrée calme et grave. « Prends soin de toi, hein ? » lui glissa-t-elle dans le tuyau de l'oreille. Louis craignait que son épouse reste sur le quai jusqu'à la disparition complète du bateau mais, lorsque celui-ci se fut éloigné, elle lui prit le bras en disant : « J'espère qu'il va écrire… »

Elle retourna à ses activités. L'événement perdit peu à peu de son intensité. D'autant que François réussit son entrée à Normale, il y eut alors une sorte de prescription, Mme Pelletier commença à être de nouveau fière de son fils, pour un peu c'est à elle qu'il devait son départ et son succès.

C'est peu après que Jean, l'aîné, annonça à son tour que son épouse et lui quittaient Beyrouth pour Paris. François n'était parti que depuis dix-huit mois.

— Ah, toi aussi ? murmura Angèle.

Elle resta couchée, elle ne voulait voir personne, pas même Jean.

Le docteur Doueiri, toujours aussi incongru, conseilla les bains de pieds au bicarbonate. « Doueiri est un con », pensa Louis, ce que tout le monde savait déjà.

Angèle était moins blessée par le départ de Bouboule que par celui de François. Au cours des mois précédents, Jean avait été très malheureux, il tâchait de se mettre à l'abri, elle le comprenait. Si elle gardait la chambre, c'est parce qu'elle ne voulait pas qu'il imagine qu'elle avait moins de peine à son départ qu'elle n'en avait eu pour son frère.

En attendant qu'elle réapparaisse, M. Pelletier s'accorda, au retour de la fabrique, un arrêt au Café des Colonnes pour boire des Cinzano.

Le garçon qui écoutait Oum Kalsoum toute la journée lui proposa une partie de trictrac vu qu'il y avait peu de monde à servir.

— Ma foi…, dit Louis.

Interrogé sur la santé d'Angèle :

— Ça va bien mieux…, assura-t-il. Malgré le docteur Doueiri, elle sera rapidement sur pied.

Personne ne se serait passé des services de ce médecin qui était une institution, même si on ne savait jamais qui, de lui ou de la maladie, serait le plus dangereux.

— C'est un imbécile…, lâcha le garçon.

— Non, c'est un con.

— C'est pareil.

M. Pelletier s'arrêta de jouer.

— Non, c'est pas pareil. Si tu expliques trois fois un truc à quelqu'un et qu'il ne le comprend pas, c'est un imbécile. Mais si, à la fin, il est certain de l'avoir compris mieux que toi, alors, tu as affaire à un con.

Le garçon fit une petite moue.

— Oui, dans ce cas, pas de doute, Doueiri est vraiment un con.

À la fin de la partie, Louis acheva son Cinzano et demeura pensif. Il connaissait Angèle comme sa poche et savait qu'il lui fallait un prétexte pour quitter la chambre. Il repassa à la fabrique et revint à la maison avec un lot de factures qu'il venait de régler. Angèle l'ouvrit.

— Louis ! dit-elle, alarmée. Ne me dis pas que tu as payé ça !

— Je… Je vais essayer de rattraper le règlement, articula-t-il, confus, et il se précipita hors de la chambre.

Il retourna à la fabrique (« Bon sang, se disait-il en pédalant, qu'on en finisse… ! »), rédigea un chèque qu'il déchira aussitôt. Il mit les morceaux dans une enveloppe qu'il posa sur le bureau de son épouse.

Le lendemain, Mme Pelletier reprenait ses activités.

Jean et Geneviève partirent deux jours plus tard. « Prends soin de toi… », murmura-t-elle dans l'oreille de Bouboule. Lorsque le bateau s'éloigna, elle prit le bras de Louis en disant : « J'espère que Geneviève va écrire… »

Et maintenant Étienne…

Mme Pelletier s'arrêta de nouveau.

— L'Indochine ! Mais c'est la guerre là-bas !

Il s'était déjà expliqué mille fois, oui, c'était la guerre, mais pas tout à fait, comment lui dire ?

— C'est un conflit, maman.

— Un conflit avec des morts, ça s'appelle une guerre.

Elle se moucha longuement, leva les yeux vers lui. La tête sur le billot, elle n'en aurait pas convenu, mais elle avait toujours trouvé Étienne le plus beau de ses trois fils. Des questions lui brûlaient les lèvres, mais on voyait à ses épaules basses, à son regard perdu, qu'elle ne les poserait pas, elle connaissait déjà les réponses.

L'Indochine, son ami Raymond, les lettres qui arrivaient depuis des mois…

Lorsqu'il avait invité Raymond à la maison, elle avait dit : « Je te comprends, il est joli garçon. » Ah, si la vie d'Étienne avait été partout aussi simple qu'avec sa mère… C'était loin d'être le cas. De l'école à la banque, en avait-il vécu des humiliations, entendu des insinuations, essuyé des insultes…

C'était un garçon mince, d'un châtain tirant vers le blond, avec des yeux rieurs et une certaine nonchalance dans les gestes, dans la démarche, qui trahissait un caractère sensuel, voluptueux. Il n'avait tiré, de sa facilité pour les chiffres, qu'un diplôme de comptable parce qu'il ne nourrissait aucune ambition professionnelle.

Le cœur de sa vie, c'était l'amour, ce qui tombait mal. La petite société de Beyrouth dans laquelle baignait la famille Pelletier était trop civilisée pour le rejeter en raison de ses préférences sexuelles, mais trop bourgeoise pour l'accepter sans arrière-pensées.

Aussi Étienne s'était-il toujours senti dans un entre-deux dont sa propre famille était, en quelque sorte, la miniature. Les femmes (sa mère, Hélène) l'adoraient. Les hommes (François, Jean) l'aimaient, mais de plus loin. Restait son père, son meilleur public, qui lui passait tout, qui l'aimait avec une brusquerie, une maladresse traduisant une impuissance un peu douloureuse. Étienne était un être « flottant », Angèle ne trouvait pas d'autre mot. Il semblait en suspension dans l'air, on ne savait jamais dans quelle direction il allait partir. C'était un idéaliste, mais sans idéal. La vie ne lui suffisait pas. C'est sans doute pour cela, se disait sa mère, qu'il a ces emportements amoureux, ces fougues. Parfois elle lui prenait le visage entre ses mains, et demandait : « Quand vas-tu te contenter de ce que te donne la vie, Étienne ? » Il riait et répondait : « Demain, maman. Promis, juré ! »

Il avait fait la connaissance de Raymond un an auparavant alors que celui-ci était en garnison près d'Hadeth. Ils avaient vécu six mois d'une grande passion. Étienne avait toujours été un être joyeux, mais jamais sa mère ne l'avait vu si heureux. Après quoi, Raymond était parti pour l'Indochine où il achèverait son contrat. Il était belge et n'avait pas envie de revenir chez lui. Avant de s'engager dans la Légion (pour une raison dont il ne s'était jamais ouvert à Étienne), il avait été instituteur. « C'est terminé tout ça, lui avait-il écrit au bout de quelques semaines. Mon contrat achevé, j'aimerais rester ici où il y a pas mal de possibilités… » Ils avaient beaucoup échangé sur cette idée, et, de l'entreprise de transport à la plantation, esquissé toutes sortes de projets. Étienne avait bientôt fait une recherche d'emploi sur place, sans trop espérer, sauf que, quatre semaines plus tard, c'était à ne pas croire, une lettre était arrivée qui l'informait que sa candidature avait été retenue à l'Agence indochinoise des monnaies de Saigon.

— Tu vas attraper la fièvre jaune, voilà ce qui va se passer.

— Certainement pas, maman, jamais je ne porterai de jaune !

— Moque-toi de moi…

M. Pelletier s'était montré plus enthousiaste que sa femme. Il entretenait les meilleures relations avec Lecoq & d'Arneville, une maison de commerce de Saigon, les ventes des « Savons du Levant » en Indochine, quoique modestes, n'étaient pas négligeables. « Étienne y trouvera toujours le meilleur accueil. » À son épouse qui ne voyait pas en quoi Lecoq & d'Arneville seraient utiles à son fils, Louis Pelletier répondait : « C'est une sécurité, Angèle. La solidarité entre Français de l'étranger. Lecoq est un type très bien ! » Étienne gloussait dans le giron de sa mère : « Enfin, maman, quelqu'un qui s'appelle Lecoq ne peut pas être un mauvais Français… »

*

À force de godiller, le groupe, effiloché comme dans une étape du Tour de France, parvint à la fabrique.

Beyrouth, mars 1948

Le temps que tout le monde passe le porche, entre dans le bâtiment, M. Pelletier, les bras tendus, les deux mains sur les poignées rondes, hurlait « Attention, attention ! » d'une voix enjouée et s'apprêtait à ouvrir la porte à double battant de l'atelier principal. Aveuglé par son enthousiasme, il ne parvenait pas à se décider et allongeait un suspense qui n'existait que pour lui. Angèle trouvait qu'il en faisait trop. Les quatre enfants se contentaient d'attendre, ils avaient l'habitude.

François se tenait à la rampe en fer. Il n'était descendu de bateau que la veille après deux jours de mal de mer. Il était arrivé épuisé, vidé, les odeurs de savon l'écœuraient.

— S'il ne se dépêche pas, glissa-t-il à l'oreille d'Hélène, je vais commencer le repas à l'envers.

Hélène étouffa un rire qui lui valut un œil noir de sa mère.

M. Pelletier, passant le menton par-dessus son épaule, regardait son petit monde d'un air gourmand.

— Alors ? Personne ne devine ? Et voilà !

C'était une nouvelle cuve. La quatrième. En fonte. Mme Pelletier se précipita sur la petite plaque de cuivre apposée sur le socle : « La Belle Otero ».

— Une salope, je le savais ! C'est plus une savonnerie, c'est un bordel…

— Maman…, risqua Étienne.

Mais M. Pelletier était déjà passé à la phase ultérieure consistant à expliquer par le menu à quoi cette nouvelle cuve était destinée, ce qui supposait de reprendre, à son début, le processus de fabrication. Les enfants suivaient le guide, personne n'écoutait.

Jean n'avait pas pu empêcher son père de lui attraper le bras pour l'entraîner (« Viens voir ça, Bouboule, tu m'en diras des nouvelles ! ») et faire de lui le premier destinataire de ses explications sans fin.

Dès l'abord de l'usine, Jean avait senti monter une sourde angoisse.

La petite Geneviève, son épouse, toujours poudrée comme une marquise, avait lâché, en regardant le grand porche : « Ça n'est pas bien joli, ce vert, tu ne trouves pas ? »

Sans répondre, Jean avait avalé sa salive et s'était fait violence pour entrer dans ce lieu qui symbolisait l'échec de sa vie.

Être maintenant pris à témoin par son père était un calvaire qui rejouait celui qu'il avait vécu ici et qui ne s'était achevé que grâce à une fuite sans gloire ni mérite.

Jean avait toujours été destiné à la reprise de l'affaire familiale. Dès sa naissance, la légende était tissée : la « Maison Pelletier » deviendrait tôt ou tard la « Maison Pelletier & Fils ». Et « le fils », c'était lui, Bouboule, qui n'avait d'ailleurs pas rechigné devant cette promesse. Dans la petite société française de Beyrouth, c'était la règle, les enfants reprenaient l'affaire des parents, de préférence les aînés, comme dans les monarchies.

Contrairement à ce qui se faisait d'ordinaire, Angèle et Louis Pelletier n'avaient jamais voulu inscrire leurs enfants dans des écoles confessionnelles, confier les garçons aux Pères jésuites et Hélène aux Dames de Nazareth. Ils en tenaient pour l'école de la mission laïque où Bouboule s'était révélé très laborieux. Il avait décroché ses deux bacs d'extrême justesse, ce qui n'entama pas la confiance de Louis Pelletier quant à sa destinée savonnière. Le chef d'une fabrique étant, selon lui, un fabricant, il dirigea Bouboule vers des études techniques. La chimie. C'est à ce moment que les choses avaient commencé à vriller. Jean n'était pas très bon élève ni même moyen, il était médiocre. Là encore, son père ne fut nullement troublé par ses résultats régulièrement qualifiés de « faibles » ou d'« insuffisants ». Dans cette école privée, le coût de l'enseignement et le niveau social des parents, c'est-à-dire des clients, ne permettaient pas au corps enseignant des commentaires plus sévères et plus réalistes qui, de toute manière, n'auraient pas ébranlé M. Pelletier. « Les études, c'est une chose, professait-il avec une foi inaltérable. Le savon, c'en est une autre. » Il était convaincu que, au sortir de l'école, son fils, passant quelques mois aux différentes étapes de la fabrication, deviendrait un expert en la matière.

Il suffisait d'observer brièvement Jean pour mesurer l'aveuglement paternel.

C'était un garçon un peu replet, lourdaud, quoique d'une étonnante force physique, effacé, assez rêveur et d'une maladresse qui devait beaucoup à sa timidité. Bébé, il était déjà joufflu, son père lui trouva une ressemblance avec le Ribouldingue des *Pieds nickelés*, ce qu'Angèle estima vexant, mais le surnom de Bouboule lui était resté. Comme il n'avait de passion pour rien, ni même de goût pour grand-chose, il avait accepté de marcher sur la voie tracée, mais le chemin lui avait semblé long, terriblement décevant, et ce n'était qu'un avant-goût de ce qui l'attendait, car, après avoir obtenu son diplôme (on ne sut jamais combien M. Pelletier l'avait payé), il fut propulsé dans l'usine avec la charge de devenir le spécialiste de référence.

« Je ne suis pas certaine que ce soit bien sa place, avait hasardé Angèle. Je me demande s'il a vraiment la fibre technique… » Son père, lui, restait confiant. « Quand il aura découvert ce qu'est réellement cette usine, il sera passionné, ça n'est pas possible autrement. »

Mais si M. Pelletier, lorsqu'il arrivait à la fabrique aux premières heures du matin, respirait avec délectation l'odeur des huiles et de la soude, « le parfum du métier », Jean, lui, demeurait imperméable aux charmes de cette industrie. Moyennant quoi, il ne retenait rien, n'apprenait rien.

Nous étions en 1946.

La Maison Pelletier avait réussi, dans les années trente, à exporter ses produits jusqu'en Europe. Les « Savons du Levant » étaient devenus une marque, la demande était constante. Après guerre, l'entreprise, qui avait embauché massivement, croulait littéralement sous les commandes. Depuis sa création, la fabrique était installée rue de la Marseillaise, en face des entrepôts de la douane où elle se trouvait un peu à l'étroit. Un terrain limitrophe vint à se libérer sur lequel M. Pelletier se rua.

— Es-tu sûr de ne pas le payer trop cher ? s'inquiéta son épouse.

— C'est un investissement, Angèle ! On va récupérer notre mise en moins de deux ans !

C'est ainsi qu'au terme d'un stage de quelques semaines aux différents postes de la fabrication où Jean n'avait pas fait des étincelles, son père lui confia la création de l'extension qui serait une étape décisive dans l'avenir de l'entreprise. On rasa les haies qui séparaient la parcelle récemment acquise de la cour de la savonnerie, on tira des plans sur la comète.

Jean, nommé directeur général, fut aussitôt dépassé.

Il prit peu de mauvaises décisions parce qu'il n'en prenait quasiment aucune. Il ne savait jamais ce qu'il fallait faire. Il regardait les plans et les élévations en transpirant, la bouche à demi ouverte, les chiffres ne lui disaient rien, les graphiques ne lui parlaient pas. Le maître d'œuvre fit à peu près ce qu'il voulait, jamais Jean ne sut lui poser la moindre question, manifester la moindre exigence.

M. Pelletier s'aperçut un jour que la dimension des ateliers était aberrante pour les installations qu'ils devaient abriter, il fallut démolir ce qui était déjà édifié, élargir les fondations et rebâtir. Cet épisode fut le premier d'une série : le quai de déchargement se révéla insuffisamment profond, les salles de séchage, mal orientées, ne permettraient pas de profiter du vent pour accélérer l'opération, les problèmes se succédaient comme les perles d'un collier. Lorsqu'une question arrivait, « Je vais y penser », disait Jean, et il n'en parlait plus. Quand la question devenait un problème, « Nous verrons cela plus tard ! » criait-il en mimant l'homme préoccupé par des tâches autrement importantes. Il s'enfermait dans son bureau où il se tordait les mains des journées entières, conscient qu'on l'attendait dans le couloir. Tétanisé, il guettait l'heure décente de sortir, ouvrait alors la porte à la volée, prenant tout le monde de court et, marchant à grands pas vers l'escalier puis vers son automobile, il lançait à la cantonade : « Vous voyez bien que je suis pressé ! » Il savait qu'il devait décider quelque chose, mais, lorsque, par miracle, il saisissait le problème, il n'avait aucune idée de la solution. Les corps de métier ne cessaient de solliciter des instructions. Parfois, pressé de toutes parts, il demandait l'avis de plusieurs personnes, à la manière d'un chef démocratique, et tranchait brutalement en faveur d'une initiative qui se révélait immanquablement désastreuse. Son père, en sous-main, parait au plus urgent, mais, la foi toujours chevillée au corps, il répondait fréquemment, avec une fierté presque véhémente : « C'est avec M. Jean qu'il faut voir cela, vous le savez bien ! » En coulisse, le personnel, résigné, disait : « On dit de voir avec Môssieur Bouboule. »

Jean tremblait le jour, et la nuit se réveillait paniqué, en proie à des angoisses qui lui écrasaient la gorge. Il se levait, courait vomir dans la cuvette des toilettes. Il se mordait les joues jusqu'au sang. Il commença à se gratter les avant-bras avec les ongles, puis passa au rasoir à main. Il gardait toujours ses manches de chemise tirées jusqu'au poignet, on pensait qu'il était frileux. Le soir, il écoutait son père parler de son idée de lessive domestique, il ne parvenait pas à le haïr, la détestation s'était retournée contre lui-même, il avait souvent envie de mourir. Son incapacité à faire ce qu'on attendait de lui l'envahissait à la nuit tombée. Dès qu'il était seul, il se tapait la tête contre le mur. Sa chambre ne donnait sur rien d'autre que la cour. La chambre de ses parents, celles de ses frères et sœur étaient toutes à l'autre bout du couloir, personne ne l'entendait. C'étaient juste des coups sourds, réguliers, comme le piston d'une machine obscure et entêtée. Il restait ainsi assis sur son lit à se cogner l'arrière du crâne contre la cloison, lentement, des heures, jusqu'à ce que le sommeil le gagne.

Le projet d'extension s'embourba et provoqua un choc en retour sur la production. La cohabitation du personnel de la fabrique avec les ouvriers qui construisaient le nouveau bâtiment entraîna des perturbations. On entreposa des poutrelles métalliques là où les fûts d'huile devaient être stockés, les camions se mirent à tourner à la recherche d'un espace pour décharger. De la sciure de bois, balayée par le vent, gâta plusieurs tonnes de savon parfumé qu'il fallut détruire... Constatant l'impéritie de celui que l'on présentait partout comme le futur patron, les contremaîtres pestaient en silence, les ouvriers s'inquiétaient, tous priaient pour leur emploi. L'entreprise se mit à boiter de plus en plus bas. Non seulement la venue de « M. Jean » n'avait pas permis de faire le grand pas en avant qu'espérait son père, mais les choses allaient de mal en pis, on n'en voyait pas le bout.

Cela dura près d'un an, un an d'angoisse, de torture et d'épouvante à quoi s'ajouta son malheureux mariage avec Geneviève.

Elle était la seule des quatre filles du receveur des postes à n'être pas jolie, les autres étaient ravissantes, c'était même surprenant, cet accident génétique, personne ne se l'expliquait. Pour être honnête, elle n'était pas franchement disgracieuse, mais à côté de ses sœurs, sa banalité apparaissait comme de la laideur. Elle présentait des traits assez grossiers, un regard inexpressif et un physique un peu lourd dont on distinguait mal les différentes parties. Elle était très souriante, ce qui aurait pu la sauver. Mais du fait qu'elle souriait tout le temps, quoi qu'il arrive, quelle que soit la situation, ce sourire permanent, figé, qui donnait raison à tout le monde, vous mettait mal à l'aise.

Rançon peut-être de cette position ingrate au sein de la famille, elle portait à l'incandescence des ambitions folles. Un jour, elle serait riche. On imaginait mal de quelle manière elle pensait y parvenir jusqu'à ce qu'elle épouse Jean, futur patron de la Maison Pelletier, qu'elle refusa longtemps d'appeler Bouboule, surnom dont la vulgarité l'éclaboussait. Employée des postes sous les ordres de son père, d'une intelligence limitée à l'horizon du quotidien, assez cruelle comme souvent les gens sournois, elle bénéficiait tout de même d'un avantage concurrentiel par rapport aux autres jeunes filles de la communauté française de Beyrouth et qui résidait dans un certain savoir-faire. Jean était puceau comme on ne l'est pas. Au second rendez-vous, elle posa sa main sur sa braguette, il se cabra de surprise, après quoi elle l'essora consciencieusement à genoux derrière un bosquet. Bouboule rentra à la maison épuisé et vaincu.

Ils s'étaient mariés quatre mois plus tard. Jean apprit alors – il était le seul à n'être pas au courant – que Geneviève avait une solide réputation. Il y avait peu de garçons de son âge, dans son quartier, qui n'eussent déjà profité d'un gros quart d'heure derrière les bosquets, plusieurs y retournaient régulièrement, on se repassait volontiers le tuyau.

Le truc de Geneviève étant la fellation, elle arriva vierge au mariage. Comme Bouboule. Dès ce moment, leur relation devint compliquée. À force de rapports embarrassés, de pénétrations incertaines, d'orgasmes de complaisance, ils ne surent jamais exactement à quel moment l'un et l'autre perdirent leur pucelage. Ils gardèrent le souvenir de rapports difficiles, d'autant plus espacés que Geneviève estimait que ce mari, en échouant à reprendre l'affaire familiale, n'avait pas tenu sa part de contrat. Il arrivait encore qu'elle se mette à genoux devant Jean, mais il doutait que le geste s'adressât à lui. Geneviève le suçait comme on feuillette un album de photos. Un mois après leur mariage, ils n'avaient plus de rapports du tout.

Ils n'en eurent jamais plus.

M. Jean marié n'eut pas plus de succès à la savonnerie que Bouboule célibataire. Les choses continuèrent à péricliter. À force de perturbations dans la fabrication et dans les livraisons, des clients mécontents menacèrent de se fournir ailleurs, des ouvriers de longue date parlèrent de départ. Mme Pelletier se décida enfin à tenir tête à son époux.

Ce fut un soulagement pour tout le monde.

M. Pelletier prit un air pincé et adopta un nouveau rôle, celui du mari à qui son épouse impose des décisions regrettables. Il se lança dans le règlement des problèmes en souffrance et mit plus d'un an à sortir l'entreprise de l'ornière et à faire émerger cette annexe qui conserva, comme une plante poussée de travers, des défauts structurels rappelant à tous ceux qui l'avaient vécue cette période noire de dauphinat où M. Jean avait été, si l'on peut dire, aux commandes. Certain d'essuyer un refus humiliant, M. Pelletier ne proposa ni à Étienne ni à François de « reprendre le flambeau » (Hélène, ça n'était pas pareil, c'était une fille) et, en vérifiant les thermomètres au pied des grands bassins de cuisson, il se prit à méditer sur le sort des entreprises familiales en général et sur l'avenir de la sienne en particulier.

Jean, libéré, mais honteux, décida de quitter le Liban, on irait à Paris. Geneviève était fort déçue de son mari, mais heureuse de partir. Son père, M. Cholet, le receveur des postes, assurait qu'on ferait jouer les accords bilatéraux pour qu'elle soit intégrée au personnel de l'administration française, ce qui n'interviendrait pas, au mieux, avant plusieurs mois. Par bonheur parce qu'elle adorait ne rien faire. Ni Jean ni elle n'imaginaient d'ailleurs qu'il fût un jour nécessaire qu'elle travaille, un mari qui se respecte ne devait-il pas être capable de nourrir sa famille sans contraindre son épouse à prendre un emploi ? D'autant que ne rien faire à Paris était, pour Geneviève, un fantasme très excitant. Pour être tout à fait complet, Bouboule avait une autre raison de quitter le pays : il avait tué une jeune fille de dix-neuf ans deux semaines plus tôt à coups de manche de pioche et il craignait que la police ne parvienne jusqu'à lui.

La mort dans l'âme, M. Pelletier trouva à son fils un emploi de représentant auprès de M. Couderc, un vieil ami parisien. On en était là. Le travail ne rapportait pas grand-chose. Geneviève s'ennuyait ferme, faute d'argent, la vie à Paris ne correspondait pas du tout à ses espérances. Tout ce qu'elle avait envie d'acheter ne se trouvait qu'au marché noir et au-dessus de ses moyens. Elle qui aimait tant le désœuvrement en vint presque à espérer sa nomination dans un bureau de poste parisien, retrouver une vie sociale dont, enfermée entre ses quatre murs, elle se plaignait d'être privée. Elle en rêvait comme d'une vexation supplémentaire à infliger à ce mari insuffisant qui n'était pas capable de gagner sa vie pour deux.

Lorsque se profila l'échéance du « pèlerinage Pelletier », Jean, malgré l'envoi des billets de bateau aller-retour par son père, avait aussitôt refusé de revenir à Beyrouth, « surtout pour cet anniversaire imbécile ». Il ne le disait pas, mais cette ville, maintenant, lui faisait peur. C'était compter sans Geneviève qui, elle, avait envie de s'y rendre.

— Je veux voir mes parents !

— Tu les détestes ! Tu ne leur as pas écrit deux fois en six mois !

— Peut-être, mais ce sont mes parents ! Et il y a mes sœurs…

— C'est pareil ! Quand ta sœur aînée a accouché, je t'ai proposé d'envoyer quelque chose, tu m'as répondu : « Qu'elle crève ! »

— N'empêche, ce sont mes sœurs…

Jean fut le premier surpris de sa fermeté.

— De toute façon, il n'en est pas question, décida-t-il. On reste à Paris.

C'était tranché.

Geneviève croisa les bras, elle venait d'entamer le siège.

Elle disposait pour cela d'une capacité de nuisance au quotidien qui laissa Jean pantois. C'était une sorte de grève sur le tas. Ni courses, ni ménage, ni sorties, elle n'arrosait pas les plantes, ne relevait pas le courrier, elle n'ouvrait pas même les fenêtres. Dès le matin, elle trônait, figée au bout de la table, silencieuse, pomponnée, maquillée et souriante (position qu'elle affectait en toutes circonstances au point qu'Étienne avait dit : « Bouboule aurait dû la prendre avec une de ses sœurs, ça lui aurait fait des serre-livres… »).

Bouboule le matin faisait son café lui-même. Geneviève le regardait s'affairer, ses petites mains potelées croisées sur la nappe en toile cirée. Le soir, il la trouvait à la même place, à croire qu'elle n'avait pas bougé de la journée. Le garde-manger était parfaitement vide. Bientôt, on manqua de tout.

Épuisé, Jean se résigna à demander un congé à son patron.

Lui qui n'avait pas cru un instant à ses arguments familiaux comprit bientôt l'insistance de Geneviève à faire le voyage.

Ils retrouvèrent François à Marseille, les deux frères se serrèrent la main, presque protocolaires, ils n'avaient jamais eu grand-chose à se dire. Geneviève colla alternativement sa joue droite puis la gauche sur celles de François et se remit en route, impatiente d'arriver au quai d'embarquement. Dès qu'ils aperçurent le *Jean-Bart II*, la joie de Geneviève vira à l'enthousiasme.

M. Pelletier avait envoyé des billets de première classe. Geneviève se comporta aussitôt comme une millionnaire. Pas le genre de femme fortunée capricieuse ou versatile, non, elle était du type millionnaire modeste. Elle faisait valser le personnel toute la journée à coups de : « Ça ne vous ennuierait pas d'aller me chercher un cocktail, mon petit, je crève de chaud. » Il ne fallut pas plus de trois heures pour que garçons de cabine, femmes de chambre, serveurs, personnel de ménage et même matelots prennent la mesure de cette cliente replète et enjouée qui vous faisait faire et défaire toutes choses d'un ton léger et bienveillant : « Pardon, mademoiselle, de vous demander cela, mais vous ne pourriez pas changer les draps ? La transpiration, comprenez-vous… » Elle avait ceci des vrais riches qu'elle ne donnait jamais aucun pourboire, n'avait jamais d'argent sur elle et laissait toujours entendre qu'on réglerait tout cela à la fin du voyage, ce qui provoquait un sourire en coin du personnel qui connaissait la chanson.

Jean était agacé, mais ne le montrait pas. Sa femme déambulait sur les ponts, demandait qu'on déplace un transat, qu'on aille lui chercher son chapeau dans la cabine où elle l'avait oublié, ah non, pas celui-ci, l'autre, si ça ne vous dérange pas, mademoiselle, merci, vous êtes un amour, oh, puisque vous êtes là, pourriez-vous… ?

Le matin du second jour, elle disparut. Jean partit mollement à sa recherche, personne ne l'avait vue.

Dans le hall du premier pont, il entendit comme un bruit de pas précipités et, derrière un pilier, il la trouva, le visage rose.

— Je te cherchais…

— Ah oui ?…

Elle lissait d'une main le devant de sa jupe et de l'autre se massait distraitement la commissure des lèvres avec l'index et le pouce comme si elle réfléchissait à quelque chose de très préoccupant.

Jean en resta muet.

François, que ce manège avait amusé un moment, trouva bientôt la situation pénible. Non de voir Geneviève jouer les femmes fortunées, mais de surprendre les regards appuyés des serveurs, les sourires des matelots, le barman lui offrait des cocktails, l'officier en chef tint à lui faire visiter la salle des machines, le quartier des officiers, l'appartement du commandant. Le dernier soir, lorsque le pacha invita à son traditionnel repas les classes supérieures, tout le monde connaissait Mme Pelletier, c'est elle qui présenta son mari aux officiers de passerelle et aux commissaires de bord, elle en appelait plusieurs par leur prénom.

S'il n'avait été si malade, peut-être François serait-il intervenu. Bouboule, lui, fit toute la traversée sur le pont, les mains à plat sur le bastingage, à fixer la mer vide. Comme s'il n'était pas suffisant d'avoir à revenir dans la ville où il avait été si intensément malheureux, il fallait que le voyage lui-même soit un enfer. Il serrait la barre du bastingage de toutes ses forces, les jointures de ses doigts blanchissaient sous la pression, son visage était tendu.

Il avait beau chercher, il n'y avait pas de moment dans sa vie où il n'ait été ridicule.

Lorsqu'il le rejoignait sur le pont, François, qui s'était toujours senti loin de Jean, avait de soudaines envies de le consoler, de le calmer.

Pendant leur enfance s'était développée entre les deux frères une sourde hostilité dont ils n'avaient jamais compris la vraie nature, que l'adolescence avait vue s'épanouir et qui avait culminé dans les événements tragiques de la reprise de la savonnerie où l'un enviait secrètement la préférence paternelle, tandis que l'autre s'en estimait l'injuste victime. Avec le temps, avec l'âge, ces rivalités s'étaient estompées, mais elles avaient laissé entre eux une gêne qui rendait leurs rapports gauches et embarrassés. Ainsi, lorsqu'il retrouvait son frère aîné, incapable de dire un mot, François posait sa main sur son épaule. Bouboule instantanément souriait et disait, en se tournant vers lui : « Les mouettes, qu'est-ce qu'elles doivent s'emmerder, tu crois pas ? »

*

Le tour des ateliers en compagnie de son père, si enthousiaste, avait ébranlé Jean. Cette usine était le musée de son naufrage.

— Il n'est pas loin de midi, Loulou…, dit Angèle.

— On arrive, on arrive ! hurla M. Pelletier depuis le hangar.

Il réapparut aux côtés d'un Jean blanc comme un cierge de Pâques et d'une Geneviève plus pimpante que jamais, qui s'extasiait sur tout en disant des choses très bêtes.

En repartant, elle serrait le bras de Jean.

— Ton père est merveilleux… Et quel homme entreprenant ! C'est pas difficile : il réussit tout ce qu'il touche !

Elle qui s'était servie du prétexte de voir ses parents pour décider Jean à faire le voyage n'avait pas passé plus de deux heures avec eux, mais se trouvait toujours près de M. Pelletier qu'elle regardait avec admiration comme si elle voyait en lui un père de substitution.

Au retour, l'ordonnance du cortège fut modifiée.

On abandonna l'avant-poste à Mme Pelletier et Étienne parce qu'ils étaient les plus lents et qu'on craignait de les voir décrocher. Ils étaient suivis par François et Hélène puis, enfin, qui répondait avec délectation aux incessantes questions de Geneviève, M. Pelletier et, deux pas plus loin, Jean, toujours dernier.

Une voiture de police passa qui le fit trembler.

Il dut ralentir le pas.

Il la suivit des yeux jusqu'à ce qu'elle disparaisse à l'angle de l'avenue, respira, mais demeura inquiet. Devant lui, Hélène et François entretenaient un dialogue assez animé. Il voyait sa jeune sœur s'exciter en parlant, mais elle le faisait à voix basse, les dents serrées. François, lui, poursuivait sa marche et se contentait d'un signe de tête, ça va aller, semblait-il dire.

— Je ne pourrai pas, disait Hélène, je t'assure, ce sera au-dessus de mes forces. Étienne parti, seule avec les parents, je vais me jeter par la fenêtre.

— Eh bien, fais comme Bouboule, marie-toi, répondait François en souriant, tu auras un prétexte.

Hélène se retourna vers Geneviève et Jean.

— Elle est vraiment ridicule, je ne sais pas ce qu'il fait avec elle…

— Lui non plus, je crois.

— Sérieusement, qu'est-ce que je vais devenir, François ?

— Passe ton bac, tu verras après…

Elle ne put s'empêcher de rire, c'était la phrase que son père avait assenée à tous ses enfants au même âge.

— Ici, je vais mourir…

Hélène, à dix-neuf ans, était aussi jolie que sa mère l'avait été, le genre qui plaît tout de suite aux hommes. Elle brillait particulièrement en littérature – c'était une grande lectrice – et en dessin, au point qu'elle hésitait toujours entre la faculté des lettres et une école d'art…

Lorsqu'il évoquait les dons d'Hélène, son père ouvrait une bouche ronde comme celle d'un poisson et, après une longue apnée, il concluait : « Moi, les bras m'en tombent. »

Dans quelques semaines, elle obtiendrait le second bachot « sans lever le petit doigt », *dixit* Louis. Qu'elle choisisse la littérature ou l'art, elle était destinée à devenir institutrice. Pour les filles, avec infirmière, c'était ce qu'il y avait de mieux.

Ça ou autre chose, elle s'en fichait. Elle ne savait pas ce qu'elle voulait, mais cette vie, coincée entre ses parents, non, elle n'en voulait à aucun prix.

Elle couchait avec son professeur de mathématiques, M. Lhomond, il l'emmenait dans une chambre du nouvel Hôtel Kassar, très luxueux, elle avait des envies d'ailleurs.

Devant Hélène marchait Étienne dont, malgré leur différence de presque cinq ans, elle se sentait comme la jumelle. Elle avait pour François une certaine admiration, pour Bouboule une grande compassion, mais avec Étienne, c'était autre chose, cela tenait de la fusion. Ils étaient inséparables. Aujourd'hui encore, il n'était pas rare qu'elle vienne dormir avec lui, ils se racontaient des histoires, se faisaient des confidences. Et voilà qu'il s'en allait ! Elle ne parvenait pas à lui en vouloir, simplement elle se sentait seule, abandonnée. Le rejoindre en Indochine était impensable, il avait sa vie à faire. Elle avait tout de suite adoré Raymond, un grand gaillard au regard doux, aux gestes sûrs (quand elle voyait Étienne le contempler avec dévotion, elle lui disait : « Ferme la bouche, Étienne… », ce qui le faisait rire) mais auprès d'eux il n'y aurait guère de place pour elle, elle le comprenait. Pour autant, demeurer ici entre ses parents et la savonnerie était une perspective dans laquelle elle ne parvenait pas à se projeter.

Comme s'il avait perçu son désarroi, Étienne se retourna vers elle. Il leva les yeux au ciel puis désigna la « reine mère » : elle est tout à fait comme on avait prévu. Il l'avait dit, plus tôt dans la matinée : « Maman va mourir, mais avant, elle servira le repas et fera la vaisselle. » Il avait raison, la procession mit deux fois moins de temps au retour qu'à l'aller, on serait à table pour treize heures.

Au Café des Colonnes, les habitués attendaient le passage du pèlerinage. Ce jour-là, on rassemblait les tables de marbre blanc, les sièges en rotin noir et, tandis que, dans l'arrière-salle, les boules de billard s'entrechoquaient joyeusement, on apportait les narguilés, on commandait autant d'apéritifs qu'il y avait de présents et on écoutait Louis raconter une nouvelle fois la légende des Pelletier.

Étienne et sa mère poursuivirent seuls jusqu'à la maison où Angèle, épuisée, s'effondra dans un fauteuil.

— Tu vas me tuer, dit-elle, mais sans transition elle ajouta : tu veux rallumer le feu, s'il te plaît, mais tout doux, hein… Manquerait plus que ça brûle.

Le jour du pèlerinage, elle servait invariablement un ragoût de haricots blancs.

Le grand appartement était calme, les fenêtres étaient ouvertes depuis le matin. Bientôt, on entendit le chuintement du gaz, Étienne revint dans le salon où la table avait été dressée avant le départ pour la procession.

— Dis-moi, mamounette, dit Étienne, cette Belle Otero, tu ne la trouves pas un peu forte ?…

Elle sourit. Ce garçon l'avait toujours fait rire, il ne prenait jamais rien au sérieux. Elle savait pourtant, ou elle devinait, ce qu'il avait pu souffrir, elle l'avait souvent entendu pleurer dans son lit, même adulte.

Étienne s'agenouilla près du fauteuil, posa sa tête sur les genoux de sa mère. Joseph en profita pour se glisser entre eux. C'était un chat tigré d'environ huit mois, haut sur pattes, on aurait dit qu'il marchait sur des échasses. Il avait une tête plus triangulaire qu'un chat de gouttière (« Il est de la race des seigneurs », professait Étienne) et un regard impénétrable. Raymond l'avait trouvé au fond d'un chantier, Étienne en avait hérité. Hélène et lui l'avaient nourri, choyé, à la moindre occasion il venait se blottir contre l'un ou l'autre.

Pendant qu'Étienne caressait le pelage de Joseph, Angèle caressait la tête de son fils.

— Je sais bien, dit-elle, je suis une vieille idiote…

— Non, maman, tu n'es pas vieille.

Elle lui donna une petite tape sur le crâne.

— J'ai peur que tu tombes malade…

Étienne releva la tête.

— C'est sûr, avec ce qu'ils bouffent comme riz, c'est la constipation assurée.

— Il paraît qu'ils mangent du chien.

— Tu confonds avec les Chinois.

— Ah non, je suis certaine, en Indochine aussi !

— Tant qu'ils ne bouffent pas Joseph…

Il reposa sa tête sur ses genoux. En avaient-ils passé des heures dans cette position, c'était leur territoire privé, quelque chose que tout le monde pouvait voir, où personne ne pénétrait.

— Tu n'as plus de nouvelles de Raymond depuis quand ?

Il y avait exactement dix-huit jours.

— Une semaine, dit-il.

Elle fit semblant de croire au mensonge.

— C'est rien, une semaine.

Elle se demandait si son fils n'allait pas faire le voyage pour rien. Et si ce Raymond, bien qu'il ait l'air si gentil, n'en voulait plus, de son Étienne ? Et s'il ne répondait plus aux lettres parce qu'il avait changé d'avis ? Mme Pelletier l'espérait confusément, son fils reviendrait alors à la maison, elle eut honte de cette pensée. Mais aussi, il se mêlait à ce départ tant de préjugés… L'Indochine avait la réputation d'une terre de stupre et de fornication, destination privilégiée des aventuriers, des ratés et des dépravés. À l'annonce du départ d'Étienne pour ce pays consacré à la luxure et au vice sous toutes ses formes, Angèle avait perçu les sourires de quelques membres de leur entourage comme les Cholet qui n'en rataient pas une. Mais elle se demandait avec inquiétude si cette pensée n'avait pas gagné la famille Pelletier elle-même, Jean, par exemple, ce qui la remplissait de tristesse.

Le reste de la famille rentra enfin du café.

Angèle se leva péniblement, refusa l'aide d'Hélène et François, je ne veux personne dans ma cuisine, on sentait qu'elle allait mieux. Geneviève, après avoir refait un brin de maquillage, s'était installée la première. Elle trônait seule à table comme si elle invitait les autres à un banquet organisé en son honneur.

Pour neutraliser cette image, Jean alla s'asseoir à côté d'elle, M. Pelletier apporta les bouteilles, François et Hélène prirent place à leur tour.

C'était le moment du toast.

Dès que Mme Pelletier reviendrait de la cuisine, son mari se mettrait debout, un verre tendu vers la famille. La tradition voulait qu'il se contente de quelques mots. Choisir le thème de l'année mobilisait son énergie pendant des semaines, il fallait trouver un sujet rassembleur, il dressait des listes d'idées, en rayait, en ajoutait jusqu'à la dernière minute.

Mme Pelletier arriva enfin, retirant son tablier de cuisine, Étienne applaudit, tout le monde se joignit à lui, elle ne put s'empêcher de sourire, mais juste à peine, ça n'était pas une circonstance où exprimer de la joie.

Elle s'assit en adressant à tous un regard modeste puis déplia sa serviette, la posa sur ses genoux, planta les coudes de chaque côté de son assiette et, parce qu'elle n'avait plus souvent l'occasion de les rassembler, elle regarda ses enfants. Tous s'entendaient assez bien entre eux, sauf avec Bouboule. « Lui, personne ne l'a jamais compris… », se dit-elle, gênée par le sentiment confus qu'elle ne faisait pas mieux que les autres. Elle observa un instant son profil déjà empâté bien qu'il n'eût pas trente ans. Pour elle aussi Bouboule était un mystère, car, si on savait ce qu'il n'aimait pas (la savonnerie, sa femme, ce genre de choses), personne n'aurait su dire ce qu'il voulait, ce qu'il désirait, ce qu'il attendait. Son regard passa par-dessus Geneviève, cette idiote, et se posa sur Hélène qui pouffait de rire dans le cou de son frère Étienne. Ils faisaient un joli couple, elle était la révolte, il était l'insolence. À côté d'elle se tenait François, si souvent rongé par l'inquiétude. Tandis que M. Pelletier débouchait la bouteille et faisait le tour de la table pour servir chacun à la manière d'un serveur stylé, elle se pencha vers François.

— Tu t'es lavé les mains, mon grand ?

— Mais, enfin ! répondit-il en riant de bon cœur.

Mme Pelletier hocha la tête, sceptique. Ces ongles pas nets, ces ridules encrassées ne correspondaient pas à l'idée qu'elle se faisait des mains d'un étudiant à l'École normale.

M. Pelletier versait lentement le Château Musar, rattrapait d'un geste vif et précis la petite goutte afin qu'elle ne tache pas la nappe. François prenait son mal en patience, Hélène donnait l'impression de vouloir renverser la table. Étienne était perdu dans ses pensées. « Ça n'est rien, une semaine », avait dit sa mère, mais dix-huit jours, c'était quelque chose.

*

Beyrouth, mars 1948

Ordinairement, Raymond faisait un mot, même court, chaque dimanche et le postait le lundi. La lettre arrivait dix jours plus tard. La dernière remontait au 22 février. « Nous partons demain en mission », avait-il écrit. La ponctualité avec laquelle Raymond écrivait faisait rire autour de lui. « Les copains se foutent de moi : “Alors, on écrit à sa chérie” Je réponds oui, ne te vexe pas. » À la Légion, tant qu'elles n'étaient pas ostensibles, les relations entre hommes n'étaient pas condamnées et réprimées comme on aurait pu le penser. Dans l'escouade, il y avait quelques couples, tout le monde le savait, personne ne le voyait, la camaraderie prenait le dessus sur la morale parce que, en Indochine, c'est ce qu'on vous disait dès votre arrivée, sans la solidarité, aucun corps expéditionnaire ne pourrait tenir plus de quelques semaines.

Malgré l'intensité de la douleur, c'est cette conviction qui, à cet instant, chevillait au corps de Raymond l'espoir qu'on allait venir à leur secours.

Le commandant Lachaume, se disait-il, avait sans doute rassemblé ses troupes, les gars devaient être sacrément remontés, déjà sur le sentier de la guerre. On avait entendu passer des avions, mais dans une forêt pareille, dense à ne pas croire, comment voulez-vous… C'était l'éternel problème, le Viêt-minh pouvait installer une véritable ville en pleine jungle, à deux kilomètres de là personne n'en voyait rien. Depuis le ciel, ce n'était qu'une couverture noire de feuillages si épais que dessous la lumière parvenait à peine. Et quand, par miracle, on tombait enfin dessus, tout le monde avait fichu le camp, on trouvait des souterrains vides, des cabanes désertées, on savait que des Viêts s'allongeaient dans la boue avec une tige de bambou pour respirer, ils pouvaient tenir des heures dans cette position…

Bien sûr, se répétait Raymond, que le bataillon s'était mis en route pour les chercher. Il devait être déjà à l'endroit où la colonne avait été interrompue, là où, quelques jours plus tôt, un énorme tronc d'arbre avait soudain basculé en travers de la route devant le camion de tête. Dès que les véhicules s'étaient arrêtés, les tirs étaient venus de partout à la fois, c'était comme si la forêt tirait sur vous, que chaque branche était un canon de fusil. En quelques secondes, les mitrailleuses françaises ripostèrent en arrosant les abords. D'un grand coup de volant sur la gauche, Raymond avait fait basculer son camion dans le fossé, attrapé sa mitraillette et s'était jeté dehors. Son voisin de cabine qui avait hésité un instant avait reçu une balle dans la gorge. À l'abri derrière la carrosserie, Raymond vit sur sa droite les autres conducteurs qui, comme lui, s'étaient précipités sur le bas-côté.

Le piège était magistral.

Les Viêts arrivant dans leur dos mirent soudain en joue neuf hommes alignés à l'abri de leurs véhicules…

La bataille qui faisait rage de l'autre côté de la route s'intensifiait, la diversion jouait parfaitement son rôle. Ils furent désarmés en quelques secondes, un canon de fusil sur la tempe, dans la nuque, dans le dos, il ne fallut pas trois minutes pour que les Viêts leur attachent les mains et les poussent, à coups de crosse, vers la forêt dans laquelle ils disparurent comme des pierres dans un étang. La broussaille était si dense que les bruits de la bataille s'affaiblirent rapidement puis s'éteignirent. Un peu plus loin, les otages furent agenouillés, bâillonnés, le chef était un type sec, sans âge, au torse creux, au visage maigre, aux yeux fervents. Chacun reçut une volée de coups, c'était un message que tout le monde comprit parfaitement, ne jouez pas aux malins, on ne va pas faire dans la dentelle.

On se remit debout et la longue marche commença, la très longue marche.

Raymond n'avait reconnu que trois de ses camarades parmi les prisonniers, il ne savait pas encore qui étaient les autres. Juste devant lui, il y avait le grand Chabot, blessé à la jambe, on ne lui avait pas même laissé le temps de faire un garrot ou une compression.

Au bout d'une heure à tituber dans l'humidité, à heurter des racines, à tomber, à se relever avant que les coups pleuvent, Raymond ressentait durement la fatigue. On marcha toute la journée, il transpirait à grosses gouttes. Loin devant lui Chabot ahanait, geignait, hurlait de temps en temps. Raymond reconnaissait sa voix, mais ça ne durait jamais longtemps, la brutalité devait régner en tête de colonne.

On traversa des marais, le jeune soldat sentait les sangsues collées à ses jambes, le soir il en compta plus de quarante qu'il écrasa à coups de talon après les avoir arrachées.

Et maintenant, six jours plus tard, ils étaient là, chacun enfermé dans une minuscule paillote de bambou, ligoté aux jambes.

Dans la journée la chaleur saturée d'humidité les mettait en eau. La nuit, sans couverture, ils gelaient, recroquevillés dans un coin de la cabane.

Deux copains étaient morts, Raymond avait vu des Viêts traîner les corps dans la terre sale, les bras dessinaient derrière comme deux rails. Il avait reconnu le caporal Vernoux, un brave type, toujours à rendre service. Où avaient-ils mis les corps ? La nuit, on entendait des feulements. Les avaient-ils donnés à dévorer quelque part dans la brousse ?

Ils n'étaient déjà plus que sept.

Ils recevaient une boule de riz par jour, une boîte de conserve rouillée remplie d'eau.

Dans une cabane, plus loin sur la gauche, trop loin pour qu'il puisse tenter de lui parler, Raymond entendait gémir Chabot que personne n'avait soigné, et qui, pris par la fièvre, voyait sans doute sa jambe se gangrener. Parfois Raymond croyait sentir l'odeur de chair pourrie venir jusqu'à lui.

Dans le groupe, il y avait aussi Vertbois, un caporal-chef connu pour ses « méthodes d'investigation ». Il devait souhaiter que personne parmi les Viêts ne le reconnaisse, ou il allait passer un sale quart d'heure. Lorsqu'un Viêt était capturé, c'est à lui qu'on le confiait pour interrogatoire. Deux ans d'expérience lui avaient permis d'explorer bien des recettes, il avait tout ramené à deux « méthodes ». « A » et « B ». Il se plantait devant le prisonnier, le fixait et disait, laconiquement, « A » ou « B », les gars savaient quoi faire. « A », on le pendait au plafond par les orteils et Vertbois se chargeait des finitions à la canne de bambou, à l'électricité dans les parties et au bélier dans l'estomac et dans les reins. « B », on attachait les mains du prisonnier dans le dos et on le couchait sur le ventre. Vertbois s'asseyait sur sa nuque et ramenait en force, d'un coup très violent, les deux coudes à la hauteur des oreilles. La réaction musculaire faisait pisser le sang par le nez, la bouche, l'anus. Ça s'appelait aussi : « retourner le gésier ». Raymond, qui n'avait jamais voulu assister à ces interrogatoires, n'imaginait même pas ce que les Viêts feraient de lui s'ils apprenaient qui il était. On racontait qu'ils avaient un jour ligoté un homme à un arbre, l'avaient éventré et avaient attaché ses boyaux à la queue d'un buffle qui s'était éloigné de son pas serein.

Chaque prisonnier, sans doute, se berçait de l'espoir d'être délivré par la cavalerie.

Deux fois, on avait entendu, vers le nord, le ronflement d'avions, mais après quelques minutes ils s'étaient éloignés.

Tous avaient compris la situation. Ordinairement, les guets-apens tendus sur le chemin d'une colonne avaient pour but de capturer un minuscule morceau de l'« armée coloniale » mais cette fois, c'était autre chose.

Ils ne serviraient pas de rançon contre quelques milliers de piastres ou des armes américaines.

Un repaire de communistes avait été incendié une semaine plus tôt au lance-flammes, certains habitants enfermés dans les paillotes.

En représailles, les Viêts allaient offrir aux tortionnaires un assez beau spectacle : les soldats suppliciés du Corps expéditionnaire.

Ils souhaiteraient un exemple très démonstratif. Plein d'images, de rumeurs, de légendes revenaient à l'esprit de Raymond qui le mettaient dans les transes et l'angoisse.

On lui avait retiré des lambeaux de peau larges comme le bras sur le devant et l'arrière des cuisses, il avait hurlé à la mort, et, de retour dans la cabane, rien pour cautériser, les plaies avaient commencé à suinter, ça lui faisait un mal indescriptible, la gangrène le guettait lui aussi. Les moustiques vibrionnaient toute la nuit, les piqûres provoquaient des démangeaisons qu'il était impossible de soulager, sauf à gratter les jambes jusqu'au sang, là où la peau avait été arrachée. La nuit dernière, il s'était senti frôlé par un insecte. Il avait bondi et découvert sous lui un mille-pattes lumineux d'une vingtaine de centimètres, le genre de bestiole qui vous mordait et vous donnait une fièvre de tous les diables.

Raymond tentait de repérer la position des autres, il était impossible de s'appeler, de se parler. Pas loin, un peu sur la droite, dans sa cage de bambou, dès le premier jour, le Hollandais avait entamé une chanson en flamand, étonnamment légère, comme une comptine, il chantait d'une voix claire qui contrastait avec son physique épais. C'était un homme brutal qui n'avait jamais montré beaucoup de sentiment. Les gardiens viêts venaient frapper sur les barreaux de bambou, il se taisait, ça ne durait pas longtemps, il reprenait sans cesse le même air, de jour comme de nuit. Les gardiens entraient dans sa cabane et le rouaient de coups, rien n'y faisait, une heure plus tard, il recommençait à chanter. Il dormait par intervalles de deux heures et pouvait reprendre sa chanson, toujours la même, vingt, trente, cinquante fois par nuit. Il n'y avait pas qu'aux Viêts que ça usait les nerfs, de toutes les cabanes provenaient cris et beuglements, puis insultes, même Raymond, épuisé, souffrant, s'y était mis, à l'insulter. Après trois jours et trois nuits, les Viêts en avaient eu marre. Ils étaient entrés dans la cage. Deux l'avaient tenu aux bras et aux jambes pendant que le troisième l'étranglait avec une corde, serrant, tournant, comme avec un linge qu'on essore. La voix du Hollandais, qui poursuivait sa chanson, s'était contractée, transformée en borborygmes, puis plus rien.

Au sixième jour, lorsque Raymond revint de la sortie sanguinolent, pantelant, roué de coups, aphone à force de crier (on lui avait encore retiré de la peau, dans le dos, de grands lambeaux), il comprit la profonde sagesse du Hollandais qui avait choisi de quitter le jeu avant de regretter son entêtement.

Raymond n'y était pas prêt. Il était du genre à espérer. Il calculait. Les camarades qui les cherchaient devaient faire parler tous les Viêts qu'ils connaissaient, tous ceux qu'ils croisaient, ils obtiendraient bien un renseignement, et de fil en aiguille... Ça n'était pas possible, qu'ils ne les trouvent pas, ils avaient marché moins d'une journée après avoir été capturés, ils n'étaient tout de même pas si loin...

Raymond entra dans un délire fiévreux, il ne distinguait plus le jour de la nuit. Il ne savait plus exactement si les gémissements qu'il entendait étaient les siens ou ceux d'autres camarades des paillotes d'à côté.

Puis, pour la première fois, on fit sortir tous les prisonniers.

Ils se regardèrent, hébétés. Chacun avait subi une torture différente, le spectacle que découvriraient leurs camarades partis à leur recherche serait très au point. Raymond y tiendrait donc le rôle de l'écorché vif, Vertbois, celui de l'amputé des deux mains, Chabot, qu'on emportait sur une civière de bambou et de feuilles de bananier et qui geignait en un long cri continu, serait celui à qui on avait cassé toutes les articulations...

Aucun ne tenait debout, on les entassa sur le plateau d'un camion, ils voulurent se parler, mais toutes leurs forces étaient mobilisées à se maintenir lorsque le véhicule heurtait les racines aériennes des figuiers banians ou plongeait dans les nids-de-poule. Raymond passa le voyage à tenter de garder Chabot sur sa civière.

La lumière se fit. Les camions s'arrêtèrent brutalement.

C'était une minuscule clairière. Là-bas, deux buffles, le museau horizontal, tiraient lentement une herse.

Ils descendirent à coups de crosse, furent jetés au sol.

Et soudain, tout le monde se figea, les regards tournés vers le ciel.

Cette fois les ronflements d'avion n'étaient pas perdus au loin, mais là, presque à portée.

On vit alors un Morane, ce qu'on appelait un Criquet, volant à basse altitude. Le cœur de Raymond s'affola. Il était impossible que le pilote n'ait pas vu cette clairière, ni cette cinquantaine d'hommes. D'ailleurs il exécuta un large virage pour survoler de nouveau la zone…

Les soldats français se tournèrent avec anxiété vers les soldats viêt-minh. Étaient-ils pris au dépourvu ? Maintenant qu'ils savaient que le temps pressait, que déjà le Criquet avait dû signaler leur position, qu'une unité de parachutistes allait rapidement décoller pour intervenir, qu'allaient-ils faire ?

Les Viêt-minh, eux aussi regardaient le ciel, mais sans panique ni empressement. Comme si cette arrivée était prévue.

Lorsque le ronflement de l'avion commença à s'estomper, que l'appareil s'éloigna, le petit commandant gueula des ordres.

Ses soldats convergèrent d'un pas décidé vers le groupe de prisonniers. On les releva à coups de botte, de baïonnette.

Seuls deux d'entre eux parvinrent à marcher seuls. Les autres, pantelants, furent portés par des soldats viêt-minh sans égard pour leurs blessures.

Neuf puits avaient été creusés à quelques mètres les uns des autres, de la profondeur d'un homme. Trois d'entre eux étaient déjà occupés par des corps flasques, en cours de putréfaction. Raymond reconnut la nuque tatouée du caporal Vernoux, tué quelques jours plus tôt et celle du Hollandais qui était mort le premier.

On poussa chaque prisonnier dans un trou, les mains liées dans le dos.

Raymond, qui était large d'épaules, ne glissa pas au fond, on dut l'y tasser à coups de crosse, il sentit sa clavicule droite casser net.

Après quoi, deux ou trois Viêts achevèrent de jeter des pelletées de terre sur chacun des prisonniers. Maintenant, seules les têtes dépassaient du sol. De loin, cela devait faire comme un carré de courges rondes.

L'appareil de reconnaissance surgit de nouveau, assez bas dans le ciel. La sueur qui lui coulait dans les yeux empêchait Raymond de le localiser.

Précédait-il une unité de parachutistes qui s'apprêtait maintenant à sauter ?

Vertbois se mit à geindre.

Raymond abandonna le ciel et fut saisi de terreur en voyant les buffles avancer lentement vers eux.

Au-dessus de lui, l'avion repassait, plus bas encore…

Devant lui, les animaux tirant la herse, venaient à leur rencontre…

L'image qui lui traversa l'esprit, ce fut le visage d'Étienne qui, à cet instant-là, à Beyrouth, souriait à sa mère.

Angèle avait consenti à prendre son verre et à le lever, comme les autres.

Elle accepta de sourire à son tour, pour la circonstance.

M. Pelletier avait enfin choisi son sujet.

Il tendit joyeusement le bras vers Étienne en criant :

— À Saigon !

Tout le monde leva son verre et reprit :

— À Saigon !

2

C'est l'Agence qui donne les autorisations

Un mois plus tard, Étienne était toujours sans nouvelles et cette simple expression, « en mission », que Raymond avait employée dans sa dernière lettre comme s'il s'agissait d'une formalité, prenait, avec le grossissement du temps et de l'éloignement, des allures de menace, parfois de catastrophe. Ses pensées passaient d'un extrême à l'autre. Tantôt, sa mission achevée, libéré de son contrat, Raymond le retrouvait à la terrasse d'un café. Il était en civil et expliquait son projet, c'était une scierie, une plantation de caoutchouc, une exploitation de rizières, Étienne approuvait et proposait de tenir les comptes, l'Asie avait des allures de paradis terrestre. Tantôt le silence durait des mois puis un jour quelqu'un arrivait, un camarade qui sonnait à la porte, tournait son képi blanc entre ses mains et annonçait la mort de Raymond. La silhouette un peu floue de cet homme, dont Étienne ne distinguait pas les traits, se découpait sur un fond d'un bleu profond qui lui donnait une allure spectrale.

Il avait regardé des cartes. Son unité se rendait « du côté de Hiên Giang, si j'ai bien compris », avait écrit Raymond. C'était quelque chose au nord-ouest de Saigon. Village ? Région ? C'était très abstrait. Les noms, sur la carte, se ressemblaient tous. Inexplicablement, aux yeux d'Étienne, celui de Hiên Giang renfermait la promesse d'un malheur.

Son angoisse était à la mesure de la révélation qu'avait été sa rencontre avec Raymond, moment de luminosité qui l'avait dédommagé de toutes les rencontres décevantes ou sordides qui avaient été son lot depuis l'adolescence. Peut-être par manque de chance, Étienne n'avait jamais été emporté par la ferveur amoureuse. L'amour, le désir, oui, mais la passion jamais. Aussi le grand légionnaire belge, souriant et sûr de soi, lui était-il apparu dans une sorte de gloire.

L'esprit d'Étienne, lorsqu'il n'était pas affolé par cette absence qu'il ne s'expliquait pas, était habité par une image suspendue dans le temps : celle d'un Raymond barbu, portant un chapeau aux bords relevés retenus par une cordelette, marchant avec d'autres soldats en file indienne dans une sorte de jungle. C'était une image fixe comme une menace silencieuse.

Entre Joseph qui gémissait dans son panier et les passagers qui se plaignaient de Joseph, Étienne ne dormit pas de tout le voyage.

C'est l'Agence qui donne les autorisations

Lorsque la porte de l'avion s'ouvrit, qu'il descendit l'escalier d'accès, la chaleur humide et lourde de Saigon le saisit comme s'il entrait dans un établissement de bains à ciel ouvert. Après quelques pas, la transpiration lui coulait dans le dos. Les femmes s'activaient avec leurs éventails, les hommes giflaient l'air avec leurs chapeaux, le visage en sueur, on tenait à bout de bras les membres de la famille venus vous attendre, de larges auréoles de transpiration s'arrondissaient sous les aisselles.

Déjà accablé par le climat, on s'avançait à pas pesants jusqu'aux voitures sous un ciel blanc dans lequel roulaient lentement de gros nuages qu'on fixait avec une crainte mêlée de soulagement.

— Monsieur Pelletier ? Maurice Jeantet, directeur de l'Agence des monnaies.

C'était un homme grand, aux cheveux presque blancs, au visage fatigué, portant un costume crème. Tout donnait chez lui une impression de lassitude, sa voix, son regard, même sa poignée de main. Il regarda, incrédule, le panier que portait Étienne.

— C'est quoi ?

— Mon chat.

Jeantet poussa un soupir de consternation.

— Allez, venez, c'est par ici…

Il dit cela comme s'il était impatient de se débarrasser d'une corvée.

— J'ai aussi une malle, hasarda Étienne.

Jeantet fit un geste vague comme si ça n'avait aucune importance. Étienne pressa le pas pour le rejoindre, un taxi les attendait dans lequel ils s'engouffrèrent.

— On va déposer votre valise rue Grivelle, c'est l'appartement mis à la disposition des arrivants. Personne n'y est jamais resté plus de quelques jours, je vous préviens.

— Pourquoi ?

Jeantet balaya l'air de la main comme pour chasser une mouche.

— Vous verrez vous-même… Qu'est-ce qu'il pue votre chat !

— C'est le voyage…

— Bah oui…

Étienne comprit bientôt que la fatigue n'était pour rien dans l'attitude de cet homme, c'était du fatalisme. Il en eut la preuve lorsque, par politesse autant que par curiosité, il se déclara flatté que le directeur lui-même vienne l'accueillir à l'aéroport.

— Bah, ça me fait une sortie. Vous venez d'où, déjà ?

— Beyrouth.

Jeantet ouvrit des yeux comme des soucoupes.

— Non ! Beyrouth ? Ça alors ! Vous ne pouviez pas le dire plus tôt ? On ne me dit jamais rien, à moi…

— C'est dans mon dossier, non ?

— Les dossiers, je ne les ouvre pas. De toute façon, je ne peux rien faire, c'est pas moi qui décide des nominations, hein !

Il prenait Étienne à témoin. Le jeune homme ne savait pas quoi répondre, mais Jeantet était déjà revenu à son sujet.

— J'en ai des souvenirs de là-bas !

Le regard perdu dans le vide, il évoqua son service militaire. Il avait fait, sur le chemin de l'Afrique, une halte d'un jour et demi à Beyrouth, mais ce séjour lui avait laissé un souvenir impérissable, il était difficile d'en comprendre la raison. Après avoir répété en boucle « Ah, Beyrouth ! Beyrouth ! », il se tut puis soudain demanda :

— Il fait beau là-bas ?

C'était une question étrange, peut-être en relation avec ce temps-ci, à Saigon. Il avait d'ailleurs penché la tête par la portière pour regarder le ciel qui s'était chargé de nuages sombres :

— Ceux-là, quand ils vont nous tomber sur la gueule… Pff…

Le taxi avait atteint ce qui semblait être le centre-ville lorsqu'un véritable déluge s'abattit.

— Qu'est-ce que je vous disais !

Son pronostic victorieux éclaira brièvement ses traits, puis son visage, tout aussi soudainement, afficha de nouveau cet air consterné, navré, rancunier qu'exhalait toute sa personne.

Les énormes gouttes crépitaient sur la carrosserie comme du gravier, la rue n'était plus qu'un mur d'eau griffé par une pluie parfaitement verticale, on roulait au pas. On distinguait, plus qu'on ne les voyait, les autres automobiles noyées jusqu'à mi-roues dont la silhouette approximative semblait danser sur la chaussée. Étienne, instinctivement, tenait les épaules levées de crainte que le toit du taxi cède brusquement.

Jeantet hochait la tête, désolé par ce spectacle.

— Et ça encore, c'est rien ! Vous verrez, quand ça sera la saison des pluies…

Il se tourna soudain vers Étienne.

— J'ai trois enfants.

On ne savait pas s'il s'en félicitait ou s'il le déplorait ni même pour quelle raison il en parlait à cet instant précis, parce qu'il était déjà passé à autre chose : donner des instructions au chauffeur en vietnamien. Peut-être avait-il des difficultés de concentration…

La voiture quitta bientôt les artères principales, le décor devenait plus populaire. Elle s'arrêta enfin le long du trottoir en dérivant à la manière d'un bateau abordant un ponton. Ils coururent jusqu'à l'entrée d'un immeuble en faisant claquer, sous leurs pieds, des flaques d'eau larges d'un mètre.

Quelques pas sous cette pluie avaient suffi à les tremper. Étienne s'ébroua. Jeantet plaqua négligemment ses cheveux du plat de la main.

Le hall était assez quelconque. Les murs s'effritaient sous des peintures écaillées.

— C'est au deuxième.

C'était une pièce assez grande, impersonnelle et triste, meublée d'un lit en fer, d'une commode qui penchait légèrement sur le côté droit posée sur un tapis de paille usé. Ce qui frappait, c'était la vapeur qui sentait l'amidon, la lessive et qui pénétrait par la fenêtre entrouverte.

Bon, je vous avais prévenu…

Il hochait la tête comme devant un nouveau désastre.

— J'ai pas de budget, c'est tout ce qu'on me donne…

Il désigna la fenêtre.

— C'est une blanchisserie qui se trouve dans la cour, la vapeur monte, on ne peut rien y faire. Sauf à tout fermer, mais alors on crève de chaud…

Étienne avait posé le panier au sol, l'avait ouvert, et Joseph, qui avait bien perdu un kilo, courut se cacher. Étienne sortit une petite écuelle dans laquelle il versa de l'eau et un sachet contenant des biscuits, c'est tout ce qu'il avait, il déposa le tout au pied de l'évier de la cuisine.

Il se relevait lorsque des voix criardes se firent entendre dans l'escalier, des coups sourds résonnèrent jusque sur le palier. Apparurent bientôt deux hommes maigres qui montaient sa malle en la cognant partout, à la rampe, aux angles du couloir, aux portes. Ils étaient très souriants. De toute leur hauteur, ils la lâchèrent sur le sol, visiblement satisfaits de la conduite de leur mission, et restèrent là, comme au garde-à-vous, fixant Étienne avec confiance. Il chercha de la monnaie dans sa poche, n'en trouva pas, il s'apprêtait à s'excuser lorsque Jeantet se mit à insulter les porteurs qui très vite se ruèrent sur le palier et dégringolèrent l'escalier en courant.

— Ils ont déjà été payés, dit-il, mais ils en veulent toujours plus…

— Par l'Agence ?

Jeantet ne répondit pas.

— Bon, on prend en charge les deux premières nuits, ça m'étonnerait que vous vouliez rester plus longtemps. Je vais demander à Diêm de vous trouver autre chose.

Déjà Jeantet, saisi par une sorte d'onde fougueuse et soudaine, faisait demi-tour et quittait la pièce en lui adressant un petit geste montrant son impatience. Étienne se précipita, ferma la porte à clé. Le directeur descendait l'escalier en marmonnant : « Foutre un appartement au-dessus d'une laverie, quelle idée à la con… »

Lorsqu'ils arrivèrent dans la rue, les nuages s'étaient éloignés, un soleil de fin de journée faisait de grandes ombres sur le sol. Une délicieuse odeur de terre mouillée, d'épices, de viande grillée, d'aromates saisit Étienne, le ciel devenait clair, la pluie avait rafraîchi l'atmosphère. Le taxi était toujours là, ils montèrent. La boîte de vitesses grinça.

On revenait vers le centre, avec ses grands immeubles d'une architecture tapageuse, ses larges trottoirs grouillants de monde et cette circulation incompréhensible de voitures mêlées aux vélos, aux cyclo-pousses entre lesquels zigzaguaient toutes sortes de piétons annamites ou européens. Le taxi stoppa devant un immeuble. Près de la porte d'entrée, une plaque de cuivre indiquait : « Agence indochinoise des monnaies ».

Jeantet ne bougea pas.

— Bon, c'est ici...

On aurait juré qu'il était le nouvel employé et qu'au moment d'entrer il hésitait à repartir. Étienne ne savait pas quelle attitude adopter.

— J'ai demandé à Gaston de vous faire visiter.

Excédé de voir qu'Étienne ne le connaissait pas, il ajouta :

— Gaston Paumelle !

Puis, pour lui-même, en ouvrant sa portière :

— Parce que je n'ai pas que ça à faire, moi...

Étienne descendit et courut derrière le directeur qui pénétrait maintenant à grands pas dans l'immeuble.

Ils entrèrent dans une vaste salle d'attente équipée d'un long comptoir grillagé derrière lequel une douzaine d'employés européens s'activaient. Les échos de leurs conversations provoquaient un bruit de fond permanent, feutré, émaillé de quelques exclamations. « Mais vous m'avez dit hier... », s'écriait l'un ; « Ah non, c'est une facture *pro forma* ! » assurait l'autre.

Face au guichet, toutes les chaises, une trentaine, étaient occupées par des hommes en costume, des femmes fardées, des Annamites portant des lunettes d'écaille, des commerçants asiatiques, des matrones en robe de soie, tous serraient entre leurs doigts un ticket jaune pâle qu'un vieil employé obèse distribuait à l'entrée. Loin derrière le comptoir, encore des bureaux surchargés, des employés croulant sous les papiers et, face à eux, sur la chaise des visiteurs, les mêmes clients qui devaient accéder au saint des saints s'ils franchissaient la barrière du comptoir.

— Venez, allez !…

Le directeur avait toujours l'air exaspéré, il fallait en prendre son parti.

Ils entrèrent dans son bureau bourré de dossiers avec, sur sa table de travail, un nombre impressionnant de cadres de photographies qui ne montraient au visiteur que leur dos anonyme et têtu.

Étienne resta debout tandis que Jeantet faisait le tour et s'installait dans son fauteuil directorial. Il avait le dossier d'Étienne devant lui, il l'ouvrit, chaussa ses lunettes.

— Banque franco-libanaise, parfait… Contentieux… Très bien.

Il ferma le dossier, se pencha en avant, prit un petit cadre et le tourna vers Étienne :

— Itsou.

C'était la photo d'un berger allemand.

— Mort l'an dernier. Le climat, forcément… Bon, il me manque quelqu'un aux transferts, c'est là que vous serez. Tiens, voilà Gaston… C'est lui qui va vous… Enfin, vous voyez, quoi…

*

Paradoxalement, bien qu'Étienne soit maintenant en Indochine, il avait été pris dans la tourmente de son arrivée et Raymond ne lui avait jamais semblé si loin. Il se sentait séparé de lui par tout ce qu'il voyait, ce voyage, ce directeur, l'appartement qui empestait la térébenthine, cette ville éclatante, ces odeurs, cette torpeur qui, la pluie passée, était revenue l'accabler…

Et ce jeune homme au grand nez, qui prenait des airs importants.

Gaston Paumelle avait le même âge qu'Étienne, mais d'une tout autre façon, avec des chemises voyantes, une pochette assortie et une chevalière volumineuse à l'auriculaire de la main droite. Gaston, c'était une trentaine satisfaite et confiante mêlée d'une nuance affairiste, le genre à toujours préférer les solutions biaisées. Il avait posé son bras autour des épaules d'Étienne et s'était penché, comme pour lui livrer un secret.

— On se tutoie, hein ? Entre collègues…

Sans douter de la réponse, il avait pris le bras de son nouveau collègue, comme celui d'un vieux camarade qu'il aurait retrouvé avec enthousiasme, disant d'un ton gourmand :

— On fait la visite du château et ensuite, je te conduis à tes appartements !

Il partit d'un rire vif et saccadé. La plaisanterie, qui devait lui faire de l'usage, lui paraissait toujours aussi savoureuse.

— Tu viens d'où, toi ?

— Beyrouth.

Devant le regard interrogatif de Gaston, il dut compléter.

— C'est au Liban.

— Ah, chez les bicots… Et c'est quoi, ton piston, à toi ?

Étienne n'avait jamais imaginé que la place dans cette obscure administration était si convoitée qu'un appui fût nécessaire.

— La chance. Je n'ai aucune relation.

Gaston plissa les yeux et les lèvres. Dans son monde n'existaient que les relations, les intérêts, les services, les dettes et les échanges, le hasard n'y avait jamais pénétré. Il avait allumé une cigarette en marmonnant : « Comme tu veux… »

— Je t'assure…, insista Étienne.

Gaston observa un instant son jeune collègue et lui trouva l'air sincère, cette information était assez déroutante.

« Par ici… », dit-il en gagnant un large escalier de pierre qui distribuait les trois étages composés d'une multitude de pièces absolument identiques, toutes vastes, hautes, équipées de grandes fenêtres dont les vantaux étaient ouverts pour provoquer des courants d'air et au plafond desquelles tournaient les rares ventilateurs qui n'étaient pas en panne.

— Ici, le change…

— Je peux changer mes francs, acheter des piastres ?

Gaston écarta les mains, les paumes vers le ciel, comme un apôtre.

Étienne sortit de son portefeuille quelques billets de mille francs et tous deux s'approchèrent d'un guichet où une femme très myope semblait fondue dans le décor.

— C'est Étienne Pelletier, un nouveau collègue, annonça Gaston d'une voix claironnante.

La femme hocha la tête en plissant les yeux. Étienne tendit ses billets qu'elle compta lentement. Elle alignait scrupuleusement les coupures les unes à côté des autres. Peut-être la nouveauté, ou le climat, ou cet étrange directeur qui ne lui avait pas laissé reprendre sa respiration… Un grand coup de fatigue saisit Étienne, il demanda les toilettes, s'y passa le visage sous l'eau froide, se regarda dans le miroir et trouva son image décourageante.

Sans doute à cause de l'épaisseur des murs et de l'orientation du bâtiment, il régnait une atmosphère moins lourde qu'à l'extérieur, mais saturée d'une odeur de transpiration, de lustrine, d'encre, d'archives, de vieux papiers, d'obsolescence.

Travaillaient là une soixantaine d'hommes, très peu de femmes, assis derrière des tables, des bureaux, cernés par des piles de dossiers qui tenaient debout par miracle. Ici, un document égaré devait être considéré comme une perte sèche. Conduit par Gaston, Étienne serrait des mains, esquissait un sourire, répondait ici et là à des questions qui n'en étaient pas, il oubliait aussitôt les noms qu'on prononçait, les fonctions, les rôles, l'Agence lui paraissait une sorte de fourmilière grouillante entièrement consacrée à une activité vaine, scrupuleuse et obscure.

Ils montèrent sous les toits, entrèrent aux archives, une étuve poussiéreuse où naviguait en silence une vieille Asiatique au visage parcheminé portant une curieuse visière en rhodoïd bleu.

— C'est Annie, chuchota Gaston en rigolant dans le creux de sa main. Alors, Annie, c'est pour quand la retraite ?

— Allez vous faire foutre, ronchonna l'archiviste en leur tournant le dos.

En descendant, Gaston commentait :

— Elle part cet automne, je crois qu'elle a passé quarante-cinq ans dans les administrations françaises, toujours archiviste, c'est incroyable, non ?

Étienne ne voyait pas ce qu'il y avait là de si surprenant. Gaston hochait la tête, l'air de dire : « Je me comprends. » Après un certain temps, les manières du directeur déteignaient peut-être sur les employés.

— Et ici, la chambre de compensation…

Étienne faillit défaillir de nouveau. Il venait de prendre pied dans un autre monde et en ressentait un vertige.

— Ça ne va pas ? demanda le jeune homme au grand nez.

Il pencha sa tête en lame de couteau vers Étienne qui s'était appuyé contre une table et essuyait son front moite avec un mouchoir déjà humide à tordre.

— Si, si… Le voyage…

Étienne tenta un sourire. « Allons, se dit-il. Courage. »

Gaston consulta sa montre.

— De toute manière, c'est presque l'heure…

Ils descendirent. C'était l'heure, en effet, les employés enfilaient leur veste, on posait sur le comptoir des chevalets indiquant « Fermé » à la vingtaine de clients qui n'avaient pu être servis, mais qui sortaient d'un pas calme, on comprenait qu'ils seraient là le lendemain, dès l'ouverture, pour reprendre leur place dans la file.

— Dis-moi, vieux, qu'est-ce que tu fais ce soir ?

Étienne chercha une ligne de fuite, mais il était désorienté, rien ne lui vint.

— Alors, on mange ensemble ! On se retrouve au Rocher du Dragon, tu demanderas, tout le monde connaît. Et après… (il cligna de l'œil droit). Une surprise… Ça va te plaire…

Étienne n'avait pas eu le temps de réagir. Déjà, dans un brouhaha où l'on entendait autant de français que de vietnamien, les employés se pressaient vers la sortie. Gaston avait posé son chapeau de paille dans une inclinaison censée accentuer son élégance.

— Tu vas te retrouver, vieux ?

Étienne fit un signe de la main, un sourire, tout va bien. Gaston s'éloigna d'un pas sautillant.

Étienne était maintenant seul sur le large trottoir.

Autour de lui, la ville battait son plein de fin de journée, les cyclo-pousses sillonnaient la chaussée en s'invectivant, les lourds tramways multicolores klaxonnaient, on entendit une musique d'accordéon quelque part aussitôt étouffée sous les bruits des moteurs, les cris des commerçants. Il avait plu de nouveau pendant qu'il visitait l'Agence. La rue, les trottoirs étaient luisants, bien des passants n'avaient pas ôté leurs capes de pluie et c'était un défilé de couleurs vives, mouvantes comme dans un kaléidoscope. Le spectacle était incessant. Des échoppes de quincaillerie. Des vendeurs de soupes fumantes, de beignets de shisso ou de cigarettes au détail. Un pneu de voiture éclata là-bas, assez loin sur le boulevard. Un attroupement se forma et, tandis qu'il reprenait son chemin, on entendit des sirènes de pompiers.

Étienne prit à droite, au hasard, cherchant un visage d'Européen. Il trouva un homme d'une soixantaine d'années, à la démarche lente qui s'aidait d'une lourde canne en bambou.

— Le mieux, c'est de remonter la rue MacMahon. Vous l'aurez sur votre gauche.

Il avait un accent marseillais. Alors Étienne suivit la direction indiquée par la canne. Ses vêtements lui collaient de nouveau à la peau. En marchant, il sentait rouler dans la poche la lourde clé de l'appartement... Il se souvint que le vieux monsieur avait ajouté :

— Ça fait une trotte d'ici...

Un peu plus loin, des cyclo-pousses étaient garés en désordre le long du trottoir. Les conducteurs fumaient des cigarettes et s'interpellaient en riant. Étienne demanda :

— Vous parlez français ?

Ils étaient déjà quatre autour de lui. Il désigna l'un d'eux, au hasard.

— Le haut-commissariat, vous savez où ça se trouve ?

— Oui, oui, palais Norodom !

Il était déjà sur sa selle, Étienne se cala dans la remorque et regarda la ville défiler tandis qu'au-dessus de lui de nouveaux nuages arrivaient, gris et lourds.

Une dizaine de minutes plus tard, le conducteur le déposait devant l'immeuble qui abritait l'administration française et le QG du Corps expéditionnaire en demandant une somme astronomique qu'Étienne divisa par trois, le conducteur était content, souriant.

L'immeuble, qu'il voyait à travers les grilles fermées, était un immense bâtiment, avec de larges arcades, un fronton romain et un dôme épais et bleuté. Devant la grille, il n'y avait qu'une guérite, mais vide, personne à interroger.

L'averse arriva d'un coup, sans le moindre signe précurseur, droite, crépitante, d'une densité telle que le siège du haut-commissariat disparut derrière le rideau de pluie.

Étienne n'esquissa pas un geste et demeura ainsi, planté sur le trottoir comme un réverbère. Sans Raymond, il se sentait effroyablement seul.

L'averse emporta avec elle les larmes qui ruisselaient sur ses joues.

*

Le Mah-jong tirait son prestige de son ambivalence. La clientèle, c'était le public bourgeois de

Saigon, des couples de Français qui se tombaient dans les bras, les femmes portaient des colliers, des boucles d'oreilles, des châles en soie, des éventails démodés et riaient à gorge déployée, les hommes en costume de lin froissé les tenaient par les épaules, fumaient des cigarettes à bout cartonné, tout ce petit monde buvait des Martini et des cognacs-sodas en parlant fort. Orchestre avec deux accordéons, chanteuse en robe lamée. Des hommes par deux, par trois s'installaient avec la nonchalance débonnaire d'amis venus achever la soirée et entrés presque par hasard pour le coup de l'étrier. Au bar, les *taxi-girls* asiatiques regardaient la salle et échangeaient des commentaires à voix basse. On se serait cru dans un établissement parisien.

Mais, à l'extrémité opposée, c'était tout autre chose.

Aux tables serrées près du vestiaire, les filles étaient là pour une danse d'une autre nature.

Elles étaient cinq ou six en permanence, Annamites en tunique courte qui se relevait outrageusement lorsqu'elles s'asseyaient face à la salle, Chinoises hautaines en robe fendue jusqu'en haut de la cuisse qui posaient sur le monde un regard condescendant. Et c'était le ballet des hommes qui, la cigarette aux lèvres, s'approchaient du vestiaire avec l'air désintéressé de qui vient juste quérir un renseignement, celui de jeunes Vietnamiennes acceptant de se joindre à une table pour un verre et qui riaient dans le creux de leur main, échangeant entre elles des gloussements de collégiennes. Ou la digne sortie d'une Chinoise suivie d'un homme dont les bourrelets à la ceinture faisaient ballonner la veste de costume. C'était ce mouvement croisé, codé, feutré et faussement discret qui faisait en réalité le cœur du spectacle, qui était l'attraction de l'établissement. On devinait, au rire exagéré des femmes de la bonne société, que la proximité avec le vice tarifé leur provoquait des sensations délicieuses. Des ventilateurs étaient impuissants à libérer la salle de la fumée mêlée des cigares et des cigarettes qui donnait au club un air d'aquarium. Sur les tables rondes, une petite lampe surmontée d'un abat-jour de toile rouge était censée souligner l'aspect intimiste du lieu.

Gaston avait emmené Étienne jusqu'à une table qui se révéla stratégiquement placée et offrait sur le vestiaire et les jeunes femmes qui s'y tenaient une vue imprenable.

Toute la soirée, Étienne avait guetté le moment où il pourrait diriger la conversation sur le seul sujet qui l'intéressait, Raymond, mais, à voir Gaston reluquer les filles avec des yeux exorbités, il comprit que la nuit pourrait passer sans qu'il puisse glaner la moindre information concernant les mouvements militaires.

*

Il n'avait pas fait mieux au cours de la première partie de la soirée passée au Rocher du Dragon

(« Tout le monde connaît ! » répétait Gaston), un restaurant bruyant où les clients ne cessaient d'entrer et de sortir, de s'interpeller, de s'asseoir puis de se lever, on comprenait mal qui servait la clientèle, tout le monde semblait passer avec un plat, une assiette, de l'argent circulait de main en main jusqu'à un homme au visage luisant de transpiration et dont le tablier de cuisine, incroyablement sale, disparaissait sous la bedaine. Sans demander son avis à Étienne, Gaston avait passé la commande à une femme affairée qui continuait de passer un torchon sur une table, qui fondit dans la foule, et revint quelques minutes plus tard avec des assiettes pleines de choses qu'Étienne n'avait jamais vues, un réchaud à alcool sur lequel elle posa un poêlon rempli d'huile bouillante, un plat de viande laquée, des nouilles croustillantes, des ananas, des mangues… Tout était délicieux et, pour la première fois depuis son arrivée, il connut un instant de pur bonheur, aussitôt gâché par l'idée que Raymond aurait adoré, que c'était le genre de situation dans laquelle Étienne s'était projeté quand il évoquait leurs retrouvailles à Saigon, mais en face de lui il n'avait que Gaston Paumelle qui penchait son grand nez au-dessus du poêlon, se léchait les doigts l'un après l'autre, en jouant les importants parce qu'il savait deux ou trois choses qu'Étienne ne savait pas encore.

Étienne se souvint du scepticisme de son collègue lorsqu'il l'avait assuré n'avoir bénéficié d'aucun appui pour arriver ici.

— Et toi ? proposa-t-il alors ; tu viens d'où ?

Dès que l'occasion était offerte de parler de soi, Gaston prenait une respiration profonde, comme si cette perspective lui déplaisait et qu'il n'y accédait que pour faire plaisir à son interlocuteur.

— Mon grand-père a vécu toute sa vie ici. Les plantations Paumelle, tu en as entendu parler ?

Mais il n'attendit pas la réponse, parce qu'elle allait de soi :

— Ma famille a fait partie de ceux qui ont construit ce pays. Quand ils sont arrivés, je te parle de ça, hou, ça remonte à loin, eh bien, les niaqués savaient quasiment rien foutre. Même le riz, ils te cultivaient ça à la petite semaine… Mon grand-père disait : « Les Jaunes, c'est des gens qui ont besoin qu'on leur dise quoi faire et qu'on leur montre comment le faire. » J'en étais où ?

— Ton piston…

— Ah oui, mon père… Il est bien placé au ministère des Transports. M'imposer ici, pour lui, c'était… Bon et puis…

Il baissa la voix, se fendit d'un sourire de connivence.

— Il y avait une fille… Dans une situation intéressante. Il valait mieux que je prenne le large, tu vois…

Étienne voyait très bien.

— Alors, venir ici… C'était comme reprendre le flambeau de la famille.

— Il est étrange, M. Jeantet…, risqua Étienne qui cherchait un sujet de conversation.

— Oh, c'est un brave type… Pas très débrouillard, mais brave type.

Il en parlait comme d'un subordonné.

— Il n'a pas l'air de se plaire beaucoup ici..., ajouta Étienne.

— Depuis le temps qu'il dirige la boîte, il est peut-être un peu lassé. Mais qu'est-ce que tu veux... Sa femme, elle, se plaît beaucoup ici.

Gaston dévorait d'impressionnantes portions de nouilles, mais, à l'évocation de l'épouse du directeur, il s'arrêta un court instant :

— Vingt ans de moins que lui et, encore aujourd'hui, sacrément bien fichue, je peux te le dire.

Il resta rêveur, les baguettes suspendues. La femme du directeur serait entrée dans le restaurant, il n'en aurait pas été plus remué. Enfin, il s'ébroua :

— Ils ont trois enfants, tu comprends ?...

Étienne se demanda ce qu'il y avait à comprendre.

— Des grands. Alors, elle est libre d'aller et venir.

Il fit un clin d'œil.

— Toujours fourrée à Tam Dao ou à Bokor, si tu vois ce que je veux dire ?...

— Pas très bien, non.

— Des stations d'altitude. Les pins, les cascades, tout ça, elle dit que ça lui rappelle les Alpes. Elle est de Combloux. Mais moi je me dis qu'il doit y avoir autre chose...

Il se passa lentement la langue sur les lèvres, rêveur, puis replongea dans son assiette. Comme le sujet semblait clos, Étienne saisit le creux de la conversation pour se lancer :

— J'ai un cousin qui est légionnaire, ici, à Saigon...

Comme Étienne ne se servait plus, Gaston mangeait directement dans les plats de service, il ne resterait rien. Ce garçon n'était pas gros, mais il pouvait ingurgiter une quantité phénoménale de nourriture. Il attrapa une dernière fournée de nouilles, s'essuya la bouche avec le coin de la nappe, se recula sur le dossier de sa chaise.

— C'est curieux d'ailleurs…, relança Étienne.

— Quoi ?

— Sa dernière lettre remonte à plus d'un mois, on n'a plus de nouvelles depuis.

— L'aime peut-être pas écrire, ton cousin…

Étienne n'eut pas le temps de répondre, Gaston s'était tapé sur le ventre, s'était penché au-dessus de la table et, d'une voix sourde, avait dit :

— Maintenant, vieux, la surprise ! Tu m'en diras des nouvelles…

Et il s'était levé.

*

Ils étaient au Mah-jong. La « surprise », c'était de rejoindre le lot des hommes venus pour reluquer les femmes, danser avec les *taxi-girls* et repartir avec une prostituée.

Gaston, qui s'était montré, jusqu'ici, supérieurement détaché et avait commenté la situation générale avec autorité, s'était transformé dès son entrée au Mah-jong. Il était devenu un homme fiévreux et agité dont toute l'existence ne tend qu'à un but et qui se trouve soudain devant une épreuve de vérité. Il reluquait les filles avec une avidité gênante.

— Ça va de trois cents piastres à pas loin de mille…

Son regard ne cessait de retourner vers le vestiaire où deux jeunes Vietnamiennes se trémoussaient l'une contre l'autre, donnant le spectacle d'un couple de lesbiennes très déluré auquel personne, évidemment, ne pouvait croire.

— Ces deux-là, dit Gaston en se penchant, on peut les avoir pour mille piastres. Les deux. Ça te tente ?

— Peut-être pas ce soir, hasarda Étienne. La fatigue du voyage…

Gaston le fixa. Pour la seconde fois, il était un compagnon décevant. Mais l'attraction que représentait la présence de ces filles restait la plus forte.

— Ici, chuchota-t-il sans regarder Étienne, elles ne sont pas salopes comme chez nous… Mais si tu choisis la bonne, tu peux tout faire avec, ça revient un peu au même. Les plus chères, ce sont les Chinoises… Celle-là, à droite, la robe jaune, c'est du huit cents piastres. Franchement, avec les Chinoises, c'est de l'argent foutu en l'air. Savent rien faire, veulent rien faire, des feignasses et rien d'autre…

La serveuse venait poser devant eux les cognacs-sodas, Gaston se recula sur sa chaise à la manière d'un propriétaire et ajouta :

— Depuis que je suis là, j'ai baisé les plus belles putes de Saigon, il en arrive toujours de nouvelles. Et j'ai l'œil. Tiens, celle de gauche, avec le chemisier qui laisse voir son nombril, je te parie…

Étienne n'écoutait plus. Il observait son compagnon, sa chevalière, sa montre, son costume… Tout cela ne correspondait pas au salaire d'un modeste employé de l'Agence des monnaies.

— Tu ne bois rien ?

— Si, si…

Étienne leva son verre en souriant.

— Merci pour la surprise…

Gaston était flatté, le nouveau venu remontait dans son estime.

— Mais même sans la fatigue, ces filles seraient trop chères pour moi, poursuivit Étienne.

— Je peux t'avancer, vieux. Si tu es débrouillard, tu auras vite fait de me rembourser…

C'était la seconde fois qu'il évoquait la débrouillardise.

— Comment ?…

Le regard de Gaston s'attardait sur deux nouvelles qui venaient d'arriver.

— Suffit de faire comme les autres. Regarde, moi…

En parlant de soi, il venait de trouver le seul sujet de conversation plus intéressant que les prostituées vietnamiennes. Il montra sa chevalière.

— Mords un peu la bagouze…

— Impressionnant…

— Chaque fois que je ramasse dix mille francs, je change pour une plus grosse. Quand je rentrerai en France, je voyagerai léger, tu comprends ?

Étienne entrait à l'Agence des monnaies au salaire de quinze mille francs. Même avec une ancienneté d'un an ou deux, même avec un poste mieux rémunéré, Gaston ne devait pas gagner beaucoup plus que lui…

— Eh ! s'écria-t-il comme si Étienne l'avait mis en cause. Tout le monde concussionne sur les transferts, je ne suis pas seul, hein !

Il se mit à rire, le nouveau ne connaissait rien à rien, il allait lui expliquer. Pour lui, c'était aussi excitant que d'emmener un puceau au bordel. Il en jubilait d'avance.

— Une piastre, ça vaut huit francs. Mais la France a décidé, en 1945, qu'elle ne vaudrait pas huit francs, mais… dix-sept ! D'ici, tu commandes un truc en France, n'importe quoi, eh bien, la piastre avec laquelle tu as acheté, quand elle arrive à Paris, elle vaut le double de sa valeur ! L'État français paie la différence. Tu expédies pour cent mille francs de piastres, à l'arrivée, ça devient deux cent mille. Tu dépenses un million de francs, ça en vaut deux. Dix millions, ça devient vingt. Il n'y a aucun autre endroit sur la planète où tu peux doubler ta fortune en une semaine, quel qu'en soit le montant.

— Qui demande ces transferts ?

— Des fonctionnaires, des particuliers, des compradors…

Étienne avait déjà entendu ce mot. Un comprador était un intermédiaire local représentant des firmes étrangères auprès des autochtones ou de l'Administration.

— Mais, reprit Étienne, ça n'est quand même pas si simple ! Ces transferts ne sont pas automatiques, il y a bien des règles, non ?

Gaston baissa les yeux pudiquement, comme si on venait de le demander en mariage.

— Ah oui ! pour obtenir un transfert, attention ! Il faut une autorisation en bonne et due forme !

Il attendait la question, attentif et tendu, il devait avoir cette tête-là à l'instant de l'orgasme. Étienne choisit de céder.

— Et qui autorise les transferts ? demanda-t-il.

Gaston tournait négligemment sa chevalière autour de son auriculaire en regardant les prostituées qui se dandinaient près du vestiaire.

— L'Agence indochinoise des monnaies, mon petit père. C'est l'Agence qui donne les autorisations.

3

Ça sentait le journal

À la fin de son service François n'avait qu'une envie, baisser les bras, les laisser tomber comme des pierres. Il avait mal aux épaules, aux coudes, le dos raide, les jambes flageolantes. Les derniers paquets glissaient plus lentement, le bruit infernal des rotatives diminuait progressivement, on aurait dit un train à l'entrée en gare. Quand tout s'arrêtait enfin, on n'y croyait pas, un silence vibrant s'installait. D'abord, personne ne se parlait, on regardait ses mains, des mains noires de mineur de fond, puis on s'ébrouait. Ici, dès qu'une tâche était achevée, une autre commençait, les personnels se croisaient sans arrêt. À peine les machines en sommeil, les nettoyeurs débarquaient, frais comme des gardons, vous poussaient presque, faisaient sonner leurs burettes d'huile en les posant au sol, ouvraient les bidons qui dégageaient des vapeurs d'essence et imbibaient leurs chiffons gras. Maintenant que l'atmosphère n'était plus saturée par le bruit écrasant des presses, les échos de la vie normale revenaient, on recommençait à s'interpeller, à blaguer. François regarda, entassés sur le chariot, les derniers paquets de journaux qu'il avait sanglés et qu'on poussait vers le monte-charge menant au quai de chargement. Là-haut, les camions attendaient, moteurs ronflants, accélérateurs nerveux, les chauffeurs piaffaient d'impatience, personne n'aimait partir le dernier, ça donnait l'impression d'être déjà en retard alors qu'on n'avait pas commencé sa tournée…

Il était sept heures du matin, la troisième édition du *Populaire* prenait la route.

François alla se laver les mains, les avant-bras, il n'y parvenait jamais tout à fait, l'encre s'incrustait dans les ridules, sous les ongles, même à la pierre ponce, ça ne partait pas. « Tu t'es lavé les mains, mon grand ? » La voix de sa mère, deux semaines plus tôt, lui résonnait encore dans la tête. Il revoyait son œil en coin, sceptique, rond comme celui d'une volaille et qui fixait le vide avec inquiétude… Et cette manière qu'elle avait d'exprimer sourdement les choses sans les dire qui l'avait toujours horripilé.

Il était en colère contre elle parce qu'elle était en grande partie responsable de la situation inextricable dans laquelle il se trouvait.

Au rang des professions honteuses et des métiers infamants, à côté des prostituées et des garagistes, Mme Pelletier avait toujours placé les journalistes. Cela tenait à une histoire aussi ancienne que ridicule :

M. Chamoun avait failli la renverser alors qu'elle était enceinte. Il travaillait à *L'Orient*, le grand quotidien beyrouthin où il était rédacteur et se prétendait journaliste. L'incident serait passé inaperçu s'il n'était sorti du café en exhalant une forte odeur d'alcool. Fidèle à son goût pour les généralisations pratiques, Mme Pelletier n'était jamais revenue sur la conviction que le journalisme était un métier d'alcoolique.

Le malheur fut évidemment que ce soit la seule profession pour laquelle François se sentît fait. C'est avec *L'Orient*, que son père rapportait le soir, qu'il avait découvert la lecture. Voir imprimés et diffusés dans toute la ville, mieux, dans tout le pays, les comptes rendus d'événements qui s'étaient passés dans son quartier, quasiment dans sa rue, le laissait baba. À l'occasion d'un début d'incendie dont il ne s'était même pas aperçu, il découvrit un jour, avec émerveillement, une photo de leur immeuble. Il trouvait, dans la page des sports, les reportages sur les courses cyclistes et les matchs de boxe dont on parlait à l'école. M. Pelletier avait fait encadrer un reportage réalisé en 1937 à la savonnerie, mais son épouse n'accepta de l'accrocher que dans un coin assez inaccessible du couloir parce qu'il avait été rédigé par M. Chamoun, cet ivrogne. *L'Orient* était, à la maison, une sorte d'institution honteuse. En cachette, le soir, François lisait le feuilleton quotidien, « Tendre Corinne », et terminait les mots croisés sur lesquels son père s'endormait invariablement.

Lorsqu'il fut question de choisir des études, c'est-à-dire un métier, François fit quelques tentatives assez vagues en direction du journalisme, mais en comprit bientôt l'inanité. Il chercha une discipline que ses parents pourraient approuver, la proposition de devenir professeur recueillit de fervents suffrages. « Transmettre le savoir, c'est une belle mission », dit M. Pelletier. « Oui, fonctionnaire, c'est bien », confirma son épouse.

Comme François était un élève brillant, il opta pour l'École normale supérieure parce qu'il n'y avait pas d'équivalent à Beyrouth. Il venait de gagner son billet pour Paris. L'année de son second bachot, il fit donc le voyage afin de se présenter au concours d'entrée de l'École, mais, au lieu de cela, il se contenta de glaner auprès d'anciens élèves quelques informations sur le sujet des épreuves qui lui permirent de discourir, par courrier, sur les difficultés auxquelles il était censé s'être confronté. Son père, qui clamait déjà au Café des Colonnes que son fils allait bientôt assurer à la dynastie Pelletier une célébrité qui en laisserait plus d'un baba, voulait tous les détails. François, qui n'avait qu'une idée assez vague de ce qu'étaient réellement ces épreuves auxquelles il ne s'était même pas inscrit, fut gêné de mentir à longueur de lettre, mais il s'encouragea en pensant qu'il s'agissait, au fond, d'un entraînement au journalisme.

Trois semaines plus tard, il envoya à ses parents un télégramme enthousiaste annonçant sa réussite à un rang honorable. Louis exulta et offrit deux tournées.

François se dit qu'il avait maintenant quatre ans devant lui pour devenir un journaliste de premier plan, et si possible un chroniqueur célèbre. Ses parents s'amuseraient alors d'une supercherie qui viendrait nourrir la légende familiale dont son père tenait l'inépuisable chronique.

Dix-huit mois plus tard, il voyait les choses assez différemment parce qu'il s'était présenté à tous les quotidiens (et à plusieurs magazines) de Paris où personne n'avait voulu de lui. Sauf au *Populaire* où il avait profité d'un malentendu pour obtenir un emploi de « receveur », il passait ses nuits à empiler les journaux, à les sangler et les charger sur des chariots, les cours à Normale Sup devaient être moins salissants.

François remonta à la surface et resta sur le trottoir pour allumer une cigarette, serrant la main des copains pressés de rentrer chez eux. Il sortit de sa poche un billet froissé que Mme Moreau, sa concierge, que tout le monde appelait Léontine – une sacrée bavarde, quand on tombait sur elle, impossible de savoir quand on repartirait –, avait déposé sur son paillasson et qu'il avait trouvé un peu avant minuit, au moment de partir. L'écriture de Gilbert : « Tu peux passer me voir à la fin de ton service ? » Il consulta sa montre. Gilbert ne terminait qu'à dix heures, François avait largement le temps de filer à Rambuteau.

Le métro était bondé, les visages moroses. À son arrivée, en septembre 1946, Paris lui était apparu comme une ville grise, épuisée. L'euphorie de la Libération, toute faite d'espoir et d'enthousiasme, était retombée comme un soufflé. Paris avait l'air vieux. Confronté aux privations, au rationnement, aux difficultés de transport, au chômage et au logement précaire quand ce n'était pas à la misère, l'optimisme de la victoire avait cédé le pas à l'inquiétude, aux expédients, à la même débrouillardise qu'en temps de guerre, « c'était bien la peine d'avoir vécu l'Occupation pour en arriver là », c'est ce que François lisait sur les visages. Il n'avait connu que des grèves, même les flics s'y étaient mis. 1946 avait été très agitée et 1947 soixante fois pire. Une nuit, le pain passa de sept francs à onze et demi. Avec ça immangeable, indigeste, jaune comme le maïs de M. Truman. Cette année, on s'attendait à une inflation de plus de quarante pour cent. Son pantalon faisait des poches aux genoux, son chandail rapiécé était masqué par un blouson auquel il manquait deux boutons, mais, quand il regardait autour de lui, il voyait ses semblables, les filles se donnaient un mal de chien pour paraître jolies, on aurait dit qu'elles s'étaient toutes habillées en province dix ans auparavant. Ajoutez à ça qu'à un hiver épouvantablement froid avait succédé une canicule estivale. Entre-temps, Renault s'était mis en grève, la ration de pain individuelle était passée de trois cents grammes à deux cent cinquante, puis à deux cents, les pompistes avaient rejoint les cheminots, les éboueurs, les fonctionnaires, les transports publics s'étaient complètement arrêtés en octobre, juste avant la grève des instituteurs, la société française vivait dans une tension permanente, la psychose éclata en décembre lorsqu'on attribua le déraillement du train Paris-Lille à un sabotage syndical. On était maintenant en 1948 et rien n'allait mieux. La dévaluation de quarante-cinq pour cent avait aggravé la situation de tout le monde ; quand les mineurs s'étaient mis en grève, le gouvernement, jurant au complot communiste, leur avait envoyé l'armée. François s'était promis, à son arrivée, de ne pas toucher aux douze mille francs que ses parents lui envoyaient chaque mois afin, tôt ou tard, de les rembourser, mais le coût de la vie allié à la modicité de son salaire l'y contraignait. Il avait beau faire attention à tout, il ne cessait de mordre dans le pécule, il ne voyait pas comment s'en sortir autrement.

François descendit à Rambuteau et, comme chaque jour, entra d'un pas décidé au *Journal du soir* où, à force de le croiser, tout le monde pensait qu'il travaillait. C'était un grand immeuble de la rue Quincampoix, naguère siège de journaux collaborationnistes, sur lequel Adrien Denissov, le nouveau patron, profitant du désordre des premiers jours de la Libération, avait jeté son dévolu parce qu'il disposait de linotypes et de rotatives modernes. Il l'avait pris d'assaut en compagnie de deux quotidiens confrères issus de la Résistance. Quasiment un acte de piraterie. Sous son impulsion, en quelques semaines le *Journal*, vieux titre parisien qui n'intéressait plus grand monde, s'était transformé, nouvelle maquette, nouvelle approche, les lecteurs avaient aimé, ça ne ressemblait pas à ce qu'on voyait ordinairement. Lorsque les pouvoirs publics s'étaient avisés de l'occupation illicite du *Journal*, c'était trop tard, les presses tournaient à plein régime.

C'était là, et nulle part ailleurs, que François avait rêvé de travailler.

Denissov était un journaliste de trente-huit ans qui avait fait la guerre de l'autre côté de l'Atlantique et était revenu à Paris avec des idées plein la tête, des projets à revendre, une énergie sidérante et un slogan qui avait produit beaucoup d'effet sur François : « Les grands journaux doivent être indépendants des partis politiques. » C'était tout à fait à contre-courant. Les organes de presse qui comptaient étaient très souvent liés à des mouvements partisans. Denissov, lui, voulait des journaux financés par les lecteurs et la publicité afin de demeurer indépendants. Dans une période où il n'était pas rare que les gouvernements ne survivent pas au trimestre, Denissov déclarait vouloir « des journaux qui durent dans un monde qui change ». Il savait se démarquer de ses concurrents. François, attentif à l'actualité de l'Indochine depuis que son frère s'y trouvait, le constatait fréquemment. Quand *L'Intransigeant* titrait : « La poussée communiste menace la position de la France », que *L'Aurore* soulignait « la nécessité du maintien des responsabilités françaises », Denissov, lui, envoyait sur place des reporters qui tenaient autant du journaliste que de l'aventurier et livraient des reportages intitulés : « J'étais avec les légionnaires dans l'enfer de Nam Dinh ! »

C'est donc là que François s'était présenté en premier. Il lui avait fallu trois jours pour intercepter Denissov qui d'emblée lui fit un peu peur. Chez cet homme tout était long, la taille, les mains, le nez, comme un enfant qu'on aurait étiré à la naissance et qui ne serait jamais revenu à des proportions normales. Il avait, derrière des lunettes rondes, un regard gris clair, perçant, des cheveux coiffés en arrière et plaqués sur son crâne en pain de sucre par une brillantine luisante comme du poil de loutre. Il était d'origine russe par son père, mais très américain par sa culture, on lui prêtait un passé prestigieux au *New York Times*, au *Chicago Tribune*, personne n'avait jamais vérifié, dans la presse comme ailleurs, on avait besoin de héros. Denissov professait avec conviction des idées qui n'étaient pas les siennes, mais qu'on lui attribuait volontiers parce qu'elles étaient neuves et venaient de cette Amérique qui était à la mode.

— Je n'ai pas besoin de journalistes, mon vieux, j'ai besoin…

Denissov s'arrêta au beau milieu du hall et fixa François en fronçant les sourcils. Comme il était plus grand que la moyenne, il vous regardait toujours en plongée, du dessus, il fallait lever la tête pour lui parler, ça ne facilitait pas le contact.

— J'ai besoin de tout, en fait. De papier, de camions, de publicité, et même de lecteurs…

François, il est vrai, choisissait la pire période pour tenter sa chance dans la presse. En quelques mois, le coût du transport avait augmenté du quart, le prix du papier était seize fois plus élevé et l'impression d'un quotidien vingt-cinq fois plus chère que cinq ans auparavant, la publicité rentrait mal, il avait fallu augmenter le prix de l'exemplaire, ce qui dissuadait bien des lecteurs de s'arrêter au kiosque, c'était un cercle vicieux.

Denissov sembla plongé un moment dans des pensées noires dont il sortit soudainement comme assailli par une constatation tragique.

— Oui, le papier, c'est la vraie question…

Il se tourna vers François :

— Finalement, les journalistes, c'est ce qui manque le moins.

— Je suis un patriote…

— Les patriotes, ça manque encore moins que les journalistes !

— J'étais à Damas en 41…

François, voyant que cette mention avait arrêté Denissov dans son élan, ajouta :

— Avec le général Legentilhomme…

Ce chapitre n'était pas le plus connu de la Seconde Guerre mondiale, mais Denissov se souvenait que, dans cette bataille, des Français des Forces françaises libres s'étaient battus contre des Français vichystes.

— Pas de décoration, alors ?

— Non, dit François. C'est comme si on n'avait rien fait.

Il y avait de la rancœur dans sa voix. Cette bataille, qui avait causé plus de mille morts, avait été considérée comme un épisode de guerre civile, il n'était pas question de récompenser des Français pour avoir tiré sur des compatriotes, aucune décoration, aucune citation n'avait été accordée à personne.

Denissov regarda droit devant lui, vers l'accueil, le hall, son regard flotta un moment.

— Et puis d'abord, pourquoi vous voulez entrer ici plutôt qu'ailleurs ?

François avait préparé sa réponse, dans son esprit les phrases avaient tant roulé qu'elles avaient un beau poli d'argenterie, mais, devant ce géant qui baissait la tête vers lui comme un entomologiste, il ne savait plus quoi dire :

— Ici… ça n'est pas pareil qu'ailleurs.

— Ah oui ?

Il attendait la suite, François risqua :

— Les autres font des journaux pour les partis politiques. Vous, vous préférez les lecteurs aux électeurs.

— Pas mal…

Quand Denissov souriait, ses lèvres dessinaient une ligne parfaitement horizontale qui semblait rayer son visage de part en part. Il y avait en lui quelque chose de fort, d'irrésistiblement séduisant. Était-il marié ? François ne vit pas d'alliance. Un « homme à femmes », disait-on de lui, et il se prit à l'envier, c'est le genre d'homme qu'il aurait aimé être.

— Vous savez écrire ?

François hocha la tête pour souligner la modestie de sa réponse.

— Il paraît que je n'écris pas mal…

Denissov ferma les yeux, déçu.

— Si vous écrivez bien, le journalisme n'est pas fait pour vous, faites plutôt des romans !

Il reprit sa marche à travers le hall.

— Vous préférez des gens qui écrivent mal ?

Denissov se retourna, François pensa qu'il allait le gifler.

— La presse est remplie de gens qui font des phrases. Ici, on fait des articles.

— Ça n'est pas pareil ? risqua François.

— Non. Au *Journal*, on ne fait pas de phrases. On raconte des histoires.

C'était fini. Il avait repris son chemin vers l'ascenseur. François le suivit d'un pas de vaincu, mais l'arrivée du patron était attendue, déjà une petite cour le cernait, il faisait face à une avalanche de questions. Il répondait vivement à tout, oui, non, d'accord. Parfois il chaussait ses lunettes, prenait une dépêche qu'on lui tendait, la parcourait d'un regard concentré puis la rendait en livrant son verdict. Il écoutait toujours avec attention, mais détestait qu'on se répète : « Ça, vous me l'avez déjà dit… » Pensant imiter sa vivacité, son efficacité, certains devenaient expéditifs. « Vous devriez y réfléchir à nouveau », disait-il sobrement. Au *Journal*, ce conseil était l'équivalent d'une gifle.

L'ascenseur s'ouvrit, le liftier l'accueillit d'un « Bonjour patron » assez joyeux. Et Denissov disparut sans un regard pour François.

Depuis, chaque jour, après son service, il venait au *Journal.*

Il s'était d'abord posté devant le mur des petites annonces puis s'était enhardi, était monté, par l'escalier, jusqu'à la rédaction, puis était descendu aux rotatives. Au marbre, on le pensait rubricard ; à la rédaction, on le croyait linotypiste ; à la composition, on le disait correcteur.

Pour la première fois, il comprenait l'engouement de son père pour « le parfum du métier ». Ici, ce n'était pas l'odeur des huiles et de la soude, mais le plomb d'imprimerie, l'ébonite des combinés téléphoniques, la transpiration mêlée à des relents de vin de cave. Ça sentait le journal. Jamais François n'avait été aussi certain que sa place était là. Et tandis qu'il saluait discrètement des hommes et des femmes pressés, courant, s'apostrophant, riant, s'engueulant et qui lui répondaient distraitement en croyant le connaître, il vivait une seconde injustice, ce qui était beaucoup pour une jeune existence. Après que sa guerre était passée aux oubliettes, la porte du seul lieu dans lequel il avait envie d'exister lui restait fermée. On devait le penser timide parce qu'il débouchait toujours des angles de couloir comme s'il entrait dans la chambre d'un malade. C'est qu'en fait sa terreur était de tomber sur Denissov. Par bonheur, sa voix s'entendait de loin, ce qu'il pouvait brailler parfois, ça n'était pas croyable.

François fit un tour dans les services, se pencha sur les nouvelles du matin, incapable de résister à la tentation de chercher un titre pour chaque fait divers, chaque information. Il descendit humer l'atmosphère de la salle des machines, regarda de loin le marbre où, de toutes les silhouettes courbées sur les épreuves, montaient les volutes bleues des fumées des pipes et des cigarettes.

François vit l'heure à la grande pendule ronde, neuf heures et demie. Il était temps de partir.

Il reprit le métro. Gilbert était reporter à *La Semaine des sports*, rue de la Grange-aux-Belles, mais rêvait d'entrer à *L'Intransigeant*. « Ça, c'est un journal ! » Il ne comprenait pas que François, lui, en tienne pour le *Journal du soir*, cette « feuille de chou ».

Ils s'étaient rencontrés l'année précédente quand François faisait la tournée des périodiques en cherchant un emploi, ils avaient bu des coups et ne seraient peut-être pas restés camarades si Gilbert n'avait eu une sœur, Mathilde, fille assez dégourdie, avec qui François avait fait affaire assez rapidement. C'était une liaison si tranquille qu'elle en devenait inquiétante. Mathilde allait avec lui au cinéma, canoter au bois de Boulogne et dormir avec lui « quand ça lui chantait ». Elle repartait le matin sans rien promettre ni rien demander, ce qui convenait bien à

François qui se demandait toutefois si elle faisait ça avec d'autres, ce qui lui plaisait moins.

Le travail venait de finir à *La Semaine*. François, qui avait ses entrées, salua des camarades, passa par le grand entrepôt où l'on stockait, les unes sur les autres, les colossales bobines de papier de six tonnes destinées aux rotatives et retrouva aux vestiaires un Gilbert au visage tiré qui l'attrapa par l'épaule fébrilement, viens, viens, ça semblait pressé. Au lieu de traverser la rue pour aller jusqu'au zinc, Gilbert s'adossa à la porte en fer de l'issue de secours.

— Ah mon vieux…, disait-il. T'en parles à personne, hein, tu me promets ?

Il était bouleversé.

— *La Semaine des sports*, c'est fini, ils vont tirer le rideau…

Gilbert était un garçon bien informé.

— C'est confidentiel, tu comprends ? Ça sera officiel dans une huitaine de jours, pas avant, parce qu'ils craignent des mouvements sociaux…

Gilbert allait perdre son emploi. François eut presque honte d'avoir le sien.

— Tu pourrais te renseigner au *Populaire*, s'ils cherchent pas des gens ?…

Tous deux connaissaient la réponse, c'était manière de dire.

— Je vais demander, bien sûr…

Maintenant qu'il avait fait sa confidence et trahi le secret, Gilbert était épuisé. C'était un garçon blond, assez fort, qui avait hérité de ses années de boxe un nez qui partait sur la droite et lui donnait un air tendre, un peu perdu. François regardait par terre, il réfléchissait.

— Allez, viens, dit Gilbert, on va s'en jeter un…

— Non, excuse-moi, j'ai… j'ai un truc à faire… On se voit plus tard ?

Gilbert écarta les bras, impuissant, François était déjà parti, courait au métro, retourna à Rambuteau, entra au *Journal* d'un pas plus décidé que jamais. L'ascenseur venait d'arriver, il s'y engouffra.

— Vous travaillez en bas ? demanda le liftier d'un air entendu.

— Oui, enfin, non…

La double porte battante du large couloir séparait le secrétariat de direction de la salle de rédaction, il y avait tout le temps du monde. François s'avança, ébahi par cette atmosphère qui n'avait aucun équivalent. Pour lui, le *Journal* n'était pas une entreprise, c'était une aventure. Les gens qui s'y activaient n'étaient pas des employés, c'étaient des pionniers.

— Qu'est-ce que vous foutez là, vous ?

Alors qu'il était toujours parvenu à l'éviter, il se trouvait soudain face à Denissov.

François sourit, regarda autour de lui.

— Trente bobines de papier disponibles, dit-il à voix basse, pas chères, vous seriez tenté ?

Denissov pencha la tête.

— *La Semaine des sports* va s'arrêter, c'est confidentiel, ça ne sera officiel que dans quelques jours.

À mon avis, vendre leur stock de papier avant la faillite, ça arrangerait bien tout le monde…

Denissov éclata d'un petit rire sec et hocha la tête.

— Tiens, Malevitz, viens ici !

Il avait attrapé par le bras un homme d'une quarantaine d'années, guetté par l'embonpoint, à la barbe et aux cheveux blancs, mais dont les épais sourcils, d'un noir intense, apportaient à son regard quelque chose d'inquiétant.

— Je te donne…

Denissov se tourna vers François.

— François Pelletier…

— Allons-y pour François Pelletier. Tu me le mets aux faits divers. Dans deux semaines, s'il n'a pas fait l'affaire, tu le fous dehors.

Malevitz ouvrait la bouche, mais fut interrompu par Denissov qui, du seuil de son bureau, s'était retourné vers eux et criait à François :

— C'est neuf mille francs !

Le jeune homme leva la main en signe de remerciements. Son salaire mensuel venait de diminuer de trois cents francs.

4

Et pourtant, il y aura une fin…

Malgré ou peut-être à cause du décalage horaire, Étienne n'était pas parvenu à dormir. À peine quelques heures de sommeil et il était déjà assis sur son lit, on n'était encore qu'au milieu de la nuit. Joseph avait ouvert un œil, s'était retourné, rendormi.

Comme il le faisait fréquemment depuis le départ de Raymond, Étienne alluma une cigarette et posa sur ses genoux le protège-livre en cuir souple dans lequel il conservait sa correspondance. Raymond commençait toujours par : « Mon cher Étienne ». Rien de moins intime, mais il était hanté par la crainte que ses lettres soient interceptées par la censure militaire. « Tu m'écris comme à un cousin de Bretagne », avait répondu Étienne, mais il se gardait de toute provocation épistolaire, il ne voulait pas mettre son ami en difficulté.

« C'est un climat éprouvant », écrivait Raymond, et il ne s'agissait pas uniquement de météo. Il y avait certes la question de la chaleur, de l'humidité, des pluies soudaines, mais aussi une certaine atmosphère de suspicion. « Cette population est imprévisible et inquiétante. Le cuisinier, l'éclaireur recruté une semaine auparavant peut jeter soudain une grenade au milieu du groupe et s'enfuir à toutes jambes. » Mais, sans doute pour ne pas plonger Étienne dans l'angoisse, lettre après lettre, Raymond évoquait de moins en moins le quotidien, alors quoi, quand on en a fini avec le monde, il faut bien parler de soi… Il le faisait avec parcimonie. Par deux fois Étienne était revenu sur son engagement. Ça n'est pas tous les jours qu'un instituteur s'enrôle dans la Légion, mais c'était une explication à laquelle Raymond résistait toujours. « Je te raconterai tout ça. » Il éludait. Étienne n'insistait pas mais il se faisait des romans. Raymond a tué quelqu'un et il a dû s'enfuir. C'est un garçon solide qui a évoqué des bagarres à l'école, mais de là à se faire assassin…

Militaire, Raymond avait conservé une écriture d'instituteur. Il laissait une marge de cinq centimètres à gauche et calligraphiait avec des pleins et des déliés. Aucune faute d'orthographe, jamais. Voilà aussi ce qui avait charmé Étienne quand ils s'étaient rencontrés, Raymond était un homme cultivé. Au moment de rejoindre la caserne, s'il était en retard, il disait : « Toi, Hermès, tu peux tout te permettre mais moi, je ne peux pas indisposer les dieux ! » Il avait l'air sérieux, impossible de savoir s'il l'était réellement. Ils se voyaient plusieurs soirs par semaine, son affectation le permettait, et, comme Étienne ne l'avait jamais lue, Raymond lui avait raconté presque toute l'*Odyssée*. Qu'est-ce qu'il fout dans la Légion, c'était une question lancinante. C'était si déroutant, un amant qui vous raconte le périple d'Ulysse, si inattendu. Si respectueux. Pour Étienne, c'était comme une révélation. Il n'osait pas croire à sa chance d'être choisi par un homme comme lui.

« Non, écrivait Raymond plus récemment, je ne retournerai jamais là-bas. » C'est de Bruxelles qu'il parlait, où il avait été élevé. « Voudrais-tu rester avec moi ? » Aujourd'hui encore ces quelques mots faisaient monter les larmes aux yeux d'Étienne. Car, maintenant, Ulysse, c'était lui. Lui qui voulait retrouver son amour dont il était séparé depuis trop longtemps. Lui qui faisait le voyage pour le rejoindre.

Les dieux lui seraient-ils favorables ? Le doute l'étreignait.

*

Sans la torpeur tropicale et les accents asiatiques que l'on entendait partout, l'Agence indochinoise des monnaies à Saigon, avec ses couloirs flétris, son parquet bruyant, ses portes fermées, ses ventilateurs chaotiques et grinçants, ses bureaux surchargés et ses fonctionnaires débordés, aurait ressemblé à n'importe quelle administration française. Étienne avait été incapable de reconnaître les collègues à qui, la veille, il avait été présenté. Quand quelqu'un lui faisait un petit signe, il hochait la tête et se fendait d'un sourire.

Beyrouth, mars 1948

Conduit dans la grande salle située derrière le comptoir grillagé, il serra la main de ses nouveaux collègues français et asiatiques, mais furtivement parce que tous étaient en conversation avec un client. Les demandeurs d'un « transfert sur France », c'est-à-dire d'un achat en France, passaient d'abord au guichet où l'on vérifiait que leurs demandes étaient complètes. La tâche d'Étienne serait d'étudier ensuite ces dossiers puis de recevoir les demandeurs pour un complément d'information ou pour leur faire connaître la décision de l'Agence.

Il commença par nettoyer le plateau poisseux du bureau qui lui avait été attribué puis replaça la pile de dossiers qu'il avait déposée au sol. Après quoi il s'installa sur une chaise qui couinait à chaque mouvement et se mit au travail.

Les affaires à traiter concernaient principalement des achats de marchandises en France par des sociétés coloniales. Chaque demande était assortie d'une longue explication destinée à montrer le bénéfice de ces acquisitions pour l'économie indochinoise. On achetait en France des moteurs, des outils, des semences maraîchères, des films, des tôles, des sacs de ciment, des lavabos, des parapluies, des engrais, des lampes de poche, des fournitures de bureau, c'est fou la quantité de choses qui manquaient à l'Indochine pour fonctionner ou se développer normalement. Étienne passa sa première matinée à vérifier des devis et des factures, c'était très fastidieux, la chaleur n'aidait pas, ni la fumée des cigarettes.

Au fur et à mesure qu'il les étudiait, il plaça à sa droite les demandes qui semblaient régulières, de l'autre côté celles qui paraissaient suspectes (il subodorait des surfacturations).

La seconde pile fut bientôt deux fois plus haute que la première.

Que fallait-il faire ?

Le directeur ne lui avait encore donné aucune instruction.

En milieu de matinée, il vit un de ses collègues s'éloigner en se tenant les reins, un nommé Maurice Belloir, un des rares dont Étienne avait retenu le nom, homme gras, aux traits épais, au cheveu cendré, avec de gros sourcils bosselés comme on voit aux lions du jardin zoologique ou aux samouraïs furieux des estampes japonaises. Il avait les doigts jaunes de nicotine. Son épouse, avait expliqué Gaston en aparté, choisissait ses amants parmi les officiers supérieurs et, comme elle se montrait assez offensive dans ses démarches, on la surnommait « le Corps expéditionnaire ». De son côté, Belloir avait pour maîtresse une Annamite installée dans un appartement de la rue Catinat où elle s'occupait, avec quelques domestiques, des deux enfants qu'il lui avait faits en quatre ans.

Étienne se leva à son tour et, au prétexte d'avoir, lui aussi, besoin d'un peu de détente, il le rejoignit sur la terrasse.

Avec une infinie patience, Étienne échangea avec lui sur la rudesse du climat (« Tu verras, on s'y fait »), la monotonie du travail (« Il n'y a que deux boulots possibles ici : les emmerdants et ceux qui apportent des emmerdements. Je préfère les premiers… »), la saison des pluies (« Quand ça tombe, tu verras, c'est pas de la rigolade… ») et, la cigarette achevée, alors qu'ils se dirigeaient de nouveau vers les bureaux :

— J'ai un cousin dans la Légion étrangère.

— Ah oui ? Ici, à Saigon ?

— Oui. Et c'est bizarre, on n'a plus de nouvelles de lui depuis plus d'un mois…

Belloir leva les yeux vers le plafond et adopta l'air profond d'un homme parfaitement informé.

— On a dû l'envoyer mettre de l'ordre du côté des sectes. Je me suis laissé dire que les Bình Xuyên étaient assez remuants ces temps-ci.

Pour Étienne, entendre parler de « sectes » en Asie était étrange. Le Corps expéditionnaire n'était pas ici pour… une guerre de religion, si ? Sa surprise se vit. Jamais dans ses lettres Raymond n'avait évoqué de secte. Le Viêt-minh, oui, les communistes évidemment, mais des sectes, jamais.

Belloir accentua encore son air inspiré, c'est une posture qu'il aimait, à ses yeux elle lui donnait du lustre et de la grandeur.

— Les sectes, c'est pas seulement de la religion, tu vois… C'est que…

Il semblait embarrassé d'expliquer ces choses comme s'il s'adressait à un non-initié à qui il hésitait à révéler des vérités supérieures.

— Les Jaunes, tu verras, c'est une race très spéciale. Superstitieux comme tout. Besoin de croyances, depuis toujours. Alors, il y a des sectes partout, dans toutes les régions de l'Indochine. Une secte, ça tient du culte, de la bande armée, de la mafia, du gang et, du coup, ça ratisse large, ça devient une vraie puissance.

— Mais les gens... croient en quoi ?

Belloir laissa échapper un rire suffisant :

— Ils croient dans la secte ! Parce que, entre la France qui colonise et le Viêt-minh qui terrorise, la secte, c'est la seule solution pour avoir un peu de paix. Au début, c'est une croyance. Après, pour se protéger, ils fondent une armée. Pour satisfaire leurs besoins, ils traficotent dans l'opium et, du coup, la secte grandit. Et plus elle grandit, mieux les adeptes sont protégés. C'est comme qui dirait une assurance vie. Avec la ferveur en plus.

— Et la France est en guerre contre eux ?

— Ça dépend. Il y en a des deux côtés.

— Dans sa dernière lettre, mon cousin parlait de Hiên Giang.

— Ça doit être au nord...

— D'après la carte, c'est plutôt par ici, au nord-ouest...

— Si c'est par ici, t'as qu'à aller voir.

Belloir était froissé. Il avait fait une véritable leçon de choses et on le reprenait sur un détail géographique, c'était vexant.

Il écrasa sa cigarette et retourna à son poste.

Étienne revint lui aussi à son bureau, s'immergea dans ses dossiers et fut surpris par l'irruption de l'heure du déjeuner.

— Tu t'en sors, vieux ? demanda Gaston.

Ils marchaient vers la sortie en compagnie des collègues. Les clients venus demander des transferts ne bougeaient pas, ils attendraient le retour des fonctionnaires. Étienne s'apprêtait à relancer Gaston sur la seule question qui l'intéressait lorsqu'un homme s'avança vers lui. Petit, replet, des yeux souriants et malicieux, une bouche enfantine, des pommettes rondes et luisantes, il portait au sommet du crâne des touffes de cheveux noirs et drus fièrement dressées vers le ciel, comme la huppe d'un cacatoès ou, dans les dessins humoristiques, un personnage soudain terrifié.

— Duong Khắc Diêm, dit-il. Je viens de la part de M. le directeur Jeantet, oui, oui, oui.

Il avait une voix aiguë et un peu nasillarde. Étienne, dont la main était moite et chaude, se contenta de lui tendre quelques doigts qu'il saisit en partant d'un petit rire aigu, hi hi hi, qui montra des dents très blanches.

— J'ai quelque chose pour vous, monsieur Étienne, un bel appartement. Si vous voulez voir… Très bien situé, très bien.

Il prononçait fréquemment les dernières syllabes de ses phrases en élevant légèrement la voix, leur donnant la tonalité d'une question.

— Vous serez très bien installé, oui, oui, oui.

Hormis ses tics de langage, Diêm parlait un très bon français. Étienne résista à la tentation de lui demander où il l'avait appris (tout le monde devait lui poser la question) et lui emboîta le pas.

Lui qui n'avait jamais eu le sens de l'orientation fut bientôt perdu. La ville grouillait. Avec leurs commerces qui débordaient sur le trottoir, leurs marchands ambulants, leurs cris, les passants portant des ballots, des paniers, les enfants qui couraient en tous sens, toutes les rues se ressemblaient.

— Vous verrez, ça n'est pas loin de l'Agence, oui, oui, oui. Très pratique.

De fait, quelques minutes plus tard, ils faisaient halte devant un immeuble bourgeois équipé d'un ascenseur tenant plutôt du monte-charge, mais qui remplissait son office avec vaillance, ce qui était heureux vu qu'il fallait monter au quatrième étage.

L'appartement était propre, simple, avec une vue sur une partie de la ville.

Deux pièces correctement meublées et des toilettes sur le palier, mais privatives.

— C'est six cents piastres, commença Diêm qui, voyant la réaction d'Étienne, ajouta aussitôt : Mais je l'ai obtenu pour quatre cent cinquante !

Étienne sourit.

— À quoi dois-je le privilège de cette remise, monsieur Duong ?

— Duong Khắc Diêm, mais appelez-moi Diêm.

— Monsieur Diêm…

— Diêm ! Monsieur Duong, si vous voulez, mais Diêm, c'est mieux.

— Diêm, d'accord. Et donc, pour cette remise ?

— Le propriétaire me doit un petit service, je vous en fais profiter, oui, oui, oui.

Étienne reprit sa visite, le lit était correct, l'intérieur de l'armoire avait été dépoussiéré, ce qui servait de cuisine était propre, le tout évoquait une simplicité un peu claustrale.

— Il fait toujours chaud comme cela ?

— C'est la saison, oui, très chaud.

Étienne se demanda s'il serait possible de créer un courant d'air entre la porte d'entrée et la fenêtre du salon. Sa réflexion fut interrompue par les voix dans l'escalier, des coups sourds, Diêm alla ouvrir et les deux déménageurs ascétiques de la veille firent leur apparition, tout sourire, et achevèrent leur mission par le geste qu'ils jugeaient très professionnel consistant à lâcher la malle de toute leur hauteur. Le porteur de droite, qui tenait aussi à la main le panier de Joseph, s'apprêtait à le lâcher à son tour, Étienne n'eut que le temps de se précipiter. Le chat, sitôt libéré, courut se réfugier sous le lit.

— Bon, eh bien, dit Étienne en regardant la malle cabossée comme après être tombée d'un camion, je crois que je vais prendre l'appartement.

S'engagea alors un long conciliabule entre les zélés porteurs et Diêm à la fin duquel ce dernier se tourna vers Étienne et dit, avec un regard douloureux :

— Pour le port de la malle, monsieur Étienne, je n'arrive pas à descendre en dessous de douze piastres…

En cherchant la monnaie dans sa poche, Étienne se demanda quelle commission il prenait sur cette transaction.

Aussitôt qu'ils furent payés, les porteurs disparurent, on entendit leurs pas pressés dans l'escalier. Étienne jeta un dernier regard circulaire à la pièce.

Le lieu tenait en effet plus de la cellule monacale que du studio de célibataire. Lorsqu'il découvrirait son cadre de vie, Raymond allait éclater de rire.

Quand ils furent de nouveau sur le trottoir, marchant en direction de l'Agence :

— Si je peux me permettre, demanda Étienne, que faites-vous au juste dans la vie, en dehors de placer des appartements ?

Diêm mit sa main devant sa bouche, hi hi hi, et tendit les paumes vers le ciel :

— La plupart du temps, je suis comprador, oui, oui, oui.

Ce que Gaston avait expliqué sur les transferts revint à l'esprit d'Étienne.

— Mais, ajouta Diêm avec une petite moue, les affaires ne sont pas bonnes en ce moment, non, non, non.

— Alors, vous vous occupez de moi…

Le visage de Diêm s'était empourpré.

— Vous, monsieur Étienne, ce n'est pas pareil, vous êtes un ami.

Étienne éclata de rire. Ils se connaissaient depuis dix minutes.

Profitant de cet instant de détente et comme si cette question lui revenait soudain à l'esprit, Étienne l'interrogea sur les mouvements des légionnaires et évoqua son cousin Raymond.

— Hiển Giang, vous dites ?

Le pas de Diêm s'était ralenti un très court instant.

— Les déplacements des militaires, monsieur Étienne, c'est tout ce qu'il y a de plus confidentiel, oui, oui, oui. Parce que le Viêt-minh a des oreilles partout, voyez-vous, des espions ! Personne ne dit rien sur ce que font les militaires.

Ils s'arrêtèrent devant l'étal d'un marchand de fruits et achetèrent des tranches d'ananas qu'ils mangèrent ainsi sur le trottoir.

— Un cousin, vous dites ? demanda Diêm. Le soldat Pelletier ?

— Euh… non, c'est un cousin du côté de ma mère. La branche belge. Il s'appelle Raymond Van Meulen. 3ᵉ REI.

Ils arrivaient à l'Agence.

— Je vais demander. Je vais voir, mais je ne promets rien, non, non, non.

— Bien sûr, si vous ne trouvez pas, ça n'a pas d'importance…

— Donnez-moi une journée, oui, oui, oui.

Diêm s'éloignait, Étienne le rappela.

— Vous savez, je ne suis pas un touriste…

Diêm pencha la tête, sa crête esquissa un brusque mouvement d'ondulation. Parce qu'un moment plus tôt Étienne l'avait entendu parler avec les porteurs de malle, qu'il avait remarqué des nuances dans ses intonations, il jugea bon de mettre les choses au point.

— Je vous suis très reconnaissant de m'avoir offert un peu de couleur locale, dit-il en souriant. C'était très aimable de votre part, mais avec moi, il n'est pas nécessaire de caricaturer l'accent vietnamien. Vous pouvez vous dispenser des oui, oui, oui, des non, non, non…

Diêm sourit, hocha la tête, d'accord.

*

Même s'il se doutait que Diêm se rémunérait grassement sur tous les services qu'il rendait, Étienne répugnait à devoir trop de choses à cet homme-là avant de savoir qui il était exactement.

— Il fait toutes sortes d'affaires, ce vieux Diêm…, dit Gaston. Il prend tout ce qui passe. C'est que… huit enfants… Avec les parents, les beaux-parents qui vivent à la maison, ça en fait des bouches à nourrir !

Comme pour marquer la différence de condition entre Diêm et lui, Gaston tripota sa chevalière en ajoutant :

— Évidemment, il lorgne toujours du côté des transferts… Mais il joue dans la cour des petits. Petites affaires, petits contrats, il bricole, Diêm ! Rien à voir avec les grandes sociétés, c'est un artisan, si tu veux mieux… Petit bras…

Gaston faisait une petite moue dédaigneuse. Pas du tout la même tête que lorsqu'il recevait les clients.

Son bureau était à quelques mètres de celui d'Étienne. S'y succédaient toutes les quarante-cinq minutes des demandeurs d'allure hétérogène qui allaient d'Asiatiques portant costume européen, chaussures cirées, gourmette en or et lunettes d'écaille aux épouses de planteurs et militaires du Corps expéditionnaire.

Étienne passa l'après-midi à reprendre les dossiers suspects du matin.

En attendant les instructions de la direction et pour tenter d'y comprendre quelque chose, il choisit la demande de transfert la plus élevée, une commande de manuels scolaires pour cent cinquante mille piastres passée en France par la compagnie Leroux Frères, brochures destinées au « développement de la langue et de la culture françaises et à l'alphabétisation des populations autochtones de l'Indochine ». Étienne monta au dernier étage, aux archives, où la vieille Annie, toujours silencieuse et parcheminée, l'accueillit sans un mot, et disparut dans les travées grises qui croulaient sous les cartons et les dossiers à sangle.

— Leroux Frères, voilà.

Il signa la décharge et retourna à son bureau pour lire le dossier.

Cette société d'import-export, qui avait son siège au 12, rue Filippini, avait demandé, au cours des quatre années précédentes, une douzaine de transferts pour des importations assez diverses, instruments de coiffure (ciseaux, rasoirs, séchoirs et bigoudis), outils agricoles (charrues, socs, pioches et râteaux) et même moteurs de bateaux « destinés à équiper les jonques chargées du transbordement du riz dans tous les ports de l'Indochine ». La société française qui vendait ces moteurs avait facturé des sommes astronomiques, précisant qu'il s'agissait de prototypes dits RN-P1. Outre qu'il ne voyait pas la raison pour laquelle les jonques qui transportaient le riz avaient besoin de moteurs prototypes, Étienne comprenait mal qu'on en importe plus de soixante. Soixante exemplaires, ça ressemblait plutôt à de la fabrication industrielle…

Il calcula que la totalité des transferts obtenus par la société Leroux s'élevait à plus de deux millions de piastres, environ dix-sept millions de francs à Saigon… devenus trente-quatre millions en arrivant en France.

— Pardon de vous interrompre…

C'était M. Jeantet, le directeur.

— Vous avez une minute ? Bon…

Étienne espérait qu'on allait enfin lui dire ce qu'on attendait de lui, mais Jeantet se contenta de désigner, de l'autre côté du comptoir grillagé, un homme d'une cinquantaine d'années qui lui adressa un petit signe de la main, comme s'il existait une connivence entre eux.

— C'est M. Michoux. Il est déjà venu hier, il est revenu aujourd'hui…

Jeantet fit un geste agacé en direction du comptoir.

— Ils n'avancent pas, là-bas ! Bon, enfin, faut recevoir ce Michoux avant la fermeture des bureaux parce qu'il prend le bateau demain…

Étienne était un peu désorienté. M. Jeantet s'énerva aussitôt.

— Quand on quitte définitivement le territoire, expliqua-t-il sur un ton véhément, on a le droit de rapatrier en France tout ce qu'on possède, c'est normal !

La tonicité avec laquelle il avait entamé son explication avait soudain fondu. Il poursuivit sur un ton détaché, censé souligner la banalité de la situation.

— Si son dossier est complet, il suffit d'autoriser le transfert…

Il fit un grand geste pour appeler le dénommé Michoux, s'éloigna puis revint sur ses pas.

— Ah oui, le Métropole, une institution, il faut connaître ça. Vous viendrez boire l'apéritif, on parlera de Beyrouth. Et puis on s'emmerde tellement ici, ça distrait… Dix-neuf heures, précises, hein ? parce qu'après… vous voyez…

Il croisa, sans le saluer, M. Michoux qui vint s'effondrer sur la chaise en face d'Étienne avec un râle de soulagement.

Jeantet avait regagné son bureau, l'affaire ne l'intéressait plus.

M. Michoux s'épongeait le front avec un grand mouchoir à carreaux.

— Ce climat, je ne m'y suis jamais fait, dit-il en tendant un dossier assez épais que ses mains moites de transpiration avaient maculé de sueur.

Étienne commença la lente vérification des pièces qui composaient le dossier.

— C'est le climat qui vous fait partir ? demanda-t-il en pointant les documents administratifs un à un.

— Oui, surtout. C'est devenu au-dessus de mes forces. L'humidité, la chaleur, et après voilà la flotte qui tombe à seaux pendant des semaines, quel pays de merde ! Je suis de Longué-Jumelles, vous comprenez…

— Non, pas très bien.

— La « douceur angevine », ça ne vous dit rien ?

M. Michoux avait fait toute sa carrière à Saigon comme employé d'une maison de commerce, Marton & Xavier.

Il quittait l'Indochine fort d'un pécule de plus d'un million de piastres.

— Je vois que votre salaire était d'environ deux mille piastres par mois, c'est bien cela ?

— Oui, pourquoi ?

— Parce que, en dix ans, même en épargnant la totalité de vos revenus, cela fait moins du quart de ce que vous possédez…

— Oui, je ne vois pas…

— Eh bien, je me demande d'où vient la différence.

M. Michoux prit une mine douloureuse :

— Ma femme, mon bon monsieur.

Et, comme Étienne attendait la suite :

— Elle joue…

Passé l'aveu de cet épouvantable vice, le visage de M. Michoux s'éclaira :

— Par bonheur, elle est très chanceuse.

— Je vois ça…

M. Michoux quittait l'Indochine avec quatre fois plus d'argent qu'il n'en avait gagné en dix ans.

Huit millions de francs qui en deviendraient seize dès qu'il poserait le pied sur le quai à Marseille.

En clair, il était un prête-nom.

Il partait avec de l'argent confié par d'autres et sur lequel il prenait une commission sans doute avantageuse. Mais comme M. Michoux quittait définitivement le pays, Étienne ne voyait pas comment il s'opposerait à la demande. Il tamponna l'autorisation de transfert des fonds. M. Michoux avait l'air d'un homme très soulagé de rentrer au pays.

*

Étienne quitta l'Agence assez tôt, au prétexte qu'il emménageait dans son nouvel appartement, prit un cyclo-pousse et se fit conduire au palais Norodom, siège du QG des forces françaises en Indochine. Vu de près, l'immense bâtiment était encore plus écrasant que la veille au soir. Il monta le majestueux escalier et expliqua à l'accueil le but de sa démarche. Après quoi, on le renvoya de bureau en bureau jusqu'à son échouage sur un caporal-chef qui tenait beaucoup à son grade, c'est lui qui avait rectifié lorsque Étienne l'avait appelé « monsieur ».

— C'est fréquent que les soldats ne donnent pas de leurs nouvelles, dit-il après qu'Étienne eut résumé la situation.

— Certains le font régulièrement. C'est son cas et justement…

Le caporal-chef se cala le dos dans son fauteuil en remuant les épaules, comme s'il s'apprêtait à hiberner, et demanda :

— Il n'y a pas longtemps que vous êtes là, vous, hein ?

Ça n'avait pas l'air d'une question.

— Quelques jours…

Il fit un petit bruit de bouche, nullement surpris.

— Ici, une mission d'un mois, c'est du normal.

— Sans donner de nouvelles ?

— Dans les rizières, les boîtes aux lettres sont pas fréquentes.

— Les unités partent sans radio ? Les chefs ne signalent pas leurs positions ?

— Qu'est-ce que c'est ?

Étienne se retourna.

Un homme en uniforme de la Légion étrangère se tenait dans l'encadrement de la porte, la cinquantaine sûre de soi, autoritaire.

— C'est ce monsieur qui demande des nouvelles de son cousin, bafouilla le caporal-chef. Le légionnaire de première classe Meulen.

— Van Meulen, Raymond, rectifia Étienne.

L'officier fixa Étienne un long moment puis demanda :

— Un cousin… Un cousin à vous ?

Ah, comme Étienne connaissait cette intonation, cette expression lourde de sous-entendus. Il choisit de ne pas répondre et soutint son regard.

— Troisième REI, mon colonel, ajouta le caporal-chef. Deuxième compagnie.

Cette précision fit lever les sourcils de l'officier qui revint à Étienne :

— Nous ne pouvons pas communiquer sur les déplacements des unités opérationnelles, vous devez le comprendre, monsieur…

— Pelletier.

Le colonel hocha la tête, je vois, un cousin…

— Le Viêt-minh, monsieur Pelletier, est partout à l'affût de renseignements sur nos déplacements. La moindre fuite peut mettre en danger des unités entières.

Le caporal-chef crut bon de préciser, comme si ça expliquait tout :

— Monsieur n'est à Saigon que depuis quelques jours, mon colonel…

— Dans sa dernière lettre, insista Étienne, mon cousin évoquait une mission du côté de Hiển Giang.

La réponse fusa :

— Aucune action du côté de Hiển Giang.

L'officier dominait Étienne d'une bonne tête.

— Pourtant…

— S'il était arrivé quelque chose, poursuivit-il, agacé d'être interrompu, la famille serait prévenue. Et puisque vous êtes de la famille…

Il se retourna d'un bloc pour regagner le couloir.

— Caporal-chef, ajouta-t-il en s'éloignant, vous raccompagnerez monsieur…

Ce ne fut pas nécessaire. Étienne était déjà dehors. Avant d'aborder l'escalier, il vit l'officier entrer dans son bureau. Sur la porte, un écriteau indiquait « Lieutenant-colonel Birard ».

Il quitta le palais Norodom très déprimé : si les militaires eux-mêmes verrouillaient l'information à ce point, il avait peu de chances d'apprendre la vérité.

« La moindre fuite peut mettre en danger des unités entières », avait dit le colonel. Qu'est-ce que c'était exactement que Hiền Giang ? Un village ? Une base militaire ? Il en était là de ses inquiétudes lorsqu'il s'aperçut qu'il se trouvait rue Filippini.

Par curiosité, il alla jusqu'au numéro 12, siège de la société Leroux Frères, qui importait pour cent cinquante mille piastres de manuels scolaires, c'était un bar corse, A Volta.

*

Le Métropole était un vaste établissement qui faisait l'angle de la rue Catinat et de la place du Théâtre, deux étages composés de hautes et larges fenêtres, portant, sur sa terrasse, un dernier étage recouvert d'un toit mansardé. De loin, l'ensemble apparut à Étienne illuminé comme un arbre de Noël. C'était l'heure sacro-sainte de l'apéritif où tout ce qui comptait à Saigon se croisait dans un brouhaha que ne couvrait pas la musique d'un orchestre situé à l'intérieur et dont les échos confus, indistincts, parvenaient par vagues lorsqu'un silence s'y faisait par le plus grand des hasards. Trouver M. Jeantet fut toute une entreprise. Étienne navigua entre les tables, essuyant au passage les regards des hommes qui s'interpellaient, des femmes qui riaient, évitant les serveurs asiatiques en veste blanche portant de vastes plateaux croulant sous les consommations, les sodas faisaient des couleurs vives dans les grands verres givrés, des goulots rouge et or hérissaient les seaux à glace, les flûtes en cristal s'entrechoquaient, lorsque l'une d'elles chutait on s'esclaffait d'une table à l'autre, comme pour un anniversaire.

Jeantet se trouvait à une extrémité de la terrasse, dos à une immense plante verte aux larges feuilles. Lorsque Étienne arriva à sa hauteur, il fit un geste de surprise comme s'il ne se souvenait pas de son invitation. Mais il désigna le fauteuil en rotin qui lui faisait face et dit, d'un ton exaspéré :

— Asseyez-vous, tout le monde vous regarde.

Se retournant vers la grande terrasse animée, Étienne répondit :

— Je ne pense pas être bien intéressant pour ces gens-là.

— Ne croyez pas ça… Vous travaillez à l'Agence, c'est très important ici. Dans quelques jours, dans quelques heures, tout le monde saura qui vous êtes. Si ce n'est déjà le cas.

Il avait l'air de professer le plus souverain mépris pour la foule bruyante qui les entourait.

— Ici, c'est Radio-Catinat. Cette terrasse, c'est la serre chaude de Saigon, tout y croît et embellit, les confidences, les secrets, les menaces, les tractations, tout. Sans parler des plantes vénéneuses. C'est ici que les femmes recrutent leurs amants et que les hommes exhibent leurs maîtresses. Saigon, c'est la famille tuyau de poêle.

Étienne comprit aussitôt que cet apéritif ne servirait pas à évoquer Beyrouth et le fameux jour et demi paradisiaque que Jeantet y avait passé, ni même à lui fixer le cadre de sa mission. Le directeur de l'Agence des monnaies était un dépressif à la recherche de compagnie. Gaston avait évoqué sa belle épouse, ses enfants, mais Maurice Jeantet avait besoin d'autre chose, d'un public, ce serait Étienne aujourd'hui, quelqu'un d'autre demain.

Il levait de temps à autre la main ou hochait la tête en direction de quelqu'un, mais ces salutations restaient vagues et distantes comme autant de concessions qu'il regrettait de devoir faire. D'autorité, il avait commandé des verres de calvados et une bouteille de soda. Étienne, qui n'avait pas l'habitude de l'alcool, en sentit vite les effets. Il n'était pas le seul à être vaguement éméché. Cette foule bruyante et gaie ne ressemblait pas à la population d'un pays en guerre. Même le lieutenant-colonel Birard qu'Étienne aperçut au loin en galante compagnie, sanglé dans son bel uniforme fraîchement repassé, n'avait pas l'air d'un militaire en campagne.

— Ici, on ne dit pas « la guerre », on dit « la pacification », nuance !

Jeantet partit d'un petit rire sec et court, une sorte de gloussement. En parlant, il appuyait sur certaines syllabes, ce qui donnait à son discours une allure heurtée, imprévisible où la voix paraissait dire le contraire de ce qu'elle faisait entendre.

— Le gouvernement français a renoncé à exterminer les Viêts. Il a bien fait d'ailleurs parce que c'est impossible. Les communistes, c'est comme les morpions, vous croyez en être débarrassé, mais il en reste toujours quelques-uns et ça suffit pour qu'ils se remettent à pulluler. Alors, le nouveau projet du gouvernement, c'est de les isoler. Ça arrangerait tout le monde, les Viêts auraient leur territoire, les Français auraient tout le reste. On continuerait d'avoir des tensions avec des escarmouches ici et là parce que tout le monde a intérêt à ce que ça continue le plus longtemps possible. Cette guerre est trop importante pour qu'on la termine.

— La paix, c'est quand même mieux que la guerre…

— Ça dépend. Parce qu'il y a guerre et guerre. Par exemple, en France, les gens se foutent complètement de ce qui se passe ici parce qu'il n'y a que des militaires de carrière. Tant que les appelés du contingent ne viendront pas crever dans les rizières, pour les Français, la paix ou la guerre, ça sera la même chose, parce que ça ne change rien à ce qu'ils ont dans leur assiette.

Jeantet abordait la situation militaire, Étienne, dont la pensée ne s'éloignait jamais de Raymond bien longtemps, tenta sa chance.

— Les militaires, je veux dire les légionnaires, tout ça… Ils font quoi, exactement ?

— Des opérations. Les Viêts lancent des grenades à la terrasse des cafés, les légionnaires brûlent leurs villages (quand ils les trouvent). C'est comme qui dirait un échange de bons procédés. Le Corps expéditionnaire fait la guerre, les Viêts font la guérilla et Saigon s'empiffre.

Il termina son verre d'un coup sec.

— Saigon, c'est un monde à part.

Étienne repensa à l'explosion entendue en fin de journée, qu'il avait attribuée à l'éclatement d'un pneu. Une grenade ?

— Oui, il y a quelques risques, bien sûr, lâcha Jeantet.

Il fit, du regard, un large tour de la terrasse.

— Mais regardez-les… Ils n'ont pas l'air d'une population aux aguets, hein ? Vous savez pourquoi ? Hein ?

Étienne fit « non » de la tête.

— Parce que ça vaut le coup, voilà pourquoi.

Étienne saisit l'occasion.

— C'est vrai que les gens n'ont pas l'air inquiets. Je vais profiter de mon temps libre pour visiter un peu, je pensais aller du côté de Hiền Giang…

Jeantet ferma douloureusement les yeux à la manière d'un professeur effondré devant la médiocrité d'un de ses élèves.

— Vous voulez visiter ? faire du tourisme ? ici, en Indochine ?

— En fait, j'ai un cousin qui…

— Vous n'avez pas bien compris où vous avez mis les pieds.

Jeantet regarda sa montre et fit un petit bruit de bouche destiné à souligner sa lassitude. Il hésitait, puis soudain il se décida :

— Je vais vous montrer quelque chose…

Il s'était déjà levé. En retraversant cette longue terrasse, Étienne remarqua que Jeantet était salué par tout le monde et qu'il répondait à tous par un geste évasif et bougon, à la limite de l'incorrection. Sans ralentir, il abandonna au passage quelques billets froissés à un serveur.

Ils descendirent la rue Catinat, celle des glaciers, des cafés de luxe, artère agitée, mouvementée, où l'on croisait des Européens allant danser, des marchands de porc laqué, des militaires, de petites Vietnamiennes minces comme des fils, gracieuses comme des chattes, qui marchaient en se tenant par le bras… Jeantet avançait de son grand pas colérique, chassant de la main les enfants qui quémandaient une aumône, les marchands qui proposaient leurs victuailles.

Ils débouchèrent quai de Belgique. À l'angle se dressait l'imposant Cristal Palace, espèce de meringue dont les formes molles, alanguies et comme paresseuses donnaient l'impression que fenêtres et terrasses allaient couler et se répandre sur le trottoir.

Jeantet, sans hésiter, pénétra dans le hall rempli de plantes vertes comme une serre tropicale, alla jusqu'à l'ascenseur où un groom vietnamien, déguisé en chasseur de chez Maxim's, sans leur demander leur destination, les déposa au cinquième étage, sur la terrasse. Là, sous les verrières, des Américaines s'entretenaient, une coupe de champagne à la main, des Allemands, des Français, des Anglais en costume de soirée ou en smoking fumaient des cigarettes en bavardant.

La nuit était tout à fait tombée maintenant. La terrasse illuminée ressemblait à un paquebot sur une mer nocturne.

Jeantet saisit sur un plateau une coupe de champagne sans penser à en prendre une aussi pour Étienne puis, les fesses appuyées sur le rebord d'un cache-pot en céramique dans lequel se déployait une sorte de bananier à feuilles gigantesques, il désigna du menton l'assemblée bruyante et disparate.

— Entre la terrasse du Métropole et celle du Cristal Palace, vous avez tout ce qui importe à Saigon. Diplomates sur le retour, aventuriers, séducteurs, banquiers corrompus, journalistes alcooliques, prostituées et demi-mondaines, aristocratie française, communistes masqués, planteurs richissimes, tout est là. L'erreur serait de croire que Saigon est une ville. C'est un monde à part entière. La corruption, le jeu, le sexe, l'alcool, le pouvoir, tout s'y donne libre cours sous l'autorité de la déesse absolue, celle que tout le monde révère, à savoir Sa Majesté la Piastre !

D'un geste, Jeantet vida sa coupe dans le cache-pot et traversa la terrasse. Étienne lui emboîta le pas jusqu'au parapet et un endroit moins éclairé où le directeur s'arrêta, posant ses larges mains sur la balustrade.

Étienne, comme lui, observa la nuit et fut saisi d'une étrange émotion en découvrant un immense trou noir percé des innombrables lumières de bateaux au mouillage.

— Vous sentez ? demanda Jeantet. L'odeur du fleuve…

Le brouhaha des conversations en anglais s'était éloigné jusqu'à disparaître, comme à la fin d'un film, pour céder la place au silence lourd et profond des rives de ce fleuve noir et inquiétant où l'œil, en s'habituant à la pénombre, distinguait ce qui devait être les herbes hautes de marécages ou de rizières.

— De l'autre côté, dit Jeantet, c'est le Viêt-minh. Il encercle la ville.

Il se tourna vers la petite foule des clients du palace qui s'interpellaient en riant :

— Ce que vous voyez là, c'est tout ce qu'il reste de la France en Indochine. En réalité, Saigon n'est plus rien d'autre qu'un fort assiégé, isolé.

Ils se tournèrent de nouveau vers le fleuve.

— Là-bas, dans la campagne, la France a fait construire des centaines de petits fortins qui ne servent à rien. Le Corps expéditionnaire tente de les défendre. Il tâche même, quand c'est possible, de gagner un peu de terrain en s'emparant de villages comme votre Hiên Giang peut-être, mais si vous prenez de la hauteur, vus du ciel, ces centaines de fortins sont eux aussi des postes assiégés. Ou qui le seront demain…

Étienne fut saisi par un vertige. Dans ce trou noir humide, vibrant, se trouvaient Raymond et ses camarades, Raymond dont il crut, un instant, sentir la présence physique, presque l'haleine chaude et familière.

— Partir visiter le pays serait suicidaire, vous ne feriez pas deux kilomètres. Vous ne pouvez sortir de la ville qu'armé, accompagné, escorté, et même ainsi vous n'êtes pas certain d'arriver à destination… Saigon est devenu une île.

La voix de Jeantet n'était plus tout à fait la même, c'était un murmure, une pensée qui se développait lentement, envahissante, sinueuse comme une algue.

— Finalement, la piastre, c'est son dernier lien avec le reste du monde.

Le mot sembla le réveiller. Il se tourna vers Étienne.

— C'est une richesse artificielle. Elle ne tient qu'à un décret. Le Viêt-minh, lui, conquiert peu à peu les rizières, les plantations, les faubourgs. Il parvient à convaincre, ou à faire peur, mais gagner Saigon, c'est une autre paire de manches. Parce que (il leva l'index vers le ciel), à Saigon, il y a la piastre…

Soudain, une lointaine explosion interrompit les conversations. Une lumière vive surgit sur l'autre rive, à plusieurs kilomètres, un rougeoiement disait qu'un feu s'était déclaré.

— C'est un fortin français qui se défend, dit calmement Jeantet. Le Viêt-minh attaque souvent la nuit. S'il tient jusqu'au matin, il aura gagné quelques semaines. Sinon, le Corps expéditionnaire en construira un autre quelques kilomètres plus loin.

Dans l'imagination d'Étienne, c'était de nouveau Raymond, là-bas, assiégé dans une tourelle en bambou, les soldats du Viêt-minh attaquaient de toutes parts ; à cause de la nuit, on ne les découvrait que lorsqu'ils surgissaient devant vous.

— Ça semble sans fin, lâcha Jeantet, et pourtant, il y aura une fin. Cette guerre ne peut pas être gagnée. Le gouvernement le sait, tout le monde le sait. En attendant on fait comme si.

Il s'était tourné vers la terrasse.

— Regardez…

Le bref étonnement qui avait saisi les clients du palace s'était évaporé.

Les conversations avaient repris leur cours normal, primesautier.

Jeantet fixa Étienne, lui posa la main sur l'épaule.

— Bienvenue sur le *Titanic*.

5

On voit tout de suite le genre d'homme…

Hélène ne détestait pas ses parents, mais sa solitude était telle depuis le départ d'Étienne qu'elle avait reporté sur eux toute la hargne dont elle était capable. C'était un tempérament entier, peu enclin à la concession et qui puisait volontiers ses ressources dans la provocation. Lorsqu'elle se sentait perdue ou incertaine, la déviance lui offrait une logique. Elle en appelait au désordre moral comme solution au doute et à l'instabilité de ses désirs. C'est ainsi qu'elle avait été amenée à coucher avec Xavier Lhomond, son professeur de mathématiques. Elle avait un jour demandé à Étienne :

— Que penses-tu des hommes de quarante ans ?

— Qu'ils ont vingt ans de plus que toi.

Étienne, expert en matière de fiasco amoureux, n'avait pas approuvé sa sœur, mais avait échoué à la dissuader de poursuivre une aventure dont elle n'attendait rien et qui inévitablement la rendrait malheureuse. Lui qui avait tant de raisons objectives de souffrir ne voyait pas l'intérêt de souffrir sans nécessité.

Lhomond promettait de devenir le type même du vieux beau : une certaine stature qui faisait de lui un partenaire de choix au tennis, des cheveux déjà blancs, raides et fournis, coiffés en arrière, sur un visage viril. Avec ça, des yeux d'un bleu clair… La satisfaction de soi transpirait dans ses gestes et ses intonations. Un mode de vie allègre et un nombre substantiel de conquêtes lui avaient fait croire qu'il était irrésistible. Comme le doute ne l'effleurait jamais, il montait à l'assaut d'à peu près toutes les femmes. Ses réussites étaient notables bien que purement statistiques.

Il n'avait pas eu de peine à repérer Hélène, l'une des plus ravissantes élèves de l'établissement. Elle, plus flattée que séduite, ressentait un certain vertige à circonvenir – du moins, le croyait-elle – un homme qui avait presque l'âge d'être son père, mais en plus beau.

L'affaire n'avait pas été aussi facile qu'espéré. Hélène n'avait qu'une vague notion de ce que font concrètement un homme et une femme quand ils se retrouvent au lit et l'anatomie de ses frères, qu'elle avait plusieurs fois surpris, rendait la chose plus inquiétante que rassurante.

Sa mère, qui évoquait régulièrement ces filles qui « perdaient leur virginité » sans dire en quoi ça consistait exactement, ne l'aidait guère. Ce qu'Hélène n'aurait pas fait avec un camarade de classe, elle était prête à le faire avec son professeur parce que cette transgression sentait le soufre, qu'un homme de cet âge devait connaître les choses. Et que celui-ci se montrait rassurant sur les risques de grossesse qui hantaient toutes les filles, même vierges, parce qu'il disposait de préservatifs américains dont il parlait à voix basse comme s'il faisait partie d'une confrérie honnie, puissante et mystérieuse.

Hélène était néanmoins entrée dans cette relation avec une boule au ventre, il s'en était montré ravi. Il était de ces hommes qui sont plus heureux de faire peur aux femmes quand ils peuvent aussi leur faire mal.

Au début, Hélène avait interprété ces premiers rapports comme une variante du bizutage réservé aux filles et avait classé la sexualité au rang des pratiques auxquelles il faut consentir pour être considérée comme normale.

Elle couchait avec Lhomond chaque lundi matin parce qu'ils ne revenaient en cours qu'à quinze heures. Lhomond disait que le lundi, c'était bien, « ça le mettait en forme pour la semaine ».

Jugeant compromettant de recevoir régulièrement chez lui une de ses élèves, il prenait une suite au nouvel Hôtel Kassar dont le patron était un ami avec qui il partageait nombre de turpitudes et qui lui consentait un tarif privilégié. Pour Hélène, au délicieux frisson de l'interdit se joignaient l'illusion du luxe, la salle de bains grande comme une chambre, la chambre grande comme un salon, un salon donnant sur la mer avec la coupe de fruits sur la table et les sorties-de-bain en tissu-éponge. Pour être complet, il faut ajouter qu'Hélène découvrait la jouissance, ce qui n'était pas rien. Et qu'elle se doutait, à certains passages à vide dont il s'excusait distraitement, qu'elle n'était pas sa seule maîtresse. Le vexant aurait été qu'il en recrute parmi ses élèves, elle tenait bêtement à cette situation dont elle réclamait l'exclusivité. Lhomond, qui n'était pas avare de promesses, le lui jurait volontiers.

Le prétexte imaginé par Lhomond pour se rapprocher de ses élèves, c'était le « club photographie ». Il s'appuyait sur une activité existante, mais devenue très sporadique, le regroupement d'une poignée d'élèves à qui il enseignait les bases de la prise de vue et les secrets du développement argentique.

Mme Pelletier s'ouvrait parfois à son mari des doutes qu'elle avait sur ce professeur. En femme qui avait connu les hommes, elle avait jugé Xavier Lhomond hâbleur, vaniteux et suffisant, ce qu'elle traduisait par : « On voit tout de suite le genre d'homme… »

Quand elle mettait sa fille en garde, Hélène répondait : « Qu'il vienne s'y frotter », elle raffolait de ce double langage.

M. Pelletier, lui, partait d'un petit rire. « Mais Angèle, ce sont des scientifiques ! Ils font de la photographie comme moi je fais du savon, ça les passionne, il n'y a rien de mal à s'instruire, tout de même ! » Hélène, le regard teinté d'un léger cynisme, confirmait : « Non, il n'y a pas de mal à apprendre des choses… »

Louis Pelletier était, depuis dix ans, président de l'établissement privé dans lequel ses enfants avaient fait leur scolarité. À ce titre, il connaissait tous les enseignants et les membres du personnel et, à propos de ce professeur de mathématiques, ne cessait de rassurer son épouse parce qu'il était convaincu que les soucis étaient mauvais pour sa santé.

Cette année revêtait d'ailleurs un aspect tout particulier puisque, pour Louis, c'était la dernière de sa présidence. Sans en référer à son épouse, il avait fait don à l'école de vingt mille francs. Au directeur qui s'était récrié que c'était trop, beaucoup trop, Louis avait répondu : « C'est la dernière année du dernier de mes enfants, il faut ce qu'il faut ! » La somme était destinée à la caisse coopérative, tenue en espèces, et qui permettait de financer les voyages à l'étranger des élèves, les manifestations de fin d'année, etc. Nous étions à la mi-mars, il était temps, jugea M. Pelletier, de vérifier les comptes de cette coopérative. C'était inhabituel. Les comptes n'étaient ordinairement vérifiés qu'en fin d'année scolaire, le faire avec plus de deux mois d'avance surprit tout le monde. À commencer par M. Chakir, le trésorier. C'était un Indien d'une cinquantaine d'années, affairé, soucieux, toujours sur le qui-vive, d'un formalisme presque gênant et d'un tempérament scrupuleux au-delà du raisonnable. Il prit immédiatement la demande du

« président Pelletier » pour de la suspicion et Louis dut déverser un torrent d'amabilités et de compliments, jurer sur la tête de ses enfants qu'il n'y avait, dans sa démarche, aucune intention soupçonneuse, pour que M. Chakir accepte de considérer cette vérification comme une simple obligation relevant des statuts de l'école.

— C'est juste que je veux me débarrasser de cette corvée, voyez-vous ! plaida Louis.

Pour ôter à cette rencontre tout caractère de défiance, il proposa d'inviter M. Chakir au restaurant du nouvel Hôtel Kassar.

— Que diriez-vous de lundi prochain ? Il paraît que la table est très bonne. Depuis un an qu'il a ouvert, je n'y ai pas encore mis les pieds…

Louis proposa au trésorier de l'y retrouver en fin de matinée, on pourrait travailler tranquillement dans un des petits salons mis à la disposition de la clientèle, après quoi, la formalité achevée, déjeuner face à la mer. Il suffisait de voir l'embonpoint du trésorier pour comprendre que l'argument de la table serait jugé convaincant. M. Chakir accepta à la condition de payer sa part, car il ne voulait pas que l'on s'imagine que…

— D'accord, dit M. Pelletier, alors, à lundi.

Seuls des naïfs auraient vu une coïncidence dans le fait que l'Hôtel Kassar accueillerait le même jour, à la même heure, le père au restaurant et la fille dans la suite nuptiale.

6

La jeune fille du pont était déjà loin

Il y avait longtemps que Bouboule attendait le jour où il pourrait cesser de regarder le monde avec rancune. Une quinzaine de jours plus tôt, il avait cru ce moment arrivé. L'échéance tombait aujourd'hui. Or, les heures passaient et rien ne venait.

Il était entré dans le restaurant vers dix-huit heures trente, quarante-cinq minutes s'étaient écoulées. Il avait appelé trois fois, il ne pouvait pas le faire de nouveau, M. Couderc allait s'énerver. Et bientôt, il serait trop tard, on fermerait les bureaux.

La serveuse déposa devant lui les poireaux vinaigrette. Une rousse dans les vingt ans, visage maussade tavelé de taches de rousseur, comme les œufs de dinde, mais des seins ronds. Jean aimait les seins des femmes. Sauf ceux de Geneviève qui avaient pris pas mal de volume, ceux-là, c'était autre chose…

Mon Dieu, quelle vie…

Beyrouth, mars 1948

C'était un restaurant de province, Jean ne parvenait même pas à se souvenir du nom de la ville, quelque part dans le Loiret, ou dans l'Eure-et-Loir, le Loir-et-Cher, il ne savait plus. Le téléphone restait muet. Avait-il donné le bon numéro ? Il n'allait tout de même pas téléphoner au bureau pour vérifier que le numéro auquel on ne l'appelait pas était le bon…

Oui, quelle vie…

Les yeux fixés sur les trois demi-poireaux qui gisaient dans son assiette, il se demandait s'il avait atteint le fond. Ou s'il restait des marches à descendre. Il était assez déprimé, mais rien ne se voyait, il fallait bien le connaître pour deviner que couvait, chez cet homme réputé apathique, une véritable tempête.

Il regarda sa montre. Dix-neuf heures trente.

— Vous n'en voulez pas ?

La serveuse ne faisait rien pour être aimable. Il y avait aussi peu de clients que de choses à manger, les efforts viendraient avec les beaux jours, quand les cartes d'alimentation seraient remplacées par des denrées dans les magasins. Jean repoussa son assiette, non. La jeune fille la reprit avec un soupir qui sonnait faux, les poireaux ne seraient pas perdus pour tout le monde.

Les minutes passèrent, il économisait sa carafe de vin à cause du rationnement.

Si ça ne marchait pas ce coup-là, qu'allait-il devenir ?

Jean rentrait tout juste de Beyrouth. Repenser à ce voyage, à ce séjour, lui mettait les nerfs en pelote.

Geneviève s'était pendue aux bras de M. Pelletier et ne tarissait pas d'éloges destinés à souligner la différence de nature entre le père et le fils. « Est-il audacieux, ton père ! » s'exclamait-elle. Il n'y avait pas un mot de son beau-père dont elle ne fit un adage. Jean piquait du nez sur son assiette et se resservait de viande et de légumes. Geneviève disait : « Tu vas encore grossir, Jean ! Tu finiras par mériter ton surnom ! »

Il n'avait pas suffi que le voyage aller fût une épreuve et le séjour une permanente humiliation, il fallut encore que le retour soit un martyre. M. Pelletier n'avait pas trouvé de place pour les deux frères sur le même bateau, ce fut la seule consolation de Bouboule, aucun proche ne fut le témoin de son déshonneur. Geneviève, qui avait appris, à l'aller, les codes et les usages en cours dans ces traversées, gagna sa cabine d'un pas ferme et impérieux. On aurait juré que le navire lui appartenait. Dès le lendemain elle était la coqueluche des officiers et le cauchemar des femmes de chambre. Jean sentait sur lui le regard de tous les passagers, on lui parlait comme à un malade. Geneviève, elle, n'avait jamais été si heureuse. Il était assez difficile de savoir à quoi elle passait ses journées.

Il se remettait à peine de cette épreuve blessante lorsque M. Couderc annonça qu'il voulait un représentant exclusif sur Paris et la banlieue. C'était la certitude de rentrer à la maison tous les soirs. Ce n'était pas qu'il y tenait tant que ça, à la maison, il y avait beau temps que le plaisir de retrouver Geneviève l'avait quitté. Non, c'était avant tout la perspective de ne plus vivre dans ces hôtels. Tous ces kilomètres de province le déprimaient, ça vous épuisait une vie, un ennui pareil. Si encore les affaires avaient marché, mais tout allait à la peine. Si vous en aviez les moyens, le marché noir vous fournissait tout ce que vous vouliez, avec ça allez vendre officiellement quelque chose… Il représentait six entreprises différentes, six catalogues à se coltiner, produits d'entretien, outillage de maison, articles de Paris. En plus de quoi il fallait trimballer une valise entière d'ustensiles de cuisine – ceux dont M. Couderc pressentait qu'ils allaient se vendre mieux que les autres, tu parles, tout le monde s'en foutait – et cocher sur des listes les quincailleries, les épiceries, les marchands de couleurs où on lui achetait les bougies de ménage par poignées, les serpillières par quatre, des louches à la paire, des bassines à l'unité… Il gagnait sa vie par pincées.

Jean haïssait la province. Ce n'étaient que papiers peints à cloques et cuvettes en porcelaine ébréchée, voisins ronflants, draps humides, tapis élimés. Aussi, quand il avait appris, pour cet emploi à Paris, il s'était précipité chez M. Couderc. « Je vais y penser, mon petit Jean… » Ça pouvait vouloir dire oui comme non. Jean avait beau faire le tour des représentants, il ne voyait pas qui on pourrait lui préférer, ses résultats n'étaient pas très inférieurs à ceux des autres et il avait l'appui de son père qui connaissait personnellement M. Couderc, c'est même grâce à cette relation qu'il avait été embauché. Ce qui avait valu pour un recrutement, se disait-il, devait bien valoir pour une promotion. Jean oubliait souvent qu'il disposait d'une 4 CV flambant neuve que ses parents avaient financée et que cet avantage avait pesé lourd dans le choix de sa candidature.

La blanquette arriva, deux morceaux de veau archicuits dans une sauce translucide. Jean se mit à mastiquer. Cet emploi de représentant exclusif à Paris, songeait-il, mettrait un terme à la longue série de ses échecs qui ne cessait de le hanter. Nous étions mardi. Encore deux jours et il serait de retour à Paris puis ce serait, dimanche, le sempiternel déjeuner avec François (peut-être viendrait-il avec une fille, peut-être celle de la dernière fois, une brune qui avait des seins très petits). Geneviève y tenait beaucoup, à cette habitude. « La famille, c'est sacré ! » disait-elle comme si la sienne avait eu de l'importance à ses yeux. François, qui ne parvenait pas à trouver une excuse chaque semaine pour échapper à la corvée, s'y ennuyait, personne n'aimait cette circonstance, mais tous trois s'y appliquaient. Pour Geneviève ce moment était précieux : François et son amie étaient le seul public dont elle disposait pour exprimer ce qu'elle pensait de son existence et surtout de son mari. Elle n'avait jamais l'air de se plaindre, évoquait les duretés de la vie de manière presque distraite, mais tout revenait au manque d'argent qui désignait

Jean comme responsable de la médiocrité de leur existence.

Geneviève prenait d'autant plus de plaisir à recevoir François que leur appartement le permettait difficilement.

Ils disposaient d'une salle à manger qui servait aussi de chambre, d'un placard transformé en une cuisine réduite à un évier et une paillasse sur laquelle on avait posé une plaque de cuisson reliée à une bouteille de gaz. Il y avait une cuvette en porcelaine pour la toilette. Les W.-C. étaient sur le palier. Pour dîner à quatre, il fallait tout pousser, les chaises butaient contre le lit. Jean avait plaidé qu'ils étaient chanceux vu qu'un demi-million de personnes s'entassaient dans des chambres d'hôtel, mais l'argument n'avait aucune prise sur Geneviève. Elle soupirait profondément en fermant les yeux et disait à François d'un ton plaintif : « Oui, c'est un peu petit. Quand Jean aura un emploi plus rémunérateur, nous changerons, mais pour l'instant… » Ainsi, la précarité de leur situation ne tenait pas à la crise du logement, mais au fait que Jean ne gagnait pas suffisamment bien sa vie.

En réalité, la cuisine, très exiguë, aurait aussi bien pu redevenir un placard, Geneviève ne cuisinait jamais. C'est Mme Faure, la voisine de palier, qui préparait les repas trois fois par semaine, elles avaient un accord. Geneviève faisait les courses parce que Mme Faure se déplaçait difficilement et qu'ils demeuraient au quatrième sans ascenseur. En échange de quoi la voisine, remarquable cuisinière, arrangeait avec un génie peu commun les denrées disparates que Geneviève parvenait à glaner dans les boutiques où il n'y avait plus rien et au marché noir où tout était trop cher.

Le jour où l'on recevait François, surtout s'il était accompagné, Geneviève trouvait toujours un prétexte pour que Mme Faure apporte les plats elle-même. C'était pitié de la voir, forte comme elle était, marcher à petits pas, tenant son plat à deux mains et passer en biais entre les chaises.

— Ça semble délicieux ! s'exclamait Geneviève. Vous voulez bien servir, madame Faure ?

Ainsi dans un appartement trop petit pour recevoir et sans grand-chose à manger, Geneviève parvenait-elle à se faire servir comme si elle disposait d'une domestique et des moyens qui allaient avec.

— Quand Jean trouvera un meilleur emploi, disait-elle, nous prendrons quelqu'un pour le ménage, moi, je ne m'en sors pas…

François, qui avait beaucoup défendu son frère, ne le faisait plus guère. Jean attribuait cela à leur récent voyage à Beyrouth, à ces moments où François venait le retrouver sur le pont, lui tapotait l'épaule, ça ressemblait à des condoléances, comme si ça n'était pas assez vexant qu'il faille y ajouter de la compassion.

Après cette traversée dans des conditions luxueuses, Jean avait redouté leur retour dans le petit appartement de la porte de la Villette. Mais, en réalité, les reproches n'étaient pas si fréquents chez Geneviève, non, son registre, c'était le persiflage.

Elle s'ennuyait ferme, la vie à Paris ne correspondait pas du tout à ses espérances, mais jamais elle n'en aurait fait ouvertement le reproche à son mari. Ce n'étaient qu'insinuations, allusions, propos détournés d'autant plus chargés de réprobation qu'elle les proférait en souriant, comme s'il ne s'agissait que de menus détails. « Pardon, François, j'ai honte, disait-elle en l'accueillant, je ne suis pas allée chez le coiffeur cette semaine, je suis affreuse, mais que veux-tu, les prix ne cessent d'augmenter ! » Jean se taisait même lorsqu'elle lançait, avec un petit rire sec : « Allez, je me ressers du vin, ça n'est pas tous les jours qu'on a la chance d'en avoir ! »

La perspective d'un nouvel emploi à Paris était l'occasion que Jean guettait depuis longtemps. Une porte pouvait s'ouvrir sur un avenir meilleur et lui permettre de remonter la pente. Geneviève aussi attendait la décision. « Il serait temps qu'on te fasse une vraie place dans cette maison, tout de même. » Jean n'osait pas imaginer ce que serait le déjeuner avec François si par malheur... D'autant qu'il faudrait discuter de la question d'Hélène, cette perspective l'épuisait d'avance. Hélène leur avait écrit. Elle parlait de venir à Paris. « La vie ici est devenue impossible... »

« Et ici, se dit-il, elle n'est pas impossible, peut-être... »

Il termina sa carafe. Sans même le voir, il avait avalé un dessert (une sorte de pâtisserie, c'était assez difficile à définir). Il n'était que vingt heures quarante-cinq et le restaurant était déjà vide. La serveuse soupirait derrière le comptoir. Il faudrait bientôt partir.

Il y avait plus de deux heures qu'il était là.

Ce brusque constat le submergea, son sang ne fit qu'un tour. Il se leva, marcha sur le téléphone d'un pas de grenadier, décrocha, demanda Paris. La serveuse en profita pour débarrasser sa table, donner un coup d'éponge, montrer ostensiblement qu'on n'attendait que son départ pour fermer.

M. Couderc prit la communication.

— Ah, c'est vous, mon petit Jean !

— C'est pour…

Il ne parvint pas à articuler le début de sa question.

— Oui, pour ce poste à Paris, c'est ça…

Il y avait du regret dans sa voix. M. Couderc était un homme aimable, un peu soupe au lait, mais bon cœur.

— Écoutez, Jean, je vais être franc.

C'était fini.

Jean aurait pu raccrocher tout de suite, il n'y arriva pas.

— Je vais plutôt prendre quelqu'un de l'extérieur, voyez-vous ? Ça n'est pas du tout contre vous, soyez-en sûr. C'est pour… comment dire… faire entrer du sang neuf dans l'entreprise.

Il disait cela à quelqu'un qui n'avait pas trente ans.

— Mais nous reparlerons de votre situation, voulez-vous ?

— Je démissionne.

C'était sorti comme ça, il en fut surpris lui-même.

Il y eut un silence.

— Mais enfin, Jean… Nous allons en parler à votre retour, voulez-vous ?

— Je démissionne, répéta Jean, mécaniquement.

Puis il raccrocha, attrapa l'addition, paya les mains tremblantes, prit la note qu'il plia lentement et logea dans son portefeuille comme il faisait habituellement, dit vaguement bonsoir, enfila son manteau et sortit.

Une demi-heure plus tard, de sa voiture, il vit la serveuse quitter le restaurant et emprunter la rue principale en direction du pont. Il démarra, la dépassa, se gara une centaine de mètres plus loin, descendit et marcha vers elle.

La province croulait sous le sommeil. Il avait plu dans la soirée, le trottoir était brillant. Il craignit que la jeune femme tourne sur sa droite, mais elle continua à avancer dans sa direction. En arrivant à sa hauteur, elle le reconnut et fronça les sourcils. Il se contenta de la regarder. Ils se croisèrent. Jean sentit un instant son regard quand elle se retourna puis, lorsqu'il fut certain qu'elle avait repris son chemin, il revint sur ses pas et, de toutes ses forces et à deux mains, il lui assena un coup sur l'arrière du crâne avec la manivelle de la voiture cachée sous son imperméable. Elle s'effondra. Le choc avait été si soudain, si violent qu'elle ne souffrit sans doute pas. Elle mourut à l'instant où la barre de fer, lui fendant la boîte crânienne par le milieu, lui écrasa le cerveau.

Il enjamba le corps, remonta en voiture, posa son arme qui portait une petite touffe de cheveux à l'extrémité et démarra.

Pour rejoindre son hôtel, il repassa par le pont où, sur le trottoir désert, la jeune fille était allongée. Une mare de sang faisait une tache noire sur le bitume. La ville restait effroyablement déserte. Une dizaine de kilomètres plus loin, la route enjambait une nouvelle boucle de la rivière, c'est là qu'il balança la manivelle par-dessus le parapet.

Il dormit assez mal à cause de cette histoire de démission. Qu'allait-il faire ? Comment l'annoncer à Geneviève ? Que penseraient ses parents, son père ? Il retourna toutes ces choses une bonne partie de la nuit.

La jeune fille du pont était déjà loin.

C'était la seconde qu'il tuait depuis son arrivée en France. Sans compter celle de Beyrouth.

7

Il n'est pas très charitable de vous moquer

— Ah, vous travaillez à l'Agence des monnaies ?

Le fonctionnaire français au visage buriné, au nez spongieux, au teint violacé, qui jusqu'ici n'avait manifesté qu'un intérêt distant pour la démarche d'Étienne, sortit soudain de sa torpeur. Pas tant parce qu'il espérait profiter de ce contact pour bénéficier d'un « transfert sur France » (quoique, sait-on jamais), mais par déférence pour un confrère qui devait toucher des pots-de-vin sans commune mesure avec les siens.

— Alors, nous disions…

— Raymond Van Meulen, 3e REI.

— Je le note.

Il avait une écriture tremblée, on se demandait s'il parvenait à se relire. Sur son bureau, à l'intention des visiteurs, un petit chevalet indiquait : « Georges Vaillant, classe II ».

Le haut-commissariat de France en Indochine tenait de l'ambassade et de la préfecture en ce qu'il cumulait les défauts de l'une et de l'autre. Ici, on ne passait pas de service en service, les démarches étaient excellemment fléchées, mais elles ne menaient nulle part. « Ça relève du Corps expéditionnaire ! » s'était écrié l'alcoolique quand il avait compris la demande d'Étienne.

— Oui, mais les militaires ne veulent rien dire.

— Ils ont leurs raisons…

— Et quelles sont les vôtres ?

On en était là lorsque le préposé découvrit la fonction d'Étienne à l'Agence indochinoise des monnaies.

Il se pencha vers Étienne (haleine chargée, il carburait à l'anisette) :

— Pour être franc, ils ne nous disent jamais rien à nous non plus. Tout est secret, secret… Mais…

Il regarda autour de lui pour vérifier qu'aucune oreille indiscrète ne traînait dans les parages.

— Je vais tâcher de me renseigner.

Il se releva, sourit largement, il avait été d'une redoutable efficacité, il était fier de sa prestation.

— Vous renseigner ? Où ? Quand ?

Jusqu'ici le fonctionnaire s'était montré compréhensif et même plein d'initiatives, maintenant ce jeune homme commençait sérieusement à l'emmerder.

— Et d'une, je vais voir en haut lieu. Et de deux, je fais au plus vite. Faut quand même compter une semaine, on ne peut pas à moins.

En quittant le haut-commissariat, Étienne avait des palpitations.

Envie de tout renverser sur son passage.

Au Corps expéditionnaire, il s'était heurté au silence, ici, à l'incompétence, il ne voyait nulle part où se tourner.

Il était à Saigon depuis quatre jours, il n'avait pas avancé d'un pouce.

Son inquiétude s'était peu à peu transformée en culpabilité, comme si s'était enclenchée une course contre la montre et qu'il ne tînt qu'à lui que Raymond réapparaisse sain et sauf s'il intervenait à temps.

Diêm avait promis d'aller à l'information, c'était son dernier espoir.

Mais Diêm resta invisible. Il avait demandé une journée pour s'informer, on ne l'avait plus revu.

Le soir, lorsque Étienne quitta l'Agence, il prit un taxi et se rendit au bord du canal de dérivation. « Il habite quelque part du côté du bac à voitures », avait dit Gaston. Il y avait une nuance de mépris dans sa voix qu'Étienne comprit lorsqu'il fut sur place. C'était, à la jonction de la rivière et du canal, une zone où, après des maisons bourgeoises avec jardinet et perron, s'entassaient des habitations sommaires maintes fois rafistolées, avec des cours donnant les unes dans les autres, des enfants pataugeant dans la boue parmi les poules et les cochons, où régnait une atmosphère industrieuse. Ici, des femmes tissaient, cuisinaient, cousaient, reprisaient, fabriquaient des paniers en rotin ; là, des hommes en maillot de corps réparaient des moteurs, des motocyclettes, des machines à coudre…

L'arrivée d'Étienne créa la sensation parmi les enfants à qui il abandonna de la monnaie, geste fatal, ils furent aussitôt trois fois plus nombreux. Étienne vida ses poches et ne cessait de dire « M. Duong Khắc », puis essaya « Khắc Diêm », puis « M. Duong », il arriva au bout des configurations possibles. La nuée d'enfants entravait sa marche. Étienne se tournait en tous sens, ne sachant plus quoi faire, toutes les maisons se ressemblaient. Il s'apprêtait à renoncer lorsqu'il vit, assis sur un pneu de camion à l'ombre d'un arbuste étique, un vieil homme à barbiche qui compulsait des papiers. Les enfants renoncèrent à suivre Étienne lorsqu'il s'avança vers lui, peut-être le craignaient-ils. Lorsqu'il fut devant lui, il vit que le vieillard feuilletait des billets de cette sorte de tombola appelée le Jeu des Trente-six Bêtes et des Quatre Génies et que l'on vendait partout dans les rues de Saigon.

Il parlait français.

— Oui, je crois savoir où habite Diêm…

Le message était clair, Étienne sortit de nouveau un billet, puis un autre. À chaque coupure qu'il prenait, le vieux fixait Étienne qui en exhumait une nouvelle et la lui tendait. Lorsqu'il estima qu'il avait payé suffisamment cher, Étienne fit « non » de la tête. Philosophe, le vieux empocha sa mise, se leva péniblement, traversa la grande cour, passa le long d'une rangée de maisons et indiqua l'arrière de l'une d'elles qui paraissait rafistolée après un ouragan.

Les nouvelles devaient aller vite, en tout cas plus vite qu'Étienne, parce que, lorsqu'il arriva, Diêm était sur le seuil, cheveux dressés vers le ciel blanc, disant : « Ah, monsieur Étienne… », mais n'avançant pas, comme s'il souhaitait faire barrage à son visiteur.

Derrière lui, plusieurs enfants et deux femmes âgées restaient en retrait et observaient ce Français avec méfiance.

Étienne s'approcha.

— Monsieur Étienne…, répétait Diêm.

— Au sujet de mon cousin, vous deviez chercher des informations… Comme je ne vous voyais pas revenir… Je me suis permis…

Il était difficile de savoir lequel des deux hommes était le plus embarrassé. Diêm, qui redoutait la question, fit quelques pas, tendit sa petite main potelée qu'Étienne serra.

— C'est que… Je n'ai rien appris, oui, oui…

Il se souvint de la remarque d'Étienne, sourit, gêné, et reprit d'une voix plus basse, plus régulière dans laquelle l'accent vietnamien avait à peu près disparu :

— Il n'y a pas d'informations sur les mouvements de troupes…

— Ça, je le savais déjà. Je n'avais pas besoin de vous, c'est ce que tout le monde me dit.

Tout en souriant, Diêm se mordit la lèvre, bougea la tête et fit onduler sa crête.

— Je regrette…

À cet instant, Étienne comprit que Diêm lui mentait. Cet homme qu'il ne connaissait quasiment pas, dont la seule fonction était de lui avoir procuré un logement, venait par ce mensonge ou cette omission de ruiner le dernier espoir qu'il avait de retrouver Raymond.

Parce que le silence de Diêm n'était pas dû à l'ignorance.

C'était le résultat d'une instruction, d'une menace peut-être.

Qu'y avait-il à cacher sur la mission de l'unité dont Raymond faisait partie pour qu'un homme comme Diêm, au lieu de gagner cent piastres en lui vendant le renseignement, préfère jouer les ignorants ?

C'était, pour Étienne, quatre jours d'angoisse et de démarches vaines, quatre jours hantés par la mort peut-être de l'homme qu'il aimait, pour qui il avait traversé la moitié de la planète, pour qui il était prêt… à tout, oui, à tout… Étienne fondit en larmes.

Étrange spectacle que ce jeune Européen pleurant au milieu d'une cour de terre battue, face à cette famille vietnamienne prudente jusqu'à la défiance.

Diêm continuait à sourire, mais c'était un sourire triste, emprunté, même sa chevelure ébouriffée se tassait. Derrière lui personne ne bougeait, la situation était inédite. Étienne se retourna pour ne pas se donner en spectacle, sortit son mouchoir, mais l'accumulation de l'inquiétude depuis son arrivée, le sentiment de tourner en rond, la perte de confiance, les mauvaises pensées, la perspective de l'échec, tout cela s'engouffrait dans ce chagrin inattendu en pareil endroit et à pareil moment. Il entendit la voix de Diêm soudain criarde et autoritaire donner des ordres en vietnamien puis il sentit une main sur son épaule.

— Venez, monsieur Étienne, ne restez pas là…

Alors tous deux se dirigèrent vers l'entrée de la maison. « J'ai l'air d'un homme en deuil », se dit Étienne, et, afin de lutter contre cette impression que sa superstition naturelle faisait résonner douloureusement, il puisa dans ses réserves pour accélérer le pas.

Ils entrèrent dans une large pièce rendue très sombre par des sacs de toile de jute fixés devant les fenêtres. Cette obscurité, plus épaisse encore quand on arrivait du dehors, donnait aux visages des vieillards et des enfants assis là l'air mystérieux d'une assemblée de comploteurs ou de fidèles réunis pour une messe secrète. Une longue table, qui occupait le centre, montrait un plateau étonnamment vide, comme si on venait de le débarrasser, mais sur lequel demeurait une poussière noire qu'une vieille femme chassait avec une balayette en paille de riz.

— Entrez, monsieur Étienne, asseyez-vous…

Diêm donna une suite d'ordres, un enfant se leva, apporta un verre d'eau, une femme posa une corbeille de fruits. L'odeur de la pièce était difficile à déterminer, cela mêlait l'encens, le poisson fermenté et autre chose de plus âcre, amer, presque irritant qu'Étienne ne connaissait pas. Lorsque sa vue fut habituée à la pénombre, sa surprise fut grande de découvrir, sur les étagères qui s'alignaient le long des murs, une quantité impressionnante de petites statuettes en plâtre peint représentant des personnages. Il y en avait aussi au sol et dans des caisses remplies de paille, prêtes à être transportées. Plus loin d'autres emballages étaient fermés, la pièce tenait plus de l'entrepôt que de la salle à manger familiale.

Étienne s'assit sur une chaise sous le regard silencieux de l'assemblée que Diêm ne prenait pas la peine de lui présenter. Le silence rendait la situation inconfortable, ce que Diêm sentit très bien parce qu'il se mit à parler vite, un peu trop fort.

— Nous peignons des statuettes pour le culte des morts, oui, oui, oui. Ici c'est Confucius là, c'est Bouddha.

Étienne remarqua en effet que, toutes identiques, elles ne représentaient que les deux mêmes personnages. Où étaient les peintures, les chiffons et les pinceaux ?

— C'est le travail de la famille, petit travail, petit revenu, ajouta Diêm comme pour s'excuser de la modestie de la tâche.

Étienne ressentit soudain le besoin de respirer. Il se leva pour partir. Il n'avait pas touché à son verre.

— Merci, dit-il sans que l'on puisse savoir à qui il s'adressait.

Il se tourna vers la porte, fit un pas, son pied glissa sur une chute de paille, il se retint à l'étagère, une statuette tomba sur le sol, accompagnée d'un cri collectif. Au milieu des débris de Confucius, un cylindre de papier journal tomba et se déroula lentement jusqu'à échouer contre la chaussure d'Étienne, découvrant un petit boudin d'une matière beige, satinée, visqueuse peut-être…

Personne ne bougea, Étienne regardait ses pieds, il n'avait aucune idée de ce qu'était cette substance, mais il ne faisait pas de doute qu'elle n'était pas recommandée par la Faculté.

Une vieille femme enfin s'avança et balaya les restes de Confucius.

Diêm qui l'avait ramassée par terre tenait au creux de sa main la matière marron en souriant, comme s'il s'apprêtait à l'offrir à son invité.

— C'est un petit travail, vous savez ?… Ça ne rapporte pas beaucoup, mais la famille est nombreuse.

Étienne l'arrêta d'un geste de la main.

— Ça ne me regarde pas, Diêm…

Mais son regard passait, sans qu'il le veuille, sur les visages de la famille, une majorité d'enfants qui pouvaient avoir de quatre à quinze ans. Il comprenait mieux la présence des sacs de jute contre les fenêtres. Ce qui guettait tout ce monde, en cas de découverte, c'était la police, la prison.

— Qu'est-ce que c'est ? demanda-t-il, néanmoins poussé par la curiosité. De l'opium ?

Diêm fut aussitôt pris d'un rire joyeux.

— Oh là là, non, monsieur Étienne ! L'opium, c'est pour ceux qui ont les moyens, non. Ça, c'est du dross, c'est ce qui reste quand l'opium est fumé, c'est un détritus. Très mauvais. Seulement pour les pauvres. Très mauvais.

Étienne regardait les étagères, les dizaines de personnages peints, figés.

— Nous faisons juste la manutention. Nous mettons un bâton de dross dans le cul des Confucius et quand la caisse est pleine elle s'en va quelque part dans le pays.

Il attrapa une statuette de Bouddha et la tendit à Étienne.

— Tenez, monsieur Étienne, en souvenir de votre venue. Il est vide, vous savez ?…

Étienne l'accepta avec un sourire de remerciements.

— Nous avons fait beaucoup de Confucius, reprit Diêm, et puis nous avons changé. Bouddha, c'est mieux.

— Ah oui ?

— Oui, Bouddha a un plus gros cul que Confucius, c'est plus pratique.

Diêm accompagna Étienne dans la cour.

— Je peux demander à un voisin de vous emmener à vélo jusqu'à la station.

— Merci, je vais marcher…

— C'est loin…

Étienne désigna Bouddha.

— Nous allons causer…

Il allait s'éloigner, Diêm le retint par la manche.

— Monsieur Étienne…

Sa crête s'était redressée et tanguait virilement à chaque coup de tête.

— Avec la guerre, le Viêt-minh qui nous rackette, la France qui exploite tout le monde, la vie est difficile, vous savez ? Je suis toujours en train de chercher une bonne affaire. Je réfléchis beaucoup, mais, à la fin, je prends ce que je trouve…

Il désigna sa maison, la cour, d'un geste vague.

— Tout ça n'est pas bon pour les enfants. C'est tout ce que j'ai trouvé, cette année est plus dure que la précédente… Pour arrêter les Bouddhas, il me faudrait un revenu, pour les petits, pour la famille. J'ai un dossier…

— Un transfert ?

— Oui, c'est très modeste, très modeste, c'est un tout petit transfert, si vous pouviez…

— Combien ?

— Oh, cinquante mille piastres.

— Je ne peux pas vous garantir, Diêm… Je ne sais pas.

Là-bas deux enfants, parmi les plus jeunes, venaient de sortir de la maison et observaient les deux hommes avec curiosité.

— Apportez-moi votre dossier, nous verrons.

*

Il revint passablement secoué. Il n'avait aucune confiance dans le fonctionnaire du haut-commissariat qui proposait de « s'informer » et la vue des jeunes enfants de Diêm contraints à participer à ce trafic minable lui mordait le cœur.

Au bureau, il retrouva la pile des dossiers en attente qui puaient l'arnaque administrative.

L'Agence recevait une soixantaine de demandes par jour. Uniquement des affaires assez importantes parce que les plus modestes, émanant des fonctionnaires qui viraient en France une partie de leur salaire ou des parents envoyant à leurs enfants, étudiants en métropole, de quoi s'entretenir, se réglaient simplement par mandats-poste.

Ce qui s'empilait sur son bureau, c'était des milliers de piastres d'importation pour des millions de francs à payer en France. Et personne ne lui avait encore rien dit sur la manière de procéder.

Il prit le taureau par les cornes et alla frapper à la porte de M. Jeantet.

— J'ai besoin d'instructions.

Jeantet leva la tête, mais dit, comme s'il n'avait pas entendu la question :

— Vous avez vu ça ?

Il replia son journal, retira ses lunettes et se massa un moment les paupières.

— Ils sont obsédés par les petits morceaux, je crois…

Étienne avait déjà pris le pli. Il ne servait à rien d'interrompre le directeur de l'Agence, il fallait attendre tranquillement de comprendre où en était sa pensée puis guetter une fenêtre de tir qui permettrait de le ramener vers vous, comme un poisson qu'on hameçonne, qu'il faut faire revenir lentement vers le rivage sans que la ligne casse.

— Les Viêts… Vers Nam Khái… C'est au nord, près de la RC 4… Ils ont découpé quatre gendarmes français à la machette, on a retrouvé les morceaux entassés au bord de la route, les quatre têtes au-dessus du paquet, comme des cerises sur le gâteau. Et à côté les bras, les jambes, en désordre, impossible de savoir quels membres allaient avec quelle tête…

Étienne se sentit blêmir. Était-ce certain qu'il s'agissait de gendarmes et non de légionnaires ?

— Ils sont comme ça, poursuivait Jeantet, il faut qu'ils découpent, c'est plus fort qu'eux. Voyez bien, même leur cuisine est faite de petits morceaux ! C'est une obsession, chez eux, ils ne peuvent pas tuer un type sans le saucissonner. Ça doit venir de loin, cette manie…

Il se leva, fit le tour de son bureau et tourna un petit cadre en cuir noir vers Étienne :

Je vous ai montré ? C'est mon chien…

Sans attendre la réaction de son visiteur, il le reposa.

— Nous, c'est plus psychologique. Une fois, pour obtenir des informations de quelques Viêts, on les a embarqués en avion. Arrivés en l'air, on en a balancé trois dans le vide. Les autres ont dit tout ce qu'ils savaient, je vous le garantis. Ça vous a une autre élégance, quand même, non ? Je vous ai choqué ?

Étienne était blanc comme un linge. Sa pensée était restée sur le bord de la route, là où les morceaux des quatre gendarmes avaient été entassés. Est-ce ainsi qu'on retrouverait Raymond ?

— Bah, c'est la guerre... Alors, oui, des instructions, c'est ça que vous voulez...

Son regard se perdit quelque part au-dessus de la tête d'Étienne.

— Bah oui, je me doutais bien..., dit-il d'un ton rêveur. Des instructions, bien sûr...

Le mieux, pour Étienne, était de se concentrer sur autre chose que sur cette route de jungle, il se lança :

— J'étudie des dossiers depuis mon arrivée, je dois maintenant recevoir les demandeurs. Plusieurs présentent des demandes suspectes.

— Suspectes...

— Des surfacturations, des...

Étienne n'eut pas le temps de poursuivre, Jeantet s'approchait de lui comme pour lui casser la figure.

— Mais je sais, monsieur Pelletier ! Vous croyez quoi ? Que vous avez découvert le trafic de la piastre ? Mais mon jeune ami, pour qui vous prenez-vous ? Jeantet, chez qui la pression descendait aussi vite qu'elle montait, revint à son bureau, se passa la main sur le visage, quelle fatigue...

Il tendit le bras, retourna un cadre et le brandit en direction d'Étienne.

— Ma première femme. Myriam. Une salope, je vous dis pas...

Il le reposa.

— On n'y peut rien, geignit-il, vous comprenez ? Il n'y a rien à faire...

— Mais enfin, nous délivrons des autorisations et…

— Ils n'en ont pas besoin !

Étienne attendit.

Jeantet, qui avait espéré clore la conversation, se désolait de devoir encore expliquer :

— La piastre appartient à la zone franc. S'ils veulent transférer des piastres en France, nous n'avons aucun droit de nous y opposer ! Théoriquement, ils n'ont même pas à demander d'autorisation.

— À quoi on sert, alors ?

— On gagne du temps.

Jeantet venait de toucher le fond. Il fit signe à Étienne de prendre place dans le fauteuil réservé aux visiteurs.

— La parité entre piastre et franc est mécanique. Théoriquement, il n'y a aucune condition à remplir pour transférer de l'argent. Ici, on passe notre temps à leur mettre des bâtons dans les roues, rien d'autre. Parce que… (son visage montrait à quel point lui-même était sidéré par l'ampleur de la catastrophe)… cette affaire a déjà coûté cent quatre-vingts milliards de francs à la France, voyez-vous ?…

Étienne digéra le chiffre, c'était astronomique.

— Si personne ne s'y oppose, encore quelques années, et l'Indochine pourra racheter la France. Avec son propre argent…

— On ne peut rien y faire ?

— Si. On se conduit en fonctionnaire : on fait chier. On chipote, on tatillonne, on ergote, on chicane. Je vous l'ai dit : on gagne du temps.

— De quel droit ?

— Aucun. D'ailleurs, à la fin, on signe. Mais ça devient tellement emmerdant de déposer des dossiers… Ça dissuade un peu.

Étienne ne voyait pas comment s'y prendre. Concrètement…

— C'est laissé à l'imagination de chacun. Pas mal, ici, se contentent de demander des pots-de-vin de plus en plus élevés pour donner leur coup de tampon, c'est eux que ça regarde. Les autres…

Jeantet fit un geste évasif, les autres…

*

Vint bientôt le premier week-end à Saigon, que naguère Étienne attendait avec impatience et qui se présentait maintenant comme un long désert sans autres aspérités que les bouffées d'angoisse qui le submergeaient sporadiquement. Dix fois il faillit louer un véhicule pour se rendre à Hiển Giang, les mots de Jeantet lui revenaient en mémoire… « Sans escorte, vous n'irez pas loin… »

Chaque soir, il achetait du poisson frais pour Joseph, qui s'était remplumé depuis son arrivée et qui campait au pied du lit lorsqu'il ne surveillait pas les alentours, allongé sur le rebord de la fenêtre en position de sphinx.

Le samedi matin, Étienne fut réveillé par du bruit dans l'escalier, ça ressemblait à la livraison de sa malle, quelques jours plus tôt.

— Vous avez dit que vous aviez chaud, non ?

Diêm secouait ses épis crâniens, souriait largement, et désignait les deux hommes qui déposaient sur le palier un réfrigérateur de la taille d'une armoire normande, passablement cabossé.

— Américain !

Disant cela, il avait tout dit.

Étienne tenta de refuser, mais l'appareil était déjà poussé jusque dans la pièce. Diêm ne doutait pas que son initiative serait appréciée. Étienne recula d'un pas. Maintenant qu'il était placé contre la cloison, le réfrigérateur, à lui seul, occupait le tiers de l'espace. Diêm brancha la prise.

— C'est un diesel ? demanda Étienne.

— Oui, au début, c'est un peu bruyant, mais vous verrez, ça se calme très vite. C'est une occasion. Pour sept cents piastres, c'est une affaire.

Étienne ouvrit la bouche.

— Mais pour quatre cents, c'est quasiment un miracle, monsieur Étienne…

C'était grotesque, dispendieux, démesuré… Cela ferait hurler de rire Raymond. « Ah, dirait-il, tu habites chez ton frigo… »

Joseph s'avança prudemment pour flairer la bête puis, d'un coup d'un seul, il sauta sur le dessus et s'y assit avec calme.

— D'accord, lui dit Étienne qui sortit alors cent cinquante piastres.

Diêm se renfrogna, mais son visage retrouva bien vite sa tonalité souriante et obséquieuse.

Étienne s'attendait que Diêm lui reparle de sa demande de transfert, mais il n'en fut rien.

— Passez un bon dimanche ! Vous allez visiter la ville, sans doute…

Diêm était toujours à la recherche d'un petit profit. Étienne craignit qu'il lui propose de le guider, il avait envie d'être seul.

— Je vais me promener, oui, mais je vais surtout me reposer, je suis assez fatigué par ces premiers jours à Saigon…

— Je comprends…

Le bruit du réfrigérateur ne se calma pas. L'appareil se taisait une petite heure puis il était saisi de soubresauts, poussait un cri rauque, commençait à siffler à la manière d'une locomotive qui chercherait sa vitesse de croisière et atteignait un seuil, un ronronnement qui donnait l'impression de dormir à côté d'un ronfleur. Étienne aimait bien cela, Raymond ronflait pas mal, lui aussi. Curieusement Joseph n'était nullement dérangé par les secousses de l'appareil sur lequel il passait une large partie de sa vie, à côté du Bouddha peint offert par Diêm.

Étienne employa son dimanche à boire des bocks sur les terrasses, à déguster ici et là des portions de cochon grillé, d'ananas frais et à fureter dans les boutiques où s'entassaient des vélos, des appareils de radio, des ustensiles de cuisine, des livres d'occasion, du matériel de ménage, de la quincaillerie domestique, c'était à vous donner le vertige, il n'y avait rien au monde que vous ne puissiez acheter dans ces rues où les commerçants aux traits immobiles se curaient les dents sur le seuil de leur échoppe, utilisaient de longues perches pour vous attraper un article éloigné et se révélaient, sous un aspect débonnaire, de redoutables négociateurs quand il s'agissait de discuter des prix. Devant une boutique de radio et de photographie, Étienne eut soudain envie d'acheter un appareil pour saisir ces images, en garder la trace pour Raymond, pour Hélène. Cela d'abord l'amusa. Il avait parfois utilisé l'appareil dont Hélène se servait dans son club du lycée, le résultat s'était révélé catastrophique. Il y avait chez lui une incapacité totale à cadrer un sujet qui se retrouvait toujours à l'extrémité du cliché quand il n'était pas carrément coupé en deux. À sa mère, à Hélène que le résultat faisait éclater de rire, il disait, faisant mine d'en être froissé : « C'est dû à une légère infirmité de mon œil droit, il n'est pas très charitable de vous moquer. »

Fidèle à son tempérament qui le poussait toujours aux solutions désavantageuses, excentriques ou dangereuses, il fit la dépense d'un appareil Leica dont le marchand dut lui indiquer le fonctionnement et qu'il lui conseilla de porter autour du cou pour éviter les vols à l'arraché.

En fin d'après-midi, il se rendit sur le port et, fasciné, fit de nombreuses photos du travail des coolies qui déchargeaient des sacs de riz plus lourds qu'eux, des hommes maigres, agiles, sans expression, et des contremaîtres avec des sifflets.

Tout le port était agité par le passage de camions, l'activité des sampans accostant aux quais des Messageries maritimes, partout ce n'était que sacs de riz, caoutchouc, produits des plantations, grumes, hévéas et la main-d'œuvre slalomait entre les automobiles des propriétaires venus surveiller le débarquement, on signait des connaissements sur le dos d'un secrétaire, de l'argent passait de main en main, les voix qui criaient étaient couvertes par les sirènes impatientes des bateaux qui réclamaient le passage. Étienne, étourdi, s'éloigna, longea les palissades des Magasins généraux. Il avait acheté des mangues et, cherchant un endroit où s'installer, trouva un terrain vague un peu plus loin où une borne en ciment lui permit de s'asseoir. Le ciel de Saigon était uniformément blanc. Il avait écrit à ses parents une courte lettre et à Hélène une autre, plus longue. À sa mère, il s'était contenté de dire qu'il n'avait pas encore retrouvé Raymond, mais il présentait cela comme un retard normal et somme toute prévisible. À Hélène, il avait dit la vérité : « De quelque côté que je me tourne, on refuse de me dire quoi que ce soit… » S'il ne trouvait pas Raymond, que ferait-il ? Devait-il rester ou rentrer à Beyrouth ? Les lamentations d'Hélène condamnée à vivre seule entre ses parents lui revinrent. Il les comprenait, il les partageait. Mais maintenant qu'il en était parti, Beyrouth appartenait au passé, sa vie avait changé quoi qu'elle devienne. Avec ou sans Raymond.

Cette pensée lui serra le cœur.

Il en était là de ses réflexions lorsque, avant de repartir, s'étant retourné vers le terrain vague, il s'avisa qu'il s'agissait d'une décharge. Des caisses, des harasses avaient été entreposées là, s'y trouvaient des appareils de toutes sortes et même la carcasse d'une voiture incendiée. Son attention fut attirée par une série de palettes sur lesquelles étaient jetés des moteurs cassés, d'anciens modèles démodés et rouillés, plusieurs avaient été démontés sans doute pour fournir des pièces détachées, ce qui restait était à l'abandon. Il s'approcha, lut, gravé sur le carter d'un moteur : RN-P1.

C'étaient les prétendus prototypes destinés aux jonques importés quelques mois plus tôt par la société Leroux Frères.

Il vécut cette découverte comme une blessure personnelle. Ce trafic de la piastre entretenait, encourageait cette guerre absurde dans laquelle Raymond avait, pour le moment, disparu.

En lui, une colère insidieuse faisait son chemin.

Il emprunta, pour revenir chez lui, un itinéraire tortueux auquel lui-même ne comprit rien. Tout s'éclaira lorsqu'il s'aperçut que ses pas l'avaient mené dans un quartier plutôt malfamé, rues où s'alignaient des bars, où marchaient des prostituées, où des Asiatiques au visage de cire fumaient silencieusement des cigarettes en détaillant les passants avec une attention professionnelle. Cette rue n'était pas encore sa destination. En fait, au terme de tours et de détours dans ce minuscule quartier, son subconscient le conduisait exactement là, devant un bar qui ne disposait que d'une courte terrasse. Toute la clientèle était tassée à l'intérieur, bruyante, gaie, tonique, agitée d'éclats de voix, de grands rires sonores, il s'appelait le Camerone, bar et rendez-vous des légionnaires.

Il ralentit le pas.

Trois hommes en uniforme sortirent pour occuper une des tables serrées l'une contre l'autre sur le trottoir. Ils le fixèrent. Il y avait quelque chose de trouble, de violent dans leur silence amusé, dans leur manière de lever leur verre de bière comme pour lui porter un toast…

Il prit peur, il s'enfuit aussitôt en pressant le pas.

Il entendit leurs rires jusqu'à ce qu'il trouve un taxi.

*

Rançon de sa colère et de son désespoir, dès le lendemain, en arrivant au bureau, il se sentait nerveux, irascible et animé d'une envie destructrice. Dès qu'il posa les yeux sur les premiers dossiers, les pratiques douteuses de l'Agence lui apparurent comme une insulte. Cette même administration qui refusait de lui donner le moindre renseignement concernant le sort de Raymond lui demandait de tamponner à longueur de journée des demandes frauduleuses. De participer à l'essor de cette guerre.

Quelque chose de superstitieux en lui le poussait à la résistance, c'était sa manière de lutter, d'espérer.

Il posa au sol, près de son bureau, la pile de dossiers qu'il solderait plus tard.

Il avait besoin d'entrer dans le vif du sujet. Il s'avança jusqu'au comptoir de réception et proposa de recevoir lui aussi les usagers qui patientaient.

Le premier fut un comprador chinois avec un curieux visage dans lequel les traits semblaient tous couler inexorablement vers le bas, comme s'il était en cire.

— Oui, des travaux dans une maison de campagne…, dit Étienne en consultant son dossier. À Rambouillet.

Le nez très court de son interlocuteur et son absence de lèvres lui donnaient un faux air de tortue. Il était très lent dans ses gestes, d'ailleurs, et parlait un français scolaire, appliqué, efficace, sûr de soi.

Étienne avait croisé son nom dans plusieurs dossiers, M. Qiáo.

Il intervenait pour un fonctionnaire du haut-commissariat.

— Oui, Rambouillet, c'est dans la rég…

— Je sais où ça se trouve, merci. Et, donc, pour quatre cent mille francs de travaux…

— C'est cela.

Étienne feuilletait le dossier. Le fonctionnaire payait d'ici des travaux de réfection dans sa résidence secondaire. Devis de toiture, de maçonnerie, charpente… Invérifiable, à moins d'être sur place. Les quatre cent mille francs que le demandeur expédierait d'ici vers la France allaient devenir un petit million dès qu'Étienne donnerait son coup de tampon.

— Il manque une pièce…

— Pardon ?

— Les photos de la maison.

— C'est un dossier de travaux, je ne vois pas…

— Je devrais même dire les photos de la ruine parce que, pour cette somme, votre client ferait mieux d'acheter une maison neuve, non ?

Il ferma le dossier, le tendit au comprador.

— Extrait du registre cadastral, acte d'achat, historique du bien, rapports d'architectes justifiant les travaux, avis ou dispense des Bâtiments de France et, pour chaque devis, une photo de l'état actuel pour qu'on puisse juger de la nécessité et un dessin à l'échelle du résultat attendu.

M. Qiáo serra les lèvres, s'arrêta, s'éloigna, revint sur ses pas et se pencha.

— Dix mille francs, lâcha-t-il.

Étienne plissa les yeux.

— Dans la monnaie de votre choix.

Le Chinois reposa le dossier sur le bureau.

Étienne le reprit, le lui rendit.

— Avec vos dix mille francs, vous pourrez même faire des photos aériennes.

8

Le feu du désir

Geneviève trônait comme une impératrice. Jean, qui passait ses journées à la recherche d'un nouvel emploi, la trouvait dans la même position chaque fin d'après-midi, assise à l'extrémité de la table de la minuscule salle à manger, dos à la fenêtre, pomponnée, inutile et souriante.

Pour Jean, la vie de Geneviève était un mystère.

Que faisait-elle de ses journées ? Elle ne lui en disait quasiment rien. « J'ai fait des courses », lâchait-elle distraitement. Avec quel argent ? se demandait-il, ils en avaient si peu. Mais cette question était un terrain glissant sur lequel il ne s'aventurait jamais.

— Ça s'est bien passé ? demanda-t-elle.

À chaque retour d'entretien, elle posait la même question. Jean faisait la même réponse.

— Pas trop…

Cette fois, c'était pour un emploi de représentant dans l'outillage. Il fallait s'y connaître en clés à pipe, en pinces-monseigneur et en foreuses, l'entretien n'avait pas traîné. « Au suivant ! » Il avait fait près de trois heures de queue pour une entrevue qui n'avait pas duré cinq minutes.

Le matin, Jean descendait chercher le journal et le dépouillait comme il l'avait fait, la veille, avec le quotidien du soir. Il découpait soigneusement les petites annonces qu'il collait dans un cahier, avec les dates, rédigeait des lettres, allait téléphoner quand il y avait un numéro ou quittait l'appartement pour se rendre aux rendez-vous ou faire la queue avec les autres chômeurs lorsque l'annonce précisait : « S'adresser… », suivi de l'adresse et des horaires d'ouverture. Malgré l'immense avantage de disposer d'une automobile, le manque de références sérieuses et vérifiables handicapait Jean. Il postulait à toutes sortes d'emplois de représentant (c'était le seul domaine dans lequel il pouvait se targuer d'un peu d'expérience), mais le chômage était sévère, le marché de l'emploi étriqué, il y avait toujours quelqu'un de mieux placé que lui.

Geneviève, peut-être par charité, ne l'interrogeait jamais sur le détail des entretiens et se contentait d'enregistrer l'information : Bouboule rentrait bredouille.

— Et toi ? avait-il répondu la veille, sous le coup d'une colère soudaine.

Geneviève avait levé vers lui un sourcil interrogatif.

— Bah oui, toi non plus, tu n'as pas de travail !

— Moi, déclara-t-elle d'une voix qui traduisait son bon droit, je suis fonctionnaire !

Il n'avait jamais très bien compris cette histoire de mutation. Le père de Geneviève était sûr de lui : ce serait une formalité. Un lien organique reliait le ministère français des Postes et la poste du Liban et il prétendait pouvoir jouer de ses relations pour permettre à sa fille d'intégrer la fonction publique française. Pour Jean, cette affaire baignait dans un halo d'incertitude d'autant plus dense qu'ici personne ne trouvait de travail, il voyait mal par quel mystère Geneviève, sans même se déplacer, se verrait proposer un emploi. Bien que les finances du couple soient au plus bas, il espérait qu'elle n'obtiendrait pas un poste avant lui, soutenir le regard condescendant de son épouse dans ces circonstances serait au-dessus de ses forces.

La table était mise pour le « déjeuner de famille », c'est-à-dire la venue de François (il avait dit que, cette fois, il viendrait seul). Le spectacle de la vaisselle luxueuse, des serviettes en coton imprimé dans cet appartement minuscule vous serrait le cœur. Geneviève avait tenu à se faire offrir, lors de leur mariage, une jardinière en argent et un service de table en porcelaine de Limoges. « C'est ce qui se fait ! » avait-elle décrété. Et, alors qu'ils avaient dû laisser à Beyrouth l'essentiel de ce qu'ils possédaient en attendant d'avoir les moyens d'un logement assez spacieux pour tout accueillir, c'est cette jardinière et ce linge de table que Geneviève avait emportés (ainsi, pour être complet, que deux parures de lit, dont celle qui avait servi pour leur nuit de noces de sinistre mémoire et dans laquelle ils dormaient encore un mois sur deux). La table ainsi dressée jurait comme un îlot de bourgeoisie dans un intérieur de gagne-petit et représentait, dans l'esprit de Jean, toute la rancune que son épouse nourrissait à son égard pour la médiocrité de la vie à laquelle il la condamnait.

Parvenaient, par le palier, les délicieuses senteurs de la cuisine que Mme Faure avait concoctée pour l'occasion.

François frappa à la porte. Il avait à la main un bouquet d'œillets sur lequel Geneviève s'extasia bruyamment.

— J'ai demandé à Mme Faure de nous faire un coq au vin, mentit Geneviève qui n'avait rien choisi du tout.

— Merveilleux, dit François qui n'avait jamais aimé ça.

Les deux frères s'assirent l'un en face de l'autre. Geneviève trônait en bout de table. On s'attendait presque qu'elle agite une clochette pour faire venir le service.

— Alors, demanda-t-elle, fini la petite Mathilde ?

Mathilde, se souvint Jean, c'est ça, Mathilde, des seins très petits, mais furieusement sexy. Décemment, François ne pouvait pas expliquer que le dernier (et seul) repas ensemble avait suffi à Mathilde. « Ta belle-sœur est dingue, mon chéri, et ton frère est une couille molle. Les regarder tous les deux, c'est un peu douloureux, je passe mon tour. »

François chercha quoi dire.

— J'ai été embauché comme reporter au *Journal du soir*...

Ce fut plus fort que lui. Pourtant, il s'en était fait, des promesses ! Ne pas parler de son embauche ! Ne pas donner à sa belle-sœur cet os à ronger, ce prétexte pour humilier Bouboule, mais il vivait depuis quinze jours une aventure si exaltante qu'elle égalait l'ivresse ressentie en serrant la main du général Legentilhomme en mai 1941. Il vivait au *Journal* comme on vit dans l'amour.

Il y avait aussi une raison obscure et gênante à cet aveu. Leur proximité à Paris ne lui avait pas permis d'entretenir auprès de Geneviève et de Jean la fiction de ses études à Normale Sup à laquelle ses parents croyaient encore. L'obligation de partager son secret avec Bouboule ne lui pesait en rien, mais il avait le sentiment vague que Geneviève, elle, pourrait bien en profiter, et il avait hâte, en réussissant professionnellement, de banaliser cette confidence, de lui ôter son caractère familialement explosif.

C'était un assez vieux sujet, mais qui n'avait jamais laissé l'âme de François en repos. Bouboule, fils aîné, s'était révélé incapable de diriger l'entreprise familiale, mais du moins avait-il eu sa chance. Bien sûr que François n'aurait jamais accepté de reprendre le flambeau après l'expérience calamiteuse de son frère, mais il avait été vexé que son père ne le lui demande pas, le privant du plaisir de refuser. Personne ne demandait jamais rien à François. Comme il avait été un élève brillant, tout le monde applaudissait aux résultats sans s'intéresser aux études. On avait admiré son acte de bravoure de 1941, mais, comme il en était revenu sans gloire ni médaille, le fait d'armes était relégué au rang de l'anecdote, on le mentionnait comme une curiosité historique. Puis, un jour, l'intérêt de ses parents, esquivant François, était passé directement de Bouboule à Hélène, la petite dernière… Oh, il avait été aimé, ça oui, mais au fond il avait été privé de l'essentiel. Aussi, l'annonce de son embauche au *Journal*, à laquelle il se reprochait d'avoir cédé, avait été une sorte d'acte manqué, le genre de chose qu'on se jure de ne pas faire, mais qu'on ne parvient pas à éviter.

L'information fut heureusement effacée par l'entrée de Mme Faure, portant lourdement son plat de coq au vin pommes vapeur qu'elle aurait échoué à poser sur la table si François ne s'était précipité pour l'aider. Geneviève regardait ce spectacle avec une satisfaction qui faisait rosir ses pommettes.

Le soulagement de François fut hélas de courte durée, car, à peine le service achevé et Mme Faure rentrée chez elle, Geneviève relança :

— Alors, cette embauche au *Journal*, raconte-nous ! Je veux tout savoir.

Geneviève buvait littéralement les paroles de son beau-frère. Jean lui trouva les mêmes attitudes avides et passionnées que lorsque, à Beyrouth, elle écoutait M. Pelletier pérorer sur ses savons parfumés.

Jean ne tenait pas rancune à son frère de vouloir briller avec cette embauche. François était, somme toute, le modèle de fils que ses parents avaient raté avec lui. Il aurait été heureux, lui aussi, d'annoncer qu'il avait trouvé quelque chose. Il n'en voulait pas non plus à son épouse, c'était son caractère, elle serait toujours ainsi. Lui n'avait pas un tempérament envieux.

— Je suis aux faits divers, disait François qui tentait de s'en tenir à l'essentiel.

— Mais c'est passionnant ! cria Geneviève, une coulée de sauce au vin à la commissure de ses lèvres.

François ne put s'empêcher d'embellir un peu ses fonctions, d'évoquer quelques événements parus dans le *Journal* en s'en attribuant une part.

En réalité, le chef de rubrique, Malevitz, l'avait accueilli comme on fait lorsque quelqu'un nous est imposé. Il appartenait à la vieille école, celle où l'on ne grille pas les étapes, où l'on doit patienter longtemps avant de se voir confier une responsabilité. Aussi l'avait-il envoyé faire les commissariats et les hôpitaux. François passait ses journées à lire les mains courantes, à se désespérer des mêmes disputes conjugales, des mêmes beuveries s'achevant en bagarres de trottoir et pour lesquelles il fallait chercher, pour rédiger un entrefilet de onze lignes, une accroche, un angle susceptible, en attirant l'attention du lecteur, de justifier sa publication.

La place n'était pas fameuse, mais l'ambiance du quotidien le grisait ; à ses yeux, il n'y avait pas drogue plus puissante. Il ne manquait jamais une occasion de descendre au marbre pour s'immerger dans l'atmosphère électrique des bouclages où tout le monde s'interpellait, s'engueulait, où le crépitement des linotypes précédait le ronflement des rotatives. Il passait discrètement la tête dans la salle des correcteurs où des hommes, au coude à coude autour d'une grande table, sous le projecteur de lampes dont les entretoises se croisaient, dans la fumée des cigarettes qui faisaient déborder les cendriers, annotaient les articles.

Où qu'il aille, il tombait sur Denissov tendu et concentré, lisant et relisant inlassablement épreuves et morasses… Ah, ce qu'il avait hâte d'avoir sa place à la conférence de rédaction… Il en était loin encore.

En parlant, il surveillait Bouboule qui mangeait le nez dans son assiette et n'avait pas l'air d'écouter. François sentait en lui un homme exténué, usé par les mille petites défaites auxquelles il avait déjà consenti.

— Tu te rends compte, Bouboule ! disait Geneviève à tout bout de champ.

Bouboule se rendait très bien compte.

— Il faut qu'on parle d'Hélène, dit-il soudain.

Tous trois laissèrent passer un silence, chacun prenait des forces pour affronter une situation qui n'arrangeait personne.

François et Jean l'avaient lu dans ses courtes lettres, la vie d'Hélène était, paraît-il, impossible maintenant qu'Étienne était parti.

On les appelait « les jumeaux ». Il ne le disait pas, mais Jean pensait « les filles ». Dans son esprit, rien de méchant, mais tout de même, lorsqu'il imaginait Étienne en train de… Lui qui n'avait aucune sexualité était un peu dégoûté par celle de son frère.

Et, donc, depuis le départ d'Étienne, Hélène était comme orpheline. Ou comme veuve.

Étienne écrivait peu à François et à Bouboule. Ils l'imaginaient filer le parfait amour avec son légionnaire et avoir autre chose à faire que donner des nouvelles. Jean repensa à l'ami d'Étienne, ce grand gaillard d'une virilité presque embarrassante… Il chassa les images qui lui venaient à l'esprit.

Hélène, dans sa dernière lettre, demandait si l'un de ses frères ne pourrait pas l'héberger.

— Elle va tuer votre mère ! pronostiqua Geneviève avec un sourire impénétrable.

Pour François qui ne pensait qu'à son travail et Jean qui ne pensait qu'à son chômage, cette demande tombait très mal.

— Héberger votre sœur, pour nous, ça va être très facile, commenta Geneviève en souriant. On remplacera la table par un couchage, du coup, il n'y aura plus de place pour manger, nous dînerons tous au lit, comme les sultans !

Et comme elle était assez fière de son image, elle ajouta, ironique :

— Pour l'intimité du couple, c'est la situation parfaite !

Il n'était pas rare qu'elle fasse ainsi référence à leur « intimité de couple », étrange concept qui désignait tout à la fois son aspiration à la tranquillité, son goût pour la paresse et le droit acquis par mariage de se montrer désagréable avec son mari et de le priver de rapports sexuels. Chez François, cette « intimité » activa des souvenirs de leur voyage sur le *Jean-Bart II* et il se contenta de terminer sa pomme de terre.

— C'est vrai qu'ici c'est trop petit, solda Jean.

— J'ai le même problème, conclut François qui ne les avait jamais invités chez lui.

— C'est si petit que ça ? demanda Geneviève. Maintenant, avec ton nouvel emploi, tu vas changer de location, non ?

— Ça reste un salaire de reporter, pas de quoi faire des folies.

Hélène, dans sa lettre à ses deux frères, expliquait qu'elle voulait venir suivre ses études à Paris.

— Quelles études ?

Personne ne le savait. Hélène ne parlait de rien comme si elle pouvait tout envisager, que cela n'avait pas d'importance. Jean, qui avait toujours été laborieux, trouvait indécent qu'on bénéficie de tant de facilités sans rien en faire.

— Ça n'est tout de même pas un calvaire que vivre à Beyrouth avec ses parents…

À peine prononcée, Jean regretta sa phrase. Si quelqu'un pouvait compatir à la difficulté d'Hélène de se trouver dans la dépendance de ses parents, c'était bien lui.

— De toute manière, j'ai répondu à Hélène que ça n'était pas possible pour nous, mentit Jean qui se promit de le faire dès le lendemain.

— Pareil pour moi, conclut François en repliant sa serviette.

L'affaire était close, mais les deux frères sentaient confusément qu'elle ne l'était peut-être pas tant que cela.

— Vous ne m'en voudrez pas, dit François, mais je vais devoir partir…

— Un rendez-vous galant…, susurra Geneviève d'un ton qu'elle espérait coquin.

— Pas vraiment, répondit François en riant. On donne *Le Feu du désir* au Régent, il vient juste de sortir, la séance est à seize heures…

Comme sous le coup d'une brutale impulsion électrique, Geneviève se redressa vivement :

— J'aimerais tant le voir moi aussi…

François se mordit la lèvre, pourquoi avait-il commis cette imprudence ?…

— Dis, chéri, ça ne te plairait pas, à toi, *Le Feu du désir* ?

Et, comme Jean cherchait une réponse, elle se leva (à l'image de ces gros qui se révèlent d'excellents danseurs, Geneviève se déplaçait avec la vivacité d'une femme mince) :

— Ça ne t'ennuie pas, au moins, qu'on te rejoigne ? demanda-t-elle à François.

Ça ne le dérangeait « pas le moins du monde ».

Il fut convenu que Geneviève prendrait le temps de se « refaire une beauté ».

— Et on te retrouve au Régent !

— La séance est à seize heures, insista François en regardant sa montre. Nous n'avons pas tant de temps que cela.

— On fait vite, on fait vite !

Les deux frères échangèrent un regard gêné. Tous deux déploraient cette initiative, mais ni l'un ni l'autre ne savait comment s'y opposer. C'était trop tard.

François fit un petit signe et partit.

— À tout de suite, murmura-t-il, mais personne ne l'entendit.

9

Rien ni personne n'aurait pu l'arrêter

Le réfrigérateur poussa un long cri rauque. Il y eut ensuite une sorte de souffle, un râle. Le Bouddha fut saisi d'un lent soubresaut comme s'il éructait au ralenti. Joseph leva sobrement la tête.

Étienne émergea.

Dimanche, neuf heures du matin, il avait dormi d'un sommeil de plomb. Il voulait se lever, mais n'en avait pas la force. Il n'était pas parvenu à dormir avant deux ou trois heures du matin, à cause du bruit de la rue, Dieu que Saigon était bruyant…

Il devait bien y avoir, sur cette Terre, des endroits plus sains que cette Indochine, non ? Il ne comprenait pas comment Raymond avait pu en tomber amoureux… Les mots lui faisaient mal.

Le frigo poussa un nouveau cri, plus rauque. Étienne s'obligea à sortir du lit, à ouvrir la porte de l'appareil qui se lança dans une série de grognements qu'Étienne interrompit d'un coup de pied sur le flanc gauche, généralement ça suffisait à le calmer. Ce fut le cas. Joseph, remué par le choc, poussa un court miaulement de réprobation puis se recoucha. Étienne aussi.

Quelle semaine…

À l'Agence, tout s'était rapidement tendu.

En ouvrant un dossier, il avait trouvé une enveloppe avec deux mille piastres.

— Vous avez oublié ça, dit-il au client sans même le regarder. Quand les enveloppes feront partie des pièces à fournir, vous serez le premier prévenu.

Au cours des trois premiers jours de la semaine, il avait refusé plus d'un dossier sur deux, c'était énorme, dans les services on se passa le mot. « Il paraît que le nouveau bloque les transferts. »

Ça n'était pas si facile, de bloquer, Jeantet l'avait dit et plusieurs compradors, parfaitement informés, n'avaient pas manqué de le lui rappeler.

— Il n'y a pas de délit en matière de transfert, monsieur Pelletier ! avait dit l'un d'eux, un Français chauve dont les côtelettes larges comme la main lui mangeaient la moitié du visage, qui soutenait une demande d'importation pour du matériel de papeterie, quatre-vingt mille piastres de cahiers, papier, stylos, etc.

— Qui a parlé de délit ?

— Bah, s'il n'y a pas de délit, vous tamponnez là, en bas, et vous autorisez le transfert.

— Il n'y a pas de délit, mais il y a un contingentement.

Le client fit une tête ébahie, jamais entendu parler de ça…

— Pour certains transferts, dit Étienne en lui rendant son dossier, nous avons un maximum autorisé par trimestre. Nous avons atteint le plafond ce matin. C'est idiot, vous seriez venu hier…

Il n'était pas très populaire parmi ses collègues. « Comment ça, il bloque ? » se demandaient-ils dans les couloirs.

— La date de la commission n'est pas encore fixée…

C'était un responsable d'une société d'import-export, Kaler & Valesco, qui voulait faire venir de la porcelaine de Limoges. Pour cent quatre-vingt-dix mille piastres. Un million et demi de francs qui deviendraient trois millions par la grâce du gouvernement français.

— Quelle commission ?

— De contrôle. Ordre du ministère des Finances. Nous devons créer une commission chargée d'éplucher certains dossiers avant d'autoriser les transferts.

Le client était sidéré.

— « Certains dossiers » ?… Quels dossiers ?

— Ça dépend des produits. La porcelaine de Limoges en fait partie, vous auriez commandé du cristal à Baccarat, ça passait comme une lettre à la poste, mais la porcelaine…

— Attendez, attendez ! On peut voir le texte administratif, avec la liste ?

— Le ministère prend son temps. On aura ça dans deux ou trois mois, vous savez ce que c'est. En attendant, on applique.

Mercredi matin, Gaston était venu le voir :

— Tu gâches le métier, Pelletier…

— Et ton métier, à toi, c'est quoi ? Changer de bague deux fois par an ?

Le ton d'Étienne ressemblait à son visage sévère, cassant, aux arêtes froides, un type en colère qui semblait bouillir sur place depuis qu'il était arrivé à Saigon. Gaston fit mine de comprendre soudainement l'erreur que commettait Étienne :

— Je vois. Tu penses que les transferts de piastres en France, c'est immoral, c'est ça ?

— Il y a des soldats qui se font tuer ici pour que des marlous fassent fortune sur le budget de la France…

— Mais au contraire, vieux ! L'économie française a besoin de cette guerre ! La guerre rapporte trois fois ce qu'elle coûte. C'est une arme, la piastre ! C'est grâce à elle que nous parvenons à convaincre ceux qui pourraient se ranger aux côtés des communistes.

— On ne les convainc pas, on les achète.

— Eh bien, oui, on les achète, tu préférerais qu'on les trucide ?

Gaston le prit par l'épaule, en camarade.

— Eh, détends-toi, Pépelle ! Tout le monde y gagne, dans cette affaire. Alors… tu n'es pas obligé de marcher dans la combine, mais pense un peu aux autres…

Justement, ils s'étaient vite mobilisés, les autres.

Des plaintes étaient montées jusque chez Jeantet qui avait convoqué Étienne le jeudi.

— Si vous me donnez l'ordre de signer tous les transferts, monsieur le Directeur, je le…

— Mais pas du tout, malheureux, au contraire ! Il y a des agents qui acceptent ce que d'autres refusent, c'est la glorieuse incertitude administrative.

Étienne était debout face à Jeantet, devant son impressionnante collection de portraits.

— Non, non, continuez comme ça.

Jeantet s'était levé, était venu vers Étienne. Au passage, il avait attrapé un petit cadre bordé de cuir.

— Je vous ai déjà montré ? Myriam, ma première femme… Vous n'imaginez pas…

Il en fermait les yeux. Sa sidération frisait l'admiration.

— Bon, reprit-il sans transition, moi, je dois vous convoquer et vous dire que les gens se plaignent, alors, je vous le dis, les gens se plaignent. Voilà. Les gens se plaignent…

— Et… ?

— Personne ne pourra me reprocher que l'Agence soit trop coulante avec les transferts ! La preuve, c'est qu'il y a des refus. Alors, refusez, mon vieux, refusez !

Et, du coup, Diêm tombait mal.

Étienne l'avait trouvé sur le trottoir devant l'Agence, tellement humble qu'on aurait juré qu'il voulait se fondre dans la muraille de l'immeuble.

Il tendit son dossier de demande. Il n'était pas nécessaire de l'ouvrir pour se persuader qu'il s'agissait d'un transfert de pure complaisance.

— C'est un transfert pour quoi, Diêm ?

— Du riz.

— Hein ? Du riz ? Vous voulez importer du riz… en Indochine ?

Diêm fit la grimace, c'est tout ce qu'il avait trouvé.

— Mais attention, monsieur Étienne, c'est du riz de Camargue ! Ici, en Indochine, du riz de Camargue, nous n'en avons pas. Pour en manger, il faut en importer.

Ils avaient marché en direction du port, Étienne pouvait-il raisonnablement autoriser une importation de riz ?…

Il poussa un profond soupir. Mais ce n'était pas tant la commande qui l'intriguait que le processus.

— Dites-moi, Diêm… Il y a quelque chose que je ne comprends pas. Vous payez en piastres une société française qui est censée vous envoyer du riz. En réalité, on verra arriver ici, dans huit mois, trois sacs de riz pourri pour clore le dossier. Ce qui m'intrigue, ce sont les francs…

— Quels francs ?

— Bah, les piastres qui arriveront en France, vous allez les convertir en francs.

— C'est le projet, monsieur Étienne, tout à fait.

— Qu'est-ce que vous allez faire de ces francs, en France, vous qui habitez Saigon ?

Ils durent s'écarter parce qu'ils avaient atteint le quai et qu'ils risquaient de gêner les passagers descendant des bateaux.

Diêm avait l'air embarrassé.

— En France, avec les francs, monsieur Étienne, on achète de l'or qu'on fait revenir ici. Cet or, on le transforme en piastres et on vous dépose un nouveau dossier de transfert.

Étienne tentait de mesurer les conséquences de ce trafic. Diêm comprit sa sidération.

— Oui, c'est comme ça, monsieur Étienne, la piastre part en France et revient et repart… En matière de finances, l'Indochine a inventé le mouvement perpétuel.

— Et cet or revient comment ici ?

Diêm se contenta de montrer le paquebot dont les passagers descendaient la large passerelle, leurs valises à la main, le sourire aux lèvres…

Étienne suivit le regard de Diêm qui, maintenant, la crête oscillant de droite à gauche, observait le manège des douaniers qui arrêtaient certains passagers afin de contrôler leurs valises tandis qu'ils en laissaient passer d'autres. Les pots-de-vin devaient pleuvoir sur la douane comme ils pleuvaient sur l'Agence. Le trafic de piastres était une activité artisanale aux dimensions industrielles.

— Je vais regarder ça, Diêm, mais franchement, je ne veux pas vous laisser beaucoup d'espoir…

Ça lui fendait le cœur, de refuser. Il avait encore en tête les enfants dans la cour qui le fixaient et qui allaient passer leur soirée à remplir des statuettes de Bouddha avec des cylindres de drogue…

Mais comment pouvait-il refouler tant de dossiers et accepter celui-ci qui confinait à l'absurde ?

*

À la seconde visite, le samedi matin, le fonctionnaire alcoolique du haut-commissariat qui s'était engagé à se renseigner au sujet du soldat Van Meulen ne trahissait plus la considération admirative de la semaine précédente pour un collègue de l'Agence indochinoise des monnaies. La quantité d'anisette ingurgitée depuis le matin ne lui permettait pas de se livrer à des acrobaties verbales, aussi choisit-il la méthode directe consistant à énoncer les faits sobrement, si l'on peut dire :

— Les autorités françaises ne communiquent pas d'informations.

Avec le sentiment du devoir accompli, il replongea dans ses papiers.

— Quelles autorités ?

— Françaises, je viens de vous le dire.

— D'accord, alors quelles autorités françaises ?

En temps normal, il n'aurait même pas répondu, mais la question frisait l'insolence.

— Vous ne savez pas ce que c'est qu'une autorité ?

— J'en ai une petite idée, mais c'est la vôtre qui m'intéresse. Parce que, quand des soldats disparaissent, j'aimerais bien que vous me disiez quelle « autorité » peut décider que les familles n'en sauront rien.

Alors, colère contre anisette, ils se disputèrent, les choses dégénérèrent, on entendit un « poivrot » qui précéda un « pédé ».

Un huissier intervint, prit Étienne par le bras et l'obligea à descendre l'escalier vers la sortie. Ironie de la situation, c'était lui l'alcoolique, il quittait le haut-commissariat comme un ivrogne qu'on éjecte d'un bistrot à la nuit tombée.

*

Ce second dimanche à Saigon s'annonçait plus déprimant encore que le premier.

Une partie de la matinée, depuis son lit, il feuilleta la correspondance de Raymond. « Quel bien cela m'a fait de te voir… », écrivait-il. C'était le lendemain de son départ. Parce qu'il préférait toujours rire de ses chagrins et tourner ses malheurs en dérision, Étienne s'était souvent entendu reprocher sa légèreté. À l'école, on appelait ça de la désinvolture. François parlait de frivolité, Bouboule de superficialité. Hormis Hélène (mais elle, ça n'était pas pareil), Raymond avait été le premier et le seul à lui dire que ce qu'il appelait sa délicatesse l'allégeait. « Je suis un homme lourd, écrivait-il, ta douceur me repose et me tranquillise. » Quel fardeau Raymond avait-il à porter ? Étienne le saurait-il un jour ?

Joseph, depuis le sommet de son frigo, lui adressait un regard de reproche. Tu ne vas pas passer ta journée à ressasser, tout de même ?

Étienne s'habilla et sortit.

Il quitta le centre, se dirigea vers le quartier chinois, quartier trouble, qu'on disait être « le jour et la nuit de Saigon », tranquille, quotidien, presque anodin dans la journée, volcanique, inquiétant, sensuel et dangereux le soir venu. Il arpenta longuement la rue des Marins aux échoppes grillagées, boutiques d'épices, de fleurs, de cages, de paniers, de chapeaux, sillonnée par les tramways. Tout le monde mangeait dans la rue, aux étals délabrés où officiaient des cuisiniers en nage que l'on distinguait vaguement au travers de la vapeur des chaudrons de riz, des grillades rôtissant. Il se sentait effroyablement seul non parce qu'il était un Européen dans une foule asiatique, mais parce qu'il était un homme malheureux qui ne voyait pas le bout de sa peine.

En début d'après-midi, il revint vers le centre, son quartier, ce noyau de Saigon où circulaient le pouvoir et l'argent, les jolies femmes, les nantis, les gros Chinois, les hauts fonctionnaires, le monde qui prenait dans l'après-midi une boisson glacée à la Pagode, le soir l'apéritif au Métropole, qu'on verrait ensuite dans les salles de jeu, sur les terrasses flottantes où le Martini, le cognac-soda couleraient jusque dans les veines, où les mille bougies de guirlandes multicolores donneraient un lustre décadent aux smokings et un vernis de parisianisme aux conversations coloniales des résidents.

Mais, au moment de se diriger vers la rue Catinat, ses pas ne lui avaient pas obéi.

Il était de nouveau devant la terrasse du Camerone. On le regarda fixement, il fut jugé, jaugé, des sourires se dessinèrent sur les lèvres. Étienne s'avança d'un pas ferme, rien ni personne n'aurait pu l'arrêter.

Il se planta face à la table où trois soldats sirotaient des bières et dit :

— Bonjour, je suis à la recherche d'un de vos camarades, Raymond Van Meulen. 3e REI, 2e compagnie. Nous n'avons plus de nouvelles depuis le 22 février. Ni le QG, ni le haut-commissariat ne donnent d'informations…

Sa voix s'était éteinte sur les derniers mots.

Rien ne se passa comme il l'avait prévu, comme il l'avait craint. Après un long silence, un des soldats se leva, entra dans le bar. Étienne l'entendit parler haut, il avait un accent nordique. Au lieu de le dévisager, les autres soldats regardaient ailleurs, la rue, leur verre, faisant régner une atmosphère inquiétante, un silence de ceux qui annoncent les catastrophes.

Elle prit la forme d'un homme d'une cinquantaine d'années, nettement plus petit que ses camarades, mais au beau visage rectangulaire et aux yeux clairs, qui mit son képi blanc en arrivant, s'arrêta devant Étienne et dit :

— Qui êtes-vous ?

Sa voix n'avait rien d'agressif ou même de suspicieux, il avait simplement posé une question et regardait Étienne dont il attendait une réponse.

— Je m'appelle Étienne Pelletier.

Mais, au lieu de compléter sa présentation, il s'entendit dire :

— Je viens de Beyrouth pour le retrouver.

— Vous êtes de la famille ?

La question n'avait rien de la tonalité paillarde du lieutenant-colonel Birard.

— Non.

Le vieux soldat le regardait calmement, il pesait sa décision, personne ne parlait.

— Venez avec moi.

Ils firent quelques mètres sur le trottoir. Le soldat s'arrêta, se tourna vers Étienne.

Lorsque Étienne comprit qui il était, c'était trop tard.

Il était le messager dont il avait souvent rêvé.

À contre-jour, on ne distinguait pas clairement ses traits.

Sa silhouette se découpait sur un fond d'un bleu nuit qui lui donnait une allure spectrale.

— Raymond Van Meulen est mort, dit-il calmement. Je suis désolé…

10

Il n'y aura bientôt plus que les mauvaises places

Le Régent était à quelques minutes en métro, mais Geneviève avait décidé, par une de ces lubies dont elle était coutumière, qu'ils s'y rendraient à pied. La séance est à seize heures, avait plaidé Jean, rien à faire, nous avons le temps, et puis ça te fera du bien de marcher, d'ailleurs, tu ne prends pas assez d'exercice, comme si elle, Geneviève, n'avait pas mérité le même reproche, mais passons.

Libérée de toute promiscuité dans le métro avec des voyageurs devant qui c'eût été gênant, Geneviève profita de cette marche forcée pour donner libre cours à son animosité. S'il s'attendait à des remarques désagréables sur la question de son emploi, Jean fut surpris par le changement d'angle de tir.

— Tes parents pourraient tout de même nous aider un peu plus..., lâcha-t-elle.

Jean en resta bouche bée, ralentit le pas, la regardant poursuivre sa route de son petit pas rageur et volontaire. M. et Mme Pelletier les soutenaient déjà beaucoup : ils avaient acheté la 4 CV pour que leur fils puisse trouver plus facilement un emploi, ils étaient intervenus auprès de M. Couderc afin qu'il recrute Jean et, tous les mois, ils envoyaient des subsides sans quoi jamais le couple n'aurait pu joindre les deux bouts…

— Le peu qu'ils nous donnent, c'est uniquement pour nous rabaisser… Nous faire comprendre qu'ils ont de l'argent et que nous n'en avons pas.

La critique de Geneviève, aussi injuste que basse, étouffa Jean, mais ce qui l'empêcha de répondre, c'était la nouveauté.

Jamais encore elle ne s'était permis un reproche si frontal. Il remonta à sa hauteur.

— Tes parents aussi pourraient aider…, dit-il.

Avec le courage des lâches, au lieu de se défendre, il était passé à l'attaque. Il comprit immédiatement son erreur. Geneviève, comme à son habitude, souriait à tout le monde comme si elle connaissait personnellement chacun des passants et répondit sans même regarder Jean :

— Mes parents me croient à l'abri du besoin. Ils pensent que j'ai épousé le fils aîné de la famille Pelletier.

Ça n'était déjà pas facile, cette vie sans réussite, sans argent, toujours aux crochets des parents, et pénible ce mariage avec une femme qu'il n'aimait pas, qui ne l'aimait pas davantage, cette existence médiocre, sans avenir, sans plaisir ni sexe, sans jouissance, sans amour, sans reconnaissance, en peine de tout, mais l'injustice serra la gorge de Jean au point qu'il ne put rien répondre.

Il marchait deux pas derrière elle, dans son sillage. Son silence valait approbation.

Geneviève continuait à adresser alentour aux vitrines, aux enfants, son sourire mécanique et puéril.

— Dans cette période de difficultés, la seule idée qu'a eue mon mari, c'est de quitter son emploi chez Couderc.

Elle parlait souvent de Jean à la troisième personne, comme s'il n'était pas là, qu'elle s'adressait à une amie. Elle adoptait d'ailleurs le ton qui convenait d'amusement, de confidence, de faux enthousiasme, c'était une petite pièce de théâtre chaque fois dont Jean était l'unique spectateur, le seul destinataire et qui mettait entre eux la distance propre au spectacle vivant. S'élevait entre eux un mur invisible qui empêchait Jean de s'exprimer, de répondre, qui le rendait impuissant. Impuissant, ah, comme ce mot était insupportable !

— Vous verrez que dans un mois, pour survivre, il devra vendre notre voiture. Déjà que la vie n'est pas drôle, si en plus il faut…

Jean crut mourir.

Il ouvrit la bouche, mais ils étaient arrivés, à peine avait-il articulé une syllabe que Geneviève s'écriait, en voyant François faire les cent pas nerveusement devant le cinéma : « Nous arrivons ! »

— Allez, dit-elle en se retournant vers Jean, ne tarde pas, la séance va commencer, enfin !

François serrait les dents. Outre qu'il n'avait pas eu l'intention de venir ici en leur compagnie, la salle était quasiment pleine, par deux fois l'ouvreuse lui avait dit : « Vous devriez y aller, monsieur, il n'y aura bientôt plus que les mauvaises places » et les spectateurs continuaient à entrer. Il scrutait la sortie de métro, et les vit arriver à pied, de très loin, Geneviève devant, avançant de son petit pas énergique et Bouboule, un mètre derrière, toujours à la remorque, c'était insupportable, ils lui gâchaient le plaisir…

— J'ai pris les billets…, dit-il en les précédant.

— Combien on te doit ? répondit Geneviève en ouvrant son sac à main.

— On verra ça plus tard.

Il savait que plus jamais elle ne proposerait de le rembourser, mais son urgence, c'était de ne pas manquer le début du film.

Jean suivait le mouvement, mais il était ailleurs.

Les reproches de Geneviève étaient bas, vexatoires, ils étaient faits pour blesser et ils y parvenaient.

Le chômage était endémique, mais à l'entendre il était le seul à ne pas trouver de travail.

Ses parents les aidaient, mais ça n'était jamais assez.

Les lumières baissaient à l'instant où ils entrèrent dans la salle.

— Je suis désolée, je n'ai plus trois places côte à côte, chuchota la placeuse.

— Ça ne fait rien, répondit François.

Geneviève et Jean s'assirent tout au fond de la salle, en bord de travée, François suivit le faisceau de la lampe électrique jusqu'aux premiers rangs, c'est lui qui donnerait le pourboire.

L'arrivée dans cette salle bruissante et obscure fit beaucoup d'effet à Jean.

Il manqua d'air, remua sur son fauteuil dès qu'il fut assis.

— Calme-toi, Jean, tu vas nous faire remarquer…

C'était, chez elle, un souci permanent, le voisinage, l'opinion du quartier. Lorsqu'il avait fallu des rideaux à la fenêtre de la salle à manger, elle en avait choisi qui étaient au-dessus de leurs moyens en expliquant : « Ça fait riche… »

Le programme démarra, le public murmura : « Ah… » Geneviève avait décroisé les bras, tendue vers l'écran, la musique du générique l'avait emportée dès les premières mesures, son sourire béat disait qu'elle était entrée dans une autre dimension, romantique, amoureuse, *Le Feu du désir* la brûlait déjà de l'intérieur.

Jean eut peur de s'évanouir, il se leva, quitta la travée, les toilettes étaient indiquées par une petite lumière verte, une double porte, à droite les hommes, à gauche les femmes. Il bouscula légèrement une spectatrice qui se précipitait pour revenir dans la salle, le film avait commencé, personne ne voulait en manquer une miette. Quand il entra dans les toilettes, la lumière crue lui fit plisser les yeux. Il s'avança jusqu'à l'urinoir. Il n'avait pas envie, mais son cœur battait vite, ses mains tremblaient, il crut qu'il allait s'affaisser là, dos aux portes entrebâillées des cabines qui ne sentaient pas bon.

Il releva brusquement la tête.

Comme mû par une énergie soudaine et inattendue, il sortit des toilettes, passa le minuscule couloir et entra dans celles des femmes. Les lieux semblaient vides, mais son instinct ne le trompait pas, une porte, une seule était fermée, derrière se trouvait quelqu'un.

Jean était lucide, son esprit enregistrait chaque détail, chaque bruit, son cerveau emmagasinait toutes les sensations que la situation offrait. Sans hésiter, avec une calme certitude, il se posta devant la porte fermée qui, bien sûr, s'ouvrit à cet instant. La jeune femme était étonnamment belle, il en resta bouche bée. Elle esquissa un « Oh » de surprise, mais c'était trop tard. Jean l'avait saisie par les cheveux, elle était tombée à genoux, les bras tendus vers le ciel, il s'y prit à deux mains et, de toute sa hauteur, lui fracassa le crâne sur la cuvette des W.-C. Elle avait tourné la tête au dernier moment, il lui avait seulement cassé le nez et ouvert la pommette, elle saignait déjà abondamment. Il recula précipitamment pour ne pas être aspergé et, lui reprenant les cheveux, il lui cogna plusieurs fois la tête, d'abord contre la porcelaine de la cuvette puis sur le mur. Elle s'effondra, le sang coulait à flots, Jean sortit. Il referma la porte de la cabine, se lava les mains au lavabo sans se regarder dans la glace.

Un instant plus tard, de retour dans la salle, il plissait les yeux sous la force de l'obscurité, marchait à tâtons vers le siège de Geneviève et s'asseyait.

Sa femme ne s'aperçut pas plus de son retour qu'elle ne s'était inquiétée de son départ.

Jean regardait les images, mais rien ne pénétrait dans son esprit, il était vide, il aurait pu s'endormir.

Sur l'écran, un homme parlait à une jeune fille. Il prononçait des mots qu'elle écoutait, qu'elle entendait, elle lui parlait à son tour, ils devaient se comprendre parce que leurs lèvres se rapprochaient. La scène paraissait bien plus réelle que la vie, en tout cas que la sienne. C'est à cet instant précis qu'un hurlement glaça la salle : « Au secours ! Une femme est morte ! Au secours ! »

On entendit des pas précipités, des cris, les spectateurs se tournaient tous vers la droite, vers les toilettes. Le projecteur hoqueta puis s'arrêta. « Au secours ! » criait une voix saisie de panique. « Au meurtre ! »

La lumière se fit. Ce fut la débandade.

Comme si le feu avait pris dans la cabine de projection et menaçait de gagner la salle, tout le monde se leva, voulut sortir, les rangées se vidèrent en un instant. Geneviève, debout comme les autres, forçait le passage vers la sortie. Jean la prit par le bras, ils arrivèrent à la porte, le public se bousculait, la panique montait, un homme s'interposa, le directeur du cinéma sans doute, regard affolé, qui tenta de dire quelque chose que personne n'écouta, il fut balayé par la foule qui sortit et traversa la rue. Arrivés là, les spectateurs s'arrêtèrent et, la terreur cédant à la curiosité, ils se tournèrent vers la façade du cinéma avec une sorte d'avidité.

François, lui, les deux coudes en avant, se frayait un passage vers les toilettes. Il avait été le premier debout et s'était précipité dans la travée de droite. Il était presque parvenu à l'endroit d'où provenaient les cris, mais il lui fut impossible d'avancer davantage. Malgré l'effort de la foule pour quitter la salle, un groupe dense de gens stationnait là, dressant le cou, se tortillant pour apercevoir quelque chose.

— Poussez-vous ! dit François.

Comme personne ne bougeait, il lâcha :

— Police, poussez-vous !

Ce fut le sésame. On s'écarta.

La porte des toilettes était tenue ouverte par quelques spectateurs, mais personne n'avait osé s'avancer plus loin. La placeuse était adossée aux lavabos, les mains au visage, en proie à des tremblements convulsifs.

En face d'elle, la porte d'une cabine était entrouverte, une mare de sang s'allongeait sur le carrelage et ruisselait lentement entre des mèches de cheveux blonds étalées au sol.

François jura entre ses dents, que n'avait-il un appareil photographique avec lui !

Il fit un pas, poussa lentement la porte de la cabine et découvrit la femme effondrée au sol.

Il s'agenouilla, réprima un haut-le-cœur en tendant la main, toucha son épaule. Il jeta un rapide coup d'œil derrière lui. Personne. Il s'y prit à deux mains. Le corps finit par basculer sur le dos, découvrant le visage fracassé de la victime. Il entendit un grondement derrière lui, se retourna. La placeuse était en train de vomir dans le lavabo.

Il revint vers le corps étendu et sortit son carnet.

*

Jean et Geneviève s'étaient joints au groupe sur le trottoir d'en face. Avait-on prévenu la police ?

— Vous avez vu quelque chose ? demanda une spectatrice, la voix vibrante d'émotion.

— Une morte ! Dans les toilettes !

Les versions variaient d'un spectateur à l'autre, mais tous semblaient d'accord.

— Elle a été tuée, là, dans les W.-C. !

— Étranglée, disait l'un.

— Poignardée, assurait l'autre.

On dut faire de la place, une femme âgée, juste à la droite de Geneviève, venait de se trouver mal. Elle avait le visage figé, blanc comme un suaire, elle remuait les lèvres silencieusement, comme si elle priait.

Geneviève l'aida à s'asseoir sur le trottoir.

— C'est elle qui a découvert le corps ?

— Non, dit son mari, l'air de s'excuser, elle l'a seulement vu, mais il paraît que c'était horrible.

— La tête…, disait-elle. Comme si on l'avait cognée par terre !

Il y eut des oh, des ah, on se répéta la chose.

Geneviève tenait la femme aux épaules.

— Tout le haut du crâne, disait la femme. Écrasé. C'est affreux, affreux…

*

François avait difficilement réprimé un haut-le-cœur à la découverte de la malheureuse jeune femme. L'odeur de vomi qui venait maintenant des lavabos, mêlée à celle du sang frais, lui montait à la gorge. Il avait néanmoins pris sur lui, dépêche-toi, se répétait-il, fais vite. Il s'empêchait de respirer, de croiser du regard les petits morceaux de cervelle collés à la cloison. Il sortit son mouchoir, s'en enveloppa la main et saisit le sac de la victime, un sac en perles avec un fermoir doré. Il se releva, glissa son carnet entre ses dents et fit un pas en arrière pour bénéficier d'un peu de lumière.

Maintenant qu'il y avait un représentant de la police, les spectateurs pressés à la porte s'enhardissaient, passaient la tête. Le policier était occupé à inventorier le sac de la victime, alors on avançait encore et, comme dans un spectacle de foire, chacun à son tour découvrait le macabre tableau, mettait précipitamment la main à la bouche en laissant échapper un cri, s'enfuyait et abandonnait sa place au suivant, et ainsi tous défilaient, merveilleusement horrifiés, remplis d'images qu'ils pourraient colporter et qui déjà atteignaient la petite foule sur le trottoir où Geneviève tenait aux épaules la femme assise au sol, l'air égaré.

Pendant ce temps, François s'activait.

Évitant de poser le regard sur le corps dont le visage devenait violet, il avait ouvert le sac, trouvé la carte d'identité.

Bon Dieu…

Mary Lampson !

*

Des policiers arrivèrent devant le cinéma. On fit place, l'un d'eux se pencha vers la femme qui s'était trouvée mal, ça va aller, madame, on va vous aider…

— Les autres, écartez-vous ! ordonna-t-il.

Elle se remit debout, s'accrochant au bras de son mari, et s'éloigna. La foule, elle aussi, s'était lassée. Maintenant que la police était sur place…

Geneviève fit un pas en arrière, regarda Jean, il n'avait pas l'air dans son assiette.

— Allez, viens, lui dit-elle.

Ils se dirigèrent vers le métro. Jean s'arrêta brutalement.

— On n'a pas vu François…

— Avec ce monde, comment veux-tu, ça court dans tous les sens…

Elle n'avait pas trop envie de revoir François maintenant, il aurait peut-être fallu lui rembourser les places. Elle reprit sa marche, Jean lui emboîta le pas.

— C'est incroyable, tout de même, en plein film !

Elle ne semblait pas scandalisée, épatée plutôt, que l'on puisse faire une pareille chose dans un cinéma quasiment bondé. Elle hochait la tête, l'air de dire : quel culot…

— Avec tout ça, on n'a pas été remboursés des tickets…

Pendant que les stations défilaient, Geneviève jeta sur Jean quelques regards en coin.

Ils arrivèrent à l'appartement, il n'était pas dix-huit heures.

Geneviève commença mollement à débarrasser la table restée en l'état, la pièce était triste comme un lendemain de fête.

— Ça va pas fort, toi, hein…

— Si, si…

Ils rangèrent leurs vêtements comme habituellement, près du lit.

— C'est quoi ?

Geneviève détaillait la veste de Jean, les yeux plissés.

Il ne répondit pas.

Elle risqua un index. Faillit le porter à ses lèvres…

— Du sang ?…

Elle se tourna vers lui.

Il bégaya une ou deux syllabes incompréhensibles.

Puis soudain, vaincu, il s'effondra sur la chaise, les genoux écartés.

Geneviève s'approcha, voix grave. Elle n'avait pas cet air de maîtresse d'école courroucée qu'elle prenait parfois avec lui.

— Il faut faire attention, Jean, hein ?

Il hocha la tête, faire attention, oui…

Elle regardait son index rougi qu'elle faisait rouler sur son pouce, souriait vaguement, comme à un souvenir, à une idée ancienne.

— C'est que… ça tache…

C'était dit comme un constat.

Il était livide.

Elle passa sa main largement ouverte dans ses cheveux, comme un peigne.

— Tu es un peu bousculé, mon Bouboule, c'est normal…

Elle attira sa tête, la pressa à deux mains contre son ventre.

— Ça va aller…, murmurait-elle. C'est rien, c'est rien…

Ils restèrent un long moment ainsi.

Puis Geneviève s'agenouilla entre les jambes de Jean.

Elle souriait en posant ses mains sur sa ceinture qu'elle dégrafa d'un seul geste.

11

J'ai vérifié, il ne manque pas un sou

M. Pelletier n'en serait jamais convenu, mais le départ d'Étienne l'avait affecté plus qu'il ne le disait. Il partageait secrètement le chagrin d'Hélène, à lui aussi la drôlerie de son fils cadet, sa joie de vivre si douloureuse, manquaient beaucoup. Il y avait un vide dans cette maison. Plus encore qu'après le départ de Bouboule ou de François. Pour le premier, c'était une fuite, presque un soulagement. Pour le second, une victoire, la réussite à Normale Sup, il deviendrait quelqu'un, lui. Penser à ces deux fils lui causait beaucoup de peine pour Jean qui, il était obligé de se l'avouer, n'avait de qualité pour rien, il n'avait même pas réussi à faire un mariage correct, il végétait et son avenir ressemblait à sa jeunesse effacée, médiocre et angoissée. M. Pelletier n'avait pas su s'y prendre, n'avait pas compris ou compris trop tard, Bouboule aurait mérité un autre père. L'échec du fils était celui du père, c'était un vrai crève-cœur, cette histoire-là.

Il en venait même à se reprocher la satisfaction qu'il éprouvait à voir François réussir si bien, c'était trop facile… Il ressentait pour lui de l'admiration. Ce garçon s'était engagé à dix-huit ans dans une guerre perdue qu'il avait contribué à gagner, mais qui ne lui avait rien rapporté, pas même la reconnaissance du pays. Cette ingratitude, il la ressentait comme s'il en était lui aussi la victime. Le voir triompher dans ses études, c'était quelque chose.

Maintenant Étienne… M. Pelletier, qui ne laissait jamais sa sensiblerie naturelle dépasser le seuil de la savonnerie, se reprochait de ne pas lui avoir dit, avant son départ, combien il l'aimait.

Alors, il restait Hélène qui, elle aussi, ne demandait qu'à partir, il suffisait de la regarder pour voir qu'elle ne guettait qu'une chose, l'ouverture de la porte. Elle qui était trop jeune, trop immature pour qu'on la laisse tomber du côté où son tempérament volcanique la faisait pencher, qu'il fallait protéger contre les tentations de son âge… Si Angèle était soulagée de voir Étienne se débrouiller seul, Louis, en revanche, se félicitait que François (qui faisait de grandes études) et Jean (que la guigne poursuivait) aient toujours besoin de ses subsides. « Nous servons encore à quelque chose ! » disait-il avec fierté. Angèle, en regardant Hélène, répondait qu'elle n'en était pas si sûre.

C'est à cela que Louis pensait lorsque M. Chakir fit son entrée dans le hall de l'Hôtel Kassar, serré dans son costume, tenant sa grosse serviette à la main, comme une laisse.

Il était onze heures, M. Pelletier détourna à regret son regard de la mer qui, à cette heure-ci, tirait sur le violet, « une mer vineuse », pensa Hélène qui avait lu Homère et qui, elle aussi, mais trois étages plus haut, debout face à la baie vitrée, regardait l'horizon tandis que Xavier Lhomond, derrière, en la besognant, disait des choses cochonnes qui la lassaient. Elle n'avait jamais été sensible à cet aspect de sa sexualité, elle s'était pliée à ses pratiques, mais certaines, comme celle-ci, frisaient l'artifice, ça n'était pas la peine. Elle le sentit se raidir, pousser son grognement, il y avait eu de beaux moments avec lui et d'autres… C'était bien au début. Il la photographiait, il la trouvait belle, il la caressait divinement bien et puis, les mois passant, il s'était fait moins imaginatif, moins empressé, moins admiratif. Elle avait exprimé sa déception.

— Si tu veux juste me sauter une fois par semaine, dis-le, ça sera plus simple.

Il l'avait giflée, elle n'en revenait pas. Même son père ne l'avait jamais touchée.

— C'est plus clair comme ça ? avait-il demandé.

Puis il l'avait déshabillée, elle était encore sous le choc, et lorsqu'il s'était allongé sur elle elle s'était mise à pleurer et ça l'avait terriblement excité, il allait et venait en léchant ses larmes et disait pleure, pleure bien, tu es très belle comme ça. Ses larmes redoublèrent et, ensuite, elle ne sut plus quoi faire. Il la giflait souvent, il y avait pris goût et elle ne savait plus ce qu'elle voulait. C'est à ce moment qu'il commença par les gros mots qui bientôt tournèrent à l'insulte et Hélène les acceptait parce qu'avec lui on ne pouvait rien prévoir. Quand elle disait qu'elle allait peut-être arrêter, il se mettait en colère, se fâchait, elle couvrait sa tête de ses mains par réflexe puis il la prenait dans ses bras et elle aimait cet instant, il lui caressait les cheveux, la nuque, le dos…

*

M. Pelletier compta les billets et les remit à M. Chakir qui, de sa belle écriture chantournée, démonstrative, établit un « reçu pour don ». C'était vraiment une grosse somme, l'une des plus importantes que l'école ait jamais reçues.

— C'est historique, dit M. Chakir.

— Ce n'est que de l'argent, répondit Louis.

On passa une heure à vérifier la comptabilité, refaire les additions, les livres étaient tenus avec un luxe de précision et de détails que Louis trouvait inutile et fastidieux. Il était pressé de manger, maintenant.

Sur le chemin vers la salle à manger, ils déposèrent leurs sacoches au vestiaire.

— Ça ne risque rien ? demanda M. Chakir.

— Dans un hôtel pareil ? Allons…

Arrivés à leur table, Louis se frappa soudain le front.

— J'ai oublié d'appeler ma femme ! Vous permettez ?

M. Chakir fit un geste empressé, bien sûr, allez-y.

Louis revint vers le vestiaire. Là, après avoir vérifié que M. Chakir admirait lui aussi la mer vineuse, il ouvrit la sacoche du trésorier, y prit le gros portefeuille d'argent liquide et le glissa dans sa propre serviette.

Au cours du repas, il ne fut pas trop à la discussion. M. Chakir d'ailleurs n'avait besoin de personne, Louis se contentait de sourire. La première lettre d'Étienne était arrivée et Louis l'avait trouvée très inquiétante. Rien de la joie à laquelle tous s'étaient attendus, rien évidemment sur les retrouvailles avec Raymond vu qu'Étienne, sur place, ne l'avait pas trouvé. « Il doit être en mission quelque part, c'est l'affaire de quelques jours », avait-il écrit. Et là s'était déroulé un épisode que Louis tentait de chasser de sa mémoire, mais qui revenait sans cesse, de manière obsédante… Convaincue qu'Étienne en disait plus à sa sœur qu'à ses parents, Angèle était allée… fouiller dans les affaires de sa fille. Rien qu'y penser, Louis, ça le retournait. Ce sont des choses qui ne se font pas. Sauf que le résultat le mit plus mal à l'aise encore parce que, dans la lettre qu'Angèle avait enfin dénichée, Étienne écrivait : « Raymond n'est nulle part ! De quelque côté que je me tourne, on refuse de me dire quoi que ce soit… Je ne dors plus, je crains le pire. Et s'il était mort ? » Il avait beau faire quelques plaisanteries bien dans sa manière (il expliquait que

Joseph était devenu homosexuel, il racontait une histoire à laquelle ses parents n'avaient rien saisi dans laquelle on voyait Joseph baiser avec Bouddha au sommet d'un réfrigérateur, ce devait être une métaphore d'autre chose parce que Louis ne comprenait pas très bien...), on sentait bien que le cœur n'y était pas. Étienne était inquiet, Raymond avait disparu. Il ne disait rien non plus de son poste à l'Agence des monnaies. Louis s'en voulait terriblement lorsqu'il se revoyait lever son verre devant toute la famille : « À Saigon ! »

Rétrospectivement, il se sentait ridicule.

*

— Arrête !

Hélène avait posé avec autorité sa main sur la poitrine de Lhomond pour le retenir de faire un pas.

— À droite, là, à la table, c'est mon père...

Ils étaient à l'extrémité du corridor qui conduisait à la terrasse, c'était la seule sortie. Lhomond se pencha avec précaution. Elle avait raison, c'était ce con de Pelletier avec le gros Indien, le trésorier, Chapir, Chamir, quelque chose comme ça, il ne se souvenait jamais, les bronzés, lui, il ne les différenciait jamais.

— Merde...

Lhomond regarda sa montre. Ils s'étaient attardés.

— Ils en sont où ? demanda-t-il.

Hélène se pencha de nouveau.

— Au café, j'ai l'impression, mais ça peut durer, on ne sait jamais...

Il était très contrarié, il se tourna vers elle.

— Tu pouvais pas te magner un peu, non ?

C'était injuste. Son père et M. Chakir devaient être installés depuis une heure ou deux, ce qu'il aurait fallu, c'est ne pas venir ce jour-là, aller ailleurs, mais…

— Quelle conne !…

Il consulta sa montre une seconde fois.

— Je ne peux pas me permettre, bordel !

Il tapait du pied par terre, Hélène n'existait plus.

— Je ne peux pas attendre ici, je dois repasser chez moi, chercher mes cours, il faut que je parte…

Il se parlait à lui-même.

Il y avait bien une autre sortie, mais il faudrait longer toute la terrasse, il serait encore plus visible. Hélène sentait qu'il prenait son élan.

— Merde, merde, jurait-il entre ses dents.

Puis il se décida.

— Je vais marcher très vite, je passe derrière eux, je prends sur la droite, avec un peu de chance…

— Et moi… ?

— Toi, tu restes là, tu as compris ?

Il était furieux.

— Tu rates les cours, on s'en fout ! Tu attends qu'ils soient partis, ça prendra le temps que ça prendra, tu m'entends ?

S'il n'avait craint d'attirer l'attention, il l'aurait giflée, ça l'aurait soulagé.

Et il se lança.

Louis leva la tête à l'instant où Lhomond, passant derrière eux, frôlait leur table.

— Mais, s'écria-t-il alors, ça n'est pas M. Lhomond, le professeur de mathématiques ?

— Ma foi, si ! répondit aussitôt M. Chakir, tout content de cette rencontre. Monsieur Lhomond ! Hé ! monsieur Lhomond !

Toute la salle se retourna, sauf le fugitif qui, baissant la tête, donnait l'impression de vouloir tout renverser sur son passage.

— C'est très étrange, dit Louis.

M. Chakir n'en revenait pas lui non plus.

Il n'était pas au bout de ses peines, car, après que le président fut allé régler l'addition, ils se retrouvèrent au vestiaire, la sacoche de M. Chakir était étonnamment légère. Dans le doute, il l'ouvrit. Le grand portefeuille en cuir avec la caisse de l'école avait disparu. Chez n'importe qui, cette découverte aurait été un coup dur.

Chez M. Chakir, ce fut une déflagration. Japonais, il se faisait hara-kiri sur-le-champ.

Louis répétait bêtement : « Ça alors, ça alors… »

Puis, reprenant ses esprits, il se rendit à l'accueil, expliqua, c'est l'instant qu'Hélène choisit pour se faufiler vers la sortie.

Le maître d'hôtel vint sur place, on chercha, on appela le directeur chez lui, ça n'est pas possible une chose pareille, il y avait combien ? On ne laisse pas une sacoche ainsi dans un vestiaire, risqua un membre du personnel… Louis monta sur ses grands chevaux. Pouvait-on savoir que c'est un hôtel où se retrouvent les voleurs ? Tout le monde s'énervait. C'est le cri de M. Chakir qui interrompit la dispute.

— M. Lhomond… !

— Quoi, M. Lhomond ?…, demanda Louis.

Le pauvre trésorier était blanc comme neige, tremblant et ravagé par l'angoisse, son expression s'en ressentit. Il fallut quelques longues minutes pour comprendre que, selon lui, M. Lhomond était forcément passé devant les vestiaires là où se trouvait la sacoche, que c'était étrange de le voir ici vu qu'il habitait le centre-ville et que presque tout le monde, à l'école, savait qu'ils avaient tous deux rendez-vous dans ce restaurant pour faire les comptes, qu'il avait ostensiblement fait semblant de ne pas entendre qu'on l'appelait, qu'il s'était sauvé… comme un voleur !

Maintenant qu'il avait cet os à ronger, personne ne put rien faire. Louis insista, tout ça est un peu tiré par les cheveux, mais comme M. Chakir n'en démordait pas, il proposa, conciliant :

— Allons le voir aimablement, si vous voulez bien. Et si votre intuition ne se vérifie pas, comme je le pense, alors nous porterons plainte, voilà tout ! D'ailleurs, plaie d'argent n'est pas mortelle, je couvrirai la perte…

— C'est impossible ! décréta M. Chakir.

Il en allait de sa vie.

Ils prirent un taxi devant l'hôtel et se firent conduire rue du Commandant-Deligeard. La boîte aux lettres indiquait le second étage, ils montèrent aussi vite que leurs poids respectifs le leur permettaient, M. Chakir tambourina à la porte, Louis ne cessait de lui dire, allons, allons, monsieur Chakir, vous êtes hors de vous, calmez-vous, je vous en prie… Mais l'Indien n'écoutait pas. « Monsieur Lhomond, ouvrez ! » Les voisins passèrent la tête, Louis leur adressa un geste d'excuses.

La porte s'ouvrit.

Le professeur présentait un visage tendu, il avait ses cours sous le bras. Il passa devant eux, mais M. Chakir, surexcité, le retint par la manche.

Et avant que Lhomond ait eu le temps de refermer la porte derrière lui, M. Chakir l'avait poussée et était entré…

Il y eut alors un étrange instant.

Lhomond, maintenant très pâle, fixait M. Pelletier sans bouger, ses lèvres s'entrouvrirent et restèrent ainsi figées sur un mot qui ne venait pas. Très lentement, Louis, sans le quitter des yeux, le contourna et entra dans l'appartement.

M. Chakir, totalement calmé, n'avait pas fait trois pas, il avait les bras ballants et regardait autour de lui. C'était le salon.

Deux murs, du sol au plafond, étaient entièrement couverts de grandes photographies.

C'étaient de très jeunes filles, nues, posant dans des positions alanguies ou lascives, mais, le plus souvent, adoptant des postures provocantes, exhibant leur derrière, leur sexe, et toujours fixant l'appareil bien en face… Ce qui frappait, c'est l'extrême jeunesse, la naïveté de ces modèles par rapport aux positions qu'elles prenaient, ce décalage était terriblement douloureux.

Il y avait là une bonne cinquantaine de clichés.

Une douzaine de promotions de l'école.

Louis reconnaissait des visages, d'anciennes élèves aujourd'hui femmes mariées avec des enfants, et d'autres très récentes, ici la fille de M. Chakir, plus loin Hélène…

M. Chakir restait tétanisé devant le mur d'images.

Louis, lui, se retourna, regagna le palier et descendit l'escalier tandis que le professeur, d'une voix blanche, suppliante, disait : « Je vais démissionner, aujourd'hui même… »

Louis rentra et se rendit directement à la fabrique. Là, il s'enferma dans son bureau.

C'était une victoire bien amère…

Instinctivement, il s'était méfié de ce Lhomond dès qu'il l'avait connu, au début de l'année scolaire, lorsqu'il était devenu professeur dans la classe d'Hélène. Ce n'était tout bonnement pas le genre d'homme à qui il avait envie de confier sa fille. Cette suspicion s'était renforcée lorsque Hélène s'était inscrite à l'atelier photographique qu'il animait. Pour les mathématiques, soit encore mais pour les activités complémentaires… Comme Angèle s'en était inquiétée elle aussi, il s'était montré rassurant, il n'était pas nécessaire d'être deux à se faire du mouron. « C'est une très bonne école, Angèle ! » avait-il expliqué. Lors d'une réunion avec l'administration du lycée, il avait tout de même consulté l'emploi du temps des enseignants, l'avait superposé à celui de la classe d'Hélène, et comme Hélène se rendait au lycée alors qu'elle n'avait pas cours une matinée où Lhomond était libre lui aussi, il prit son vélo et sillonna la ville. C'était ridicule mais Louis ne voyait pas comment faire autrement. Ridicule mais payant parce que, à vélo, on fait pas mal de kilomètres en une matinée et qu'il ne lui en fallut que trois pour découvrir ce qu'il cherchait : la voiture du professeur garée sur le parking de ce nouvel hôtel dans le quartier ouest de la ville.

Vers midi, il vit en sortir sa petite Hélène et dix minutes plus tard cet enfoiré de Lhomond qui passa longuement un peigne dans ses cheveux en se mirant dans le rétroviseur avant de démarrer. Son premier réflexe fut d'aller lui casser la gueule, mais aux yeux d'Hélène le professeur deviendrait un martyr, ça n'était pas vraiment le but recherché. Il choisit alors une voie plus tortueuse et somme toute inutile puisqu'il avait monté toute cette histoire de vérification des comptes et d'invitation à l'Hôtel Kassar à peu près pour rien. Il n'avait finalement pas été nécessaire de venir cacher le portefeuille de M. Chakir chez Lhomond pour faire mine ensuite de le découvrir afin de l'accuser de vol.

La découverte de cette collection de photographies lui avait, en quelque sorte, coupé l'herbe sous le pied.

Il glissa le portefeuille dans une grosse enveloppe de papier kraft et rédigea un mot pour M. Chakir. « L'hôtel a retrouvé le portefeuille. J'ai vérifié, il ne manque pas un sou ! Bien à vous. Louis Pelletier. »

Il demanda à un jeune ouvrier d'aller porter le paquet qui arriva en même temps que son destinataire.

Louis resta pensif un long moment, il revoyait la silhouette d'Hélène traversant en courant la salle du restaurant, espérant n'être vue de personne.

Louis souffrait beaucoup.

Étienne, Hélène… Qu'est-ce qui n'allait pas, tout à coup, dans cette famille ? Avait-il failli quelque part ?

Le soir, il resta silencieux, comme morose.

— Quelque chose ne va pas à la fabrique ? demanda Angèle.

— Si, si… Tout va bien, dit-il en souriant.

Hélène repensait à l'instant où elle l'avait vu, assis à cette table dans le restaurant, il ressemblait à quelqu'un d'autre.

— Et pour toi, ma chérie, demanda Angèle, tout va bien ?

— Oui. M. Lhomond a donné sa démission cet après-midi. Il a trouvé un meilleur poste à Tripoli, il fallait commencer tout de suite, il n'est pas revenu au lycée.

Elle avait appris la nouvelle en arrivant, il n'y avait pas eu cours.

Beyrouth, mars 1948

Elle ressentait un étrange soulagement et une douleur sourde, on lui avait volé quelque chose, elle n'aurait pas su dire quoi.

— Tant mieux, dit Angèle, je ne l'aimais pas trop cet homme-là.

— Il n'y avait rien à lui reprocher, répondit son mari avec mansuétude. C'était un professeur très dévoué…

Hélène les regarda, elle les trouva vieux.

Elle comprit alors qu'elle allait bientôt, elle aussi, quitter la maison.

12

Un de ces moments où une vie bascule

Étienne passa l'après-midi dans sa chambre, les dents mordant le traversin.

Au fond de lui, depuis son arrivée à Saigon, il sentait qu'il ne reverrait pas Raymond, ce silence entêté n'était pas explicable. Il l'avait espéré blessé, capturé peut-être, mais Raymond était mort.

La vie maintenant ressemblait à un désert.

Il prenait conscience, par bouffées soudaines, que jamais plus il ne le reverrait.

Le légionnaire ne lui avait rien expliqué et s'en était tenu à l'information essentielle : Van Meulen ainsi que des camarades de son unité avaient été retrouvés morts par la patrouille partie à leur recherche.

Comment était-il mort ? Avait-il souffert ? Où était-il enterré ? Avait-on joint sa famille ?

À l'insistance d'Étienne, le vieux soldat avait répondu par des hochements de tête. Que savait-il exactement ? Personne n'aurait pu le dire. Il avait annoncé cette mort par compassion pour le jeune homme, par solidarité aussi avec le camarade disparu en mission, mais il n'irait pas plus loin. Comme Étienne le submergeait de questions d'une voix qui trahissait la déflagration que cette nouvelle provoquait, il dit simplement :

— Le rapport de mission n'est pas transmis à la troupe, vous savez ? On nous dit ce qu'on veut nous dire… Nous avons rendu honneur à nos camarades. Vous pouvez être certain qu'ils ont été vengés…

Il esquissa le début d'un salut militaire, mais, le jugeant sans doute grandiloquent, il y renonça et revint vers le café.

Lorsqu'il ne plongeait pas dans un vide abyssal à l'idée de ne plus revoir Raymond, Étienne, à bout de larmes, épuisé par le chagrin, entendait cette phrase tourner dans sa tête, obsédante et mystérieuse, « le rapport de mission n'est pas transmis à la troupe ». Raymond avait-il succombé à une balle ? une arme blanche ? Avait-il agonisé ?

Le responsable de l'unité qui avait retrouvé Raymond et ses camarades avait établi un rapport, sans doute enterré à jamais dans les archives du Corps expéditionnaire. Étienne revoyait le lieutenant-colonel Birard, sanglé dans son uniforme, reins cambrés, regard droit, assurant, péremptoire et définitif : « Aucune action du côté de Hiền Giang. » La seule chose qui reliait encore Étienne à Raymond, ce « rapport de mission », cet homme-là le connaissait, peut-être même l'avait-il en sa possession.

Étienne eut envie de le tuer.

Ce n'est pas pour cela qu'il prit une douche froide, s'habilla et se rendit au Métropole. Il n'était pas armé, il n'allait pas se donner le ridicule de sauter à la gorge de cet officier, non. Il voulait… la vérité.

Il ferait un scandale.

Personne ne pourrait l'arrêter.

Il y avait la foule du dimanche, la même qu'en semaine, mais gorgée d'inaction et de plaisirs. Les femmes et les filles des hauts fonctionnaires s'étaient baignées dans les piscines des résidences du plateau, elles se faisaient servir des cocktails, les hommes s'offraient des cigares.

Le lieutenant-colonel Birard n'était pas encore là, mais Jeantet, lui, se trouvait à la même table que la fois précédente. Quand il vit Étienne, il lui fit un signe de la main, venez, puis, voyant le visage défait de son subordonné :

— Qu'est-ce qui vous arrive ?

— Je suis un peu patraque, rien de grave.

Étienne ne cessait de scruter le public de la grande terrasse. Jeantet le fixa longuement.

— Vous êtes étrange ce soir… Vous cherchez quelqu'un ?

— Non, pardon…

Mais son observation n'avait pas été vaine.

— Merde alors…

— Quoi ?

— Là-bas, le type… c'est pas M. Michoux ?

Jeantet avait l'air embêté, regardant ailleurs en poussant des soupirs.

— Je le croyais parti définitivement, poursuivit Étienne, il a transféré tout ce qu'il possédait en France !

— Et il est revenu, oui, je sais… C'est la troisième fois qu'il fait ça, il part à peu près tous les deux ans. Ensuite, il dit qu'il a « le mal du pays » alors il revient et reprend sa place chez Marton & Xavier.

Michoux, là-bas, était jovial comme un jeune marié, il trinquait avec ses amis.

— Vous auriez pu me le dire, lâcha Étienne.

— Si je vous l'avais dit, vous vous seriez mis dans une situation impossible parce qu'il avait effectivement tout vendu, donné sa démission, il n'y avait aucun motif de refus, c'est ainsi, c'est la loi…

Mais Étienne ne l'écoutait plus.

Devant eux était soudain apparu M. Qiáo, le comprador à tête de tortue, serré dans un costume élégant, qui se penchait pour le saluer, ainsi que M. Jeantet, de manière cérémonieuse et disait en désignant les deux chaises vides à leur table :

— Vous permettez ?

Étienne avait la gorge nouée, il avait envie de tuer cet homme, là, tout de suite, il aurait eu un pistolet, il lui collait une balle dans la tête, froidement.

Car M. Qiáo n'était pas seul.

— Je vous présente Vĩnh, un de mes neveux.

S'était assis à côté d'Étienne un garçon mince, gracile. Très beau.

— Vînh a dix-neuf ans, il est étudiant en hôtellerie.

Étienne, sidéré par la circonstance, ne pouvait détacher son regard du visage de ce garçon qui lui souriait gauchement et qui, à coup sûr, n'avait pas seize ans.

— Je me suis permis de vous interrompre un court moment parce que j'aimerais que nous reparlions du dossier de mon client, vous savez ? ces travaux dans sa maison de Rambouillet.

— On ne me dit jamais rien, à moi… C'est quoi, cette histoire ? demanda Jeantet qui s'en fichait éperdument.

Tandis que M. Qiáo exposait de nouveau les motifs de sa demande, Étienne retrouvait peu à peu sa respiration.

M. Qiáo, en échange de son accord pour un transfert, venait… lui offrir un garçon. C'était très simple.

Ce qui suivit tint dans un regard, mais resterait pour Étienne comme l'un de ces moments rares où une vie bascule et change de route, irréversiblement.

Ce n'est pas le regard du jeune garçon assis près de lui, offert et consentant, non, c'est celui du lieutenant-colonel qui était enfin arrivé sans qu'Étienne le remarque.

Il était installé à quatre tables de là. Il observait tour à tour Étienne et le jeune Vietnamien, à la fois salace, jubilant, supérieur, rigolard.

Un regard humiliant.

Les apparences étaient contre Étienne. Il aurait pu s'en moquer, avoir, comme on dit, sa conscience pour lui, mais la mort de Raymond l'avait épuisé, sa résistance était à bout, alors il se leva brusquement.

M. Qiáo s'interrompit, désarçonné. Étienne se tourna vers son directeur.

— À demain.

Puis sans un mot il quitta le Métropole, héla un taxi, se fit conduire au bord du canal de dérivation, près du bac à voitures, paya quatre fois le prix de la course en disant « attendez-moi ici », traversa la cour d'un pas ferme, chassant les poules sur son passage, ouvrit à la volée la porte de la maison, vit Diêm, assis à la table, sursauter, tous les visages présents se tournèrent vers lui d'un seul mouvement silencieux, étonné et inquiet, il fit deux pas et dit :

— Diêm, je vais accepter votre demande de transfert…

— Oh, mons…

— Je vais même multiplier son montant par dix.

— Euh… pardon ?

— Trouvez-moi une facture de n'importe quoi, pour cinq cent mille piastres, je vous la signe dès que je la reçois.

— Mais…

— En échange, je veux que vous fassiez quelque chose pour moi.

Diêm cette fois n'essaya pas de l'interrompre, il attendit, le visage tendu.

— Obtenez-moi la copie d'un rapport qui se trouve au QG du Corps expéditionnaire. Ça vous semble possible ?

Diêm ferma les yeux un court instant.

Puis, calmement, comme on accepte à contrecœur, il se contenta de hocher la tête, oui, c'est possible.

13

Ne fais rien sans m'en parler

Mary Lampson.

Bon Dieu…

François se tourna vers le seuil de la cabine des W.-C.

Ce corps long et mince. Ces cheveux blonds.

Il se pencha sur la droite pour tenter de voir le visage, mais le crâne enfoncé, le sang noirâtre ne rendaient pas la chose facile. Les odeurs de sang, de vomissures lui portaient au cœur…

Il parcourut la carte d'identité.

Nationalité : française.

Adresse : 12, rue Général-Lenizewski à Neuilly-sur-Seine.

Un mètre soixante-dix, cinquante-trois kilos.

Dépêche-toi.

Il prenait des notes fébrilement. Restait attentif à ne saisir les objets qu'avec son mouchoir. Fais vite.

Le portefeuille contenait des billets de cent francs, des cartes de magasins parisiens, un mot manuscrit : « Ma chérie, ne fais rien sans m'en parler. Décidons ensemble, veux-tu ? Je t'aime. » C'était signé : « M. »

Une trousse de maquillage. Des chewing-gums. Des clés.

Vite.

Des voix venaient de la salle. « Poussez-vous, allons, messieurs-dames, s'il vous plaît… »

François se releva, enjamba le corps de la victime, remit le sac à peu près où il l'avait trouvé, enfourna son mouchoir dans sa poche et croisa, en sortant, les policiers qui entraient.

En se retournant, il vit que les spectateurs avaient marché dans le sang, il y avait des traces de semelles un peu partout sur le sol.

La placeuse avait été assise sur un fauteuil, en bord de travée. La salle était maintenant déserte, on n'entendait que les voix des policiers dans les toilettes.

Le projectionniste, assis sur le fauteuil près de l'ouvreuse, lui tapotait la main en disant : « Ginette… Ginette… »

François s'agenouilla devant elle et sortit son carnet.

— C'est vous qui avez découvert la victime…

Ginette avait le visage blanc et noyé de larmes. À côté, le projectionniste n'en menait pas large non plus, il marmonnait, c'est incroyable, c'est incroyable…

— Je suis du *Journal du soir*, reprit François.

Comme l'ouvreuse avait le regard dans le vide, il se tourna vers le projectionniste.

Ginette, dit celui-ci, c'est pour le *Journal*…

La placeuse mit la main à ses cheveux, je dois être horrible…

— Vous vous appelez comment ? demanda François.

*

« Vite, rue Quincampoix. »

Il était dans un état d'excitation qui frôlait le malaise. Il relut ses notes, consulta sa montre, il n'était pas dix-huit heures, on devait boucler la seconde édition. C'était juste, mais faisable.

Combien de temps ce fait divers allait-il tenir ? On arrêterait l'assassin en deux, trois jours. Avec ce qu'il avait glané dans le sac de la victime, François était certain de pouvoir nourrir des articles… si on les lui confiait.

Il respira à fond, jeta plusieurs idées sur le papier, les raya nerveusement, s'arrêta sur une formule…

Il grimpa quatre à quatre jusqu'à la rédaction.

Il y a, comme ça, des jours où tout se passe à merveille. La jeune victime du Régent n'aurait sans doute pas pensé la même chose, mais pour François cela tint quasiment du miracle. Malevitz, le chef de rubrique des faits divers, qui ne prenait pas trois dimanches par an, mariait sa fille ; le rédacteur en chef s'était absenté de son bureau.

François alla directement chez Denissov.

— Un meurtre dans un cinéma...

— Page quatre, une brève, répondit le patron le nez dans les morasses étalées sur sa table de travail.

— Une jeune femme, vingt-six ans, le crâne fracassé sur la cuvette des toilettes.

— Page deux, une colonne.

— Actrice de cinéma, très en vue.

Denissov releva la tête, on aurait dit une démonstration de l'arc réflexe.

— Qui ?

François hésitait, il lui était difficile de se taire, mais donner le nom de la victime, c'était comme une hémorragie, on ne savait pas jusqu'où ça irait.

— Mary Lampson.

— Nom de Dieu ! Page une. Malevitz est absent, donne ça à Chaussard, fais vite.

— Je la veux...

Denissov souriait.

— Ton tour viendra...

— Ce sera une belle affaire, patron, on va la tenir au moins trois jours, et ce soir on sera les premiers.

— Raison de plus pour ne rien gâcher, donne ça à Chaussard.

— Je suis témoin direct, j'étais sur place. Je ne propose pas un papier, je propose un témoignage.

Il fit trois pas, tendit son carnet à Denissov qui le saisit et le lui rendit presque aussitôt.

— Je veux ton article sur mon bureau dans vingt minutes. Si ça ne va pas, tu refiles tout le matériau à Chaussard.

Beyrouth, mars 1948

À dix-neuf heures trente, la seconde édition du *Journal du soir* se démarquait du reste de la presse. Tandis que *L'Intransigeant* annonçait « L'odieux meurtre du Régent » et *L'Aurore* la « Mort tragique de l'actrice Mary Lampson », lui titrait sur deux colonnes :

La merveilleuse actrice Mary Lampson
sauvagement assassinée dans un cinéma parisien
Notre reporter, sur place à l'instant du meurtre :
« C'était horrible !... »

14

En attendant qu'il se passe quelque chose

Étienne pensait naïvement que Diêm lui procurerait ce rapport en cinq sec.

— Mais ça ne se fait pas comme ça, monsieur Étienne, chuchotait Diêm lorsqu'ils se voyaient.

Sa crête remuait frénétiquement.

— Je prends des contacts, il faut trouver les bonnes personnes, discuter les pots-de-vin et trouver le moyen de faire une copie sans attirer l'attention, c'est tout un travail…

Ce jour-là, il attendait Étienne sur le trottoir en tenant à deux mains un immense objet en fer.

— Qu'est-ce que c'est ?

— Un vélo, monsieur Étienne. Un vélo hollandais, oui, oui, oui…

Il fit un petit bruit de bouche, mécontent d'avoir oublié la consigne sur ses tics de langage.

Et en effet, maintenant que Diêm avait précisé, Étienne reconnaissait un vélo, mais tellement monumental qu'on ne le découvrait qu'au second regard. Le guidon était perché, tout comme la selle, à une hauteur vertigineuse. On avait l'impression que les roues faisaient deux fois le diamètre normal, à croire que les Hollandais mesuraient tous deux mètres… Il n'y avait pas de freins, on ralentissait et on s'arrêtait en pédalant à l'envers.

— C'est pour vous, monsieur Étienne.

— Diable…

— Pour vous faire patienter…

— Vous allez y arriver, à me procurer ce rapport ?

— J'ai bon espoir, oui… Dans quelques jours.

En attendant, Étienne faisait du vélo dans Saigon, c'était une expérience inédite pour lui de surplomber la chaussée à pareille hauteur. Il n'était pas d'une grande habileté sur cette bicyclette et connut quelques accrochages pénibles. Il faillit même renverser un jeune homme qui s'écarta brusquement à la dernière seconde. Étienne reconnut le garçon que M. Qiáo, le comprador chinois, lui avait présenté (autant dire proposé) quelques soirs plus tôt au Métropole. Ils s'étaient regardés, mais Étienne avait passé son chemin sans lui adresser la parole.

À l'Agence, il se décida à assouplir son attitude habituelle. Si Diêm lui procurait le rapport sur la mort de Raymond, il devrait lui accorder un transfert assez colossal. La meilleure manière de ne pas attirer l'attention dessus était d'en accorder d'autres afin de noyer celui-ci.

Il se mit donc, lui aussi, à accepter des transferts.

— C'est bien, vieux ! lui dit Gaston. Tu fais le bon choix.

Étienne l'aurait bien giflé, au lieu de quoi il répondit par un sourire.

Il passait ses soirées à caresser Joseph qui savait se montrer bienveillant.

La mort de Raymond restait abstraite. Ce n'étaient que des mots prononcés par un légionnaire qui n'était même pas sur place, autant dire qui n'en savait rien. Alors Étienne reprenait courage. Mais bientôt, il se disait que ce légionnaire n'avait aucun intérêt à lui mentir. Il l'avait assuré que Raymond et ses camarades avaient été vengés. C'est bien que Raymond était mort ! Alors Joseph se serrait plus encore contre lui. Ils restaient des nuits entières ainsi blottis l'un contre l'autre.

Étienne reçut une lettre d'Hélène. « À l'heure qu'il est, je suis bien certaine que vous êtes de nouveau ensemble. » Elle lui décrivait longuement la difficulté de vivre entre les « parents Pelletier ». « Tu ne peux pas imaginer comme je m'emmerde… »

En fait, Étienne y parvenait assez bien, il avait connu cela lui aussi, autrefois, cet ennui de vivre avec des gens qu'on aime et qu'on ne supporte plus. « J'en ai un peu marre de Lhomond, écrivait-elle, il n'est pas toujours gentil avec moi, mais comme les garçons de mon bahut sont tous plus crétins les uns que les autres, que veux-tu ? je supporte. » Étienne revoyait parfaitement ce professeur de mathématiques qui animait le club photo et proposait des parties d'échecs, de préférence aux jeunes filles, en dehors des heures scolaires... Il se faisait le reproche de ne pas avoir, avant de partir, poussé Hélène à rompre cette relation. Maintenant qu'il était à l'autre bout du monde... Au fond, Hélène faisait comme lui, elle se morfondait en attendant qu'il se passe quelque chose.

— Ça n'avance pas vite ! disait-il à Diêm.

— Ça vient, monsieur Étienne, ça vient.

Diêm, parce qu'il devait le faire patienter, se montrait aux petits soins.

— Vous n'avez besoin de rien, monsieur Étienne ?

— Entre le frigo américain et le vélo hollandais, je suis assez bien équipé, merci.

Seule éclaircie dans cette période quasiment immobile où il avançait dans un temps auquel il aspirait, il trouva un matin le bureau de Jeantet vide et ouvert. Bien qu'il n'eût pas la tête à cela, la soudaine occasion qui s'offrait de satisfaire sa curiosité le poussa à ouvrir la porte et faire le tour du bureau. Il avait devant lui la collection complète des cadres du directeur Jeantet.

Ils ne représentaient que deux sujets. Itsou, son berger allemand mort l'année précédente, et son ancienne femme, Myriam, à la réputation d'épouvantable salope. Le chien à gauche, l'épouse à droite. Il y en avait bien une trentaine de chaque. Les photos se ressemblaient toutes. Que ce soit le berger allemand ou la précédente épouse, c'était en vacances, devant des montagnes, au bord de la mer, à la terrasse d'un restaurant, dans une rue et quelques portraits très posés, à l'intention ouvertement artistique et d'une effrayante médiocrité.

S'il n'avait été à la fois si inquiet et si impatient, Étienne se serait bien interrogé sur le paysage mental d'un homme collectionnant exclusivement les photos de sa femme divorcée et de son chien mort.

15

Ils sont pas près de l'attraper, le Grand Méchant Loup

— Il est formidable ! disait-elle. Tu ne trouves pas, Jean ?

Jean ne répondait pas, l'enthousiasme de Geneviève le mettait mal à l'aise. Elle avait étalé le *Journal du soir* sur la table de la salle à manger.

— Quand un de ses films sortait, expliquait-elle à Jean qui n'avait rien demandé, Mary Lampson aimait venir incognito pour voir les réactions du public ! Elle mettait des lunettes noires et elle s'enfermait dans les toilettes jusqu'au début du film pour ne pas risquer d'être reconnue !

Elle lui lut à haute voix (en l'assortissant de commentaires personnels) l'article de François concernant la jeune actrice.

C'est peu dire que le public s'est ému à l'annonce de ce drame.

— Bah oui, dis donc, quelle affaire !

Marie Legrand, issue d'un milieu ouvrier modeste et qui avait choisi de faire carrière sous le pseudonyme de Mary Lampson, était en effet non seulement une jeune femme des plus ravissantes…

— C'est vrai qu'elle était mimi…

… mais une personnalité particulièrement attachante qui a su, en peu de temps, conquérir les cœurs d'un vaste public aussi bien masculin que féminin.

— C'est bien vrai, ça…

Son courage n'avait d'égale que sa modestie. Rappelons en effet qu'elle n'avait jamais rendu public son engagement – elle n'avait alors que 19 ans ! – comme infirmière dans les armées alliées dès 1941.

— Tu te rends compte ? Une héroïne, voilà ce que je dis.

Il a en effet fallu qu'un journaliste exhume ses états de service pour qu'elle commente avec une sobriété déroutante : « J'ai fait comme beaucoup d'autres… Et j'ai beaucoup moins de mérite que nombre d'entre eux ! »

— Et drôlement simple…

Caractère ferme, donc, et d'une exceptionnelle maturité chez cette jeune fille qui devint une actrice-vedette dès son premier film, *Une heure de gloire*, en 1946…

— Qu'est-ce que ça m'avait plu…

… qui racontait l'aventure émouvante d'une aveugle partie seule à la recherche de son frère égaré à l'autre bout du monde. La France entière avait suivi d'un œil tendre les fiançailles de Mary avec le bel acteur Marcel Servières puis son somptueux mariage.

— Oui, je me rappelle les photos, quel monde il y avait !

Apprendre sa mort dans des conditions à la fois si tragiques et si mystérieuses donnant à sa trajectoire le destin d'une étoile filante a évidemment frappé de stupeur le grand public.

— Il écrit sacrément bien, ton frère, hein, Jean ?

Jean ne répondit pas.

Sans désemparer, Geneviève se précipita sur l'édition suivante qu'elle descendit acheter au kiosque de l'avenue Jean-Jaurès. Jean ne l'avait jamais vue si excitée. Elle était remontée comme une pendule en entrant dans l'appartement :

— Tu sais quoi ?

Jean ne savait pas.

— Il paraît que Mary Lampson voulait divorcer… Des rumeurs circulent… Eh bien moi, je vais te dire une chose… Tu m'écoutes ?

— Oui, oui, bredouilla Jean.

— On dirait que ça ne t'intéresse pas !

— Si, si, mais tu vois, je…

— Regarde ça…

Elle plaqua sur la table la une du *Journal*. François avait su profiter de la longueur d'avance dont le hasard l'avait fait bénéficier.

Sitôt son article rédigé, pendant que les policiers palabraient encore avec le juge Lenoir, chargé de l'enquête, sur la nécessité ou non de garder cette affaire confidentielle le plus longtemps possible, François avait racolé un photographe et s'était précipité chez Marcel Servières pour l'informer de la mort de sa femme.

La séduction de cet homme était un mystère. Vous pouviez le détailler longuement sans lui trouver un trait tant soit peu remarquable. Dès qu'il se trouvait sous les projecteurs, il émanait de lui un charme intense auquel il était difficile de résister.

Le photographe l'avait saisi à l'instant où, le visage dans les mains, il relevait la tête comme pour demander : « Est-ce vrai ? »

François avait titré :

« Quel monstre a pu faire ça ? »
s'écrie Marcel Servières sous le choc
Il vient d'apprendre, par notre reporter,
que son épouse, l'actrice Mary Lampson,
a été sauvagement assassinée quelques
heures plus tôt au cinéma Le Régent.

Le service des spectacles du journal avait fourni à François tous les éléments de la brève biographie de l'actrice et ajouté cette rumeur de divorce qui traînait dans la profession et que l'article présentait avec la plus grande prudence.

— Alors ? demanda Geneviève.

Jean ne discernait pas clairement le sens de la question.

— Mais regarde ! insistait Geneviève en posant un index autoritaire sur le portrait de Marcel Servières.

Non, Jean ne voyait toujours pas.

— Eh bien moi, je dis que ce type n'est pas net. C'est un hypocrite, tu ne le sens pas ?

Jean tentait de comprendre où elle voulait en venir.

— C'est un acteur de dernière zone…, dit-elle. Sa carrière, il la doit entièrement à son mariage. Alors si la rumeur dit vrai, que Mary avait l'intention de divorcer, moi je dis que ça expliquerait bien des choses…

Agacée par l'air ahuri de son mari, elle conclut :

— Tu ne penses pas que ça serait un bon mobile pour la tuer ? Elle veut le quitter, il la tue !

Jean était effondré, il balbutia :

— Mais, Geneviève… Ça n'est pas lui qui… C'est…

— Ta ra ta ta ! Personne n'en sait rien !

Elle souriait et présentait un visage si réjoui, si sûr de soi que Jean fut plongé dans une profonde perplexité.

Était-il possible que Geneviève ait oublié ce qui s'était réellement passé ?

Si elle croyait sincèrement ce qu'elle disait, cela voulait dire que Geneviève perdait de temps en temps le contact avec la réalité.

Si elle n'y croyait pas, alors, elle était d'une perversité abyssale.

— Oh là là…

Jean revint à la situation. Geneviève achevait la lecture de l'article de François.

— Une autopsie, dis donc ! Tu imagines ce qu'ils vont lui faire ? Une si jolie petite poupée, ils vont la découper en morceaux et pourquoi ? je te demande un peu ! Ah non…

Elle replia le journal. Elle dodelinait de la tête, visage dévasté.

— J'ai lu quelque part qu'ils découpent le haut du crâne à la scie circulaire pour en sortir le cerveau. Pour le peser ! Tu savais ça, toi ?

Elle posait un index sous la gorge, l'autre en bas de son ventre.

— Et ils ouvrent de là jusque-là ! Ils sortent tout, les boyaux, les organes, tout !

Jean ne se sentait pas bien.

— Ils vont lui vider l'estomac pour analyser ce qu'elle a mangé ! Moi, je dis que c'est dégoûtant. Qu'est-ce que ça peut leur faire ? Eh ben ? ça va pas, Jean ?

Il venait de s'asseoir lourdement sur une chaise.

Elle se planta devant lui, prit la tête de Jean dans ses mains et dit d'une voix rêveuse :

— Ils sont pas près de l'attraper, le Grand Méchant Loup, hein, mon Bouboule ?

*

C'était la première fois de sa carrière que le juge Lenoir intéressait la presse et la jubilation qu'il ressentait amenait sur son visage un sourire bienheureux qui tranchait parfois avec ses propos. Ce qui advint lorsque, deux jours après le meurtre, il tint à communiquer lui-même aux journaux le résultat de l'autopsie de Mary Lampson. Il évoqua l'« inspection des cavités », les « importantes lésions traumatiques » et le « déchaînement de violence » avec une satisfaction proche de la gourmandise.

Cette autopsie, comme tous ses confrères, François l'attendait avec impatience, mais il avait une raison de plus que les autres.

Tous les reporters rentrèrent à leur rédaction en s'apprêtant à titrer que Mary Lampson était, au moment de sa mort, enceinte de deux mois.

Seul François ne le fit pas.

Lui se rendit de nouveau chez Marcel Servières.

Son imprésario, Michel Bourdet, homme d'une quarantaine d'années qui se piquait d'élégance britannique, déclina poliment la demande de François.

— Pas d'interview, désolé. Marcel est très éprouvé, vous pouvez le comprendre…

— Dites-lui qu'il y avait, dans le sac de son épouse, une lettre… un peu compromettante.

Le résultat ne se fit guère attendre.

Marcel Servières descendit. Il était très pâle, très marqué, il avait la voix enrouée d'un homme qui a enchaîné cigarette sur cigarette depuis plusieurs jours. Il avait vieilli de dix ans.

Lorsque François rentra au bureau, Malevitz et Denissov estimèrent qu'il avait remarquablement joué sa carte. Le *Journal* conservait une longueur d'avance sur tous les autres quotidiens.

Le soir, il titrait :

« Ma chérie, ne fais rien sans m'en parler, veux-tu ? Je t'aime », disait la lettre trouvée dans le sac de Mary Lampson

« J'ignorais que Mary attendait un bébé, déclare Marcel Servières. Je pense qu'elle avait un amant. »

« Cette lettre n'est pas de moi », avait déclaré Servières. En conséquence de quoi François avait retiré la signature, « M. », qui pourrait servir pour l'article suivant.

Le juge Lenoir ne s'attendait pas à cela. Il avait commandé dans le plus grand secret, dès le lendemain du meurtre, une comparaison graphologique avec l'écriture de Servières. Voir l'information sur la place publique le mettait dans une rage folle. C'était un homme d'une trentaine d'années, disposant de peu d'expérience en matière criminelle et que le jeu complexe des nominations, des tours de garde, des effectifs restreints et des manques de moyens avait catapulté à la tête de cette affaire parce qu'il était le seul présent au parquet le dimanche du drame. Il présentait un étrange mélange d'effroi et de contentement qui se traduisait par sa relation d'attirance et de répulsion envers la presse. Ainsi, s'il détestait les journalistes, il adorait François parce qu'il était aussi un témoin de l'affaire. Les deux hommes avaient, par deux fois, échangé leurs impressions. François était le seul devant qui le juge Lenoir n'avait pas l'impression d'être surévalué. Aussi, Lenoir, se sentant trahi, avait décroché son téléphone et appelé Denissov.

Beyrouth, mars 1948

— Votre reporter disp…

— Journaliste, pas reporter.

— Si vous voulez… Votre journaliste a utilisé une information confidentielle. C'est une violation du secret de l'instruction ! Je ne peux pas laisser passer ça !

François, tranquillement installé dans le fauteuil face au bureau directorial, buvait du petit-lait.

— Vous avez raison, monsieur le Juge, c'est inadmissible, répondit Denissov. Et d'ailleurs, je vais commander un article sur cette question qui paraîtra dans la prochaine édition.

— Comment ça, un article ? Quel article ?

— Eh bien, sur le fait que des policiers, des huissiers de justice, des membres du parquet livrent aux quotidiens des informations confidentielles en violation du secret de l'instruction. Et qu'ils se font, pour cela, discrètement mais grassement rémunérer. Ça va saigner, je vous le garantis !

— Attendez, attendez !

— Et nous donnerons des noms ! Et des sommes ! Et nous remonterons aussi loin que nous pourrons parce que ces fonctionnaires sont la honte de la République et que…

— Eh là ! attendez !

Denissov laissa planer un court silence.

— Monsieur le Juge, voici ce que je vous propose. Je fais rédiger l'article et j'attends que vous me rappeliez. Sans appel de vous, je fais mettre le papier à la corbeille, qu'en dites-vous ?

16

Fais un petit signe à ton frère

— Dépêche-toi, Jean, nous ne pouvons pas arriver en retard.

— Hein ? Où ça ?

C'était une constante chez Jean, il était systématiquement à la traîne de sa femme.

— Eh bien, mais… aux obsèques de la petite !

Jean écarquilla les yeux.

— Qu'est-ce qu'on va faire là-bas ?

Il était atterré.

— Enfin, Jean ! tu n'imagines tout de même pas… ?

Geneviève était si outrée qu'elle en perdait la respiration.

— Si nous n'allions pas aux obsèques, que diraient les gens ?

C'était très difficile à comprendre pour Jean. Il ne voyait pas du tout de quelles gens il s'agissait, ni la raison pour laquelle…

— Nous sommes témoins, Jean, je te le rappelle ! À ce titre, nous avons des devoirs envers cette pauvre victime !

Ah oui, il y avait ça aussi : quand elle évoquait la mémoire de Mary Lampson, Geneviève esquissait un rapide signe de croix, les yeux fermés, ça ne durait qu'un bref instant, elle revenait aussitôt à la conversation.

— Quels devoirs ?…

— La compassion, Jean, un devoir de compassion !

Jean ne se souvenait pas qu'elle eût jamais employé le mot.

— Nous étions quasiment à son chevet le jour de sa mort, poursuivit Geneviève, nous lui devons bien ça ! Allez, dépêche-toi, j'ai préparé ton costume bleu, pour un enterrement c'est le plus correct.

Il s'habilla à regret tandis que Geneviève, sur le palier, commentait pour la voisine, Mme Faure :

— Nous sommes tenus d'y aller, comprenez-vous ?… Ça n'est pas de gaieté de cœur, mais enfin c'est notre devoir, voilà tout…

Jean avait le ventre en capilotade. N'allaient-ils pas se jeter dans la gueule du loup ? Geneviève ne paraissait pas se rendre compte du risque qu'ils prenaient.

Elle s'était déjà montrée très enthousiaste à l'idée de répondre à l'appel à témoins lancé par la police le lendemain du meurtre.

Jean, lui, n'était pas chaud pour cette démarche.

— Ton frère sait que nous étions au cinéma puisque nous y sommes allés avec lui ! dit Geneviève. Comment expliqueras-tu que tu ne te sois pas manifesté ?

Elle avait ajouté avec son sourire désarmant :

— Et puis, qu'est-ce que nous avons à cacher ? Nous n'avons rien à nous reprocher !

Elle était d'ailleurs plus pimpante que jamais lorsqu'ils s'étaient rendus au commissariat.

— C'était affreux, dit-elle aux inspecteurs en se tenant le poing contre la bouche, les yeux exorbités. Affreux, affreux…

Jean trouvait ces qualificatifs et cette attitude surprenants. Il ne se souvenait pas qu'elle ait vu quoi que ce soit, elle s'était précipitée vers la sortie comme tout le monde et n'avait pas seulement jeté un œil vers les toilettes…

— Moi, j'ai suivi ma femme, dit Jean.

Il était particulièrement fier d'avoir eu le réflexe d'ajouter :

— Elle était assez paniquée, voyez-vous ?…

On comprenait qu'il n'ait lui-même rien vu, tout occupé à protéger son épouse de ce terrible spectacle.

De cette médiocre circonstance, Geneviève tirait l'avantage de se considérer comme témoin et d'être, à ce titre, quelqu'un de tout à fait important. Dans cette logique, sa présence aux funérailles de Mary Lampson allait de soi.

Lorsqu'ils arrivèrent près de l'église Saint-Germain-des-Prés, toutes les rues avaient été bloquées, le boulevard, la rue de Seine, la rue des Saints-Pères, la rue Bonaparte. Partout on se heurtait à des barrières gardées par des policiers en uniforme, il y avait un monde fou, des centaines et des centaines de personnes.

Cette foule s'expliquait autant par la célébrité de la jeune défunte que par le parfum de scandale provoqué par la déclaration de Marcel Servières concernant la fidélité de son épouse. La traînée de poudre avait suscité de nombreuses réactions. Les parents de la jeune femme avaient été pressés par les journalistes de réagir. Tous deux ouvriers, dépassés par la circonstance, ils en avaient été incapables. Dans l'interview qu'on lui avait arrachée pour la radio, on n'entendit que la voix fluette de M. Legrand, presque inaudible, le reporter avait répondu pour lui.

Dans le drame familial qui se jouait, la surprise était venue de Lola, la jeune sœur de Mary, fille tout juste majeure, maigre et longue, avec un regard ardent, fiévreux, qui avait violemment pris le parti de Servières contre ses parents, jetant le trouble sur les relations au sein de cette famille. La réaction de Michel Bourdet était très attendue puisqu'il était l'imprésario à la fois de Mary et de son époux. Chacun se demandait dans quel camp il se rangerait.

Dans la foule massée sur les trottoirs depuis la rue Bonaparte, Geneviève avançait en rouleau compresseur et parvint, à grand renfort de coups de coude, de pieds écrasés et d'invectives, devant une barrière, son mari derrière elle.

L'accès était gardé par deux policiers, un jeune, et un vieux qui venait de s'absenter quelques instants pour aller chercher des renforts parce que la foule devenait pressante.

— Laissez-nous passer, je vous prie, dit Geneviève sur un ton sans réplique.

Le jeune agent regarda cette petite femme ronde et décidée, au regard hautain qui ne doutait pas de son droit.

— C'est que, madame, on ne peut pas…

— Nous sommes les témoins, monsieur !

Il y avait des témoins pour les mariages, le jeune agent ignorait s'il y en avait aussi pour les enterrements. On le sentait inquiet.

C'est le moment que Geneviève choisit pour assener :

— Si vous ne laissez pas passer les témoins, vous serez cassé, mon jeune ami ! Cassé !

À quelques mètres de là, sur le côté, des passants commençaient à pousser la barrière, il ne savait où donner de la tête. Saisi par le doute et frappé par l'assurance qui émanait de cette femme, il céda.

— Allez-y, dit-il.

Au moment où Jean, suivant Geneviève, se glissait de l'autre côté de la barrière, les gens criaient au passe-droit, les renforts arrivaient en courant, on frisait l'émeute, Geneviève marchait vivement en disant :

— C'est un monde, tout de même ! Dépêche-toi Jean, on va être en retard.

François qui, avec un photographe du *Journal*, n'avait pas réussi à pénétrer dans l'église, les vit s'avancer, stupéfié.

— Fais un petit signe à ton frère, Jean…

Mais Jean avait autre chose en tête, les deux frères se dévisagèrent un court instant, déjà la foule emportait le couple à l'intérieur de la nef.

Et c'est ainsi que Geneviève Pelletier et son époux assistèrent à la messe d'obsèques de Mary Lampson au quatrième rang, juste derrière la famille, au milieu des proches et des amis de la profession.

— C'est Bachelin, glissait Geneviève à son mari en désignant discrètement un acteur. Là-bas, derrière, c'est pas Le Pommeret, le ministre ?

Il était clair, à observer les participants à cette messe, que deux camps s'affrontaient.

Dans la travée de droite se trouvait le couple Legrand. Le père, serré dans son costume, gardait les yeux au sol en soutenant son épouse chancelante, écrasée par le chagrin.

Dans la travée de gauche, auprès du jeune veuf qui dépassait tout le monde d'une demi-tête, Lola plus incandescente que jamais, le regard enflammé, ainsi que Michel Bourdet, l'imprésario d'une dignité anglicane.

Qu'ils soient de l'un ou l'autre camp, tous étaient éprouvés par le drame. « Perdre un enfant est une épreuve terrible, avait écrit François la veille. Mais ce qu'on est prêt à accepter de la maladie ou d'un accident, on n'est pas prêt à l'accepter d'un assassin. » La description de la scène était encore dans toutes les mémoires. En choisissant de frapper Mary Lampson à la tête et de la défigurer, le meurtrier n'avait pas seulement tué une jeune femme étincelante, il avait commis un crime contre la beauté.

— Regarde-le, celui-là, chuchota Geneviève dans l'oreille de Jean en désignant Servières. Est-ce qu'il n'a pas une tête de criminel ?

L'épreuve de ces obsèques était telle que Jean en venait presque à souhaiter une erreur judiciaire. Qu'on arrête quelqu'un, suppliait-il mentalement, à condition que ce ne soit pas moi.

— On aura bientôt le résultat de l'analyse graphologique, compléta Geneviève tandis que les voisins s'offusquaient d'entendre chuchoter dans un pareil moment. Moi, je te parie que, ce jour-là, il dort en prison.

La messe fut interminable. Geneviève vécut là un des plus grands moments de sa vie.

Elle pleurait tant et tant qu'un voisin lui passa le bras autour des épaules, bouleversé par son chagrin. Elle pressait son mouchoir contre ses lèvres. Jean, lui, rougissait, tremblait. Lorsque les orgues entamèrent le prélude en *fa* mineur de Bach, il en fut transpercé, il pensa que les vitraux, les statues le dévisageaient, le désignaient, que le plafond de l'église allait lui tomber sur la tête.

À côté de lui, Geneviève se mouchait bruyamment, marmonnant : « La pauvre petite, mon Dieu, la pauvre… »

Au cours de cette messe, Jean perdit deux kilos.

À la sortie, on entendit soudain un cri de femme. « Marie ! »

C'était Adrienne Legrand, la mère, qui se tordait les mains en appelant sa fille et voulait se jeter sur le cercueil, retenue à grand-peine par son mari. Ces hurlements glacèrent la foule. Le visage de Marcel Servières était spectral.

On parvint à contenir les efforts de la malheureuse qu'il fallut emmener à l'écart.

Tout le monde peina à retrouver son calme, l'incident avait heurté toutes les sensibilités.

— C'était très émouvant, commenta Geneviève.

Les flashs crépitèrent. Dès le soir, on verrait partout la photo de Lola, la jeune sœur de la défunte, que Servières tenait serrée contre lui.

Geneviève et Jean avaient retrouvé François sur le parvis et attendaient la sortie du cercueil. François était soufflé de voir sa belle-sœur aussi éplorée que s'il s'était agi d'un membre de sa famille. Sa carte de presse ne lui avait pas ouvert la moindre barrière et il se demandait quel appui haut placé avait permis à son frère et sa belle-sœur d'entrer dans l'église et d'assister à la messe. Passablement vexé, il voulut interroger Jean, mais il le vit dans une telle détresse qu'une autre question s'imposa : le couple connaissait-il personnellement la jeune défunte ? Avait-il manqué quelque chose ?

— Quand même, compléta Geneviève en rangeant son mouchoir dans son sac, les yeux maintenant parfaitement secs, la couronne de Servières faisait un peu chiche. Tu ne trouves pas, Bouboule ?

17

On retrouverait les lettres d'Étienne…

Lorsque Étienne regagna son appartement, le vendredi, il trouva sur son palier un paquet et une enveloppe en papier kraft.

Le paquet contenait les lettres qu'il avait écrites à Raymond depuis son départ et que Diêm était parvenu à récupérer. Il fondit en larmes. Quant à l'enveloppe, impossible de l'ouvrir, c'était au-dessus de ses forces, il titubait dans la pièce, frappait rageusement sur la porte du frigo qui encaissait sans un cri, il termina effondré sur le lit.

Joseph avait sauté du frigo et s'était installé contre lui. Il ne ronronnait pas et fixait l'enveloppe.

— D'accord, dit enfin Étienne.

Lieutenant Falcone
1er RCP

à

M. le Commandant Lachaume
1er RCP

Rapport de mission

L'unité dont j'ai l'honneur d'assurer le commandement s'est mise en route dès la réception de l'information, à savoir le mardi 9 mars 1948 à 14 h 55. Nous sommes arrivés sur zone à 15 h 34 et j'ai donné aux parachutistes de mon unité l'ordre de sauter à 15 h 40 sur le lieu-dit « la petite vallée des Joncs ».
[...]
L'ennemi viêt-minh avait visiblement attendu qu'un avion français de reconnaissance le trouve et le signale avant de passer à l'acte puis de quitter la zone.
Les soldats français tués ont tous été, au préalable, torturés chacun d'une manière différente :
– Le caporal-chef Vertbois a eu les…

Les buffles qui avançaient étaient des bêtes lourdes au pas lent qui agitaient leur grosse tête de haut en bas, faisant sonner les cloches fixées au joug.

Ils marchaient sur une ligne qui passait de part et d'autre des soldats enterrés, leurs sabots leur frôleraient la tête, laissant la place pour la herse dont les crocs, larges comme une main, retournaient le sol, dessinant derrière eux quatre profonds sillons de terre brune. Raymond fut saisi de panique.

[...]
Cette « mise en scène » doit être considérée, de la part du Viêt-minh, comme une action de représailles à la suite de l'événement du...

Comme ses camarades, Raymond se tortilla de toutes ses forces.

Et soudain il pensa à sa correspondance, restée au campement. Il allait mourir et on retrouverait les lettres d'Étienne, on saurait que…

C'était idiot de penser ça, quelle importance maintenant ?…

Le premier camarade fut saisi sous la gorge, la herse ralentit un court instant, les buffles furent fouettés, ils courbèrent le dos, redoublèrent leurs efforts. La tête, enfin arrachée du tronc, roula sur le côté, Raymond vit les yeux qui papillonnaient, la bouche qui s'étirait, cette tête sans corps hurlait silencieusement.

On sentait maintenant la vibration provoquée, dans la terre, par les sabots des buffles. Leurs grandes cornes s'élevaient tantôt vers le ciel, tantôt vers les visages tendus, comme pour les désigner à la mort.

Le second camarade, juste devant Raymond, poussa un rugissement rauque, déchirant et, cette fois, il perçut nettement le bruit des crocs de la herse s'enfoncer dans le bas de la poitrine, racler les vertèbres, la tête se souleva, mais resta curieusement accrochée à la base de la herse comme un ballon aux yeux écarquillés.

Raymond vit s'approcher les naseaux des buffles au ras du sol, sentant jusque dans son ventre le choc de leurs sabots lourds, entendant les socs de la herse éventrer la terre.

Le ciel s'éteignit.

Raymond s'évanouit et ne se réveilla jamais plus.

II

SAIGON, SEPTEMBRE 1948

18

On le fait venir du Danemark

Vĩnh le poussait doucement à l'épaule depuis combien de temps ?

— Il est trois heures…

Étienne tenta de se lever, renonça, retomba sur le dos.

Des difficultés à respirer, la bouche épaisse, la langue lourde. Le mal de tête qui l'accompagnerait une partie de la matinée avait entamé son lent processus d'encerclement par les tempes, le front, c'était le plus pénible, cette migraine térébrante et despotique.

Il fixa longuement les planches disjointes du plafond qui, dans la nuit, avaient dessiné des formes dont il ne se souvenait plus, des oiseaux peut-être…

— Des grues sauvages…

— Il est trois heures, répéta Vĩnh.

— Fous-moi la paix.

Il regretta aussitôt son mouvement d'humeur et ajouta :

— Un instant…

Il tâcha de rassembler ses forces.

Vĩnh était patient et se contenta de lui tapoter la main pour l'empêcher de se rendormir. Étienne tourna le regard vers lui. C'était un garçon aux sourcils fins, des yeux vifs, un visage grave aux traits souvent immobiles comme un masque vénitien, intemporel. Il était d'ailleurs réapparu comme descendu du ciel, quelques mois plus tôt.

Deux semaines après l'annonce de la mort de Raymond, Étienne avait accepté le transfert concernant les travaux dans cette maison de Rambouillet, dossier savamment orchestré par le comprador chinois à tête de tortue, M. Qiáo.

Étienne, en sombrant dans l'opium, était tombé dans la piastre parce qu'il avait besoin d'argent.

M. Qiáo avait apporté les dix mille francs promis, Étienne les avait rendus, il ne signerait pas l'autorisation à moins de quinze mille… Dès le lendemain, c'est le jeune Vĩnh qui apporta la somme, à domicile, de la part du comprador. Après lui avoir remis l'épaisse enveloppe, le jeune homme resta là, disposé à remplir son office. Étienne avait pris l'enveloppe, souri puis refermé la porte en disant :

— Non, tu es gentil, mais ça n'est pas nécessaire.

Vĩnh avait alors avancé le pied. Son visage exprimait la panique.

S'il revenait sans avoir rempli sa mission, les choses allaient mal se passer pour lui.

— Allez, entre, avait dit Étienne avec lassitude. Tu sais faire le thé au moins ?

Il savait le faire. Ils avaient parlé longuement. Vĩnh avait avoué dix-huit ans, allez savoir. Il était seul à Saigon, gagnait sa vie comme il pouvait. Alors, études d'hôtellerie ?

La plonge au *Dragon rouge*…

Il avait souri en voyant Joseph s'avancer :

— Un dragon, lui aussi ? demanda-t-il.

Vĩnh parlait un français assez correct, mais ne se risquait jamais à de grandes phrases, ce qui était aussi dans son tempérament.

Pendant quelques heures, ils parlèrent de Saigon. Ils se découvrirent une haine partagée envers le Viêt-minh. Le jeune Asiatique qui venait du nord, de la région de Tuyen Quang, expliqua que des communistes avaient longtemps racketté le village où il demeurait et que plusieurs membres de sa famille avaient été assassinés parce que soupçonnés, sans l'ombre d'une preuve, de renseigner les troupes françaises.

Joseph resta à bonne distance, observant la scène sans rien manifester.

Il fut enfin temps pour Étienne de partir au Grand Monde dépenser la moitié de ses commissions de la semaine passée aux osselets et au tai xiêu avant d'aller à la fumerie dépenser l'autre moitié, Vĩnh sortit avec lui. Là, ils se serrèrent la main.

Puis Vĩnh était revenu. Étienne ne sut pas si M. Qiáo l'avait ou non envoyé et il ne le demanda pas. Vĩnh fit du thé de nouveau, rangea l'appartement non comme un domestique, mais parce que cet abandon, ce laisser-aller le gênait, on sentait qu'il aurait fait la même chose chez lui. Joseph, depuis le dessus du frigo qui hoquetait, appuyé à son Bouddha, observa le jeune homme avec circonspection.

Le soir venu Vĩnh, debout dans la cuisine, avait fixé Étienne, une lueur d'inquiétude dans le regard. Étienne n'avait rien dit, il était simplement sorti en fermant la porte derrière lui.

Il se rendait, à cette époque, dans un établissement luxueux fréquenté par l'élite, avec des alcôves chargées de tissus, de coussins, de guéridons et de grandes couchettes ouvragées où des jeunes femmes silencieuses, adroites comme personne, vous faisaient allonger, veillaient à la parfaite position du coussin sous votre tête, prenaient délicatement vos chevilles dans leurs petites mains pour donner à vos jambes la posture idéale puis, face à vous, préparaient avec une calme dextérité des pipes d'une drogue idyllique qui vous emplissait d'un bien-être total. Étienne n'était encore qu'un fumeur débutant et une pipe n'était pas achevée à moins de sept ou huit inhalations, mais la savante préparation par les jeunes filles l'avait grandement aidé à se perfectionner jusqu'à fumer une pipe en trois gorgées profondes qui lui permettaient d'atteindre cette plénitude sans attache, cet univers serein et comme suspendu au-dessus du monde.

Lorsqu'il quitta la fumerie au milieu de la nuit, Vĩnh l'attendait. Il avait hélé un cyclo-pousse, ramené chez lui un Étienne flageolant, l'avait aidé à se déshabiller et à se coucher. Du haut de son frigo, Joseph avait observé la scène sans rien manifester. Il regarda Vĩnh s'asseoir près du lit et attendre qu'Étienne ait trouvé un sommeil sans risque.

Joseph jaugeait le jeune Asiatique en plissant les yeux.

Vers trois heures du matin, il se leva enfin, s'étira, sauta du réfrigérateur et se dirigea vers la seconde chambre dont la porte restait toujours ouverte et il s'assit là, sur le seuil.

— D'accord, dit Vĩnh qui se leva à son tour, déroula une natte en paille et s'endormit.

Le temps avait passé depuis ces premiers jours. En six mois, bien des choses avaient changé.

D'abord, Étienne était en passe de devenir le fonctionnaire le plus concussionnaire de l'Agence. C'est comme ça que l'on disait au Métropole, « il concussionne pas mal, celui-là… », ou encore « lequel concussionne le plus ». L'opium lui coûtait moins cher depuis que les somptueuses fumeries du début l'avaient lassé, qu'il fréquentait maintenant des endroits sordides, hantés par des squelettes vivants aux yeux encavés, aux os saillants. Ce qui coûtait le plus, c'était le Grand Monde et ses salles de jeu. Vĩnh n'en disait rien, mais il observait tout cela avec inquiétude, le jeu fleurait la ruine et la déchéance, ces fumeries sentaient la pourriture et la mort. Était-ce ce qu'Étienne cherchait ?

Une nuit, à leur retour, Vĩnh était venu se coucher contre lui, et il y était resté. Étienne avait fini par se coller contre le jeune homme. Dans son sommeil, il l'empoignait parfois comme un traversin. Vĩnh lui dispensait de temps à autre des caresses aériennes qui semblaient venues de nulle part. Ils n'en parlaient jamais. La chaleur soyeuse de Vĩnh, sa présence attachante et discrète avaient les mêmes effets émollients que le climat asiatique qui s'empare de vous, qui vous essouffle, vous épuise.

Il y avait, entre eux, un accord tacite. Le jeune homme s'occupait de l'appartement, faisait le marché. Il nourrissait Joseph de poisson et de crevettes, ils étaient devenus très amis. De son côté, Étienne payait tout, le mettait à l'abri du besoin. La nuit, ils se couchaient l'un contre l'autre. Étienne, épuisé, s'endormait aussitôt et sombrait dans des rêves agités.

En voyant le jeune homme l'aider à se mettre debout et à regagner la rue, Étienne voulut lui manifester un peu de reconnaissance, mais, la fatigue aidant, les mots lui manquèrent. Ah, se dit-il, le beau profil de ce garçon… Comme il aurait aimé être amoureux de lui !…

Ses articulations lui faisaient mal.

Vĩnh, comme à l'accoutumée, avait passé sa tête sous son bras et le soutint quelques mètres. Après, ça allait mieux. Le temps de suivre les couloirs labyrinthiques, de longer les bat-flanc sur lesquels des corps étiques étaient comme jetés à l'abandon, de dépasser la table crasseuse où le Chinois comptait inlassablement sa recette de billets collants et froissés, d'atteindre le portique, Étienne était épuisé, mais reprenait ses esprits. Sauf cette migraine…

— Combien ? demanda-t-il à l'instant où Vĩnh levait le bras pour héler un cyclo-pousse.

La nuit était chaude et lourde, poisseuse. La saison des pluies tardait à commencer, mais déjà l'atmosphère saturée d'humidité annonçait les cataractes à venir, on ne savait plus ce qu'on espérait, qu'il pleuve ou non. Vĩnh, pour ne pas répondre, fit semblant d'être concentré sur l'arrivée du vélo, il sentait comme fondre, autour de ses épaules, le poids d'Étienne dont les jambes tremblaient.

— Alors ?

Étienne parlait d'une voix impérative, une voix de vieillard.

— Cinquante-six, lâcha Vĩnh.

Étienne, impatient de poser la question, ne s'intéressait déjà plus à la réponse. Il jetait, sur les oriflammes de la secte Siêu Linh qui se balançaient mollement au-dessus de la chaussée, un regard étonné.

Vĩnh le tassa tant bien que mal dans la remorque et prit place à côté de lui. Étienne s'affaissa, la tête contre la poitrine du jeune homme qui fixait la rue, mal installé. Il n'avait pas eu le temps d'adopter une position confortable, le siège lui broyait les reins, mais le trajet ne serait pas long. À cette heure-ci, il n'y avait plus, dans les rues de Saigon, que quelques militaires en goguette, des prostituées tardives, des

Européens ivres morts. Des maisons sortaient, calmes et lourds, des hommes qui achevaient leurs conversations en murmurant, un œil sur la rue, l'autre sur leur voiture. Et leurs regards aux intentions impénétrables se levaient eux aussi vers les oriflammes rouges partagées par une ligne horizontale surmontée d'un soleil flamboyant hérissé de rayons mordorés. C'était le symbole de la nouvelle secte à la mode, Siêu Linh, dont la procession, le dimanche suivant, s'achèverait par l'inauguration de sa cathédrale. On avait vu, toute la semaine, les adeptes, portant échelles et escabeaux, tendre au-dessus des rues, en travers des fenêtres, sur les toits même, bannières, étendards, fanions et drapeaux, l'horizon céleste couvrait des rues entières, les soleils de l'Âme suprême brillaient partout.

— Je suis curieux de les voir, ces cons-là, lâcha Étienne.

Lorsque le cyclo-pousse les déposa, il dut se retenir, de peur de perdre l'équilibre. Cinquante-six pipes d'opium dans la nuit. Si l'on ajoutait celles qu'il avait fumées chez lui, c'était près de soixante-dix pipes au total. Étienne avait maigri. Vĩnh s'ingéniait à lui faire avaler une nourriture reconstituante, mais Étienne n'avait jamais d'appétit. Il partait pour l'Agence le ventre vide et ne trouvait pas mieux, lors de la pause du midi, que de rentrer chez lui fumer quelques pipes…

Il avait emménagé dans un nouvel appartement, situé tout près des bureaux de l'Agence, ça l'avait pris comme un coup de folie. Le loyer dépassait honteusement le montant de son salaire mensuel, mais il avait marché en conquérant dans les vastes pièces puis sur la terrasse qui dominait toute la ville en disant :

— Ah… je le veux !

Il avait désigné l'agent immobilier, un Vietnamien en trois-pièces élimé portant, à la boutonnière, une fleur écarlate large comme une soupière.

— Mon bon Vĩnh, dis à ce pékin que je le prends ! Fais baisser le prix de trente pour cent et on emménage ce soir !

Après une demi-heure de palabres, le tarif n'avait baissé que de quinze pour cent, Étienne, impatienté, avait sorti un paquet de piastres froissées qu'il avait plaqué dans la paume de l'agent en murmurant, au comble de l'agacement : « Allez, ouste… »

Dès l'emménagement, il s'était désintéressé de cet appartement.

Ils n'occupaient que trois des cinq grandes pièces disponibles, c'était comme le hall d'une gare désaffectée. Joseph reprit sa place sur le réfrigérateur épileptique en compagnie de Bouddha. Lorsque le chat était assis près de la statuette, il était difficile de savoir lequel était le plus philosophe.

Étienne avait fait procéder au retirage d'un portrait qu'il avait de Raymond. Dans un décor de montagne, le jeune homme souriant, torse nu, scintillant de vigueur, une hache au pied, posait à côté d'un billot servant à fendre des bûches. Raymond pouvait avoir alors une vingtaine d'années, Étienne ne se rappelait pas comment ce cliché était parvenu jusqu'à lui. Il en possédait d'autres plus récents. Il en avait fait encadrer deux et seul le spectacle triste et inquiétant des innombrables cadres posés sur le bureau de Jeantet l'avait incité à remiser les siens dans le tiroir de la commode.

Dans ses rêves, Raymond souffrait, mais Raymond était là, exactement tel qu'il l'avait connu, comme sur une photographie vivante… Ces cauchemars étaient sa hantise. C'était toujours la même scène, avec des variantes, Raymond soumis à des diables du Viêt-minh au visage blafard qui se livraient sur lui à des atrocités sans nom. Au matin, Étienne, couvert de sang, massacrait à la machette des dizaines et des dizaines de soldats viêt-minh.

Huit heures et demie.

Vĩnh avait déjà fait du thé, découpé des fruits qu'il était allé chercher chez un marchand de rue en même temps que le poisson frais pour Joseph, qu'Étienne, en nage, haletant, était encore allongé sur le lit, au sortir d'images de torture qui l'avaient fait sangloter jusqu'à l'épuisement.

Comme certains alcooliques surentraînés sont capables de sembler frais et dispos le matin après une nuit de beuverie, Étienne, qui se couchait rarement avant l'aube, restait étonnamment ponctuel à l'Agence. Il arrivait quelques minutes avant neuf heures, passait devant le bureau vide de Gaston qui, lui, était très désordonné dans ses horaires, saluait

Belloir au passage puis frappait à la porte du directeur qui buvait du thé vert toute la matinée, retranché derrière son armée de cadres photographiques. Lorsqu'il se levait pour serrer la main de son subordonné, il arrivait qu'il hésite à en saisir un pour le lui tendre, on voyait son bras fléchir, sa main s'entrouvrir, son visage refléter une intense réflexion, mais il renonçait bientôt avec un mouvement de tête qui exprimait sa déception.

— Toujours pas de nouvelles ? demanda Étienne.

— Hélas…, répondit Jeantet avec un regard de chien battu.

Diêm avait disparu deux jours après qu'Étienne lui eut signé son accord de transfert pour l'importation de cinq cent mille piastres de riz de Camargue, une absurdité totale. Ils devaient se voir le lendemain, Diêm ne s'était pas présenté. Étienne ne commença à s'alarmer qu'une semaine plus tard lorsque, marchant en direction de la rue Catinat, il entendit un cri de femme. À quelques mètres de lui, une moto démarra en pétaradant, s'enfuit dans une gerbe de fumée blanche, des passants se pressèrent.

Sur le trottoir, un homme baignait dans une mare de sang, la gorge ouverte. Étienne avait immédiatement reconnu un Asiatique d'une soixantaine d'années, bréviligne, toujours boudiné dans son costume, un comprador qu'il avait maintes fois vu en affaires avec Gaston.

Il avait aussitôt pensé à Diêm, à son étrange disparition. Est-ce ainsi que pouvaient se terminer certaines transactions ?

Il avait refoulé une nausée au spectacle du sang giclant de l'artère carotide, mais dans la rue, aucun affolement, on contournait son corps, personne ne voulait s'en mêler.

— Ah, vous n'en aviez encore jamais vu ? s'étonna Jeantet.

Il souriait avec bonhomie, comme si Étienne venait de découvrir une tradition asiatique.

— Tous les groupes à Saigon ont leurs tueurs ! Les banquiers chinois, les compradors, des sociétés d'import-export, le Viêt-minh, les sectes religieuses, les trafiquants, tout le monde !

Jeantet parlait de cela avec une jovialité mêlée de pitié à l'égard de ces Jaunes qui avaient des mœurs si bizarres.

— Un assassinat, ici, c'est un message. Les groupes parlent entre eux dans un langage que personne d'autre ne peut comprendre, les assassinats font partie de la syntaxe.

Jeantet était content de sa formule. Il avait posé son bras autour des épaules d'Étienne, quasiment paternel.

— Diêm n'a aucune importance pour personne, mon jeune ami… Rassurez-vous, c'est un très petit poisson, qui s'intéresserait à lui ?

Jeantet se croyait rassurant, mais Étienne, lui, revoyait les étagères de Bouddhas, de Confucius au cul bourré de résidus d'opium, aux relations troubles que cela devait supposer. Et il se sentit terriblement coupable. Car, pour monter un transfert de cinq cent mille piastres comme celui qu'il avait poussé Diêm à accepter, il fallait ordinairement des semaines, des mois, mobiliser un réseau complexe de complicités, trouver des hommes de paille, des documents, des adresses, des factures, c'était toute une industrie. En proposant de multiplier par dix le montant du transfert que Diêm sollicitait, il l'avait contraint à prendre des associés. Le dossier avait été instruit au nom d'une société nommée Peeters & Renaud qu'Étienne ne connaissait pas. Diêm s'était trouvé à la tête d'un énorme transfert qui avait dû aiguiser bien des appétits.

— Ses prétentions…, reprit Jeantet comme s'il avait mené la même réflexion. Peut-être qu'il a eu les yeux plus gros que le ventre.

Le soir même Étienne s'était rendu au domicile de Diêm.

Là, plus de famille, la maison était vide. Deux poules arpentaient en caquetant les étagères qui avaient naguère porté les statuettes. Étienne avait interrogé les voisins, personne ne savait rien, ou personne ne voulait rien dire.

À la société d'import-export, Peeters & Renaud, rue d'Ayot, Étienne n'avait pas trouvé de bureau, pas même une plaque, personne dans l'immeuble n'avait jamais entendu parler de cette entreprise.

Saigon, septembre 1948

Il était revenu le soir devant chez Diêm muni d'une quantité de piastres en petites coupures, et, planté dans la cour, face à la maison désertée, il avait arrosé tout le monde, les voisins, les vieillards, les enfants, promettant une récompense à qui lui fournirait des renseignements. Les habitants de la cour avaient accepté l'argent, mais personne n'avait rien dit. Le vieillard qui, la première fois, l'avait guidé jusque chez Diêm n'était pas assis sur son pneu. Il se souvint de l'avoir vu feuilleter ses coupons du Jeu des Trente-six Bêtes. Il se fit conduire au Grand Monde où avait lieu le tirage.

C'était un immense établissement situé rue des Marins, dans le quartier chinois de Cholon, sorte de caravansérail abritant des salles de jeu, de spectacle, des restaurants, des bars, des magasins et où se ruait, la nuit venue, tout ce que Saigon pouvait compter de joueurs, de noctambules, de putains, de malfrats, de bourgeois, de paysans, de coolies susceptibles de perdre en quelques heures ce qu'ils avaient gagné dans la journée et de fonctionnaires qui engloutissaient là, par petites pincées, tout ce qu'ils n'avaient pas pu transférer en France. Étienne y croisait parfois Gaston qui, pour se porter chance, polissait sa bagouze avant de jeter les dés. Il y avait aussi Georges Vaillant, le fonctionnaire de classe II du haut-commissariat qui déambulait en tenant, tremblants entre ses doigts, des verres d'anisette.

Toute la journée, des rabatteurs arpentaient la ville en vendant des coupons du Jeu des Trente-Six

Bêtes. Chaque joueur, à la lecture d'une ou deux phrases énigmatiques liées aux légendes de l'empire du Milieu, devait désigner la Bête ou le Génie en cause dans cette histoire. Le soir, une foule immense se pressait autour de l'estrade où l'on ouvrait la boîte dans laquelle se trouvait la solution (« Le gagnant est… le crapaud ! ») qui faisait quelques rares gagnants pour une multitude de perdants.

Étienne chercha des yeux son vieillard à barbiche mais il savait que, dans un monde pareil, il n'avait pas une chance sur cent de le retrouver. Pourtant, alors que la foule résignée des vaincus se dispersait et gagnait les tables de jeu pour perdre le peu qui leur restait, il le vit, penché sur ses coupons, les feuilletant comme s'il ne désespérait pas d'en avoir sauté un qui représenterait le crapaud.

L'information coûta quarante piastres.

— Ils sont partis de nuit, il y a une semaine, expliqua le vieillard. Toute la famille… Ils n'ont rien emporté.

Tout le quartier avait compris que la famille ne reviendrait pas de sitôt. Les voisins avaient commencé à se servir. Les premiers meubles avaient disparu. Après, tout était allé très vite, la maison avait été vidée en deux jours. Sur l'atmosphère de ce départ si soudain, Étienne apprit seulement que « Diêm était très pressé… ».

Autour d'eux, la foule du Grand Monde bruissait, se déplaçait, ils ne cessaient d'être bousculés.

— Ils ont juste chargé un camion, toute la famille dans la remorque…

Cette fuite soudaine avait pris, dans l'esprit d'Étienne, une étrange importance. La découverte du trafic minable auquel Diêm avait contraint toute sa famille, jusqu'aux enfants, l'avait ému. Et il lui vouait aussi une reconnaissance particulière parce que c'est de lui qu'était venue, avec le rapport sur la mort de Raymond, la réponse aux torturantes questions qu'il s'était posées dès son arrivée. Cette démarche n'avait-elle pas été la cause de ses problèmes ? Auprès de qui était-il intervenu ? Quel avait été le prix de ce service ?

Le printemps s'était achevé, l'été était passé, nous étions maintenant en septembre, Diêm avait disparu corps et biens dans le grand marécage de l'Indochine, comme Étienne lui-même, à sa manière.

Il se sentait terriblement seul.

« Reviens à la maison… », lui avait écrit sa mère en conclusion d'une de ces lettres de huit pages qu'elle lui adressait chaque semaine où elle détaillait la vie quotidienne de Beyrouth vue de l'avenue des Français. Comme s'il n'y pensait pas déjà suffisamment, Mme Pelletier revenait sans cesse sur la mort de Raymond pressentant que le peu que son fils en avait dit (« il a été tué dans une bataille dans le nord du pays, on m'a assuré qu'il était mort sur le coup, qu'il n'a pas souffert ») masquait des circonstances bien plus douloureuses. La solitude d'Étienne tenait à ce qu'il n'avait personne à qui dire les choses.

Hélène était bien trop jeune pour affronter une vérité si monstrueuse. Il aurait pu en parler avec son père, mais n'avait pas pu lui écrire, c'était au-dessus de ses forces. Quant à ses frères, François et Jean, ils vivaient à Paris avec sans doute bien d'autres choses en tête. Il leur écrivait de temps à autre un mot assez court avec des informations banales et recevait d'eux des réponses embarrassées, prudentes. « J'espère que tu te remets peu à peu de la disparition de ton ami », écrivait Jean de son écriture appliquée, scolaire. « Sais-tu toute la vérité sur la manière dont Raymond est mort ? » demandait François qui devait briller à l'École normale.

Revenir à Beyrouth, retrouver ses parents, non... Il avait même pris peur lorsque sa mère avait annoncé qu'ils allaient venir pour les obsèques. Au ton de son télégramme demandant la date de l'inhumation, il craignait qu'elle n'ait déjà entamé les préparatifs, sorti les valises. Il avait aussitôt répondu : « Cérémonie militaire effectuée – Stop – Porté fleurs cimetière militaire de votre part – Stop – Baisers. »

Il correspondait avec Hélène, mais l'éloignement, la lenteur du courrier, la difficulté de trouver les mots rendaient l'exercice artificiel. Ils se disaient qu'ils s'aimaient, c'était la seule chose profonde qu'ils pouvaient partager. Malgré sa jeunesse, Hélène sentait bien qu'Étienne n'était plus le jeune homme amoureux, enthousiaste qu'elle avait vu partir pour Saigon.

Jeantet, le directeur de l'Agence, avait observé de quelle manière son jeune subordonné naguère rigide, moral, incorruptible était devenu, quasiment du jour au lendemain, le plus vénal de l'établissement. Mais Étienne avait une manière de faire que le directeur de l'Agence trouvait réjouissante. Il demandait, avec le plus grand sourire, des pots-de-vin extravagants, privilégiait volontiers les importations les plus excentriques et préférait toujours l'achat de biographies musicales en hébreu qui ne serviraient à personne aux pièces de machines-outils.

Il n'hésitait d'ailleurs pas à susurrer des propositions aux compradors qui se présentaient à lui et le regardaient en biais, se demandant s'il leur tendait un piège ou s'il était complètement siphonné. Lorsqu'il parvenait à ses fins, Étienne se précipitait chez Jeantet en brandissant un dossier.

— Devinez ! lançait-il en éclatant de rire.

Jeantet se reculait dans son fauteuil, fermait les yeux en soupirant et faisait un geste fatigué, allez-y, dites-moi tout.

— Un chasse-neige ! Trois cent mille piastres ! On le fait venir du Danemark.

— Épatant…

Quinze jours plus tard, c'étaient des cuves à saumure destinées à la préparation de la choucroute alsacienne ou des scies à glace. Étienne se gondolait de rire en tapant du poing sur sa table, ses collègues l'observaient avec méfiance parce qu'en milieu d'après-midi il pouvait aussi disparaître et ne revenir que le lendemain, exsangue, les yeux vitreux, il n'était pas rare qu'il s'écroule, on le retrouvait parfois allongé sur des sacs postaux à l'angle d'un couloir.

Vint enfin le grand dimanche qui agitait tout Saigon depuis des jours et provoquait les discussions les plus enflammées, celui de la procession de la secte Siêu Linh.

Vĩnh, Étienne l'avait constaté avec amusement, était assez excité par cette manifestation tant annoncée. Cette secte exerçait sur lui une curieuse attraction. À divers degrés, d'ailleurs, elle intéressait tout le monde. Au Métropole, elle avait alimenté toutes les conversations. Son chef, un certain Loan, s'était acquis la réputation d'un homme habile, méfiant. Autoritaire, disait-on, stratège. On savait que, vivant en ermite dans le nord du pays, il avait eu une vision. L'Âme suprême lui était apparue, comme un soleil au-dessus de l'horizon, et lui avait donné l'ordre de se livrer corps et âme à Sa gloire. Il avait aussitôt arpenté le pays et élu domicile à une quarantaine de kilomètres au nord de Saigon. Lorsqu'il avait guéri trois enfants de la fièvre en leur faisant simplement boire de l'eau au creux de ses mains, les fidèles s'étaient précipités, clamant ses hauts faits. Comme toutes les autres, pour se protéger des bandits, du Viêt-minh, des mafias, des militaires, la secte s'était dotée d'une armée réputée efficace. On disait qu'au cours de la grande marche qui conduisait Loan vers Saigon des centaines de disciples s'étaient joints à lui, des militaires racontaient que d'interminables colonnes de fidèles, des familles entières, marchaient dans son sillage. Dix jours avant son arrivée, ils avaient envahi le centre-ville pour décorer les rues.

— Il va inaugurer son église, annonça Vĩnh.

C'était un vaste entrepôt situé près des quais que la secte avait récemment acheté et dans lequel une armée de disciples travaillait sans relâche, démontant des fenêtres pour les remplacer par des vitraux colorés, changeant les portails en acier rouillé pour de larges portes cochères en bois exotique. Hormis les fidèles qui y travaillaient, personne n'avait eu le droit d'y pénétrer. Une grande cérémonie se tiendrait à l'arrivée de la procession à laquelle étaient conviés tous ceux que la curiosité aiguillonnait (Vĩnh voulait s'y rendre), mais la véritable messe ne serait ouverte qu'aux fidèles, Étienne comprenait mal comment serait fait le tri.

Pour le dimanche de la procession, l'Âme suprême avait eu la bonté d'offrir un temps acceptable. Les rues de Saigon se peuplèrent, dès le matin, d'une foule de curieux campés sous les porches, de vieilles femmes assises sur des tabourets, d'enfants chahuteurs qui tentaient d'attraper les ficelles des oriflammes. Le monde, à midi, emplissait les terrasses.

— Ah, vous êtes venu aussi ? avait demandé Jeantet en voyant Étienne arriver près de lui, à une terrasse de la rue Catinat, appareil photo en bandoulière.

Gaston lui aussi était là. Étienne, désignant la foule et les drapeaux, dit :

— Ça ressemble à une étape du Tour de France, vous ne trouvez pas ?

Il fit quelques clichés de la procession lorsqu'elle arriva par la place de la cathédrale. On entendit d'abord la litanie grave et majestueuse d'une centaine de tambours. Ce fut ensuite un flamboiement de tissus vert et or que le vent fit flotter en nappe sur les premiers véhicules tirés par les fidèles en toge blanche qui avançaient avec une lenteur crispante. Alors que le cortège était encore loin, au lieu des cris auxquels Étienne s'était attendu, c'est le recueillement, un silence inquiet qui accompagnait la procession. La cadence continue des tambours, la digne lenteur du mouvement impressionnaient et, à mesure qu'elle progressait, la longue file des adeptes provoquait, dans le public, une sorte de paralysie, comme une mer qui se serait ouverte sur son passage et ne se refermerait plus. Par leur blancheur, leur présence étrangement silencieuse et recueillie, leurs mouvements parfaitement synchronisés, les fidèles donnaient l'impression d'être deux fois, trois fois, dix fois plus nombreux que les spectateurs. De chaque côté de la foule marchaient, une machette sur l'épaule, des hommes à l'allure souple, aux jambes musclées… C'était une marée lente, inexorable, interminable de disciples interchangeables, le cortège était un élément uni, fluide, homogène, il était une seule personne, une seule volonté, un seul corps au milieu duquel apparut soudain, comme chevauchant cet immense serpent humain, le gourou, Loan, debout sur un char tiré par plusieurs dizaines d'adeptes. On s'attendait à un géant, c'était un homme assez petit, vêtu d'une longue chasuble rouge et or et coiffé d'un surprenant bonnet à glands dorés qui tintinnabulaient à chaque mouvement de la tête. Il portait un sceptre en bois noir surmonté d'un soleil jaune et bénissait la foule d'un mouvement simple et ample de la main.

Dans le doute, des passants s'accroupirent à l'orientale, bientôt imités par d'autres. Vĩnh lui-même esquissa le geste, mais se retint parce que Étienne était hilare.

— Bordel de merde…, lâcha Jeantet.

— Non…, fit Gaston, sidéré.

Étienne, l'appareil vissé sur l'œil droit, était secoué d'un immense fou rire.

Arrivé à leur hauteur, le pape de Siêu Linh se tourna vers eux, plein de majesté, et tendit généreusement la main ouverte dans leur direction.

— Ha ha ha ! cria Étienne.

C'était Diêm.

19

Le moment est venu de prendre les bénéfices

Tout Paris à traverser pour aller dîner... Geneviève avait évoqué le taxi, mais Jean avait fait la sourde oreille, les fonds étaient au plus bas. Elle avait levé les deux mains, très bien, comme tu veux, nous prendrons le métro... Depuis deux jours, il se montrait irascible, cette convocation par le juge d'instruction qui l'attendait à son retour d'un déplacement de deux semaines le rendait très nerveux.

L'avant-veille il avait retrouvé sa femme, comme d'habitude, assise à la table, en train de fumer, maquillée, radieuse. Elle n'avait pas bougé, l'avait simplement regardé vider sa valise, ranger.

— Tout s'est bien passé ?

C'était toujours la même question, à chacun de ses retours. Et comme, cette fois encore, il balançait mollement la tête de droite et de gauche et qu'on pouvait se méprendre sur le sens de sa réponse, elle avait ajouté :

— Je veux dire... pas d'incident particulier ?

Il avait bougonné un « non » à peine audible. Depuis quand posait-elle la question ? Quel sous-entendu fallait-il percevoir ? En réalité, Jean avait la réponse à toutes ces questions, mais préférait agir comme si c'était un mystère de plus chez cet être auquel il ne comprenait rien.

Cette épouse était plus mystérieuse qu'une fiancée. Sa mère était morte subitement, dans les premiers jours de septembre, il avait fallu racler les fonds de tiroir pour qu'elle puisse se rendre aux obsèques. Elle avait quitté Paris éplorée comme une veuve de guerre surchargée d'enfants, elle n'avait jamais suffisamment de mouchoirs, on avait envie de lui tendre une serviette de bain. Elle était pourtant revenue de Beyrouth curieusement calme, Jean l'avait trouvée... « fraîche », c'est le mot qui lui était venu. Cet étrange changement d'attitude, il le comprit peu après, tenait à ce que ses trois sœurs, en noir, s'étaient montrées plus belles que jamais, elles donnaient presque envie de mourir, et qu'à côté d'elles Geneviève, boudinée dans une robe sans charme, sous un chapeau frisant le ridicule, avait semblé laide alors qu'elle n'était que banale. À l'instant même, Geneviève avait haï non ses sœurs (qu'elle détestait déjà), mais cette mère qui n'était morte que pour la contraindre à cette comparaison humiliante. Elle avait séché ses pleurs avant même d'entrer à l'église, elle écourta sa présence au cimetière, prétextant qu'elle devait se rendre dans sa belle-famille. Elle passa sa seconde journée à déambuler dans la savonnerie en se goinfrant de pâtisseries.

Les soudains revirements de Geneviève inquiétaient toujours Jean. Espérait-il en être un jour la victime ? Dame, puisqu'elle se fâchait avec à peu près tout le monde…

Pour l'heure les pensées de Jean ne butaient pas sur cette perspective incertaine, mais sur une autre circonstance infiniment plus inquiétante. Cette convocation par le juge…

Sans la passion de Geneviève, cette « affaire Mary Lampson » qui patinait lamentablement lui serait depuis longtemps sortie de l'esprit, comme en étaient sorties la première fille qu'il avait « connue » à Beyrouth (c'était le mot qu'il employait lorsqu'il pensait à ces choses, sans en savoir la signification biblique…) ou la serveuse du restaurant dans cette ville dont il avait oublié le nom. Or, six mois après la disparition de la jeune actrice, voilà que le juge d'instruction s'était mis en tête d'organiser une reconstitution dans le cinéma avec tous les témoins qui s'étaient manifestés ! Voulait-on le piéger ? Allait-il tomber dans un traquenard tendu par le juge, ourdi par la police ?

— Ça doit être très curieux, une reconstitution, non ? avait dit Geneviève, ravie.

Saigon, septembre 1948

Elle avait accueilli cette circonstance comme une invitation à un bal masqué ou à un mariage, elle trouvait ça drôle et excitant.

Comme elle avait trouvé charmante la proposition inattendue de Georges Guénot.

Voilà quatre mois maintenant que Jean travaillait pour son compte (il trimballait une malle entière de sous-vêtements, combinaisons, soutiens-gorge, etc., et partait deux fois par mois pour une douzaine de jours) et M. Guénot n'avait montré aucun intérêt particulier pour son représentant. Aussi, se voir invité (« avec votre dame, bien sûr ») était surprenant. Pour Geneviève, c'était un repas dans un restaurant, toujours bon à prendre.

Jean se dépêchait, ils risquaient d'être en retard. Il jeta un œil sur la pendule, c'est à ce moment qu'elle avait évoqué le taxi.

Tout ce qui arrivait inquiétait Jean. Et il n'y avait guère d'heure où il ne se sente oppressé, en nage, où il n'ait envie d'ouvrir la fenêtre pour respirer… ou se jeter dans le vide.

Geneviève se refusait à accélérer le pas, elle estimait l'empressement au-dessous de sa condition.

M. Georges, en les voyant, les toisa rapidement de haut en bas puis se leva et leur tendit à chacun une main qu'ils serrèrent ensemble sans prendre conscience de la dimension impériale du geste.

C'était un homme d'une quarantaine d'années aux cheveux gris et aux traits tirés vers l'arrière comme s'il venait d'essuyer une tempête, il avait d'ailleurs les yeux qui pleuraient, il les tamponnait régulièrement avec un mouchoir roulé en boule au creux de sa main. Prudent, inquiet, il posait sur le monde et sur vous un regard froid, presque suspicieux, qui impressionnait.

Jean n'avait aucune imagination et aucun sujet de conversation à proposer. Aussi à peine le repas commencé entreprit-il de rendre compte de son dernier déplacement.

Il raconta son voyage avec minutie, les commandes, les kilomètres, les clients, choses répétitives et ennuyeuses. M. Georges le laissa parler et s'embourber dans les visites, les délais, les excuses, il se contentait de hocher la tête, un sourire un peu flou sur les lèvres, on ne savait pas très bien ce que cela voulait dire. Geneviève, elle, le nez dans son assiette, mangeait comme quatre.

Sans un commentaire sur l'interminable développement de Jean, M. Georges (il tenait à ce qu'on l'appelle ainsi) se tourna brusquement vers Geneviève et la questionna. Son enfance, sa famille, son métier, tout semblait l'intéresser. Geneviève était aux anges, souriante comme au paradis. Puisqu'elle n'avait pas encore de nomination aux postes, cherchait-elle du travail ? Geneviève partit d'un éclat de rire, remercia d'un geste, oh non merci, par bonheur, Jean suffisait à les faire vivre ! Elle buvait pas mal, elle aimait le vin blanc, M. Georges commanda une seconde bouteille.

Voir son patron s'intéresser à sa femme plutôt qu'à lui rassurait Jean, il se sentait protégé. Maintenant qu'il avait terminé son laborieux rapport de voyage et que M. Georges, le menton dans les mains, regardait Geneviève avec des yeux de merlan frit, le souci de Jean remontait à la surface, cette convocation à la police, cette reconstitution, que cachait-elle ?

Ce serait le lendemain à dix heures au Régent… La circonstance le mettait mal à l'aise. D'autant que François et Geneviève semblaient s'être donné le mot ! On aurait dit que c'était « leur » affaire, le grand événement de leur vie, qu'il n'y avait pas d'autres faits divers plus passionnants que celui-ci ! Pas un déjeuner dominical sans que François remette ça sur le tapis, évoquant le juge Lenoir, la nature du crime, la famille de la victime, on savait déjà tout par les papiers qu'il avait publiés ! Et Geneviève qui ne cessait de l'interroger, qui l'écoutait, fascinée, relançait même la conversation lorsque François marquait un silence. Elle le regardait le menton dans les mains, exactement comme M. Georges le faisait ce soir-là, tandis que Geneviève lui parlait de ses « amis » de Beyrouth qui « lui manquaient tellement ». Jean ne voyait pas du tout à qui elle faisait allusion, sans doute les dizaines de garçons qu'elle avait sucés dans les bosquets, Jean préférait reprendre du vin, il n'y en avait jamais à la maison.

Il observait Geneviève maintenant toute rose, les yeux brillants, la voix un ton plus haut que d'habitude. Il continuait de la trouver bizarre, ne comprenait pas de quelle manière elle regardait la vie ni, au fond, ce qu'elle avait dans la tête. Le soir, elle enfilait une nuisette choisie dans les produits qu'il colportait dans toute la France, se couchait, ne lisait jamais avant d'éteindre, s'allongeait sur le dos, les bras le long du corps, les poings fermés, s'endormait dans la seconde… et ne bougeait plus de toute la nuit ! C'était comme sa place à la table de la salle à manger, elle se réveillait dans la position exacte dans laquelle elle s'était endormie. De temps en temps, il la regardait dormir. Ce silence, cette absence de tout mouvement l'impressionnait, on aurait dit un gisant. Depuis le douloureux échec de leurs relations sexuelles au début de leur mariage, il ne se permettait jamais de la solliciter – elle ne l'aurait sans doute pas permis –, mais même s'il en avait eu le désir, jamais il n'aurait pu la toucher, ce sommeil minéral, c'était à faire peur…

— Qu'est-ce que tu en dis ?

Geneviève le fixait avec une ardeur qui devait pas mal au vin blanc. Jean était perdu. M. Georges jugea qu'il valait mieux reformuler :

— Cela vous tenterait-il d'ouvrir une boutique ? Vendre du linge de maison…

Sans attendre la réaction de Jean, Geneviève battait des mains, comme une enfant à Noël. Elle s'était toujours rêvée commerçante. Lui était plus circonspect. La proposition était assez soudaine et il avait besoin de temps pour faire face aux nouveautés. Où trouver l'argent ? se demandait-il. Et où trouver de la marchandise ?

— Je dispose de stocks de tissu, dit M. Georges. Actuellement la main-d'œuvre n'est pas chère. Fabriquer des draps, des nappes, des serviettes, des taies d'oreiller, ça ne serait pas grand-chose. Je fournis la marchandise prix coûtant. Vous prenez en charge la boutique et la façon. J'investis deux fois plus que vous, mais je ne prends que cinquante pour cent du bénéfice.

D'enthousiasme, Geneviève avait attrapé le bras de Jean et se serrait contre lui, dans une attitude assez infantile, mais Jean n'y prêta pas garde, il réfléchissait aux termes du marché. Ils achèteraient « prix coûtant », mais M. Georges pourrait leur donner n'importe quel chiffre, il serait impossible de vérifier qu'il ne faisait pas déjà une marge à ce stade. D'un autre côté, Jean devrait pouvoir tricher sur les bénéfices et ainsi rétablir l'équilibre. Chacun volerait l'autre, c'était une proposition très commerçante.

M. Georges avait préparé son affaire : il les informa du prix moyen de location d'une boutique dans un quartier populaire de Paris, du montant des charges qu'il faudrait payer, il avait même établi une simulation d'un trimestre de vente. Une fois sa part prélevée sur les bénéfices, il resterait quatre cent mille francs à Jean et Geneviève.

— Et quels tissus avez-vous donc ? demanda Geneviève avec gourmandise.

Il y avait de tout, coutil, batiste, cretonne, énormément de coton, mais aussi des satins, de la popeline, du tissu-éponge, du feutre et même de l'élastique et du molletonné. Plus la liste s'allongeait, plus Geneviève serrait le bras de Jean.

— Et ce sont des stocks anciens ?

— D'avant la guerre. Mais très bien conservés, j'y ai veillé !

Geneviève dévorait des yeux M. Georges qui racontait son histoire, les stocks du Sentier, l'entreposage, les années de guerre si terribles pour le petit commerce, le rationnement du textile, etc.

Jean posait des questions techniques, évoquait les délais, Geneviève papillonnait d'un sujet à l'autre, sans ordre, sans méthode, c'était assez agaçant.

Il faudrait de l'argent… Quand bien même Jean en trouverait, était-ce bien ce qu'il avait envie de faire ? Mais qu'avait-il envie de faire, il n'en avait jamais rien su. Geneviève, euphorique, continuait à vider son verre à une vitesse hallucinante. M. Georges était devenu l'homme le plus passionnant de la Terre, Jean se demandait si elle n'allait pas carrément passer sous la table. Il était temps de la ramener.

— Je vais y réfléchir, dit sobrement Jean.

M. Georges, après s'être tamponné les yeux, leur expliqua qu'il avait pensé aussi à proposer l'affaire à d'autres candidats, mais que c'est avec eux qu'il préférait travailler. « Un jeune couple si méritant… », ajouta-t-il. Jean ne voyait pas du tout à quel mérite il faisait allusion.

Sur le trottoir, Geneviève prit la main de M. Georges dans les siennes. On aurait pu se demander si elle allait rentrer avec son mari ou avec son patron.

Ils prirent le métro. Cette fois Geneviève n'y trouva rien à redire.

Il était près de vingt-trois heures, les rames se faisaient rares. Geneviève, soudain grave, ne souriait plus que mécaniquement. Comme perdue dans ses pensées, elle regardait défiler les publicités, les voyageurs, les stations sans un mot. Jean n'osait pas l'interroger. Était-elle déçue que Jean se soit montré moins enthousiaste qu'elle ? Chacun rentra en soi, comme souvent. Geneviève devait se rêver en marchande, demain tout serait oublié.

Arrivés porte de la Villette, il fallut marcher. Ils n'avaient pas prononcé un mot depuis la sortie du restaurant, ce qui n'avait rien d'exceptionnel.

Ils montèrent les quatre étages, Geneviève accrocha son manteau.

— Pour cette boutique…, dit-elle en se retournant.

Elle le fixa.

— Tu vas demander de l'argent à tes parents ?

La question était redoutable. Il avait beau l'avoir prévue, il n'avait pas encore trouvé la réponse.

— C'est que…

Elle l'interrompit en lui serrant le bras.

— C'est une affaire en or, mon chéri…

Mon chéri. C'était la première fois. Même fiancés, jamais elle n'avait dit un mot pareil…

— As-tu bien compris de quoi il s'agissait ?

— Euh… une boutique…

— Non, Jean. De quoi il s'agissait exactement ?

Il ne comprenait pas où elle voulait en venir.

Elle commença à se déshabiller, enfila la nuisette de la quinzaine.

— Je l'aime bien, ce Guénot, il me fait rire ! Se faire appeler « Monsieur Georges », comme dans un bordel…

Elle se tourna vers Jean, le fixa un long moment :

— Et sa manière de nous prendre pour des cons…

Jean était surpris, il ne comprenait pas. Geneviève avait mis de l'eau à chauffer pour sa toilette intime. À ce moment-là, il était convenu que Jean se retournait, faisait autre chose pour ne pas la déranger…

— M. Georges, expliqua-t-elle tandis qu'il se déshabillait à son tour en fixant la fenêtre, a acheté des stocks. Mais pas avant la guerre. Pendant la guerre. Cet enfoiré a acheté des stocks aux Juifs du Sentier qui avaient besoin de vendre pour s'enfuir. Je peux t'assurer qu'il ne les a pas payés cher. Il les a conservés toute la guerre. Peut-être même en a-t-il vendu aux Allemands. Et maintenant que tout redevient normal, le moment est venu de prendre les bénéfices. On déstocke, on façonne, on vend, on fait cinq fois la culbute, vingt fois, trente fois, on lâche vingt pour cent des profits à des pigeons qui sont prêts à s'endetter pour louer une boutique et payer la fabrication des nappes et des draps.

Jean entendit qu'elle vidait l'eau de la bassine, il se tourna vers elle.

— Et c'est exactement ce qu'on va faire, Jean.

— Mais…

Saigon, septembre 1948

Geneviève passa devant lui, prit sa place dans le lit, s'allongea. C'était décidément le jour des grandes initiatives : elle tapota à côté d'elle pour inviter Jean à la rejoindre, ce qu'il fit avec précaution comme s'il allait dormir avec un fauve. Tous deux, raides et droits, côte à côte sans se toucher, regardaient le plafond.

— On va le dépouiller, Jean.

Geneviève avait une voix rêveuse.

— Ce qu'il a volé, on va le lui reprendre. On va tout lui reprendre, à cet enculé…

L'injure résonna longtemps dans la pièce et dans la tête de Jean. Lorsque enfin il risqua un œil, Geneviève, les poings serrés le long du corps, dormait profondément.

20

Je m'attendais à autre chose

Ils avaient droit à un taxi. Comme tous les services du *Journal*, les finances s'adaptaient à l'actualité et François avait carte blanche parce que Denissov était content du tirage. « Une bonne affaire, c'est une affaire qui plaît aux lecteurs », disait-il. Celle-ci plaisait beaucoup. Il y avait une jolie victime, ce qu'il fallait d'horreur dans le crime, un lieu et un moment inattendus, un excellent suspect en la personne du mari (qui entretenait sans doute – personne n'en avait la preuve – une relation coupable avec Lola, la jeune sœur de la victime), le tout baignant dans l'atmosphère brillante et vénéneuse du cinéma…

En roulant vers Le Régent, François mesurait le chemin parcouru.

Il avait fait, à la rubrique des faits divers où Denissov l'avait propulsé, une entrée tonitruante. Il était vraiment doué pour ça. Il avait le sens de l'accroche, l'intuition des intérêts et des appétits du public, le goût pour le drame, il n'avait pas fallu trois semaines pour que certains de ses articles figurent à la une. Cette affaire Lampson avait été une bénédiction. Elle lui avait permis d'accéder aux colonnes de première page qu'il aurait sinon mis des mois, peut-être des années, à atteindre.

Malevitz, le chef de service qui ne jugeait qu'aux résultats, en convenait volontiers, la recrue était talentueuse.

Au passage, le salaire de François avait été augmenté d'un tiers, ça n'était pas triomphal, mais le remboursement à ses parents devenait envisageable. Néanmoins, sa trajectoire n'avait pas pris exactement le tour espéré et autant il se serait senti sûr de lui en leur avouant qu'il n'avait pas fait Normale Sup pour devenir un éditorialiste réputé, autant il répugnait à confesser qu'il passait ses journées à titrer sur les meurtres passionnels, les tragiques contestations d'héritages, les hold-up dans les agences bancaires et les affaires de marché noir. En vérité, il rêvait depuis toujours d'enquêtes sociales, de grands sujets de société, de reportages à l'étranger, et les faits divers, répétitifs et peu imaginatifs qui contraignaient sans cesse à chercher un angle d'attaque parfois très artificiel pour séduire le public le laissaient sur sa faim. Il se demandait s'il n'était pas sur une voie de garage, si son talent pour les faits divers n'était pas ce qui le condamnerait à y rester.

Le seul fait divers qu'il avait encore envie de suivre, c'était évidemment l'affaire Lampson parce qu'elle avait été son coupe-file vers la réussite et demeurait sa mascotte.

Six mois après l'assassinat de Mary Lampson, les investigations n'avaient pas avancé d'un pouce.

L'analyse graphologique de la lettre signée « M. » trouvée dans le sac de Mary Lampson avait donné lieu à une bataille d'experts qui avait passionné l'opinion. Le juge Lenoir avait dû se résoudre à conclure que Marcel Servières, le mari, n'en était pas l'auteur. L'avocat de ce dernier s'était empressé de hurler sur les toits que Mary le trompait avec le rédacteur de cette fameuse lettre, qui l'avait sans doute mise enceinte et peut-être tuée.

L'avocat des parents avait aussitôt exigé une contre-expertise qui avait conclu que Servières « pouvait » être l'auteur de la lettre, on n'en sortait pas.

Le juge, lui, s'enivrait de pouvoir expérimenter pour la première fois de sa carrière le concept d'« intime conviction » et en tenait pour la culpabilité de Marcel Servières. La relation présumée de l'acteur avec la jeune Lola, inexplicable à ses yeux, le désignait comme pervers, à partir de quoi tout était possible, même le meurtre. Il avait été très déçu par les experts graphologues qui l'avaient privé d'une arrestation spectaculaire.

François sentait que l'enquête s'enlisait et que le juge Lenoir était dépassé non seulement par les événements, mais aussi par l'ampleur que ce crime avait prise dans l'opinion publique. Sa hiérarchie devait le harceler, le poussant au naufrage…

Saigon, septembre 1948

C'est à cela que songeait François dans le taxi qui le conduisait au cinéma Le Régent.

À côté de lui, le jeune photographe, son appareil calé entre les genoux, lisait son dernier article :

Le meurtrier de Mary Lampson
sera-t-il présent ?

Une reconstitution du drame aura lieu aujourd'hui au cinéma Le Régent en présence de tous les témoins qui se sont manifestés. L'affaire Mary Lampson entre, cette semaine, dans une phase décisive.

Qui avait intérêt à supprimer la jeune actrice ? Pourquoi user d'une méthode si sauvage ? Autant de questions qui taraudent le juge Lenoir.
Quelqu'un se souviendra-t-il soudain d'un élément qui contribuera à l'éclaircissement de cette affaire hors du commun ?
Il est possible que le coupable ne se soit pas manifesté et figure parmi les trois témoins manquants. Mais on sait aussi combien les meurtriers, fascinés par leur propre crime, ne peuvent parfois s'empêcher d'approcher de nouveau la scène de leurs tragiques exploits… Alors, si l'assassin se trouve être parmi les deux cent vingt-six témoins convoqués, parlera-t-il enfin ?
C'est à quelques-unes de ces questions que le juge veut tenter de répondre en convoquant tous les témoins du drame qui ne sont autres que les spectateurs de la funeste séance du 28 mars 1948

au cinéma Le Régent. Cent quatre-vingt-quinze d'entre eux se sont en effet manifestés à l'appel de la police, sur les deux cent trente qui, si l'on excepte Mary Lampson elle-même, avaient acheté un ticket pour cette séance. Il en manquait trente-quatre que la police, au fil des mois, s'est employée à traquer. Interrogatoires, enquête auprès des proches, appel aux indicateurs, tout a été mis en œuvre par le commissaire Templier et ses efforts ont été récompensés puisque trente et un d'entre eux ont été retrouvés. Pourquoi ne s'étaient-ils pas manifestés à l'appel de la police ? Détenus récemment libérés, voyous en préparation de mauvais coups, personnalités soucieuses de discrétion, chacun avait ses raisons.

À ce jour, trois témoins restent inconnus de la police… qui n'a pas dit son dernier mot.

On avait disposé des barrières autour de l'entrée du cinéma afin de contenir la foule des badauds et d'isoler les témoins qui rougissaient aux questions des journalistes, mais se redressaient orgueilleusement comme des champions de basse-cour.

Le juge Lenoir, accompagné du commissaire de police, s'avança vers le groupe. Comme il était assez petit, on avait prévu une estrade qui produisit l'inverse de l'effet escompté. Juché au-dessus de la foule, il paraissait plus minuscule encore, court sur jambes.

Le commissaire Templier, guère plus âgé que le juge, était d'une nature plus calme, plus pondérée.

Contrastant avec un visage carré à la peau tendue, presque luisante, des traits grossiers, des cheveux courts plaqués sur le crâne, il avait une voix étonnamment flûtée et tendre, féminine, qui créait parfois le malaise que l'on ressent devant les acteurs mal doublés.

Pendant que le juge grimpait tant bien que mal sur son estrade sous l'œil goguenard du commissaire, François s'était approché de Geneviève et Jean. La circonstance les dispensait des embrassades, les deux frères se contentèrent d'une poignée de main. Jean était pâle et frottait ses mains l'une contre l'autre. Geneviève trépignait d'impatience.

— Quand on sera dans la salle, demanda-t-elle, il y aura une reconstitution du crime, avec les cris et tout ? Il y aura un mannequin pour faire la morte ?

Elle avait le regard allumé que François lui avait vu lorsqu'ils s'étaient embarqués sur le *Jean-Bart II*.

Jean, lui, était plus pâle que d'ordinaire, fébrile.

— Il est très sensible, expliqua Geneviève. Savoir ce qui s'est passé là-dedans et être obligé d'y entrer, ça le bouleverse…

Elle posait sur son mari un regard protecteur et peiné, poussant l'exercice jusqu'à lui caresser la joue en disant :

— Hein, Bouboule, que tu es un émotif ?

Jean ne fit pas un geste, il avait le regard fixe, tourné vers l'entrée de la salle.

— Alors, ça se passe comment ? insista Geneviève.

— Merci à tous d'être présents !

François fut dispensé de répondre, tout le monde se tourna vers l'estrade. Le juge était doté d'un porte-voix qu'il devait tenir à deux mains et qui lui masquait tout le visage. Pour les témoins qui ne le connaissaient pas encore, le juge d'instruction ressemblait furieusement au pavillon d'un mégaphone posé sur deux petites jambes.

— Le but de cette reconstitution est de permettre à chacun d'entre vous de rassembler ses souvenirs sur cette séance de cinéma qui... sur cette séance de cinéma. À l'issue de celle-ci... Je veux dire, à la fin... Toute personne susceptible de nous livrer un élément même... enfin, un élément nouveau... devra venir me trouver pour un complément de déposition. À partir de maintenant, je vous demande de vous conduire... de refaire exactement le même parcours et... Enfin, les mêmes choses que la fois précédente.

Il se tourna vers le commissaire et l'interrogea du regard, anxieux : J'ai été clair ? Le commissaire répondit d'un geste qui pouvait tout signifier, tendit le bras et reprit le mégaphone qu'il rangea. On se mit en route.

Le long des barrières, des policiers en uniforme s'adressaient aux témoins, leur recommandant de retrouver leur place dans la file. Ce fut un beau chahut, j'étais là, ah non, vous étiez là-bas, ah bon, vous êtes sûre ? Jean et Geneviève, arrivés les derniers, se placèrent à l'extrémité de la file d'attente. Les spectateurs, passant devant la placeuse, pénétraient dans la salle où se rejouait la même scène, j'étais ici, pardon, c'est moi qui étais là, d'ailleurs j'étais gênée par le grand monsieur, c'est donc que j'étais derrière lui !

François avait remonté la file le plus rapidement possible en compagnie de son photographe, afin d'écouter les propos des témoins, peut-être même du juge. Là, il fallait présenter sa convocation et sa carte d'identité. Le photographe, qui ne faisait pas partie des témoins convoqués, rebroussa chemin, François retournait toutes ses poches à la recherche de cette maudite convocation.

— Attends ! cria François.

Et, au photographe qui revenait vers lui, à voix basse :

— Première rue à gauche ! Et tu te tiens prêt !

Un policier barrait le passage à François en attendant qu'il retrouve sa convocation. Le juge qui s'était approché intervint, tout sourire :

— Monsieur est de la presse. Il peut entrer, mais… seulement en qualité de témoin !

On n'imaginait pas clairement la conséquence d'un tel distinguo.

*

— Nous étions ici ! annonça Geneviève avec satisfaction comme si elle était fière de l'emplacement.

Jean avait le regard fixé sur la porte des toilettes.

On refit trois fois l'extinction de la salle et le lancement du film. L'ouvreuse dut crier de nouveau : « Au secours ! » puis : « Au meurtre ! » La première fois, sa voix s'étrangla d'émotion. Geneviève, de la salle, hurla :

— Plus fort, on n'entend rien !

Et comme deux personnes s'offusquaient de cette exclamation soudaine, elle ajouta, péremptoire :

— C'est vrai, quoi ! S'il n'y a pas le son, c'est pas pareil…

La reconstitution dura une heure et demie.

Dès que tout le monde fut installé, le juge Lenoir et le commissaire Templier virent comme le nez au milieu de la figure deux places vides au milieu d'une rangée, au centre de la salle. Les deux spectateurs qui étaient assis là n'avaient pas souhaité se manifester. Mais il était peu probable qu'ils aient quelque chose à voir avec le crime qui s'était déroulé dans les toilettes, à l'autre extrémité de la salle. Il aurait fallu qu'ils quittent ou regagnent leurs fauteuils en obligeant à se lever une demi-rangée de spectateurs alors que le film venait de commencer. Les hypothèses se faisaient de plus en plus rares.

On interrogea les spectateurs placés de part et d'autre de ces deux places vides, personne ne se souvenait de rien. Une femme assez forte, je crois, disait l'un. Pas du tout, une fille jeune, mince avec un manteau gris, disait un autre. Non, et de toute manière, tranchait le troisième, est-ce qu'on regarde à côté de qui on est assis quand on discute avec son voisin en attendant le début du film ?

Restait une troisième place vide, tout au fond de la salle, à l'extrémité d'une travée. Le juge n'obtint pas plus de succès. « Je me demande, dit le voisin de cette place, s'il y avait quelqu'un ici quand le film a commencé, je n'en suis pas bien certain... »

François avait profité de ce moment pour monter à la cabine du projectionniste qui se trouvait être aussi, Le Régent étant un établissement modeste, le propriétaire. Il faisait également office de caissier. C'était un homme tout en joues, visage large, bouche parfaitement horizontale et d'une dimension stupéfiante, on se demandait combien il pouvait avoir de dents. Avec ça, la cinquantaine, des cheveux blancs. C'est lui qui était venu encourager la placeuse, Ginette, à répondre aux questions du *Journal*. La démarche de François était essentiellement technique. Il voulait savoir ce que l'on pouvait voir de la salle depuis la petite fenêtre de projection. Réponse : à peu près rien. Il fallait se contorsionner pour contourner le volumineux objectif de l'appareil de projection.

— Et encore..., confirma le projectionniste, toutes dents dehors. Quand la salle est allumée, on peut voir quelque chose, mais une fois éteinte...

En regardant la cabine, François comprenait que l'on puisse se passionner pour ce métier. L'appareil, à hauteur d'homme, semblait une machine à qui on peut parler. Il y avait un établi pour les travaux de réparation sur les pellicules, des dizaines de boîtes contenant des bobines. C'était un antre mystérieux, confortable, intime.

— Depuis mes quatorze ans, disait le projectionniste, j'ai toujours voulu faire ça.

François le constata, pas d'alliance. Son épouse, c'était Le Régent.

— Si j'ai besoin… ? hasarda François.

Le type lui tendit la main :

— Lenfant, dit-il. Désiré Lenfant.

L'accès à la cabine se faisait par un escalier de fer en colimaçon, on s'imaginait volontiers dans un sous-marin, les pas résonnaient sur les marches et faisaient vibrer la rampe. Un jeune garçon montait, auquel François laissa le passage.

— B'jour, dit le garçon en arrivant au palier.

— Mon neveu ! Roland !

C'était la voix du projectionniste vers qui François se retourna.

— Il est mordu, lui aussi…, ajouta Lenfant. Hein, Roland, que t'es mordu…

François sourit, c'était tout un monde, ce cinéma.

— Bon, il a onze ans, il n'a pas encore le droit de voir tous les films, mais il donne un coup de main dès qu'il a du temps de libre, pas, Roland ?

François se souvenait, pour avoir vécu des scènes similaires avec son père, combien la position d'enfant qu'on met en valeur est paralysante, vécue comme un hold-up affectif. M. Pelletier avait souvent fait cela, parler à la place de ses enfants…

Au cours de la reconstitution, quatre personnes levèrent la main pour apporter un complément à leur premier témoignage.

Dès que le juge eut remercié les autres spectateurs et les eut autorisés à quitter la salle, François courut à l'issue de secours. La poignée qui pendouillait sur son axe lui resta quasiment dans la main. La porte, qui ne servait plus qu'à la décoration, était déjà entrebâillée. François la poussa et fit entrer discrètement son photographe en chuchotant : « Quand je te le dirai, tu auras juste une seconde pour flasher, d'accord ? Pas de deuxième chance, on se fera virer tout de suite après ! »

Le juge recevait les témoins dans un coin de la salle, près de l'écran, entouré du commissaire, de quelques spectateurs qui traînaient. Un policier en uniforme disait mollement : « Allez, messieurs-dames, laissez monsieur le Juge travailler, s'il vous plaît… », personne ne bougeait.

Un témoin déclara qu'il n'était pas certain d'avoir retrouvé sa place. Le juge, dérouté, demanda : « C'est tout ? » C'était tout.

Le second contestait que l'ouvreuse ait crié « Au meurtre ! », selon lui, les mots justes étaient « À l'assassin ! »

Le juge, désorienté, se tournait déjà vers le troisième témoin qui, lui, ne se souvenait plus de la raison pour laquelle il avait levé la main.

François, aussi dépité que le juge, regardait le commissaire qui observait la scène avec un sourire flou saturé d'arrière-pensées.

— J'étais aux toilettes, déclara le quatrième témoin, Marthe Soubirot, une femme d'une cinquantaine d'années qui s'était faite belle pour la circonstance. Lorsque la lumière s'est éteinte, je sortais des toilettes et j'ai été bousculée par un homme au moment où je revenais vers la salle…

— Attendez, attendez, dit le juge, dépassé par la révélation, un homme… Et vous le dites maintenant ?

La dame se sentit coupable, on vit son visage se fermer.

— Vous ne vous en souveniez sans doute pas…, proposa le commissaire.

La voix féminine, douce et chaude du policier la rassura, c'est vers lui qu'elle se tourna, à lui qu'elle répondit :

— Je me souvenais d'y être allée. Aux toilettes, je veux dire. Mais je ne me souvenais pas à quel moment. J'avais tellement hâte de voir le film, vous comprenez ?…

Elle se tourna vers un point obscur situé quelque part dans la salle.

— C'est mon mari qui m'y a fait repenser. « C'est à ce moment-là que tu es allée aux toilettes », il m'a dit. Alors, ça m'est revenu. Un homme m'a bousculée, le film commençait, je ne me suis pas arrêtée à ça, vous pensez bien !

— Comment cela, un homme ? demanda le juge qui tentait de revenir dans le jeu. Quel homme ? Il était comment ?

Mme Soubirot le regardait avec inquiétude, il avait l'air surexcité.

— M. le Juge, compléta alors calmement le commissaire, vous demande si vous pourriez le reconnaître…

— Peut-être, hasarda la dame. Je ne suis pas sûre, mais oui, enfin, peut-être, je ne sais pas…

— Allez ! cria François au photographe.

Un flash zébra la salle, tout le monde se retourna, le juge ouvrit la bouche. C'était trop tard. François levait les mains en l'air, d'accord, d'accord, on s'en va.

— Tu l'as ? demanda-t-il en remontant la travée vers la sortie.

— Plein pot !

Sur le trottoir ne restaient plus que Geneviève et Jean.

— Moi, je trouve que c'était très décevant, dit-elle. Je m'attendais à autre chose…

François hélait déjà un taxi.

— Désolé, il faut que je vous laisse…

Pendant le trajet, il prit des notes fébrilement, réfléchissant à sa manchette. Arrivé rue Quincampoix, il envoya le photographe au développement :

— Tu m'apportes le cliché dès que tu l'as !

Il grimpa jusqu'au bureau de Denissov, lui tendit son carnet :

« Je pense pouvoir reconnaître le meurtrier de Mary Lampson », affirme un témoin-surprise.

Cette révélation devrait obliger la police à procéder rapidement à un « tapissage » permettant peut-être de confondre le coupable.

François ajouta :

— J'ai la photo du témoin. On est les seuls !

Denissov fit un petit bruit de bouche qui voulait dire : « Bien joué ! »

La journée de François avait été épuisante.

Il la pensait achevée lorsque, enfin, son article bouclé, relu, accepté, il quitta le *Journal*, mais c'était loin d'être le cas parce que Hélène l'attendait sur le trottoir, sa petite valise à la main.

21

Je ne suis qu'un humble serviteur

Pendant quelques minutes, Saigon parut assommé, comme après un gros orage. Le défilé des fidèles s'était achevé sur des rangs de tambours, de cymbales et de crécelles, on ne vit bientôt plus que les couleurs des tuniques flotter au loin sur l'asphalte comme dans les vapeurs d'une brume de chaleur. Ceux qui l'avaient suivi jusqu'au bout avaient vu les centaines d'adeptes entrer dans l'immense hangar devenu la cathédrale de la secte. Les emblèmes, peints dans des dimensions surhumaines, surplombaient l'activité des coolies chargeant et déchargeant les navires du port, ployés sous le fardeau.

Dans les rues du centre-ville, l'activité reprit, toute pleine de commentaires sur le spectacle offert par Siêu Linh. Étienne riait encore de la vision soudaine de Diêm en gourou. Gaston lui aussi en restait soufflé. M. Jeantet avait proposé l'apéritif et tous trois s'étaient installés en terrasse.

— Sacré vieux Diêm..., dit Jeantet que rien n'étonnait jamais.

— Il a fait de la piastre, ou quoi ? demanda Gaston qui ramenait tous les événements marquants de Saigon à l'activité de l'Agence, ce qui n'était jamais loin de la vérité.

— Grâce à notre ami (Jeantet désignait Étienne d'un geste protocolaire), Diêm a réalisé une belle opération de cinq cent mille piastres.

Il était impossible de savoir, devant ce fait d'armes, si le commentaire était grinçant ou admiratif.

— Largement de quoi acheter un hangar dans les docks pour en faire une cathédrale, ajouta-t-il.

En expert, Gaston appréciait le joli coup.

Derrière son sourire éclatant, Étienne était assailli de questions. Le prestige du gourou de Siêu Linh surprenait. Il était sans commune mesure avec la réputation bien modeste de Diêm. Quel sens avait eu son brusque départ de Saigon plusieurs mois auparavant ? Comment pouvait-il passer pour un homme capable de guérir des enfants de la fièvre ? Avait-il vécu en ermite jusqu'à recevoir une révélation divine ? Quel était son projet réel ? Était-ce seulement une affaire de finance et de profit ?

Il en était là de ses réflexions lorsque Vĩnh apparut.

Même si l'on préférait les femmes, personne ne pouvait demeurer insensible à la grâce de ce jeune homme. Sa venue plongeait les âmes les mieux trempées dans une sorte de vertige, ce qu'Étienne constata avec amusement sur Gaston, et ça n'était pas la première fois.

Vĩnh présentait toujours un visage serein, presque détaché. Il se pencha vers Étienne :

— Le pape aimerait s'entretenir quelques instants avec toi…

Le pape… Étienne éclata de rire, décidément, c'était une journée épatante. Vĩnh, en revanche, était vexé, cela se vit à l'ombre imperceptible qui passa sur son visage. Il avait dit « le pape » avec gravité et le rire d'Étienne le blessait.

— Messieurs ! annonça Étienne en se levant, le devoir m'appelle. Je vous abandonne un court instant pour aller m'entretenir avec notre nouveau messie.

Il visa son verre d'un trait.

— Attendez-moi. Je lyrise, je génuflexe, je quiers l'absolution et je reviens me bourrer la gueule.

Jeantet, sans regarder Étienne, leva son verre au-dessus de sa tête.

— Rapportez-nous quelques miettes de sainteté et j'offre le second cocktail.

*

Étienne s'était attendu à une cathédrale remplie de fidèles, elle était quasiment vide. Il resta sur le seuil un long moment, soufflé par l'immensité du lieu et l'imposant décorum. De chaque côté d'une large travée centrale, de hauts paravents peints ménageaient des loges surmontées de figures allégoriques représentant des animaux réels ou mythologiques. Étienne reconnut l'Abeille, le Paon, le Vautour, la Crevette, etc., sous lesquels des autels à l'emblème de Siêu Linh portaient des lampes à huile. Des milliers de bâtons d'encens brûlaient, disposés près des vasques décorées contenant des offrandes. Les vitres, qui, à quatre ou cinq mètres de hauteur, servaient autrefois de puits de lumière, devenues des vitraux représentant des scènes allégoriques, émergeaient à peine de l'épais nuage d'encens qui tapissait le plafond et contribuait à donner à la cathédrale l'aspect d'un vaste vaisseau fantôme. Mais le plus surprenant, c'était les grandioses peintures ornant les paravents monumentaux, chacune montrant un personnage en pied qu'Étienne fut étonné de reconnaître. Il y avait là Marie Curie tendant à bout de bras un microscope vers la foule, Victor Hugo en habit d'académicien, barbu comme jamais, droit comme la Justice, un Alexandre Dumas aux cheveux crépus rédigeant *Les Trois Mousquetaires* à la plume d'oie. Plus loin, c'était Einstein la tête ceinte d'une couronne de planètes, puis sainte Thérèse dans ses draps en train de jouir ou d'enfanter, comme on voudra, Louis Pasteur dressant une seringue vers le ciel. Jésus sur sa croix posait entre Abraham Lincoln et Jeanne d'Arc, suivi par Mahomet et Léon Tolstoï… Tous ces personnages, qu'on s'attendait si peu à trouver dans une église, étaient portraiturés dans un même décor : devant une ligne d'horizon rectiligne et un soleil resplendissant en arrière-plan.

Saigon, septembre 1948

Le vide du lieu augmentait encore l'impression de majesté qu'on ressentait en arrivant.

Une fois remis de sa surprise :

— Où ils sont partis, ces cons-là ? se demanda Étienne.

Il mit ses mains en porte-voix autour de ses lèvres.

— Diiiii-êêêêêm !

— Hi hi hi hi…

Étienne se retourna. Diêm était là, souriant, toujours vêtu de sa longue toge rouge, coiffé de son bonnet rouge qui ressemblait à un moule à charlotte ceint de petits glands terminés par des franges en coton, comme des cordelières de rideaux. Cet étrange couvre-chef rappela à Étienne les tarbouches qu'il avait vus pendant toute son enfance à Beyrouth. Ce bonnet était étonnamment haut de plafond. Sans doute pour ménager les crêtes de coq, leur éviter l'aplatissement. Diêm n'avait plus tout à fait le même visage que dans son souvenir. Si on retrouvait ses pommettes saillantes et luisantes, ses yeux rieurs, on discernait maintenant en lui quelque chose de compassé, d'empesé, une humilité à la fois modeste et satisfaite.

— Monsieur Étienne…

— Eh bien, mon bon Diêm, je…

Diêm l'arrêta d'un brusque signe de la main.

— Loan, si vous voulez bien…

— Allons-y pour Loan…

Le pape de Siêu Linh se pencha et murmura :

— Ça veut dire « phénix », celui qui renaît de ses cendres… Hi hi hi… Venez avec moi, monsieur Étienne…

Dès qu'ils se mirent en route pour remonter l'allée centrale recouverte d'un interminable tapis vert et or, Étienne s'aperçut que la cathédrale qu'il avait crue vide était, en fait, emplie de tout un peuple de toges blanches qui, sortant des alcôves, s'accroupissaient au passage du pape. Loan marchait simplement, dans une majesté humble et presque bonhomme. C'était une démarche étonnamment lente comme si chaque pas était le résultat d'une réflexion ou d'une prière. Étienne se retourna. Resté près du porche, Vĩnh s'était lui aussi accroupi, la tête baissée…

Maintenant qu'il s'avançait vers le chœur de l'église, Étienne découvrait, descendant du plafond, des oriflammes gigantesques représentant l'eau, la terre, l'air et le feu.

Ils atteignirent enfin le fond du bâtiment, montèrent trois marches et entrèrent dans une grande pièce meublée de fauteuils tendus de soie, de coussins chamarrés, de châlits équipés d'oreillers de bois exotique, de tables basses dont les plateaux s'ornaient de marqueteries en ivoire, le tout baignant dans un parfum qui mêlait tout à la fois l'encens, le thé, le poivre, et… l'opium, Étienne ne pouvait pas s'y tromper.

Quatre dignitaires très âgés, barbiche en pointe, visage fripé sous leur bonnet bleu à glands, mains et bras immergés dans le tissu de leur toge blanche, s'avancèrent jusqu'à eux, se prosternèrent et disparurent, croisant quatre fidèles en toge bleue portant en silence le thé et une lampe à huile qui dégageait une fumée âcre.

— La lampe, demanda Étienne, c'est nécessaire ?

— C'est la lampe de la connaissance, monsieur Étienne.

— Eh ben, ça tombe drôlement bien, mon vieux Di... mon vieux Loan, parce qu'il y a deux ou trois choses que j'aimerais bougrement apprendre !

Loan désigna un fauteuil et prit place sur le sien, posé sur une minuscule estrade, ce qui, malgré sa petite taille, lui donnait une position en surplomb, comme sur un trône. Les glands de son bonnet dansèrent un instant puis s'immobilisèrent.

Un fidèle entra silencieusement, vint se poster derrière le pape et, d'un geste empli de componction, ôta à deux mains le bonnet de feutre pour laisser apparaître des pointes hérissées et fièrement dressées vers le ciel. Après avoir déposé religieusement le bonnet à glands sur une table haute, le fidèle disparut.

Étienne dressa ses deux pouces en signe d'admiration et se tourna en tous sens comme s'il admirait un nouvel appartement.

— Je vous croyais représentant en réfrigérateurs. Diable, si je puis dire ! C'est ce qu'on appelle faire son chemin !

— Hi hi hi, pouffa Loan dans le creux de sa main.

— Vous avez repris les « hi hi hi », je vois... Si c'est pour moi, vous pouvez vous abstenir.

Loan le regarda de ses petits yeux rieurs, mais sans rien dire.

— J'en suis resté au moment où vous filez comme un pet sur une toile cirée ! Je vous ai cherché, plus personne dans la maison, départ dans la panique…

— Oh non, monsieur Étienne, aucune panique…

Il fit un signe et deux disciples entrèrent pour servir le thé avec des gestes précis et cérémonieux.

— Voyez-vous, reprit le pape lorsqu'ils se furent éloignés, lorsque vous m'avez accordé ce transfert (ah, monsieur Étienne, je n'ai pas eu le temps de vous remercier comme j'aurais dû…), bref, si je ne voulais pas que mes… associés se servent trop généreusement, il valait mieux ne pas traîner, comprenez-vous ?

Étienne se souvenait de la société d'import-export Peeters & Renaud au siège fantomatique situé rue d'Ayot…

— Certains partenaires se montrent soudain très gourmands, on ne peut jamais savoir… Maintenant, je peux revenir sereinement, je ne crains plus rien. Je suis le messager de l'Âme suprême, comprenez-vous ?

En regardant Diêm dont chaque geste provoquait sur ses épis un mouvement de balancier, Étienne sentait monter un fou rire.

— Et… ça vous est venu comment ?

— Une révélation, oui, oui, oui. L'Âme suprême m'est apparue et m'a dit : « Cesse de t'occuper de vaines besognes et annonce la Vérité. » D'où le nom de notre Église. Siêu Linh veut dire « Âme suprême ».

— C'était avant ou après le transfert, dites-moi ?

— Juste après. L'Âme suprême m'avait choisi depuis longtemps, mais elle a attendu que j'aie les moyens de porter Sa parole.

— C'est très avisé de sa part…

Loan sirotait son thé à petites gorgées et adressait à Étienne, par-dessus sa tasse, un sourire extatique et satisfait.

— Dites-moi encore Di… euh… Loan. Vous avez monté votre affaire en…

— Mon Église !

— Votre Église, pardon… Vous l'avez montée en quelques semaines, c'est allé très vite.

Loan reposa sa tasse et se pencha vers Étienne avec le visage d'un homme heureux et soulagé de pouvoir livrer son cœur et son âme.

— Très vite, monsieur Étienne, et savez-vous pourquoi ?

Étienne répondit « non » d'un mouvement de cils.

— Le succès a été immédiat parce que nous avons créé une religion de qualité supérieure. C'est du premier choix, monsieur Étienne, on fera difficilement mieux. L'Âme suprême nous a expliqué (il posa modestement la main sur son cœur) par mon intermédiaire que, tout au long de l'histoire, elle avait envoyé sur Terre de nombreux messies et que maintenant était venu le temps de Son règne. En direct, si je puis dire.

— Ah, c'est ça, les portraits de Victor Hugo, Lincoln…

— Et même Jésus ! Tous ont été des envoyés de l'Âme suprême. Ils ont agi comme des bienfaiteurs pour l'humanité, selon Ses instructions. Et maintenant…

— Maintenant, le messie, c'est vous ?

— Monsieur Étienne, vous vous moquez… J'ai été désigné pape de Siêu Linh, c'est vrai, mais je ne suis qu'un humble serviteur de l'Âme suprême, tout juste Son messager. Je suis en contact avec Elle, Elle m'adresse des messages et je les transmets à la foule des fidèles, rien d'autre. Siêu Linh est l'aboutissement naturel de toutes les religions, si vous voulez mieux. Une Église fédératrice ! Les croyants en tous les messies peuvent s'y retrouver, oui, oui, oui.

— Je me suis laissé dire que vous aviez procédé à des guérisons spectaculaires. Des enfants débarrassés de la fièvre, grâce à vous ?

Loan baissa les yeux pudiquement.

— L'Âme suprême m'avait autorisé à mettre un peu de quinine au creux de mes mains…

Étienne ne put s'empêcher de sourire largement.

— C'était pour aider…

— Voilà, dit Loan, pour aider à convaincre. Maintenant, ça n'est plus nécessaire, les fidèles font venir les fidèles…

Étienne était certain qu'un fin parfum d'opium flottait dans l'air. Leur dialogue, ponctué de nombreux silences, ressemblait, de loin, à une partie d'échecs dans laquelle chaque joueur se serait donné le temps de réfléchir.

— C'est vous, le pape, qu'elle visite. En rêve, je suppose…

— Non, non, non, monsieur Étienne, Elle m'écrit.

— Et c'est le facteur qui vous apporte Ses lettres ?

— Tsst, tsst, tsst…

Loan tendit le bras vers un petit guéridon aux pieds de griffon.

— La panière de la Vérité… L'Âme suprême écrit Ses instructions avec le stylo qui y est attaché et dépose le papier dans la corbeille, je le lis et j'en informe les fidèles. Ainsi, nous ne pouvons pas nous tromper puisque Sa parole vient directement à nous.

Étienne tendit l'index vers le guéridon.

— Je peux ?

Loan, ravi, fit un geste ample pour inviter Étienne à se déplacer. C'était un petit panier oblong en osier, comme on en trouve partout, à l'anse duquel était relié un stylo à bille. Étienne se tourna vers le pape qui ferma les yeux en signe d'acquiescement. Étienne prit alors délicatement le stylo et lut, gravé dessus, le nom de l'Agence indochinoise des monnaies. C'était le modèle avec lequel les clients signaient les documents quand ils venaient solliciter un transfert.

— Épatant, dit Étienne en regagnant sa place. Et, donc, elle vous écrit en français ? Je peux voir un de ses messages ?

Loan allongea le bras vers le tiroir de la minuscule console laquée posée à sa droite, en sortit respectueusement un morceau de papier. Étienne le saisit délicatement, comme s'il s'agissait d'une relique et lut : « Allier-vous aux Français. »

— Bah, dites donc, c'est quelque chose… Elle n'est pas très balèze en orthographe, l'Âme souveraine mais…

— Suprême !

— Pardon ! J'aimerais bien assister à ça, le moment où l'Âme supérieure vous écr…

— Suprême, monsieur Étienne, l'Âme suprême ! Mais cet instant de vérité est réservé aux Grands Initiés.

— Ah, et… ils sont nombreux ?

— Il n'y a encore que mon frère, mon épouse et un ancien voisin, très croyant, oui, oui, oui, un fidèle de la première heure. C'est l'Âme suprême qui nomme les Grands Initiés.

Étienne se leva soudainement, Loan eut un bref réflexe de crainte, mais déjà le jeune homme lui susurrait à l'oreille :

— Dites-moi, il n'y aurait pas une petite odeur d'opium dans l'air ?

— Les charges de cette Église, monsieur Étienne, sont si lourdes, que l'Âme suprême m'a autorisé un peu de détente. À condition de ne pas en abuser.

Étienne chuchotait, maintenant.

— Et ça ne serait pas l'heure de la détente, par hasard ?

— Hélas non, monsieur Étienne, je vais devoir présider à la Cérémonie de la Parole…

Étienne écarquilla les yeux.

— Nous ne pouvons pas laisser l'Âme suprême privée de parole, comprenez-vous ? Et, donc, au cours d'une grande cérémonie, devant les fidèles rassemblés, je change la cartouche du stylo pour qu'Elle puisse continuer à nous délivrer ses messages.

— C'est très prudent de votre part, très avisé.

Il désigna le plafond d'un index tendu.

— Dommage qu'elle n'ait pas le téléphone, hein ?

— Vous me taquinez, monsieur Étienne…

— Mais pas du tout ! Pas du tout ! Je me suis laissé dire que vous aviez une armée aussi ?

— Très modeste et ce n'est pas vraiment une armée. Seulement quelques fidèles qui se chargent de la sécurité de leurs frères et sœurs.

— Quelques fidèles…

— Un peu plus de quatre cents.

Étienne en ouvrit la bouche d'admiration.

— Je regrette beaucoup, monsieur Étienne, mais la cérémonie ne va pas tarder à commencer, je vais devoir me préparer.

Un fidèle apparut qui replaça sur la tête du pape le bonnet à glands.

Il s'était levé, avait descendu la marche qui conduisait à son estrade et tous deux se dirigèrent vers la sortie.

— Encore une chose, si vous permettez, dit Étienne… Vos fidèles, ils y croient à tout ça ? Je veux dire : ils y croient vraiment ?

Loan s'arrêta et laissa son regard flotter un long moment.

— Le succès de cette Église m'a surpris moi aussi, monsieur Étienne, je ne vous le cache pas. Et j'ai compris que l'Âme suprême avait merveilleusement choisi Son moment. La France n'est plus une solution pour l'Indochine (elle est la seule à ne pas le savoir). Face au Viêt-minh qui menace d'installer le communisme, que reste-t-il ? La religion. Partout où notre Église est implantée, nous proposons une protection aux fidèles. En Asie, personne ne peut vivre isolé, le groupe est indispensable. L'Âme suprême ouvre Ses bras et protège Ses fidèles, voilà ce qu'ont compris ceux qui nous ont rejoints.

Étienne eut la vision fugitive des hommes défilant dans les rues de Saigon, de chaque côté du cortège des fidèles, une machette à l'épaule… Et il se souvint de l'explication proposée par Belloir, « entre la France qui colonise et le Viêt-minh qui terrorise, la secte, c'est la seule solution pour avoir un peu de paix ».

— Et alors, dites-moi, où étiez-vous pendant tout ce temps ?

— Dans la région de Hiền Giang. C'est à quelques heures au nord-ouest de Saigon.

Loan souriait, mais, en voyant Étienne se décomposer, il tendit la main.

— Ça ne va pas, monsieur Étienne ?

Il semblait réellement préoccupé.

— Si, si, tout va bien, c'est la chaleur sans doute.

Loan le torturait-il à dessein ? Il voulut en avoir le cœur net.

— C'est... Vous savez... C'est là qu'a été tué mon... cousin. Le légionnaire.

— Pardon ! fit Loan en mettant brusquement la main devant sa bouche. Je suis désolé, je ne me souvenais plus...

— Dans la petite vallée des Joncs.

— Oh oui, la plaine au nord de Hiền Giang.

Étienne, pour se donner le temps de reprendre ses esprits, demanda :

— Pourquoi étiez-vous dans cette région ?

Loan écarta les mains.

— C'est là que l'Âme suprême m'a conduit. C'est une zone rendue difficile par la présence du Viêt-minh.

— Et... ?

— Et la population là-bas ne demande qu'une chose, c'est qu'on la débarrasse de ces communistes qui la rackettent, qui l'effrayent et l'assassinent ! C'est pourquoi notre Église est très bien implantée dans cette zone. Nous sommes une solution plus sûre que le Corps expéditionnaire...

Étienne entrevoyait la manœuvre de Loan.

— Et donc vous proposez vos services à la France.

Loan partit de son petit rire, hi hi hi, qu'Étienne interrompit d'un geste de la main. Sans se formaliser, le pape de Siêu Linh adopta alors son ton le plus patelin pour assurer :

— Le délégué administratif est très content de notre présence.

En clair, le représentant sur place du gouvernement français se montrait prêt à aider la secte de Loan à s'implanter.

— Et vous souhaitez que le haut-commissariat et le Corps expéditionnaire confirment vos accords…

— Voilà.

— Vous proposez au gouvernement français une sorte de franchise, c'est ça ?

— Une franchise… C'est un peu trivial, monsieur Étienne, mais… il y a de ça… Nous nous implantons sur place. Avec l'aide de la France, nous boutons le Viêt-minh hors de la région. Chacun y trouve son intérêt. Nous restons une religion indépendante et la France, débarrassée de cette vilaine épine dans son pied, voit son pavillon continuer de flotter.

Étienne comprenait mieux maintenant la raison de cette procession à travers les rues principales de Saigon.

— Et vous êtes venu, en toute modestie, avec quelques milliers de fidèles, montrer au haut-commissaire que vous représentez une force capable de tenir cet engagement.

Loan applaudit silencieusement et ajouta :

— L'Âme suprême qui me guide est très clairvoyante, oui, oui, oui.

Quand il répétait les syllabes, les glands de son bonnet s'animaient et s'entrelaçaient joyeusement.

— Et drôlement stratégique !

Saigon, septembre 1948

— Une expérience millénaire, monsieur Étienne !

Lorsqu'ils ouvrirent la porte, Étienne fut saisi par la densité de la foule maintenant innombrable, emplissant tout le bâtiment. Loan retint Étienne en le tirant par la manche.

— Monsieur Étienne, j'ai souhaité vous voir parce que je voulais vous faire une demande…

À l'instant où le bâtiment résonnait des gongs et des crécelles et que montait le chant psalmodié des fidèles, Étienne quittait la cathédrale et arrivait à la terrasse où Jeantet et Gaston s'impatientaient.

— Nous avons failli partir, mon vieux, c'était long votre…

Il s'arrêta net en voyant Étienne. Le dernier mot de sa phrase tomba comme une pierre.

— … affaire…

— C'était long, mais ça valait la peine, dit Étienne qui portait un bonnet bleu et basculait la tête de droite et de gauche pour en agiter les glands.

Le garçon, méfiant, lui tendit de loin son cocktail glacé, qu'Étienne leva haut en direction de Jeantet et Gaston.

— Messieurs, vous pouvez me féliciter. Je viens d'être nommé nonce apostolique.

22

Je demande réparation

— Ça vaut soixante mille francs, ça ?

Jean était effondré. C'était moche. Vieux, sale et moche.

— Non, répondit Geneviève, soixante mille francs, c'est ce que nous allons demander à tes parents.

— Impossible !

La conception que Geneviève avait du couple s'apparentait à la guerre d'occupation. Il ne suffisait pas de réprimer toute tentative d'indépendance, il fallait aussi décourager par avance jusqu'à l'idée même de rébellion.

— Comment ça, impossible ?

Jean avait souvent prononcé ce mot face aux exigences de Geneviève, il avait rarement eu gain de cause, mais, cette fois, il se sentait intraitable. D'abord, le projet ne lui plaisait pas, ensuite ce lieu était déprimant, enfin, après l'aide pour trouver un premier emploi à Paris, l'argent pour acheter la voiture, il ne *pouvait* pas solliciter de nouveau ses parents (lui aussi appuyait sur certains mots pour souligner sa pensée, c'était un trait de famille qu'ils tenaient de leur mère).

— Impossible, répéta-t-il.

— Tiens, le voilà, cria Geneviève comme si elle ne l'avait pas entendu.

L'agent immobilier était un homme très âgé, courbé en deux par une camptocormie, pour regarder devant lui il devait se mettre de biais et tourner la tête sur le côté, le reste du temps il ne pouvait fixer que ses chaussures, on se demandait comment il parvenait à se diriger. Pour Jean, c'était un spectacle douloureux.

— J'ai la clé quelque part, dit l'agent en fouillant péniblement dans ses poches.

— Allons, dépêchez-vous, dit Geneviève, on ne va pas y passer la nuit !

— J'arrive, j'arrive…

Il extirpa enfin une large clé de sa poche, il fallait encore ouvrir la porte, c'était un geste difficile dans sa position.

— Laissez-moi faire, dit Jean.

Geneviève fit une petite moue, à ses yeux, ça n'était pas au client de faire ce genre de chose.

La porte en verre dépoli grinça sur ses gonds, une bouffée d'air vicié, de poussière, de renfermé, d'huile, de soude caustique, de cirage, de lessive les assaillit dès le premier pas.

— C'était un marchand de couleurs…, dit l'agent.

— Impossible…, murmura Jean.

Le local, d'une quarantaine de mètres carrés, était dallé de carreaux de ciment jaunis. Des étagères, comme épuisées par l'attente, s'étaient écroulées les unes sur les autres et dessinaient des lignes brisées sur les murs. Geneviève, en passant près de Jean, murmura entre ses dents.

— C'est parfait…

Puis, à haute voix :

— Mon mari a raison, c'est impossible.

— Vous voulez une boutique pour quel genre de commerce ? demanda l'agent.

— Linge de maison. Combien, le loyer mensuel ?

— Trente mille francs…

— Non, il y a trop de travaux. Allez, merci à vous, au revoir.

Déjà elle s'éloignait de son petit pas sautillant et résolu.

— Attendez !

L'agent tâchait de lever le regard vers elle qui jamais ne s'était tant cambrée, comme si elle voulait gagner quelques centimètres.

Jean, indifférent à la négociation, s'avança vers le comptoir, le contourna, pénétra dans l'arrière-boutique où deux bureaux avaient jadis servi à l'administration. C'était très triste. Par la lucarne, on apercevait quelque chose du quartier, le mur d'un immeuble, un triangle de ciel tout en haut et, si l'on se penchait, le trottoir de la rue adjacente. « Le XVIIIe arrondissement, c'est parfait pour nous, avait décrété Geneviève. Populaire, juste comme il faut. »

Geneviève méprisait ce qui était populaire, mais estimait que, pour le commerce, il n'y avait rien de mieux.

— Impossible, se répétait Jean en revenant vers l'agent que Geneviève obligeait à arpenter la boutique en disant : « Venez voir, la fenêtre est cassée ! Et ici, avancez-vous un peu, c'est cassé, là aussi ! Et ça n'est encore rien, suivez-moi… »

Elle lui montrait, comme à dessein, des détails situés en haut des murs. Et regardez-moi ce plafond, l'agent se tordait douloureusement le cou pour tenter de voir ce qu'elle désignait, mais aussitôt elle passait aux moulures puis aux poutres…

Quelques minutes plus tard, le couple marchait sur le boulevard.

— Quarante mille francs les deux mois, disait Geneviève, et le remboursement de la moitié des frais de rénovation jusqu'à concurrence de quinze mille francs.

Jean ne répondit pas. L'agent leur avait serré la main. On l'avait vu, tordu comme un sarment de vigne, s'éloigner de son pas maladif et chancelant.

— Et le quartier… Parfait !

Geneviève regardait les alentours comme si elle venait d'en hériter.

— On ne trouvera jamais mieux.

Jean restait muet.

— C'est exactement ce que j'avais dit, ajouta-t-elle. Quarante mille de loyer, quinze mille de rénovation, ça fait soixante mille, pile-poil.

— Ça fait cinquante-cinq…

Jean regretta aussitôt sa remarque. Geneviève était parvenue à le faire sortir du silence dans lequel il s'était promis de rester muré. Ils arrivaient au métro.

— Écrire va prendre trop de temps, décréta Geneviève. Il vaut mieux que tu téléphones à ton père.

— Encore une fois, il n'en est pas question ! Ils nous ont beaucoup aidés, je ne peux pas leur demander soixante mille francs de plus.

Geneviève s'arrêta net.

— Pas soixante mille, trois cent mille !

Jean fut affolé.

— Soixante mille pour la boutique et deux cent mille pour la fabrication qui est à notre charge !

— Ça fait deux cent soixante…, lâcha Jean.

Il avait un ton timide, il avait cédé sur le principe, bientôt il céderait sur le montant.

— Deux cent soixante, trois cents, dit Geneviève, c'est pareil et, de cette manière, on verra venir.

— Je ne peux pas demander ça à mes parents, ça n'est pas possible.

— Alors, c'est moi qui vais le faire.

— Faire quoi ?

— Appeler ton père. Je demande réparation.

Jean ne comprenait pas.

— Pour le mariage. Il y a eu fausse promesse. On me dit que j'épouse l'héritier de la Maison Pelletier, je me retrouve avec un petit représentant de commerce qui gagne trois fois rien. On m'assure que je vais avoir une belle vie à Beyrouth, une famille nombreuse comme tout le monde, moralité je dois me contenter d'un taudis à la porte de Paris avec un mari impuissant, je suis désolée, le compte n'y est pas. Je vais demander réparation. Cent mille francs. Je vais leur faire un procès, moi, à tes parents !

Forte de sa décision, de son petit pas saccadé, elle arrivait aux marches de la station.

Jean regarda son crâne. Le bras de Geneviève étant trop court pour coiffer l'arrière, son crêpage, mal fait, dévoilait des racines blanches. C'est dans cette zone-là qu'il cognerait si un jour il se décidait à la tuer.

23

Qu'est-ce que je vais faire d'elle ?

Marchant dans la rue, François et sa sœur avaient l'air d'un vieux couple prêt à en venir aux mains, les passants se retournaient sur eux.

Serrée dans le petit manteau qui allait bien à Beyrouth, Hélène, ici, frisait un peu le ridicule. On aurait dit une fille de métayer. On épargnera au lecteur les « Tu es complètement folle ! » et les « Mais enfin, est-ce que tu te rends compte ? » auxquels se livra François et auxquels il avait déjà les réponses.

— Qu'est-ce que tu veux que je fasse de toi ?

— Je ne te demande pas de *faire* quelque chose de moi !

Elle appuyait exagérément sur le mot. François faillit lui dire qu'elle parlait comme leur mère, pour la blesser, mais déjà elle poursuivait :

— Je te demande seulement de m'héberger une nuit ! *Une* nuit ! C'est si compliqué que ça ?

Saigon, septembre 1948

Il l'avait laissée porter sa valise, comme un mari trompé.

— Eh bien, oui, c'est compliqué ! J'ai une vie, moi aussi !

— Oui, je vois ça…

Elle se retourna vers l'entrée du *Journal* sur le seuil duquel quelques copains de François les observaient, goguenards. Au-dessus d'eux, l'enseigne du quotidien, noir et rouge, couvrait la façade de l'immeuble.

— C'est le nouveau siège de l'École normale ?

— Ah non ! Tu ne vas pas t'y mettre, toi aussi !

Il partit d'un pas ferme vers le métro, elle lui courut après comme une petite souris, il revint vers elle :

— Et d'abord, comment tu m'as trouvé ?

Chaque phrase était lancée comme une gifle, mais une sur deux manquait sa cible.

— Pour ce que c'est difficile ! Même ta concierge en sait plus que nous !

François eut presque honte de sa naïveté. Cette Léontine Moreau ne savait pas tenir sa langue, une vraie plaie.

— Bon, et puis, merde ! décida Hélène. Tu ne veux pas m'aider, je vais me débrouiller autrement !

Elle fit demi-tour. Avec un soupir rageur, François se mit à sa poursuite et l'arrêta en la prenant par le coude. C'était leur troisième demi-tour.

Devant l'entrée du *Journal*, les copains fumaient des cigarettes et, les yeux rivés sur le couple, faisaient des paris à voix basse.

— Dix contre un qu'ils font encore un tour…

— Je mets cent balles.

— Tenu.

— Et aux parents ? criait François. Qu'est-ce que tu leur as dit sur ton départ ?

— Que j'étais chez toi, mais je vais rectifier ! Je vais leur écrire que tu m'as foutue à la porte !

Ce qui préludait au changement de direction sur le trottoir, c'était le moment où Hélène s'arrêtait, comme prête à poser sa valise. Sur le seuil du *Journal*, on retenait son souffle. « Allez, allez, demi-tour, ma poulette », murmurait l'un entre ses dents. « Marche, allez, marche… », marmonnait l'autre.

— Je ne te fous pas à la porte, je n'ai pas de place pour toi, nuance !

— Pour ce que ça change…

— Mais enfin, Hélène, on ne part pas de chez soi comme ça !

Hélène lâcha sa valise qui fit un bruit sec en tombant sur le trottoir.

— Parce que toi, en 41, tu ne t'es pas barré de la maison « comme ça » ?

Elle avait croisé les bras, dans une attitude d'institutrice revêche.

— Je partais à la guerre, pauvre gourde !

— D'accord, je suis une gourde…

Elle reprit sa valise.

— Alors, au revoir et merci pour tout.

— Gagné ! cria un copain du *Journal*.

Et tandis que son camarade sortait son porte-monnaie, François repartait dans le sens inverse sur les pas de sa sœur.

— Et d'abord, tu les as prévenus comment, les parents ?

— J'ai envoyé un télégramme de l'aéroport.

François s'arrêta net.

— Un télégramme ! Comme pour un décès ?

*

« Pars pour Paris – Stop – Logerai chez François – Stop – Tout va bien – Stop – Lettre suit – Stop – Hélène. »

M. Cholet, le receveur des postes, prévenu par son opérateur de nuit de l'arrivée du télégramme, s'était précipité avenue des Français. M. et Mme Pelletier ne s'étaient même pas aperçus qu'Hélène n'était pas dans sa chambre, elle allait et venait, on ne savait jamais trop dans quel coin de la maison elle se trouvait et, les jours où elle n'avait pas une permission de sortie, à minuit, elle était au lit.

C'est Louis qui avait lu le télégramme à voix haute et l'avait aussitôt lâché afin de rattraper son épouse qui se retenait d'une main au dossier d'une chaise.

— Vous voulez bien prévenir le docteur Doueiri ? demanda-t-il à M. Cholet.

Non que le médecin soit capable de grand-chose, mais M. Pelletier avait hâte de se débarrasser du receveur des postes qui, depuis le mariage de sa fille avec Bouboule qu'il considérait comme un fiasco, se réjouissait ostensiblement de tous les malheurs pouvant survenir dans la vie des Pelletier. Depuis le départ (« la fuite », disait-il) de Jean et Geneviève pour Paris, plus jamais il n'avait été le partenaire de Louis à la belote, contraignant ce dernier à faire équipe avec le docteur Doueiri, cet imbécile, certains mercredis étaient un calvaire.

En attendant le médecin, Louis Pelletier se laissa aller à une de ces méditations silencieuses comme cela lui arrivait en regardant, hypnotisé, bouillonner le savon dans les cuves de la fabrique. Il avait proposé à Angèle de s'allonger et lui tapotait la main. Tous deux restaient silencieux, songeant à la nouveauté de cette situation qui, bien que prévisible, les prenait néanmoins au dépourvu. Tous les enfants étaient-ils maintenant partis ? Devaient-ils devenir vieux ? Quelle femme Angèle allait-elle être ? Et lui, quel vieux mari serait-il ? se demandait Louis. À quoi ressemblerait leur couple ? pensait Angèle.

Le docteur Doueiri arriva bientôt de son petit pas précipité avec cet air affairé qu'il prenait quand il sentait que les choses allaient le déborder. Il tâta le pouls d'Angèle que Louis avait déjà pris, regarda le fond de l'œil, ce que Louis avait fait, et recommanda le repos que Louis avait déjà conseillé. Il fila aussitôt, il avait une grosse clientèle.

— Qu'est-ce qu'a dit le docteur Doueiri ? demanda Angèle lorsqu'il fut parti.

— Il pense à un pic de ménopause.

Angèle en ferma les yeux d'accablement.

Pendant près d'une heure, une main dans celle de sa femme, il tourna les pages de *L'Orient* déplié sur le lit où elle se reposait. Il s'apprêtait à se retirer pour se rendre à la savonnerie lorsque Mme Pelletier, sentant sa main glisser hors de la sienne, l'avait brusquement agrippée.

Louis, inquiet, avait attendu un long moment à la manière d'un enfant pris en faute. Angèle murmura quelque chose qu'il ne comprit pas, il se baissa.

— Louis, disait-elle.

Elle ouvrit les yeux. Il connaissait ce regard dans lequel il retrouvait, presque intacte, la jeune femme dont il était autrefois tombé amoureux, celle qu'il avait épousée ici même à Beyrouth vingt-cinq ans plus tôt, qu'il comprenait sans qu'elle ait besoin de parler.

Il se pencha alors, effleura ses lèvres et dit simplement :

— D'accord, ma chérie, ne t'inquiète pas. C'est d'accord.

*

Toute son enfance, Hélène avait vu son père commander des Cinzano. François faillit lui dire que ce n'était pas de son âge, mais se reprit à temps.

Ils étaient au Petit Albert, un café, près de chez lui, Hélène avait posé sa valise à côté d'elle et montrait le visage d'une jeune fille submergée par les émotions.

François lui trouvait quelque chose d'enfantin, mais sa posture était étonnamment adulte.

— Tu peux le boire…, dit-elle en faisant glisser son verre vers son frère.

Elle n'aimait pas le goût, mais ne voulait rien d'autre, d'un geste, non merci. François avala d'un trait le Cinzano. Lui aussi détestait ça. Sa main tremblait, il cassa deux allumettes avant d'allumer sa Gauloise. Pâle et fermé sur sa colère, il regardait dehors, les sourcils bas, incapable de dépasser cette idée sur laquelle il butait encore et encore : prendre en charge sa jeune sœur, devoir cohabiter avec elle, en être responsable, non, c'était au-dessus de ses forces. Il l'aimait, bien sûr, mais il n'avait pas l'âge d'être père, et c'était bien ce rôle qu'il devrait tenir. Il fallait qu'elle reparte, la convaincre, mais maintenant qu'elle était là…

Il n'avait pas l'air de la voir, mais, en réalité, il observait son reflet dans la vitre de la terrasse. Pas de doute, elle était bien jolie. Avait-elle déjà connu un homme ? Le tressaillement qui le parcourut à cette pensée lui confirma qu'il n'était pas prêt à affronter cette question. Il fallait qu'elle reparte. Pendant qu'il était encore temps.

Hélène, elle, regardait le verre de Cinzano que son frère avait sifflé cul sec. Comme si la déception provoquée par l'apéritif faisait écho à sa situation, elle se mit à pleurer tout doucement. Elle ne regrettait pas son départ, non, c'était d'avoir choisi Paris qui la remuait. C'est à Saigon qu'elle aurait dû aller, retrouver Étienne. Lui aurait compris, tandis qu'ici… Elle avait longuement hésité, mais qu'aurait-elle fait là-bas ? Ici, à Paris, elle pouvait envisager la faculté des lettres. Ou les Beaux-Arts. Elle sentait bien qu'elle évoquait là des choix par défaut, elle pensait à cela parce qu'il fallait bien penser à quelque chose. En réalité, elle avait choisi Paris plutôt que Saigon parce qu'elle avait eu peur de sombrer dans le chagrin d'Étienne. Il avait beau cacher son jeu, lui écrire toutes sortes de choses rassurantes, elle le connaissait assez pour être certaine qu'il était intensément malheureux. Il lui avait écrit trois fois qu'il trouvait du réconfort à savoir que Raymond n'avait pas souffert, c'était deux fois de trop, ses parents pouvaient s'y laisser prendre, pas elle. Il ne parlait pas non plus de la guerre, mais, depuis six mois qu'il était là-bas, Hélène lisait les nouvelles dans *L'Orient*, ce n'étaient que récits d'escarmouches où des soldats français étaient tués, négociations suspendues à la suite d'un attentat dans une ville au nom imprononçable, reportages sur une route au nord que le Corps expéditionnaire tentait de défendre contre des communistes chinois particulièrement sanguinaires, il paraît qu'ils étaient sur le point d'envahir le pays… Étienne, dans ses lettres, disait qu'il resterait en Indochine tant qu'il se sentirait en deuil. Hélène avait eu peur de le rejoindre.

Maintenant, il suffisait de regarder le profil buté de François pour comprendre que Paris ne lui offrait pas de perspectives bien plus riantes…

Sa peur, sa lâcheté, son indécision, son impuissance… Ces constats firent redoubler ses larmes.

Dérouté, François écrasa sa cigarette, se leva à regret, fit le tour de la table, tenta de la serrer contre lui, c'était maladroit, il ne savait pas comment s'y prendre.

Il balbutia des phrases idiotes, comme un amant qui s'excuse d'annoncer une rupture.

— Il faut prévenir Bouboule, dit-il enfin.

À une maladresse il ajoutait une idiotie. Hélène releva la tête. Devant l'incongruité de la proposition, ils éclatèrent de rire, un rire mouillé, incertain, ils comprirent alors qu'ils ne se connaissaient pas vraiment.

Le peu qu'ils savaient l'un de l'autre remontait à leur enfance, un espace creusé par sept années de différence d'âge et la relation fusionnelle, exclusive qu'Hélène avait entretenue avec Étienne. La jeune fille regardait d'un œil nouveau cet homme qui, à ses yeux, avait trente ans, dont les exploits, maintes fois racontés par leur père (sa guerre, sa réussite universitaire, on avait entendu ça jusqu'à l'écœurement), avaient surplombé son enfance comme un modèle et donc une menace et qu'elle voyait là, riant, confus, et qui n'était plus le même François, mais un autre homme, un inconnu qui avait une voix et un visage familiers. Elle prenait aussi conscience du mensonge sur lequel reposait sa vie, cette légende de Normale Sup… Elle en ressentit un soulagement. Qu'est-ce qui était pire : s'enfuir de chez ses parents ou leur mentir pendant deux ans ?

François, lui, eut l'impression que leur relation venait seulement de commencer.

— Je ne peux pas m'occuper de toi, dit-il.

— Ça n'est pas ce que je te demande. J'ai besoin d'être hébergée une nuit, rien d'autre.

— Et la nuit d'après, tu vas la passer où ?

— Je verrai…

Mon Dieu…

— Combien as-tu d'argent ?

Hélène se sentit bête. Presque tout ce qu'elle possédait était passé dans son billet d'avion.

— Tu as mangé, au moins ?

François leva la main.

— Jean-Claude !

C'était un homme âgé, aux jambes arquées, aux cheveux blancs lissés sur le sommet du crâne. Avec ça un visage las, des paupières lourdes.

— Et bien sûr, dit François en regardant sa sœur, tu n'as pas de tickets de rationnement…

Hélène baissa la tête, chercha son mouchoir. Le serveur était là.

— Non merci, je ne veux rien, je n'ai pas faim.

François se massa le front à deux mains comme s'il était saisi d'une brusque migraine.

— Bon, dit-il enfin. Tu m'attends là, je reviens.

Hélène comprit qu'il y avait une femme dans la vie de François. Comme il n'en parlait jamais dans ses lettres, qu'il n'y avait pas fait référence lorsqu'elle lui avait demandé de l'héberger, cette idée était demeurée une crainte vague, lointaine. Au lieu de monter, il avait décidé d'une halte dans ce café, à trente mètres de chez lui, et maintenant il la plantait là en disant : « Je reviens. »

« Il est allé demander à une femme l'autorisation d'héberger sa propre sœur ! Quelle veulerie ! »

Ce constat fit remonter en elle toute sa colère.

Et c'est sur lui qu'elle avait cru pouvoir compter ?

Pendant ce temps, François montait l'escalier.

C'était un lundi, le jour où Mathilde, vendeuse à La Belle Jardinière, ne travaillait pas. Elle n'avait pas la clé, mais Léontine, la concierge, était autorisée à lui remettre le trousseau de service, Mathilde en était quitte pour papoter vingt minutes dans l'escalier, c'était cher payé. Et, donc, François trouvait parfois Mathilde le soir, lorsqu'il rentrait, écoutant la radio en mangeant une boîte de sardines sur la table de la cuisine. Ou des maquereaux au vin blanc. Mathilde mangeait beaucoup, n'importe quand, et n'importe quoi, elle ne prenait jamais un gramme. C'était une fille assez étrange. Chez elle rien n'était remarquable, ni son nez, ni sa bouche, ni ses yeux, mais, allez savoir par quelle magie, l'ensemble était incroyablement séduisant. Pas au premier coup d'œil, mais, si vous la regardiez quelques minutes, il était difficile de ne pas la trouver désirable. Elle parlait peu, écoutait sans en avoir l'air. Tant qu'elle ne s'était pas exprimée, François ne savait jamais ce qu'elle pensait.

Saigon, septembre 1948

Mais Mathilde n'était pas là. Elle était très imprévisible. François en fut soulagé, cela lui donnait le temps de réfléchir à la manière dont il lui apprendrait la nouvelle qui aurait évidemment des conséquences sur leur liaison. Mathilde habitait avec son frère Gilbert, si demain ils ne pouvaient plus se retrouver chez François où iraient-ils ? Il s'imagina louer une chambre à l'heure dans un hôtel borgne… De rage, il donna un coup de pied dans la porte.

Il descendit quatre à quatre, entra dans le café toujours en colère. Mais Hélène n'était plus là.

— Elle est partie juste derrière vous, dit le garçon. Elle vous a laissé l'addition, ça fait huit cinquante.

24

La maîtresse de ton père…

Lorsqu'elle revint, vers vingt et une heures, à la gare Saint-Lazare, Hélène était épuisée, accablée par la suite de mauvaises décisions accumulées en une seule journée. François parti, elle s'était levée, avait empoigné sa valise et était tellement en colère que, lorsque le serveur aux jambes arquées avait tenté de l'arrêter pour lui faire payer les consommations, elle avait dit froidement : « Vous verrez ça avec mon frère. » C'était un tel accent de fureur, elle semblait si déterminée que le garçon hésita une seconde à la poursuivre, c'était trop tard, elle était déjà loin dans la rue et s'engouffrait dans la station de métro.

C'est là que débuta la série de ses initiatives calamiteuses dont la première avait consisté à aller trouver son frère Jean.

Dès qu'elle l'avait aperçue, en bas de l'immeuble, Geneviève lui avait ouvert les bras, l'avait embrassée sur les deux joues comme du bon pain, mais aussitôt un signal d'alarme s'était mis en branle dans le cerveau d'Hélène parce que sa belle-sœur avait dit avec un bon sourire :

— C'est gentil de passer nous voir !

Et, comme si Hélène avait annoncé qu'elle ne pouvait rester, Geneviève enchaîna :

— Tu as bien le temps de prendre un petit café avec nous, allez, pas de façons !

Bouboule avait embrassé sa jeune sœur, alarmé.

— Qu'est-ce que tu fais ici ? Les parents sont d'accord ?

C'est tout ce qu'il trouvait à lui dire…

— Ils sont informés.

Bouboule, comme François une heure plus tôt, n'eut pas même l'idée de porter sa valise. Chacun profita de la montée des quatre étages pour mûrir sa position, si bien qu'arrivés devant la porte tous trois prirent la parole en même temps, en une brève cacophonie qui les laissa sans voix.

— Je peux utiliser les toilettes ? demanda Hélène.

Elle trouvait l'appartement effroyablement petit. Le lit à lui seul prenait une place folle, elle avait souvent entendu Geneviève se plaindre de ses conditions de vie, ça n'était pas sans fondement…

— C'est ici, ma chère…

Geneviève, du palier, lui avait désigné la porte des W.-C. d'un geste cérémonieux. Son ton imitant celui d'une femme d'étage dans un grand hôtel disait clairement : vois un peu dans quel bouge je suis obligée de vivre.

Hélène se faufila, se contorsionna puis s'enferma. Assise, ses genoux touchaient presque la porte. De l'autre côté, Bouboule et Geneviève chuchotaient, Hélène ne percevait que des bribes, mais il était évident que c'était une dispute. Bouboule proposait-il qu'elle reste ?

En venant, elle avait déclenché une querelle de ménage inutile puisque de toute manière l'appartement était trop petit pour l'accueillir, même une nuit.

Au retour d'Hélène, Geneviève esquissa un pas vers la cuisine, mais s'interrompit :

— Alors, ça y est, tu t'es enfuie, toi aussi ? Ta mère doit être dans un état…

Elle dit cela avec gourmandise, comme elle aurait raconté une histoire drôle.

— Maman va très bien, c'est gentil de ta part d'y penser…

— Tant mieux, tant mieux, dit Geneviève. Elle a déjà eu assez de malheurs avec ses fils… Hein, Bouboule ?

Lorsqu'elle utilisait son surnom, c'était souvent avec une nuance d'ironie que Jean faisait mine de ne pas percevoir.

— Je vais aller chez François, prétexta Hélène.

— Tu ne prends pas un petit café ? demanda Geneviève.

Bouboule, lui, était soulagé. Il était presque enthousiaste en disant :

— Oui, chez François, c'est une bonne idée…

Et, comme la solution était trouvée, il se détendit, et pour la première fois il sourit à sa sœur :

— Alors, qu'est-ce que tu vas faire à Paris ?

— M'installer.

— Oui, mais qu'est-ce que tu vas faire ? demanda Geneviève.

— Les Beaux-Arts !

Cette affirmation spontanée la surprit elle-même. Devant son père, elle l'avait formulée comme une hypothèse, à Geneviève elle la lançait comme une gifle, mais jamais ça n'avait été un projet.

Comme souvent chez elle, le doute s'exprimait sous la forme de la provocation.

Geneviève qui, oubliant aussitôt sa proposition de préparer du café, s'était assise à sa place habituelle, en bout de table, fixait Hélène comme si elle avait été sa fille.

— Ça sert à quoi, les Beaux-Arts, exactement ?

— Exactement, ça sert à faire de l'art.

— Non, je veux dire : on peut gagner sa vie en faisant ça ?

— On a plus de chances de gagner sa vie en faisant ça qu'en restant chez soi.

Elles se fixèrent sans rien dire.

Jean chercha désespérément une transition et lança joyeusement :

— Bon alors, ce café, on le prend ou pas ?

— Non merci.

Hélène avait empoigné sa valise, déjà elle ouvrait la porte.

— Tu repasses quand tu veux ! lança Geneviève.

Jean, lui, courut sur le palier rejoindre sa sœur.

— Tu as vu, c'est très petit ici, on ne peut pas…

Hélène était déjà deux marches plus bas. Jean se tenait les mains. « Une boule d'angoisse », voilà à quoi il ressemble, pensa Hélène. Ce constat la bouleversa. Elle n'avait jamais connu son frère aîné autrement que malheureux, gêné, transpirant, elle eut un élan de pitié, remonta les deux marches, lâcha sa valise et le prit dans ses bras. Il s'abandonna. C'est elle qui le consolait.

— Ça va aller, Bouboule ?

Il fit un signe de tête, les mots ne venaient pas.

Hélène vit la porte entrouverte de l'appartement, elle devinait Geneviève juste derrière, aux aguets.

— Il faut que j'y aille, dit-elle.

Elle embrassa son frère sur la joue. Elle était moite.

Il était quinze heures trente, elle n'était à Paris que depuis midi, mais avait déjà épuisé les deux seules solutions d'hébergement auxquelles elle avait songé en arrivant.

Elle marcha jusqu'à la porte de la Villette et, de là, prit le métro pour les Grands Boulevards. C'est une expression qu'elle avait cent fois entendue dans la bouche de sa mère, elle disait « les Grands Boulevards » avec une envie mêlée de nostalgie, le lieu promettait des plaisirs inouïs qu'à la croire on ne trouvait nulle part ailleurs. Hélène ne découvrit qu'une artère large, bruyante de voitures, de camions et de motocyclettes, une foule pressée qui courait au métro, attrapait les autobus au passage. Un jeune garçon criait : « Demandez le *Journal du soir*. Affaire Mary Lampson : demain le témoin-surprise procédera au tapissage ! Demandez le *Journal du soir !* » Les passants lançaient des pièces que le garçon saisissait à la volée, les exemplaires partaient comme des petits pains.

Hélène s'arrêta. L'affaire Mary Lampson, ce meurtre surprenant et épouvantable auquel François et Jean avaient été indirectement mêlés. C'est Geneviève qui, en mars dernier, l'avait écrit à la famille. C'est principalement par elle qu'on recevait des nouvelles des deux frères. Hélène comprenait mieux pour quelle raison François, censé être encore étudiant, écrivait peu à ses parents, condamné qu'il était à ajouter mensonge sur mensonge. Quant à Jean, il se contentait de signer « affectueusement » en bas des lettres que Geneviève adressait à ses beaux-parents et dans lesquelles elle avait décrit avec beaucoup de détails cette séance de cinéma à laquelle ils s'étaient rendus et où, par un hasard qui l'éblouissait, la jeune actrice avait été sauvagement assassinée.

Hélène avait encore à l'esprit le choc ressenti en apprenant la mort de cette actrice qu'elle avait découverte dans un film quelques mois auparavant et qu'elle avait trouvée merveilleuse. Que ses frères et Geneviève soient, même de loin, mêlés à ce tragique fait divers avait fait sur elle une grosse impression. Paris était une ville où les choses pouvaient se passer ainsi. Elle aperçut, en première page, le portrait d'une femme d'une cinquantaine d'années, portant un chapeau. Le témoin-surprise. Elle avait l'air très ordinaire. Elle voulut acheter le journal, mais il n'y avait que des hommes pour le faire et il fallait se soucier de la question d'argent. Elle n'avait pas la moindre idée de ce que coûtaient les choses à Paris, et maintenant qu'elle devait se débrouiller seule…

Elle se souvint qu'elle avait faim.

Elle passait devant une belle brasserie dans laquelle on voyait des couples et pas seulement des hommes comme dans certains cafés, elle entra, posa sa valise, commanda un verre de Vittel et un sandwich jambon cornichons qu'elle dévora à belles dents. Avec le plaisir de manger revint l'espoir. Il fallait trouver une chambre d'hôtel pour quelques jours, le temps que ses parents lui envoient un peu d'argent. Avoir affirmé qu'elle ferait les Beaux-Arts la remplissait maintenant d'enthousiasme. C'était décidé. Elle travaillerait pour payer son logement. Jolie comme elle était, elle trouverait facilement à faire le modèle pour les étudiants en dessin. Soudain, Paris était magnifique. Le brouhaha de la brasserie l'emplit de bien-être, tout comme les Grands Boulevards dont elle admirait le spectacle continuellement changeant par la vitrine de la terrasse, tout à fait à la hauteur de leur réputation. Voilà, elle y était. Fini Beyrouth, fini l'enfance, Hélène venait enfin de se jeter dans le grand monde.

*

Saigon, septembre 1948

François prit un taxi, tant pis pour le prix de la course. Direction chez Bouboule. C'est le seul endroit où pouvait se trouver Hélène. « Quel con ! » se disait-il, la laisser partir ainsi, dans une ville qu'elle ne connaît pas. Et quasiment sans argent ! Lorsqu'il pensait qu'il la trouverait chez Bouboule il se rassurait. Quand il se disait qu'elle préférerait n'importe quelle autre solution, il s'alarmait. Hélène était comme Étienne, elle n'avait pas de milieu, pas de mesure, ils faisaient bien la paire, ces deux-là…

François eut soudain la vision de deux êtres en perdition.

Étienne ne lui avait écrit qu'une fois ou deux, l'essentiel il le tenait de sa mère. Ainsi, il avait décidé de demeurer à Saigon, en pleine guerre. Personne ne savait réellement de quelle manière Raymond était mort, mais il était mort, qu'est-ce qu'Étienne pouvait espérer maintenant de ce pays déchiré qui rompait, mois après mois, ses derniers liens avec la France ? Et voilà qu'Hélène débarquait à Paris sans prévenir personne. Comportements insaisissables, illogiques…

Pourvu qu'elle soit chez Bouboule. François pressait le chauffeur, il sortit son argent dès le premier ralentissement. Lorsque la voiture s'arrêta, il sauta aussitôt, mais n'eut pas à grimper les étages. À peine la porte cochère poussée, il découvrit Bouboule effondré sur le petit trottoir qui se prolongeait jusqu'à la cour où quelques voitures étaient garées. Désemparé, il fit « non » de la tête.

— Mais elle est venue ? demanda François.

— Elle est repartie il y a un quart d'heure…
— Partie où ?
— Chez toi.
— Bah non, elle en vient, de chez moi…
— Merde…

Alors François s'assit à côté de lui. Leurs épaules se touchaient.

Ils restèrent là sans parler, à contempler le désastre dont ils étaient les auteurs. Comme lorsqu'ils étaient enfants, qu'ils avaient fait une bêtise et qu'ils attendaient le retour des parents et la punition qui s'ensuivrait.

Mais cette fois ce n'était pas un carreau cassé, c'était Hélène, dix-huit ans, qui devait errer seule dans Paris parce que aucun de ses frères n'avait voulu l'accueillir.

*

Le garçon, au passage, déposa négligemment la note sur la table. Hélène la saisit. Le prix des consommations l'assomma. Cent vingt francs ! Elle regarda autour d'elle, vit les grandes plantes en pot, les lampes en verre de couleur suspendues au plafond. Pas étonnant qu'elle ait été séduite, c'était une brasserie assez chic, il suffisait de voir la clientèle. Voyant les robes des femmes, les complets des messieurs, elle se sentit honteuse. Avec ses vêtements de Beyrouth, sa petite valise, elle devait avoir l'air d'une employée de maison… Cent vingt francs. Elle ne voulait pas se donner le ridicule d'étaler son argent sur la table pour le compter. De mémoire, après la dépense de son billet d'avion, elle devait avoir dans les six cents francs… Que pouvait coûter une chambre d'hôtel ? Le temps passait à une vitesse folle, c'était déjà la fin de la journée. Elle paya précipitamment, sortit, vit la direction de la gare Saint-Lazare et s'y rendit à pied, même la dépense d'un ticket d'autobus lui semblait excessive. Une certaine panique la gagnait. Elle arriva à la gare en nage, chercha la consigne.

Vingt-cinq francs !

Et maintenant, que faire ?

Le plus urgent était de trouver un hôtel. Sa valise devenait lourde, elle la déposerait à la consigne et y laisserait son argent qui ainsi serait en sécurité. Elle compta discrètement sa fortune. Elle ouvrit sa valise et, avant de la déposer à l'employé de la consigne, elle rangea quatre cents francs bien à plat entre ses vêtements et prit ce qui restait, environ cinquante francs.

Elle commença par les hôtels autour de la gare, évitant ceux devant lesquels un chasseur en livrée ouvrait la porte des voitures et portait les malles. À vingt minutes de marche, elle trouva des établissements nettement plus modestes. Les premiers prix qu'elle aperçut sur les panneaux fixés près de la porte d'entrée s'élevaient tout de même à huit cents francs la nuit, les moins chers étaient à six cents. Sa crainte de ne rien trouver montait, devrait-elle dormir dehors, comme une clocharde ? Elle poursuivit sa recherche, préférant systématiquement les rues les moins avenantes. Elle voyait des hôtels, mais jamais de chambres à moins de cinq cents francs. Elle avait à peine de quoi se payer une nuit ! Retourner chez François lui passa par la tête, mais, quelle que soit la difficulté, il n'en était pas question. Ni François, ni Jean, c'était impensable.

La nuit était tombée.

Vers vingt heures, elle trouva enfin un établissement qui proposait des chambres à trois cent cinquante francs. Elle traversa la rue pour prendre du recul et regarder la façade. C'était un immeuble dont les peintures s'écaillaient. Les fenêtres éclairées dispensaient une lumière pâle et jaune derrière des rideaux aux couleurs délavées. Une femme entra suivie par un homme en pardessus. On apercevait le comptoir, Hélène vit que la femme restait à l'écart, l'homme devait demander une chambre parce qu'il sortit de l'argent de son portefeuille. C'est qu'il y avait des chambres libres. Dépensant trois cent cinquante francs pour la nuit, il ne lui resterait pas grand-chose, mais demain serait un autre jour. Elle nota l'adresse, c'était l'hôtel Hekla, rue de la Jonquière. Il lui fallut plus de trois quarts d'heure pour revenir gare Saint-Lazare, elle ne voulait pas prendre le métro, le ticket de seconde classe lui avait coûté dix francs pour aller voir Bouboule.

Hélène récupéra sa valise. Elle se sentait vaguement soulagée. Il était tard, mais elle avait trouvé un hôtel dans ses prix. Ça ne serait pas le grand luxe, mais elle dormirait et… Elle fut frappée par cette idée qu'elle aurait dû demander s'il y avait des chambres disponibles. Elle avait bien vu un homme sortir de l'argent à la réception, mais cela ne voulait pas dire qu'il y avait d'autres chambres libres. Peut-être avait-il pris la dernière. La perspective de repartir de zéro la submergea, elle lâcha sa valise, on la bouscula soudain assez violemment, elle faillit tomber, pardon mademoiselle, dit une voix, mais le temps de se retourner une silhouette d'homme s'éloignait en courant, emportant sa valise, elle cria : « Eh, vous là-bas ! » puis : « Au voleur ! », quelques voyageurs se retournèrent, une femme lui adressa un regard inquiet, mais passa son chemin. La gare était étonnamment déserte.

Hélène était clouée sur place, désespérée.

Avec sa valise, c'était tout ce qu'elle possédait qui venait de disparaître, quatre cents francs, ses vêtements, adieu la chambre d'hôtel, les larmes montèrent.

Pour ne pas se donner en spectacle, elle se mit à marcher, sortit de la gare, se moucha.

L'horloge indiquait vingt et une heures.

Il ne lui restait rien d'autre à faire que revenir chez François. Ou chez Jean. C'était peut-être un effet de son caractère, mais elle sut aussitôt qu'elle ne le ferait pas, jamais, jamais. Elle pourrait mourir qu'elle ne reviendrait pas.

Paris avait entamé sa soirée. Des couples, des groupes couraient vers les théâtres, les restaurants, les cinémas… Hélène marchait mécaniquement, se répétant inutilement « jamais, jamais ». Elle s'était dirigée vers la rue de la Jonquière, comme si elle espérait que sa valise s'y trouverait, avec son argent… Dormir où ? Elle pensa retourner à la gare, il y avait des bancs dans la salle des pas perdus. Mais le vol de sa valise lui disait qu'elle ne passerait pas la nuit indemne dans un pareil endroit… « Jamais », se répétait-elle. L'idée alors lui traversa l'esprit.

Trouver un homme pour la nuit.

C'était à la fois terrifiant et évident. Comment faisait-on pour trouver un homme qui vous garde une nuit entière ? Que devrait-elle faire ? Elle n'avait pas la moindre idée de ce qu'elle devrait accepter. Serait-ce comme avec Lhomond ? Un homme la paierait pour la gifler avant de la retourner brutalement contre le mur ? Aurait-elle ainsi gagné une nuit de sommeil ? Ce scénario occupa son esprit un long moment, des images se succédaient, tout ce qu'elle savait de ces choses-là était mobilisé dans cette perspective de se louer pour la nuit. L'homme qu'elle imaginait n'était jamais qu'une ombre massive, menaçante, un poids très lourd sur elle, elle en avait des suées. Elle arriva enfin devant l'hôtel Hekla. Elle comprit alors comment les idées s'étaient enchaînées pour en arriver là. C'était la même femme qu'en début de soirée, suivie cette fois d'un autre homme en imperméable beige, mais qui faisait les mêmes gestes exactement que son prédécesseur, il s'arrêtait au comptoir, sortait son portefeuille tandis que la femme, un coude sur la balustrade, le talon déjà sur la première marche de l'escalier, le regardait faire… La vision du couple lui fit comprendre qu'elle venait de rêver longuement à quelque chose d'éprouvant, d'excitant, de pratique et de scandaleux, mais à quoi elle ne pourrait jamais se résoudre. Elle demeurait sur le trottoir d'en face, le couple venait de monter. Elle faillit se demander combien de temps cela prenait, une passe dans un hôtel. Ça n'avait rien à voir avec une chambre où dormir.

Dans les larmes qui remontaient, il y avait autant de désespoir que d'épuisement.

Il lui fallait bien accepter l'inacceptable, revenir chez François, frapper à la porte, dire : « On m'a volé ma valise. » Y aurait-il quelqu'un dans le lit ?

Elle était au métro, elle se planta devant le plan des stations, chercha comment revenir dans le quartier de François lorsque son regard s'arrêta sur la station Europe. Place de l'Europe. Hôtel de l'Europe. Mme Ducrau. « La maîtresse de ton père… »

M. Pelletier y était connu, on lui ferait crédit pour une nuit.

Pour deux nuits peut-être même !

Elle avait encore ses papiers, elle pouvait prouver qu'elle était Mlle Pelletier, il y avait même son adresse à Beyrouth !

C'était sa dernière chance. Si on ne l'acceptait pas là-bas, alors elle irait sonner chez François, et la fille dans le lit, elle la foutrait à la porte, elle avait autant de droits qu'elle à dormir chez son frère !

Il était vingt-deux heures.

L'Hôtel de l'Europe était un hôtel très propre, rien à voir avec l'Hekla. Un jeune groom avec un costume rouge et un petit calot la regarda entrer, intrigué, les voyageuses sans bagages devaient être rares. Peut-être qu'ainsi, avec seulement son sac à main, elle avait l'air d'une putain.

— Vous désirez ?

Hélène se retourna, il était vraiment jeune, quinze ans peut-être.

— Laisse, Gabriel !

C'était une voix de femme. Elle était debout derrière le comptoir d'accueil. Mme Ducrau, sans doute, elle n'avait pas l'âge d'être la maîtresse de son père, elle paraissait très âgée, mais c'était une femme très souriante, pomponnée et maquillée bien qu'il fût déjà tard.

— Vous êtes Hélène ? Allez, venez, venez !

En s'entendant appeler par son prénom dans cet hôtel où elle n'était jamais venue, Hélène prit peur et esquissa un demi-tour pour s'enfuir, mais déjà l'hôtelière disait :

— Votre fille est arrivée, monsieur Pelletier !

Et du salon adjacent dont Hélène n'avait pas remarqué l'existence arrivait son père, dans le costume bleu qu'il mettait pour les voyages et les enterrements, souriant lui aussi, qui disait :

— Dis donc, j'ai bien fait de réserver la table pour onze heures, hein ?

25

Valise diplomatique, *natürlich* !

En camion, c'était théoriquement un voyage de cinq heures, au cours duquel toutes sortes de choses pouvaient survenir et la plupart d'entre elles survenaient. Alors que Saigon avait vécu plusieurs jours tout à fait secs, la saison des pluies avait soudain décidé de rattraper le temps perdu. Lorsque la petite colonne de sept véhicules avait démarré, l'eau qui rigolait dans les rues atteignait déjà le milieu des roues. Annoncées par un vent froid, les averses duraient une heure ou deux, rarement plus, et faisaient place à de larges plages claires, chaudes, moites dans lesquelles toute l'activité de la ville s'engouffrait précipitamment.

Mais, à l'aube, la pluie tombait si dru qu'il était impossible de voir à plus de quelques mètres, seuls les phares allumés permettaient de distinguer l'arrière du véhicule précédent auquel il fallait coller pour ne pas le perdre de vue.

— On n'attend pas que ça s'arrête ? avait demandé naïvement Étienne.

Le capitaine Moinard, un homme au visage d'une effrayante banalité avec une moustache de gendarme, avait insisté pour partir dès les premières heures du jour.

— Même si nous avançons lentement, le chemin fait ne sera plus à faire.

Il avait aussi une logique de gendarme.

— Roulez, roulez ! pressait-il alors que la colonne avançait au pas sous des trombes d'eau et que les roues patinaient dans une boue qui vous venait aux mollets si vous deviez descendre parce que le camion menaçait de s'enliser.

— Stop ! décidait-il soudain alors que la voie semblait dégagée sur cinq ou six cents mètres.

Il faisait arrêter la colonne, équiper quatre éclaireurs de grenades et d'explosifs, leur donnait des instructions dont ils n'avaient pas besoin vu qu'en tant que prisonniers viêt-minh leur seul travail consistait à ouvrir la route au risque de leur vie.

Derrière eux, demeurant assez loin pour avoir le temps d'agir en cas d'attaque, la colonne était un ensemble assez étrange comprenant des Marocains, des Tchadiens, des supplétifs vietnamiens (qu'on reconnaissait à leurs habits en loques et leurs chaussures éculées) et un escadron rutilant de Siêu Linh, en tout une trentaine d'hommes répartis dans sept véhicules de l'armée française. Pour Étienne, ce manque d'unité symbolisait assez bien cette guerre dans laquelle la France avait à peu près tout tenté sans presque rien réussir et se voyait condamnée à improviser en permanence face à une volonté politique mouvante comme les eaux d'un arroyo et avec des moyens qu'il était nécessaire de trouver sur place dans des conditions parfois illégales et toujours acrobatiques.

Les rois de la fête, c'étaient les soldats de Siêu Linh qui, à eux seuls, représentaient la moitié des effectifs. Le pape Loan avait exigé qu'ils disposent d'un uniforme neuf et correctement coupé, de chaussures à leur taille et d'un armement réellement opérationnel, trois conditions souvent difficiles à réunir pour les troupes venant en appui au Corps expéditionnaire, les supplétifs embauchés au coup par coup par l'armée française en faisaient l'amère expérience.

— Vous serez escorté par une unité d'élite, monsieur Étienne, avait assuré Loan en faisant danser les glands de son chapeau.

Loan avait demandé son aide à Étienne pour obtenir quelques transferts de piastres supplémentaires au bénéfice de la secte, ce qui faisait de lui un invité de marque.

— D'accord, avait répondu Étienne, mais je veux un chapeau à glands. Comme eux.

Il avait désigné les dignitaires chenus et barbichus en toge blanche dont le crâne était couronné d'un magnifique moule à charlotte en feutre bleu.

— Hélas, monsieur Étienne, c'est la tenue des dignitaires de l'Église…

— Alors, faites-moi dignitaire.

— Oh, monsieur Étienne, vous m'étranglez ! Allons, je vous demande votre aide parce que nous menons la lutte contre le Viêt-minh, c'est une belle cause, non ?

— C'est la meilleure, mon pontife, ne faites pas de quartier, je les hais, ce sont des assassins.

— Eh bien alors ? Vous voici récompensé, monsieur Étienne ! Vous œuvrez pour une sainte cause !

— C'est possible, mais justement, pour une sainte cause, j'ai droit à un bitos de dignitaire.

— Sauf votre respect, monsieur Étienne, élever un Français au rang de cardinal de Siêu Linh serait très mauvais pour nous. Les fidèles ne comprendraient pas.

— Oui, mais que voulez-vous, mon saint homme, j'en pince pour le galurin bleu.

Comme on sait, Loan était quelqu'un de pragmatique.

— J'ai peut-être la solution, annonça-t-il, victorieux mais modeste.

Et c'est ainsi qu'en échange d'un bonnet à glands qu'il s'était engagé à ne jamais porter en public Étienne était devenu un nonce apostolique de Siêu Linh tout ce qu'il y avait de plus confidentiel.

— Secret, occulte et souterrain, Très Saint-Père, avait déclaré Étienne, parole d'honneur. Je ne crache pas par terre, mais le cœur y est.

Il avait arboré son chapeau œcuménique pour épater Jeantet et Gaston, mais ensuite ne l'avait plus porté qu'à la maison, sous l'œil amusé de Joseph et le regard réprobateur de Vĩnh qui voyait là une intention blasphématoire.

Étienne avait beau plaisanter, il ne trouvait nullement immoral de signer des transferts de piastres pour aider la secte parce que cela revenait à lutter contre le Viêt-minh. Il n'était plus très loin de croire, comme nombre de ses collègues de l'Agence, aux vertus pacificatrices des transferts de monnaie, même s'ils ponctionnaient gravement les finances de la France.

Lorsque Loan et sa cohorte de fidèles s'étaient apprêtés à repartir vers Hiền Giang avec l'assurance du haut-commissariat que la France allait aider l'Église à s'implanter sur place, Étienne n'y avait plus tenu.

— Le nonce apostolique doit connaître la zone, avait-il déclaré. Nous souhaitons nous y rendre.

Depuis sa nomination, lorsque, dans le cadre de ses fonctions de nonce apostolique, il parlait de lui-même à Loan, Étienne recourait souvent au pluriel de majesté.

— C'est très dangereux, monsieur Étienne.

— Nous comprenons. Mais nous l'avons décrété. Pas de Hiền Giang, pas de tampon.

Loan resta intraitable.

— Trop de risques, monsieur Étienne, je suis désolé. S'il vous arrivait quelque chose, je ne me le pardonnerais pas.

— Bien, nous allons écrire à l'Âme suprême.

— Pardon ?

— Puisqu'elle vous écrit, elle doit aussi recevoir du courrier, non ?

Loan le fixait intensément, une vive inquiétude plissait les petites ridules entre ses sourcils.

— Que comptez-vous faire ?

— Une messe, Très Saint-Père. Je mets mon galurin bleu, j'agite les glands, j'appelle les fidèles à interroger l'Âme parfaite et…

— Suprême !

— C'est ça. Et je lui demande une lettre de confirmation disant que mézigue est interdit de tourisme apostolique, et là, je m'incline.

Loan poussa un long soupir. Il était près de céder. Étienne s'en amusait, mais, à l'instant de la victoire, une émotion le saisit parce que, si la manière était moqueuse, le sujet était grave.

— Vous le savez, Loan, c'est là qu'est mort… mon cousin. À Hiền Giang.

Il y avait dans sa voix une intense vibration retenue jusqu'au sanglot.

— Si je ne profite pas de votre protection, ajouta-t-il, jamais je ne pourrai m'y rendre.

— Mais… qu'espérez-vous voir ?

Étienne ne savait pas exactement, mais il sentait que son deuil ne serait pas possible tant qu'il n'aurait pas vu le lieu où Raymond était mort.

— Je n'ai pas d'autre tombe où aller me recueillir…

Loan ferma les yeux, comme s'il demandait à l'Âme suprême de lui pardonner la mauvaise action à laquelle il allait consentir.

Et c'est ainsi que, trois semaines après le départ de la secte pour Hiển Giang, après avoir demandé une semaine de congé à Jeantet, entouré d'une escorte d'élite de Siêu Linh et sous la protection du capitaine Moinard, Étienne entreprit un voyage qui tenait à la fois du pèlerinage et du désir de vengeance. Les deux motifs étaient risibles, mais le second un peu moins que le premier parce que ce déplacement décuplait la haine qu'Étienne nourrissait pour cette armée de l'ombre capable de dépecer vivants des soldats avant de leur faire labourer la tête par des socs de charrue.

Si la piétaille de la secte avait eu recours aux camions et à la marche en colonne pour se rendre à Hiển Giang, Loan, lui, avait fait le voyage en avion. La secte avait en effet racheté un Lockheed Vega réformé une douzaine d'années plus tôt et repeint aux couleurs de Siêu Linh. C'était une des grandes fiertés du pape. Il l'avait lui-même baptisé *Chim ưng*.

— Cela veut dire « Aigle », avait-il précisé avec fierté.

Pour Étienne la ressemblance du vieux Lockheed Vega avec un aigle relevait de la poésie.

Peu importait à Loan qui, dès que possible, se transportait en avion. Des fidèles tiraient un tapis bleu roi jusque sur la passerelle dans laquelle le pape montait en majesté, c'était un joli spectacle. Aussi avait-il tenu à faire le voyage pour Hiển Giang dans le plus noble apparat, c'est-à-dire par la voie des airs, balayant l'argument selon lequel le point le plus proche pour l'atterrissage était à six heures de route de sa destination et qu'au total emprunter l'avion serait plus long que recourir au camion.

Quelques semaines plus tôt, Étienne avait été invité à l'inauguration en grande pompe de l'auguste appareil et avait même eu droit à un baptême de l'air sous le commandement d'un ancien pilote de la Lufthansa congédié pour alcoolisme et que Loan avait embauché pour une bouchée de pain et deux caisses de gin. Les deux dignitaires qui l'accompagnaient tremblaient des pieds à la tête, Étienne hurlait de joie, le visage balayé par le vent qui s'engouffrait dans les fissures de la carlingue et la pétarade du moteur qui hoquetait en permanence de manière inquiétante.

Il avait beau avoir adoré ce baptême de l'air, Étienne n'était pas mécontent de faire le voyage pour Hiền Giang en camion.

La première pluie sous laquelle la colonne s'ébranla cessa vingt minutes plus tard, mais le capitaine Moinard, qui avait eu raison de donner le signal du départ, n'avait pas un caractère à triompher. Il faisait son travail.

Le soleil avait fait une brillante réapparition, même les plus endurcis étaient incapables de rester indifférents à des paysages d'une saisissante beauté. Mêlant jungle impénétrable, océan de rizières et montagnes bleues, ce pays était à la fois infernal et paradisiaque. Étienne, admirant les arroyos nappés de brume onduler entre les champs d'un vert profond, comprenait qu'on puisse se battre pour lui, quoique ce ne fût pas la motivation première de ceux qui le faisaient.

Une heure plus tard, les camions commencèrent à peiner. De profonds nids-de-poule perçaient la route, contraignant à des manœuvres malaisées, et les ralentissements entraînaient toujours une inquiétude, la peur d'un guet-apens. Cette ornière était-elle naturelle ou non ? Cette suite de trous disposés en quinconce ne semblait-elle pas artificielle ? Cet arbre à demi couché sur la chaussée était-il tombé de lui-même ? Le capitaine Moinard mangeait tranquillement sa moustache puis, d'un coup, comme s'il sortait brutalement d'une longue méditation, il ordonnait l'arrêt, descendait observer les lieux, s'entretenait longuement avec les supplétifs qui connaissaient bien la région et, selon les cas, faisait mettre pied à terre pour inspecter les alentours jusque loin dans la forêt ou ordonnait aux éclaireurs de marcher devant tandis que les véhicules ronflaient à l'arrêt et que les mitrailleuses pointaient sur les quatre points cardinaux.

Il n'était pas rare que les camions se mettent à patiner dans la boue épaisse nourrie par les pluies torrentielles qui les obligeaient parfois à s'arrêter une heure et davantage.

Étienne avait rapidement découragé les tentatives de conversation du capitaine Moinard qui d'ailleurs ne les avaient faites que pour se montrer civilisé, mais à qui le silence convenait très bien. Muet, Étienne, parce que, à mesure que le convoi s'enfonçait dans la jungle, traversait des marais, longeait des arroyos furieux et gonflés de pluie, des rizières débordantes, il croyait vivre quelque chose de semblable à ce que Raymond, lui aussi, avait dû connaître. Il entendait l'averse marteler le toit du camion comme lui avait dû l'entendre, il marchait dans la boue, comme il l'avait fait lorsqu'il fallait soulager le poids du véhicule. Il en venait presque à espérer une attaque du Viêt-minh, il serait prisonnier, on le torturerait, on le dépècerait lui aussi... Ainsi Étienne souffrait deux fois, d'être toujours malheureux et de se faire un roman facile avec la mort d'un autre.

Partis aux premières heures du jour, ils ne parvinrent à Hiền Giang qu'à la toute fin de journée.

— Sans un coup de feu, lâcha sobrement le capitaine Moinard après s'être mis au garde-à-vous devant Philippe de Lacroix-Gibet venu accueillir l'invité de Saigon.

Il y avait là, outre le colonel, Loan en toge fraîchement repassée, papelard et dévot, qui frottait ses petites mains l'une contre l'autre comme s'il était en train de les laver, et un fonctionnaire du genre qui se présente en faisant précéder son nom de « monsieur », manière de souligner qu'il tient au respect de sa personne et de sa fonction.

— Monsieur Grandvalet Philippe, délégué du haut-commissariat.

Il tendit une main sèche et blanche, d'une propreté presque suspecte, manucurée chaque matin, aurait-on dit. Ainsi les mains de chacun lançaient un message. Celles de Loan disaient : « Merci, messieurs, de vous être rendus à mon invitation », celles du colonel, qui se tendaient vers Étienne, marmonnaient : « Et, donc, c'est pour ce trou-du-cul que je vais m'emmerder pendant une semaine », celles du délégué administratif affirmaient : « Je représente la loi et l'autorité, vous pouvez répandre la nouvelle. »

Il était évident que le colonel méprisait le délégué qui lui-même le détestait et que Loan aurait pu passer sous les roues du premier camion venu sans que ni l'un ni l'autre lève le petit doigt. Cette ambiance plut immédiatement à Étienne qui répondit à la cantonade :

— Merci de votre accueil, messieurs, auriez-vous un peu d'opium en rab ?

Tous firent mine de s'offusquer. On s'esclaffa au lieu de se formaliser. L'emploi d'Étienne à l'Agence de Saigon attisait les convoitises. Chacun semblait avoir, caché derrière son dos, une demande de transfert prête à recevoir le divin tampon.

Loan s'avança vers Étienne et, avec un salut respectueux, les deux mains jointes devant la poitrine, il dit :

— Monsieur Étienne, je vous laisse avec vos hôtes, mais puis-je espérer votre noble présence après-demain pour la messe ?

— Ah ! la messe du dimanche, comme chez les catholiques ? Ça fait un peu plan-plan, non ? Elle n'est pas au-dessus de ça, l'Âme supérieure ?

— L'Âme suprême… Siêu Linh est une religion syncrétique, monsieur Étienne, nous prenons le meilleur de tout ce qui nous a précédé… et annoncé.

Étienne se pencha à l'oreille de Loan :

— Je pourrai arborer mon bitos à glands ou bien… ?

Devant la grimace de Loan, Étienne ferma les yeux en signe d'approbation.

— D'accord, je viens incognito.

Profitant de cet aparté, il ajouta :

— Mon pontife, serait-il abusif de vous demander de… ?

Il remplaça la fin de la phrase par un clin d'œil.

Loan avait déjà approuvé.

— C'est prévu, monsieur Étienne, vous ne manquerez de rien.

Le Corps expéditionnaire occupait une sorte de fort assez brinquebalant, vivier de soldats de différentes unités, aussi relâchés dans leurs tenues que déterminés dans leurs actions. C'était un ensemble étrange de torses nus, de tatouages, de regards bleus, de peaux mates, d'uniformes à la couleur passée, de linge sur des cordes, de concours de bras de fer sur des caisses en bois, d'armes graissées, de bâches tendues sur des piquets où l'on s'accroupissait pour jouer aux cartes, avec, traversant tout cela d'un grand pas tranquille, un surprenant aumônier, moitié légionnaire arborant une imposante barbe en tablier de sapeur, moitié prélat, énorme croix dorée rivée au torse comme le numéro de dossard d'un coureur cycliste.

Étienne marqua le pas un court instant.

Là-bas, qui venait de lui tourner le dos, il avait reconnu le légionnaire d'une cinquantaine d'années assez petit, large d'épaules, au visage rectangulaire et aux yeux clairs qui, près de la terrasse du Camerone, à Saigon, lui avait annoncé la mort de Raymond.

Étienne était persuadé que le soldat l'avait reconnu et s'était détourné.

Ce qui l'avait conduit jusqu'ici, c'était l'espoir inconscient de voir cet homme qui, peut-être, lui désignerait l'endroit où l'on avait retrouvé Raymond et ses camarades, la petite vallée dégagée évoquée dans le rapport militaire. Il n'était évidemment pas question de le demander officiellement à Philippe de Lacroix-Gibet ni au délégué du gouvernement puisqu'il n'était pas censé avoir lu ce rapport. Ce soldat discret, mais fuyant était son seul espoir. Mais il apprit bientôt par les militaires que cette unité de la Légion achevait sa mission à Hiền Giang et repartirait dans quelques heures pour Saigon. Non seulement le vieux soldat s'était montré fuyant, mais il repartait précisément à l'instant où Étienne arrivait.

C'était un voyage pour rien.

La pluie avait détrempé la cour quelques heures auparavant, mais la chaleur était vite revenue, la terre battue était percée, ici et là, de mares boueuses que l'on contournait, et c'était, sur cette vaste esplanade, comme un jeu de grandes îles flottantes entre lesquelles le personnel zigzaguait, sautait, glissait et jurait.

C'est à l'extrémité de ce fort qu'avait été érigé un grand pavillon qui abritait, au rez-de-chaussée, l'administration militaire et, à l'étage, les vastes appartements du colonel où Étienne devait être hébergé. Escorté d'un caporal, il suivit tout un labyrinthe de couloirs plombés de chaleur, monta à la partie réservée aux rares invités, une large pièce équipée d'un ventilateur plafonnier, plongée dans la pénombre par des volets censés protéger de la chaleur qui, même à cette heure, la pluie étant déjà oubliée, demeurait moite, poisseuse.

— Philippe de Lacroix-Gibet serait heureux de vous avoir à dîner. Ce sera à vingt heures.

C'était un ordre. D'ailleurs le caporal n'attendit pas la réponse et laissa Étienne qui, sitôt seul, se déshabilla, actionna la pompe manuelle et se doucha à l'eau tiède. Après quoi, rompu de fatigue, il s'allongea nu sur le lit qui se creusait en son milieu et sombra dans une sieste de fin d'après-midi dont ne le sortit que le roulement sourd de la pluie sur le toit, au-dessus de sa chambrée. Par la fenêtre, Étienne vit la grande cour déserte, inondée, écrasée par une averse lourde, opaque et verticale.

Saigon, septembre 1948

Le repas du colonel commençait dans quelques minutes. Étienne s'habilla en hâte, quitta la chambre. Il était désorienté. Était-il passé par ici ? Il avançait de quelques mètres, croyait reconnaître l'endroit, revenait en arrière. Il n'y avait personne. Il perçut des voix, là-bas, une porte était ouverte. Il fut immédiatement soulagé, c'était le caporal qui l'avait conduit à ses appartements, en conversation avec un collègue. Il était assis derrière un petit bureau tapissé de cartes d'état-major truffées d'épingles de couleur.

— Je me suis perdu…

— Normal, vous inquiétez pas, c'est compliqué. La première fois, on se paume toujours. Je vais vous montrer…

— C'est un vrai ? plaisanta Étienne en voyant un crâne de petite dimension qui servait de presse-papiers et avait l'air d'une citation shakespearienne dans le décor administratif.

— Et comment ! Un Viêt, l'an dernier, c'est moi qui lui ai coupé la tête, pas, Jeannot ?

— Affirmatif.

Étienne regarda les deux hommes qui souriaient comme au souvenir d'une anecdote pittoresque un peu lointaine et devenue presque touchante.

— Qu'est-ce qu'il gueulait le salaud, tu te souviens ?

Le caporal dressa l'index.

— Parce que dans les films, ils donnent un coup de sabre et la tête tombe, paf, comme à la guillotine. Dans la réalité, c'est une autre paire de manches, je peux vous le dire ! On cogne sur les vertèbres, on essaye en haut, en bas, on essaye dans un sens, dans l'autre, quelle vacherie, ça n'en finit pas.

Étienne le fixa, revint au crâne, un malaise s'emparait de lui.

— Et c'est pas le tout ! Pour avoir un beau crâne bien propre, c'est qu'il faut tout enlever. Je l'ai fait bouillir quatre heures, c'est fou, non ? Et c'était pas encore suffisant, il a fallu gratter ce qui restait au couteau.

— Tu vas mettre le monsieur en retard, dit l'autre.

Étienne l'entendait comme s'il était loin ou qu'il ait parlé à travers une cloison, mais suffisamment pour dire :

— Vous lui avez coupé la tête… vivant ?

Ça ressemblait de plus en plus à un dialogue onirique. Étienne voyait l'image nette, mais le son lui arrivait accompagné d'un écho.

— Euh… Entre les deux… Le générateur, ça l'avait pas mal fatigué, le lascar…

Il désignait, dans le coin de la pièce, une dynamo, petite valise rectangulaire munie de deux grandes pédales, comme un vélo.

— On lui avait collé les électrodes sur les burnes, ça l'avait vidé, il parlait plus, qu'est-ce que vous voulez qu'on en fasse, il avait dit ce qu'il savait. Pas, Jeannot ?

— Tu mets le monsieur en retard, répéta l'autre.

— Oui, je vais…

Étienne ne comprenait plus très bien ce qu'il faisait là, l'image du crâne bouillonnant dans une cuve lui soulevait le cœur…

— Je vais vous accompagner, dit le caporal.

Étienne, ébranlé, mit quelques minutes à reprendre ses esprits, pendant lesquelles ils marchèrent vers les appartements du colonel.

— Ah, je vois que vous avez fait connaissance avec le caporal Couchet !

L'autre s'était mis au garde-à-vous, le colonel ne le regardait déjà plus, il prenait l'épaule d'Étienne, l'entraînait vers la salle à manger.

— Ça sera à la bonne franquette, comme on dit. Mon épouse est en France pour le mois avec les enfants, alors côté cuisine et côté service, ça n'est plus vraiment ça…

Il y avait M. Grandvalet Philippe, le délégué, et un commandant dont Étienne oublia le nom et la fonction, il était encore sous le choc.

Philippe de Lacroix-Gibet était un homme grand, mince avec des cheveux roux ondulés et une allure de propriétaire faussement décontracté, un aristocrate cultivant, pour faire peuple, une certaine vulgarité. Un de ces hommes qui, n'ayant jamais manqué, n'ont jamais douté. D'apparence débonnaire, il était en réalité précieux comme tout, on l'imaginait faire du cheval, du saut d'obstacles, moitié armée des Indes, moitié fin de race. Il servait du whisky sans demander qui en voulait, il désignait une place à table. À peine entré, vous étiez sous son autorité.

Un soldat en uniforme, mais portant un tablier, apporta du poisson froid à la mayonnaise et s'ingénia, avec des mains de catcheur, à rendre son service élégant, distingué. Sans le contexte, c'eût été drôle, cette cérémonie sans femmes, comme dans un cabaret de travestis.

— Alors, monsieur Pelletier, comment va-t-on, à Saigon ?

Le vin coula, comme la conversation. Après le poisson froid, ce fut le poisson chaud, la discussion tournait autour de la métropole, territoire occupé par des naïfs et des incompétents, le serveur faisait tomber les couverts, les ramassait d'un geste qu'il voulait chic et les reposait aussitôt sur la table. Étienne répondait mécaniquement, il avait maintenant repris ses esprits et peinait à se montrer intéressé, il mangeait. Il buvait. La conversation, on ne sait comment, était revenue sur le caporal.

— Ah, notre caporal Couchet ! s'esclaffa joyeusement le colonel. Si on ne l'avait pas celui-là, je ne sais pas ce qu'on ferait ! N'est-ce pas Grandvalet ?

— Indubitablement.

— Que fait-il exactement ? demanda Étienne. Je veux dire : ses fonctions ?

— Le renseignement. C'est un champion dans le domaine…

— J'ai vu ça, oui, un champion. Dites-moi, il coupe les têtes au sabre ou à la machette ?

— Ah oui, son crâne, il en est fier, c'est vrai…

Le colonel répondait comme s'il n'avait pas perçu l'intention sarcastique d'Étienne.

— À la machette, non ? demanda-t-il, soudain soucieux. Nous n'avons pas de sabres, ici…

Le commandant approuva de la tête, oui, à la machette, certainement. Le délégué administratif mastiquait son poisson en approuvant, l'air pénétré. Étienne mit quelques secondes à comprendre que son intention ironique était passée pour une curiosité technique. Ces gens-là étaient fiers de ce qu'ils faisaient.

— On critique l'armée, disait le colonel, on se moque d'elle parfois, si, si ! Mais ce conflit nous montre notre extraordinaire capacité d'adaptation. Comprenez-vous, monsieur Pelletier, nous nous attendions à une guerre. Une guerre ! Avec un front et des combats ! D'homme à homme, si je puis dire. C'était une grave méconnaissance de ce qu'est le Jaune. Cette race, voyez-vous, est fourbe par nature. Le Jaune n'est pas courageux, mais il est tenace. Il a donc inventé une méthode qui remplace l'affrontement par le harcèlement. La guérilla ! Nos ennemis n'ont pas d'uniforme, à la limite je dirais qu'ils n'ont pas d'armée, ils sont partout, fondus dans la population comme des poissons dans l'eau. D'un seul coup, ils surviennent, ils sont dix, quinze, ils attaquent, coupent les têtes et repartent aussi vite qu'ils sont venus. Ce n'est pas une armée de soldats, c'est un contingent d'assassins. Eh bien, que croyez-vous que nous ayons fait ? Nous nous sommes adaptés. À leur guerre révolutionnaire, nous opposons une guerre contre-révolutionnaire ! Ah ah !

— Ça consiste à leur planter une dynamo dans les couilles et à leur couper la tête à la machette ?

— Notamment ! Contre des assassins, c'est-à-dire des terroristes, l'arme absolue, c'est le renseignement. Quand nous trouvons l'un d'entre eux, nous ne le traitons pas comme un soldat ennemi, mais comme un criminel, ça change la perspective…

Ou le colonel était un redoutable débatteur capable d'ignorer le ton de la question pour ne se centrer que sur son contenu, ou il était à ce point convaincu d'être dans le vrai qu'il n'entendait que ce qu'il pensait, c'était difficile à déterminer.

— Et ça ne vous dérange pas, demanda Étienne en se resservant du vin, que vos soldats soient transformés en tortionnaires ?

Le mot fit réagir le délégué qui leva la tête, outré. Le commandant en lâcha sa fourchette qui chuta bruyamment dans son assiette en porcelaine. Philippe de Lacroix-Gibet montra là encore sa supériorité :

— C'est un choix tactique, monsieur Pelletier, rien d'autre. Nous ne faisons qu'adopter leurs méthodes. D'abord, nous embauchons indicateurs et partisans dans les marchés et les commerces, nous choisissons nos éclaireurs et nos interprètes chez les Jaunes. Diviser pour régner ! Et nous recourons à leurs techniques que nous retournons contre eux ! De loin, ça semble un peu sanguinaire, mais tenez, vous allez mieux comprendre. Il y a quelques mois, c'était… fin février, non ?

Le commandant qui n'avait pas ouvert la bouche opina doctement.

— Une unité du Corps expéditionnaire a été prise en otage au cours d'une embuscade, ici même, à Hiển Giang. Une poignée de légionnaires, des valeureux !

Étienne avait voulu provoquer le colonel, le piège maintenant se refermait sur lui.

— Les Viêts les ont torturés pendant une dizaine de jours et à la fin, savez-vous ce qu'ils leur ont fait ?

Étienne voulut crier oui, mais n'en eut ni le temps ni l'énergie.

— Quand on a retrouvé ces pauvres camarades, l'un avait eu les mains coupées, le second avait eu toutes les articulations brisées, le troisième avait été dépecé, le corps à vif, il n'avait plus que quelques lambeaux de peau, tout le reste avait été arraché sans doute au rasoir et les…

Étienne tapa violemment du poing sur la table, faisant rebondir tous les couverts, une bouteille vide tomba, entraînant un verre…

Le colonel souriait humblement.

— Oui, vous avez raison, c'est un ennemi terriblement cruel…

Il se tourna vers le soldat majordome.

— Faites servir le café et les alcools dans mon bureau, je vous prie.

Il se leva.

— Messieurs, je ne veux pas me vanter, mais je pense pouvoir vous offrir les meilleurs havanes de toute l'Indochine. C'est mon beau-frère qui me les procure. Valise diplomatique, *natürlich* !

Étienne ne parvint plus, lors de ce séjour, à revenir à la réalité, à redevenir lui-même, à penser simplement. C'est dans une sorte de torpeur qu'il assista sans réagir aux conversations enfumées dans le bureau du colonel, qu'il remonta s'allonger ensuite sans même se déshabiller et qu'il demeura ainsi, sans dormir, attendant que les pluies diluviennes finissent par écrouler toits et plafonds et le noient dans son chagrin.

Il haïssait cette guerre de toutes ses fibres, pourtant, sans savoir pourquoi, il ne se décidait pas à partir, comme s'il attendait encore quelque chose, mais quoi ?

Près de son lit, Étienne avait trouvé de quoi fumer. La longue pipe portait, gravé sur le côté, l'emblème de Siêu Linh et, en cela, le pape Loan tenait sa promesse, l'opium était d'une rare qualité et en quantité suffisante.

Étienne s'endormit fort tard, sans rêves, mais ne se sentait pas vraiment d'aplomb le lendemain matin, comme si demeurait, enfoui dans sa mémoire engourdie, le souvenir d'une scène choquante sur quoi son esprit ne parvenait pas encore à remettre un contenu.

Dans la cour, une escouade de l'armée de Siêu Linh, parfaitement équipée, se préparait à partir en mission en compagnie d'une unité du Corps expéditionnaire. Depuis sa parade victorieuse dans les rues de Saigon et l'annonce que les forces françaises l'aideraient à reprendre la région, la secte voyait venir à elle de nombreux villages et entamait ainsi un maillage géographique assez prometteur. Grâce aux indicateurs, espions et autres informateurs, la troupe isolait des foyers viêt-minh et, un par un, les repoussait à la frontière de la région. Après quoi, en vertu d'une stratégie qui tenait à la fois de la conquête coloniale et de la prise de pouvoir par la mafia, Siêu Linh instaurait un impôt patriotique destiné à financer l'effort de protection des villages qui se soumettraient à sa puissance.

Étienne descendit dans la cour. Le soleil, qui frappait déjà fort, faisait s'évaporer les larges flaques d'eau de la nuit, c'étaient un peu partout des petites fumées blanches, des brumes cotonneuses qui s'élevaient et fondaient au-dessus de votre tête. Pour gagner le porche, Étienne dut faire tours et détours, longer, sur une sorte de caillebotis de fortune, une suite de bâtiments aux portes fermées, lorsque tout à coup une main lui attrapa le coude, il n'eut pas le temps de réagir, c'étaient deux mains, puis quatre qui le happaient à l'intérieur d'une pièce qui sentait fort les épices, le poisson séché, mais tout était plongé dans la pénombre, il ne distinguait rien. Ils étaient deux ou trois. Le premier lui enfonça son poing dans l'estomac, il tomba à genoux, puis, le second lui tenant les bras, le troisième lui martela les côtes à grands coups de pied.

Ce fut bref, fulgurant, épouvantablement efficace et rapide.

Quelques secondes plus tard, Étienne, pantelant, cherchant désespérément sa respiration, vomissait tripes et boyaux sur le sol de terre battue. Lorsqu'il leva la tête, la silhouette du petit légionnaire carré aux yeux bleus se dessinait en ombre chinoise dans l'encadrement de la porte.

— J'ai pris le risque, à Saigon, de vous livrer une information confidentielle au sujet de notre camarade Raymond Van Meulen. Nos chefs nous interdisent de communiquer ce genre de choses, ils doivent avoir leurs raisons, je ne suis pas homme à discuter les ordres. J'ai accepté de vous dire la vérité parce que Raymond était… C'était un bon camarade. Je ne voudrais pas avoir à le regretter.

Étienne en était encore à chercher sa respiration.

— Je voulais m'assurer que vous en étiez conscient…

Tandis qu'Étienne tentait de se lever sur un coude, le légionnaire s'éloigna tranquillement après avoir fermé la porte derrière lui.

*

Il était resté une bonne heure à se rouler sur le lit, plié en deux, puis les douleurs s'étaient estompées, lui laissant au ventre, sur le torse, les marques mauves des pointes de godillot qui l'avaient martelé et un sentiment d'humiliation qui virait à la colère.

Soudain, il se leva.

Le signal était venu.

Ce pays n'était pas pour lui, il fallait partir. Aller où ? C'est une question qu'il ne se posait pas.

Il fallait partir.

Maintenant.

Il rassemblait ses affaires lorsque la porte s'ouvrit à la volée. C'était le colonel, droit dans ses bottes, un large sourire aux lèvres.

— Il faut que vous compreniez… Pardon, je ne vous ai pas salué…

Mais, sans lui tendre la main, il poursuivit :

— Venez avec moi !

Il souriait largement avec cette habitude qu'ont les caractères conquérants d'être obéis.

— Je repars pour Saigon, dit Étienne en continuant à fourrer ses vêtements dans son sac.

— Quoi ? Déjà ? Ah bon…

Il était décontenancé, déçu même. Mais devant le visage fermé d'Étienne, sa manière un peu courbée de se tenir, il comprit qu'il s'était passé quelque chose qu'il ne voulait pas savoir.

— Bon, eh bien, on va s'en occuper. Pour aujourd'hui, c'est trop tard, mais demain, d'accord, je vous organise une escorte.

Il allait repartir, mais revint sur ses pas.

— Ce n'est pas au moins notre soirée d'hier qui… ?

— Non, pas du tout, s'empressa Étienne sur un ton froid, distant. Au contraire, tout le monde s'est montré… très civilisé.

Le colonel, qui était loin d'être un imbécile, le considéra longuement.

— Bien. Vous partirez demain.

Ce n'était plus une offre, mais une consigne.

— En attendant, j'étais venu vous chercher pour vous montrer une curiosité... Une usine viêt a été repérée à une cinquantaine de kilomètres, au nord.

— Ce sera pour une autre fois...

— Nous partons dans vingt minutes. Pour la petite vallée des Joncs. Si l'affaire vous tente tout de même...

Étienne s'était redressé subitement.

La petite vallée des Joncs. Là où Raymond était mort.

Et c'est ainsi que, quelques minutes après avoir décidé de quitter le pays, Étienne se trouva dans une jeep qui ouvrait la route à une colonne de cinq camions lourdement armés et de soldats en tenue de camouflage.

Une heure et demie plus tard, on arriva au bord d'un canal où des éclaireurs avaient rassemblé des sampans sur lesquels furent chargées les armes et les caisses de munitions. Il régnait là un silence actif, tendu, comme si la troupe avait craint de réveiller la jungle qui devint dense dès que les bateaux furent mis à l'eau et commencèrent un lent périple vers le nord. La forêt dressait de part et d'autre des murailles de verdure sombre, dégoulinante. L'atmosphère, saturée d'humidité, empêchait de respirer. Le canal se couvrait de joncs et de lotus, les berges devenaient des marécages, l'odeur de pourriture prenait à la gorge. On ne fumait pas, on ne parlait pas, cela dura une heure. Étienne croyait voir la forêt derrière eux se refermer, ce voyage prenait des allures de traversée du Styx, mais soudain, on s'arrêta, un signal silencieux était venu. Tout le monde fut aux aguets, Étienne ne comprenait pas ce qu'il y avait à voir, à attendre, rien n'avait bougé. Les sampans reprirent, plus lentement encore, leur avance, une petite montagne, sur la droite, profilait son sommet au-dessus de la canopée. Puis ce fut l'alerte, là-bas, le vagissement d'une sorte de corne de brume et aussitôt derrière les arbres, à un kilomètre ou deux, toute une agitation et bientôt des explosions et des flammes, on se battait.

— C'est cuit, dit le colonel, philosophe. On a été repérés, on va y aller, mais c'est trop tard.

Déjà les sampans s'activaient jusqu'à rejoindre la rive et les soldats, sortis de leur léthargie, descendaient rapidement armes et munitions. On se mit en route sur des chemins boueux, fangeux où parfois on s'enfonçait jusqu'aux chevilles. Cela dura plus de trois quarts d'heure.

Le colonel semblait rire. Désignant les lueurs des feux, il dit :

— Ils brûlent tout ce qu'ils ne peuvent pas emporter, mais tout était prêt pour le déménagement depuis le premier jour. Ils construisent des usines pouvant être démontées en une heure. Vous verrez, il n'y aura plus rien.

Puis il ajouta, pensif :

— Mais plus personne, ça, j'en doute…

Ils arrivèrent enfin à une place où les paillotes achevaient de brûler, il y avait de profondes traînées, comme des rails, conduisant sur l'autre versant d'un bras caché de la rivière, les machines, le matériel avait été traîné jusque dans des embarcations. Il ne restait que des morceaux de fer écrasés au marteau, des pièces démontées, des jarres de produits chimiques cassées ou renversées, des stocks de nourriture arrosés d'essence et dégageant maintenant une fumée âcre, épaisse, çà et là, des outils de fortune, des caisses éventrées…

Autour, c'étaient des marais, des joncs à perte de vue, des arbres noueux qui semblaient flotter sur leurs racines à fleur d'eau. La troupe investit le lieu, fouillant ce qui restait, arme au poing, méfiante et suspicieuse.

— Ils ne sont pas tous partis, dit le colonel. Le matériel d'abord, les hommes après, c'est leur devise.

— C'était quoi ?

— Une usine. Avec des machines-outils, des tours, des générateurs, fabrication de grenades artisanales qu'ils iront faire exploser sur les marchés, dans les boutiques des commerçants récalcitrants, de mines qu'on posera sur les routes à notre passage.

Il fixait le marécage, amusé.

— Il y a des dizaines de Viêts devant vous. Vous ne les voyez pas, ils sont sous l'eau, ils peuvent résister des heures et des heures comme ça. Si vous restez ici le temps nécessaire, vous les abattrez les uns après les autres quand ils manqueront de souffle. Comme à la fête foraine.

Il regarda autour de lui.

— Mais on ne peut pas rester. On serait bientôt cernés puis attaqués par des hordes de Viêts. Un vrai massacre... C'est la troisième fois qu'on tente de les surprendre. On essayera encore, voilà tout.

Étienne s'était avancé vers l'une des rares paillotes qui n'avaient pas été incendiées, sans doute parce qu'elle ne contenait rien d'important. Il y avait là un bric-à-brac de chaussures, de chiffons, de lacets, de bouteilles, comme dans une décharge. Il poussa du pied des ustensiles de cuisine rouillés, des vêtements troués et il allait repartir lorsqu'il fut arrêté par un papier, presque rien, une étiquette qui dépassait d'une caisse en bois vide de munitions, qu'il ramassa et qu'il lut.

Société d'import-export Kaler & Valesco.

Étienne chercha à retrouver la trace de ce nom qui lui disait quelque chose.

Il trouva. Une demande de transfert pour l'importation de porcelaine de Limoges. Plus de un million de francs au départ, presque trois à l'arrivée.

Qu'est-ce que cette étiquette fichait là... ?

— Nous allons repartir, mon ami...

C'était Philippe de Lacroix-Gibet qui venait le chercher. Étienne fourra l'étiquette dans sa poche.

— Ça ne va pas ? Pas malade au moins ?

— Non, tout va bien, murmura Étienne en le suivant.

Mais ce qu'il suivait, avant tout, c'était le fil de sa pensée.

En marchant vers le camion, il reliait les fils logiques, les conséquences de cette découverte.

Si cette étiquette était là, c'est que la marchandise qu'elle accompagnait était arrivée au Viêt-minh.

Et qu'elle provenait d'une importation passée par l'Agence des monnaies.

Grâce à la guerre, les Français trafiquaient de la piastre. Les sociétés, le capitalisme local profitaient de ce trafic pour s'enrichir, pour se gaver, mais il y avait pis.

Le Viêt-minh était parvenu à entrer dans le système.

À profiter du trafic de la piastre pour s'équiper.

Ça voulait dire une chose, une seule, terrible, d'une importance tragique.

Dans la guerre qui les opposait, la France, sans le savoir, finançait le Viêt-minh.

26

Je serais toi, j'irais quand même voir

Un taxi déposa Hélène et son père devant le Grand Café Capucines qui se remplissait des spectateurs des théâtres dont les représentations venaient de s'achever.

C'était bruyant, animé, c'était gai, c'était beau. Hélène, précédée du serveur, traversa la grande terrasse aux carreaux de ciment, c'est dans la seconde salle que son père avait demandé à être placé. Elle passa sous la verrière de pavés de verre orangés et, lorsque le serveur eut tiré la table, elle s'installa sur la banquette de velours rouge. Sous la lumière des appliques aux abat-jour vermillon, son beau visage accusait les fatigues de la journée.

Dans le taxi, son père lui avait expliqué qu'il n'avait quitté Beyrouth que six heures après elle.

— Tu as pris l'avion de minuit, dit-il, j'ai pris le suivant.

Il s'était aussitôt rendu chez François qu'il n'avait pas trouvé. Seulement la concierge, appelez-moi Léontine, qui lui aurait bien tenu la jambe le reste de la journée.

Après quoi, il était allé chez Bouboule.

Hélène ne comprit pas s'il avait finalement trouvé François ou Bouboule. Elle était si remontée contre eux qu'elle ne posa pas la question.

— On dirait que ça ne s'est pas trop bien passé avec eux, je me trompe ?

— Pas trop bien, non, lâcha Hélène en faisant mine d'être absorbée par la lecture de la carte. Je commencerais bien par des huîtres, pas toi ?

— Allons-y pour les huîtres !

Lorsque la commande fut passée, Louis remisa ses lunettes dans sa poche de poitrine. Hélène voulait savoir par quel miracle ils s'étaient retrouvés.

— Oh, pas de miracle ! Tu es partie sans beaucoup d'argent alors je me suis dit, si elle ne dort pas chez l'un de ses frères, à tous les coups elle va aller à l'Hôtel de l'Europe.

Avec le plateau de fruits de mer, Louis avait commandé une bouteille de muscadet qui arriva dans un seau à glace.

Tandis qu'il goûtait le vin sous l'œil patient et sûr de soi du serveur, Hélène eut l'impression de découvrir quel homme son père avait été dans sa jeunesse et elle le trouva non pas beau, mais mieux que cela, émouvant. Elle eut le sentiment fugitif, pénible et rassurant que, tant que son père serait là, il ne pourrait rien lui arriver. Mais, le temps qu'il repose son verre en disant « c'est parfait ! », il était déjà redevenu son père.

— Alors comme ça, maman t'a demandé de venir me chercher…

La question était posée sur un ton vif, agressif que Louis fit mine de n'avoir pas perçu.

— Non, ce n'est pas ce qu'elle m'a demandé.

Il désigna les huîtres.

— Elles sont bonnes, hein ?

— Maman est…

— Tu sais comment elle est… Tu ne manges pas ?

— Si, si ! Et, donc, si tu n'es pas venu me chercher…

Louis clappa discrètement du bec en buvant son vin blanc.

— Il est fameux… Ta mère sait exactement à quoi s'en tenir. Un enfant qui part de la maison ne revient jamais. Elle en a fait l'expérience trois fois.

— Mais avec des garçons…

— Oui. C'est pour ça que je suis là.

Hélène ne saisissait pas ce qu'il voulait lui dire. Louis posa ses couverts et la fixa.

— Ta mère et moi, tout ce que nous voulons, c'est être certains que ta situation est stable et… que tu es en sécurité.

— Et… concrètement ?

— Concrètement, je ne sais pas. Mais tu vois le principe.

— C'est un peu abstrait.

— C'est le problème des principes, c'est abstrait. Alors, dis-moi, qu'est-ce que tu penses faire ici ?

Louis avait commandé des rognons marchand de vin en disant, comme pour s'excuser : « Ta mère n'en fait jamais ! » Hélène avait opté pour un confit de canard accompagné de pommes de terre sarladaises. Flottaient dans la salle des parfums de viande grillée, de marée, de vin frais mêlés à la fumée des cigarettes. Le brouhaha des conversations, au milieu du dernier service, s'était amplifié, les rires survenaient par vagues soudaines, Hélène avait la tête pleine du décor de cette brasserie, de cette journée folle, du visage de son père qui lui souriait gentiment, sans compter le muscadet. Tout cela faisait beaucoup d'émotions. Pour Louis aussi d'ailleurs. Jamais encore il n'avait dîné avec sa fille ainsi en tête à tête. Il la trouvait extrêmement jolie et cela lui fit un mal fou parce que c'est elle, nue, sur le mur de Xavier Lhomond qui lui revint à l'esprit, et il se sentit sali par cette image. Non parce que sa fille s'était prêtée à ce jeu pervers, ni parce qu'elle avait, sur cette photo, un regard provocant jusqu'à la vulgarité, ni même d'avoir ainsi vu son corps de femme, non, mais parce que Hélène était devenue adulte, qu'elle était entrée, sans qu'il s'en aperçoive, dans des transactions charnelles avec les hommes, parce qu'elle n'était plus sa fille, mais la jeune femme que sa fille était devenue et qu'il ne connaissait pas.

— Pardon ?

— Je disais : qu'est-ce que tu veux faire à Paris ?

— Je pensais aux Beaux-Arts…

Louis hocha la tête. Hélène s'était attendue à de la désapprobation, elle en fut pour ses frais.

— C'est pas un peu tard pour les inscriptions ?

Hélène était soufflée.

— C'est tout ce que tu trouves à dire ?

Louis plissa un instant les yeux.

— Ah oui, pardon, ma chérie ! Je devrais dire : « Quoi ? Les Beaux-Arts, jamais ! Tu vas épouser un pharmacien ou je te déshérite ! » Tu as raison, je suis en dessous de tout.

Hélène ne put s'empêcher de sourire.

— Maman…

— Elle s'y fera. Les enfants ne nous ressemblent jamais, regarde Bouboule. Je voulais qu'il soit comme moi et puis…

Hélène comprit au ton de son père que le souvenir de cette période le faisait encore souffrir. Elle eut envie de lui prendre la main. M. Pelletier était très changeant. Tout à l'heure, elle le trouvait beau comme un homme, maintenant elle le trouvait touchant comme un vieux père.

Louis remuait des pensées silencieuses qui l'attristaient, il mit une seconde à revenir au sujet des Beaux-Arts.

— Je serais toi, j'irais quand même voir. Il y a peut-être eu des désistements, on ne sait jamais…

— Papa ! On entre sur concours !

— Montre-leur ce que tu sais faire…

Hélène était effondrée par tant de naïveté. Pour le coup, elle le trouva franchement vieux. D'autant qu'il ajouta :

— Fais-moi plaisir, tu veux ? Demain, va quand même demander s'il y a de la place. Pour gagner, il faut jouer !

M. Pelletier était venu à Paris pour l'aider et, de fait, il était arrivé comme le Messie. Il lui avait retenu une belle chambre. (« La plus spacieuse, hein, madame Ducrau, c'est pour ma fille ! ») À l'annonce du vol de sa valise, l'hôtelière avait fourni une trousse de toilette de secours. « Demain, avait-il ajouté, tu iras à la Samaritaine, tu prendras ce dont tu as besoin ! » Il avait fait tout ce qui était humainement en son pouvoir. Hélène n'eut pas le cœur de refuser.

— D'accord, j'irai aux Beaux-Arts demander s'il y a de la place, lâcha-t-elle à regret, sachant déjà qu'elle n'en ferait rien, elle ne voulait pas être ridicule.

Louis avait pris des profiteroles parce que « ta mère n'en fait jamais ». Les émotions, cette soirée, le vin… déjà Hélène sentait sa tête dodeliner. Seule la fumée du cigare de leur voisin de droite la maintenait éveillée.

Dans le taxi, elle s'endormit sur l'épaule de son père. Il la soutint jusque dans sa chambre, l'allongea sur son lit après lui avoir retiré ses chaussures. Elle sortit de sa torpeur juste le temps de se déshabiller. Mais avant, alors que son père s'éclipsait discrètement, elle le rappela.

Saigon, septembre 1948

— Oui ?

— Je t'aime, papa.

— Je t'aime aussi, mon cœur.

Elle ne s'y attendait pas. C'est l'expression qu'il utilisait autrefois, lorsqu'elle était enfant.

27

Tout le monde voit bien de quoi je parle…

Jean était soulagé, c'était un poids en moins, l'horizon se dégageait, la sale période touchait à sa fin. L'article de François confirmait que le tapissage aurait lieu à la préfecture de police le vendredi à dix-huit heures. Soixante-quatre hommes avaient été retenus et convoqués. C'était écrit en toutes lettres dans le *Journal :* « étaient convoqués ».

Or Jean n'avait rien reçu.

Nous étions la veille, le facteur était passé. Rien.

Il ressentit un soulagement semblable à celui qu'il avait connu lorsque son père lui avait dit : « Je pense que la savonnerie, c'est pas fait pour toi. »

Alors qu'il n'évoquait jamais cette affaire avec elle, il était si heureux qu'il ne put s'empêcher de le dire à Geneviève.

— Je ne suis pas convoqué.

— Je sais, répondit-elle.

À son ton, à son regard, Jean fut saisi d'un tel malaise qu'il dut se retenir au chambranle de la porte. Cette manière de parler, le menton à l'horizontale, les yeux écarquillés, un sourire cassant sur les lèvres, il la connaissait par cœur. C'était immanquablement le signe d'une de ces catastrophes comme seule Geneviève pouvait en provoquer, il n'y avait jamais eu d'exception.

Elle avait guetté le facteur, elle aussi. Ensuite, Jean l'avait vue s'habiller puis se planter devant le miroir pour ajuster son chapeau, et elle était sortie sans un mot, jetant son mari dans une inquiétude mortelle.

Elle s'était rendue au Palais de justice et avait demandé à parler au juge Lenoir. Ça ne serait pas possible, le juge était très occupé, quelqu'un d'autre allait la recevoir.

— Certainement pas ! Dites-lui que c'est très important, c'est au sujet de l'affaire Mary Lampson ! Je suis un témoin !

Geneviève était debout, bien droite, au milieu du couloir. On fit venir le petit juge qui ne la reconnut pas.

— Madame… ?

— Pelletier. Je suis l'épouse de M. Pelletier Jean et j'aimerais savoir pour quelle raison mon mari n'a pas été convoqué pour cette séance de reconnaissance !

C'était assez surprenant. Le juge se demanda même s'il avait bien entendu.

— Car enfin, poursuivait Geneviève, en tant que citoyen de la République, il est en droit d'exiger de servir la justice de son pays !

Lenoir avait eu affaire à quelques durs à cuire, mais il sentit que, avec cette femme Pelletier, ce serait une autre paire de manches.

— Il n'est pas sur la liste, madame.

Dans sa logique, l'argument administratif primait tous les autres, c'était une arme absolue, il en avait fait maintes fois l'expérience.

— Quelle liste ?

— Celle des hommes convoqués.

— D'accord. Qui l'a établie, cette liste ?

— C'est moi.

— Alors vous allez m'expliquer la raison pour laquelle mon mari n'y figure pas.

Ils étaient revenus au point de départ, il fallait donc changer de logique.

— Il ne remplit pas les critères. Maintenant, madame, je dois vous laisser.

Lenoir avait esquissé un pas sur la droite, Geneviève un pas sur la gauche.

— Madame, vous faites obstruction à la justice !

— Très bien ! Alors je vais aller m'expliquer avec votre ministre, moi !

Des inculpés, des complices, des citoyens récalcitrants qui menaçaient d'en référer « en haut lieu », c'était une constante de la vie administrative. Mais la fureur de cette femme lui fit penser à la lente, inexorable avance d'un engin de travaux publics. Le juge prit peur. Ce genre de situation pouvait partir en vrille, échapper à tout contrôle et devenir une sorte de train fou.

— Et je vais informer la presse ! poursuivait Geneviève. Je suis l'épouse de M. Pelletier Jean, mais aussi la belle-sœur de M. Pelletier François, grand reporter au *Journal du soir*, imaginez-vous ! Je vais lui dire de quelle manière vous menez votre enquête ! Vous avez des listes et des critères, moi j'ai la justice, monsieur ! Et je peux vous…

— C'est une question de poids.

Le juge se justifiait. Geneviève sut instantanément qu'elle aurait gain de cause. Mais elle se fit prudente.

— C'est-à-dire ?

— Le témoin est formel, l'homme croisé à la porte des toilettes était mince.

— Vous trouvez que mon mari est gros ?

C'était gagné. Le juge Lenoir le comprit lui aussi.

— Bien, écoutez, c'est inutile, mais puisque vous y tenez, je…

— Oui, nous y tenons !

Lenoir fut saisi d'une grande fatigue.

— Bon, alors, je vais faire convoquer votre mari, voilà tout.

*

Jean blêmit en apprenant la nouvelle.

Geneviève retirait son chapeau en disant :

— Il en a rabattu, le petit juge, je peux te le dire…

— Mais, Geneviève, balbutia Jean. Tu sais bien que…

— Que quoi ?

Tout le monde voit bien de quoi je parle…

Elle s'était plantée devant lui, les bras croisés, la tête haute.

— Que… ce soir-là, je…

Jean était de nouveau envahi par le doute.

S'étaient-ils mal compris ?

Geneviève n'avait donc rien saisi depuis le début ?

L'ampleur du malentendu lui brouilla les idées.

— Geneviève, c'est moi qui…

Il fut interrompu par la sonnette. Geneviève alla ouvrir, Jean faillit s'évanouir, c'était un policier en uniforme.

Il ne venait que pour porter la convocation.

— Eh bien, c'est pas trop tôt ! dit Geneviève en lui arrachant le papier.

Elle signa à la place de son mari, le policier n'osa pas protester.

Quand elle referma la porte, Jean était effondré dans le fauteuil. Elle posa la convocation sur la table, s'approcha de lui. Il leva la tête. Il était en nage, des gouttes de sueur lui coulaient de la racine des cheveux, glissaient le long de ses tempes, certaines hésitaient à tomber et s'étiraient à l'extrémité de son menton.

Elle s'agenouilla devant lui et sourit, complice. D'une main, elle lui caressait la joue, comme à un enfant à qui on ferait la morale. Elle avait posé l'autre main sur son entrejambe.

— Tu t'inquiètes pour rien… S'ils étaient capables de le trouver, cet affreux assassin, il y a longtemps que ce serait fait, hein, mon Bouboule ?

Saigon, septembre 1948

*

De même que M. Pelletier tenait pour certain qu'il n'y avait pas de meilleur hôtel à Paris que celui de Mme Ducrau, il estimait qu'il n'y avait rien de mieux, pour les courses, que la Samaritaine. Hélène décida donc de se rendre à La Belle Jardinière. Son père lui avait donné dix mille francs. Elle l'avait trouvé généreux, mais c'était encore une fois compter sans le coût de la vie à Paris. Une paire de bas coûtait deux cent cinquante francs. Pour acheter l'essentiel (produits de toilette, sous-vêtements, jupes, corsage, etc.), elle dut être attentive, économe. Vivre ici serait un combat.

Lorsqu'elle rejoignit son père en fin d'après-midi, il remarqua les paquets à l'enseigne de La Belle Jardinière, mais préféra ne rien dire. Mme Ducrau leur avait réservé une table près de la fenêtre, « le coin des amoureux », avait-elle annoncé.

— Tu sais ce qui se passe réellement pour Étienne ?

La brusquerie avec laquelle M. Pelletier posait la question (Hélène venait tout juste de finir le récit de sa journée) disait assez qu'il n'avait eu que cela en tête depuis un moment. D'ailleurs, il la fixait avec une intensité soutenue, comme s'il cherchait déjà à traquer le mensonge qu'elle lui ferait, les choses qu'elle ne voudrait pas lui dire.

Hélène acheva sa bouchée de gâteau, se servit une nouvelle tasse de thé.

— Il ne veut pas revenir.

Tout le monde voit bien de quoi je parle...

— Ça, on le sait, il nous l'a écrit, non, ce qui m'inquiète, c'est... comment il vit.

Avenue des Français, il en aurait été autrement. Mais ici, dans ce lieu qui n'appartenait qu'à son père, Hélène n'eut pas le courage de mentir.

— La seule chose que je sais, papa, c'est qu'il ne dit la vérité à personne. Même pas à moi. Sur la mort de Raymond, il a écrit des choses trop rassurantes, qui ne sonnent pas vrai. Je ne sais pas comment il vit son chagrin, tu le connais, il bascule vite dans l'excès...

— Tu penses que nous aurions dû y aller, hein ? Quand Raymond est mort...

— Non, ça n'aurait rien changé, il aurait fait semblant, comme à la maison...

Louis voulait être un bon père, mais il savait qu'il ne suffisait pas d'élever quatre enfants correctement pour avoir droit à ce titre. Il avait sans doute gâché en partie la vie de Bouboule, n'avait peut-être rien compris à celle d'Étienne. Il craignait que l'avenir lui révèle qu'il ne s'y était pas mieux pris avec François. Restait Hélène.

— Je n'étais peut-être pas fait pour avoir des enfants...

Il avait marmonné cela le nez dans sa tasse de café.

— Oh, papa..., dit Hélène.

Et, comme son père allumait une cigarette, elle sortit le paquet d'américaines qu'elle avait acheté. Louis, qui n'avait jamais vu sa fille fumer, ne dit rien et tendit la flamme de son briquet au-dessus de la table.

Il consulta sa montre.

— J'ai commandé un taxi pour sept heures.

Dans la vie de M. Pelletier, il n'avait jamais été treize heures, ni vingt-trois heures. Passé midi, c'était une heure, puis deux heures, et ça jusqu'à « onze heures du soir ».

— Geneviève a proposé qu'on les rejoigne sur place, je ne sais pas si c'est une bonne idée…

— Tu penses que ça va durer longtemps ?

Ils parlaient de cette séance de reconnaissance comme d'une séance de cinéma ou de l'horaire d'un spectacle.

Quand ils arrivèrent, ils trouvèrent, à la brasserie du Palais de justice, une Geneviève surexcitée.

— Ça y est, annonça-t-elle, il y est !

Très fière, elle désignait l'horloge murale :

— S'ils sont à l'heure, ça vient juste de commencer… Ce que je voudrais être une petite souris…

Elle fixa soudain M. Pelletier. On la vit changer mentalement de sujet.

— Venez ici, bon papa. Puisque nous avons un moment…

Louis vint prendre place à côté d'elle.

— Il faut que je vous parle d'une affaire qui concerne votre cher fils.

*

La police avait composé des groupes de six hommes. Jean faisait partie du quatrième. François avait négocié de passer dans les premiers afin d'avoir le temps de réaliser son reportage auprès des autres participants. Le juge Lenoir espérait, dans cet article, se montrer à son avantage.

« Mon Dieu, pensa François en voyant le visage dévasté de son frère, Geneviève a raison, qu'est-ce qu'il est émotif… »

Au cours des mois précédents, la découverte par l'équipe du commissaire Templier des trente et un témoins qui ne s'étaient pas spontanément manifestés avait donné lieu à une série d'articles passionnante comme un feuilleton. Chaque nouveau témoin était une histoire et un coupable potentiel. Denissov se frottait les mains depuis un semestre. « J'espère que le coupable sera le dernier », disait-il parfois à la conférence de rédaction à laquelle François était souvent amené à participer.

C'est lui qui avait eu l'idée d'appeler « Les Trois » les témoins que la police n'était pas parvenue à retrouver, idée astucieuse que tous les autres journaux avaient immédiatement adoptée.

Jusqu'ici, tout portait à croire que l'assassin faisait partie de ce trio, mais, dans le cas contraire, il ferait partie des hommes convoqués aujourd'hui, il n'était pas impossible que la femme qu'il avait bousculée au cinéma le reconnaisse et le démasque.

Le juge Lenoir avait expliqué la procédure, mais, comme il l'avait fait à sa manière, le commissaire Templier rappela les consignes à chaque nouveau groupe. Curieusement, alors qu'aucun des présents n'avait rien à se reprocher, il régnait un silence éprouvant dans la salle où ils avaient été réunis. Le spectre de l'erreur judiciaire planait, le témoin, Marthe Soubirot, était dans ses petits souliers, elle pouvait se tromper, personne n'était à l'abri de dormir le soir même en prison… Les premiers groupes se succédèrent. En sortant, les participants donnaient l'impression de descendre d'une attraction de montagnes russes qui ne leur aurait pas réussi.

Lorsque ce fut son tour, Jean, qui transpirait sous ses vêtements et s'essuyait discrètement le front sur sa manche, s'avança avec cinq autres hommes. Après avoir une nouvelle fois décliné son identité et montré ses papiers, il prit place, il était le deuxième à partir de la droite. Tous firent face aux nombreux policiers alignés derrière l'unique chaise sur laquelle le témoin, en chapeau, se rongeait les ongles. Le juge lui parlait à voix basse de façon pressante. Une lumière crue aveugla les hommes montés sur la petite estrade. Il leur fallut se tourner d'abord à droite, puis à gauche, revenir de face et attendre que le commissaire dise :

— Merci, messieurs, vous pouvez sortir.

Pour autant, personne ne pouvait partir. Tous durent patienter jusqu'à la fin.

Ce qui était apparu comme une procédure certes pénible, mais somme toute compréhensible, devint, à mesure que les groupes se succédaient, une menace sourde.

Il se murmura que le témoin avait des doutes sur quelqu'un.

— Elle n'est pas certaine de le reconnaître, mais peut-être…, chuchota François que son frère, exsangue, était venu interroger.

— Peut-être quoi ?

— Peut-être qu'elle l'a reconnu, on ne sait pas, je te dis !

La porte s'ouvrit, le dernier groupe sortit. L'attente dura encore vingt minutes.

La chaleur des presque soixante-dix personnes enfermées, la fumée des cigarettes, l'inquiétude palpable, tout rendait l'atmosphère quasiment irrespirable, on demanda à ouvrir les fenêtres, le commissaire refusa, question de sécurité, mais changea d'avis lorsqu'un homme tituba, prêt à défaillir, c'était Jean. On lui apporta un verre d'eau, un policier lui tapota les joues.

Le petit juge apparut, un papier à la main.

— Messieurs Klein, Nalliers, Jeunet, Nagéar, Pelletier et Cageot…

Il se fit tout un remue-ménage. Instinctivement, nombre d'hommes s'écartèrent, soulagés.

— Comment ça, dit un homme d'une cinquantaine d'années, pourquoi qu'on m'appelle ?

Jean était toujours assis sur sa chaise, prêt à pleurer.

— C'est une simple vérification, messieurs, dit le commissaire Templier, rien d'autre. On refait un tour et tout le monde rentre chez soi.

Cette fois, trois agents en plus du commissaire vérifièrent l'identité de chacun et sa position dans la file. Jean était de nouveau le deuxième à partir de la droite. Ils restèrent bien plus longtemps de face que la fois précédente. La femme, sur sa chaise, se dandinait comme si elle avait besoin des toilettes. Sur ordre du policier, ils se tournèrent d'un quart de tour. Lorsqu'on leur ordonna de revenir de face, ce fut pour Jean comme une décharge électrique, il sentit que ses jambes ne le portaient plus, il ferma les yeux, faillit poser sa main sur l'épaule de son voisin de droite.

— Ouvrez les yeux, monsieur Pelletier, dit le commissaire, à peu près invisible à cause des projecteurs qui éblouissaient.

Tous demeurèrent là un long moment, Jean murmura, je n'en peux plus, il relâcha tous ses muscles, sentit sa vessie prête à se vider.

— Merci, messieurs, c'est terminé, dit le commissaire.

Jean ne sut jamais comment il parvint à descendre de l'estrade et à regagner la salle. Tous les autres témoins avaient été relâchés. Seul François, en compagnie d'une dizaine de policiers en uniforme, attendait les derniers sortants en prenant des notes. Le juge Lenoir apparut, concentré, il se tenait près de la porte et disait :

— Monsieur Klein, je vous remercie…

L'homme sortit. Jean regarda le juge qui maintenant lui tendait la main en disant :

— Monsieur Pelletier, je vous remercie…

— Je peux partir ? demanda-t-il.

Tout le monde voit bien de quoi je parle...

— Oui, c'est terminé pour vous, dit le juge.

François était resté derrière, mais il ne regardait pas son frère, il s'entretenait discrètement avec le commissaire Templier.

*

C'est une sorte d'ectoplasme qui traversa le boulevard en se faisant klaxonner et entra dans la brasserie.

— Ah ! dit Geneviève. Voilà Bouboule !

Jean découvrit son père et Hélène attablés devant des consommations.

— Tu transpires drôlement, toi, fit Hélène en l'embrassant.

M. Pelletier, lui, ne dit rien.

Jean eut l'impression qu'il dérangeait, qu'il interrompait une conversation qui ne le concernait pas entre sa femme et son père, c'était vexant. Mais Geneviève déjà voulait que son mari raconte, elle le pressait de questions, exigeait des détails. En écoutant le récit haché de Jean, elle se tournait de temps en temps vers Hélène ou vers son beau-père l'air de dire : c'est formidable, non ? Avait-on arrêté quelqu'un ? Non, dit Jean, personne, je ne crois pas.

— Alors, ça n'a servi à rien ? demanda Geneviève, déçue.

Puis elle passa sa main sur la joue moite de Jean et ajouta :

— Ce sera pour la prochaine fois, et voilà tout.

— François n'est pas avec toi ? demanda M. Pelletier qui s'inquiétait pour la réservation au restaurant.

— Il nous rejoindra, dit Jean qui avala d'un trait son demi de bière.

*

— Désolé, dit François.

— On a dû commencer sans toi ! cria Jean.

Ce n'était plus l'homme qu'on avait vu à la préfecture, il était rouge et gai, il parlait fort.

— La même chose, dit François au serveur en désignant l'assiette de sa sœur.

M. Pelletier lui servit un verre de vin et leva le sien. Tout le monde l'imita.

Personne n'était vraiment à l'aise. Hélène parce qu'elle était une fuyarde et que c'est sa situation qui allait se discuter (et elle n'était pas prête à laisser quiconque, même son père, prendre des décisions sans elle, elle était très tendue), les deux frères parce qu'ils avaient manqué à leur devoir vis-à-vis de leur jeune sœur, Geneviève parce que son beau-père, à sa demande d'argent pour la boutique, avait répondu évasivement…

— Ça n'est pas tous les jours que j'invite à Paris, dit Louis. Je lève mon verre à notre Étienne, le grand absent. Nous sommes tous bien tristes de ce qui lui arrive…

Tout le monde voit bien de quoi je parle...

Ce genre de formule aurait pu plomber la soirée, mais on leva son verre, Geneviève un peu moins haut que les autres.

— On peut être triste, dit-elle d'un ton pincé, sans pour autant oublier les devoirs familiaux.

Et comme on la fixait sans très bien comprendre où elle voulait en venir, elle ajouta, définitive :

— Il n'écrit pas bien souvent à Bouboule. Qui est tout de même son frère aîné !

Ah, se dit-on, ce n'est que ça. Même Jean était soulagé, un mouvement d'humeur chez Geneviève, c'était comme un rond dans l'eau, l'apéritif et la première bouteille de bordeaux passeraient bien vite par-dessus.

Puisqu'on en était aux questions de famille, M. Pelletier avait pris le temps d'envoyer un télégramme à Angèle pour la rassurer.

— Maman vous embrasse, dit-il.

Alors ce furent les viandes. Entre les plats, on allumait des cigarettes, on commanda une autre bouteille. Celle qui s'exprimait le moins était Geneviève. Jean la regardait à la dérobée. Il entendit déjà le reproche qu'elle ne manquerait pas de lui faire dès qu'ils seraient rentrés : « On me fait bien sentir que je ne suis qu'une pièce rapportée... »

Jean buvait. Pour lui, c'était un soulagement infini. Deux fois il avait pensé cette affaire terminée, c'était la troisième fois et c'était la bonne. Il se resservait tout seul, c'est Hélène qui posa gentiment sa main sur la sienne quand il voulut saisir la bouteille de nouveau. M. Pelletier disait à François : « Il faut que tu me racontes comment ça se passe dans ta grande école, hein ? » et François rosissait, attrapait son verre pour prendre une contenance et répondait que oui, il faudrait en parler… et il changeait de sujet :

— Tu restes longtemps à Paris, papa ?

— Non ! Je ne veux pas laisser ta mère trop longtemps toute seule. Je profite de l'occasion pour faire quelques visites pour la Fédération (François mit du temps à comprendre que son père parlait de son association d'anciens combattants) et je repars. J'ai réservé un vol après-demain.

Un commun accord s'était établi autour de l'omelette norvégienne proposée par M. Pelletier (« Votre mère n'en fait jamais »). La flambée par le serveur entraîna des acclamations, comme pour un anniversaire. Louis profita du silence qui accompagnait la dégustation pour annoncer :

— Ainsi, notre petite Hélène a choisi de rester à Paris pour suivre ses études, c'est bien ça, ma chérie ?

Hélène acquiesça silencieusement.

— Mais Paris est une grande ville et Hélène n'a que dix-huit ans.

— Dix-neuf, papa.

— Presque dix-neuf, ça ne change rien. Maman et moi nous ne voulons pas être inquiets pour toi, mais être certains que tu es en sécurité, protégée… Tout le monde voit bien de quoi je parle…

Tout le monde voit bien de quoi je parle…

Jean et François devinaient où leur père voulait en venir. Il ne pouvait être question ni pour l'un ni pour l'autre d'héberger Hélène, on allait leur demander de « la surveiller ». C'était classique. Au demeurant, et même s'ils avaient été empêchés de l'accueillir, tous deux étaient prêts à s'occuper d'elle comme deux grands frères peuvent le faire, c'est-à-dire s'intéresser à sa vie, lui prodiguer des conseils, etc. Mais ça n'était pas du tout ce que leur père avait en tête.

— Comme Hélène ne peut pas raisonnablement cohabiter avec un jeune couple, je propose qu'elle soit hébergée par François…

Indigné, François en lâcha sa cuillère.

— Eh, mais dis donc…

Mais M. Pelletier leva un index impératif dans sa direction, ce qui n'était pas dans ses usages. Il poursuivit ensuite comme s'il n'avait pas été interrompu.

— Comme il ne peut en être question dans le petit logement que tu occupes, François, j'ai passé mon après-midi à démarcher et j'ai trouvé tout à fait ce qu'il vous faut. Un appartement de trois pièces, chacun pourra ainsi avoir sa chambre et…

— Mais combien ça coûte ? demanda François, affolé.

— Ça n'est pas donné, mais j'ai payé une annuité complète, tu n'auras pas à t'occuper du loyer, seulement de ta jeune sœur. Et l'appartement se trouve où ? Devine un peu ?…

François sentit le coup venir, il n'y croyait pas, mais il le sentait, il ferma les yeux, son père partit d'un petit rire complice…

— Rue des Arquebusiers, pas très loin du *Journal*. Pour aller travailler, c'est pas épatant ?

François était en ébullition. Si son père était informé, c'est que quelqu'un avait parlé, l'avait trahi : Hélène ? Jean ? Geneviève ? M. Pelletier n'était à Paris que depuis la veille, aucun article signé de François n'était paru, le *Journal* n'était pas encore diffusé à l'étranger…

— Si tu en es d'accord, mon grand, dit Louis, on va garder ça pour nous, ne pas en parler tout de suite à ta mère, en ce moment elle est un peu fragile…

François acquiesça. En hochant la tête, il disait oui à tout.

Il se sentit confus, mais aussi allégé. Son père, qui ne prenait pas mal la chose, se chargerait bientôt d'officialiser la situation auprès de sa mère, tout rentrerait enfin dans l'ordre. Et puis, un appartement plus grand, c'était la possibilité de retrouver Mathilde, il suffirait de jongler un peu avec les horaires d'Hélène. Il sourit à Hélène, sourire contraint. Non, se disait-il, elle ne pouvait pas l'avoir trahi. Alors il tourna son regard vers Jean, c'est aussi ce qu'avait fait son père.

— Bien sûr, Jean, tu devras faire ta part également. Et vous aussi, Geneviève. Hélène devra pouvoir compter sur vous.

— Euh…, hasarda Jean d'une voix un peu pâteuse, ça veut dire que… quoi ?

— Ça veut dire qu'elle doit trouver chez vous conseil et réconfort.

— Ah oui ? dit alors Geneviève d'un ton pointu. Vous nous demandez d'assumer la charge morale de votre fille, bon papa, c'est ça ?

— Oui, Geneviève, c'est assez bien résumé. Et je suis certain que vous saurez le faire avec bienveillance et sagacité.

Geneviève était prête à se lever, courroucée, ah elle en avait à dire à ce vieux con, il avait bien fait de venir… Mais M. Pelletier poursuivit de sa voix la plus tranquille.

— Et pour répondre à votre question, ma chère Geneviève, bien sûr que nous allons vous prêter l'argent qu'il vous faut pour cette boutique, ça va de soi.

M. Pelletier regarda alors sa fille dont on voyait qu'elle tentait de se projeter dans cette nouvelle vie. Le plus désagréable restait à dire, il se lança :

— Quant à toi Hélène, je te demande d'obéir à tes frères. Ils sont majeurs, ils connaissent la vie, ils connaissent Paris. En cas de besoin, c'est à eux que tu demandes et eux que tu écoutes.

Le visage d'Hélène se durcissait, elle n'était pas loin d'exploser. M. Pelletier alors enfonça le clou.

— Si tout se passe bien entre vous, tu termineras tes études ici et ensuite tu choisiras ta voie, personne ne t'obligera à quoi que ce soit. Dans le cas contraire, tu rentreras aussitôt à Beyrouth et c'est là-bas que nous nous expliquerons.

M. Pelletier avait dit ce qu'il devait dire, il ne voulait pas pour autant que cela apparaisse comme une leçon de morale en public. Il se pencha vers sa fille et murmura :

— Je t'aime.

Hélène le regarda, les larmes aux yeux, passa les bras autour de son cou. Soudain, elle avait peur qu'il parte, qu'il ne soit plus là pour elle. Elle sentit l'odeur de cigarette et de savon qui imprégnait ses vêtements. Ne jamais pleurer devant eux. Elle se redressa, regarda ses frères. Je ne leur ferai pas ce plaisir.

— On y va ? proposa-t-elle d'un air guilleret.

Jean n'était pas au bout de ses peines. La journée avait été épuisante, mais elle n'était pas tout à fait achevée.

Lorsque M. Pelletier demanda les manteaux, François annonça :

— J'étais en retard parce que je devais boucler mon article. Le témoin, Marthe Soubirot, a formellement reconnu un suspect. Un nommé Germain Cageot. C'est lui qui a tué Mary Lampson.

Tout le monde fut sidéré.

Alors, voilà, c'était terminé, l'affaire était tirée au clair. Hélène demanda :

— Pourquoi il l'a tuée ?

— On ne sait pas encore.

M. Pelletier aidait Geneviève à enfiler sa veste. « Merci bon papa », disait-elle en souriant. « Quelle sotte... », pensait Louis.

Tout le monde voit bien de quoi je parle...

— Il a avoué ? demanda-t-il en s'avançant vers la sortie.

— Pas encore, dit François, mais à mon avis, ça ne saurait tarder.

On attribua la pâleur de Jean à l'excès d'alcool.

Geneviève se tourna vers lui, souriante comme une jeune mariée.

— Quelle belle journée, hein, mon Bouboule ?

28

C'est ce qui intéresse les gens

La conférence de rédaction du *Journal*, qui se tenait chaque matin à neuf heures trente, obéissait à un rituel précis. Les sept chefs de service et de rubrique prenaient place sur les sept chaises disposées face au bureau de Denissov. Lui restait debout, le dos à la fenêtre, un peu à contre-jour.

Stan Malevitz, chef du service des faits divers, se tenait à l'extrême gauche de la couronne de chaises et son ennemi juré, Arthur Baron, chef du service politique et diplomatie, à l'extrême droite.

Il était surprenant que ces deux hommes se détestent à ce point parce que, physiquement, ils se ressemblaient comme deux valets dans un jeu de cartes. Malevitz avait le cheveu blanc et les sourcils noirs, Baron, c'était l'inverse, cheveux noirs, sourcils et barbe blancs. À cela près, ils avaient la même taille, le même début d'embonpoint, la même coiffure désordonnée, les mêmes lèvres expressives. Lors des conférences de rédaction, le premier, qui se targuait d'avoir été coureur cycliste (vingt ans plus tôt, il avait participé une fois aux six jours du Vél' d'Hiv, il avait tenu moins de quatre heures), recourait à un français familier, volontiers argotique. Par pure détestation, Baron s'exprimait dans une langue exagérément châtiée. De retour dans les couloirs ou dans leurs services respectifs, l'un et l'autre parlaient simplement, à peu près de la même manière. Rien n'illustrait mieux la méthode de direction de Denissov ; ces deux chefs de service étaient ses mains droite et gauche, leur aversion réciproque les rendait éminemment manipulables. Le patron du *Journal*, qui s'était lancé dans une bataille sans merci avec les autres grands quotidiens parisiens, avait importé dans l'immeuble de la rue Quincampoix un esprit de concurrence qu'il appelait de l'émulation et qui constituait un puissant instrument de domination.

La question se posait, en ce samedi matin, de la place respective qu'occuperaient l'annonce de la grève des mineurs du Nord et l'arrestation-surprise de Germain Cageot qui valait à François de participer à la conférence en appui à Malevitz.

— Cette grève peut entraîner demain une guerre civile, dit Baron.

— Pourquoi pas une guerre mondiale, pendant que tu y es ! dit Malevitz.

Denissov se taisait, il attendait. Les deux événements seraient en une, mais la place de l'un serait l'accroche, c'est ce titre qui serait utilisé par les crieurs sur les trottoirs parisiens, c'est lui qui ferait de cette édition un succès ou un échec. C'était une bataille permanente qui s'éteignait avec la dernière édition et qui reprenait, dès le lendemain, avec la préparation de la suivante.

Baron poussa un large soupir. On le sentait d'avance fatigué de devoir expliquer des choses qu'ici, autour de la table, on aurait dû avoir saisies depuis longtemps.

— Le Parti communiste et la CGT ont mobilisé tout le monde, le Secours populaire pour soigner les blessés, l'Union des femmes pour servir à manger aux manifestants, le réseau des alertes et des piquets de grève est fin prêt. *L'Humanité* appelle à la convergence des luttes.

— Ça ne fait pas une guerre civile, ça, dit Malevitz. Ça fait des manifs et des bagarres, on a l'habitude.

— De son côté, le gouvernement, qui attend ce mouvement social depuis des mois, a épuré les compagnies de sécurité de ses éléments de gauche, supprimé le droit de grève dans la police et envoyé des centaines de policiers dans le Nord pour être certain d'avoir de quoi cogner.

François avait suivi ce mouvement social qui puisait ses racines dans les grèves de l'année précédente où plusieurs ouvriers avaient trouvé la mort. La baisse des salaires, le paiement à la tâche qui allaient réduire drastiquement le niveau de vie des mineurs, ainsi que la remise au travail des ouvriers officiellement malades de la silicose avaient été vécus comme des provocations.

— Tu ne nous as pas déjà dit ça l'année dernière ? demanda Malevitz. Il y a un an qu'on essore le sujet, je ne vois pas l'intérêt de remettre le couvert.

Baron lui adressa ce coup d'œil supérieur, vaguement méprisant avec lequel il regardait tout le secteur de Malevitz.

— Tu ne saisis pas bien, je crois… Ça n'est pas l'affrontement d'un gouvernement contre des syndicats. C'est le monde communiste qui monte à l'assaut du gouvernement français, ça s'appelle une insurrection. À la prochaine étape, on passe sous la botte communiste, comme les Tchécoslovaques…

— Je saisis très bien, c'est la propagande qu'on entend tous les jours. Mais ici, on ne fait pas le quotidien du gouvernement. Le *Journal du soir*, c'est pas le *Journal officiel*.

La discussion avait rapidement dérivé. Denissov y assistait en amateur de corrida. Dans quelques instants, il sifflerait la fin de la partie. Baron et Malevitz, qui le connaissaient bien, le comprirent.

— Tu as mieux ? demanda le premier.

— Germain Cageot, mon petit pote ! Je pense qu'à choisir, les lecteurs préfèreront Mary Lampson à Maurice Thorez.

Il se tourna vers François, vas-y, c'est à toi.

— Cageot est un type violent, dit François. Arrêté quatre fois pour voies de fait, toujours sur des femmes. Il a été reconnu par le seul témoin, qui l'a aperçu sortant des toilettes où Mary Lampson a été assassinée.

— C'est un fait divers, dit Baron, pas un fait de société.

— C'est ce qui intéresse les gens.

— Bon, Stan, ça va…, lâcha Denissov avec lassitude.

Il est vrai que ce débat était vieux comme le *Journal*. Denissov fixa François.

— Ton avis ?

Il avait vraiment le chic pour poser les questions embarrassantes. Parce que François, cette fois, n'était pas d'accord avec son chef de service.

Selon lui, les mineurs, héroïsés par le gouvernement lorsqu'il avait eu besoin d'eux, entre 1945 et 1947, pour livrer la « bataille du charbon », élevés à la dignité de « meilleurs ouvriers de France », étaient maintenant méprisés.

L'humiliation vécue naguère après sa guerre en Syrie rendait François très sourcilleux sur l'ingratitude et le cynisme des gouvernants. Mais il ne pouvait décemment donner raison à Arthur Baron.

C'est la mort dans l'âme qu'il déclara :

— La grève est importante, mais elle ne commence pas demain. Seulement lundi. Si nous titrons dessus, nous serons accusés de mettre de l'huile sur le feu, et d'ailleurs qu'avons-nous à dire que nous n'ayons déjà dit ? L'affaire Mary Lampson passionne nos lecteurs. L'arrestation d'un suspect nous…

— D'un suspect ou d'un coupable ? le coupa Baron, excédé.

— Un suspect arrêté parce que le juge le croit coupable.

— Qu'est-ce qu'on a ? demanda Denissov.

— Un portrait plein pot pris hier après-midi lors du tapissage. Son casier judiciaire. Et une interview des parents de Mary Lampson que je rencontre dans une heure. Je vais leur demander leur réaction à cette arrestation.

Il y eut un silence.

— Adjugé, dit Denissov en levant la séance.

François regarda Baron.

C'était maintenant un ennemi avec qui il faudrait compter.

29

C'est pas bon, ces idées-là…

— Vous repartez déjà, mon ami ?

Loan s'était déplacé dès qu'il avait su la nouvelle. Étienne était agité et marchait dans sa chambrée légèrement courbé. Les douleurs au ventre, dues aux godillots des légionnaires, s'étaient réveillées. Il avait terminé son sac. Par la fenêtre ouverte, on entendait le ronflement des camions. L'escorte organisée par Philippe de Lacroix-Gibet était prête et l'attendait dans la cour.

— C'est dimanche…, ajouta le pape.

On le sentait entre inquiétude et déception.

Dès les premières heures du matin, Étienne avait été pris d'une angoisse impossible à endiguer. Cette simple étiquette d'une société d'import-export de Saigon ouvrait sur une vérité qui lui coupait le souffle, dont il ne parvenait pas à mesurer toutes les conséquences… Il avait repris maintes fois sa réflexion, tâchant de se montrer logique, rigoureux, ne faisait-il pas fausse route ? Mais tout le ramenait à une effrayante suspicion. Si le Viêt-minh avait trouvé un moyen détourné de profiter du trafic de la piastre, il faisait payer une part de son effort de guerre contre la France par le gouvernement français. Si c'était vrai, c'était une bombe.

— Dimanche ou pas, je rentre à Saigon.

— Monsieur Étienne, si je peux faire quelque chose…

À l'instant d'empoigner son sac, Étienne le fixa un moment, s'assit sur son lit.

— Oui, vous pouvez faire quelque chose. C'est me donner votre avis.

— Oh, monsieur Étienne, qui suis-je pour me permettre d'émettre un av… ?

— Me faites pas chier et répondez-moi : est-il possible que le Viêt-minh soit parvenu à profiter des transferts de piastres ?

Loan arrondit la bouche, posa un index sur sa lèvre supérieure.

— Comment… ? Ça me semble très improbable…

— Pourquoi ?

Loan s'assit pensivement sur le lit.

— Les transferts, voyez-vous, c'est un chef-d'œuvre du capitalisme que les communistes haïssent. Ils ont une morale très rigide, c'est leur force, d'ailleurs. Vous ne pouvez pas ébranler leurs convictions, mettre un coin dans leur dialectique. La piastre n'a aucune chance auprès d'eux.

— Ils ne sont pas assez pragmatiques ?

— Oh si !

Loan céda à son petit rire cristallin, ses glands s'agitèrent.

— Ils sont même extrêmement pragmatiques ! Mais ce sont avant tout des idéologues. Et la piastre n'entre pas dans leur cadre.

*

— Vous n'êtes donc pas en vacances ? demanda Jeantet en voyant revenir Étienne le lundi.

— Vous me manquiez trop, monsieur le Directeur.

— Han, han…

C'était la manière de Jeantet de pouffer, une sorte de beuglement sourd et retenu.

— Avec cette pluie, que voulez-vous…, plaida Étienne. Autant garder mes jours pour un vrai voyage, finalement…

Il n'était pas dix heures du matin, mais Jeantet, à peine arrivé, repartait déjà. Chez lui ? Ailleurs ? Sa méthode de travail était insaisissable.

— Il y a des jours, dit-il en refermant la porte du bureau et en désignant les salles destinées au public, ils me pompent l'air, vous comprenez ?

Certains dialogues avec lui frisaient l'ésotérisme.

Il n'attendit d'ailleurs pas une réponse, on le vit traverser les bureaux de son grand pas fatigué et disparaître.

— Qu'est-ce que tu fous là, vieux ?

Gaston Paumelle lui aussi se montra surpris. Étienne servit le même prétexte.

— Ah oui, putain de saison…

Il trouvait que son collègue avait bien raison de revenir au bureau, lui-même n'en partait jamais.

Étienne passa sa journée aux archives.

La vieille Asiatique, qu'il n'avait pas vue depuis plusieurs mois, n'avait pas pris une seule ride, on ne voyait d'ailleurs pas très bien où elle l'aurait mise. Seule modification au décor qui devait être le même depuis deux siècles, sa visière dont le rhodoïd était passé au vert bouteille.

— Très joli, hasarda Étienne.

Le visage de la fonctionnaire restait fermé. Il posa devant elle un papier avec ses demandes, elle le lut lentement puis s'éloigna de son pas traînant dans les travées d'archives.

Étienne demanda des dossiers, établit des listes, demanda d'autres dossiers, en renvoya, en commanda de nouveaux. La vieille femme lisait ou écoutait les demandes et s'exécutait calmement, sans jamais un mot de commentaire. Cela dura toute la matinée.

Il ne trouva pas grand-chose, en tout cas pas suffisamment d'éléments sur la société Kaler & Valesco pour déclencher une enquête, ni même une recherche plus approfondie. Au cours des derniers mois, cette entreprise avait obtenu de nombreux transferts d'ampleur modeste pour toutes sortes de matériels, mais rien qui pût s'apparenter à des produits destinés au

Viêt-minh. Il les avait listés, mais ça n'était vraiment pas ce qu'il avait craint ou espéré.

À l'heure du déjeuner, Gaston lui tapa familièrement sur l'épaule.

— Alors ? Il paraît que tu en pinces pour Annie !

Étienne joua la surprise. Gaston frottait ses index tendus l'un contre l'autre et arborait un sourire gourmand.

— Bah, passer ta journée là-haut avec elle, c'est louche…

Il lui donna un coup de coude dans les côtes.

— Profites-en, elle va être réformée incessamment sous peu !

Étienne comprit que ses démarches allaient intriguer tout le monde. Si l'archiviste n'avait rien demandé, la hiérarchie allait tôt ou tard réclamer des explications.

Il reprit néanmoins ses recherches dès le début de l'après-midi. Ce furent, de nouveau, des dossiers, encore des dossiers et des listes aussi vaines que le matin.

— Du thé ?

La vieille archiviste tenait à la main une théière en fonte rouge et lui proposait une tasse sans anse, du genre avec laquelle on se brûle les doigts. Elle ne souriait pas, égale à elle-même. Il était presque seize heures.

— Vous faites quoi ? demanda-t-elle en le servant.

Elle avait une voix étonnamment jeune, très peu d'accent.

— Des statistiques. M. Jeantet veut des chiffres, des courbes, des pourcentages. Pour le ministère.

— Et des listes, ajouta-t-elle froidement en regardant les papiers étalés sur la table.

— Le travail commence toujours par là...

Étienne le sentit, il était grand temps de partir. En trois gestes, il replia les chemises éparses.

— Reprenez-en..., dit l'archiviste en posant la théière devant lui.

— C'est suffisant, merci, je...

— Reprenez-en.

Le ton était sans appel. Elle s'était éloignée. Étienne avait maintenant hâte de partir. Il replia ses listes, les enfourna dans sa poche. Mais, au moment où il posait la main sur la poignée de porte, l'archiviste était revenue derrière lui. Elle portait trois chemises ficelées, assez épaisses.

— Heurtin Frères, dit-elle.

Étienne hésita.

— C'est une filiale de Kaler & Valesco.

Étienne tendit la main.

— Les dossiers ne peuvent pas sortir des archives, dit Annie. C'est interdit.

Une fois la règle énoncée, elle leva les yeux vers l'horloge murale.

— Je suis désolée, mais il est l'heure.

Elle avait posé les dossiers dans les mains d'Étienne et le poussait vers la sortie. Il n'eut pas le temps de dire un mot, il était dans le couloir. Il entendit le bruit de la serrure qui se fermait à double tour.

Le soir, Joseph se montra étonnamment inquiet. Descendu de son trône frigorifique, il tournait nerveusement autour du lit d'où Étienne dictait à Vĩnh des dates, des montants, des fournitures. Il s'assit enfin, regardant attentivement les deux hommes travailler, fixant parfois la fenêtre ou la porte, revenant vers le lit.

— Ça ne va pas, Joseph ? demanda Étienne.

Le chat ne répondit pas et resta là, à les observer, énigmatique et silencieux.

La société Heurtin Frères avait profité de nombreux transferts. Au milieu de commandes de matériel de cuisine, on trouvait soudain des lots de chaussures de marche, on faisait venir de France neuf cents lampes-torches et des postes de radio émetteurs-récepteurs noyés dans une facture de jouets et de jeux de société, on trouvait des pansements, des toiles de tente ou des pièces de générateur électrique. Des documents attestaient l'arrivée de tout ce matériel à Saigon où les importateurs étaient censés le livrer à des magasins, mais il était plus que probable que tout cela avait rejoint, en réalité, les « usines viêts » comme celle que Philippe de Lacroix-Gibet tentait de démanteler depuis des mois…

Le fait majeur, pour Étienne, était que la majorité de ces transferts avait été autorisée par Gaston Paumelle.

Ce soir-là, il n'alla pas au Grand Monde, ni à la fumerie. C'est Vĩnh qui prépara les pipes d'opium. Étienne glissa vers le détachement, mais, contrairement à l'habitude, au lieu de sombrer dans une béatitude sereine, émolliente, il sentit vibrer en lui une colère que la drogue ne parvint pas à diluer.

Il retourna aux archives le lendemain en se demandant avec inquiétude s'il ne s'était pas mépris sur les intentions d'Annie, mais elle ne lui réclama pas les dossiers Heurtin Frères. Ils étaient censés avoir disparu.

— Dites-moi, Annie, il y a moyen de rechercher des dossiers à partir du signataire du transfert ?

— Ça doit être possible, grommela-t-elle.

Et c'est ainsi que, le soir, il repassa discrètement aux archives, d'où il repartit avec deux cartons serrés dans son sac de voyage.

Toute la soirée, il feuilleta les dossiers instruits par Gaston sans rien trouver de suspect.

Il n'y avait rien d'autre que ce qu'il avait trouvé la veille. Avait-il fait fausse route ?

La nuit était tombée, avec la pluie. Vĩnh avait commencé à préparer les pipes de la nuit, Étienne était allongé sur le côté et écoutait griller la boulette d'opium sous la flamme. Son corps ressentait déjà, par anticipation, la détente que la première bouffée allait lui procurer lorsque soudain il se leva et se précipita sur les dossiers de Gaston éparpillés sur le lit.

Si le Viêt-minh profitait de la piastre pour importer du matériel nécessaire à sa guérilla, il ne devait pas se contenter de cela.

Il allait chercher de l'argent.

Pour acheter des armes.

Il se mit à la recherche de transferts qui n'auraient pas nécessité une importation physique de marchandises, mais seulement l'envoi en France de piastres qui, à leur arrivée, se seraient transformées en francs et, multipliées par deux, auraient permis de passer ensuite des commandes d'armes.

Sous ce nouvel angle, le dossier de Gaston était très révélateur.

Toute une partie du trafic des piastres reposait sur la déclaration de « dommages de guerre ».

Des entreprises présentaient des rapports de police, de gendarmerie voire de l'armée attestant des déprédations dans des cultures d'hévéa, de coton ou de vers à soie, sur des chantiers, dans des magasins, toutes dues à des actions du Viêt-minh. Les estimations des experts d'assurance étaient remboursées par l'État français au taux fort. Certaines demandes remontaient même à des dommages causés par l'occupant japonais entre 1940 et 1945, dont les experts disaient qu'ils étaient aujourd'hui difficiles à constater, mais dont ils attestaient la réalité…

Étienne additionna. Les dossiers de Gaston comprenaient des dommages de guerre pour plus de cent vingt millions de piastres.

Plus de deux milliards de francs qui s'étaient ensuite évaporés dans la nature, personne ne pouvait dire où ils étaient passés…

Étienne était très excité par cette découverte, mais il en comprenait aussi la stérilité. Car ces dommages pouvaient être réels et, même s'ils ne l'étaient pas, rien ne prouvait que cet argent était passé au Viêt-minh sous quelque forme que ce soit.

Le hasard lui fit croiser Gaston le lendemain matin. Sa main ne s'ornait plus seulement de la bague dont la pierre grossissait en proportion des pots-de-vin qu'il touchait, il y en avait maintenant une seconde.

— C'est nouveau ? demanda Étienne en la désignant.

— Oui.

Il sourit benoîtement.

— Le coup de la bague, c'est imparable, mais ça a ses limites. Je ne peux quand même pas me balader avec une pierre de deux kilos ! Alors, je diversifie. Quand j'aurai une bague à chaque doigt de la main, je rentrerai jouer les rentiers à Paris.

Il agitait ses bagues comme un marionnettiste.

— C'est rusé…, convint Étienne. Et dis-moi, vieux, j'ai un dossier de dommages de guerre pour un armateur, son entrepôt a été éventré par une bombe.

— Ce sont des choses qui arrivent.

— Il fournit des attestations, des expertises… Comment on les vérifie ?

Gaston se trouvait visiblement devant une question qu'il ne s'était jamais posée.

— Pourquoi tu veux vérifier ?

— Parce que c'est le travail de l'Agence…

— Ah non ! Notre travail, ça n'est pas de vérifier, c'est de les faire rembourser. Pour que l'économie poursuive son travail de civilisation !

C'est ce que Jeantet lui confirma dès le lendemain.

— Bah, des dommages de guerre, il y en a eu beaucoup et il y en a encore tous les jours, comment voulez-vous vérifier ?

Il soufflait comme un phoque, s'éventait avec ce qui lui passait sous la main, une feuille de papier, son chapeau, un dossier cartonné.

Étienne avait prévu l'objection.

— Aller sur place, interroger des témoins…

— Je vois. Mais nous serions dans une situation difficile. Comprenez bien : il y a des attestations, des rapports… Les assurances, les gendarmes… Si nous enquêtions, ce serait de la « contre-expertise », autant dire jeter le trouble sur la probité des experts, les mettre en doute !

Jeantet pencha la tête.

— Et d'ailleurs pourquoi ferions-nous ça ?

Étienne se jeta à l'eau.

— Je me dis parfois que le Viêt-minh pourrait être tenté de passer par la piastre pour s'équiper. En matériel, en armes…

Jeantet se dressa soudain sur ses talons, son teint était devenu rouge.

— Vous faites des conjectures… euh…

Il chercha un qualificatif qui ne vint pas.

— Je ne vais pas lancer une enquête pour contester les déclarations assurantielles et gendarmesques !

— Pourquoi pas ?

— Parce que vous me faites chier, avec vos histoires, voilà pourquoi ! Nous ici, on signe des transferts parce que le gouvernement nous demande de signer des transferts ! Le jour où il nous demandera d'enquêter sur les dommages de guerre, on avisera !

Il avait le cou gonflé, comme ces volailles qui veulent impressionner un adversaire. Il saisit un petit cadre en bois et le tendit à Étienne.

— C'est mon ancienne femme, je vous l'ai montrée… Une…

— … sacrée salope.

— Vous l'avez connue ?

D'un coup sa colère avait fondu, remplacée par une excitation juvénile, il ouvrait de grands yeux comme devant une révélation bienfaisante.

— Pas personnellement, non, dit Étienne.

— Ah…

Jeantet reposa le cadre à regret. Il fixait Étienne comme s'il peinait à se souvenir du sujet de la conversation. Mais ça n'était qu'une apparence parce que, à l'instant où son subordonné passait le seuil, il dit :

— Et puis, votre histoire… Gardez-la pour vous, hein ? C'est pas bon, ces idées-là… C'est déjà assez compliqué.

Toujours sibyllin, il ajouta en se désignant :

— Regardez, moi…

*

Étienne mit plusieurs jours à admettre que Jeantet avait raison. Son faisceau d'indices n'avait aucune valeur, on pouvait leur faire dire n'importe quoi. Cette fougue qui l'avait saisi, au fond, ce n'était rien d'autre qu'une phase de deuil, le sempiternel désir de venger la mort de Raymond, le signe qu'il était toujours malade de cette absence, qu'il ne s'y faisait pas.

Il retourna au Grand Monde, plus exalté que jamais, y perdant à peu près tout ce qu'il possédait, faisant ensuite, dans les fumeries, des dettes qu'il rembourserait sur ses pots-de-vin.

Et c'est en sortant d'une fumerie, il était près de trois heures du matin, que, à l'instant de venir le soutenir pour l'installer dans un cyclo-pousse, Vĩnh fut vigoureusement poussé par un homme très grand, obèse, qui se déplaçait en basculant tout le corps de chaque côté comme si ses jambes étaient des échasses. Vĩnh était tombé sur le bitume, et, surplombé par la masse de cet homme, ne s'était pas relevé.

Étienne, épuisé et flageolant, vit l'homme s'avancer. C'était un Chinois mafflu, sans cou, et dont les yeux disparaissaient dans la masse de ses joues qui semblaient se fondre avec son front. Sans un mot, il plaqua violemment Étienne contre la porte cochère, posa son avant-bras contre sa gorge et tira un couteau effilé.

Étienne manquait d'air, se débattait, tâchait de donner des coups de pied, mais l'homme était si massif, son inertie était telle que rien n'avait de prise. Il avait arraché la chemise d'Étienne et lui passa la lame sur la poitrine. Étienne ne voyait pas ce qu'il faisait, c'était déjà terminé, l'homme avait lâché sa prise et rangé son couteau. Il souriait aimablement. Puis il se retourna et s'éloigna lentement de son pas pachydermique.

Étienne regarda sa poitrine. L'homme lui avait entaillé la peau en croix, à la place du cœur.

Il ne ferma pas l'œil de la nuit. Vĩnh pas davantage. Ils ne parlaient pas, restèrent couchés côte à côte, une menace s'était glissée entre eux. Étienne fit et refit vingt fois la liste des personnes qui avaient eu vent de ses recherches : Loan, Jeantet, Gaston, Annie… Chacun avait pu évoquer ce fait auprès de quelqu'un d'autre qui, à son tour… La chaîne des possibilités s'étendait à perte de vue.

C'est à l'aube, la pluie battait les carreaux, qu'Étienne rompit enfin le silence.

— J'avais raison, dit-il.

Vĩnh approuva d'un signe de tête, sans le regarder.

C'était une victoire sans joie, mais, d'une certaine façon, maintenant qu'il était confirmé dans ses doutes, Étienne se sentait mieux. Menacé, bien sûr, mais la question qu'il soulevait dépassait la mort de Raymond. Cette guerre meurtrière qui mobilisait tout un peuple, deux pays, qui coûtait des sommes folles, qui faisait des morts innombrables, reposait sur un vice de forme, une perversité du système. Étienne n'était pas du genre à se sentir habité par une mission, mais il éprouvait le besoin de dire ce qu'il savait. Vĩnh le comprenait sans qu'ils s'en expliquent. Et tous deux avaient peur des conséquences à venir.

— Que vas-tu faire ? demanda Vĩnh.

Étienne ferma les yeux douloureusement, sans répondre, et, le lendemain, il monta lentement les marches du large perron du haut-commissariat et demanda un responsable. Il n'était plus le débutant timide qui s'était présenté ici même quelques mois plus tôt. Cette fois, c'est lui qui apportait des nouvelles.

— Je travaille à l'Agence des monnaies. J'ai des informations de la plus haute importance à communiquer à M. le haut-commissaire.

C'est un secrétaire qui le reçut, un jeune homme en costume croisé qu'Étienne avait fréquemment vu au Métropole, qui sentait le Quai d'Orsay, policé jusqu'au bout des ongles à ceci près qu'il les rongeait affreusement, au point que l'extrémité de ses doigts ressemblait à des saucisses. Il affectait le calme olympien qu'on lui avait inculqué. Il était un personnage important. Le message était perceptible dans sa solennité, dans sa prudence.

Il avait posé devant lui le dossier qu'Étienne avait apporté et en prit connaissance sans poser la moindre question, cela dura une quinzaine de minutes.

— Il y a bien là, je vous le concède, quelques importations sinon suspectes, du moins quelque peu étranges…

— Quelque peu, en effet…

— Mais pour le reste… Il s'agit principalement de remboursements de dommages de guerre. Je vois mal comment vous en tirez la conclusion que le Viêt-minh est tapi derrière ces opérations tout à fait légales.

— Je n'ai aucune preuve, bien sûr, c'est pour cela que je suis venu vous voir.

— Je comprends mal...

Le jeune secrétaire posa l'extrémité de son pouce sur ses lèvres, il mourait d'envie de sortir les dents.

— Aucun de ces remboursements pour dommages de guerre, reprit Étienne, n'a fait l'objet d'une réelle vérification. Et on ne sait pas non plus où sont parties les sommes versées. Une enquête permettrait de...

— C'est l'inverse, monsieur, je suis au regret. Nous n'ouvrons pas une enquête pour chercher des preuves de quoi que ce soit. C'est parce que nous avons des preuves que nous ouvrons une enquête. C'est ça, la procédure.

— Sans preuve, pas d'enquête, mais sans enquête, pas de preuve...

Le jeune homme partit d'un rire jovial auquel on ne s'attendait pas.

— C'est un peu ça, oui.

Étienne se leva et commença à déboutonner sa chemise. Le secrétaire, croyant qu'il voulait en découdre, se leva à son tour, mais, au lieu d'appeler un huissier, il serra les poings et les brandit dans une position de boxe à la française.

Étienne se contenta d'exhiber la croix au couteau qu'il avait sur la poitrine.

— J'ai été menacé, comme vous voyez.

— Oh, ici à Saigon, c'est chose très courante. Moi-même, si je vous disais que...

Saigon, septembre 1948

Étienne n'entendit jamais la fin de l'anecdote. Il avait ramassé son dossier et était sorti du bureau.

Il y avait maintenant une personne de plus informée de ses recherches, c'était un cercle sans fin.

C'est à cet instant, alors qu'il marchait dans la rue, qu'Étienne pensa à Vĩnh.

Soudain, l'hypothèse qu'il soit à l'origine de la fuite l'oppressa d'autant plus qu'il n'avait jamais songé à lui, qu'il l'avait exclu de sa suspicion. Au fond, il ne savait rien de lui, des parents dans le nord du pays, rien de vérifié. Il avait été envoyé chez Étienne par un comprador chinois, M. Qiáo, qui trempait dans un nombre incalculable d'affaires louches…

Vĩnh, garçon très intuitif, sentit bien qu'à son retour du haut-commissariat Étienne n'était pas à son aise et que le doute subitement installé entre eux ne devait rien à l'échec de sa démarche.

Ils dînèrent en silence.

Étienne avait parlé avec son homologue, Gaston. Il avait ensuite parlé avec sa hiérarchie. N'ayant pas reçu d'écoute, il était allé au degré supérieur, au haut-commissariat, sans plus de résultat. Il décida donc de suivre la piste de M. Qiáo et, dès le lendemain, remonta aux archives, où il fut reçu par un jeune Annamite, souriant gauchement et qui portait une visière en rhodoïd bleu.

— Annie n'est pas là ?

Le jeune homme tendit la main.

— Je m'appelle Thien.

Étienne ne prit pas la main tendue.

— Où est Annie ?

Le garçon ne se formalisa pas le moins du monde.

— Elle est rentrée chez elle. Elle a pris sa retraite. La semaine dernière. C'est moi qui la remplace. Annie est la cousine de mon père, c'est elle qui m'a fait obtenir ce poste (il en avait les yeux brillants, d'être devenu archiviste à l'Agence des monnaies).

Étienne fit un pas en arrière.

— Je trouve ça assez bizarre…

Cette fois le jeune homme cessa de sourire, il se sentait pris en faute.

— Elle part comme ça, sans prévenir ?

— Oh non, monsieur, son départ était prévu depuis très longtemps.

Gaston, Étienne s'en souvenait parfaitement, l'en avait informé, mais la soudaineté de son départ et la menace qui pesait maintenant lui faisaient craindre qu'Annie soit à l'origine de la fuite et qu'elle ait préféré s'éloigner rapidement une fois sa mission accomplie.

Étienne comprit que son hypothèse était idiote. Il voyait mal pour quelle raison, si elle devait être à l'origine de la dénonciation, elle lui aurait remis en mains propres autant de documents compromettants, lui aurait fourni la piste essentielle de la société Heurtin Frères.

Non. Annie avait plus de chances de figurer aujourd'hui au rang des victimes collatérales de sa récente initiative. À Saigon, le meurtre était aussi courant que dans les bas-fonds de Chicago.

Saigon, septembre 1948

— Elle avait hâte de retourner à Bac Kan, vous savez ? poursuivit le jeune archiviste. C'est dans le Nord, c'est de là que nous sommes originaires. Elle voulait s'occuper de sa dernière fille, après tous ces malheurs...

Et c'est ainsi qu'Étienne apprit que les deux fils d'Annie avaient été tués par le Viêt-minh trois ans plus tôt pour une affaire d'impôt local qu'ils refusaient de payer.

— Vous êtes monsieur Étienne, peut-être ?

Il n'eut pas le temps de répondre, le jeune homme était allé refermer la porte des archives et sortait de sous le comptoir un dossier cartonné.

— Annie dit que c'est son cadeau de départ à la retraite.

Il y avait un mot très court, écrit d'une belle écriture à la plume : « Pas d'inquiétude pour moi. Annie. »

Le dossier contenait la trace de toutes les transactions effectuées par M. Qiáo au cours des six années précédentes.

30

En cas de pluie, on tire l'auvent !

Après l'arrestation de Germain Cageot, Jean, d'abord soulagé de n'être pas inquiété, trouva anormal que l'on incrimine ainsi un innocent. C'était injuste. Il estimait que cette affaire aurait dû être classée. Il ne se sentait nullement coupable. Cette fille était morte, c'était regrettable, mais enfin elle serait tombée sous le métro, on n'aurait pas emprisonné le conducteur ! Si elle s'était jetée par la fenêtre, on n'aurait pas inculpé l'architecte ! Au fond, si un innocent était en prison, c'est que l'Administration se montrait aveugle, sourde et entêtée.

Geneviève, elle, trouvait cette affaire de plus en plus passionnante. Elle s'était précipitée sur l'article de François qui en racontait le détail.

— Il est louche, ce type…

— François ? demanda Jean.

— Non, répondit-elle sans lever les yeux du *Journal*. Ce Germain Cageot, le coupable qu'ils ont arrêté…

— Le coupable, le coupable…

— Tu vois ce que je veux dire…

Elle reposa le quotidien sur la table et déclara :

— Quel homme quand même !

— Le coupable ?

— Non, ton frère. Quelle carrière !

L'admiration de plus en plus fervente que Geneviève montrait pour François l'inquiétait. Il se demandait si cet engouement n'allait pas faire tache d'huile, gagner Hélène et constituer un jour un vaste périmètre duquel il serait le seul exclu.

La veille, dimanche, François n'était pas parvenu à trouver une excuse pour éviter le sempiternel « déjeuner de famille » auquel Geneviève tenait tant.

Tandis que Mme Faure peinait sous la charge d'un bœuf bourguignon, Geneviève, plus souveraine que jamais, avait ouvert le *Journal* à la page de l'article où François décrivait sa rencontre avec les parents de Mary Lampson.

Pour une raison que personne ne comprit, elle voulut le lire en entier à voix haute, comme si elle l'avait écrit elle-même et tenait à faire partager son admiration pour son propre style. François avait tenté de l'en dissuader, je le connais, Geneviève, et Jean l'a lu… En regardant son frère, il n'en était pas certain du tout et se demanda une fois de plus ce qui se jouait de trouble à l'intérieur de ce couple, mais c'était un sujet sans fond. Et, donc, Geneviève lisait : « Un modeste pavillon à Noisy-le-Sec..., des napperons partout... »

Sur le conseil de leur avocat, les parents de Mary avaient jusqu'ici refusé les interviews, se contentant de subir les circonstances où ils avaient été piégés sans possibilité de s'échapper. François, depuis le début de l'affaire, bénéficiait d'un statut particulier parce qu'il était présent dans le cinéma le jour du drame et parce qu'il avait toujours eu une longueur d'avance sur ses confrères. Aussi dès qu'il avait appris l'arrestation de Germain Cageot avait-il appelé, faisant valoir qu'on était peut-être tout près de l'issue...

Au pavillon des Legrand, construit en meulière, avait été rabouté un appendice crépi à la chaux qui donnait à l'ensemble une curieuse impression d'improvisation.

— C'est une chambre d'amis avec une salle d'eau, expliqua M. Legrand. On l'a construite avec l'argent que notre fille nous a donné...

Il s'inquiétait de la présence, auprès de François, du photographe.

— On va juste faire quelques photos ? Ensuite, il nous laissera discuter tranquillement...

Les Legrand avaient bien fait de suivre les conseils de leur avocat et de ne rien accorder jusqu'ici à la presse parce qu'ils ne savaient pas dire non. Il fut facile de les faire poser dans leur salon, tenant une photo de Mary entre les mains, de prendre un cliché de la chambre d'ami où personne ne venait jamais. François en avait le cœur serré.

— Ça va suffire, dit-il enfin au photographe qui ne cessait de mitrailler la maison et qui continua jusqu'à ce qu'il fût dans la rue.

Il y avait des napperons partout, des bibelots partout, des photos de leurs filles partout. L'entretien fut plus pénible encore que François ne l'avait imaginé. Il avait devant lui un couple terrassé par les événements. « Les Legrand ont perdu leurs deux filles, écrivit-il dans le *Journal.* Après la mort de l'aînée, la cadette s'est fâchée avec eux et ne leur adresse plus la parole depuis qu'ils ont considéré Marcel Servières comme suspect. »

François devinait aisément quelle part cette attitude devait à la pression du juge Lenoir.

L'arrestation de Germain Cageot ?

— Pourquoi il a fait ça ? Il ne la connaissait même pas…

La fâcherie avec leur fille Lola ?

— Maintenant qu'on sait que ça n'est pas Servières, elle pourrait revenir, non ?

De quelque côté qu'il se tourne, François voyait les photos de Mary découpées dans des magazines, encadrées et de gros objets neufs, inattendus dans le décor, des cadeaux de Mary qui avait gagné de l'argent.

— Le téléviseur, c'est elle, dit Adrienne Legrand. On ne sait pas très bien le faire marcher. Mon mari préfère son journal.

En cas de pluie, on tire l'auvent !

« Il ne nous rendra pas notre raison de vivre... », *expliquent les parents de Mary Lampson après l'arrestation de Germain Cageot*

François, gagné par l'effroyable tristesse des époux Legrand, avait hâte d'oublier ce reportage. Aussi la lecture intégrale de son article par Geneviève fut-elle un long moment de douleur.

D'autant qu'à peine ouverte, la parenthèse dans l'enquête venait de se refermer : aucune charge n'étant retenue contre lui, Germain Cageot avait été libéré.

*

Libérée, Geneviève l'était aussi. Et ravie. La veille, elle était allée acheter une machine à écrire. Après dîner, elle y avait enroulé une feuille de papier blanc et avait commencé à taper, très lentement, avec un seul doigt, levant les yeux après chaque lettre pour mesurer le résultat. Elle avait l'air très satisfaite.

Elle n'avait pas tort : trois jours plus tard, Georges Guénot fut convoqué à la recette des impôts où l'attendait un fonctionnaire qui lui tendit la main en se présentant :

— Eugène Terret. Comité de confiscation des profits illicites.

Georges Guénot fut saisi par l'accablement.

Il avait pris, depuis 1946, des précautions folles pour procéder à des reventes en quantités homéopathiques au fur et à mesure que les produits étaient exonérés du rationnement. Il était parvenu jusqu'en 1948 sans se faire remarquer, et c'était maintenant, alors que le reste du textile se libérait peu à peu, que l'Épuration se calmait à vue d'œil, que les Comités créés à la Libération n'étaient plus que l'ombre d'eux-mêmes, qu'il se faisait épingler. À quelques mètres de la ligne d'arrivée. Il était bien mal récompensé. Ces Comités, mis en place en 1944, avaient serré un nombre impressionnant de profiteurs ayant commercé « avec les puissances ennemies » ou bénéficié d'« opérations lucratives ». C'était son tour.

Le fonctionnaire l'informa qu'il ne serait interrogé qu'un peu plus tard parce que, à cet instant même, le commissariat de son quartier procédait à une perquisition de ses bureaux et qu'on allait étudier de très près ses commandes et sa comptabilité.

Georges Guénot se tut.

Son affaire était mal engagée.

On lui apporta un sandwich vers vingt heures, il eut le droit de se désaltérer dans les toilettes de l'étage et dormit, faute de place ailleurs, dans la cellule de dégrisement du commissariat avec les poivrots et les clochards. Le lendemain vers dix-sept heures, lorsque, épuisé et angoissé, il entra enfin dans le bureau de Terret, il vit, étalés sur les tables, ses livres, ses carnets de commandes, ses archives. Et la lettre qui avait déclenché tout ça, tapée à la machine et suffisamment bien informée pour avoir attiré l'attention sur un homme dont le nom n'était pas connu du Comité, ce qui était rare.

Le courrier anonyme était une source inépuisable d'informations, réelles ou supposées, mais, depuis la Libération, il était arrivé suffisamment de lettres qui s'étaient révélées utiles pour que le Comité y prête une certaine attention. Celle-là était à la fois précise et brève.

— Vous disposez de deux entrepôts très bien pourvus en textiles.

M. Guénot voulut intervenir, mais Terret ne lui en laissa pas le temps.

— Ils ont été ouverts hier et placés sous scellés.

Il saisit alors un registre d'inventaire.

— On a trouvé tant et tant de produits textiles de toutes sortes (il y a même des fourrures) qu'il faudrait des mois pour vérifier votre stock… et beaucoup plus de personnel que nous n'en avons. Nous allons donc partir du principe que ce registre-là reflète la réalité.

C'était le livre « officiel » sur lequel Georges Guénot ne notait qu'une partie de ce qu'il achetait. Il commença à respirer.

— Mais comme il semble y avoir un écart important entre ce qui est consigné ici et ce qui se trouve dans vos entrepôts, nous multiplierons les quantités par dix.

— Non !

C'était un cri du cœur déchirant.

Terret en avait entendu beaucoup, de ces exclamations, celle-là révélait le véritable commerçant. Il sentit que son évaluation était raisonnable.

— Ce sont des textiles légalement achetés ! s'offusqua Guénot. Il n'y a rien d'irrégulier là-dedans !

Terret hocha la tête, il semblait d'accord.

— Tout à fait.

Il saisit un dossier qu'il ouvrit largement devant lui.

— Toutes vos factures d'achat sont là. Enfin, quand je dis toutes… C'est une supposition, bien sûr. Mais qu'elles reflètent la réalité ou non n'a, au fond, pas grande importance. Celles qui sont ici montrent clairement que ces produits ont été achetés très en dessous de leur cours normal. Vous pouvez m'expliquer pour quelle raison, monsieur Guénot ?

— Eh bien… ce sont des produits achetés à des… à des commerçants qui souhaitaient s'en débarrasser, voilà !

— Là encore, vous avez raison.

Il feuilleta quelques factures.

— Maison Dreyfus et Fils, Établissements Cohen, Société Herschel, Textiles Reichelberg… Je remarque qu'une grande partie de ces commerces se situent dans le quartier du Sentier. Ou plutôt « se situaient » parce que la plupart d'entre eux n'existent plus aujourd'hui.

— C'est assez normal d'acheter là-bas, s'exclama Guénot en s'efforçant de rire, c'est le quartier du textile !

Terret posa son registre, attendit un long moment puis déclara, en parlant lentement, fermement :

— Monsieur Guénot, vous avez tiré parti de la situation de commerçants juifs menacés par les forces d'occupation. À l'instant de fuir, ils n'avaient d'autre solution que brader leurs stocks, et tout montre que vous en avez profité très au-delà de la marge raisonnable d'une saine négociation.

— Acheter des marchandises ne tombe pas sous le coup de la loi ! Même quand les prix sont bas !

— Vous avez de nouveau raison, monsieur Guénot. Cette pratique n'est pas illicite. Mais avoir réalisé de gros profits en revendant certaines de ces marchandises à l'occupant…

— Allons ! Vingt mètres de drap ici et là, qu'est-ce que c'est ?

Trois fois ! Trois fois en cinq ans, il avait cédé des tissus à des Allemands ! Personne n'avait été plus prudent que lui !

— On ne peut tout de même pas me comparer à ceux qui ont trafiqué pendant toute la guerre !

— Tout à fait ! Et c'est d'ailleurs pourquoi nous allons nous contenter de confisquer les produits qui vous restent.

— Eh, comme vous y allez !

— Et je vais vous dire exactement ce qui va se passer, monsieur Guénot. Dans un instant, je vais ouvrir la porte de ce bureau et vous allez sortir à la fois heureux et soulagé parce que l'État, que je représente, va se contenter de cette confiscation et vous laisser vaquer à vos occupations. Dans votre cas, c'est une chance inouïe. Si, par malheur pour vous, vous choisissez de contester cette décision que je qualifierais de généreuse, je vous fais arrêter et je vous défère devant un juge. Vous resterez alors en prison pendant l'instruction de votre affaire, ce qui va prendre du temps, beaucoup de temps. À l'issue de quoi vous serez jugé pour bénéfices illicites et condamné à une amende cinquante fois supérieure aux profits que vous aurez réalisés et à nouveau triplée pour collaboration avec l'ennemi. L'indignité nationale pourra alors être prononcée et vous serez sous le coup d'une interdiction très longue d'exercer toute activité commerciale, ce qui est la seule chose que vous sachiez faire. De plus…

Georges Guénot leva les deux mains, paumes en avant.

Il regarda ses livres, ses registres. La table sur laquelle ils étaient posés ressemblait à une ville bombardée.

Il allait sortir sans un mot lorsqu'il fut rattrapé par la voix de Terret.

— Une dernière chose, monsieur Guénot. Vous perdez une grande partie de ce que vous avez volé, mais vous avez la chance de rester en liberté. Si l'on vous retrouve demain avec une vilaine affaire, le moindre scandale, le plus petit faux pas, le miracle ne se reproduira pas. Vous serez déféré devant le juge et vous irez tout droit en prison.

*

Pendant toute cette période, Jean vit Geneviève se lever de bonne heure, s'habiller, se pomponner et sortir. Chaque matin, elle se rendait dans les bureaux du service des Domaines. L'employée qui la recevait aimait bien cette jeune femme toujours pimpante et souriante qui s'adressait à elle si gentiment, on sentait qu'elle ne voulait pas déranger. Geneviève avait expliqué qu'elle espérait se lancer dans le commerce de tissu. Quand y aurait-il une vente aux enchères ? Mais il n'y avait rien en ce moment.

— Ça peut arriver du jour au lendemain, lui avait-on expliqué. Parfois on ne voit rien pendant des semaines et puis d'un coup, tout à trac, on se retrouve avec des invendus de commerces en faillite, des saisies…

L'employée avait raison.

— Je crois que j'ai enfin quelque chose pour vous…, murmura-t-elle. Deux entrepôts entiers, mais ça ne passera pas aux enchères avant un moment, il y a un inventaire à faire… Je ne vous dis pas !

En fait, il n'y eut aucun inventaire.

Geneviève et Jean prirent rendez-vous avec le fonctionnaire chargé de l'estimation. Ils proposaient d'acheter le tout.

— C'est qu'il y en a bien pour quatre cent mille francs.

Geneviève en proposa le tiers, Jean regarda ses chaussures.

— Cent trente mille francs ?

Le fonctionnaire s'étrangla, mais seulement pour la forme, pour montrer qu'il avait à cœur de défendre l'intérêt commun, qu'on ne bradait pas les trésors de la République. En fait, l'affaire lui semblait plutôt bonne. Pas d'inventaire à établir, d'employés à mobiliser, de contrôles à exercer, de transports à organiser, pas d'enchères à préparer, pas de vente en lots qui prendrait des mois, avec le risque de garder sur les bras des reliquats dont personne ne voudrait… Certes, la proposition descendait au tiers, mais ces clients payaient comptant.

Il fallait d'abord vérifier que juridiquement les lots confisqués n'appartenaient plus à leur propriétaire, mais à l'État.

— Je dois demander à M. Terret…

— Qui est-ce ? demanda Geneviève, très souriante.

— L'inspecteur du Comité de confiscation des profits illicites.

Dès le lendemain, Terret confirma que Georges Guénot n'avait plus aucun droit sur ce qu'il avait volé.

Geneviève et Jean payèrent les stocks de Georges Guénot avec l'avance consentie par M. Pelletier. L'ambiance, dans le couple, était à l'euphorie. Du moins jusqu'au lendemain où ils se rendirent à la boutique qu'ils avaient réservée. Geneviève ne le dit pas parce que c'est elle qui avait insisté pour prendre ce bail, mais maintenant qu'ils projetaient l'installation du mobilier nécessaire à la vente, elle voyait combien l'espace était restreint. C'était trop petit. Et plus moyen de faire machine arrière, le bail avait été signé, on avait acheté les stocks de tissus…

Jean s'en était aperçu bien plus tôt, mais il manquait toujours d'énergie pour contredire Geneviève, il n'avait jamais eu gain de cause.

Lorsqu'ils prirent, avec le menuisier, les mesures pour le futur comptoir de vente, il fallut bien convenir qu'il n'y avait quasiment plus de place pour se mouvoir entre les présentoirs de linge. Une demi-douzaine de clients pourraient cohabiter dans la boutique, mais guère plus.

— Le mieux, c'est de vendre dehors, dit Jean.

— Sur le trottoir ? cria Geneviève, horrifiée.

— Oui, je ne vois que ça…

— Dehors, comme au marché ? On n'est pas au souk !

Pour une fois imperméable au mépris de sa femme, Jean suivit calmement son idée, et c'est précisément ce qui ébranla Geneviève.

— Ça fonctionne sur les marchés, pourquoi pas ici, sur le trottoir ?

— Mais… c'est une boutique, Jean, une bou-ti-que !

— Ce qui est important, c'est de vendre la marchandise, non ?

C'était un argument décisif. Geneviève ne s'avoua pas vaincue pour autant.

— Et quand il pleuvra, on fermera la boutique ? Faut espérer que la saison sera bonne, on aurait mieux fait de s'installer en Afrique !

— Il faut faire monter un auvent, dit Jean. Très grand. Qui couvre une large partie du trottoir. Et on met les présentoirs dehors. Sauf les draps. La literie, c'est à l'intérieur, tout le reste, sur le trottoir. En cas de pluie, on tire l'auvent !

Geneviève devait convenir que c'était la seule solution technique, mais cela choquait son esthétique de future commerçante. Elle ne trouvait déjà pas très noble de présenter du linge de maison, elle aurait préféré vendre des robes et des chemisiers à la mode, mais en plus le faire sur le trottoir… Mais elle avait beau ricaner, le calendrier ne permettait pas de finasser plus longtemps.

L'auvent, c'est ce qui coûta le plus cher. Il y eut un peu de menuiserie, de plâtrerie, surtout du nettoyage, mais le gros du budget d'aménagement fut dévoré par cet auvent surdimensionné. De la largeur de la boutique, il avançait de plus de quatre mètres sur le trottoir, on avait obtenu les autorisations de la mairie.

Pour une fois, Jean semblait à son affaire. Il avait dessiné, à l'échelle, un périmètre de commerce comprenant la partie du trottoir que la municipalité leur avait allouée et la boutique, dans son esprit tout cela ne faisait qu'un seul ensemble. Il posait des petits carrés de papier représentant les étals et les gondoles de vente.

Geneviève regardait ces préparatifs avec un peu de dégoût. Avec cet homme-là, il fallait toujours en rabattre d'un cran, c'était toujours moins bien que prévu. Son idéal de boutique tournait au marché aux puces, elle se sentait salie.

Elle s'aperçut clairement que Jean jouait avec ce projet d'aménagement et qu'il reculait le moment de prendre la route pour démarcher les sous-traitants.

— Pourtant, cria Geneviève avec cette voix de tête qui vrillait les tympans de Jean, les nappes et les draps ne vont pas se fabriquer tout seuls !

Il reposa à contrecœur son crayon et prit la route du nord de la France.

*

Hélène et François, eux, avaient emménagé rue des Arquebusiers.

C'était un bel appartement avec un long balcon d'où l'on voyait jusqu'au Père-Lachaise. Chacun d'eux avait une chambre spacieuse, ils partageaient un salon largement éclairé, une cuisine assez vaste pour servir à la toilette, les W.-C. étaient sur le palier, mais privatifs.

Ce fut la plus belle période de leurs relations.

Dommage qu'elle ne durât qu'une semaine.

Hélène s'était rendue à l'École des beaux-arts, rue Bonaparte, sans espoir, avec seulement la crainte de passer pour une idiote, mais elle avait promis à son père, alors, bon, elle y était allée…

Or, au lieu d'être éconduite, elle fut reçue par un responsable du département des études, M. Ferdinand Graux, homme d'une cinquantaine d'années, rondouillard, une moustache blonde et un air si ravi, un sourire si radieux qu'on s'attendait à tout instant à lui voir pousser une auréole à l'arrière de la tête.

— Je n'ai pas passé l'épreuve de dessin…, commença Hélène, prête à rebrousser chemin.

— Oui, c'est bien dommage…

Il feuilletait le dossier qu'elle avait préparé, fort d'un *curriculum* d'une demi-page et de quatre dessins rapidement exécutés la veille au soir, c'était d'une nullité absolue, mais M. Graux hochait sa jolie tête ronde, toujours content.

— Je ne suis à Paris que depuis quelques jours, voyez-vous ? je n'avais pas prévu de… Je veux dire : pour le dossier…

— Oui, c'est bien dommage…, répéta M. Graux. En quelle spécialité vouliez-vous présenter votre candidature ? Architecture ? Sculpture ?

— Peinture…

— Je vois.

Après quoi il referma le dossier, croisa les bras et fixa Hélène un long moment.

— Il ne peut être question de vous faire entrer à l'École sans examen.

Hélène, soulagée d'en finir, allait se lever.

— Mais si cela vous intéresse, nous avons un statut d'observateur. C'est quelque chose qui est tombé en désuétude bien avant la guerre (la Grande Guerre !). Alors, je me dis…

Et il expliqua à une Hélène sidérée que ce statut, autrefois prévu pour des étudiants étrangers désireux de connaître l'enseignement de l'École afin d'en faire ensuite bénéficier leur pays d'origine, bien oublié, n'avait jamais été officiellement annulé.

— Vous pourriez suivre les enseignements. Certes, les examens vous resteraient inaccessibles, mais une année comme celle-ci vous permettrait de vous présenter l'an prochain au concours d'entrée avec les meilleures chances…

Aussitôt, Hélène se ferma, regardant M. Graux d'un autre œil.

Ici comme ailleurs, comme partout, les femmes n'obtenaient souvent ce qu'elles désiraient qu'en cédant à des avances. C'est une chose qu'elles apprenaient très jeunes, une règle de vie qui relevait de leur condition. Elle s'apprêtait à enfiler son manteau lorsque la vision de Ferdinand Graux interrompit son élan. Il était si ouvertement homosexuel que soit la théorie d'Hélène était fausse, soit il agissait pour quelqu'un d'autre ou pour une raison plus secrète. Cette ombre d'auréole au-dessus de son crâne n'était-elle pas plutôt la marque de l'hypocrite, du sournois, du pervers ?

Graux le sentit et en fut vexé.

— Vous seriez venue la semaine dernière, mademoiselle, je vous aurais renvoyée dans vos foyers.

Il fouilla dans sa corbeille de courrier et en exhuma une page.

— Mais imaginez-vous que le conseil d'administration d'hier soir – il soulignait l'énormité de la coïncidence – s'est brusquement avisé de ce que ce statut était tombé en désuétude et nous demande de réactiver la machine, si je puis m'exprimer ainsi. Il paraît qu'il faut « essaimer ».

Il parcourait sa feuille et cueillait ici et là des mots qu'il lisait à haute voix comme s'ils étaient écrits dans une langue étrangère.

— «Essaimer ». « Irradier ». « Ruisseler ».

Il posa son papier.

— Voilà donc, mademoiselle, si vous voulez… « irradier », je peux vous entrouvrir la porte de l'École.

À ce moment-là, la cohabitation avec François frisait encore la lune de miel. On faisait la cuisine en s'amusant, on plaisantait d'une pièce à l'autre, François montait en râlant les paquets qu'Hélène faisait livrer. Pour fêter l'entrée d'Hélène à l'École, on fit, avec des sardines et du beurre du marché noir, un dîner de gala au cours duquel les oreilles de leurs parents durent siffler fort. Après quoi on passa à Bouboule et Geneviève, sujet facile. Il y eut un quart d'heure d'émotion quand il fut question d'Étienne, Hélène lut à haute voix quelques lignes de ses lettres, tout allait bien entre eux. Il n'était pas difficile d'imaginer que les choses allaient néanmoins se gâter, mais il était impossible d'imaginer à quel point et à quelle vitesse elles se dégraderaient.

D'abord parce qu'une semaine d'étude suffit à Hélène pour comprendre que, si la peinture était (peut-être, rien n'était moins certain) une voie possible pour elle, ça n'était certainement pas dans cette école furieusement masculine, ni dans cet atelier académique à l'ambiance délétère, qu'elle parviendrait à s'épanouir. En guise de bienvenue, René Chevalier, le chef d'atelier, lui avait rappelé la règle de la maison : « pas de femme, pas de chien, pas de politique, pas de religion ». Pour les chiens et pour les femmes, en tout cas, la règle était assez bien respectée. Quelques femmes avaient été reçues dans d'autres ateliers, mais les premiers contacts avec elles s'étaient soldés par une fin de non-recevoir. Il était clair pour tout le monde qu'Hélène bénéficiait, en entrant sans concours et sous un statut inexistant la veille encore, d'un passe-droit dont chacun était persuadé d'avoir compris la véritable nature. Elle ne fut pas accueillie, pas même acceptée, et comme le travail sur les antiques l'ennuyait, que la promiscuité des chevalets encourageait une concurrence qui ne la concernait pas, comme les quelques étudiants qui s'intéressèrent à elle avaient clairement des visées assez peu artistiques, elle perdit pied sitôt arrivée. L'esprit de l'École, qui planait sur les cours et les ateliers comme une chape invisible, agissait comme un corporatisme. L'espoir fervent d'être adoubés poussait bien des étudiants à adorer l'adage selon lequel les nouveaux

« ne prennent la parole qu'à leur tour et leur tour ne vient jamais ».

Hélène venait à peine d'y entrer et n'avait déjà qu'une idée, en sortir.

Les regards appuyés des étudiants, les plaisanteries grasses et les mains baladeuses du « chef-cochon » chargé de diriger les aspirants au concours d'entrée en seconde classe confirmèrent sa déception.

Hélène comprit qu'elle n'y avait jamais cru sérieusement.

Les Beaux-Arts n'étaient pas un projet, seulement une idée, elle n'était pas habitée par une passion suffisante du dessin ou de la peinture pour avoir envie de se battre contre l'institution. Elle se sentit vide, perdue, l'appartement avec François commença à ressembler à une salle de pensionnat, sa chambre à une cellule. Elle avait envie de sortir, mais ne savait où aller, elle fumait beaucoup, retrouvait sa colère de Beyrouth, mais il n'y avait plus de parents sur qui la déverser, elle s'était égarée en venant ici et, cette fois, elle ne percevait aucun horizon nouveau vers où s'enfuir.

Par paresse autant que par provocation, elle continuait à se rendre au Café des Artistes, un établissement fréquenté par les étudiants de l'École qu'elle ne croisait que là puisqu'elle ne suivait plus aucun cours. Elle y était considérée comme une sorte de fainéante prenant des poses de sultane, alanguie, sexy et scandaleuse, qui restait là à fumer des cigarettes et à se faire payer des cafés… On la voyait assise au fond de la salle en milieu de matinée, il n'était pas rare qu'on l'y retrouve à l'heure du dîner. Tous les hommes se demandaient si elle racolait. On colportait déjà sur elle toutes sortes de rumeurs dont l'aspect sulfureux était décuplé par sa beauté simple, familière, on avait l'impression qu'il suffisait de tendre la main pour lui palper le sein ou la croupe, mais personne ne s'y avisait. Sa présence faisait honte à tous ceux qui se targuaient d'anticonformisme. Elle discutait avec les plus mauvais éléments de l'École, ceux qui quittaient les cours, qui fuyaient les ateliers et venaient boire des apéritifs.

Elle avait fait la connaissance d'un certain Jonsac (Bernard de Jonsac, pour être précis), comme elle ancien de l'École et qui faisait sa fortune en fournissant aux élèves actuels tous les produits illicites dont ils pouvaient rêver. Il était souvent accompagné d'un acolyte, c'était Max Bernat ou Ferdinand Lagre qui lui servait de faire-valoir. « Les produits sont affaire de mode, professait-il. En ce moment, c'est la méthédrine. » Ces cachets procuraient à Hélène des coups de fouet agréables, elle ne détestait pas les petits troubles provoqués à son rythme cardiaque. Comme elle n'avait pas d'argent, elle négociait avec Jonsac. Ce qu'il demandait n'était pas exorbitant, ça prenait peu de temps, et tant que ça n'allait pas plus loin…

Elle écrivait à Étienne à qui elle racontait (presque) tout, la vérité sur François (« Il m'emmerde avec les Beaux-Arts, lui qui n'a pas foutu une seule fois les pieds à Normale Sup et qui fait les chiens écrasés pour le *Journal* !... »), la faiblesse de Jean (« Bouboule est d'une lâcheté dont tu n'as pas idée, sa Geneviève est une peste !... »). Puis, comme elle n'avait pas un mauvais fond, seulement de la colère, elle ajoutait sur François : « C'est lui qui couvre l'affaire Mary Lampson dont je t'ai parlé, il écrit des articles formidables. Et en première page ! », et même sur Jean : « Avec Geneviève, ils vont ouvrir une boutique de linge de maison, au moins il ne sera pas obligé de partir des semaines entières en province. »

Étienne aussi lui écrivait. « Je projette d'offrir à Sa Sainteté Loan Ier des petites clochettes pour remplacer les glands de son moule à gâteau, on l'entendra venir de loin, comme les vaches avec leurs clarines. » Mais Hélène connaissait trop son frère pour ne pas deviner que, chez lui, des propos badins pouvaient cacher des peines profondes. Elle cherchait à savoir ce qu'il vivait réellement et, plus il se montrait léger, plus elle s'inquiétait de ce qu'il lui cachait. « Ainsi, notre héros de 1941 a préféré le *Journal du soir* à l'École normale ? écrivait-il encore. Si tu n'as pas tué ta mère en quittant Beyrouth, lui va y parvenir le jour où elle va l'apprendre ! » Il arrivait tout de même qu'Étienne révèle des inquiétudes, mais qui ne paraissaient jamais le concerner directement. « C'est un pays très violent. Il paraît qu'ici tout le monde a ses tueurs, qu'il suffit d'aller à Cholon pour en trouver qui, pour quelques piastres, te débarrassent d'à peu près qui tu veux. » Mais il ne restait jamais sérieux bien longtemps. « Si Bouboule vient faire un séjour ici avec sa dulcinée, il trouvera facilement quelqu'un pour l'aider à devenir veuf… »

Même ces lettres d'Étienne faisaient l'objet de dissensions entre elle et François.

— Ah, il t'a écrit, c'est bien…, disait-il d'un ton pincé lorsque arrivait une lettre en provenance de Saigon.

— Il ne m'écrit pas, il me répond, précisait Hélène en faisant mine d'être absorbée dans cette lecture.

François avait aussi gardé une rancune très vive envers sa sœur pour avoir dénoncé à leur père son mensonge concernant Normale Sup, ce dont Hélène se défendait.

— Comment il l'aurait appris, si ça n'est par toi ?

— J'en sais rien ! Bouboule ! Ou l'autre salope de Geneviève !

Sur ce sujet, François était dans la pire position, celle de suspecter autant son frère que sa sœur, autant sa sœur que sa belle-sœur. Il ne saurait sans doute jamais la vérité, et devoir vivre dans cette incertitude lui était pénible parce qu'il n'y avait, somme toute, pas d'autre coupable que lui à accabler.

Entre Hélène et lui, l'atmosphère n'était jamais redevenue détendue, calme, simplement fraternelle. À peine édictées, les règles de cohabitation décidées ensemble volèrent en éclats. Le désordre naturel qui entourait Hélène s'étendit au salon, à la cuisine, elle passa ses tours de ménage, de courses.

Saigon, septembre 1948

Ils se disputaient beaucoup.

En fait, ils ne faisaient plus que ça, les rares fois où ils se croisaient parce que Hélène dormait souvent jusqu'au milieu de la matinée (« L'atelier ouvre tard… », lâchait-elle d'une voix paresseuse) et ne rentrait plus avant deux, voire trois heures du matin.

Depuis le début de leur cohabitation, François était sans cesse pris de vitesse, ne savait jamais quelle attitude adopter, naviguant entre menaces et exhortations.

— Eh oui, c'est dur d'être papa…, disait Mathilde en rigolant.

Si François avait craint que la cohabitation avec sa sœur complique ses moments d'intimité avec Mathilde, il avait été rapidement rassuré. Il y avait belle lurette que sa maîtresse était repartie lorsque Hélène regagnait l'appartement.

Moins de deux semaines après leur emménagement, il venait de s'installer pour travailler, il se trouva nez à nez avec Vladimir Oulov, étudiant du même atelier qu'elle, qui se faisait passer pour un révolutionnaire russe en exil (il était né à Romorantin et ne devait son nom qu'à un grand-père qui n'avait rien fait de plus notable dans l'existence qu'épouser une fille de ferme avant de se faire écraser par une charrette à bœufs). François le regarda à la manière d'un zoologue, lui serra la main avec réticence. C'était un garçon maigre, au teint et aux dents jaunes, qui se grattait sans cesse le cuir chevelu et en tirait une substance blanche qu'il chassait ensuite d'un coup d'ongle. Quelques instants plus tard, tous deux s'enfermèrent dans la chambre d'Hélène. François entendit la clé tourner dans la serrure.

Il se sentit totalement désarmé.

Il s'était élevé contre les horaires d'Hélène, s'était inquiété de ne pas la voir partir pour l'École dès le matin, s'était plaint à propos de l'organisation, de la propreté, du rangement, mais jusqu'à présent Hélène lui avait épargné la question qu'il redoutait le plus. Était-elle vierge ? Sans doute oui, car, enfin, elle n'avait que dix-huit ans, oui, d'accord, presque dix-neuf, il n'empêche, on ne couche pas avec des hommes à cet âge-là !

— À son âge, tu avais déjà connu des hommes ? demanda François à Mathilde alors qu'elle fumait une cigarette, languide, allongée sur le lit, un coude dans l'oreiller, tout en lui caressant les poils de la poitrine, puis du ventre…

— Dis-moi, tu en avais connu, des hommes, à son âge ?

Elle croisa les bras et continua de fumer.

Une minute passa, puis deux.

Mathilde écrasa sa cigarette, en alluma une autre, l'air buté. Son silence mit François mal à l'aise. Il l'avait blessée, avec cette question idiote.

— Je veux dire…, risqua-t-il, toi, à dix-neuf ans…

— Mais, tais-toi, je compte !

Tous deux éclatèrent de rire, François lui lança le polochon sur la figure.

Sur Hélène, il n'en avait jamais appris davantage. Il en voulait terriblement à son père. On ne confie pas une fille de cet âge à quelqu'un sans l'informer de rien !

Il regardait la porte de la chambre fermée sur Hélène et Oulov.

Il aurait dû réagir immédiatement, maintenant c'était trop tard. Pouvait-il se donner le ridicule d'aller frapper ? Était-ce à lui de jouer les rabat-joie ? Cette gamine était une vraie plaie…

Il se mit au travail.

Comme on sait, le nommé Germain Cageot, appréhendé à l'issue du tapissage, avait été rapidement libéré, car, outre qu'on ne disposait d'aucune preuve contre lui ni d'ailleurs de mobile, le témoin était revenu sur sa déclaration, disant qu'elle n'était sûre de rien et même à peu près certaine de ne plus le reconnaître, de s'être trompée. Le juge Lenoir voulait garder le suspect en détention, mais son autorité de tutelle lui avait donné l'ordre de l'élargir, Lenoir n'était pas homme à désobéir.

François avait alors eu l'idée d'interviewer Marcel Servières, le mari de Mary Lampson.

Il l'avait trouvé crispé, très éloigné de l'image partout colportée d'un acteur portant beau, d'une élégance très parisienne auquel on ne songeait que pour les rôles de séducteur. Il n'était pas rasé et portait une robe de chambre délavée, des savates d'appartement et fumait cigarette sur cigarette.

François lui fit raconter sa rencontre avec Mary, leurs carrières respectives, il s'exprimait de manière mécanique comme s'il avait appris un rôle qu'il se contentait de répéter afin de le mémoriser. Il confirma que la grossesse de son épouse avait été un choc et balaya d'un revers de main les rumeurs d'un divorce.

François n'avait rien appris. Il avait un article mais aucune réponse aux nombreuses questions qui se posaient encore.

Mary voulait-elle effectivement le divorce ? Pour quelles raisons ? Était-ce lui, au contraire, qui le désirait ? Pourquoi ? Avait-il une maîtresse ? Avait-elle un amant ? Dans ce cas, de qui était l'enfant porté par Mary ? Servières était-il ou non l'auteur de la lettre trouvée dans le sac à main de la victime ?

François méditait ces questions lorsque son attention fut attirée par un chuintement.

Non, ce n'était pas un chuintement, c'était... des soupirs ! Cela venait de la chambre d'Hélène. Des halètements !

Était-ce Hélène qu'il entendait... faire l'amour ?

Il était debout, raide, indécis. Avait-il le droit de coller son oreille à la porte ? Non, il ne pouvait pas... Et pourtant...

C'était une respiration rauque mêlée à un souffle...

Et ce rythme régulier, lancinant...

François se tordait les mains. Il aurait été empêché de secourir une Hélène en train de se faire violer qu'il n'aurait pas été plus malheureux.

Saigon, septembre 1948

Il posa la main sur la poignée, mais il savait déjà qu'il ne ferait rien. Les halètements enflèrent… C'était une respiration d'homme… François s'approcha encore, tendu vers ces bruits. C'était lui ! Ce n'était pas Hélène qui haletait ainsi, c'était le Russe ! C'était plus répugnant encore.

Des images l'assaillirent, le Russe allongé sur Hélène, grognant comme un sanglier, ça le rendait fou… Emportant bloc, notes et machine à écrire, il courut s'enfermer dans sa chambre, mais, même amortis, les halètements le poursuivirent. Il commença à taper son article en fredonnant fort, d'une voix rageuse, destinée à couvrir les gémissements. Sa terreur était que l'un d'eux se mette à crier, cela leur arrivait parfois avec Mathilde de s'oublier, il chanta de plus en plus fort.

Ça n'était plus possible.

Raisonnablement, il ne pouvait pas continuer à vivre avec Hélène.

31

Ça semble assez compliqué

Le relevé des transactions effectuées par M. Qiáo au cours des six années précédentes comprenait une quarantaine de pages qu'Étienne mit moins d'une heure à parcourir.

Grâce à la signature de Gaston, mais aussi de bien d'autres fonctionnaires de l'Agence des monnaies, M. Qiáo avait organisé la fuite de nombreux capitaux vers la France. Les justificatifs qu'il avait fournis permettaient de suivre leur cheminement jusqu'à des banques de Hong Kong, Singapour, après quoi ils disparaissaient au regard de l'administration française.

Si Étienne voyait juste, ces capitaux devaient transiter ensuite vers des entreprises marchandes d'armes au profit du Viêt-minh.

Mais il y avait autre chose.

Deux documents montraient que des sommes très importantes que l'Agence des monnaies avait autorisées à sortir (et donc à se changer au taux de dix-sept francs au lieu de huit) atterrissaient… dans des banques parisiennes, sur des comptes individuels.

Les destinataires étaient désignés par des initiales : E. N. ; P. R. ; D. F. ; A. M. ; S. R.

Quelles que soient ces personnes, elles étaient des profiteurs de guerre.

Sauf que.

Sauf que tout ce qu'Étienne pressentait était sans doute vrai, mais que rien n'était probant. Il ne s'agissait que de relevés d'opérations passées par l'Agence des monnaies.

Étienne avait entre les mains la promesse d'un ouragan politique, mais ce dont il disposait matériellement n'avait pas une chance sur un million de le provoquer, parce qu'il ne pouvait rien prouver.

Vĩnh, assis sur une chaise près de la table, tourna la tête. Joseph s'était levé de son dessus de frigo, s'était étiré, avait sauté au sol et restait assis à un mètre, le fixant avec insistance. Il avait parfois des intuitions qu'il fallait écouter… Étienne en ressentit une sorte d'angoisse, comme s'il était menacé par un accident, qu'un événement grave dût survenir et qu'il ne pourrait pas faire le moindre geste pour l'éviter.

Il se sentait écrasé et son impuissance à agir ou à réagir le rendait intensément malheureux.

Raymond n'en finissait pas de mourir. Il avait été le jouet de forces obscures. Les tortures subies puis sa mort comptaient pour rien.

De même qu'à la saison des pluies il arrive qu'on ne s'aperçoive plus de la venue d'une nouvelle averse, Étienne ne sentait pas que les larmes lui coulaient sur les joues. Vĩnh et Joseph continuaient à le fixer, c'était une situation bien triste.

Vĩnh se leva enfin, vint s'asseoir près d'Étienne, prit sur ses genoux le dossier cartonné qui portait l'en-tête de l'Agence indochinoise des monnaies, Saigon.

— Tu es en danger, dit-il sobrement.

C'était bien le paradoxe.

Ce dossier qui ne servait à rien constituait maintenant une menace par le seul fait qu'il le possédait. Vĩnh confirma ce qu'Étienne avait déjà mille fois entendu. Le Việt-minh était partout, il avait les moyens de tout voir, de tout savoir…

Cette idée qui circulait dans Saigon paraissait aussi folklorique à Étienne que la conspiration des poudres ou les machinations des Beati Paoli. Mais si Vĩnh montrait souvent un caractère assez naïf pour considérer avec beaucoup de sérieux les activités du pape de Siêu Linh, Étienne était forcé de reconnaître que, cette fois, la naïveté consistait peut-être à ne pas le croire. Les assassinats de rue, les innombrables guets-apens tendus au Corps expéditionnaire prouvaient assez que le Việt-minh disposait de réseaux très solides, mais il y avait plus. Philippe de Lacroix-Gibet avait sans doute raison d'affirmer que, dans cette guerre, l'information était l'arme absolue. Le Việt-minh, à proprement parler, n'avait pas d'armée, seulement des groupes armés, et son harcèlement permanent des troupes françaises s'appuyait sur un treillage d'informateurs, d'indicateurs, d'épieurs et d'espions qui n'avait sans doute pas d'équivalent dans le monde occidental.

Étienne prit peur non pour lui, mais parce qu'il ne pourrait pas terminer la tâche entamée, que tout cela allait s'enfoncer et disparaître corps et âme dans les eaux sales de cette guerre.

Vĩnh et Joseph, eux aussi, avaient été mis en danger par sa candeur, sa puérilité.

— Il faut partir, dit Vĩnh.

— Pas question.

C'était venu spontanément. Il ne voyait pas de quelle manière il pourrait poursuivre son projet de dénonciation, mais fuir maintenant prendrait l'allure d'une désertion, renoncer était au-dessus de ses forces.

— Il faut partir, répéta Vĩnh.

Étienne se leva, alla jusqu'à la fenêtre. La ville ne lui avait jamais paru aussi glauque, marécageuse. Il hocha la tête, surpris lui-même par sa détermination.

— C'est impossible. Je ne partirai pas d'ici avant d'avoir…

Il ne savait pas comment appeler ça.

— … d'avoir dit la vérité.

Il regretta aussitôt, c'était grandiloquent, ça n'était pas son genre. La vérité, il s'en fichait. Ce qu'il voulait, c'était la justice.

Mais même ça avait l'air d'un mot pour les livres. Dans la vie, dire des mots pareils, c'est impossible. Il ne les prononça pas, mais Vĩnh le comprit, car il se leva à son tour et alla prendre Joseph dans ses bras.

— Tu sauras nous faire partir ?

Le jeune Asiatique ne le regardait pas, il caressait le crâne de Joseph qui fermait les yeux, comme si les choses prenaient enfin la tournure qu'il avait souhaitée, préconisée.

— M. Qiáo, dit Vĩnh, est mon oncle par alliance. J'ai accès à sa maison. Je dois pouvoir te fournir les documents dont tu as besoin, mais si j'y arrive, il faudra que tout soit prêt, nous ne pourrons pas rester une minute de plus à Saigon. Je veux ta parole.

À cet instant, Étienne se rendit compte que le soupçon de traîtrise qui lui avait naguère traversé l'esprit au sujet de Vĩnh était resté présent dans un coin de son cerveau, comme un poison dormant auquel le jeune Asiatique opposait aujourd'hui, avec calme et détermination, le meilleur antidote qui soit : l'offrande du risque en échange de la confiance.

— Tu as ma parole, répondit-il. Loan est assez puissant pour organiser notre départ en toute discrétion. Au nom de l'aide que je lui ai apportée, il nous soutiendra.

Vĩnh hocha la tête. La réponse lui convenait. Joseph descendit et d'un bond fut de retour sur le frigo où il se coucha en rond. Pour lui, l'affaire était réglée.

Vĩnh ajouta tout de même :

— Si tu ne tiens pas ta parole, nous sommes morts.

C'était dit simplement, c'était ça le pire.

Aux yeux d'Étienne, Vĩnh n'avait jamais eu le même visage. Il avait d'abord été l'adolescent apeuré, docile et consentant apporté en offrande et dont il avait refusé le sacrifice. Un autre Vĩnh était un jour venu sans y être contraint. Celui-ci était un jeune homme paisible et décidé qui avait le visage de ces amis qui vous soignent sans jamais vous blâmer de vous mettre en danger. Puis Vĩnh avait eu le visage du quotidien qu'Étienne se faisait maintenant le reproche de n'avoir pas suffisamment regardé, celui de cet homme gracieux, mince, mais vigoureux, qui se coulait dans les draps comme une source tiède et apaisante. Et voilà que, tout à coup, Étienne en découvrait un nouveau, qu'il n'avait pas imaginé, prêt à risquer sa vie, et qui ne demandait rien en échange que de partir avec lui…

Étienne en fut ému aux larmes.

*

Il confia aussitôt au capitaine Moinard une lettre alarmiste pour le pape Loan. « Venez sans faute et venez vite. J'ai terriblement besoin de vous. Ne faites surtout pas savoir que c'est pour moi, je vous expliquerai… »

Trois jours plus tard, Sa Sainteté était à Saigon et trouva Étienne dans un état de nerfs préoccupant.

— Que vous arrive-t-il, mon ami ?

C'est vrai qu'Étienne était marqué, fatigué, nerveux. Sous des prétextes divers, il se rendait moins souvent à l'Agence et chaque soir fumait une quantité phénoménale de pipes d'opium qu'il préparait seul parce que Vĩnh, cherchant sans doute de quelle manière approcher les dossiers de son oncle, restait plus souvent en famille et ne faisait plus que de courtes apparitions.

Étienne prit les mains de Loan dans les siennes.

— Je ne peux pas vous dire de quelle manière, Loan, mais dans quelques jours, quelques heures peut-être, j'aurai les preuves formelles que le Viêt-minh profite du trafic de piastres pour acheter des armes.

Loan poussa un long soupir, il n'avait jamais cru à cette histoire.

— Mon ami…

Mais Étienne ne le laissa pas poursuivre.

— Croyez-moi, des preuves indiscutables ! Et j'ai besoin de vous pour nous aider à quitter le pays.

— Nous ? Qui sont les autres ?

— Je vous le dirai en temps utile. Maintenant, vous seul pouvez m'aider…

Il était habité par l'impression qu'il oubliait toujours quelque chose d'important qui allait se révéler catastrophique. Loan, saisi par le sentiment d'urgence qui émanait du jeune homme, se gratta la tête.

— Eh bien…

Étienne était suspendu à ses lèvres.

— Nous allons faire quelque chose…

— Dites-moi…

— L'avion de notre Église est parqué à une trentaine de kilomètres d'ici, à Biên Hòa, sur l'aérodrome Georges-Guynemer. La région est sécurisée, le Viêt-minh ne s'y risque pas. Nous vous procurerons une voiture pour vous y rendre en toute discrétion. De là-bas, notre avion vous emmènera vers un aéroport commercial.

En un éclair, le souvenir de son baptême de l'air et la trogne floue du pilote alcoolique traversèrent l'esprit d'Étienne, il ne s'y arrêta pas.

— Pour l'argent…

— Allons, mon ami ! Est-il question de cela entre nous ! Je vous dois beaucoup… Et ce que vous avez fait pour Diêm, Loan est en mesure aujourd'hui de vous le rembourser.

Ce fut un élan, les deux hommes se serrèrent dans les bras l'un de l'autre. Loan crut nécessaire, lui aussi, de se ressaisir.

— Mais à propos, où voulez-vous aller ? demanda-t-il.

— À Paris.

*

Hélène, en lui apprenant que François travaillait au *Journal du soir*, avait fourni à Étienne son dernier espoir. Celui que des journalistes s'emparent de cette affaire pour faire éclater la vérité. Il ne parvenait pas à comprendre clairement les fonctions de son frère au *Journal*. Hélène lui avait écrit des choses contradictoires. Si elle lui avait appris qu'il couvrait une affaire importante (« et en première page ! »), un peu plus tard, sans dissimuler son mépris : « Il fait les chiens écrasés ! » Quelle que soit sa responsabilité, François devait bien connaître des gens que le « dossier Qiáo » allait intéresser, un pareil scandale ne pouvait laisser indifférent un quotidien de grande diffusion !

Deux jours furent nécessaires pour parvenir à joindre son frère au *Journal*. Étienne l'appela d'un bureau isolé de l'Agence, puis de la poste centrale, puis d'un bureau annexe, il se méfiait de tout et de tout le monde. Enfin, il parvint à le joindre. Il trouva d'abord François très distant. Ce trafic de piastres en Indochine, d'ailleurs assez difficile à comprendre, était à cent lieues de ses préoccupations, il ne voyait pas ce qu'il avait à faire dans une histoire qui ne relevait pas de son secteur. Mais l'empressement dans la voix d'Étienne, cet accent d'urgence qu'il ne lui connaissait pas, le toucha, l'inquiéta. Coincé dans une cabine près du port, en mettant des pièces et encore des pièces, Étienne voyait fondre son salaire en même temps que ses arguments.

— Ce que gagnent les trafiquants de la piastre est intégralement payé par l'État français !

— Oui, bon…

— Mais il y a pire : le Viêt-minh trafique de la piastre, François ! La France subventionne l'armement de son ennemi. Un Chinois nommé Qiáo dépose à l'Agence des dossiers entièrement truqués pour faire profiter le Viêt-minh du trafic.

Étienne était très ému et parlait très vite. François avait compris « un Chinois nommé Caillou ou Caillaux » ce qui semblait assez étrange, tout ça n'était pas très clair.

— C'est un peu alambiqué, ton histoire…

— Mais enfin, François !

— D'accord, d'accord, ne t'énerve pas !

Il n'était vraiment pas enthousiaste.

— Ce dont tu me parles… ce n'est pas mon domaine. Je suis aux faits divers. Ce qui se passe en Indochine relève de la rubrique politique et diplomatie. Et puis cette guerre est lointaine, vois-tu ? elle ne passionne pas les foules…

Étienne ne voulut pas évoquer la mémoire de Raymond. Il prévoyait que cette note pathétique ferait passer sa proposition de dénonciation pour une revanche mesquine, que ce serait rabattre le scandale à une dimension puérile. Effondré, il faillit renoncer. Dans un ultime sursaut, il eut l'idée de lâcher :

— De l'argent arrive jusqu'à Paris, sur le compte bancaire de personnalités…

— De qui tu parles ?

Étienne respira, François était ferré.

— Cinq personnalités au moins sont mouillées. Je n'ai que leurs initiales : E. N., P. R., D. F., A. M., S. R. Mais il ne devrait pas être trop difficile de les découvrir. Ce sont des personnes qui touchent par un coin à l'Indochine et qui ont les moyens de profiter du système. Ce qu'elles perçoivent, c'est plusieurs millions de francs rien que cette année !

Un trafic touchant à la guerre en Asie ne ferait pas vendre dix exemplaires de plus que d'habitude, mais que des personnalités françaises en palpent les bénéfices, c'était nettement plus prometteur. Cela lui donnerait peut-être l'occasion de quitter les faits divers, d'aborder des sujets plus amples, plus graves, plus enthousiasmants…

— Qu'est-ce que tu as sur eux dans ton dossier ?

Étienne réfléchissait le plus vite qu'il le pouvait. Il pensa aussitôt qu'à ce stade son assurance serait aussi importante que la nature des éléments.

— C'est difficile à expliquer au téléphone… J'ai les sommes, les dates, les initiales, il ne reste qu'à trouver les noms.

— Tu ne m'as pas compris, Étienne : quels documents as-tu ?

Étienne mentit.

— Des notes prises par les payeurs… C'est pourquoi il n'y a que les initiales.

Il sentait que ça n'était pas suffisant.

— Ces personnes ont des comptes à la banque Godard et sur Hopkins Brothers.

François le nota.

— Tu peux m'en envoyer une copie ?

— Certainement pas ! Je ne me sépare de rien, François, pas de copies ! Je t'apporte tout cela et tu le publies, d'accord ?

— Attends, attends, il faut que je voie si c'est publiable…

— Mais…

François sentait, à sa voix, à ses éclats qu'Étienne était très tendu, il fallait le calmer.

— Si c'est probant, aucun problème, Étienne. Tu es sûr de tes sources ?

— Absolument. Ma source est le propre neveu de M. Qiáo.

Encore ce Chinois, se dit François qui ne saisissait toujours pas quel était son rôle dans cette affaire.

— C'est qui ce neveu ?

— C'est mon… domestique.

François ferma les yeux. Les histoires dans lesquelles intervenaient des domestiques, des bonnes à tout faire et autres concierges, il en voyait trois par semaine, ça sentait toujours la dénonciation, la revanche recuite…

— Il me faut de vraies preuves, tu comprends ?

François mettait dans sa question une tonalité qui exprimait ses plus hauts doutes, mais Étienne n'eut pas l'air de les entendre.

— Oui, je comprends. Alors, si j'apporte les preuves, tu publies ? Tu me promets ?

Si tout cela tenait debout, le traitement journalistique ne dépendrait pas de François, mais d'Arthur Baron, de Denissov, l'affaire lui échapperait, comment expliquer ça à son frère ? Il renonça parce que, à cet instant, c'était la solution la plus économique.

— Promis.

Il y eut un long silence.

— Merci, François, c'est très important, tu sais ?

— Je comprends…

— J'organise ma venue jusqu'à Paris, je t'apporte le dossier.

— D'accord.

*

— Il va venir à Paris ? avait demandé Hélène.

— C'est ce qu'il dit…

— Quand cela ?

— Il ne sait pas, ça semble assez compliqué…

Sur l'insistance de sa sœur, François dut tout raconter dans le détail, répondre à ses questions pressantes et, à mesure qu'il relatait la conversation, il prenait peur. Ne s'était-il pas trop engagé ? Si le dossier était concluant, serait-il dessaisi par Denissov ?

Hélène comprit mal ce qu'Étienne faisait dans une histoire pareille. Ni la politique ni la finance ne l'avaient jamais intéressé, l'imaginer au centre d'un scandale politico-financier était assez surprenant. En lui livrant le détail de ce qu'il avait compris, François ne put lui cacher que l'affaire était délicate.

— Il est en danger ? demanda-t-elle.

La réponse était « oui ».

— Mais non, qu'est-ce que tu vas chercher !

Ça sonnait faux.

— Qu'est-ce que tu vas faire ? demanda-t-elle.

— Attendre sa venue, étudier son dossier et si c'est probant…

— Je repose ma question. Qu'est-ce que tu vas faire ? Étienne est en danger en Indochine, tu ne préviens personne, tu ne demandes de l'aide nulle part, tu attends qu'il arrive à Paris pour voir si son dossier mérite que tu te fendes d'une brève en page huit ?

Ils se disputèrent.

Quoi qu'ils fassent, quel que soit le sujet, ils en arrivaient toujours là, ils ne se supportaient plus.

*

Un disciple de la secte se présenta chez Étienne pour lui apporter l'Évangile de Siêu Linh. C'était une belle brochure en papier glacé qui racontait comment Loan avait eu la Révélation (il y avait un portrait du pape levant les yeux vers l'horizon, on sentait qu'il était habité par quelque chose, cet homme-là), l'hagiographie de quelques saints reconnus par Siêu Linh ainsi que les principes de la secte (paix, progrès et fraternité déclinés sur tous les tons). Suivait une liste impressionnante d'interdits pour les hommes (tuer, convoiter la femme du voisin – et à plus forte raison la sauter –, voler, abuser de l'alcool, s'adonner au jeu, manger de la viande, blasphémer, proférer des menaces, dire du mal d'autrui, etc.) et pour les femmes (mentir, se montrer coquette, séduire le voisin – et à plus forte raison se faire sauter par lui –, épicer le poulpe, exhiber ses chevilles, etc.).

Pour Étienne, que des personnes sensées adhèrent à un credo qui privait à peu près de tous les agréments de la vie était un mystère, quoique, à bien réfléchir, les religions occidentales ne proposaient guère plus de joies ou de plaisirs que Siêu Linh.

Le disciple salua bien bas le nonce apostolique et se retira.

En dernière page de la brochure, un petit mot manuscrit était attaché : « Destination Phnom Penh puis avion de ligne pour Paris. Notre appareil attendra votre venue à l'aérodrome Guynemer pendant dix jours. Passé ce délai, nous aviserons. Si vous avez besoin d'être transportés jusque-là, dites-le-moi. Prenez soin de vous. »

C'était signé « Votre ami, Loan ».

32

Assassin !

L'interview des parents de Mary Lampson avait fait beaucoup d'effet sur le public, Denissov était aux anges. L'affaire, il est vrai, tournait bien rond : moins de deux semaines plus tard, nouveau scoop. En regardant attentivement des photos, et notamment celle du mariage de Mary et Marcel Servières, Mme Soubirot, qu'on appelait toujours le témoin-surprise, et qui s'était trompée au sujet de Germain Cageot, fut, cette fois, catégorique. Elle n'y avait pas songé auparavant, mais l'homme qu'elle avait croisé à la sortie des toilettes du cinéma Le Régent quelques minutes avant l'assassinat de Mary Lampson pourrait bien être Servières.

— Vous êtes certaine ? insista le juge Lenoir qui espérait apercevoir le bout du tunnel.

— Enfin, je veux dire…

C'était étrange. Mme Soubirot était toujours très affirmative au début, puis plongeait rapidement dans le doute.

— M. le Juge, reprit le commissaire Templier de sa voix fluette, vous demande si vous êtes absolument certaine.

— Euh… certaine…

Le commissaire prit le juge à part :

— Votre témoin ne me semble pas très sûre d'elle…

— C'est l'émotion !

— L'analyse graphologique n'a pas…

— J'y ai repensé. On va la refaire, je vais commettre un nouvel expert.

Le commissaire Templier avait la tête de quelqu'un qui, debout sur les rails, voit arriver avec fatalisme un train à pleine vitesse.

— Je propose…, commença-t-il patiemment.

Mais déjà le juge s'était précipité sur le dossier pour vérifier les déclarations de Marcel Servières.

Pendant ce temps le commissaire se penchait charitablement vers Mme Soubirot qui répondait, oui, je crois, je ne suis pas sûre mais je crois…

François dans son article notait : « La divergence entre le commissaire Templier et le juge Lenoir se mesure à leur vocabulaire : ce que le policier appelle sobrement “l'emploi du temps” de Marcel Servières, le juge le nomme “son alibi”. »

— Ce dimanche-là, je jouais au billard, avait expliqué Servières.

La chose avait été confirmée par ses partenaires de l'académie où il jouait ordinairement. Il en était parti vers quinze heures trente, était arrivé chez lui à Neuilly à seize heures quarante-cinq alors qu'il ne faut qu'une demi-heure, un dimanche, pour faire le trajet. Se posait donc la question des quarante-cinq minutes de différence.

— J'ai couru les bureaux de tabac pour chercher des cigarettes américaines Silver Star. Le dimanche, il n'y en a pas beaucoup d'ouverts. D'ailleurs, je suis rentré sans en avoir trouvé.

Le juge, qui s'était jusqu'ici contenté de cette réponse, tout à coup, ne l'entendait plus de cette oreille.

— Qu'il soit allé au Régent assassiner son épouse est assez difficile à imaginer…, tentait le commissaire Templier.

Mais le juge Lenoir tenait son os, il avait bien l'intention de le ronger.

— Il est reconnu par le témoin, et…

— Reconnu, reconnu…

— Et il y a un trou dans son alibi. Quarante-cinq minutes ! Largement le temps !

Marcel Servières fit aussitôt l'objet d'un mandat d'amener.

Le commissaire Templier avait obéi au juge, essuyé les flashs du photographe du *Journal* qui planquait devant le domicile de Servières, répondu évasivement aux questions de François Pelletier et conduit l'acteur au Palais de justice, et c'est à ce moment que le juge commença à réfléchir à la complexité de la situation. Certes les patrons des débits de tabac ouverts le dimanche sur le parcours ne se souvenaient pas clairement de la venue du célèbre acteur (« Pourtant, il ne passe pas inaperçu, ce lascar, on voit sa tête dans les journaux ! » martelait le juge), mais cela ne constituait qu'une preuve négative. Pire encore, le commissaire Templier lui fit remarquer que Servières n'avait pas disposé de quarante-cinq minutes pour tuer sa femme, mais de quinze seulement.

— Comment ça, quinze minutes ?

Il se dressait sur la pointe des pieds quand il voulait souligner à quel point il était outré. Le commissaire n'en fut pas impressionné.

— Il aura fallu à Servières une demi-heure pour aller de l'académie de billard au Régent. Si on estime à une autre demi-heure le temps d'aller du Régent à Neuilly, il ne reste pas quarante minutes, mais quinze.

— C'est jouable ! décida le juge.

— Oui, mais acrobatique. Il lui a fallu se garer, entrer dans le cinéma sans se faire remarquer, trouver sa femme, la tuer, sortir du cinéma, récupérer sa voiture… En quinze minutes, c'est fort, c'est très fort.

— C'est vrai qu'il est fort, l'animal ! confirma le juge que l'ironie du commissaire n'avait jamais entamé.

Une visite sur place lui confirma que l'issue de secours ne fonctionnait plus et qu'on pouvait entrer ou sortir de la salle très facilement. Servières connaissait le rituel de son épouse consistant à se cacher jusqu'au démarrage du film, le chemin de la porte de secours aux toilettes permettait d'éviter les regards des spectateurs. Il avait donc pu ressortir aussi discrètement qu'il était entré.

Selon lui, l'affaire n'était pas loin d'être bouclée. Il avait fait arrêter Servières et ne démordait pas de la probabilité qu'il soit le coupable. Qui d'autre que Servières était informé de la venue de la jeune victime dans ce cinéma plutôt que dans un autre ? Qui était informé de l'horaire de la séance qu'elle avait choisie ? Autant de questions que le juge remit à plus tard. Pour l'heure, l'important, à ses yeux, était de savoir avec quel chausse-pied il ferait entrer sa théorie dans la boîte de Pandore qu'il avait ouverte.

Le *Journal* avait aussitôt titré :

Meurtre de Mary Lampson
Marcel Servières, arrêté,
devient le suspect n° 1

Se posait bien sûr la question du mobile.

— Mary Lampson voulait divorcer, Servières était fou de rage ! dit le juge.

— C'était une rumeur, elle n'avait entamé aucune procédure…

— Il était jaloux. La manière dont cette femme a été tuée montre que son meurtrier était saisi par la passion !

Devant l'air dubitatif du commissaire Templier, le juge ajouta :

— Elle voulait divorcer, elle avait un amant, Servières l'assure ! Il en était jaloux, c'est sûr et certain !

Et là, il triomphait :

— D'ailleurs, si elle n'avait pas d'amant, pourquoi n'a-t-elle pas dit à son mari qu'elle était enceinte ?

— Pour être certaine ! Elle n'était enceinte que de deux mois, elle ne voulait peut-être pas créer une fausse joie.

Cet amant avait fait l'objet de recherches dans l'entourage de la jeune actrice. On avait passé au peigne fin ses relations, traqué tous ceux dont le prénom commençait par un « M. ». En vain. Voir le juge considérer cet amant comme une certitude mettait mal à l'aise le commissaire Templier.

François avait raison de relever que tous deux ne s'entendaient pas sur les hypothèses, mais, après avoir présenté ses arguments, le policier, conscient qu'il était le bras armé de la Justice et pas un camarade du juge Lenoir, levait les mains en l'air, allez-y, faites à votre idée.

— Pour le savoir, le mieux, c'est de faire l'essai !

— De tuer une femme ?

— Non, répondit le juge qui vivait au premier degré. Essayer de faire le trajet.

François titra :

Marcel Servières a-t-il assassiné Mary Lampson ?

Une reconstitution de son trajet en voiture dira s'il en a eu le temps… ou non

Saigon, septembre 1948

*

Installée depuis plus d'une heure dans le fond de la salle du Café des Arts, Hélène s'impatientait. Depuis que François lui avait annoncé la venue d'Étienne à Paris, elle était sur les nerfs. Si, à l'évidence, son frère était en danger là-bas, elle ne parvenait pas à imaginer de quel danger il s'agissait concrètement. Quels ennemis s'était-il faits ? Elle était certaine que François ne lui avait pas dit tout ce qu'il savait… Elle ne parvenait pas à voir clair dans toute cette histoire. S'il arrivait quelque chose à Étienne, elle ne s'en remettrait jamais. Un cachet de méthédrine lui aurait fait un bien fou.

Cette pensée décupla son agacement, elle tapotait nerveusement sur la table en fixant la porte d'entrée. Jonsac l'avait assurée qu'il serait là vers midi, elle ne l'avait jamais vu à l'heure.

Un client avait laissé un exemplaire du *Journal* sur la banquette. Cette affaire Mary Lampson, qui aurait dû être résolue en quelques jours, traînait depuis des mois. Tout le monde, et surtout François, n'avait plus d'attention que pour elle. Alors qu'Étienne risquait… Elle avait failli penser « risquait sa vie », pourquoi toujours imaginer le pire ?

Elle lut intégralement l'article de François et se surprit à détailler le portrait de Marcel Servières qui ornait la première page. C'était assez typiquement le genre d'homme qu'elle n'aimait pas et avec qui elle avait couché, il avait un petit côté Lhomond, de futur vieux beau. Depuis ce professeur, elle n'avait pas connu d'homme, il n'y avait pas plus vertueux qu'elle. À quelques exceptions près. La première avait failli être ce Vladimir Oulov qui, depuis, avait disparu de la circulation. Lorsqu'elle l'avait amené dans sa chambre, elle était décidée. Il ne lui plaisait pas, mais il avait l'avantage de ne pas ressembler à son professeur de mathématiques. Lui ne devrait pas la frapper ni l'humilier. Or, ce soir-là, le Russe, lancé dans une interminable réflexion sur les mérites comparés de Lautréamont et Baudelaire, avait fini par s'endormir tout habillé. Et comme il souffrait de quelque chose comme l'apnée du sommeil, il grognait en dormant, gémissait, couinait, il devait faire des rêves érotiques, impossible de fermer l'œil, elle avait passé une nuit blanche.

La seconde exception, c'était Jonsac. Si le bonhomme se contentait de peu, depuis quelques jours planait sur leurs relations comme un doute, une question… D'ailleurs, le voici qui entrait dans le café, seul cette fois, souriant, détendu, portant un gilet fleuri d'un mauvais goût revendiqué, une lavallière assez grotesque, le tout donnait l'impression d'un clown déguisé en artiste, ce qu'il était. Il distribuait des poignées de main au passage, des baisers à quelques filles qu'il serrait dans ses bras avec grandiloquence, Hélène aurait juré qu'il traînait volontairement avant de la rejoindre, se faisait désirer. Comme si elle pouvait désirer un homme pareil.

— Tu lis ça, toi ?

En s'asseyant, il saisit le *Journal* et le jeta plus loin sur la table en faisant mine de mettre à distance un objet dont l'odeur l'incommodait. Hélène en fut vexée, mais elle ne dit rien.

— Donne-moi plutôt un comprimé, dit-elle.

— C'est que...

Il ne la regardait pas, gardait les yeux fixés au loin sur la salle. Puis il se tourna brusquement vers elle.

— C'est devenu une denrée rare...

Soulagé d'avoir délivré son message, il poursuivit d'un ton de commerçant :

— Maxiton, Corydrane, Préludine... On est en manque de tout. D'ailleurs, à ce propos...

Les antennes d'Hélène s'allumèrent. Jonsac baissait la voix, mais ne la regardait toujours pas.

— On va aller s'approvisionner.

— Qui ça, « on »

— Bernat, Lagre, moi. Et peut-être toi. Je veux dire...

Hélène ne savait pas ce qu'il voulait dire, mais, certaine que ça ne serait pas bien recommandable, elle se refusait à l'aider, elle se tut. C'est elle maintenant qui gardait le silence et regardait du côté de la porte d'entrée.

— C'est une pharmacie, vois-tu ? Un coup très sûr, on est de mèche avec le laborantin qui ne prend que quinze pour cent ! Il y a tout ce qu'on veut là-dedans.

— Et vous entrerez comment ?

— Je ne peux pas t'expliquer, question de sécurité…

Il prenait un air de conspirateur.

— Mais voilà, on a besoin de quelqu'un pour faire le guet.

Jonsac fouilla dans sa poche, en sortit un petit comprimé rose qu'il proposa, poing fermé, à Hélène qui fit simplement « non » de la tête.

Jonsac, un instant désarçonné, tendit le bras pour attraper la bouteille d'eau sur la table d'à côté, en versa deux dés à coudre dans la tasse de café vide d'Hélène, ça faisait un liquide marron, peu appétissant, mais il n'était pas regardant, il avala le comprimé avec le contenu de la tasse.

— Tu n'auras rien à faire. On t'installe à l'endroit stratégique pour surveiller les alentours. Si quelqu'un s'approche, tu siffles et tu fiches le camp, c'est tout, rien d'autre à faire.

— Je ne sais pas siffler.

— On te donnera un sifflet.

— Comme celui des flics ?

— Le même.

Hélène allait l'envoyer promener. C'est la tasse maintenant vide qui la fit changer d'avis. Soudainement, elle n'avait plus envie de comprimé, elle pouvait s'en passer, peut-être n'en prendrait-elle plus jamais. Dès lors, il n'y avait aucune raison de refuser.

— Cinq mille francs.

— Eh là, pour qui tu te prends ?

— Pour quelqu'un qui va faire le guet pour couvrir trois casseurs de pharmacie qui vont s'en mettre plein les poches s'ils ne finissent pas à la Santé.

— Quand même, cinq mille francs…, disait Jonsac en secouant la tête.

Hélène, à son ton, savait qu'elle aurait pu exiger davantage. Mais c'était inutile, elle avait envie de le faire pour le risque. Pour le plaisir, se disait-elle. Elle trouva le cambriolage d'une pharmacie encore plus excitant qu'une poignée de comprimés de méthédrine.

*

— Moi, je suis certaine qu'il a eu le temps d'aller la tuer !

Geneviève haïssait Marcel Servières pour une raison que Jean n'avait jamais très bien décryptée. Pouvait-elle raisonnablement s'interroger sur sa culpabilité ?

— Il a une sale tête, ajouta-t-elle. Il joue les bellâtres, mais moi, je flaire le pervers…

Jean était à la poste de Lamberghem, une bourgade de quelques centaines d'habitants au nord de Béthune. Là se trouvait une petite entreprise familiale à laquelle il avait espéré confier la fabrication du linge de maison.

Il pleuvait depuis son arrivée. La cabine téléphonique laissait apercevoir, sous un ciel d'un gris de plomb, une averse balayée par le vent qui giflait les fenêtres et faisait courir des rigoles sinueuses sur les vitres.

— Ils vont faire une simulation…

Jean ne comprenait pas, Geneviève dut lui expliquer.

— Pour savoir s'il a eu le temps d'aller tuer sa femme, enfin, tu ne comprends donc pas ? Ils vont prendre une voiture et minuter le trajet, comme ça on saura…

— Ça n'a pas marché, la coupa Jean.

— On ne sait pas, ils font ça cet après-midi.

— Non, pas ça, la négociation à Lamberghem, ça n'a pas marché.

Il y eut un long silence. Geneviève encaissait le coup.

— Je ne sais pas comment tu t'y es pris… Ces gens-là ont tellement de travail qu'ils refusent des commandes ?

Jean avait préparé sa défense, mais il en fut empêché par les camions de l'armée qui, passant dans la rue, ébranlaient la chaussée et les murs de la poste. Comme on fait, par réflexe, au passage d'un train, Jean se mit à dénombrer mentalement les véhicules, dix, douze, quinze, ça n'en finissait pas. Toute la région était en ébullition, la grève des mineurs s'était enflammée, le gouvernement avait haussé le ton, le conflit prenait des allures de guerre civile, après la police on expédiait l'armée, les deux camps montés l'un contre l'autre rivalisaient de brutalité, se renvoyant la responsabilité d'événements qui échappaient à tout contrôle, les grévistes expulsaient les « jaunes » de leurs bureaux, allaient les déloger jusque dans leurs maisons, on avait tondu des femmes. Le gouvernement socialiste envoyait des blindés contre les manifestants qu'il voyait comme des communistes décidés à renverser la république. Les grévistes installaient des barricades sur les carreaux des mines et obligeaient des centrales thermiques à s'arrêter. Le courant électrique était coupé ici et là, on ne pouvait plus rien prévoir, des dizaines de milliers de personnes défilaient dans les rues de Verquin, de Béthune. Les CRS lançaient les grenades lacrymogènes inaugurées l'année précédente contre d'autres grévistes. On avait rarement vu autant de gendarmes, de policiers, de CRS et de soldats monter en même temps à l'assaut des manifestants, tout le monde était à cran. C'est la région que Jean avait eu à traverser.

— Ici, par contre, tout se passe très bien, reprit Geneviève d'un ton sec. Les travaux de la boutique vont bon train, je peux te le dire !

En clair, Geneviève faisait son travail, Jean ne parvenait pas à faire le sien.

— Ils ont dû licencier du personnel ces derniers mois, expliqua Jean. Et du coup, ils n'en ont plus assez pour une commande comme la nôtre…

Il vit la postière, une fille assez jeune au visage banal, au teint brouillé. La porte en accordéon de la cabine en bois laissait un tel jour qu'elle devait entendre tout ce qui s'y disait. Une remplaçante, c'est elle-même qui l'avait dit lorsqu'elle s'y était prise à trois fois pour obtenir la communication. Elle ne prenait même pas la précaution de faire semblant de travailler, elle posait son menton dans sa main et assistait à la conversation, comme au spectacle. Jean lui tourna le dos, baissa la voix.

— Plus fort, Bouboule, cria Geneviève, j'entends rien !

— Ils n'avaient pas assez de personnel…

— Tu leur as proposé de sous-traiter ?

— Euh… non, j'ai pensé…

— Quoi ? Mais articule, bon Dieu ! Ar-ti-cu-le !

Jean poussa un soupir et murmura de nouveau :

— J'ai pensé que…

— Parce que tu penses, maintenant ? Bah, nous voilà propres !

— Je vais à Berquieux ce soir…

Il susurrait.

— Où ça ? J'entends rien !

— Ber-quieux…

C'était articulé dans un souffle.

— Et après, si ça ne marche pas, tu vas aller où ? En Belgique ? En Hollande ? Au pôle Nord ?

— À Berquieux, ils ont plus de personnel…

— Tu vas finir par y arriver ?

Jean avait envie de raccrocher. Il sentait le regard de la postière dans son dos. Le bureau de poste était désespérément vide, elle n'avait que cela à faire. Entendait-elle aussi ce que disait Geneviève ?

— Ça va aller, balbutia-t-il, je t'assure…

— Incapable !

Saigon, septembre 1948

Geneviève avait raccroché.

Jean, tétanisé par cette rupture à laquelle il ne s'attendait pas, fit mine de poursuivre la conversation.

— Oui, oui… D'accord… Bien…

Il laissait à dessein de grands silences pendant lesquels il faisait mine d'approuver son interlocutrice. Et pour donner du poids à cette fiction (« Très bien, je le lui dirai, c'est entendu… »), il se tourna vers la postière qui souriait largement et lui montrait, au bout d'un fil électrique bleu ciel, la fiche du téléphone qu'elle avait débranchée depuis un moment, lorsque Geneviève avait raccroché.

Ne sachant pas quoi faire, Jean ajouta, en faisant mine d'achever la conversation :

— D'accord, je dois te laisser, d'accord, au revoir…

Il avait toujours le récepteur à la main et fixait les murs de la cabine constellés de numéros de téléphone griffonnés au stylo et d'inscriptions diverses, naïves ou salaces, l'annuaire du Pas-de-Calais sali par toutes sortes de mains et dont les pages, à demi arrachées, pendaient, plissées, cornées…

Il n'avait plus de courage.

— On ferme ! dit la postière.

Jean lâcha le combiné qui se balança au bout de son fil, écarta la porte de la cabine qui grinça. Il était en nage.

— Combien je vous dois ?

Il ne parvenait pas à lever les yeux vers l'employée, faisait mine de chercher l'appoint dans son porte-monnaie. Il devinait son sourire, il sentait presque physiquement la moquerie dont il était l'objet. La postière et Geneviève avaient raison, il se comportait comme un imbécile. Il paya. Il se dirigea vers la sortie.

Au revoir…

C'était la postière, d'une voix claire, goguenarde.

La lumière du bureau de poste s'éteignit derrière lui.

Il pleuvait toujours. Jean restait sur le seuil, regardait l'averse qui rayait le paysage de la rue, les caniveaux débordaient sur le trottoir.

Il remonta le col de son imperméable, se retourna et vit la postière, en manteau, qui, après avoir tiré la porte, cherchait dans son trousseau la bonne clé, en essayait une, puis une seconde. Elle pensa que Jean allait l'aider parce qu'elle le vit mettre sa main sur le bec de canne, mais déjà il avait ouvert la porte et, d'une brusque poussée dans le dos, l'avait propulsée dans le bureau où elle trébucha, tâcha de se raccrocher au comptoir, battit des bras, glissa, se tordit la cheville, perdit l'équilibre et tomba lourdement. Jean avait claqué la porte derrière lui et s'était précipité sur elle. Le hasard avait fait chuter la jeune femme au pied de la cabine téléphonique. Jean attrapa le combiné noir qui pendait au bout de son fil et la frappa à la tête de toutes ses forces à plusieurs reprises. Le sang jaillit. Jean continua à frapper, le crâne était largement enfoncé. Sous l'impact des coups, le corps de la jeune femme bascula sur le côté, le fil était trop court, Jean avait beau tirer sur le combiné, il ne pouvait plus l'atteindre. Il s'arrêta. Le nez écrasé, les yeux recouverts par les arcades sourcilières éclatées, la bouche dans laquelle toutes les dents étaient cassées rendaient son visage méconnaissable. Le sang faisait une mare, il lâcha le combiné, se releva lourdement, le bureau de poste était plongé dans la pénombre. Chancelant, Jean alla jusqu'à la porte qu'il ouvrit. Il resta un instant sur le seuil, il pleuvait toujours beaucoup. Il tira la porte, remonta le col de son imperméable, s'aperçut qu'il y avait du sang sur le tranchant de sa main. Il chercha des yeux où s'essuyer, ne trouva pas, alors il s'agenouilla près du caniveau où il se rinça les mains. Après quoi, il emprunta la rue toujours déserte, la traversa, remonta le trottoir un long moment jusqu'à sa voiture. Il s'assit au volant, démarra, les essuie-glaces ne balayaient pas grand-chose, il fallait essuyer le pare-brise qui se couvrait de buée.

La carte routière était déroulée sur le siège passager, Jean prit le temps de la consulter.

Berquieux n'était qu'à une dizaine de kilomètres, il y trouverait sans doute un hôtel.

*

Il ne fut pas difficile pour François de déterminer avec certitude sur quel parcours se ferait la reconstitution des trajets de Servières entre la République et Le Régent puis vers Neuilly. Il s'agissait forcément du trajet le plus rapide.

Il dressa un plan schématique des principales rues qu'emprunterait la voiture, que Malevitz saisit avec scepticisme.

— Ça n'est pas très… photogénique, ton truc. Pas très parlant. En première page, certainement pas !

Denissov à son tour regarda le plan, mais sa réaction fut toute différente. Il saisit un de ses gros crayons rouges ou bleus dont il se servait pour caviarder les articles trop longs ou annoter rageusement des phrases qu'il jugeait illisibles et, sur les rues, traça de grandes flèches accusatrices, il entoura les principaux carrefours. De loin, le plan avait une allure dramatique, menaçante qui s'apparentait presque à une lettre anonyme. Il parut, proprement redessiné, en première page où il avait vraiment de l'allure, on sentait qu'il allait se passer quelque chose, dans ces rues-là.

C'est aussi ce que comprit Geneviève qui ouvrit son plan de Paris et observa le trajet dans le détail. Son étude menée, elle pointa son index sur une page en disant :

— Là !

Elle regarda sa montre, jugea qu'elle pouvait se permettre de faire un détour par un magasin d'articles de pêche avant de se mettre en route pour la place de la République…

Pendant ce temps François suivait, avec de nombreux collègues, le groupe qui s'apprêtait à partir de la rue des Filles-du-Calvaire. Les reporters mitraillaient un Marcel Servières pâle et tendu, entouré de ses trois avocats, du juge Lenoir qui ne savait plus où donner de la tête et du commissaire Templier qui, impavide, distribuait calmement des instructions aux policiers motocyclistes et vérifiait que le parcours était correctement balisé.

L'idée était que Servières conduirait sa propre voiture dans laquelle entreraient le juge, le commissaire et l'un de ses avocats. Il serait précédé de deux motos chargées non d'ouvrir la voie (il fallait faire le trajet dans les conditions réelles de circulation), mais de s'assurer qu'aucun obstacle inattendu ne vienne fausser la rigueur de la reconstitution.

Le commissaire Templier se retourna, regarda la ribambelle de voitures (avocats, presse, curieux) qui s'apprêtait à les suivre, il buvait du petit-lait.

Le juge Lenoir ne put s'empêcher de s'approcher des journalistes pour expliquer sa tactique. Au sourire satisfait qui éclairait son visage, on comprenait que c'était un grand jour dans sa vie. Il parla de « la justice qui passe », de « la rigueur de son instruction », de « la vérité en marche », après quoi, bouffi d'orgueil, il monta en voiture et donna le signal du départ, on aurait dit une course automobile.

Il s'était muni d'un énorme chronomètre qu'il avait dû acheter pour l'occasion. On ferait le trajet deux fois pour valider le temps de parcours.

Servières débraya, passa la première vitesse et démarra sans prononcer un mot.

La caravane se mit en route, les difficultés surgirent dès le premier feu rouge.

Comprenant qu'ils risquaient d'être séparés et donc distancés, plusieurs reporters dépassèrent la voiture de Servières pour l'attendre de l'autre côté du carrefour, ce qui provoqua un encombrement que les motocyclistes eurent du mal à disperser. L'avocat déclara, en prenant des notes fébriles, que « ces empêchements auraient de l'importance s'il y avait procès ». Le juge Lenoir devint blême lorsque plusieurs véhicules dépassèrent de nouveau la voiture pour photographier Servières en train de conduire. À l'arrière d'une moto, un reporter demandait :

— Marcel, vos impressions ?…

L'avocat s'emporta, le juge criait : « Laissez-nous ! Mais enfin ! » Il se tournait vers le commissaire, le rendant responsable de ce pataquès.

— Il n'y a pas assez de forces de police, monsieur le Commissaire !

— Il y en a devant, il y en a derrière, il y en a sur tout le parcours. Si vous souhaitiez un service d'ordre comme pour la visite du roi d'Arabie, il suffisait de me le dire, j'aurais demandé des renforts.

Et, comme le juge ouvrait la bouche pour surenchérir, le commissaire ajouta :

— C'est tout le problème d'avertir la presse au lieu de faire cela discrètement. Et de le faire en semaine alors que le crime a eu lieu un dimanche où la circulation devait être bien plus fluide…

Cette remarque plongea le juge dans la plus vive stupeur. Il avait cumulé deux erreurs. Il avait cédé au vertige de voir la presse suivre son travail et clamer ses qualités de magistrat, oubliant que l'on était un samedi et non un dimanche. Il se retourna vers l'avocat qui, à l'arrière, avait rempoché son carnet et regardait le paysage parisien, indifférent. Pour lui, cette reconstitution était déjà un échec, elle n'aurait aucune espèce d'importance le jour du procès... si ce jour devait jamais arriver.

Le juge Lenoir constatait, impuissant, les zigzags des motocyclistes autour de la voiture, les maxillaires serrés de Servières qui détournait la tête dès qu'un appareil s'approchait, les coups d'avertisseur des automobiles... Ce trajet devint rapidement pour lui un chemin de croix dont la station République fut le sommet.

Car, au moment où Servières s'arrêtait au feu rouge, une femme, assise sur un pliant, se trouva à sa hauteur.

— Assassin ! cria-t-elle.

Tout le monde se tourna vers elle, Servières le premier.

— Salaud ! Assassin !

Ce feu rouge avait été savamment choisi. Il était le plus long du parcours.

— Mais enfin..., balbutia Servières.

— La guillotine, moi je dis ! La guillotine !

L'avocat voulait descendre, Servières aussi, le juge Lenoir trépigna :

— Ne bougez pas !

Il se tourna vers le commissaire.

— Et vous... vous ne faites rien ?

— Si je prends le temps de faire dégager cette femme, nous allons fausser la reconstitution… Mais c'est comme vous voulez.

Sereinement assise sur son pliant, Geneviève continuait :

— Meurtrier ! La guillotine ! Assassin !

Le juge se pencha.

— Nom de Dieu !

C'était cette bonne femme qui était venue exiger que son mari participe au tapissage. Elle hurlait si fort et sa densité d'insultes l'empêchait de retrouver son nom… Pelletier, c'est ça, Pelletier ! Elle le poursuivait !

— Assassin ! Salaud ! Le peuple aura ta peau !

Le juge cherchait dans sa mémoire quels articles du code cette femme était en train de violer, mais il ne trouvait pas. Si on la dégageait de force, cette folle, cette hystérique, il l'aurait sur le dos pendant des semaines, des mois, elle deviendrait son calvaire.

— Taisez-vous ! dit-il d'une petite voix, quasiment inaudible dans laquelle perçait l'ampleur de son échec.

Servières avait remonté sa vitre et fixait le feu rouge d'un œil rancunier. Mais ce n'était pas suffisant, on continuait à entendre venant du trottoir :

— Salaud ! On te coupera la tête !

Derrière, dans la caravane, on avait bien entendu des cris, mais il était difficile de savoir d'où ils provenaient. Personne ne voulait descendre pour aller voir de peur de perdre sa place dans la file.

Le feu vert arriva enfin.

La caravane reprit sa route.

Lorsque la voiture de François dépassa le carrefour, Geneviève avait tranquillement replié son siège de pêcheur et était repartie de son petit pas vif et satisfait.

33

Si personne ne l'aide, ce sera la fin

Étienne dormait peu, fumait beaucoup d'opium et s'enfonçait inexorablement dans un délire de persécution qui le rendait excitable, ombrageux. Il guettait les bruits et les ombres, passait beaucoup de temps à la fenêtre, surveillait les abords, limitait ses déplacements au strict minimum. Joseph en avait pris son parti qui demeurait prudemment au sommet de son frigo, l'épaule contre le Bouddha, et le regardait s'agiter en soupirant.

Étienne ne cessait de tourner et retourner les conditions fixées pour son départ.

Et le second jour, un doute l'étreignit concernant le déplacement de Saigon à l'aérodrome de Biên Hòa. Étienne avait pensé demander une voiture à Loan, mais, si son départ était éventé, c'est justement pendant ce trajet qu'on tenterait de l'intercepter. Quelle que soit la forme que prendrait la menace, il voyait mal comment y échapper avec une simple voiture de tourisme. Ces trente kilomètres à parcourir constituaient, à ses yeux, le maillon faible de son plan.

Il remua cette idée pendant deux jours, après quoi il prit presque tout l'argent dont il disposait, abandonna Joseph (chaque fois qu'il quittait l'appartement, il le prenait dans ses bras et lui faisait ses adieux, le chat en était un peu fatigué) et se rendit au Camerone où son entrée fit sensation.

Deux soldats, ceux qui l'avaient roué de coups quelques jours plus tôt à Hiển Giang, le reconnaissant, éclatèrent de rire, Étienne crut entendre « il en veut encore », mais il ne s'arrêta pas à cela, il marcha droit vers le vieux soldat aux yeux clairs qui, lui, ne souriait pas. Il devinait qu'une logique supérieure, une raison grave, conduisait Étienne jusqu'ici. Il se leva et ils firent quelques pas sur la terrasse. Le légionnaire ne disait rien, il attendait, c'était son style.

En quelques mots Étienne lui expliqua la situation qui, curieusement, ne provoqua pas l'émotion qu'il escomptait.

— La piastre du Viêt-minh… Oui, c'est une rumeur qui circule depuis plusieurs mois. Si elle est vraie, c'est très triste parce que nous mourons pour rien et pour personne. J'espérais qu'elle était fausse.

C'était un constat, mais le légionnaire regardait loin devant lui et sans doute bien des images devaient se presser à son esprit.

— Je vais avoir les preuves dans quelques jours, insista Étienne, peut-être dans quelques heures, des preuves formelles. Je vais les emporter à Paris où un grand quotidien va les publier.

Le soldat eut un geste fataliste, il n'y croyait guère, à cette perspective.

— Beaucoup de vos camarades…

— Non ! le coupa le légionnaire en le fixant droit dans les yeux. Ne me faites pas le coup de la sensiblerie, je suis un soldat, vous n'avez aucune chance.

— Je ne parle pas de sensiblerie, je parle de justice. Les soldats (il n'évoqua plus les « camarades ») de la 2e compagnie ont été tués avec des armes payées par le gouvernement français. Je vais dénoncer cette…

Il s'arrêta.

— J'ai besoin d'une escorte pour Biên Hòa. Aérodrome Guynemer. Trente kilomètres, une demi-heure de déplacement. Si je suis intercepté, ce sera à ce moment-là. Si je parviens là-bas, un avion m'attend.

— Je vous souhaite bon voyage.

Ce fut tout, le soldat lui fit un petit signe de la tête et retourna dans le bar où il disparut. Étienne entendit les conversations reprendre, animées et joyeuses, les rires. C'était raté.

Il en revint à son premier plan.

Lorsqu'ils s'enfuiraient, Vĩnh partirait d'abord avec le panier de Joseph. Lui partirait ensuite avec les documents. Ils ne prendraient rien, aucune valise, aucun sac, rien de voyant. Tous trois se retrouveraient rue Catinat où ils attraperaient un taxi, puis un second, un troisième si nécessaire avant de donner au chauffeur leur destination finale de Biên Hòa.

Sur le chemin du retour, Étienne, qui ne s'était pas fait beaucoup d'illusions sur l'issue de sa démarche, s'interrogeait. Était-il prudent d'aller acheter une arme ? Non pour sa dangerosité, mais parce que, dans cette ville où tout se savait, le fait d'acquérir un pistolet (ou un revolver ? Il ne connaissait pas la différence) allait attirer l'attention sur lui. Sauf que son psychisme était devenu imperméable à la raison, à la logique. Il s'enfonça donc dans les ruelles qui conduisaient aux fumeries qu'il avait naguère fréquentées, parla avec l'un qui le renvoya à l'autre puis à un troisième, il laissait des traces partout.

Il se retrouva enfin avec un Nagant 1895. Il avait donné, pour cette arme, les deux tiers de ce qu'il possédait et il était déçu parce que c'était un revolver (il avait espéré une arme plate, comme dans les films d'espionnage, celle-ci tenait plutôt de l'arme de *cow-boy*), qu'il était russe (intuitivement, ça ne lui disait rien qui vaille, une arme communiste) et parce qu'on ne lui avait donné que six balles (il n'avait pas l'intention de soutenir un siège, mais quand même, six balles, si l'on comptait celles qu'il tirerait à côté…).

De ce qui se passa ensuite, il est bien difficile de parler parce que tout se déroula terriblement vite.

Un peu avant vingt heures, Joseph se leva subitement, sauta du frigo et d'un bond grimpa sur l'appui de la fenêtre. Montèrent bientôt jusqu'à l'appartement des bruits saccadés de pas, des talons pressés qui claquaient sur les marches de l'escalier.

À cet instant, Joseph quitta la fenêtre et grimpa dans son panier.

Étienne pensa immédiatement que des hommes venaient le chercher, le tuer peut-être. Il courut soulever les deux lattes de parquet sous lesquelles il cachait son revolver, chercha fiévreusement les six balles, certain de les avoir posées juste à côté… Il venait enfin de mettre la main dessus lorsque Vĩnh entra, essoufflé, apeuré. Il portait une grosse boîte à archives de couleur grise, il avait le visage défait d'un enfant qui se demande : « Qu'est-ce que j'ai fait ?… »

Il ne prononça pas un mot, il ne parvenait même pas à reprendre sa respiration.

Étienne regarda le dossier. Et il ne put s'empêcher de penser : « Pourvu que tout soit là. » Il ne le dit pas, mais Vĩnh, malgré son état d'épuisement, d'affolement, le devina.

Étienne posa son revolver, saisit le dossier, courut à la table, desserra les ficelles…

Il y avait là des factures à en-tête d'entreprises indochinoises, mais aussi françaises, des reçus de virements bancaires, des relevés de compte, des lettres, il y avait des noms, des adresses, des signatures, ce dossier, c'était de la dynamite… Feuilletant nerveusement, il découvrit des bons de commande d'armes à des sociétés de Bangkok ou Manille ! De nombreux documents devraient être traduits du chinois, du vietnamien, mais tout était là. M. Qiáo, en comprador averti, gardait trace de la totalité du parcours de l'argent obtenu par des transferts parce qu'il touchait des commissions sur chaque transaction, le bénéfice total devait être colossal.

Étienne referma le dossier, le ficela.

— Il faut partir.

Mais, lorsqu'il se retourna, Vînh était écroulé sur le sol, le dos contre la cloison, la sueur lui coulait sur le visage, il avait les poings serrés. Comment avait-il obtenu ce dossier ? La panique du jeune homme laissait penser que déjà quelqu'un était à ses trousses…

Étienne le saisit sous les aisselles, mais il ne parvint pas à le mettre debout.

— Ça va aller, murmura-t-il.

Mais ça n'allait pas. Vînh était amorphe, vidé.

— Je vais chercher une voiture, dit Étienne. Tu m'attends ici, tu ne bouges pas, d'accord ?

Vînh ne sembla pas comprendre ce qu'Étienne lui disait.

— Tu ne bouges pas, répéta Étienne.

Il regarda le dossier, courut le glisser sous les lattes du parquet, et plaça le revolver entre les mains de Vînh qui ne réussit même pas à le tenir droit.

— Si quelqu'un arrive, tu tires…

C'était complètement idiot. Il faudrait, pour tirer, armer le chien, le soulever pour viser, alors que le jeune homme était incapable de le tenir d'une seule main.

Étienne était déjà sur le palier, puis dans l'escalier.

Arrivé sur le trottoir, à bout de souffle, il se força à prendre un pas normal, pressé, mais normal. L'animation de la rue Catinat provoqua en lui une angoisse irrépressible, trop de monde, trop de risques, il avait envie de tout abandonner. C'était trop tard.

Il marcha le long des vitrines, loin de la chaussée, la station de taxis était là-bas. Il mit une dizaine de minutes pour y parvenir.

Aucun véhicule n'attendait le client. C'était assez surprenant, jamais Étienne n'avait vu cette station sans une ribambelle de taxis, les chauffeurs se regroupaient pour fumer des cigarettes et poussaient leurs voitures les deux mains sur le capot pour économiser l'essence lorsqu'il fallait avancer de quelques mètres.

Fallait-il y voir un signe ? Mais signe de quoi ? Étienne ne voulait pas être vu là, à guetter un taxi, il marcha lentement sur le trottoir opposé, affectant un air indifférent lorsqu'il se tournait vers la station. Quelques minutes plus tard un taxi arriva, le premier chauffeur ne lui plut pas, le second non plus, c'était totalement irrationnel. En quelques instants, une demi-douzaine de voitures étaient alignées. Il ne parvenait pas à se décider, il sentait en lui une résistance, quelque chose qui lui disait de rebrousser chemin. Il faut tout arrêter, cette histoire est une folie.

Ce qui le fit se décider, c'est de penser à Vînh, assis par terre dans l'appartement, avec son revolver inutile et Joseph attendant dans son panier. Tous deux dépendaient maintenant de lui.

Alors il se lança, interrogea un chauffeur, monta dans sa voiture qui démarra aussitôt.

Le conducteur était un vieil Annamite qui conduisait vite et mal, Étienne était secoué sur le siège arrière, mais il fut bientôt arrivé.

— Ici, dit Étienne, et le chauffeur pila.

Le jeune homme se précipita sous le porche, tourna à droite vers l'escalier, grimpa quatre à quatre.

Puis brusquement il s'arrêta.

La porte de l'appartement était entrouverte…

Il la poussa.

Allongé par terre, Vînh, la gorge tranchée, gisait dans une mare de sang. De la veine jugulaire qui palpitait encore s'échappaient des jets de sang noir.

Étienne tomba à genoux sur le seuil, éclata en sanglots.

L'appartement avait été rapidement retourné. Le panier de Joseph était vide. Le revolver, dont Vînh ne s'était sans doute pas servi, avait été repoussé loin sur le sol.

Étienne rampa jusqu'à Vînh, tendit la main. Le corps était encore chaud, les yeux du jeune homme, grands ouverts, étaient fixes, voilés.

Étienne roula sur le sol, mais, par un réflexe surprenant, il se tenait la bouche pour s'empêcher de crier. Ivre de chagrin, de terreur, il voulait mourir lui aussi. Lorsqu'il tenta de se relever, il avait les mains poisseuses, pleines de sang. Alors, toujours à quatre pattes, comme s'il craignait qu'un tireur ne le vise par la fenêtre, il avança jusqu'aux lattes de parquet qu'il souleva.

Le dossier est là.

C'est ce constat qui le décida. Il saisit le dossier, le serra contre lui, contourna le corps de Vĩnh, chercha Joseph du regard, ne le vit pas. Où est-il ? Soudain, retrouver son chat devint une nécessité. Joseph ! Joseph ! Voyez la scène, Étienne en larmes, les mains pleines de sang, titubant dans l'appartement à la recherche de son chat…

C'est la vue du revolver qui le rappela à la réalité. Pour aller jusqu'à la station de taxis, il s'était absenté quoi ? vingt minutes… Des hommes avaient dû arriver dès son départ, il avait failli les croiser ! L'appartement était grand, mais très peu meublé, le retourner n'a pas dû prendre beaucoup de temps. Joseph ! Combien Vĩnh a-t-il vu d'hommes fondre sur lui ? Ils ne l'ont pas interrogé bien longtemps, ils ont compris que c'est moi qui possède ce qu'ils cherchent et qu'ils ont mission de retrouver, coûte que coûte. Joseph ! Le lit a été retourné, le matelas éventré à la machette, où Joseph se serait-il caché ?

Un bruit dans l'escalier !

Étienne se retourne et fait face. Il a peur au point que sa vessie se vide instantanément. La sensation de chaleur est la même que s'il saignait abondamment.

C'est une femme, restée sur le seuil, qui passe discrètement la tête. Il l'a croisée dans l'immeuble, mais il ne la connaît pas. Elle regarde le corps de Vĩnh noyé dans la flaque noire qui s'est encore étendue et qui a maintenant gagné le seuil. Elle lève les yeux sur Étienne et, sans un mot, elle disparaît.

Elle ne veut pas s'en mêler.

Ou elle est partie prévenir quelqu'un.

En titubant, il atteint l'escalier qu'il descend d'un pas incertain, serrant son dossier contre sa poitrine, il manque des marches, se retient à la rampe.

Ils vont revenir. Ils le cherchent déjà. Ils courent les rues. Ils interrogent leurs contacts. Ils affûtent leurs machettes. Ils retournent la ville. Ils embauchent des tueurs.

Étienne est en bas, tourne l'angle du couloir, mais se plaque le dos au mur.

Il l'avait oublié. Le taxi est stationné le long du trottoir.

Le guettent-ils à quelques mètres du porche ? Il n'y a rien d'autre à faire, alors il se lance, arrache la portière, se jette sur la banquette.

— Le Camerone !

Le vieux chauffeur démarre en trombe.

Le dossier glisse, s'éventre, son contenu s'éparpille au sol. Étienne ramasse le tout maladroitement. Le chauffeur en a vu d'autres, mais ce type au pantalon plein de pisse, aux mains tachées de sang qui triture toutes sortes de papelards, ne lui dit rien qui vaille.

Étienne, depuis qu'il a découvert le corps de Vĩnh, qu'il a perdu Joseph, qu'il est seul au monde, ne réfléchit plus, ne pense plus, il est mené par son subconscient et c'est lui qui a dicté cette adresse. Le Camerone. Sur le principe, c'est bien vu. Le chauffeur ne va pas tarder à raconter cette aventure, les assassins le cherchent déjà dans tout Saigon, l'alarme est donnée. Sans escorte, Étienne est mort. Si personne ne l'aide, il n'aura plus qu'à se jeter dans la rivière, ce sera la fin.

Tandis que défilent les rues qui conduisent au bar des légionnaires, une nausée saisit le jeune homme qui ouvre précipitamment la fenêtre. La voiture continue à rouler pendant qu'il vomit à s'en retourner l'estomac, le taxi ne ralentit même pas, il a hâte de déposer cet encombrant client à destination.

Nous y voilà.

Le chauffeur ne bouge pas d'un cil. Étienne fouille dans sa poche, y trouve une poignée de billets froissés qu'il jette sur le siège avant, il empoigne son dossier, ouvre la portière. Il ne l'a pas encore refermée que le chauffeur a déjà démarré.

Il y a des soldats sur la terrasse.

Ils ont vu le taxi s'arrêter, le garçon en descendre, l'un d'eux s'est précipité à l'intérieur et presque aussitôt le vieux soldat apparaît, tranquille et calme comme toujours. Il saisit Étienne par l'épaule et le propulse dans la salle où il atterrit sur une chaise avec son dossier en désordre, des feuilles s'en échappent, Étienne les ramasse par terre, les fait rentrer dans la boîte. Il est à quatre pattes, son pantalon mouillé le glace maintenant jusqu'aux os.

Autour de lui, c'est le silence.

Les hommes ont leur verre en main, des cigarettes. Aucun ne parle, tous le regardent rassembler ses fichus papiers, pleurer sans larmes, on jurerait qu'il fait une crise de nerfs.

Une main puissante le retient à l'instant où il s'évanouit.

*

Un verre d'eau sur le visage.

Il croit se noyer, cherche sa respiration, s'assoit.

— Il faut y aller maintenant.

C'est le vieux soldat, debout devant lui.

Étienne, hagard, se souvient. Le Camerone. Il entend un bruit de conversations, mais ça ne ressemble pas à celles qu'il a entendues dans le bar. Ce sont, cette fois, des voix feutrées, presque chuchotantes.

— Levez-vous, dit le soldat.

Il le tient sous les aisselles, le met debout de force et le contraint à avancer jusqu'à la salle qu'Étienne reconnaît maintenant.

L'atmosphère a beaucoup changé depuis qu'il est arrivé tout à l'heure. Ils sont une douzaine armés de mitraillettes et, lorsqu'on le pousse vers la porte, il perçoit le ronronnement des moteurs, ce sont trois véhicules dont deux sont équipés de mitrailleuses. On hisse Étienne sur le siège arrière, on lui appuie sur la tête, on le force à se coucher, on le recouvre d'une couverture.

— Guynemer, Biên Hòa, c'est ça ?

La colonne se met en route.

Étienne ne peut pas savoir si on roule vite ou non, mais ça secoue pas mal. Il manque d'air, mais s'oblige à ne plus bouger. Il revoit le corps abandonné de Vĩnh, la gorge tranchée, les yeux morts… Il en a des palpitations. Et Joseph ? A-t-il réussi à se sauver ou son corps, éventré, a-t-il été jeté par la fenêtre ?

Les véhicules freinent brutalement.

La couverture est retirée d'un geste sec. On le soulève, on le met debout.

C'est un petit aérodrome, avec une seule piste. Un bâtiment bas est éclairé, on s'en approche à pied. C'est comme un mess d'officiers, mais à la dimension miteuse d'un aérodrome bâti provisoirement vingt ans plus tôt.

Étienne est au centre d'un groupe de huit légionnaires armés qui couvrent la zone à trois cent soixante degrés. Ceux qui sont à l'arrière marchent à reculons. Le vieux soldat frappe à la porte et sans attendre l'ouvre.

— Ah, ça y est ?

C'est la voix sépulcrale du pilote allemand. Étienne le voit qui se lève de la table située au milieu de la pièce sur laquelle sont debout ou couchées des bouteilles de bière vides. Il y a un autre homme, un Asiatique au teint buriné, aux cheveux gris portant une curieuse casquette verte. Sa lèvre inférieure pend un peu, on ne sait pas s'il est idiot ou totalement ivre.

Le pilote allemand est maintenant debout face aux soldats, rien ne l'étonne. Son débit est empâté.

— Bon bah, on va y aller…

Il sort du foyer en titubant légèrement.

On repart dans l'autre sens en direction du vieil appareil qu'Étienne n'avait pas aperçu.

Des lumières s'allument au sol, en guirlande, dessinant un couloir rectiligne sur le tarmac. C'est sans doute l'acolyte du pilote qui actionne l'éclairage de la piste depuis le mess parce qu'il n'y a pas de tour de contrôle.

Arrivé à l'appareil, Étienne se tourne vers les soldats. Il veut dire quelque chose. Le vieux soldat lui fait un très léger sourire, cligne de l'œil en désignant le pilote qui s'affaire sur l'appareil.

— Ne vous inquiétez pas. À mon avis, il a piloté plus souvent bourré que sobre. Il est surentraîné.

Alors Étienne tend une main sale. Il doit poser une question silencieuse que le soldat perçoit, mais à laquelle il refuse de répondre.

— Allez, ça va comme ça, lâche-t-il en faisant signe aux autres.

Une seconde plus tard, ils sont en chemin pour remonter dans leurs véhicules et rentrer à Saigon.

Déjà le moteur de l'appareil tourne, hoquetant, faisant vibrer toute la carlingue dans laquelle Étienne s'est hissé tant bien que mal. Il est épuisé.

Le pilote lui indique une des quatre places disponibles puis il s'installe aux commandes. Alors que son regard est flou, hébété, ses gestes sont étonnamment précis. Il se tourne et prononce quelques mots inaudibles, mais à son geste Étienne comprend, cherche la ceinture de sécurité, ne la trouve pas, il renonce.

L'avion déjà tremble comme une feuille puis s'ébranle lentement. Il s'arrête un moment au centre du couloir, le moteur rugit, puis progressivement ralentit, et l'appareil se met en branle, roule d'abord doucement puis prend de la vitesse.

Étienne, malgré l'épuisement, ressent un soulagement confus, comme l'étreinte d'un étau qui, autour de sa poitrine, se desserrerait. Il est gelé des pieds à la tête. Le dossier est serré contre sa poitrine.

L'avion roule et décolle.

Très vite, par le hublot, Étienne voit, sous lui, la piste de l'aérodrome disparaître et avec elle le bâtiment éclairé, un peu plus loin les véhicules militaires qui stationnent, on devine que tout le monde a les yeux levés sur l'appareil.

L'avion dessine une grande courbe pour prendre la direction de l'ouest et repasse au-dessus du bâtiment. Juste derrière est garée une voiture aux phares allumés que les arbres découvrent.

Une sorte de limousine.

Qui attend.

L'avion est déjà à plusieurs centaines de mètres au-dessus du sol. Étienne se penche sur le hublot, il suit des yeux la voiture arrêtée.

Une limousine de luxe.

L'avion est trop haut pour permettre d'en distinguer les occupants mais Étienne en est immédiatement certain.

C'est M. Qiáo.

Saigon, septembre 1948

Il prend aussitôt conscience de ce qui va survenir et se tourne précipitamment vers le pilote.

C'est à cet instant qu'a lieu l'explosion.

Le brusque mouvement de la carlingue laisse à peine le temps à Étienne d'apercevoir le cockpit dont les vitres largement étoilées plongent dans la nuit. La porte à droite d'Étienne a été arrachée, tout vole comme dans une tempête. La tête du pilote est penchée vers l'arrière, l'appareil pique vers le sol dans une trajectoire qui devient rapidement verticale.

Étienne glisse alors sur le plancher en acier jusqu'à s'écraser contre ce qu'il reste de la cloison de séparation. Le choc l'assomme à demi. Le bruit dans la carlingue, vent, moteur, hélice est assourdissant.

En un court instant, il voit sa mère qui lui tient le visage entre ses mains et demande : « Quand vas-tu te contenter de ce que t'offre la vie, Étienne ? »

Il n'a pas le temps de répondre.

Il serre toujours son dossier entre ses bras à l'instant où ce qu'il reste de la carlingue s'écrase et explose au sol.

III

OCTOBRE 1948

34

Il ne prend pas l'avion assez souvent

Louis marchait d'un pas lourd et se surprit à ouvrir légèrement la bouche chaque fois qu'il inspirait, comme s'il avait la respiration courte. Comme les vieux, pensa-t-il. On n'arrive pas à soixante ans sans avoir traversé quelques épreuves et Louis avait eu son lot, oh oui, disait-il sans jamais préciser en quoi elles avaient consisté, mais la mort d'un enfant… Rien de pire. Et c'est maintenant seulement, après avoir encaissé le choc avec Angèle, après être allé jusqu'à la poste, avoir appelé Saigon puis François, alors qu'il revenait vers l'avenue des Français, qu'il se mit enfin à pleurer, là, dans la rue. La violence et l'abondance de ces larmes le prirent de court, il dut s'arrêter, chercha un endroit. Il y avait un espace entre deux vitrines, il s'avança et, le visage contre son avant-bras, dans la position des enfants qui jouent à cache-cache, il s'abandonna aux larmes et au chagrin en disant Étienne, Étienne, il ne parvenait pas à dire autre chose que cela, le nom de son fils qui venait de mourir.

C'est M. Cholet, le receveur des postes, le père de Geneviève qui s'était déplacé lui-même pour leur apporter le télégramme. Lui qui se réjouissait toujours des coups durs qui frappaient la famille Pelletier, cette fois ne trouva rien à dire et, la gorge serrée, à peine la porte ouverte, il se contenta de tendre à Louis le télégramme du haut-commissariat de Saigon.

Le visage de M. Cholet, le télégramme qui tremblait dans sa main, tout disait à Louis qu'une catastrophe était survenue. Cela devait concerner les enfants, sinon, que pouvez-vous craindre ?

Et il sut immédiatement qu'il s'agissait d'Étienne. Comme s'il l'avait toujours redouté, qu'il y ait eu chez cet enfant une fragilité, une porosité au malheur qui le promettait à la tragédie.

Louis prit le télégramme et, sans un mot, referma la porte sur le receveur, finalement soulagé de n'avoir pas à parler.

Angèle sortait de la cuisine et s'essuyait les mains dans son tablier à carreaux, une mèche de cheveux lui balayait le visage, elle ouvrit la bouche en voyant son mari, laissa retomber ses mains et fixa le télégramme, cette bombe à retardement qui, dans quelques secondes, allait rendre sa vie à la poussière. Ils ne bougeaient ni l'un ni l'autre. Enfin, Louis baissa les yeux, décacheta le télégramme, en prit connaissance.

Angèle ne fit pas un geste, attendant le verdict, lequel est mort, se demandait-elle, ça ne pouvait être que ça.

Jamais ils n'en parleraient ensemble, mais Angèle sut aussitôt, elle aussi, qu'il s'agissait d'Étienne.

Louis n'eut pas besoin de chausser ses lunettes.

— C'est Étienne, dit-il sans relever la tête du télégramme. Il est mort.

Alors il posa le papier sur la table, s'avança vers Angèle, la prit dans ses bras où elle pleura longuement, elle ne cessait de dire, comment, comment il est mort ? En avion. Un accident d'avion.

Louis avait serré Angèle dans ses bras, longuement, puis elle s'était détournée de lui, elle ne voulait pas qu'il la voie dans cet état, elle se rendit dans la chambre, il n'osa pas la suivre, elle ferma la porte doucement. Ce petit clic le transperça.

Louis sentit une main sur son épaule.

Il revint à lui, c'était le boulevard, à cent mètres de la poste.

Il se retourna, mais il avait tant pleuré qu'il n'y voyait plus clair, c'était une voix qui demandait, ça ne va pas ? Il chercha son mouchoir, s'essuya les yeux. C'était une femme assez petite, jeune, trente ans peut-être, qui ressemblait à n'importe quelle femme, et dont le visage était tout entier tendu vers lui.

— C'est Étienne, dit-il, il est mort.

Elle hocha la tête comme s'il avait parlé de quelqu'un qu'elle avait connu, une ancienne relation, trop lointaine pour qu'elle pleure comme lui, mais assez présente pour qu'elle en soit peinée. Elle remua lentement la tête puis, sa curiosité satisfaite, elle reprit son chemin. Elle savait pourquoi ce vieil homme pleurait ainsi en pleine rue, elle repartait rassurée.

*

« Étienne Pelletier décédé – Stop – Accident d'avion – Stop – Sincères condoléances – Stop. »

Il s'était assis à la table de la salle à manger, assommé, ne sachant quoi faire. C'est Angèle, bien plus tard, qui était venue le retrouver. Elle avait retiré son tablier, s'était changée, recoiffée. Elle avait simplement saisi le papier, l'avait déplié comme si elle voulait vérifier, accident d'avion.

— Il faut prévenir les enfants…

Elle avait failli dire « les autres enfants ». Elle s'était assise, visage vers la fenêtre, impénétrable. Louis comprit qu'ils ne parleraient pas maintenant, alors il se leva, prit sa veste et mit le télégramme dans sa poche.

À la poste, il avait demandé le numéro du journal de François. Les nouvelles n'allaient pas très vite, mais un accident d'avion en Indochine, ils avaient dû en entendre parler. Puis il avait changé d'avis.

— Je peux avoir Saigon ?

La demande n'était pas fréquente, l'employée ne savait pas comment faire, oui, certainement, elle se tourna vers une collègue plus âgée qui se leva et s'approcha du comptoir.

Louis fit un rapide calcul. Il devait être quinze heures là-bas.

— Le haut-commissariat à Saigon, s'il vous plaît, je n'ai pas le numéro.

Ce que Louis craignait, c'était d'être promené de bureau en bureau, devoir s'expliquer, y a-t-il quelqu'un qui est au courant de la mort de mon fils. Dire Étienne Pelletier, une fois, dix fois… Ce ne fut pas nécessaire.

— Monsieur Pelletier, oui…

C'était la voix d'une autorité, calme, pondérée. Jeune.

— Je vous présente mes condoléances, monsieur.

Il y eut un bref silence. L'homme parlait lentement, comme avec un étranger qui n'aurait pas maîtrisé la langue.

— Votre fils a pris l'avion à Biên Hòa, c'est à quelques kilomètres de Saigon. Pour Phnom Penh. C'était un appareil de tourisme, il est tombé au sol peu après son décollage.

Tombé au sol. Son interlocuteur ne voulait pas dire qu'il s'était écrasé.

— Il y a beaucoup de victimes ?

— Selon nos renseignements, peu.

— C'est-à-dire ?

— Nous pensons que, dans cet appareil, il n'y avait que le pilote et votre fils, monsieur Pelletier. Personne d'autre.

Étienne seul dans un avion ? Avait-il les moyens de louer un appareil ? Puisqu'il s'agissait d'un avion de tourisme, peut-être le pilote l'avait-il embarqué pour un voyage privé.

Lorsque Étienne avait reçu la nouvelle de son embauche à l'Agence des monnaies de Saigon, Louis avait regardé la carte. Phnom Penh se trouvait au Cambodge, à l'ouest de Saigon. Est-ce là qu'il y avait les temples d'Angkor ?

— Allons, papa, bien sûr ! avait répondu Étienne en riant. C'est une des huit merveilles du monde !

— On ne dit pas les sept merveilles du monde ?

— Si, papa, mais comme, sur les sept, il n'en reste plus qu'une seule debout et que le tourisme a besoin de nouveaux trésors, on a remplacé d'anciennes merveilles par de nouvelles et on a élargi le choix. Au prochain tour, ta savonnerie a toutes ses chances.

Il a réponse à tout, disait souvent son père.

— Allô, vous êtes là ? Monsieur Pelletier ?

— Oui, oui… Comment ça se fait ? Je veux dire… cet accident…

— C'était un appareil assez ancien, un Lockheed Vega, réformé il y a onze ans…

— L'avion était réformé ?

— Oui, mais la chose est très courante ! Ce n'est pas parce qu'un appareil est réformé qu'il ne peut plus voler, c'est… disons qu'il convient de procéder à des vérifications plus fréquentes.

— Pourquoi est-il tombé, alors ?

— Nous ne le savons pas encore, monsieur, il faudra attendre le résultat d'une enquête, mais, je préfère vous le dire, ça ne sera pas chose aisée.

Louis tentait de mettre les morceaux bout à bout. Un avion réformé, des vérifications, une enquête qui ne serait pas facile à conduire…

— L'avion est tombé dans une zone difficile d'accès. De plus, militairement, la région est assez instable.

— Et le corps d'Étienne… Je veux dire de mon fils.

C'était ça la différence entre Angèle et lui. À sa place, c'est la première question qu'elle aurait posée.

— Eh bien… une mission vient de partir pour… retrouver la carlingue…

Le fonctionnaire pesait chaque phonème.

— Et rapatrier les dépouilles.

— Bien, nous allons venir rapidement.

— Ça ne sera pas nécessaire, monsieur Pelletier ! Dès le retour de la mission, nous transférerons la dépouille de votre fils à Beyrouth, c'est bien là que vous vous trouvez ?

— Oui, mais je me demande quand même si…

— Que feriez-vous ici, monsieur Pelletier ? Si vous souhaitez inhumer votre fils à Saigon, bien sûr, vous pouvez faire le déplacement. Par contre, si vous préférez qu'il repose, je ne sais pas, moi, dans un caveau de famille, alors il vaut mieux laisser agir les autorités.

Louis avait bien du mal à penser. Enterrer Étienne à Saigon, Angèle ne l'accepterait jamais.

— Oui, vous avez peut-être raison…

— Voici ce que je vous propose, monsieur Pelletier. Dès que nous avons rapatrié le corps de votre fils ici à Saigon, nous procédons à son transfert vers Beyrouth, je vous envoie un télégramme, cela vous convient-il ?

Louis raccrocha, sortit de la cabine, alla payer sa communication, quitta la poste.

Des images se fabriquaient dans son esprit. Étienne montait dans un avion de tourisme, souriant, le pilote était un ami, juste quelques heures de vol et c'est le Cambodge. Les temples d'Angkor.

La dernière image marquante que Louis avait de son fils, c'était à ce repas, il avait longuement mûri son toast, il se croyait fin en levant son verre « à Saigon ». Depuis, Étienne avait appris la mort de son ami Raymond, et maintenant c'est lui qui laissait sa vie là-bas. Louis se serait battu !

Il était à mi-chemin de la maison lorsqu'il se souvint qu'il devait prévenir les autres enfants.

Il était vraiment fatigué. Il pria le ciel pour que François soit en reportage à l'extérieur, il laisserait un message, il ne se sentait plus de force.

*

— Tiens, bois ça, dit Denissov en lui tendant un verre de whisky.

François fit un geste de refus, il détestait ça. Il était en présence de son patron, ne te laisse pas aller, se disait-il. Mais c'était tellement, tellement violent.

François n'avait pas eu le choix, il était dans le bureau du patron quand on lui avait passé la communication, on discutait de l'affaire Mary Lampson.

— C'est le papa de François, avait dit Monique en passant la tête. Il paraît que c'est très urgent…

Denissov lui avait tendu l'appareil à bout de bras.

— Étienne est mort, avait dit son père d'une voix blanche.

La pièce avait chaviré.

Denissov, assis derrière son bureau, sembla flotter, tanguer de droite et de gauche, s'enfoncer dans les airs. François connaissait cette sensation, il l'avait ressentie autrefois pendant la guerre, quand la panique le gagnait.

— Il est mort comment, balbutiait-il, comment c'est possible ?…

Sa voix était étranglée.

Denissov se leva, faisant mine de chercher quelque chose, et quitta le bureau. François céda à l'émotion, il s'effondra sur le fauteuil réservé aux visiteurs. Le fil était trop court, l'appareil chuta. François se précipita.

— Papa, tu es là ?

— Oui, dit M. Pelletier. Un accident d'avion. En allant à Angkor…

Il y eut un long silence.

— Il est mort quand ?

Louis n'avait pas demandé…

— On a été prévenus tout à l'heure…

C'est tout ce qu'il pouvait dire.

Ils vont rapatrier son corps à Beyrouth…

C'était donc vrai, pensa François, Étienne est bien mort.

— Je t'envoie un télégramme dès qu'ils disent quand Étienne sera chez nous.

La formulation était très confuse, mais il comprenait les difficultés de son père à s'exprimer.

— Préviens Hélène et Bouboule, s'il te plaît.

Eh ! allait s'écrier François, mais son père achevait déjà.

— Il faut que j'aille m'occuper de ta maman. Je t'embrasse, mon grand.

Il raccrocha.

François était sonné.

Denissov, de retour, faisait le tour de son bureau.

— Mon frère, crut nécessaire de dire François.

Il avait honte de pleurer ainsi en présence de Denissov, mais il était incapable de se lever, de sortir, il se trouvait obscène. C'est à ce moment que son patron lui tendit le verre de whisky, l'équivalent américain du mouchoir, que François refusa d'un geste, il avait peur que ça le fasse vomir, il ne manquerait plus que ça.

— Comment est-il mort ?

— Un accident d'avion. Au Cambodge.

Ce fut le déclic.

S'il avait été seul à la maison, il n'y aurait pas songé, mais ici, dans le bureau du patron, l'information prenait une tout autre portée. N'importe où « accident d'avion » signifiait « accident d'avion », mais pas ici, pas dans ce bureau, pas dans les circonstances actuelles. Il faillit tout expliquer à Denissov, son frère qui promettait un dossier, un scoop, un scandale politico-financier, des gens haut placés qui percevaient les produits d'un trafic de la piastre en Indochine, mais il savait que tout cela manquait de fond. D'autant que le dossier d'Étienne devait avoir disparu avec lui. « Je ne me sépare de rien, François, pas de copies ! »

— Il était militaire ?

— Non, il travaillait à Saigon, à l'Agence des monnaies.

— Si tu veux un congé pour aller là-bas…

— Non, je vous remercie, non, ils vont rapatrier le corps chez lui, à Beyrouth, enfin, je veux dire, chez ses parents…

Décidément il n'arrivait pas à s'exprimer correctement lui non plus, impossible de trouver le mot juste.

— Je dois prévenir Hélène, ma sœur. Et mon frère aîné.

Il était parvenu à se mettre debout.

— Bien sûr, disait Denissov. Informe Malevitz et vas-y mon vieux, prends ton temps.

Et la mort d'Étienne se faisait un peu moins cruelle parce que François pouvait y penser autrement, sous l'angle d'un fait divers tragique qui n'était peut-être pas un accident…

*

Octobre 1948

On ne savait jamais à quelle heure arriverait Hélène. Ni avec qui. Ni dans quel état.

François fumait cigarette sur cigarette, sans penser à ouvrir la fenêtre. L'opacité de la pièce faisait écho à la confusion qui régnait dans son esprit. Il se sentait déjà fautif du désordre de la vie d'Hélène mais, avec la mort d'Étienne, il redoutait qu'elle s'enfonce davantage encore dans la vie dissolue qui devait être la sienne. Son haleine fréquemment chargée d'alcool, d'odeur de tabac, mais surtout ses yeux brillants aux pupilles dilatées, son humeur souvent belliqueuse faisaient craindre qu'elle ne soit déjà aux prises avec des pratiques mortifères que son goût pour la provocation ne ferait qu'amplifier.

Il avait choisi de l'attendre, de commencer par elle parce que, dans l'immédiat, c'est ce qui lui demandait le moins d'effort, il se sentait épuisé, vidé. Ensuite, il se rendrait porte de la Villette, annoncer la nouvelle à Bouboule.

Il n'avait pas allumé la lumière. Inerte, comme fondu dans le fauteuil, saisi par un vide qui le laissait sans force. Des images d'Étienne remontaient à la surface. Ils n'avaient qu'un an de différence, mais tout les séparait et tout avait conduit Étienne au rapprochement avec sa sœur pourtant sa cadette de cinq ans.

Il revit son frère à l'école où il était si seul. Ils n'étaient pas de la même bande, ou plutôt Étienne n'était d'aucune et pour François c'était une douleur vive de se rappeler maintenant sa solitude, cet éternel sourire qui prenait, avec sa mort, des allures infiniment douloureuses. Ils jouaient peu ensemble. François ne pouvait se souvenir sans honte de la distance qu'il maintenait avec son frère parce que son « côté délicat », comme disait leur mère, froissait sa jeune virilité. Il surprenait bien, dans la cour, les plaisanteries qui confinaient vite à l'insulte et qu'il faisait semblant de ne pas entendre. Je le défendais ! se dit-il pour se disculper, et c'est vrai qu'il n'avait jamais laissé Étienne seul face à l'adversité, mais il le faisait toujours au dernier moment, presque à contrecœur, et lorsqu'il frappait sur un autre gars qui avait insulté Étienne, c'est sur son frère mentalement qu'il tapait, d'où sa force... C'était irréparable, la mort d'Étienne, il ne pourrait plus lui dire combien il était désolé, malheureux.

Alors il releva la tête. Une lueur blanchâtre baignait la pièce.

Quelqu'un sonnait à la porte.

Hélène. Il se leva lourdement. La sonnerie retentit de nouveau, énervée, impatiente, il s'avança déjà éreinté par le poids de la tâche qui lui incombait. C'est en posant la main sur la poignée de la porte qu'il réalisa qu'Hélène avait sa clé, qu'elle ne sonnait jamais lorsqu'elle rentrait.

Il ouvrit, ce n'était pas Hélène.

C'était Geneviève, le visage furieux, qui entrait en force dans l'appartement, faisait trois pas rageurs et se tournait vers lui :

— Alors, comme ça, la famille n'a aucune importance !

François ne comprenait pas…

Elle agitait à bout de bras un papier qu'il ne parvenait pas à distinguer.

— J'en ai assez de ce mépris, comprends-tu ? Je sais bien que je n'ai jamais été pour vous qu'une pièce rapportée, on me dédaigne, on me supporte à peine, je ne compte pour rien !

Elle fonça sur François comme pour le pousser par la fenêtre et ne s'arrêta que lorsqu'elle fut tout contre lui, il sentait la rage exhaler de toute sa personne.

— Quant à môssieur, parce qu'il écrit dans un journal, il pense qu'il peut regarder tout le monde de haut, et jusqu'à son frère aîné ! Eh bien non, mon cher, ça ne se passera pas comme ça !

— Je ne comprends pas… De quoi tu me… ?

— Ah oui ? Tu ne comprends pas ?

Elle continuait d'agiter son papier et marchait de long en large dans la pièce, on aurait dit qu'elle allait tout casser.

— Parce que Jean n'a pas le droit de savoir, c'est ça ? C'est réservé aux autres ? Jean, on le méprise et sa femme avec ?

— Mais de quoi tu me parles, bordel de Dieu !

François avait crié. Geneviève n'en fut nullement démontée.

— La mort de son frère, Jean n'a pas le droit de le savoir ! Tu trouves ça normal, toi ? Eh bien, bravo ! Il est l'aîné, je te signale ! Prévenir Jean, ça devrait être ta priorité, ta priorité ! Au lieu de quoi tu es là à baver dans ton fauteuil, à fumer des cigarettes en attendant quoi ? La Saint-Glinglin ?

C'est un télégramme qu'elle tenait à la main, François le distinguait maintenant tandis qu'elle déambulait dans la pièce comme un dindon courroucé.

— De toute manière, Jean, c'est un faible, il s'est toujours laissé faire par toute la famille ! Un couard, voilà ce que c'est ! Ah, si j'avais su ! Mais on s'est bien gardé de me le dire, quand il s'est agi du mariage ! On était bien trop content de le fourguer à quelqu'un, cet imbécile !

François maintenant avait repris son sang-froid. Ainsi, cette femme, à l'annonce de la mort d'Étienne, ne trouvait rien de mieux à faire qu'un scandale sur…

— Heureusement que j'ai un père ! poursuivait-elle. Que j'ai une famille parce que…

— Tu vas la fermer maintenant ! cria-t-il, au comble de l'exaspération.

Je vais la foutre à la porte, se dit-il, et il s'avança vers elle d'un pas décidé, mais Geneviève regardait derrière lui, il se retourna, c'était Hélène, les yeux brillants.

— On vous entend d'en bas, dit-elle.

La scène lui semblait étrange, elle n'avait jamais vu François et Geneviève se disputer, que s'était-il passé pour qu'ils en viennent à s'écharper ainsi ?

— Ah oui ? dit Geneviève sur un ton suraigu. Eh bien, je suis très contente qu'on nous entende d'en bas, imagine-toi ! Que le monde entier l'entende que votre frère est un…

Elle éructait, cherchait les mots, elle ne trouvait pas, il y eut un silence. Elle jeta le télégramme par terre.

— Je trouve qu'il ne prend pas l'avion assez souvent, moi, votre Bouboule !

Elle fit un geste qui se voulait auguste, comme se draper dans une toge imaginaire et, après une vigoureuse torsion du torse, d'un pas aussi décidé qu'à son entrée, elle quitta l'appartement en claquant la porte derrière elle.

Le regard d'Hélène passait de François au télégramme qui gisait au sol. Ils s'avancèrent ensemble, mais c'est Hélène qui le saisit la première.

Elle lut, blêmit et éclata en sanglots.

Elle se rua sur François dont elle tambourina la poitrine à coups de poing. « Étienne, je ne veux pas, Étienne… » François la laissa faire, il tenait ses épaules dans ses mains, levait le menton pour éviter les coups. Au bout d'un temps, Hélène faiblit, elle se blottit contre son frère et pleura longuement. Puis, d'un coup, elle se sépara de lui et se précipita dans sa chambre dont elle claqua la porte.

Le télégramme était par terre.

François ne put s'empêcher de le repêcher une nouvelle fois.

Il ne prend pas l'avion assez souvent

« Étienne Pelletier mort accident avion Saigon – Stop – Dépouille rapatriée à Beyrouth prochainement – Stop – M. Pelletier appelé François qui préviendra Hélène et Jean – Stop – Papa. »

À la poste de Beyrouth, M. Cholet ne payait pas les télégrammes.

35

Étienne n'était pas comme ça

Même le temps s'y était mis. Depuis la veille un vent irascible et glacé balayait la ville et vous giflait dès que vous posiez un pied dehors. Et, aux yeux de Louis Pelletier, tout ressemblait à ce climat désordonné et violent qui heurtait son besoin d'ordre et de structure. Tout avait commencé par le retour de la dépouille d'Étienne.

Angèle avait éclaté en sanglots, elle aurait tué la terre entière, il avait fallu que Louis la retienne parce que les restes d'Étienne, c'était un cercueil en bois de rebut qu'on aurait dit promis à la décharge. Les employés des pompes funèbres se hâtèrent de le faire disparaître, Angèle pleura toute la journée.

Louis demeurait hanté par une autre question. Qu'y avait-il dans cette boîte ? Que restait-il exactement de son fils ? Des morceaux qu'on avait mis dans des sacs plombés ? Ça lui faisait un chagrin infini de penser qu'il était là, dans cette boîte de facture médiocre, et que ce n'était même pas lui, mais seulement ce qu'on en avait retrouvé.

C'était l'acte inaugural d'un événement long et complexe qui se déroula sans ordre, sans méthode, tout n'était qu'une suite de décisions improvisées qui, n'émanant de personne, émergeaient soudain du chaos ambiant. Louis sentait que personne ne pouvait les aider.

Par exemple, cette décision que le cortège partirait de la maison. C'est Angèle qui avait décrété cela. D'une manière si ferme, presque cassante, que cela donnait l'impression qu'elle y tenait plus que tout, il avait cédé. Moyennant quoi, entre le personnel des pompes funèbres et la famille, on s'était bousculé dans l'appartement et les amis, les voisins, les connaissances, les relations s'étaient étagés dans l'escalier jusqu'à ce qu'un employé vienne aimablement leur demander d'attendre dehors où l'on se gelait. De plus, l'appartement était assez vaste, mais certaines pièces difficiles d'accès. Le cercueil était entré légèrement de biais afin de passer les portes et le corridor étroit menant aux chambres. Louis redoutait la sortie parce que, avec le corps d'Étienne à l'intérieur, on ne pourrait pas essayer dans un sens puis dans l'autre, pourquoi pas debout, aussi ? Louis rongeait son frein. On ne pouvait plus parler à personne, de toute manière.

Tenez, cette histoire de messe.

Étienne n'avait pas mis les pieds à l'église depuis sa première communion. Il y avait un nouveau curé, arrivé à la paroisse trois ans plus tôt, personne dans la famille ne connaissait son visage, c'est dire si on était peu pratiquants, chez les Pelletier. Mais Angèle, malgré ses convictions laïques, avait décidé qu'il y aurait une messe, alors allons-y pour une messe.

Louis admettait tout, il bougonnait seulement dans son for intérieur, lui aussi avait le cœur lourd, rien ne se voyait. C'est à lui qu'était échu le soin d'acheter la place au cimetière et la tombe qui, dans son esprit, était rapidement devenue le caveau familial. C'est pour inhumer Étienne, le plus jeune des fils, qu'on allait inaugurer un monument auquel Louis, pourtant le plus âgé de tous, n'avait même jamais songé pour lui-même. C'est le seul sujet sur lequel il y avait eu discussion avec Angèle.

— C'est très prétentieux, avait-elle dit en voyant, sur le catalogue du marbrier, la photographie du monument que Louis avait repéré.

— C'est estimable, avait-il répondu.

On voyait à peu près ce qu'il voulait dire.

Angèle comprenait bien que c'était la version mortuaire de son besoin de respectabilité, celui qui l'avait poussé naguère à faire peindre en grandes lettres au-dessus du porche de la fabrique : « Maison Pelletier et Fils », mais cette fois, ça concernait toute la famille, cette pensée la glaça. Elle vit non pas elle, ni même Louis dans ce caveau, mais tous ses enfants, comme s'ils étaient tous promis à un décès prématuré, que la famille allait être décimée d'un jour à l'autre, qu'elle avait entamé de sinistres pourparlers avec la mort. Elle céda néanmoins.

C'était un bâtiment funéraire en forme de temple grec avec fronton en triangle, crépi, deux marches menant à un stylobate à trois colonnes (à cannelures, avec volutes, feuilles d'acanthe, corniche, denticules au fronton, de la cimaise au rampant), pronaos, grille en fer forgé et, au tympan, sculptées en haut-relief, les lettres « Famille Pelletier » en grandes capitales. C'était vaniteux, mais même les enfants ne dirent rien parce que, dans ce deuil, chacun faisait comme il pouvait.

Les choses ensuite devinrent plus prosaïques. Au cimetière, le cercueil fut descendu à l'aide de cordes. Le prêtre qui avait accompagné le cortège était un homme déçu. À la messe, aucun membre de la famille ne s'était souvenu de ce qu'il fallait faire, s'asseoir, se lever, chanter, répondre, se signer, ces gens-là n'avaient pas de religion, on le voyait bien, Louis observait les Cholet qui s'y connaissaient en la matière, afin de les imiter. Pour le curé, c'était assez pénible d'assister à ce désordre, cette hésitation. Aussi au cimetière se contenta-t-il de quelques mots, il estimait que sa présence était une concession suffisante.

Alors ce fut le défilé.

Les employés des pompes funèbres avaient omis ce détail parce que, pour eux, ça allait de soi, mais toute la famille se sentit flotter lorsqu'on la mit en rang près de la fosse et que la foule se plaça en file indienne, mon Dieu, combien étaient-ils, des dizaines, une centaine, et s'avança pour jeter une fleur sur le cercueil et serrer les mains, toutes les mains, dire ces choses ridicules, embarrassées, des mots grommelés qu'on n'entend même pas, qu'on n'écoute pas, ce fut trop pour Angèle, elle prit le bras de Louis, ramène-moi à la maison. Hélène, épuisée par les larmes, saisit l'autre bras de sa mère. Ils s'éloignèrent lentement, à pas courts et comme vacillants.

Les deux fils restèrent là, debout près de la fosse, seuls, déboussolés, dépassés par la circonstance. Alors Geneviève, qui étrennait son ensemble de deuil, tendit le bras vers la première personne en penchant la tête d'un air affligé, et reçut les condoléances avec un chuchotement douloureux de remerciements. Jean se tourna vers elle pour lui dire que peut-être ce n'était pas…

— Laisse, Jean, le coupa-t-elle, c'est mon devoir.

Alors on vit les dizaines de présents passer un à un et serrer la main de Geneviève, lui donner une brève accolade, lui adresser des mots de réconfort qu'elle acceptait avec un ineffable masque de *mater dolorosa*.

*

Les enfants, cette fois, étaient venus de Paris en avion, à cause de l'urgence. Il était convenu qu'ils repartiraient dès le lendemain. M. Pelletier avait payé les billets et s'était, à cette occasion, demandé quand ils seraient « tirés d'affaire ». Il payait volontiers pour eux, mais aurait été rassuré de les savoir à l'abri du besoin.

Quand Angèle acceptait que Louis fasse livrer les repas par le restaurant, c'est qu'elle allait mal. D'ailleurs, elle alla se coucher sans dîner. Hélène la rejoignit.

Les trois hommes (Geneviève passait la soirée chez ses parents où on la plaindrait beaucoup, tant pour son mariage avec Jean que pour la douloureuse et soudaine perte de son beau-frère), les hommes, donc, se retrouvèrent au salon. Lorsque M. Pelletier eut pris des nouvelles de leur travail et de la cohabitation de François et de sa sœur (tout va bien, répondit celui-là pour se débarrasser, il y aurait eu trop à dire), il s'intéressa à Jean et à cette affaire de boutique de linge de maison pour laquelle il ne nourrissait pas une confiance démesurée. Non à cause du projet commercial, mais parce que, selon lui, un homme qui n'avait pas réussi dans le savon n'arriverait jamais à rien. « Tout va bien », répondit Jean. Pour Louis, rien de plus inquiétant.

Après quoi, quand la conversation fut retombée, on fuma des cigarettes, chacun contempla son verre de fine en sombrant dans ses pensées.

Dans la chambre, Angèle et Hélène s'étaient assises côte à côte sur le lit.

— Je ne t'ai même pas demandé, ma chérie, les Beaux-Arts, alors, ça te plaît ?

— Beaucoup.

C'était venu sans la moindre hésitation et toute l'énergie qu'elle pouvait mettre dans ce mensonge y était passée.

— Mais je n'ai pas trop envie d'en parler…

— Bien sûr, dit Angèle, conciliante.

Cette réponse lui suffisait, elle avait l'esprit ailleurs.

Hélène avait préjugé de ses forces et, alors qu'elle avait accompagné sa mère pour lui tenir compagnie, c'est elle qui s'était assoupie tandis qu'Angèle, assise près du lit, lui tenait la main en pensant à son fils mort.

Où donc étaient ses affaires ? se demandait-elle. On avait rappelé le haut-commissariat, quelqu'un devait se renseigner, personne n'avait donné signe de vie. Étienne avait pourtant une malle, des vêtements, des objets qui lui appartenaient ! Louis avait promis de rappeler de nouveau Saigon, mais il y avait eu tant de choses à faire. Quelle fatigue… Lui revint alors à l'esprit ce moment, quelques jours avant son départ, tiens, c'était le jour de l'anniversaire de la fabrique, ils étaient rentrés ensemble, Étienne avait posé sa tête sur ses genoux et Joseph… Personne n'avait plus songé à lui. Qu'était-il devenu, ce pauvre chat ?

Hélène se réveilla en sursaut, excuse-moi, maman, je me suis endormie…

Parce qu'il était naturel que le sujet vienne à l'esprit de chacun et que ce moment de calme s'y prêtait, la même conversation anima les trois hommes au salon et les deux femmes dans la chambre.

On évoqua les causes de la mort d'Étienne.

François raconta à son père son appel, sa demande d'un article, le dossier qu'il pensait apporter à Paris quelques jours plus tard avec des preuves concernant un scandale politico-financier…

— À quel sujet ? demanda M. Pelletier.

— La parité de la piastre et du franc.

Louis écarquilla les yeux.

— Qu'est-ce que ça peut avoir de scandaleux ? Oh, de toute manière, Étienne n'était pas comme ça, décréta-t-il.

— Pas comment ?

— Du genre à dénoncer des scandales ! C'était un poète, Étienne, pas un chevalier blanc.

— Pourquoi m'aurait-il appelé à ce sujet ?

— Il avait peut-être des choses à dire, mais tu l'imagines sérieusement en enquêteur ?

Ce doute était précisément celui qui taraudait François depuis le début. Il avait toujours été très perplexe sur la nature de ce scandale et sur la capacité de son frère à réunir des preuves tangibles dans une pareille matière.

— Il devait venir à Paris, me dis-tu ? reprit M. Pelletier. En ce cas, pourquoi a-t-il pris un avion de tourisme pour aller voir les temples d'Angkor ?

Dans la pièce d'à côté, la flamme d'Hélène, sa certitude qu'Étienne avait été victime d'une sombre machination, rendit Angèle aussi dubitative que son mari.

Apprenant qu'il s'était envolé seul avec un pilote, elle flairait plutôt une énième histoire d'amour…

— Tu devrais essayer de dormir, ma chérie.

36

Il se trouvait de nouveau dans l'impasse

Les enfants rentrèrent en France assez partagés sur cette histoire.

Le moins investi était Jean qui ignorait même que la piastre fût la monnaie du pays et ne comprenait pas en quoi cette affaire pouvait constituer un scandale. Hélène, elle, était très remontée et animée d'une énergie vengeresse. Elle pressait François d'enquêter, de mobiliser toute la rédaction du *Journal*, rien n'allait suffisamment vite et elle trouvait son frère timoré.

Lui s'initia d'abord à la question de la monnaie en Indochine. Ce qu'Étienne lui avait dit sur la parité des monnaies se confirma rapidement. Il était facile d'imaginer la tentation que représentait l'envoi de piastres en France dont la valeur doublait comme par enchantement.

Son embarras tenait à sa mauvaise conscience. Il espérait être tombé sur une affaire comme tout journaliste rêve d'en découvrir et sentait qu'il utilisait la mort de son frère. Il ne voyait pas comment s'y prendre sans alerter le *Journal* qui ne lui donnerait des moyens d'investigation que s'il présentait des éléments tangibles, éléments qu'il n'obtiendrait pas sans les ressources de la rédaction, c'était une boucle sans fin.

Pendant tout son séjour à Beyrouth et le voyage de retour, il ne cessa de tourner cette question en tous sens, de lire et relire la liste des initiales qu'Étienne lui avait donnée (E. N. ; P. R. ; D. F. ; A. M. ; S. R.), cinq personnalités censées percevoir le fruit de ce trafic de piastres, tout ça était bien vague.

Il entreprit de se rapprocher d'un collègue, André Lucas, cheval de retour qui avait tout vu dans le journalisme et qui naviguait à son aise dans le marigot politique depuis les années vingt. Avec ça, brave type qui répondait volontiers aux questions. Il n'était pas à la rédaction, François allait repartir.

— Tu le cherches pourquoi ? demanda Baron qui, lui, se trouvait bien là et que l'arrivée de François agaçait clairement.

— Rien, un renseignement.

— Un renseignement, ça n'est pas rien.

— Non, je veux dire…

— Sur quoi ?

— La banque Godard. Et Hopkins Brothers.

Baron leva les sourcils.

— À quel sujet ?

François se contenta de sourire, Baron accepta la réponse, mais sans le sourire.

— Des banques privées, dit-il, mais pas accessibles au *vulgum pecus*. La banque Godard exige un montant astronomique de dépôt pour vous ouvrir ses portes. En échange, elle vous garantit l'opacité totale sur toutes vos transactions. Hopkins est en cheville avec toute la racaille de la Bourse et du profit illicite. Parmi les squales de la finance internationale et crapuleuse, ces deux-là sont à peu près ce qu'on fait de mieux.

La petite musique que François avait commencé à entendre dans cette affaire venait de monter d'un ton.

— Tu envisages d'ouvrir un compte chez eux ? demanda Baron.

— C'est ça, dit François en faisant mine de rire à la plaisanterie, ce qui lui permit de sortir du bureau sans fournir d'explication supplémentaire.

N'ayant aucune chance d'obtenir une liste des clients de ces établissements bancaires – le fisc lui-même devait y échouer –, il se trouvait de nouveau dans l'impasse.

Il avait affiché, au-dessus de son bureau, la liste des initiales, mais ne la regardait quasiment jamais, il la connaissait par cœur. Il se la récitait machinalement, comme une comptine. Lorsqu'il voulait lui échapper, elle revenait, obscure et entêtante.

C'est une jeune femme, trente ans environ, qui le tira de cette obsession.

Elle l'attendait sur le trottoir. « Tenez, c'est lui, le voilà », dit un collègue qu'elle avait consulté. Elle s'avança avec une retenue qu'il attribua à de la timidité, elle se tenait devant lui les mains serrées sur les lanières de son sac à main, elle exhalait l'inquiétude.

— Monsieur Pelletier…

Elle parlait bas. Elle regarda autour d'elle comme pour y chercher du secours. Elle était plus jeune que François ne l'avait d'abord pensé, vingt-cinq ans, peut-être moins et, ma foi, vue de près, bien jolie. Elle était habillée avec goût, un goût simple, destiné à n'être pas remarqué. Elle avait l'air de tenir un rôle, c'était une jeune femme déguisée en épouse.

François fut aussitôt frappé par cette idée.

Il la prit par le bras, venez, dit-il, il voulait que personne ne la voie, il y a un café là-bas, elle se laissa emmener docilement. Quand il se tournait vers elle, il avait l'impression qu'elle allait se mettre à pleurer. Il pressa le pas et, tout en marchant, en disant c'est juste ici, on est presque arrivés, il réfléchissait à toute allure, déjà des stratégies se dessinaient dans son esprit.

Il choisit un emplacement tout au fond de la salle.

— Je vous en prie, dit-il en l'invitant à prendre place.

Il prit son manteau, le posa sur la chaise à côté de lui. Elle portait un parfum délicat. Dès qu'elle fut en face de lui, pas de doute, elle était jolie. Les sourcils évoquaient deux ailes longues et fines au-dessus d'un regard intense, d'une bouche petite admirablement dessinée.

— Et, donc, vous étiez dans la salle du Régent le jour de la mort de Mary Lampson, c'est bien ça ?

Elle ouvrit la bouche sur un « O » parfait. Qu'est-ce que ça pouvait être d'autre ?

— Que puis-je faire pour vous ? Comment vous appelez-vous ?

La jeune femme avala difficilement sa salive.

— C'est justement à ce sujet…

C'était paradoxal, elle parlait bas, se voulait discrète jusqu'à l'effacement mais elle le fixait avec une rare intensité.

— Ah, reprit François. Vous ne voulez pas dire votre nom, c'est pour cette raison que vous n'êtes pas allée à la police ?

Elle fut aussitôt soulagée. Elle sourit. Mon Dieu, ce sourire…

— Je m'appelle Nine. Enfin, normalement, c'est… Pour tout le monde, c'est Nine…

François tendait l'oreille tant elle parlait bas, elle s'en aperçut, haussa légèrement le ton. Elle avait laissé ses mains croisées sur la table, elle ne portait pas d'alliance. Le garçon survint, elle leva la tête, François en profita pour baisser les yeux vers sa poitrine. Ce qu'il en devinait…

— Je voulais vous demander conseil…

N'avait-elle pas un brin d'accent ?

— Pourquoi à moi ?

— Parce que c'est vous qui couvrez l'affaire pour le *Journal*, vous connaissez le juge…

Accent hollandais ? nordique ? Les mots arrivaient par courtes salves. Si François ne venait pas à son secours, ils y passeraient la journée.

— Vous voulez savoir si le juge accepterait votre témoignage anonymement, c'est cela ? Sans que votre nom paraisse ailleurs que dans le secret de l'instruction…

La jeune femme fit un petit signe de tête.

— Avec qui étiez-vous au Régent, Nine ?

C'était cruel de sa part, mais il le sentait, il avait envie de lui faire un peu de mal. Elle ne répondit pas et la gêne changea de camp. François, pour prendre une contenance, sortit un carnet et un stylo qu'il posa sur la table. Elle ne regardait pas ses gestes, fixait son visage, elle ne le quittait pas des yeux, François commençait à se sentir vaguement mal à l'aise.

— Concernant le meurtre, vous avez vu quelque chose de particulier ?

— Non, rien du tout ! C'est pour ça aussi que je ne suis pas allée… Vous voyez…

Quand elle parlait ainsi, spontanément, son accent se percevait plus nettement mais restait indéfinissable.

— Et votre… La personne qui vous accompagnait ?

— Rien non plus, nous avons entendu le cri de la femme et nous sommes sortis très vite du cinéma, comme tout le monde.

S'il comprenait pourquoi Nine ne s'était pas présentée à la police, il cherchait la raison pour laquelle

elle le faisait aujourd'hui. Les doigts de Nine tremblaient légèrement sur l'anse de sa tasse.

— À cause de lui ?...

François ne pouvait pas résister à l'envie de venir à son secours. Elle hocha la tête. Le reste, pour lui, était sans importance. Ça n'allait plus très fort entre Nine et son amant et il y avait entre eux cette faute de ne pas s'être présentés à la police, elle voulait se débarrasser de cette hypothèque.

Là-bas, près du comptoir, le garçon laissa échapper un verre qui s'écrasa sur le sol, « Et merde ! ». François, comme tous les clients, se tourna machinalement vers le zinc. Le voyant faire, la jeune femme se tourna à son tour mais d'un mouvement brusque, inquiet, comme si elle craignait d'être surprise.

— D'accord, dit François quand elle fut revenue vers lui. Je vais trouver le juge et tenter de négocier le silence sur votre identité à tous deux. Votre am... enfin, lui aussi devra se présenter devant le juge, vous comprenez ?

Elle comprenait. Mon Dieu, ces yeux...

— Si je l'obtiens..., reprit François.

— Si vous ne l'obtenez pas ?

— Vous restez dans l'ombre. De toute manière, sur le crime, si vous n'avez rien à dire, ça ne changera pas grand-chose.

— Et si vous l'obtenez ?

Ah, ce qu'il aurait aimé être capable de lui dire : « Si je l'obtiens, vous couchez avec moi, venez passer une nuit avec moi », rien que d'y penser, il en avait la gorge serrée.

— Qu'est-ce que je vous devrai ? insista Nine.

La question de la contrepartie. François tenta de sourire.

— Vous pouvez payer les cafés.

Elle fut troublée. Toute offrande suppose un remboursement et François plaçait la jeune femme dans l'impossibilité de liquider sa dette. Ils en furent gênés. Il se leva.

— Vous avez un numéro de téléphone où je peux laisser un message ?

Disant cela, il déposa de la monnaie dans la soucoupe. La situation était si fausse qu'elle ne tenta même pas de payer.

Elle hésitait, son regard s'évadait vers la terrasse, revenait à lui, à la manière de quelqu'un qui aurait mûri sa réponse mais, devant l'obstacle, hésitait encore.

— Si vous n'avez ni téléphone ni adresse…, coupa François sur un ton excédé. Bon, appelez-moi demain à la rédaction du journal.

Il était furieux qu'elle lui demande un service sans rien donner en échange. Il ne put s'empêcher :

— Vous ne serez pas compromise.

Elle lui tendit la main. Il la serra à contrecœur. C'était seulement pour sentir sa main, prendre quelque chose d'elle.

37

L'envie de lui faire mal

— Pas question ! dit le juge.

Il fut néanmoins déboussolé en voyant François accepter son verdict et se diriger aussitôt vers la porte.

— Attendez, murmura simplement le commissaire de sa voix de fille.

Mais François ne l'écouta pas et franchit le seuil.

— Restez là !

Le juge l'avait rejoint dans le couloir en courant sur ses petites jambes, suivi du policier qui avançait de son grand pas calme.

— Cette personne doit se présenter à la justice ! C'est…

Il chercha le mot, se tourna vers le commissaire qui n'était pas disposé à l'aider.

— C'est obligatoire !

— Eh bien, dit François, allez le lui dire.

— Mais, je ne sais pas où est cette personne ! Je ne la connais pas, moi !

Il prenait toujours le commissaire Templier à témoin, le policier se contentait de le regarder fixement, ce qui décuplait son malaise. François poursuivit vers l'escalier en lâchant :

— Vous ferez sa connaissance dans le *Journal*...

— Attendez !

Il courait de nouveau vers François, mais cette fois, il le contourna et se planta devant lui pour faire barrage de son corps.

— Vous n'avez pas le droit !

François échangea un court regard avec le commissaire que cette scène amusait beaucoup.

— Qu'est-ce que vous attendez de ce témoignage, monsieur le Juge ? Les deux témoins qui vous manquent, et que je vous apporte sur un plateau, étaient assis au beau milieu d'une travée.

Le juge plissa les yeux. Il revoyait la salle du Régent le jour de la reconstitution et ces deux fauteuils vides en plein milieu.

— Vous pensez, poursuivit François, qu'ils ont dérangé toute leur travée pour aller assassiner Mary Lampson ? Ou qu'ils ont vu quelque chose qui aurait échappé à des gens assis plus près qu'eux de la porte des toilettes ?

Le juge Lenoir n'était jamais plus touchant que lorsqu'il se noyait. Dans ces moments-là, ses traits avaient des profondeurs insoupçonnées comme on en voit sur le visage des imbéciles.

— Je vais vous dire ce qui va se passer, conclut François. Nous allons publier l'histoire de ces deux personnes en prévenant le lecteur que les noms sont changés. Et vous serez le seul à ne rien savoir de ce que tout le monde apprendra en même temps que vous.

Le juge comprit qu'il était une nouvelle fois battu.

La reconstitution au Régent n'avait pas été une réussite, celle du trajet de Servières avait tourné au fiasco, le sort s'acharnait contre lui.

Il se contenta de hocher la tête. Même le mot « oui » était au-dessus de ses forces.

*

Elle n'appela pas le *Journal*, elle vint. Il la trouva sur le trottoir opposé, au même endroit que la fois précédente, tournant nerveusement les anses de son sac entre ses doigts gantés mais cette fois elle n'esquissa pas un geste, c'est lui qui traversa la rue. Elle le fixa avec cette intensité qui n'appartenait qu'à elle.

— Excusez-moi…

Et sa voix provoqua chez François un précipité dans l'estomac.

— Le juge vous entendra en toute discrétion, dit-il, l'anonymat vous sera assuré.

Il ne put s'empêcher d'ajouter :

— Si aucune charge n'est retenue contre vous.

— Comment… aucune charge ?…

— Je sais ce que vous m'avez dit à moi, je ne sais pas ce que vous aurez à dire au juge…

C'était méchant, plus fort que lui, l'envie de lui faire mal.

— Mais… la même chose !

— Eh bien, parfait.

Il attendit, ça ne venait pas. Mais enfin, après un long silence :

— Je vous remercie beaucoup.

Ah, quand même !

— Ce n'est rien, je vous en prie. Au revoir.

*

Mathilde avait un côté autoritaire, impatient qui agaçait François. Au fond, se disait-il, ses airs détachés masquent une femme dominatrice… C'était de la pure mauvaise foi, Mathilde avait simplement envie de faire l'amour et, dans ces cas-là, elle était très persuasive, François en montrait toutes les preuves.

— Je préfère ta physiologie à ta psychologie, dit-elle. C'est à elle que je m'adresse maintenant.

En disant cela, elle se penchait sur la question, François se sentit saisi par un désir qu'il ne ressentait pas. Il essaya de se dégager, Mathilde prit cela pour une velléité. En cela, elle n'avait pas tort, François céda, mais ce fut pire encore. Le visage de Nine s'interposait, rendant vaine toute tentative d'abandon.

— Bien, dit alors Mathilde en se relevant.

Elle rajusta sa jupe, son chemisier, elle souriait, tout ça n'avait pas grande importance.

— Comme l'impression que je ferais mieux de te laisser.

— Attends !

François la prit contre lui, elle se plia à l'exercice, mais continua à s'habiller en se contorsionnant, enfila son manteau, lui posa un baiser sur la bouche. Il la regarda sortir et il ne savait pas s'il en était soulagé, frustré, attristé, tout cela était très confus.

Il avait en tête la dernière image de cette jeune femme qui ne lui avait laissé que son surnom, il ne savait pas comment elle s'appelait, où elle demeurait. Il ne savait absolument rien d'elle. Cette ignorance décuplait sans doute son intérêt. C'était très frustrant. François se sentait pris en étau entre deux mystères, cette jeune femme troublante, ces initiales têtues.

Tout allait de travers. Il n'était pas remis de la mort brutale et inquiétante de son frère, Hélène avait recommencé à errer, plus irritable et imprévisible que jamais ; à peine entamée, son enquête sur l'affaire des piastres s'était enlisée, et maintenant Mathilde fichait le camp.

Elle avait apporté une bouteille de muscadet (« Pour après ! » avait-elle dit), ils ne l'avaient pas ouverte, elle était tiède maintenant, tant pis. Il n'avait pas trop l'habitude, aussi, au troisième verre, la tête lui tourna.

Il éteignit et s'allongea, l'obscurité se mit à tanguer, il dut à plusieurs reprises se rasseoir pour échapper au vertige, allait-il vomir ?

La silhouette de Nine dansait devant ses yeux, ce qu'il avait envie de cette femme, ça lui gâchait la vie, une histoire pareille. Il dut se relever et faire quelques pas, il manquait d'équilibre, il était moins ivre que perdu. Le visage de Nine se superposait aux initiales qu'Étienne lui avait livrées et auxquelles il tentait désespérément de trouver un sens.

Comme souvent les hommes qui réfléchissent mieux quand ils écrivent, François ne cessait de noter et renoter cette suite de lettres mais ça ne l'avançait jamais à rien. C'était devenu un geste machinal. Ainsi avait-il tiré son bloc devant lui et après s'être servi une nouvelle tasse de café avait-il repris sa dictée : E, N, P, R, D…

— Et merde !

Un mauvais geste et son verre venait d'atterrir par terre. Il se leva, alla chercher une éponge, essuya le parquet, ramassa les morceaux, tout ça l'avait mis de mauvaise humeur.

Il se rassit et resta saisi devant son bloc…

E, N, P, R, D…

La pensée était venue comme une gifle. Parce que ce faux mouvement avait interrompu sa dictée et provoqué une nouvelle découpe dans l'ordre de ces initiales.

E, N, P, R, D.

Il tâchait de se rappeler ce que son frère lui avait dit. De mémoire : « Cinq personnes sont compromises… » Il se battait contre le désordre de ses pensées. Qui avait dit à Étienne que ces initiales correspondaient à cinq personnes ? Pourquoi avait-il ainsi noté des groupes de deux initiales, « E N », « P R »… Était-ce sous la dictée d'Étienne ?

Parce que ce découpage, s'il n'était pas justifié, masquait une autre possibilité : « E N – PRD » et « F A – MSR », et c'était tout autre chose.

Maintenant que le doute lui était venu, qu'il lui était impossible de recomposer les conversations brèves et agitées avec Étienne, cette solution s'imposait.

PRD : Parti radical démocratique.

MSR : Mouvement social et républicain.

Deux partis de gouvernement.

François était déjà à la vieille commode qui lui servait à archiver toutes sortes de choses qu'il ne classait jamais et qui s'empilaient. Il y avait là-dedans, quelque part, un annuaire administratif. Pas très récent. Comme les gouvernements se succédaient en rangs serrés – on en était au quatrième depuis le début de l'année –, les responsables entraient et sortaient à toute vitesse, mais sait-on jamais… François fouillait, sortait des poignées de documents, il aurait aussi bien pu tout balancer à la poubelle, ce qu'il faisait était peut-être un coup d'épée dans l'eau, mais il voulait en avoir le cœur net. Il jeta tout au sol, ça le dégrisait d'agir ainsi, et enfin il le trouva.

Un annuaire de 1946. Pas si ancien.

Octobre 1948

Il ne prit pas le temps d'aller s'asseoir à son bureau et resta là, assis en tailleur, et feuilleta fiévreusement la liste des membres des différentes législatures, tâche fastidieuse, un peu au-dessus de ses capacités après une tentative manquée de faire l'amour et trois verres de muscadet tiède.

Il était encore à feuilleter, il ne trouvait rien, lorsque Hélène arriva.

— Ça ne va pas ? demanda-t-il aussitôt.

Elle était très pâle.

— Si, la fatigue, c'est tout.

L'excuse la plus facile. François replongea dans ses papiers.

Hélène sentait l'alcool, elle aussi.

Tout allait de travers.

— Qu'est-ce que tu fais ?

La réponse ne l'intéressait pas, elle entra dans sa chambre, jeta son manteau sur son lit et ressortit pour aussitôt se rendre aux toilettes où elle se mit à genoux devant la cuvette pour vomir.

Dans le métro, un homme lisait le *Journal*. Sur la partie visible, elle avait lu :

Nouveau cambriolage
du « gang des pharmacies »
Un mort dans une officine place des Ternes

François s'inquiéta de ne pas la voir revenir des toilettes. Il voulut tenter quelque chose, que se passait-il, bon Dieu ?...

À l'instant où il se levait, il fut arrêté par une ligne sur laquelle il posa le doigt.

Edgar de Neuville – Parti radical démocratique.

« E. N. – PRD ».

Soixante-quatre ans, éphémère sous-secrétaire d'État aux Affaires étrangères deux ans plus tôt, mais, en remontant le fil de sa carrière, on le trouvait aux Affaires coloniales en poste à Saigon pendant une dizaine d'années.

— Qu'est-ce que tu fais ?

Hélène était revenue après s'être rincé la bouche. Elle avait le ventre terriblement noué, mais tentait de faire bonne figure. Quelle heure était-il ? Elle se tourna vers la pendule. Seize heures, elle avait sauté le repas de midi, elle avait un creux dans l'estomac qui lui faisait mal.

François lut à voix haute :

Félix Allard – Mouvement social et républicain.

« F. A. – MSR ».

Lui avait été, cinq années durant, secrétaire général du haut-commissariat de France en Indochine.

Hélène lisait par-dessus son épaule.

— C'est au sujet d'Étienne ?

François expliqua ce qu'il croyait comprendre. Et c'était un curieux tableau que le frère et la sœur, tous deux un peu ivres, regardant maintenant ces initiales comme un code qu'ils espéraient déchiffrer et qui, peut-être, conduisait à la mort de leur frère.

— Il faut que j'y réfléchisse, dit François.

Octobre 1948

Il n'était pas très sûr. Sa sœur avait un visage dévasté.

— Ça va pas trop, hein ? demanda-t-il.

Elle vint frileusement se blottir contre lui.

Ce mort dans une pharmacie place des Ternes.

Bernard de Jonsac.

Avait-elle quelque chose à voir avec ça ?… Tout se brouillait dans son esprit.

— Étienne me manque tellement, dit-elle doucement.

François serra un peu plus sa sœur dans ses bras.

38

Oh, quel dommage !

François n'avait pas espéré que Baron, toujours jaloux des limites de son territoire, resterait les bras croisés après leur bref échange sur la banque Godard et Hopkins Brothers, mais il ne savait pas de quelle manière se ferait le rebond. Serait-ce par Baron lui-même ? par Denissov ? Ce fut par Malevitz.

— Tu es allé voir Baron ? demanda le chef de rubrique. C'est quoi, cette connerie ?

Ses sourcils noirs froncés lui donnaient un air luciférien qui impressionnait quand on ne le connaissait pas. François était décidé à en dire le moins possible. S'il tenait un scoop, personne ne le lui prendrait ; s'il n'avait rien, il ne passerait pas pour un con.

— J'ai quelque chose, mais c'est un peu tôt.

— Ça nous concerne ?

Le « nous » désignait le service des faits divers, mais pouvait s'entendre aussi comme un pluriel de majesté. Pour Malevitz le fait divers était l'âme du

Journal, en quoi il n'avait pas tout à fait tort, c'était une des nouveautés que Denissov avait rapportées des États-Unis. « Le lecteur a besoin d'histoires qui lui ressemblent, mais en pire », disait-il. Et c'était le rôle de Malevitz de dénicher, de mettre en valeur ce qui était souvent l'accroche de l'édition, celle qui frapperait les esprits. Aussi Malevitz estimait-il être le cœur de l'âme du *Journal*.

— Peut-être, répondit François, je ne sais pas encore.

C'était le genre de réponse que le chef de rubrique détestait.

— Ça tombe mal, parce que notre boulot, justement, c'est de savoir. Si tu ne sais rien, tu passes à autre chose, compris ?

François mima la défaite.

D'accord.

— Et pour Lampson ?

C'était une affaire sur laquelle Malevitz reconnaissait que son benjamin faisait du « bon boulot ». François était parvenu à plusieurs reprises à feuilletonner, faire courir une information sur plusieurs éditions, et la concurrence n'était jamais parvenue à rattraper son retard. Lorsqu'il avait annoncé à Malevitz que deux nouveaux témoins s'étaient manifestés, François avait aussitôt ajouté qu'il s'agissait d'une banale histoire d'adultère entre des gens sans intérêt, qu'on n'en tirerait rien.

— Lenoir a dit une connerie, répondit François. Je ne sais pas si on peut l'écrire…

— Si on écrivait toutes ses conneries, il serait à la une tous les jours. C'est quoi, cette fois ?

C'était, de la part de François, une attitude peu professionnelle. Pour faire écran à l'entrevue du juge avec Nine (il ne connaissait même pas son nom de famille !), à laquelle Malevitz aurait pu s'accrocher, François montait en épingle un fait secondaire.

— Le dernier témoin. Le juge pense que c'est lui.

François était vraiment doué. Cette expression, « dernier témoin », sentait l'encre d'imprimerie et alluma le regard de Malevitz.

Ça s'était passé dans le bureau du juge. Nine et son amant avaient fait leur déposition, François était simplement venu vérifier qu'il n'y avait pas d'information nouvelle. Secrètement, il espérait aussi croiser Nine et surtout son amant, il aurait vraiment aimé voir la tête qu'il avait celui-là…

— Comment vous expliquez ça, vous ? lui avait demandé le juge Lenoir. Qu'un seul témoin, au total, ne se soit pas manifesté.

Il était désarmant de sincérité. Obtenir des réponses de sa part était aisé, il ne savait pas se taire.

— Je ne me l'explique pas, répondit François. Et vous ?

— Je pense que c'est lui.

— Vous permettez ? demanda François en sortant son carnet de sa poche.

Le message était clair. Vous êtes devant un journaliste qui va faire un papier. Loin de s'alarmer ou seulement de s'inquiéter, le juge s'en trouva galvanisé.

— Quelle raison a-t-il de rester caché ? Il est le seul des deux cent vingt-neuf spectateurs présents à ne pas vouloir coopérer avec la justice ! S'il n'a rien à cacher, pourquoi ?

Il y avait autant de raisons qu'en avaient eues ceux qui avaient témoigné tardivement, mais il n'était pas dans l'intérêt de François de le souligner. Si le commissaire Templier avait été présent, il n'aurait pas manqué de le faire. Mais seul, face à face, le juge Lenoir appartenait à François.

— Je n'y avais pas pensé sous cet angle…, dit François en prenant des notes.

Le problème de Lenoir (disons l'un de ses problèmes parce qu'il en avait de nombreux), c'est qu'il disait trop facilement ce qu'il pensait, mais, pire, il finissait toujours par croire quelque chose lorsqu'il l'avait dit.

Il n'en fallait pas davantage. Lenoir faisait déjà les cent pas dans son bureau et développait son propos qu'il confondait avec une pensée.

— Après l'appel à témoins, les reconstitutions, les séances de reconnaissance, qui n'est pas au courant de cette affaire ?

Il se précipita vers son bureau et exhuma deux coupures de presse. Un magazine allemand avait consacré un court article à ce fait divers, mais c'est un autre, un journal italien que le juge brandissait parce que, à l'appui de celui-ci, il y avait sa photo.

— L'Europe entière connaît cette affaire ! Et ce témoin, ce dernier témoin serait le seul à l'ignorer ? Allons donc !

— Oui, quelle raison peut-il avoir ?

— Il n'y en a qu'une, mon cher, si vous voyez ce que je veux dire…

Le lendemain, François avait fait titrer :

Les interrogations du juge Lenoir :
Pourquoi ce dernier témoin silencieux persiste-t-il à rester caché ?

François avait choisi – et Malevitz s'était frotté les mains – de feuilletonner un peu.

On tirerait une seconde rafale le lendemain assurant que, pour le juge d'instruction, il ne faisait aucun doute que le témoin manquant était le coupable.

Ce délai permettait à François de se concentrer sur ce qui, pour le moment, le préoccupait au plus haut point.

— Stan, dit-il, je prendrais bien deux jours de congé, c'est possible ?

Malevitz, par pudeur, ne l'avait pas interrogé sur le deuil qui l'avait frappé.

— J'ai ma jeune sœur à charge, ça n'est pas bien facile pour elle, j'aimerais… Enfin, vous voyez ?…

— Bien sûr, vas-y. Reste joignable tout de même, hein ?

Dans le métro, François sortit son carnet et fit le point du travail qui l'attendait.

D'abord, retracer les grandes lignes de la carrière d'Edgar de Neuville et de Félix Allard, tâcher de les cerner.

Ensuite, aller voir un peu du côté de leur train de vie. S'ils palpaient des sommes importantes, il était possible qu'ils les cachent à l'étranger, mais aussi qu'ils s'en servent. Avaient-ils ces derniers mois marié une fille somptueusement ? acheté une voiture de luxe ? une résidence ? Parallèlement, il faudrait tenter un coup de filet du côté des établissements bancaires. Était-il possible de dénicher quelqu'un y travaillant par qui on pourrait obtenir des informations ? Si l'affaire était prometteuse, Denissov dégagerait le crédit nécessaire pour acheter une ou deux consciences… Le but de François était d'amorcer le sujet, de vérifier qu'il existait réellement afin de le vendre à Denissov.

Parce que, ensuite, il n'y aurait qu'un seul moyen d'enquêter.

Pour comprendre comment Étienne était mort, il faudrait repartir de l'Agence des monnaies.

De là, tâcher de tirer le fil.

Et pour cela, une seule méthode.

Aller à Saigon.

*

La première livraison de marchandises destinées à la boutique Dixie intervint à cette époque.

Une camionnette remplie de cartons et de caisses.

Geneviève, debout sur le trottoir, droite et sévère comme la Justice, donnait l'impression de vouloir faire barrage au livreur. Elle exigea de voir des spécimens avant le déchargement.

— Ah bon ?

C'était M. Steuvels, le patron de la petite entreprise de Berquieux, qui livrait lui-même avec son fils.

— Eh bien, oui, cher monsieur ! articula Geneviève, l'air pincé, comme si elle répondait à une critique. Parce que si le travail n'est pas parfaitement exécuté, vous ne déchargerez rien et moi, je ne paierai rien !

Le patron repoussa sa casquette vers l'arrière pour se gratter le front, regarda Jean qui n'en menait pas large.

— Bon bah, c'est comme vous voulez…

Ce fut toute une acrobatie pour prélever ici un drap, là des serviettes-éponges.

— Et les taies d'oreiller ? demandait Geneviève. Et les nappes ? Les serviettes de table, où sont-elles ?

On avait étalé les échantillons sur le comptoir de vente, dans la boutique déserte, et on sentait que M. Steuvels trouvait cette exigence un rien exagérée. On le voyait bien, le travail était parfait, rien à dire.

Voilà près d'une heure qu'il manipulait des cartons pour en extraire une paire de draps ou des mouchoirs à carreaux, on sentait que la moutarde lui montait au nez.

— Bien, dit alors Geneviève sur un ton de grand seigneur, vous pouvez décharger.

— Je propose qu'on règle nos comptes avant.

Il se montrait prudent.

Geneviève et lui se penchèrent sur la commande, le bon de livraison, on pointa chaque ligne, ça n'en finissait pas. Geneviève finit par établir un chèque que M. Steuvels serra avec précaution dans son portefeuille.

Jean dut donner la main, il transpirait beaucoup.

L'atmosphère, jusqu'ici très tendue, se détendit un peu. À la fin du déchargement, client et fournisseur étaient presque devenus amis. Au point que Geneviève, qui se montrait plus ladre à mesure qu'elle devenait commerçante, proposa que l'on aille boire « le coup de l'étrier » au café voisin, le Balto.

Le jeune fils de M. Steuvels demanda une grenadine. Geneviève fit les gros yeux à Jean lorsque ce fut son tour de commander. Il opta modestement pour un verre de Vittel et regarda M. Steuvels et Geneviève siroter leur Byrrh. Et comme on avait épuisé les sujets de conversation touchant au commerce et à la façon du linge domestique, M. Steuvels se tourna vers Jean et dit :

— C'est quand déjà, que vous êtes venu pour la commande ?

Jean serra son verre, ce fut instinctif, il sentit le vent tourner dans la mauvaise direction.

— Vers le 20 octobre, non ? le devança Geneviève. Eh bien, Jean, on te parle !

— Oui, c'est ça, vers le 20.

Malgré l'eau minérale, il avait la gorge sèche.

M. Steuvels, lui, hochait la tête pensivement.

— Eh bien, vous n'étiez pas reparti depuis longtemps quand on a appris un bien grand malheur...

— Allons bon..., l'encouragea Geneviève qui s'excitait dès qu'un drame frappait quelqu'un d'autre.

— Ma petite nièce... Enfin, je dis « petite » parce qu'elle avait vingt-deux ans. La fille de ma sœur.

Geneviève remarqua le visage de Jean qui rosissait et se tournait vers la salle de billard comme si on l'appelait pour une partie et qu'il hésitait à se lever.

— Eh bien, qu'est-ce donc qui est arrivé à cette jeune fille ? demanda Geneviève.

— Assassinée, madame, c'est à peine croyable. Elle faisait un remplacement à la poste de Lamberghem. Une heure après la fermeture, on s'inquiétait de ne pas la voir, on l'a retrouvée morte dans le bureau, comme je vous le dis. À ma sœur, c'était son aînée, elle allait se fiancer, si c'est pas malheureux.

— Et..., risqua Geneviève, comment... ?

— D'une manière bien sauvage...

Jean venait de se lever, d'un geste il indiqua qu'il se rendait aux toilettes et s'éloigna.

— Sauvage, mais comment ça ?

Geneviève avait baissé la voix.

— On lui a fracassé la tête, madame, y a pas d'autre mot.

— Mon Dieu ! Mais... avec quoi ?

— Le combiné du téléphone. Celui de la cabine publique. La police dit qu'elle a reçu plus de dix coups, elle est morte très vite si j'ai bien compris.

— Remarquez, tant mieux, d'une certaine manière… Mais qui a pu commettre une pareille abomination ?

— On ne sait toujours pas ! La gendarmerie, par chez nous, c'est rien que fainéants et compagnie. Une fois ils disent une chose, le lendemain… Ils sont même venus chercher des poux dans la tête au fiancé de la petite et même à ma sœur !

— Quelle honte !

Jean revenait des toilettes.

— Tu as entendu ça, Jean, quelle horreur !

Il ne s'asseyait pas, restait là, debout, attendant qu'on lève le camp.

— La nièce de M. Steuvels qui a été assassinée… Quel âge, vous avez dit ?

— Vingt-deux ans.

— Tuée dans le bureau de poste. D'un coup de téléphone. Enfin, je veux dire, de plusieurs…

Il y eut un assez long silence, chacun méditait cette affreuse circonstance.

— Mais dites-moi, monsieur Steuvels…

Geneviève était en proie à un doute, une inquiétude, on le lisait sur ses traits.

— Dites-moi… ces jeunes filles… Je veux dire, pardon, cette jeune fille… A-t-elle été violée ?

Jean ouvrit la bouche, M. Steuvels lui coupa l'herbe sous le pied.

— Mon Dieu, non, par bonheur, madame Pelletier, non. Assassinée, n'est-ce pas déjà assez terrible ?…

— Certes, certes, dit Geneviève qui avait retrouvé son joli teint de fermière normande.

— Ils ont quand même les empreintes, dit M. Steuvels en achevant son verre.

— Quoi, les empreintes, quelles empreintes ? cria Jean.

M. Steuvels attribua son émotion à l'importance de la nouvelle qu'il venait de révéler, ce qui n'était pas faux.

— Sur le combiné, ils ont trouvé celles de l'assassin, c'est comme ça qu'ils ont disc... décul... qu'ils ont dit que son fiancé n'était pas dans le coup, voyez ?...

Jean regarda Geneviève qui fermait les yeux à demi, comme pour accommoder sa vue à une perspective nouvelle.

— Dans un bureau de poste, des empreintes, il y en a des centaines ! dit-elle.

— C'est vrai, ça ! assura Jean.

— Et même des milliers... Je sais de quoi je parle, mon père est receveur !

— Ha ! cria Jean, victorieux.

— Oui, dit M. Steuvels, sauf que là...

Il ménageait son effet.

Jean avait la bouche entrouverte, Geneviève les yeux fermés.

— Sauf que là, ce sont des empreintes dans le sang de la petite, voyez ? Celles-là, c'est forcément les siennes.

Geneviève ouvrit les yeux, les écarquilla.

— Eh bien, alors, qu'est-ce qui les empêche de l'arrêter, cet assassin ?

— Je crois qu'ils ont les empreintes, mais pas le bonhomme qui va avec.

— Oh, fit Geneviève, quel dommage…

Elle semblait aussi déçue que M. Steuvels lui-même.

Jean avait toujours la gorge sèche et les mains moites. Il aurait donné dix ans de sa vie pour un verre d'eau, mais il était incapable de bouger.

— Bon, c'est pas le tout, dit enfin Steuvels en posant ses mains sur ses genoux, mais on va devoir reprendre la route, hein, mon garçon ?

*

Geneviève avait beau empiler les draps, les nappes dans les casiers muraux, vraiment cette boutique la révulsait. Rien de commun avec son rêve. Du fait de l'exiguïté qui contraignait à la vente sur le trottoir, au lieu d'accueillir une clientèle élégante devant qui on déroulerait avec tact des nappes et des parures de lit, on balancerait en vrac des piles de linge dans des présentoirs de marché, quelle honte ! Geneviève en rendait Jean responsable parce que c'était devenu un réflexe, de l'accuser de tout, mais aujourd'hui elle compatissait à son trouble et tâchait de ne pas trop l'accabler.

— Mais enfin, qu'est-ce que tu fais ? demandait-elle lorsqu'il laissait échapper quelque chose ou qu'il se cognait dans un meuble comme s'il était ivre.

Elle ne hurlait pas comme d'habitude, c'était plutôt d'une voix maternelle et patiente, presque amusée.

— Allez, donne-moi ça, je vais le faire…

Et Jean s'écroula sur une chaise, terrassé par l'angoisse.

Cette découverte de ses empreintes sanguinolentes à la poste de Lamberghem le rendait fou. Le reste de cette journée fut épouvantable, il avait des suées, sa vue se brouillait, il devait se retenir aux meubles, et surtout des images l'assaillaient, on l'avait arrêté, il entrait dans le bureau d'un juge. C'était Lenoir, mais dix fois plus imposant que dans la réalité, qui se penchait sur lui en disant : « Montrez-moi vos mains… » Jean tendait ses paumes luisantes de sueur, le juge disait, à la manière d'un devin : « Je vois que ces mains-là ont tenu un combiné de téléphone… Je me trompe ? » Deux immenses gendarmes à moustache noire se tenaient de chaque côté du juge…

Lorsque le rangement fut achevé, Geneviève s'assit à son tour, les genoux écartés, à la manière d'une paysanne à la traite.

Jean, à la porte, regardait la rue comme s'il redoutait la venue de quelqu'un.

— Je repense à la nièce de M. Steuvels…

Jean se retourna vivement. Sa femme hochait la tête de droite et de gauche, sa bouche dessinait un rictus de pessimisme.

— Sont pas près de le retrouver, le gars…

— Ils ont ses empreintes, parvint à articuler Jean, la gorge nouée.

— Bah bah bah ! s'il figurait dans leurs fichiers, il y a longtemps qu'ils auraient mis la main dessus ! Et à mon avis, il va se méfier maintenant. Ils sont pas près d'en retrouver, des empreintes, moi je peux te le dire !

Le soir, alors qu'elle était allongée dans le lit, droite comme un cierge, les bras allongés le long du corps sur le dessus du drap, Jean, couché sur le dos à côté d'elle, l'entendit dire :

— Quand même, Jean, toi, tu as la chance de voyager… Quand il se passe quelque chose d'un peu spécial en province, tu ne me racontes même pas…

Elle n'avait pas, cette fois, la voix sèche et métallique qu'elle employait quand elle lui faisait des reproches, mais une voix amusée, enfantine, presque câline.

Elle passa lentement la main sous le drap.

— Et pourtant, il s'en passe, hein, mon Bouboule…

39

Ni maintenant, ni jamais

Il manquait de technique. Pour les faits divers, François était champion, mais il ne s'agissait pas, cette fois, d'interroger des témoins, de dénicher le détail qui frapperait le public, il fallait mener une enquête dans des milieux prévenus contre la presse. Ça ne pourrait se faire que grâce à un carnet d'adresses, des contacts, un réseau, il n'avait rien de tout ça.

Grâce aux archives de l'Assemblée, aux annuaires du Sénat, aux brochures des partis politiques et aux documents disponibles à la Bibliothèque nationale, il était parvenu sans peine à recomposer la carrière professionnelle de Félix Allard et d'Edgar de Neuville, il connaissait le nom de jeune fille de leur épouse, le prénom, l'âge de leurs enfants, les différents postes qu'ils avaient occupés, autant de choses que n'importe qui aurait pu trouver et qui ne le conduisaient nulle part. Il pouvait tout juste dresser de chacun d'eux un portrait qui devait beaucoup à son imaginaire.

Selon lui, Edgar de Neuville avait tout d'un hobereau à qui le mariage avec une demoiselle Gendreau-Balthazar avait ouvert les portes de l'administration coloniale grâce à l'intervention de son beau-père. L'intéressant était son assez long séjour à Saigon, un poste qui lui avait sans doute assuré, outre une bonne connaissance des relations entre l'Indochine et la France, une liste appréciable d'amis en tous genres. Il était membre du Parti radical démocratique, fourre-tout assez pratique qui lui avait permis de se faire élire sénateur.

Si l'on s'en tenait aux dates, il n'avait pas dû croiser Félix Allard arrivé sur place deux ans après son départ. Lui aussi, en tant que fonctionnaire du haut-commissariat de France, devait en connaître un bout sur la question indochinoise. Après de multiples fonctions, il s'était hissé au sommet de ses espérances que constituait la députation.

En clair, à la fin de la première journée de recherches, François était certain de deux choses. D'abord qu'il était parfaitement bredouille, ensuite que, seul, il n'avait aucune chance d'aller plus loin.

Toute la nuit, il avait tourné et retourné cet échec en tous sens. Il était arrivé à la conclusion qu'il n'y avait qu'une seule solution.

Monter au front.

Dès le matin, il appela le secrétariat du député. Celui-ci était en province et rentrerait le lendemain.

Par un miracle dont François, par manque d'expérience, ne mesura pas la rareté, Edgar de Neuville, lui, était à Paris. Lorsqu'il l'obtint au téléphone, il lui servit un couplet sur son excellente connaissance de l'Indochine.

— Je prépare un grand article sur la situation là-bas, monsieur le Sénateur. Je m'entretiens avec des experts de cette question, c'est à ce titre que je me permets de vous solliciter. Vous connaissez admirablement la région…

Le sénateur se racla la gorge, on ne devait jamais lui demander son avis, il était très flatté.

— Quand pouvons-nous nous voir ? voyons, voyons…

— Hélas, monsieur le Sénateur, nous mettrons sous presse demain matin. Et je regretterais vivement d'être privé de vos lumières sur cette question. Au demeurant, je pense qu'une demi-heure de votre temps serait suffisante pour…

— Eh bien soit ! Quand voulez-vous ?

Et donc, en fin d'après-midi, François entra au domicile personnel du sénateur et se trouva bien mal à l'aise devant la sobriété du lieu. L'appartement, dans son ensemble, n'était guère que trois fois plus grand que celui qu'il occupait lui-même. Le bureau, assez modeste, situé au fond du couloir, était écrasé par une bibliothèque en bois d'acajou et une table démodée couverte de papiers et de cendres, un râtelier sur lequel une vingtaine de pipes étaient alignées, la fumée peina à s'éclaircir lorsque, par égard pour son visiteur, le sénateur ouvrit la fenêtre.

L'homme semblait d'autant plus massif que la pièce n'était pas bien grande. Large, d'une solide carrure paysanne avec des traits énergiques, un nez fort, des sourcils broussailleux, une moustache drue, c'était un physique impressionnant de calme. François eut immédiatement le sentiment de faire fausse route. Quel rapport cet homme pouvait-il avoir avec un sordide trafic sur le cours de la piastre ? Il avait visiblement des goûts simples pour lesquels ses émoluments républicains devaient largement suffire.

Il était aussi vaniteux, s'écoutait parler, et la situation qui le propulsait dans un rôle d'expert gonflait son ego jusqu'à produire le sourire satisfait et suffisant avec lequel il accueillit les demandes du jeune journaliste.

Au début de leur conversation, Neuville avait tendu la dernière édition du *Journal* qui titrait :

Le juge Lenoir :
« Ce dernier témoin silencieux est sans aucun doute l'assassin de Mary Lampson »
Interview exclusive de François Pelletier

— C'est bien vous, ça, non ? François Pelletier…

Le ton était interrogatif. C'était inattendu.

— Au *Journal*, j'ai deux casquettes. Les faits divers et les enquêtes exceptionnelles.

« Exceptionnel », ça lui plaisait bien, au sénateur. Il était rassuré et même confirmé dans son importance. En repliant le *Journal*, il ajouta, en fin connaisseur :

— La chasse à l'homme est ouverte, n'est-ce pas ? Tous vos confrères vont s'y engouffrer…

François accepta l'hommage avec modestie.

Il avait préparé une poignée de questions pillées dans les colonnes du *Journal*. À aucun moment le sénateur de Neuville ne s'étonna de leur caractère extrêmement général, ni même d'être considéré comme un observateur de premier ordre dans un domaine où personne ne l'avait sollicité depuis plus de dix ans. François, carnet sur les genoux, écrivait beaucoup, mais ne notait rien. Rien d'autre que la seule phrase qu'il était venu prononcer et qui, maintenant, dans ce bureau, lui paraissait ridicule.

Edgar de Neuville s'étala longuement sur les choix militaires de la France, les bénéfices que le pays avait procurés à l'Indochine et la menace que le communisme chinois faisait peser sur l'ensemble du continent asiatique.

François referma son carnet.

— Monsieur le Sénateur, je vous remercie très vivement de ces propos très éclairants. Ils me seront d'une grande utilité pour cet article. Et pour nos lecteurs.

— Il paraîtra demain, m'avez-vous dit ?

— C'est du moins ce que m'a assuré mon rédacteur en chef !

Il se leva. Le sénateur fit le tour de son bureau pour raccompagner son visiteur.

François observa le couloir et décida de l'endroit où il se retournerait, à deux mètres de là, ni trop loin ni trop près de la porte.

Il s'arrêta alors et prit l'air soucieux de qui se souvient brusquement de quelque chose.

— Je voulais vous demander, monsieur le Sénateur : avez-vous un compte personnel à la banque Godard ou chez Hopkins Brothers ?

Ce fut immédiat.

— Pardon ?

L'intelligence du sénateur moulinait à toute vitesse la circonstance, la réponse à apporter et la quantité vertigineuse de conséquences que supposait l'existence même de cette question.

François se répéta mot pour mot.

— Certainement pas ! cria le sénateur.

— Et vous n'en avez jamais eu ?

— Mais, mais... pourquoi donc, voudriez-vous... ?

— On suppose que ces établissements permettent à certaines personnes de profiter largement, et sans justifications, d'un taux de change très favorable de la piastre avec le franc. En clair, de participer à un trafic de monnaies très enrichissant sur le dos du contribuable français.

La posture romaine est une attitude fréquente chez les gens de pouvoir, l'équivalent de l'argument d'autorité dans une conversation.

— Je n'ai pas, monsieur, je n'ai jamais eu de compte dans l'un de ces établissements, ni maintenant, ni jamais.

Pour François, c'était gagné.

En descendant l'escalier (le sénateur avait fermé la porte sans lui serrer la main), François se demandait où allait son argent. Avait-il des maîtresses ? des vices cachés ? Jouait-il ? Peut-être s'agissait-il de renflouer les caisses de son mouvement.

François se sentait euphorique, il respirait à pleins poumons pour calmer son rythme cardiaque qui s'était brutalement accéléré.

Il rappela le secrétariat du député Allard, expliqua le sujet de son article, servit une nouvelle fois son boniment sur son besoin d'un expert de la question indochinoise et fit une demande officielle d'interview pour le lendemain, dès que M. le Député serait rentré à son bureau.

Si Neuville et Allard se connaissaient, se passeraient-ils le mot ? Peu importait. Si c'était le cas, le parlementaire devrait se contorsionner pour ne pas rencontrer François, ce serait aussi parlant qu'une déclaration mensongère.

Maintenant la machine était lancée.

François pensa à Étienne comme s'il était soudain en mesure de rembourser la dette qu'il s'imaginait avoir contractée auprès de lui pour l'avoir toujours si mal compris.

*

François avait espéré que la mort d'Étienne, ces tristes funérailles puis leur retour à Paris allaient remettre de l'ordre dans sa relation avec Hélène. Elle l'avait remercié d'un regard lorsque leur père avait demandé si tout se passait bien aux Beaux-Arts. Il avait menti, tout va bien, je crois, oui… Il ne savait pas si elle se rendait encore aux cours, elle n'en parlait jamais, il ne savait rien de sa vie, elle lui cachait tout.

Il espérait que l'avoir couverte auprès de leurs parents lui vaudrait de la reconnaissance. Au moins de la tranquillité.

Il déchanta deux jours après leur retour.

Si Hélène, épuisée par les larmes et par le chagrin, se montra d'abord plus souple qu'à son ordinaire, elle changea tout à coup et redevint cette écorchée vive excitable et colérique avec qui il était impossible de vivre, il ne sut à quoi attribuer ce changement, le retour de sa nature orageuse, sans doute.

Hélène s'était alarmée de ce cambriolage dans une pharmacie de la place des Ternes, elle avait passé une nuit d'épouvante, mais, au matin, elle s'était un peu rassurée. Somme toute, elle n'y était pour rien, dans cette affaire ! Elle savait que c'était l'œuvre de la bande de Bernard de Jonsac et sans doute devrait-elle maintenant se rendre à la police. Si on venait à l'interroger, elle assurerait ne pas y avoir pensé, Jonsac disait tant de choses…

Cette menace perdait de sa consistance devant la nouvelle que François lui avait annoncée. Il était persuadé qu'Edgar de Neuville était l'homme désigné par les initiales qu'Étienne lui avait confiées et persuadé aussi qu'il était mouillé dans cette histoire de piastres.

La possibilité que la mort d'Étienne soit en relation avec ce scandale occupait beaucoup l'esprit d'Hélène, mais elle fut bientôt ramenée à une réalité bien plus concrète, palpable et urgente lorsqu'elle découvrit la première page du *Journal*. Elle perdit ses couleurs.

**Le chef du « gang des pharmacies »,
Bernard de Jonsac, livre ses complices !**

Elle crut défaillir.

Après une traque discrète qui aura duré plus de six mois, et au lendemain d'un cambriolage au cours duquel M. Bouvet, pharmacien place des Ternes, a été tué, le « gang des pharmacies » est en passe d'être démantelé. Sous la férule de Bernard de Jonsac, ancien étudiant aux Beaux-Arts et cocaïnomane avéré, ce vaste réseau s'est rendu coupable de plus de vingt-cinq cambriolages de pharmacies à Paris et en banlieue parisienne au cours des deux années écoulées. Très organisé, comprenant forceurs de portes, guetteurs, repéreurs, transporteurs, revendeurs, etc., ce gang aurait volé puis écoulé pour plusieurs millions de francs de produits destinés à toutes sortes de drogués du quartier Saint-Germain notamment. Une saisie a permis de mettre la main sur une grande quantité d'amphétamines.

> L'âme de ce gang, Bernard de Jonsac, moins téméraire devant la police que devant les vitrines des officines, aurait « lâché » tous ses complices qui, comme lui, encourent de lourdes peines pour trafic de stupéfiants, organisation criminelle, cambriolages, etc. Un vaste coup de filet a déjà eu lieu la nuit dernière, permettant d'arrêter une dizaine de complices. D'autres arrestations sont attendues dans les prochains jours, dans les prochaines heures.

À partir de cet instant, la vie d'Hélène ne fut plus que frayeurs et tremblements. Sa première réaction fut de s'enfuir, mais où aller, avec quel argent ? Demander de l'aide à François ? Il n'avait pas plus d'argent qu'elle ! On allait venir la chercher. Mais pourquoi n'étaient-ils pas déjà venus ? Au fond, d'ailleurs, qu'avait-elle fait ? Rien ! Elle devait assurer le guet, mais avec la mort d'Étienne elle avait quitté Paris ! Elle n'avait participé à rien ! Elle n'avait rien à se reprocher ! La police voudrait quand même l'entendre, elle devrait s'expliquer… Avait-elle consommé des psychotropes ? En avait-elle acheté ? À qui ? On remonterait à la réputation sulfureuse qu'elle s'était elle-même construite au Café des Arts. Il y aurait des témoignages. Jonsac, pour se tirer d'affaire, dénoncerait tout le monde sans faire le tri. Comment prouver ce que vous n'avez pas fait ? Irait-il raconter ce qu'elle faisait avec lui pour obtenir des comprimés ? Cela tomberait sous le coup de la loi, elle en était effrayée.

Tétanisée par la peur, elle ne sortit pas de la journée, regarda par la fenêtre toutes les cinq minutes.

François l'interrogeait, mais elle chassait ses questions d'un revers de main exaspéré.

40

Cette affaire est assez embarrassante

Jean avait regardé Geneviève dormir. Cette immobilité mortuaire lui paraissait la préfiguration de ce qui l'attendait. Il faisait nuit serrée et, à la faveur de l'obscurité, la découverte de ses empreintes à la poste de Lamberghem devenait un insupportable poids sur sa poitrine. Mille fois il dut se retourner à la recherche d'une position qui allégerait l'angoisse qui l'étreignait, il se leva, se recoucha. Geneviève dormait. Rien ne pouvait la perturber. Elle se réveillait comme elle s'endormait, d'un coup. Au matin, elle se redressait, rejetait aussitôt les draps et se levait, la journée était commencée.

Dès l'aube, Jean quitta le lit.

Toujours en pyjama, il regarda le jour venir par la fenêtre de la cuisine, c'était un ciel rosé avec de larges traînées blanches. La ville entamait son brouhaha avec les chocs de poubelles, les autobus passant sur l'avenue, les premiers coups de klaxon de voitures.

Et tout provoquait, chez Jean, une secousse et contribuait à lézarder la faible carapace qu'il offrait aux agressions extérieures. La police disposait de ses empreintes. « Si le type figurait dans leurs fichiers, il y a longtemps qu'ils auraient mis la main dessus ! » avait assuré Geneviève, et elle avait raison. Depuis près de trois semaines, que n'étaient-ils déjà venus l'appréhender ?

Si, par malheur, un incident comme celui de la poste devait se reproduire (Jean était toujours persuadé, en toute sincérité, que cela ne se produirait plus jamais), il serait très attentif aux traces laissées derrière lui.

Mais ça ne marchait pas comme ça… Ce genre de précautions étaient prises par des gens qui préméditent leur coup ! Jean, ça n'était pas ça du tout. Lui, c'était soudain, immédiat, pulsionnel, il n'y avait pas de pensée, juste de la rage qui s'exprimait, allez faire attention à vos empreintes !

Et d'ailleurs, quand il y songeait, c'était même miraculeux que la police n'ait encore jamais trouvé ses empreintes ou autre chose. Il ne se souvenait pas très clairement des fois précédentes, il devait toujours chercher longuement pour les retrouver, son esprit les chassait très vite, à l'exception de l'affaire Mary Lampson, évidemment, parce que tout le monde en parlait, que François menait la danse journalistique et que Geneviève s'en abreuvait.

— Tu n'as pas préparé le café ?

Geneviève était debout, déjà elle retapait le lit.

Octobre 1948

Fidèle auditrice de Radio Luxembourg (elle ne manquait jamais un épisode de *La Famille Duraton*), elle allumait le poste dès le réveil. Jean écouta distraitement les informations, le café fait, Geneviève achevait de s'habiller, il était retourné à la fenêtre.

C'est à ce moment qu'il les vit.

La voiture pie de la police était apparue sous le porche et s'était garée au milieu du passage, empêchant toute sortie.

Trois agents en uniforme étaient descendus, leur bâton blanc battant à la ceinture. Jean fut sidéré par cette vision.

— Tu entends ça, Jean ? disait Geneviève dans son dos, c'est un monde quand même !

Les agents avaient disparu, ils venaient d'entrer dans l'immeuble, ils montaient.

Jean se retint à la poignée de la fenêtre, sa vue se brouilla, son cœur s'affola, il se tourna très lentement, il croyait entendre le pas pressé des policiers dans l'escalier, Geneviève, l'oreille tendue vers le poste, se servait du café en répétant : « C'est un monde, quand même !… »

— Genev…

Il n'y arriva pas. Il fit un pas en chancelant, s'effondra sur la chaise.

Très loin au fond de sa tête, son esprit lui soufflait : « Ça n'est peut-être pas pour toi… »

Mais déjà des coups étaient frappés à la porte, impératifs.

— Bah, qui ça peut bien être ? demanda Geneviève qui ne se levait jamais pour ouvrir, c'était à Jean de le faire.

Il en était incapable.

Elle le regarda, il était défiguré par l'inquiétude. On entendit une voix d'homme :

— Police ! Ouvrez !

— Qu'est-ce que c'est encore que ça ? dit Geneviève en se levant.

Elle ouvrit la porte en criant :

— Eh bien quoi, une minute ! On n'est pas des sauvages !

Les policiers ne s'attendaient pas à ça.

— Enfin, vous voulez casser la porte ou quoi ? On demande, d'abord !

Les deux hommes qui lui faisaient face se regardèrent, décontenancés.

— M. Jean Pelletier, c'est ici ?

— Qu'est-ce qu'on lui veut ?

Elle croisa les bras. Il était clair que la police devrait lui passer sur le corps. Les agents regardaient, derrière Geneviève, Jean toujours tassé sur sa chaise qui les fixait d'un air apeuré.

— C'est vous, monsieur Pelletier ? risqua le premier qui tenait un papier à la main. C'est un mandat d'amener. Je vais vous demander de nous suivre.

— C'est à quel sujet ? demanda Geneviève qui faisait toujours barrage, la main sur la porte, prête à la refermer au nez des agents.

— On ne sait pas… Vous voyez, madame, nous, on a seulement ordre d'emmener monsieur.

— Mais enfin, c'est incroyable ! On emmène les gens sans savoir pourquoi ? Mais dans quel pays vit-on ?

— Écoutez, madame, le mieux serait de ne pas faire d'histoires…

— Ah oui ?

La situation menaçait de tourner au vinaigre. On entendit alors la voix faible de Jean murmurer, j'arrive.

Il se leva, reposa en tremblant son bol vide sur la table. Ce mouvement créa une sorte de détente, les agents se regardèrent, satisfaits de la nouvelle tournure des événements.

— Très bien, admit Geneviève. Puisque c'est ainsi, nous allons vous suivre !

Jean avait enfilé son veston et s'approcha.

— Euh… non, m'dame, dit le policier. C'est seulement monsieur que nous devons conduire au commissariat. Vous n'êtes pas…

— Je ne suis pas quoi ?

Tout le monde sentit que l'agent venait de remettre une pièce dans la machine. Geneviève déjà recroisait les bras, un pied légèrement en avant. Chez Jean, le mot « commissariat » avait provoqué une décharge nerveuse, tout son sang reflua dans ses veines, il attrapa une chaise sur laquelle il s'écroula de nouveau.

— On va vous aider, monsieur, dit l'agent principal.

Ils parvinrent à contourner Geneviève, à faire deux pas dans la pièce, on saisit Jean sous les aisselles. On lui mit le mandat sous le nez.

— Quel commissariat, d'abord ? demanda Geneviève de sa voix de tête.

— Celui du XIXe, rue Augustin-Thierry…

— J'exige d'accompagner mon mari !

Geneviève s'était placée en travers et déclara, péremptoire :

— Je suis son épouse devant Dieu !

C'était un argument inattendu.

Les agents se regardèrent. Toutefois, lorsqu'ils avancèrent vers la porte, Geneviève s'effaça.

— Je vais porter plainte !

Jean, les épaules basses, le pas lourd, le cœur au bord des lèvres, entama la lente descente vers la cour. Sur son chemin, les portes des appartements s'entrouvraient, on apercevait des visages, des regards, on refermait silencieusement.

Là-haut, Geneviève continuait de menacer : « Je me plaindrai ! Vous serez cassés ! »

Une fois en bas, on aida Jean à entrer dans la voiture.

Allez savoir pourquoi, alors que la cour était dégagée, que l'avenue elle-même n'était pas encombrée par la circulation, le conducteur crut nécessaire de démarrer en actionnant la sirène.

Jean reçut ce nouveau choc comme un clou dans le cœur.

*

Plus de café, plus de pain dans le garde-manger. Personne ne faisait les courses, ni François tout occupé par son début d'enquête, ni Hélène, perturbée par ces articles et la menace qui pesait sur elle pour le cas où Jonsac… Elle préférait ne pas y penser.

François frappa discrètement. Il entendit un « oui » feutré, à coup sûr venant de sous les couvertures. Il se risqua à pousser la porte. Hélène émergeait, quoi, qu'est-ce que c'est, quelle heure il est ?…

— Je descends prendre un petit déjeuner en bas, il n'y a plus rien ici. Si tu veux venir…

Depuis un mois et demi qu'ils cohabitaient, vingt fois François avait tenté cette manœuvre qui s'était toujours soldée par un refus. Étrangement, Hélène accepta. Elle se sentait très faible, à bout de nerfs, elle avait besoin d'une présence.

— Laisse-moi deux minutes.

Il en fallut dix. François bouillait sur place. Non parce que attendre l'agaçait, mais parce qu'il avait une longue journée devant lui, il fourmillait d'idées, c'était l'excitation classique quand survenait un sujet prometteur. Hélène sortit de sa chambre, rien ne lui allait mieux que l'absence d'apprêt. François le ressentit douloureusement, il la sentait si terriblement jeune et fragile.

— Allez viens, dit-il.

Ils s'installèrent dans la première salle du Petit Albert.

C'est là qu'ils s'étaient arrêtés le jour où elle avait débarqué à Paris, ça n'était pas un bon souvenir. Elle mesura le chemin parcouru depuis lors. C'était une pente raide qu'elle avait descendue rapidement et qu'elle ne voyait pas comment remonter.

François, lui, hésitait à lui parler de son enquête. Il y avait de la superstition là-dedans, la crainte que ça lui porte la poisse, mais, surtout, Hélène s'allumait si vite, s'emballait… Comme il s'agissait d'Étienne, elle l'assaillirait de son impatience, de ses exigences, non, il lui en parlerait quand l'affaire serait lancée, qu'il serait allé voir Denissov, qu'il aurait le feu vert.

Selon lui, le contact avec le député Félix Allard allait enclencher l'enquête. Car enfin…

— Mademoiselle Pelletier ?

François ne les avait pas vus arriver.

Deux hommes en imperméable, qui se ressemblaient. La police.

Il était sur le point de se lever lorsqu'il vit le visage d'Hélène. Il comprit immédiatement qu'elle s'était mise dans de sales draps.

— Oui, dit-elle, les yeux au sol.

— Je vais vous demander de nous suivre.

— Mais qu'est-ce qui se… ?

François ne termina pas sa phrase, Hélène s'était tournée vers lui, en larmes, c'était accablant. Elle se mit debout. Elle-même ne sut jamais où elle puisa la force.

— Eh, attendez ! cria François lorsqu'on passa les menottes à Hélène.

Elle n'avait pas fait un geste pour s'y opposer. C'était un aveu de culpabilité, mais de quoi ?

— Hélène, qu'est-ce qui se passe ?

En marchant vers la sortie, elle se retourna vers lui, sa détresse était totale. En quelques secondes, elle fut happée par une voiture banalisée qui stationnait devant le café et qui s'éloigna. François en resta sidéré.

Était-ce grave ? Qu'allait-il dire aux parents ?

— Qu'est-ce qu'elle a fait comme connerie ?

C'était Jean-Claude, le garçon. Il ne s'adressait pas à François, il regardait la porte vitrée par laquelle elle avait été embarquée, c'était une réflexion pour lui-même.

Où l'avait-on emmenée ? François n'avait même pas posé la question.

Il fallait aller au *Journal*, les indicateurs n'allaient pas tarder à leur signaler l'arrestation d'une jeune fille, on saurait dans quel commissariat elle serait.

Il demanderait à Denissov l'adresse d'un bon avocat, il en avait le cœur chaviré, qu'est-ce qu'elle avait bien pu faire comme connerie ?

*

Ça n'était pas le commissariat du XIXe arrondissement, ce devait être la police judiciaire, Jean n'avait pas regardé. On s'était engouffré dans un bâtiment, on avait monté deux étages, des salles de chaque côté d'un couloir, il y avait très peu de monde, juste des bancs le long du mur.

— Asseyez-vous ici, avait-il entendu.

Depuis, plus rien. Il ne passait quasiment personne. Il avait vu une femme avec un dossier sous le bras, deux hommes en discussion à voix basse qui ne l'avaient pas même regardé. Il se demanda s'il pourrait s'enfuir. Il se lèverait, marcherait tranquillement jusqu'au bout du couloir, emprunterait l'escalier, si on l'arrêtait, il dirait qu'il cherchait les toilettes et s'il parvenait dehors, alors… Alors, rien. Où irait-il ? Avec quel argent ?

Il n'avait pas de montre et aucun point de repère. Il lui semblait être là depuis des heures.

Comment avaient-ils trouvé ses empreintes, voilà ce qu'il ne comprenait pas. Il devait y avoir une explication, on ne vous interpelle pas sans savoir ce que vous avez fait. L'idée lui vint soudain.

Et s'il était ici pour la fille d'avant ?

Il chercha. Non, pas l'actrice, celle-là… Non, avant… Celle du restaurant quelque part en province, mais c'était tellement loin, non, ça n'était pas possible.

Alors l'actrice.

Ça ne pouvait être que ça.

Octobre 1948

La police l'avait convoqué deux fois, pour la reconstitution au cinéma et lorsque la bonne femme avait cru reconnaître un homme à la sortie des toilettes.

Qu'est-ce qu'ils avaient appris depuis qu'ils ne savaient pas à ce moment-là ?

*

François n'avait pas eu le loisir de grimper à la rédaction, on l'avait cueilli juste à l'entrée.

Une interpellation foudroyante, ça ressemblait à un enlèvement.

On ne lui avait pas demandé son nom. Des mains l'avaient attrapé sous les aisselles, le temps de comprendre il était poussé dans une voiture, se cognait la tête dans le montant, ça n'avait pas d'importance. Avant de reprendre ses esprits, il avait une paire de menottes aux poignets, il était assis à l'arrière entre deux hommes très larges d'épaules qui regardaient devant eux. Ceux qui se trouvaient à l'avant avaient l'air de sosies.

Il était inutile de poser des questions. Ce n'était pas un kidnapping mais une arrestation. En lien avec celle d'Hélène, à peine une heure plus tôt. Ce n'était pas une petite affaire pour qu'on vienne le chercher lui aussi comme un coupable. Je suis journaliste, se disait François, mais il n'avait pas une expérience suffisante pour savoir de quelle manière il pourrait faire valoir ce statut ni même de quoi cela le protégerait.

Il n'avait qu'un seul objectif, avoir droit à une communication téléphonique et appeler Denissov.

Lui saurait quoi faire.

On roulait sur les boulevards extérieurs. Personne n'avait dit un mot depuis le départ. Au niveau du boulevard Mortier, la voiture bifurqua brusquement, se faufila sous un porche. Ce fut une cour, très vaste, on s'arrêta devant une double porte. François descendit, faillit perdre l'équilibre à cause des menottes, il ne pouvait se retenir nulle part. Ils entrèrent dans un corridor. On lui ôta les menottes et, curieusement, dès qu'il en fut libéré, tout le monde disparut.

Il était seul dans ce petit hall, totalement désorienté.

Était-il libre ?

Il n'y avait personne. Il se retourna, la voiture qui l'avait amené ici démarrait et partait.

Il se tourna de droite et de gauche en se massant les poignets, c'était incroyable, cette situation.

— Ça fait mal, hein ? Les menottes… Ça fait mal, ces saloperies-là.

C'était un homme d'une quarantaine d'années, en costume anthracite, assez élégant et très souriant. Il s'adressait à François comme à un ami. Il posa la main à plat sur son épaule pour l'inviter à le suivre et parlait simplement, d'une voix claire.

— On va devoir aller à pied, on n'a jamais eu le budget pour un ascenseur…

Ils montèrent des marches en pierre creusées au milieu, débouchèrent dans un couloir qu'ils suivirent.

— Moi, c'est Lagrange.

Il avait dit cela non comme une présentation, mais comme un détail pittoresque, il était vraiment avenant.

Il ouvrit une porte sur un bureau assez petit dont les murs étaient couverts d'étagères et de dossiers, et qui ressemblait à une salle d'archives. Il y avait là un homme, en costume lui aussi, très large d'épaules, avec un visage plat, des yeux globuleux qui ne bougeaient pas. S'il n'avait cillé, on aurait juré un mannequin du musée Grévin.

— Mon collègue Arnould.

On ne se serrait pas la main, ici.

— Je peux savoir... ? commença François d'une voix qu'il voulait ferme.

Il n'eut pas le temps de poursuivre, Lagrange avait ouvert une porte qui donnait dans un vaste bureau avec deux tables.

Là, côte à côte, se trouvaient Jean et Hélène, blafards l'un et l'autre. Il y avait un homme derrière eux à qui Lagrange fit signe et qui disparut aussitôt. Le collègue nommé Arnould prit sa place au fond de la pièce, les mains sobrement croisées devant lui.

— Je ne vous présente pas, dit alors Lagrange en souriant largement. Eh bien, je pense que nous pouvons commencer, qu'en dites-vous ?

Lagrange désigna un siège près d'Hélène, mais lui resta debout.

Au moment où François s'asseyait, il reprit :

— Monsieur Pelletier, vous nous posez un petit problème…

— Qui êtes-vous ?

Lagrange se tourna vers son collègue comme s'il avait prévu la question, qu'il avait gagné un pari. Il ne répondit pas et se contenta de poursuivre son idée.

— Vous avez mis le nez dans une affaire délicate et nous sommes ici pour vous dissuader d'aller plus loin.

Hélène et Jean, dans un même mouvement, se tournèrent vers François. C'était donc ça…

— Étienne ? demanda Hélène.

— Quelle histoire ? fit Jean.

C'étaient des questions, certes, mais chacun avait ses raisons de se sentir brusquement soulagé.

Jean parce que sa crainte d'être découvert semblait s'éloigner, Hélène parce qu'on ne l'avait pas arrêtée pour cette histoire de pharmacie, François parce qu'il avait la confirmation qu'il tenait le bon bout.

Lagrange souriait toujours.

— M. Pelletier sait très bien de quoi je veux parler, n'est-ce pas ?

Ce fut le tour de François de sourire.

— Je suis journaliste, j'ai le droit de mener mon enquête et vous n'y pourrez rien.

Lagrange fit une petite moue censée montrer son embarras.

— Sur le principe, vous avez raison, mais…

— De quoi vous parlez ? demanda Jean.

— … je pense que vous allez arrêter de vous-même.

— Je ne vois pas ce qui pourrait m'y contraindre…

Lagrange les regarda tour à tour tous les trois. Il fit à Arnould un signe de tête, celui-ci quitta silencieusement le bureau. Maintenant, plus de sourire.

Lagrange vint s'asseoir de l'autre côté de la table. Il était grave, soudainement.

— Parce que nous venons (il consulta rapidement sa montre), il y a trois heures de cela, de faire procéder à l'arrestation de votre père et de votre mère. En application des accords d'extradition que nous avons avec le Liban, ils sont actuellement en route pour la France. Et si vous insistez dans vos démarches, monsieur Pelletier, en raison de leur lourd passé criminel, nous allons les faire monter tous les deux à la guillotine.

François éclata de rire.

— Qu'est-ce que vous racontez ?

Soudain, ils se regardèrent tous trois, saisis par une inquiétude nouvelle. Leurs parents auraient été arrêtés ? seraient en route pour la France ?

— De qui parlez-vous ?

C'est Jean qui posait la bonne question, car chacun ici comprenait qu'il y avait erreur sur la personne, seulement on ne voyait pas comment redresser la barre.

À cet instant, Arnould revint dans la pièce et murmura quelques mots à l'oreille de son collègue.

— On me confirme, dit alors Lagrange, que M. Maillard et son épouse, vos parents, sont dans l'avion pour Paris.

— Ah, Maillard ! soupira François, soulagé. Nous, c'est Pelletier ! Vous vous êtes trompés !

Il y avait la même excitation chez Hélène et chez Jean, on commençait à respirer, mais on avait hâte de clarifier et d'en sortir.

En disant cela, François fut frappé par l'idée que ces hommes savaient parfaitement comment s'appelait chacune des trois personnes assises dans ce bureau et qu'une erreur était peu probable, c'était une histoire de fou.

— Tu entends ça, Arnould, on se serait trompés.

L'homme aux larges épaules était revenu à sa place. François se tourna vers lui. Il avait recroisé ses mains devant lui. Avec sa face plate et ses yeux sans expression, on l'imaginait plus volontiers assurer le service d'ordre à la sortie du bal Bullier.

— Possible, dit sobrement Arnould.

Lagrange, soudain préoccupé, tira vers lui un dossier dont personne n'avait remarqué la présence.

— Bah ça, alors, c'est la meilleure…

Il fouilla la poche de poitrine de sa veste.

— La vieillerie, dit-il en s'excusant et en chaussant une paire de lunettes à grosse monture d'écaille. Alors, on va vérifier tout ça et si on s'est trompés, on va rectifier, n'est-ce pas Arnould ?

— Absolument.

Lagrange était redevenu très souriant.

— Bien, voyons voir. On va commencer par vous.

Il leva la tête vers Jean qui sentit un frisson lui parcourir l'échine.

— Vous vous appelez Jean, Albert, Gustave Pelletier, vous êtes né le 11 février 1921 à Beyrouth. Vous êtes diplômé en chimie. Vous avez épousé Mlle Geneviève Cécile Henriette Cholet le 26 avril 1947 à Beyrouth. Vous avez été directeur général de la Maison Pelletier…

Chaque fois qu'il s'interrompait, il retirait ses lunettes et posait les avant-bras à plat sur la table, comme s'il attendait le dessert.

— Dites donc, comme directeur de la boîte, vous n'avez pas fait un tabac, hein…

Il fit une petite mimique comme si cette constatation l'avait peiné.

— Enfin… (Il rechaussa ses lunettes.) Vous étiez jusqu'à récemment représentant de commerce pour les Établissements Guénot que vous avez quittés dans le but d'ouvrir une boutique de linge de maison avec votre épouse, un magasin nommé Dixie.

Il retira de nouveau ses lunettes.

— Tiens d'ailleurs, Dixie, c'est avec *y* à la fin ou avec *i*, *e* ?

— Euh… *i*, *e*.

— Arnould ! Qu'est-ce que je t'avais dit ! Dixie, c'est avec *i*, *e*, comme la musique !

— On va rectifier.

— J'espère bien ! Alors, hormis ce petit détail, on a bon ?

Jean hocha la tête.

— Bien...

Lagrange, toujours souriant, se tourna vers François.

— D'après nous... Je dis « d'après nous » parce qu'on s'est peut-être complètement trompés, hein, Arnould ?

— C'est possible.

— Vous êtes François, René... Comme Chateaubriand ! C'est peut-être pour ça alors, la plume, l'écriture, le journalisme, non ? Moi, je dis ça... Et donc François, René, Auguste Pelletier, né le 14 juin 1923. Bachelier. Vous êtes engagé le 13 mai 1941 dans la 1re division légère de la France libre commandée par le général Legentilhomme. Vous avez participé à la bataille du Levant...

Pose des lunettes.

— Quelle histoire, hein ! Les Français se battant contre des Français, quelle tristesse... Bon, j'en étais où ?

— Legentilhomme, dit une voix.

— C'est ça, merci, Arnould. Vous êtes aujourd'hui employé au *Journal du soir* comme reporter...

— Journaliste, l'interrompit François.

— Ah bon ? Tu entends, Arnould. Monsieur dit qu'il n'est pas reporter, qu'il est journaliste.

— On rectifiera.

— J'espère bien parce que reporter et journaliste, c'est très différent ! Je compte sur toi, Arnould. Vous êtes affecté à la rubrique des faits divers sous la férule de Stanislas Malevitz. Tiens, à propos, il est toujours chien et chat avec Arthur Baron, ce vieux Stan ? Je suppose que Denissov, qui souffle sans cesse le chaud et le froid, ne doit rien faire pour arranger les choses…

— Comment savez-vous tout ça ?

— Vous êtes dans l'information, nous dans le renseignement, on fait un peu le même métier, et du coup on a la même règle, le secret des sources.

Il replongea dans son dossier.

— Eh bien, nous arrivons à vous, mademoiselle. Vous êtes Hélène, Pauline, Gertrude Pelletier, vous êtes née le 23 avril 1930 à Beyrouth. Vous êtes bachelière et étudiante aux Beaux-Arts de Paris. Tiens, d'ailleurs, on ne vous y voit pas beaucoup, aux Beaux-Arts, hein ? Ça ne vous plaît pas tant que ça, j'ai l'impression. Du coup… Enfin, je ne parle pas de vos fréquentations, mais si vous voulez mon avis, vous devriez être plus attentive dans le choix de vos relations, vous voyez ce que je veux dire…

Il allait refermer le dossier, mais se ravisa.

— Reste évidemment le grand absent, Étienne Pelletier, le pauvre, décédé le 25 octobre dernier en Indochine, Dieu ait son âme.

Tout le monde restait abasourdi. C'est François qui, le premier, reprit un peu ses esprits.

— Qu'est-ce que c'est que cette histoire de Magnard, alors ?

— Pas Magnard, Maillard. Votre père ne vous a pas mis au courant ?

Tous trois se regardèrent de nouveau.

— Tu entends ça, Arnould ? il ne leur a rien dit.

— C'est ballot.

— On va y remédier. Je vais vous raconter l'histoire. Votre père s'appelle en réalité Albert Maillard. Il a fait une très belle guerre de 14, mais à la sortie il a connu des petites difficultés de... réadaptation. Alors il a imaginé un truc très astucieux. Il s'est mis à vendre des monuments aux morts sur catalogue. En échange d'un gros acompte, il accordait une remise très attractive sur le prix de vente. Il en a vendu des centaines à des municipalités, des associations, des écoles, des administrations. Et le 14 juillet 1920... il s'est barré avec la caisse. Et avec sa petite amie de l'époque, Mlle Pauline Maudet. Ils sont partis sous le nom d'Évrard pour le Liban. Là-bas, ils se sont offert une nouvelle identité : Pelletier. Et avec l'argent de l'escroquerie, ils ont acheté leur savonnerie, vous connaissez la suite.

Ces révélations assommèrent Jean, François et Hélène, qui avaient du mal à reprendre leurs esprits. On leur racontait une histoire qui n'avait rien à voir avec celle qu'ils connaissaient, rien à voir avec les parents qu'ils avaient eus.

— Si vous dites vrai, demanda François, pourquoi n'avoir jamais procédé à leur arrestation ?

Lagrange baissa la voix et se pencha sur la table comme pour une confidence.

— Cette affaire était assez embarrassante, voyez-vous ? Cette escroquerie avait fait de nombreuses victimes, les esprits étaient très échauffés. Faire revenir les coupables, c'était rouvrir les plaies, le pays avait d'autres préoccupations… Et, pour être honnête, le gouvernement de l'époque n'en menait pas large parce que la question aurait été dans tous les esprits : comment se faisait-il que personne n'ait rien vu venir, n'ait rien fait pour éviter cette escroquerie… monumentale, si vous me passez le jeu de mots.

Cette histoire, invraisemblable quelques minutes auparavant, prenait corps peu à peu, devenait crédible…

— Mais vous saviez qu'ils étaient au Liban…

François avait vraiment du mal à imaginer ses parents en escrocs.

— Oh oui, on ne les a jamais perdus de vue. Une précaution dont on se félicite parce que, aujourd'hui, cette information nous est d'une aide très précieuse.

— Pour… ?

— Pour vous ramener à de meilleurs sentiments, monsieur Pelletier. Je suis au regret, mais vous allez avoir le choix entre poursuivre votre enquête sur cette question de la piastre qui, soit dit en passant, n'intéressera personne, et le sort de vos chers parents.

— C'était en 1920, vous dites ?

C'était Jean, que tout le monde avait oublié, comme d'habitude.

— Oui, ils se sont enfuis le 14 juillet. Ils avaient un sacré sens de l'à-propos.

— Alors il y a prescription.

Lagrange ouvrit la bouche sur une syllabe muette. Son regard se leva vers Arnould.

— Tu as entendu ça, Arnould ?

— J'ai entendu.

— Alors moi je dis bravo, monsieur Pelletier ! Bravo ! C'est très bien vu, il y a prescription.

— Du coup, poursuivit Jean, je ne vois pas ce qu'on fait là…

— À vrai dire, ça ne nous a pas échappé, monsieur Pelletier, et c'est pourquoi nous avons dû changer de stratégie. Et, ma foi, j'ai l'impression que finalement cette prescription ne tombe pas si mal, parce que nous avons trouvé mieux, n'est-ce pas, Arnould ?

— Bien mieux.

— Nous allons vendre à l'opinion publique… la famille Pelletier dans son ensemble ! Une magnifique campagne de presse, François, vous allez adorer ! Nous allons commencer par raconter l'histoire de votre père et confirmer qu'il profite d'une prescription et qu'ainsi il est à l'abri de toute action de la justice. Le grand public va détester ça. Un procès, on peut toujours prendre parti pour l'accusé, mais les gens haïssent l'impunité. Nous allons clouer la famille Pelletier au pilori. La savonnerie de votre père sera étiquetée « construite par un profiteur de guerre », il n'aura plus une commande et ne revendra jamais son affaire, son entreprise sentira le soufre, c'est comme la maison d'un pendu, personne n'en veut. Vous, François, vous serez viré de votre journal par des interventions politiques ; vous serez marqué au fer rouge, si vous retrouvez un poste ce sera dans une feuille de chou en basse province et, à cinquante ans, vous serez toujours aux chiens écrasés. Vous, Hélène, vous serez condamnée à continuer de sucer tous les Bernard de Jonsac qui passeront sur votre route. Quant à vous, Jean, votre boutique ne vendra même pas un caleçon. Des parents aux enfants, la famille Pelletier sombrera, corps et biens.

Des mots résonnaient à l'esprit de chacun.

Sucer qui ? se demandait François à propos de sa sœur. Il avait bien entendu ?

Jean, d'abord soulagé qu'il ne fût pas question de son histoire d'empreintes, voyait sombrer sa boutique, la seule affaire dans laquelle il avait eu l'espoir de réussir. Comment Geneviève allait-elle réagir ?

— C'est vous qui avez tué Étienne ! cria soudain Hélène.

— Oh non, mademoiselle, ça n'est pas le genre de la maison. N'est-ce pas, Arnould ?

— Non, c'est pas le genre.

— Pour être honnête, mademoiselle, nos confrères d'Indochine n'avaient pas fait remonter d'information à son sujet, nous n'étions pas au courant des démarches de votre frère.

— Qu'est-ce que vous voulez ? demanda François.

— Le silence, monsieur Pelletier, votre silence. Vous foutez toutes vos notes à la poubelle et vous retournez aux vols de bicyclettes. Si vous ne le faites pas, si vous essayez de jouer au plus fin, de confier l'affaire à quelqu'un d'autre, bref si vous la ramenez une seule fois, je dis bien une seule, on sort la grosse Bertha et on envoie tous les Pelletier *ad patres*. Parents et enfants.

Hélène et Jean se tournèrent vers leur frère.

— Arrêtez de me regarder comme ça ! leur cria François.

Lagrange se contenta de refermer son dossier et de se reculer sur sa chaise, il attendait tranquillement le verdict dont il ne doutait pas.

— Vous dites que nos parents ont été arrêtés ? demanda Hélène.

— C'est un abus de langage, mademoiselle. Je vous remercie de me donner l'occasion de rectifier. Ils ne sont pas arrêtés à proprement parler. Nous les avons vivement incités à venir à Paris.

— Pour... ?

— Les parents sont souvent de bon conseil, même chez les voleurs. Nous nous sommes dit que votre père aiderait certainement votre frère aîné à prendre la bonne décision.

— En attendant qu'ils arrivent, on est prisonniers ?

C'était Jean qui s'inquiétait déjà de ce qu'il dirait à Geneviève.

— Prisonniers ! Tu entends ça, Arnould ?

— J'entends.

— Mais non, pas du tout, qu'est-ce que vous allez chercher ! Vos parents seront là en fin de journée, vous prendrez le temps de papoter avec eux et vous déciderez comme des grands. En attendant, vous, monsieur Pelletier, vous ne bougez pas un cil. C'est une sorte de moratoire entre nous. Vous vous retenez de toute initiative regrettable et, de notre côté, on charge la grosse Bertha, mais on n'allume pas la mèche, on est d'accord ?

François hocha la tête. Il était d'accord.

41

Absolument

On était Chez Luigi, un restaurant italien de la rue Lamarck où les pâtes étaient divines, mais où, surtout, dans la seconde salle, il était possible de discuter tranquillement sans crainte d'être entendu des autres clients, les tables étaient assez espacées. Luigi avait dit : « Eh bien, monsieur Pelletier, ça fait une paye qu'on ne vous a pas vu ! », mais c'est ce qu'il disait à tout client qui n'était pas venu depuis le début de la semaine.

Chacun avait regardé le menu avec gravité. Tout le monde savait qu'au menu ce serait surtout soupe à la grimace.

Angèle avait les traits tirés, personne n'avait envie de plaisanter. La mort d'Étienne remontait à peine à quinze jours, on voyait qu'elle pleurait encore beaucoup. Maintenant, ce voyage à Paris auquel on l'obligeait et remuer toutes ces vieilles histoires… Elle était silencieuse, concentrée, soucieuse. Depuis presque trente ans qu'ils s'étaient installés à Beyrouth, elle s'était faite à l'idée qu'elle échapperait à une explication, elle-même n'y pensait quasiment plus, et voilà que le passé remontait avec cette sale odeur… Pour tout dire, elle avait honte. Ce n'était pas une table de restaurant, c'était le banc des accusés. Devoir s'expliquer devant ses enfants l'accablait. M. Pelletier commentait le menu, faisait des recommandations que personne n'écoutait. François était en colère, Hélène était furieuse, Jean était dépassé. Quant à Geneviève, son mari n'avait rien voulu lui expliquer, tu verras ce soir, avait-il dit, elle était vexée, on le sentait à sa raideur. Elle trônait comme toujours mais en majesté offusquée, les lèvres pincées.

Impressionnée par le silence qui régnait, par les visages sévères des convives, la serveuse prit la commande comme elle aurait fait pour un repas où tout le monde se serait disputé avant d'arriver. Personne ne savait ce qui se dirait, ni même qui lancerait la discussion. Ce fut Louis. À peine le vin servi, tandis qu'on attendait les entrées, François ouvrit la bouche, mais son père avait déjà reposé son verre et dit :

— Mon vrai nom est Albert Maillard, celui de votre maman, c'est Pauline Maudet. Nous sommes arrivés à Beyrouth en 1920 sous le nom d'Évrard. Là, nous avons acheté des papiers au nom de Pelletier. Nous les avons payés vingt-quatre mille francs.

— Je t'en prie ! dit Angèle qui trouvait ces détails par trop sordides.

Il régnait un silence étrange. Ce n'était plus un agent des services de renseignement qui leur assenait un récit abracadabrant en les menaçant des foudres de la justice, c'était leur histoire que leur père racontait, leur origine. Chacun écoutait et voyait se dérouler un roman auquel, chez quelqu'un d'autre, ils n'auraient pas cru, avec des personnages dont ils connaissaient le physique, mais pas le rôle.

Le plus secrètement satisfait était sans doute Jean. Son père étalait aux yeux de tous une affaire honteuse, c'était son tour, ça faisait du bien d'entendre ça.

— Quand je suis revenu de la guerre, merci mademoiselle (Angèle posa sa main sur son avant-bras, elle voyait bien qu'il sifflait les verres de vin blanc à une cadence anormale), c'était dur parce qu'il n'y avait pas de place pour nous. Cette guerre, on l'avait gagnée, on y avait laissé notre santé, nos copains, notre jeunesse, et en rentrant, impossible de trouver un boulot, il n'y en avait pas. Même les pensions n'arrivaient pas. Moi, j'avais un camarade à charge (il est mort depuis), ça faisait deux bouches à nourrir, on habitait un petit logement imp…

— Avance, Louis ! dit Angèle. À ce rythme-là, on y sera encore demain.

— Oui, tu as raison. Et, donc, avec le copain dont je vous parle, on s'est lancés dans une affaire… À cette époque, il y avait plus d'argent pour les monuments que pour les anciens combattants… Bref, les villes en achetaient des tout faits, industriels, comme qui dirait. Alors, on a fait imprimer un catalogue avec des dessins de monuments, il y en avait pour toutes les bourses, on en a vendu un sacré paquet. Mais au lieu de les fabriquer et de les livrer… on est partis avec l'argent, voilà.

Louis vida son verre.

— Combien ? demanda Geneviève, les yeux brillants. Combien d'argent ?

Louis se tourna vers sa femme qui répondit d'un regard, vas-y, maintenant qu'on y est…

— En francs d'aujourd'hui, je dirais… trente millions.

Ce fut la stupeur.

Personne autour de la table n'avait eu l'impression de vivre dans une famille riche. Le niveau de vie des Pelletier, c'était celui du haut de la bourgeoisie, rien de plus.

Geneviève, rompant avec son attitude impériale, avait posé son menton sur la paume de sa main, et regardait son beau-père avec les yeux de Chimène, quel homme, non, mais quel homme ! semblait-elle dire.

— Avec ça, on a acheté la savonnerie… Vous connaissez la suite.

Ce dont parlait Louis, c'était une entreprise qui réussit, des succursales à Tripoli, à Alep, à Damas. Le capital de départ devait avoir fait des petits, chacun essayait de comprendre où se trouvait tout cet argent… Y avait-il une fortune cachée quelque part ?

Angèle se pencha vers son mari et lui dit un mot à l'oreille.

— Oui, bien sûr… La savonnerie a tout de suite bien marché, alors, en 1922, j'ai créé la Fédération des anciens combattants de l'étranger. Pour regrouper tous les camarades habitant ailleurs qu'en France, et je peux vous dire que ça fait du monde. Et du monde qui était autant dans la merde que…

— Louis ! dit Angèle. Je t'en prie…

— Autant dans le besoin que les autres ! La Fédération a servi à payer des opérations chirurgicales, des loyers pour les plus nécessiteux, on a créé un fonds de pension qui verse encore aujourd'hui des retraites à des anciens. L'argent venait d'un peu partout, mais comme nos affaires marchaient bien, nous avons longtemps été les principaux donateurs, hein, Angèle ? En vingt ans, on a reversé à peu près trois fois ce qu'on avait gagné…

— Volé ! dit Jean, le nez dans son assiette.

— Mais enfin, Jean ! réagit Geneviève. Puisqu'on te dit qu'ils ont remboursé !

— Bouboule a raison, dit Angèle, rembourser ne retire rien au vol, ça serait trop facile.

— Quand même, bougonna Geneviève, quand on rembourse, c'est pas pareil.

Personne, maintenant, ne savait plus quoi dire. Ce qu'il était resté de la fortune initiale, c'est ce qu'ils avaient toujours vu. La boucle était bouclée.

Maintenant, Jean était déçu. Son père était redevenu un grand homme et lui, la cinquième roue du carrosse. Il se demanda brièvement si la malédiction qui pesait sur sa vie n'était pas la rançon des péchés de son père.

Louis risqua :

— D'après mon expérience, les anciens combattants, ils ont préféré des subsides à des monuments, mais bon, c'est juste mon avis…

Il vida de nouveau son verre.

— Voilà l'histoire, dit-il en le reposant.

Il y eut un long silence.

— Mais alors…

C'était Jean qui, les yeux fixés sur la nappe, paraissait poursuivre une réflexion complexe, qui nécessitait de la concentration. Il regarda son père.

— Mais alors, l'histoire des Pelletier, le maréchal Ney, tout ça…

Louis se tourna vers sa femme qui fit un petit geste, débrouille-toi, je t'avais prévenu.

— Eh ben, c'est vrai… et c'est pas vrai. Bon, nous on est des Pelletier récents, si tu vas par là. Mais Pelletier, c'est un nom courant ! Très courant même ! Je suis prêt à parier qu'il y en avait autour de Napoléon. Comme quoi, ce qu'on vous a raconté…

— Ce que *tu* leur as raconté ! précisa Angèle.

— Oui, si tu veux, eh bien, c'est en grande partie la réalité ! Voilà.

Il siffla un nouveau verre. À le voir, cette affaire était terminée, et pourtant…

— Juridiquement, il y a prescription, avança François, mais on menace tout de même de nous discréditer, c'est sans fin !

— Oh non, dit Louis en hochant la tête. Demain, je vais voir Andrieu, on va arranger ça.

— Andrieu ? Robert Andrieu ?

— Oui, j'ai pris rendez-vous avec lui, ça va se calmer.

Tout le monde, de nouveau, était sidéré. Robert Andrieu, haut fonctionnaire, avait dirigé plusieurs administrations, il était actuellement préfet de police de Paris.

— Tu le connais ?

— Assez bien, oui. Robert, quand j'ai créé la Fédération, il était même parmi les fondateurs. À l'époque, il était en poste à Djedda.

— Au Caire, dit Angèle

— Oui, tu as raison, au Caire.

— Tu connais d'autres gens ? demanda Hélène.

C'est la première fois qu'on l'entendait. Sa voix avait une intonation suspicieuse.

— Comment ça ?

— Oui, des gens importants, tu en connais d'autres ?

— Tu sais, entre ceux qui ont combattu, il y a toujours une sorte de fraternité... La plupart des anciens combattants qui ont pris des postes, ou qui sont allés vivre à l'étranger, sont adhérents de la Fédération, ça fait pas mal de monde, tu vois ?...

— Non, pas très bien.

— Je veux dire : des gens, on en connaît plein…

Personne ne comprenait la lutte souterraine qui opposait soudain le père et la fille. Elle le regardait avec une sévérité nouvelle, infiniment plus dense que lorsqu'il avait raconté ses exploits d'après guerre.

— Tu connais quelqu'un aux Beaux-Arts ?

C'était à peine une question. Louis se tourna vers son épouse pour y chercher un appui, mais elle pensait à autre chose.

— Eh bien, en fait…

— Tu y connais qui ? insista Hélène d'une voix tranchante.

— Tu vas rire…

— Ça m'étonnerait.

— Alain de Breuille, le directeur. C'est un copain, on a fait la Somme ensemble. On s'étaient perdus de vue et on s'est retrouvés à la Fédération, quand il a été nommé à…

— Varsovie, dit Angèle.

— Oui, c'est ça. Quand tu as parlé de t'inscrire aux Beaux-Arts, je lui ai passé un coup de fil. Comme les inscriptions étaient closes, il a eu l'idée de ressortir un vieux règlement, tu vois ?…

Hélène hochait la tête, oui, je vois très bien. Ainsi, c'est à son père qu'elle devait le « miracle » d'avoir été admise aux Beaux-Arts sans examen, sous ce fichu statut d'observatrice. Ça n'avait plus d'importance puisqu'elle avait détesté puis déserté cette école. Il n'empêche, elle lui en voulait de s'être mêlé de sa vie. Pourquoi devait-il toujours… ?

La rancœur lui fit repousser son assiette d'un geste vif, mais aussitôt elle reprit :

— Étienne ? C'est toi aussi ?

Angèle se mit à pleurer silencieusement, Hélène s'en voulut d'être allée trop loin. D'autant que ce n'est pas son père qui répondit, mais sa mère.

— C'est moi, dit-elle entre deux sanglots, c'est moi qui ai demandé à votre père d'intervenir pour le faire nommer à Saigon. Étienne avait tellement envie de rejoindre Raymond, tu comprends ?

Hélène se leva et alla prendre sa mère contre elle.

François réfléchit à tout ce qu'il perdait dans cette affaire. Jean, lui, méditait son arrivée à Paris à la fin de l'année précédente et son embauche chez M. Couderc qu'il devait à l'entregent de son père.

— Qu'est-ce qu'on va faire, maintenant ? demanda François.

Louis avait attrapé la carte des desserts.

— Je vais aller discuter avec Andrieu. Après, on en reparle, tu veux bien ?

*

Andrieu ouvrit largement les bras pour donner l'accolade à Louis et, quand ils furent ainsi, il dit, très doucement :

— Mes condoléances pour ton fils, Louis.

Louis lui répondit d'un signe de tête.

C'était un très grand bureau dont les fenêtres donnaient sur d'immenses platanes dévêtus par l'hiver.

Le préfet de police désigna le fauteuil réservé aux visiteurs. Lui-même prit place à ses côtés.

— Comment ça va, à part ça ?

Les deux hommes avaient fait connaissance en 1923. La guerre était encore une expérience récente. Ce qui les lia fut la découverte d'une curiosité. Alors qu'ils avaient, à trois reprises, été présents sur les mêmes théâtres d'opérations (la Somme, la seconde bataille des Flandres puis l'Aisne), ils ne s'étaient jamais rencontrés. Ils avaient dû combattre côte à côte sans se voir et chacun pensait qu'être toujours vivant tenait à ce que l'autre avait été là, présent sans se montrer, comme un protecteur de l'ombre, un ange gardien.

Ils s'étaient revus plusieurs fois, principalement à Paris où Andrieu avait été en poste dans différents ministères, et ils se retrouvaient toujours avec le sentiment partagé de reprendre la conversation là où ils l'avaient laissée.

Aujourd'hui, la rencontre sonnait un peu différemment. Ni l'un ni l'autre ne se sentait d'entamer la discussion et chacun eut à cœur de sacrifier au rituel des banalités. Mais un emploi du temps de préfet est toujours chargé. Louis perçut bientôt chez son ami quelque chose de l'ordre de l'impatience.

— Alors, Robert, dis-moi, où en est-on ?

— Nulle part, j'espère ! dit le préfet en simulant un éclat de rire. L'affaire est close ! Elle est close, n'est-ce pas, Louis ?

— Ça dépend de ce que tu me demandes.

Andrieu avait soixante ans, un visage faussement débonnaire, un sourire faussement bienveillant. Il y avait de la bête politique dans cet homme-là et Louis entendit immédiatement que le ton était ferme.

— J'ai dû tirer en l'air pour que ton fils s'arrête. Maintenant, nous pouvons discuter. Il s'apprêtait à déterrer une histoire de trafic de piastres que…

— Une histoire vraie ? l'interrompit Louis.

— Vraie, pas vraie, on s'en fout ! On n'a pas besoin de ça en ce moment, c'est tout !

On entendit le tic-tac de la pendule en bronze, sur le manteau de la cheminée, qui représentait un poilu montant au front avec un fusil.

— Tu proposes un échange de scandales, c'est ça ? demanda Louis. Le vôtre contre le mien ?

— C'est un peu ça. Ton fils arrête son enquête, nous, on renvoie les chiens à la niche pour ton histoire de monuments aux morts. Parce que, sinon, qu'est-ce qui va se passer, Louis ? On va exhumer ton passé, tu vas être cloué au pilori.

— Trente ans et une guerre plus tard, tout le monde s'en foutra. Avec ce que j'ai donné à la Fédération pour les anciens combattants, je vais même passer pour Robin des bois.

— Tu as raison, Louis, mais le nom de ta famille aura été traîné dans la boue. Durablement. Ce sont tes enfants qui vont payer l'addition. Nous aurons un scandale à affronter, ça ne sera ni le premier ni le dernier, on créera une commission qui enterrera ce truc, pendant ce temps on allumera un contre-feu quelque part et deux mois plus tard tout le monde aura oublié. Et entre-temps vous aurez tout perdu.

La pendule sonna neuf heures.

Louis avait tenté de se battre pour François. En vain. Il leva les yeux vers Andrieu.

— Depuis quand tu es au courant, pour… ?

— Ton histoire de monuments ? Sincèrement, je l'ai découverte en arrivant ici. Ça fait partie des secrets de la République qu'on se repasse de préfet en préfet.

Louis, silencieux, le fixait droit dans les yeux.

— Quoi ?

— La mort de mon fils, vous y êtes pour quelque chose ?

— Rien du tout, Louis. J'ai interrogé le ministre de l'Intérieur et je peux te donner ma parole.

— Qu'est-ce qu'elle vaut, ta parole ?

— Le même prix que la tienne.

— À une piastre près ?

Le préfet sourit.

— Si tu veux, oui, à une piastre près.

*

Les parents Pelletier étaient descendus à l'Hôtel de l'Europe, chez Mme Ducrau, « la maîtresse de votre père ». Angèle était si épuisée par les événements des derniers jours qu'en arrivant elle n'avait pas même remarqué la propriétaire. C'est en revenant du déjeuner qu'elle la vit réellement, qu'elle sourit d'elle-même. Louis ne devait pas être bien loin en prétendant qu'elle était bicentenaire.

Pendant que Louis allait au rendez-vous chez le préfet, Angèle s'était promis de faire une sieste. C'était toujours pareil, elle attendait avec impatience le moment où elle pourrait enfin s'allonger et dormir, et, arrivée là, impossible de fermer l'œil.

Elle ressentait un obscur soulagement d'avoir ainsi tout expliqué à leurs enfants. Sinon, quand se serait-elle décidée ? Elle regrettait qu'Étienne n'ait pas été là pour l'entendre. Elle entendait déjà son rire éclatant…

Dans les circonstances les plus graves, il n'est pas rare que l'esprit s'enroule autour de détails insignifiants. Ainsi, depuis l'enterrement, Angèle remuait la disparition de ce pauvre Joseph et cette histoire de malle, les affaires d'Étienne que personne ne leur avait renvoyées.

Elle devait absolument reparler à Louis de cette malle. Absolument. C'est sur ce mot que, tout habillée, elle sombra dans le sommeil. Et son esprit resta figé sur ce mot parce que, lorsqu'elle reprit conscience, il était toujours là. « Absolument ». Il désignait les affaires de son fils. Tant qu'elle ne les aurait pas récupérées, quelque chose resterait inachevé.

Nous étions début novembre, la nuit tombait de bonne heure. Une lumière blanche et bleue baignait la chambre, un crépuscule. Elle comprenait que Louis s'installe ici quand il venait à Paris, la pièce n'était pas grande, mais elle était chaleureuse, bienfaisante. Angèle aurait pu vivre là le reste de son existence.

Il était convenu avec les enfants de se retrouver dans le petit salon au rez-de-chaussée de l'hôtel en fin de journée pour que Louis raconte son entrevue avec le préfet.

Quelle heure est-il donc ? Mon Dieu, dix-huit heures. À peine le temps de faire un brin de toilette, un peu de maquillage, oh là là, j'ai une tête de folle, et ils doivent déjà être tous en bas à m'attendre…

Geneviève s'ingéniait souvent à être légèrement en retard, elle trouvait agréable d'être attendue. Elle fut donc un peu déçue que sa belle-mère arrive quelques minutes après elle. Elle l'a fait exprès pour nous rabaisser, se disait-elle, j'en suis certaine.

Alors Louis raconta sa rencontre avec Andrieu.

L'affaire était close.

François ne fit aucun commentaire, il regardait ses chaussures.

— Robert Andrieu m'assure que les services gouvernementaux ne sont pour rien dans la mort d'Étienne.

— Et tu le crois ? demanda sèchement Hélène.

Son père la regarda longuement dans les yeux.

— Oui, Hélène, je le crois.

C'était fini.

On prit des apéritifs, mais Mme Ducrau n'avait pas grand-chose. On s'en contenta. Puis, vers dix-neuf heures, Angèle se mit à bâiller.

— On va y aller, dit Jean en se mettant debout.

— Déjà ? dit Angèle.

Jean ne voulut pas sembler faire reproche à sa mère de se sentir fatiguée, aussi prit-il sur lui de dire :

— Oui, on va rentrer… La journée a été longue, hein, Geneviève ?

Elle aussi s'était levée, pincée comme jamais, à la manière de quelqu'un qu'on vient de congédier. Elle fut la première à embrasser tout le monde du bout des lèvres, allez, viens, Jean, puisque tu veux rentrer, on rentre ! C'était d'un pénible…

— Qu'est-ce qu'elle est chiante, lâcha Hélène.

— Hélène ! dit sa mère qui pensait la même chose.

— François, dit alors M. Pelletier, je peux te voir deux minutes ?

Ils laissèrent Angèle et Hélène dans le petit salon et sortirent sur le trottoir où ils allumèrent leurs cigarettes.

— Je devine, mon fils, combien ce doit être dur pour toi, de renoncer à ton enquête, à ce scandale dont tu aurais pu te servir…

— C'était aussi pour la mémoire d'Étienne !

— Oui, aussi, dit Louis. Enfin, c'est un sacrifice, je voulais te dire que j'y suis très sensible. Nous y sommes tous sensibles.

— Ça me fait une belle jambe.

Il regretta aussitôt. Louis fit comme si cela ne le peinait pas.

— Je voulais aussi te dire…

Il désigna les fenêtres du rez-de-chaussée de l'hôtel à travers lesquelles on devinait les silhouettes d'Angèle et d'Hélène.

— Pour Normale Sup, pour ton travail au *Journal du soir*, je ne voudrais pas que tu penses qu'Hélène ou Jean t'ont trahi, qu'ils sont allés nous raconter… Ils n'y sont pour rien.

— Je ne pense pas ça !

— Bien sûr que si ! Si j'étais à ta place, d'ailleurs, je penserais la même chose. Pour Normale Sup, je l'ai su très tôt. Tu nous as écrit que tu étais reçu à un « rang honorable ». Tu sais comme je suis vaniteux, je voulais avoir la feuille de classement, la montrer aux amis du Café des Colonnes, je suis très con, tu peux le dire, ça ne me vexera pas. Sauf que l'École m'a répondu que, sur la liste des reçus, ton nom ne figurait pas. Je me suis plaint ! On m'a alors envoyé la liste des inscrits au concours, tu n'y étais pas non plus.

— Pourquoi tu me racontes tout ça maintenant ?

— Parce que tu dois penser que j'aide plus ton frère et ta sœur que toi. Ta ta ta ! Tu te dis que nous avons payé une voiture à Jean pour qu'il travaille, que nous lui avons avancé ce dont il avait besoin pour sa boutique avec Geneviève. Que j'ai fait en sorte de faire entrer Hélène aux Beaux-Arts, que j'ai trouvé un poste à Saigon pour Étienne et que, pour toi, je n'ai rien fait. C'est pour cette raison que je t'en parle. J'ai su très vite que tu n'allais pas à cette école, que tu ne t'y étais pas même présenté. J'ai continué à payer comme si je ne le savais pas parce que j'ai confiance en toi, confiance en tes choix. Et comme ton salaire au *Journal* n'est sans doute pas une manne, je continue à payer et je le fais avec plaisir. Je veux seulement que tu cesses de te sentir le moins bien traité de nos enfants.

François écrasa sa cigarette au sol, il aurait voulu prendre son père dans ses bras ou venir dans les siens, au lieu de quoi il dit :

— Je te remercie, papa.

— Allez, on va y aller, dit Louis.

— Juste une chose...

François le retint.

— Pour l'École, je comprends, mais comment as-tu su que je travaillais au *Journal du soir* ?

— Quand je suis venu retrouver Hélène ici, à Paris, j'ai d'abord pensé qu'elle s'était rendue chez toi, tu n'y étais pas, je suis tombé sur ta concierge, comment s'appelle-t-elle, déjà, Léontine ? Elle est très bavarde, hein ! Quand je suis arr...

— Ça va, dit François en souriant, tu es dispensé de l'anecdote.

Ils rentrèrent dans l'hôtel.

*

Jean, épuisé par les émotions, aurait donné dix ans de sa vie pour se coucher immédiatement. Mais il fallait attendre que Geneviève ait procédé à ce qu'elle appelait parfois « ses ablutions », un mot que

Jean connaissait mal, qui s'apparentait pour lui à une pratique intime, vaguement honteuse qu'il trouvait dégradant d'évoquer.

— J'avais raison ! bougonnait-elle.

Jean ferma les yeux. Il avait quitté l'appartement entouré de deux policiers en uniforme, promis à la guillotine. Il y était revenu totalement indemne et Geneviève n'en avait pas dit un mot, même déplaisant.

— J'avais raison ! Je le sentais…

Jean savait qu'elle répéterait sa phrase jusqu'à ce qu'il cède, par fatigue ou par agacement, qu'il demande en quoi elle avait eu raison, mais pas cette fois, il y avait des moments où il refusait de s'avouer vaincu, il ne savait pas pourquoi. Peut-être parce qu'il se sentait allégé de son angoisse des derniers jours, de cette histoire d'empreintes qu'il laissait maintenant loin derrière lui. Tout ça le rendait fort.

— Je le sentais, depuis le début !

Non, Jean ne céderait pas.

Il plia ses affaires avec précaution, la tête lui tournait un peu, il avait abusé du vin blanc.

Geneviève montait toujours dans le lit la première, à grand renfort de mouvements de fesses et de contorsions d'épaules, elle tirait l'édredon et les couvertures jusqu'à son menton avec des soupirs, Jean prenait ce qui restait.

— Je le savais…

Jean poussa un soupir. Avoir la paix, là, tout de suite, alors d'accord :

— Qu'est-ce que tu savais ?

— Qu'il y avait de l'argent dans cette famille ! Mais on ne nous retient pas même à dîner, quelle honte !

— Maman était fatiguée...

— On ne veut surtout pas nous donner d'argent, et pourtant il y en a !

Cette fois, Jean était outré. Cette accusation lui avait fouetté le sang.

— Comment ça, ils n'en donnent pas ! Ils ont payé la voiture pour que je travaille, ils ont donné ce qu'il nous fallait pour la boutique.

— Non...

— Comment ça, non, ils n'ont pas donné l'argent pour la boutique ?

— Non, ils l'ont prêté, c'est très différent !

Jean s'étrangla. C'était par trop injuste. Parce que les Cholet, eux, avaient donné quelque chose ? Rien du tout, c'était toujours aux parents Pelletier de cracher au bassinet.

En rage, il se tourna vers elle.

— Laisse-moi dormir, dit-elle en fermant les yeux. J'ai eu une journée harassante.

*

— C'est dommage que Bouboule ne soit pas resté avec nous, dit Angèle.

Ils s'étaient installés dans un restaurant à deux cents mètres de l'hôtel.

Octobre 1948

— Il est possible d'être servi rapidement ? avait demandé Louis.

Il y avait peu de clients, on commanda juste un plat, une bouteille de vin. Et, pour la première fois, on parla d'Étienne sans pleurer.

Un peu plus tard, Louis demanda l'addition.

— Allez, les enfants, dit-il. Votre maman et moi, nous partons demain matin de bonne heure et…

— Non, dit Angèle, j'ai changé d'avis, mon chéri, je ne rentre pas avec toi. Je vais à Saigon, je vais chercher les affaires de mon fils.

Hélène se tourna alors vers sa mère.

— Je viendrais bien avec toi…

42

Tu as raison

Il se l'interdisait mais, malgré les événements bouleversants vécus ces derniers jours, il ne cessait d'y penser. Cette « Nine » n'avait plus donné signe de vie, son surnom était peut-être son premier mensonge.

Elle s'était présentée à la justice et s'était évaporée.

Cent fois, il avait eu envie de manipuler le juge Lenoir pour en savoir plus sur elle, toujours il renonçait et s'en voulait de renoncer.

Le pire, c'est que son beau visage avait disparu, François ne parvenait plus à le recomposer. Ce qu'il retrouvait, la forme de ses cils, l'intensité de son regard, sa bouche, mon Dieu, sa bouche, sa silhouette, tout cela apparaissait et fuyait aussitôt, il ne reconstituait plus un portrait d'ensemble vivant et réaliste. Il aimait un fantôme.

Il avait quitté la rédaction en fin de journée. Il aimait son retour en métro parce qu'il en profitait pour lire les pages qu'il n'avait eu que le temps de parcourir avant le bouclage.

Il descendit de la rame, prit sur sa droite vers la sortie.

Elle était là, sur le quai, marchant dans la direction inverse.

Tous deux marquèrent un temps d'arrêt. François en était encore à mesurer la somme de hasards nécessaire pour qu'une telle rencontre se produise. C'était inutile. La jeune femme avait violemment rougi. Sa présence ne devait rien au hasard. Comme si elle venait de renoncer au prétexte, elle s'avança.

Elle avait la voix tremblante.

— Je voulais vous remercier…

La foule envahissait déjà le quai pour attendre la rame suivante. Ils se mirent un peu à l'écart.

— Je vous en prie, dit François, ça n'était pas la peine.

Elle le fixait avec la même intensité que lors de leurs précédentes rencontres.

— Et je me demandais…

Le métro entrait dans la station, son bruit de ferraille envahit tout l'espace, elle dut s'interrompre. Dès que le train s'arrêta, elle reprit :

— Peut-être… Enfin, si…

— Oui ?

Elle proposait de se promener sur les quais. Ou aux Tuileries. François, tout lui allait…

— On peut se retrouver rue Bayard si vous voulez. Près des Champs-Élysées, quartier chic.

— C'est près de chez vous ?

François regretta son indiscrétion mais ça la fit rire.

— Oui, pas loin, mais ça n'est pas... Comment dites-vous, déjà ? Compromettant.

Un premier rendez-vous dehors, le jour de l'armistice de la Grande Guerre (la météo prévoyait même du brouillard), ça n'est pas l'idée qu'on se fait d'un rendez-vous galant mais François n'y regarda pas de si près.

— Oui, bien sûr...

Sa réponse était venue vite, d'accord, oui. Elle sourit. Ne lui serra pas la main.

Il la regarda s'éloigner, elle devait sentir son regard dans son dos.

*

Il fut sur place avec quarante-cinq minutes d'avance. La météo n'avait pas menti, mais les brouillards épais de la matinée s'étaient dissipés vers midi.

Il y avait beaucoup d'agitation dans ce quartier parce que les anciens combattants avaient prévu de déposer une gerbe au Soldat inconnu sous l'Arc de Triomphe et que l'Union de la jeunesse républicaine de France, la Fédération des déportés du travail mais aussi l'Union des syndicats ainsi que quelques organisations communistes et féministes s'étaient jointes à eux. François vit passer des groupes portant des drapeaux et des banderoles roulés sur des bâtons.

Il avait du temps et la curiosité le poussa à aller y voir de plus près.

Il régnait dans les groupes qui convergeaient vers la station Franklin-Roosevelt une atmosphère à la fois tonique et quelque peu nerveuse. Il accosta un jeune type qui marchait d'un pas décidé et comprit que la préfecture avait interdit à la manifestation une large portion des Champs-Élysées. « Ça ne va pas se passer comme ça ! » assurait le jeune homme qui disparut aussitôt dans la foule pressée. Et François saisit rapidement qu'en effet les choses ne se passeraient pas comme ça. Il sortit son calepin, c'était plus fort que lui, et notait ce qu'il croyait comprendre et qu'il vérifia en arrivant au métro. Les manifestants avaient le droit de se rendre à l'Arc de Triomphe mais pas celui de dépasser Franklin-Roosevelt ! C'était une décision étrange, voire aberrante qui autorisait l'accès à un endroit en fermant les voies qui y conduisaient ! François saisit rapidement que le dépôt de gerbe au Soldat inconnu n'était, pour de nombreux participants, qu'un prétexte. Les slogans « Aidez les mineurs ! Souscrivez pour les mineurs ! » laissaient peu de doutes sur les intentions revendicatrices de cette foule que le blocage au rond-point des Champs-Élysées chauffait à blanc. Le déploiement de police était impressionnant, des gardes républicains casqués et armés étaient alignés en travers de l'avenue et faisaient barrage, François notait les slogans, les textes des banderoles, tentait de dénombrer les unités de police, ballotté de droite et de gauche, les oreilles saturées par les cris de la foule.

Il regarda sa montre, le temps avait passé plus vite qu'il le pensait, il fallait reprendre son chemin vers la rue Bayard et la présence tumultueuse de quelque trois mille manifestants vociférants et agités allait lui rendre la tâche plus difficile que prévu parce que des drapeaux tricolores étaient soudain apparus et que, là-bas, des militants déchaussaient des pavés avec des barres à mine… Quelqu'un assura qu'une barricade était érigée à George-V, la nouvelle se répandit, un homme essoufflé en venait. « Ils ont démonté un échafaudage, rue Bassano, devant le Crédit commercial ! » annonça-t-il d'une voix admirative. C'était plus haut sur l'avenue. Pour François, la situation était inexplicable. Des manifestants étaient maintenant massés à deux endroits opposés de l'avenue et la police, entre les deux, était censée interdire aux uns de descendre, aux autres de remonter, ça semblait difficilement tenable. Il écrivait sur son calepin mais son stylo ne cessait de riper sur le papier, il était sans cesse bousculé.

Et d'un coup, sans que l'on sache ni pourquoi ni comment, tout s'accéléra. « Ils chargent ! » cria une voix, et tout le monde se mit à courir, essayant de gagner les rues adjacentes, de refluer vers la Concorde, on entendit des tirs, était-ce des fusils ? François, c'était idiot, tenait toujours son carnet mais il courait lui aussi, il se prit les pieds dans une banderole étalée au sol et tomba de tout son poids, sur la hanche. Autour de lui les chaussures résonnaient sur le pavé de granit, quelqu'un mit une main sous son bras pour l'aider à se relever et disparut aussitôt. Les forces de l'ordre avançaient, bâtons en l'air, François avait du mal à courir, se tenait la hanche, traînait un peu la jambe, il prit peur, traversa l'avenue mais partout des policiers chargeaient, déjà des manifestants chutaient lourdement, tout le monde criait. François était parvenu à l'angle d'une rue dont il ne put lire le nom. C'est à cet instant qu'il vit le jeune homme portant un blouson et un pull-over à col roulé rattrapé par un petit groupe de policiers, il tomba, se releva, il avait perdu du temps, ses poursuivants le saisirent par les manches et déjà l'entraînaient vers une porte cochère, François resta un instant tétanisé par cette vision. Puis, sans réfléchir, il courut jusqu'à l'immeuble, laissez-le, criait-il, laissez-le ! Le jeune homme avait le visage en sang, un policier se retourna vers François : « Qu'est-ce que tu fous là, toi ! » Le bâton était levé, François n'avait pas le temps de fouiller dans sa poche pour saisir sa carte de presse, il brandit son calepin, c'était dérisoire. « Journaliste ! » Le policier lui arracha son carnet. « Qu'est-ce qu'on en a à foutre ! » Le coup partit aussitôt, sur le crâne, François s'effondra, tenta de se protéger la tête, ça n'était pas fini.

Les yeux au niveau du trottoir.

Quatre godillots autour de lui, les coups pleuvaient, l'un d'eux le cueillit dans la région de l'occiput.

Il perdit connaissance.

*

Il se réveilla, allongé sur un carrelage, désorienté.

Il avait terriblement mal à la tête, il y porta la main. Un bandage faisait le tour.

— Faudra quand même passer une radio, dit quelqu'un.

Une voix posée. Un homme d'une quarantaine d'années, portant une blouse maculée de sang. Un pharmacien. En se relevant sur un coude, François découvrit, mêlées aux rayonnages, trois chaises sur lesquelles étaient assis des hommes. C'étaient des mains bandées, une jambe avec une attelle de fortune, un pansement facial, on sentait des vapeurs d'alcool, d'onguent. L'officine n'était pas à proprement parler ouverte, il y régnait une lumière basse et fade, le rideau de fer n'était relevé qu'à moitié. De l'autre côté de la vitrine, pour ce qu'on en apercevait, la rue était calme.

— Comment vous appelez-vous ?

Le pharmacien faisait passer ses doigts écartés devant le visage de François.

— Pelletier. François Pelletier.

— Comptez mes doigts…

— Quatre…

— Bien…

François leva la tête vers l'horloge murale : seize heures.

— Bordel !

Octobre 1948

Nine ! L'heure du rendez-vous était passée d'une heure ! Il était déjà debout mais dut se retenir à l'épaule du pharmacien, la tête lui tournait.

— Ça va aller ?

Il se dirigea vers la porte de sortie, raide et hésitant, comme un client qui veut dissimuler son ébriété à l'instant de quitter le bistrot. Nine était partie, c'est certain ! Il était désespéré, en colère contre lui-même. Il revint vers le pharmacien qui s'occupait de quelqu'un d'autre et lui tendit la main.

— Merci.

L'homme en blouse se releva et lui serra la main.

— Je vous dois quelque chose ? demanda François.

— Non, rien. Faites une radio, on ne sait jamais.

Il se trouvait à l'angle de la rue Jean-Mermoz, il se mit à courir, c'était inutile. Cette portion de l'avenue des Champs-Élysées était maintenant dégagée. Il y avait ici et là des groupes de policiers en faction mais la manifestation s'était déplacée quelques centaines de mètres plus haut, c'était encore passablement agité, on entendait des cris. François ne s'y arrêta pas, il courut vers la rue Bayard où il n'y avait évidemment personne. Il n'avait aucun moyen de la trouver. Il ne s'était pas rendu au rendez-vous, voilà ce qu'elle allait croire. Oui, bien sûr, c'était vrai, mais enfin, ça n'était pas… Les raisons l'étranglaient.

Quand il prit le métro, il était un homme vaincu.

Pourquoi avait-il cédé à la tentation d'aller voir ce qui se passait plus loin alors qu'une femme l'attendait ici ?

Jamais encore il n'avait désiré une femme avec cette impatience, cette fièvre, et voilà qu'il manquait le rendez-vous qu'elle lui proposait, comment une chose pareille était-elle possible ?

C'est en revenant vers le *Journal* qu'il se mit à penser à la nouveauté de ce qui était arrivé. Jamais encore la police n'avait interdit à un journaliste de faire son travail, ne l'avait frappé. Il repensait au dispositif policier… Comme toujours, il écrivait dans sa tête. Il avait souvent pensé ses articles, conçu mentalement ses phrases, des paragraphes entiers qu'il n'avait plus ensuite qu'à coucher sur le papier, il avait la réputation de rédiger rapidement parce qu'il pensait beaucoup avant de se mettre au travail.

Rue Quincampoix, il s'installa à une table, jeta son article sur le papier et monta chez Denissov.

— J'ai quelque chose sur la manifestation des Champs-Élysées.

Le patron du *Journal* fronça les sourcils.

— Je ne comprends pas… On avait envoyé Vanacker sur place…

Il tendit un document.

— J'ai son papier.

François, d'où il était, put en lire le titre :

Sanglantes bagarres aux Champs-Élysées.
Les manifestants se heurtent
violemment aux forces de l'ordre
On compte près de cent blessés

Il s'approcha de Denissov et tendit son papier.

— Ce n'est pas un article, c'est un éditorial…

Denissov était tellement soufflé qu'il se retint de justesse de mettre François à la porte. Un éditorial ! Depuis quand voyait-on un reporter des faits divers rédiger l'éditorial de première page ?

Il prit la feuille, chaussa ses lunettes et lut.

Quelle République voulons-nous ?

Ce n'est pas d'hier que nous nous alarmons des violences de la police. Récemment encore, à Firminy, on a vu à quelles brutalités elle pouvait en venir. Si nous convenons que la police a parfois fort à faire avec des manifestants, voire des activistes violents, il n'est pas inopportun de rappeler que son métier consiste à maintenir ou à rétablir la paix et non à souffler sur les braises. Or, c'est exactement ce qui vient de se passer, ce 11 novembre, sur les Champs-Élysées, à Paris. Car bloquer entre deux stations de métro un défilé des FFI, des FTP, de l'Union fédérale des anciens combattants n'est pas seulement une tactique idiote et à caractère vexatoire, c'est une faute stratégique qu'on ne pardonnerait pas même à des débutants. Quand on veut empêcher une manifestation, on l'interdit. Mais l'autoriser puis contraindre un cortège de plusieurs centaines de personnes à renoncer, c'est choisir délibérément la provocation.

Si le résultat d'une pareille manœuvre n'était que de causer des dizaines de blessés, ce serait déjà fort grave. Mais quand la police, se sentant autorisée, voire encouragée dans sa brutalité à interdire à la presse de rendre compte des événements, à arracher son carnet des mains d'un journaliste, en vient à le frapper debout puis au sol, la question devient tout autre.

Lorsque les gardiens de la paix ne sont plus que des forces de l'ordre, lorsque la liberté de la presse est menacée ou attaquée, tous les démocrates s'interrogent.

Est-ce à cela, se demandent-ils, que nous ont préparés la Résistance, la Libération ?

Les pouvoirs publics seraient bien avisés d'y réfléchir et de se souvenir que le peuple français n'a pas enduré tant de sacrifices pour voir sa République foulée aux pieds, sa police agir en armée contre la contestation ou son gouvernement emprunter des méthodes de régimes autoritaires.

Denissov reposa ses lunettes.

— Tu as raison, c'est très bien.

Il posa le papier sur son bureau.

— Éditorial, première page.

François en resta bouche bée. Il se contenta d'un hochement de tête, il était assommé pour la seconde fois de la journée.

Quand les épreuves arrivèrent sur le bureau de Malevitz et que François se précipita pour les voir, l'éditorial était bien à sa place, mais il était signé… Adrien Denissov.

— L'enfoiré ! dit François qui se rua immédiatement dans le couloir, mais Malevitz s'interposa et le repoussa des deux mains.

— Arrête tes conneries, mon garçon ! Il est temps que tu apprennes les règles ! Qu'est-ce que tu t'imaginais ?

Alors que François s'apprêtait à le repousser, Malevitz le libéra.

— Tu as deux minutes pour perdre ta place au *Journal du soir* ou te remettre au boulot et tâcher de mériter ta signature en une.

Il revint calmement à sa place et reprit sa lecture des épreuves après avoir lâché :

— Maintenant, tu fais comme tu veux.

François sentit les larmes monter.

Il allait d'échec en échec. Il quitta la rédaction sans un mot.

43

Pas de preuve, pas d'enquête

Plus de trente degrés, une humidité à quatre-vingt-dix pour cent… Angèle n'était pas préparée à cette atmosphère. Elle avait simplement dit : « Mon Dieu… »

Hélène avait aussitôt imaginé Étienne arrivant ici, les yeux grands ouverts sur ce monde nouveau. C'est vrai qu'il était là pour retrouver Raymond qu'il ne reverrait jamais, mais, sur le coup, Saigon avait dû lui paraître une ville miraculeuse.

À Paris, l'employée de l'agence de voyages avait assuré à Angèle qu'à Saigon « il n'y a que le Métropole et le Cristal Palace, rien d'autre ». Elle s'était penchée vers Angèle pour murmurer :

— Le Métropole, c'est un peu… Si vous voyez ce que je veux dire ?…

Elle s'était relevée très satisfaite d'avoir dûment averti sa cliente. Angèle, dans le doute, avait donc opté pour le Cristal.

Octobre 1948

— C'est le bon choix, madame Pelletier, surtout pour une femme comme vous.

Angèle ne saurait jamais en quoi le Métropole était contre-indiqué à une femme comme elle parce que, avec Hélène, elles y prirent l'apéritif le premier soir et qu'elle trouva l'établissement assez captivant avec ses immenses plantes vertes, son orchestre féminin, sa clientèle choisie et bruyante. Elle n'aurait pas été là pour Étienne, elle y aurait pris du plaisir.

Hélène était très remarquée. C'était la première fois qu'Angèle sortait non plus avec sa fille, mais avec une jeune femme qui était aussi sa fille. Où en était-elle avec les garçons ? C'était la mauvaise question, elle le savait. La bonne question était : où en est Hélène avec les hommes ? La jeune fille devait être bien plus prête que sa mère à y répondre. Étais-je aussi belle à son âge ? se demandait Angèle. Ailleurs, à un autre moment, elle aurait eu peur que cette question la fasse vieillir. Ça n'était pas le cas. Elle était fière. C'est à cette pensée qu'elle comprit qu'elle avait bien son âge.

Hélène regardait aussi sa mère différemment. Elle tentait de superposer l'image qu'elle avait d'elle et ce qu'elle avait appris de son passé. Il lui était assez difficile d'imaginer cette femme, à vingt ans, s'enfuir avec des millions volés et acheter la fausse identité sous laquelle elle avait élevé ses enfants. Elle n'y parvenait pas, c'était une autre personne, qu'elle ne connaîtrait jamais.

La terrasse du Cristal Palace dominait toute la ville. Étienne devait connaître ces endroits-là, lui qui était si friand de sorties, de rencontres. Tout ramenait Angèle à la perte d'Étienne.

Elles décidèrent que le plus simple consistait à se rendre à l'adresse où il demeurait, c'est sans doute là que ses affaires avaient été entreposées.

— Si jamais on les retrouve, ajouta Angèle.

Elle avait dit cela sur un ton fataliste qui étonna Hélène. Comme si, maintenant qu'elle était là, récupérer cette malle n'avait plus autant d'importance.

Elles trouvèrent sans peine l'immeuble. Une pluie diluvienne se déclencha à l'instant où elles entraient sous le porche. Les larges gouttes s'écrasant sur le trottoir, sur les carrosseries des voitures, les toits, les balcons créaient un bruit de fond pareil à un interminable grondement de tonnerre.

C'était donc là qu'avait vécu Étienne. Angèle cherchait du regard quelque chose de lui, c'était idiot. Large escalier de pierre, vastes paliers, peinture des murs écaillée, l'immeuble avait tout d'une gloire déchue. Aujourd'hui il y régnait une odeur de poisson frit et de moisi mêlée à l'humidité que la pluie faisait pénétrer dans l'immeuble.

Angèle frappa assez fort parce que l'on percevait, à l'intérieur de l'appartement, des voix, des cris, conversations animées ou disputes, allez savoir.

Un enfant de quatre ou cinq ans ouvrit brutalement la porte en grand et disparut aussitôt qu'il les aperçut, en courant et en criant comme s'il venait de voir le diable. On distinguait, après le couloir, une pièce vaste, très éclairée, une fenêtre donnant sur une terrasse. La splendeur du lieu était un lointain souvenir, on voyait des vêtements au sol, sur des chaises bancales des ustensiles de cuisine comme si l'on y mangeait assis par terre, le profil d'un immense réfrigérateur américain.

Une grande tache sombre avait noirci le plancher à quelques pas de l'entrée.

Une femme méfiante et inquiète s'avança en appelant quelqu'un, derrière elle. Ce fut un homme qui la suivit, il lui manquait plusieurs dents, il postillonnait abondamment en criant. On aurait dit que tout le monde avait peur.

— Vous parlez français ? demanda Angèle en souriant le plus largement possible. Quelqu'un parle français ?

Elle aurait vendu des encyclopédies, elle n'aurait pas été plus avenante.

L'homme faisait le geste vif d'épousseter devant lui, c'était clairement une fin de non-recevoir, allez-vous-en.

— Étienne Pelletier, insista Hélène. Il habitait ici. Ici !

Deux ou trois jeunes adultes étaient arrivés à la rescousse, toute une marmaille dans les jambes, c'est toute la communauté qu'Angèle et Hélène eurent alors devant elles, qui faisait barrage, poussait des cris, leur adressait des gestes, ils parvenaient à couvrir le bruit de la pluie qui rebondissait sur le toit.

Angèle prit peur, elle fit un pas en arrière.

Hélène aurait bien tenté une nouvelle manœuvre, mais déjà sa mère posait le pied sur la marche et amorçait la descente, le regard toujours rivé vers la famille véhémente comme si elle craignait qu'on lui tire dans le dos.

La pluie assurait la mise en scène. Comme elle était survenue à leur arrivée devant l'immeuble, elle cessa dès qu'elles abordèrent le rez-de-chaussée, un peu sonnées. Elles ne se parlaient pas. Avaient-elles fait tout ce chemin pour se voir ainsi claquer la porte au nez ?

Tout à coup, Hélène cria :

— Maman !

Angèle se retourna vivement.

— C'est Joseph !

C'était lui, maigre comme un clou, mais le regard vif et qui déjà se frottait à leurs jambes.

Les deux femmes le prirent dans leurs bras et se mirent à pleurer. Joseph fermait les yeux et ronronnait. Dans la rue Catinat, des rivières drues noyaient les caniveaux, les trottoirs étaient luisants.

*

— On abandonne ? demanda Hélène.

Angèle portait Joseph contre sa poitrine, serré dans son manteau, comme elle aurait fait d'un bébé. Elle pleurait beaucoup.

— J'arrive pas à m'arrêter, disait-elle en cherchant un mouchoir.

— Donne-moi Joseph, dit Hélène, gagnée elle aussi par les sanglots.

Angèle lui tendit le chat. Le temps de sécher leurs larmes, de se moucher, de pleurer de nouveau en disant Joseph, Joseph, elles arrivèrent au Cristal Palace.

— Désolé, madame, les animaux de compagnie ne sont pas autorisés au Cristal.

Le concierge était un homme fier de son allure, de son uniforme de groom, de sa fonction de cerbère. Il fixait, comme s'il en avait peur, le chat dont la tête dépassait.

— Vous pouvez appeler la police pour me déloger, dit Angèle en prenant sa clé d'un air las. Elle me trouvera dans ma chambre.

Sans attendre la réponse, elle se dirigea vers les ascenseurs, mais fit néanmoins demi-tour et se pencha au-dessus du comptoir.

— Faites-moi monter du poisson cru. En attendant la police, je vais le nourrir.

Dès qu'elles furent entrées dans la chambre, Joseph se précipita sur un lit et se coucha en rond.

— Ce qu'il est maigre !

— Non, dit Angèle, on n'abandonne pas.

Hélène mit un instant avant de comprendre que sa mère répondait à une question posée une demi-heure plus tôt. Angèle accrochait son imperméable et poursuivait sa pensée.

— J'ai cru à cette histoire d'accident d'avion. Mais si l'affaire qu'Étienne avait remuée était si inoffensive, je vois mal pourquoi le gouvernement se serait donné toute cette peine. Je suis venue chercher les affaires d'Étienne, mais aussi comprendre comment il est mort. Ou pourquoi.

— Papa dit que le gouvernement n'y est pour rien… Tu y crois ?

Angèle alla ouvrir la porte, c'était une femme d'étage qui apportait de quoi nourrir Joseph.

— J'y crois, oui (merci, mademoiselle). Tiens, Joseph, viens manger, mon grand…

Et lorsque le chat se fut mis à table, Angèle poursuivit :

— Je connais bien Robert Andrieu…

Elle rougit un peu…

— Autrefois, il me faisait un peu de gringue dans le dos de ton père… Oh, en tout bien, tout honneur ! Ce n'est pas un homme qui mentirait sur cette question.

— Et donc… ?

Angèle s'était assise par terre et caressait le chat qui mangeait son poisson cru.

— Et donc, peu importe que ce soit le gouvernement ou les trafiquants, je veux savoir si on va retrouver celui qui a tué mon fils.

— Oui ? dit Hélène en allant à la porte.

C'était cette fois un groom qui tendait un pli.

Hélène chercha une pièce de monnaie, fouilla dans ses affaires, exhuma enfin son porte-monnaie et revint à la porte pour remercier le jeune homme. Lorsqu'elle se retourna, sa mère, qui s'était saisie du pli et l'avait ouvert, dit, avec une solennité amusée :

— Ma chère, Sa Sainteté Loan, de Siêu Linh, serait heureuse que nous lui fassions l'honneur de notre visite.

*

L'invitation était pour la fin de la journée. Les deux femmes pouvaient auparavant se rendre à l'Agence des monnaies.

Il fallait prendre un ticket, aller s'asseoir, on vous appellera.

— On va attendre combien de temps ? chuchota Angèle à l'oreille d'Hélène. Il n'y a pas moyen de faire autrement ?

Du grillage qui surmontait le comptoir au grave visage des fonctionnaires, de l'horloge murale qui scandait chaque seconde dans un soubresaut au fatalisme des dizaines de personnes assises droites sur leur siège en attendant d'être appelées, cette administration donnait tous les signes d'une rigidité intraitable. Hélène se souvenait du nom du directeur. « C'est un drôle de type, Jeantet, très déroutant, lui avait écrit Étienne. Il collectionne les photos de chiens morts et d'anciennes épouses. » Le portrait était très mystérieux, mais au moins on avait un nom à prononcer. Hélène s'enhardit et s'avança lentement, sur la pointe des pieds, vers une femme qui siégeait à l'extrémité du comptoir.

— Vous avez rendez-vous ? dit celle-ci sans lever les yeux.

— J'aimerais voir le directeur.

— Il faut prendre rendez-vous !

— J'aimerais le voir sans rendez-vous.

La situation déconcerta l'employée, qui fixa Hélène.

— Qu'est-ce que c'est ? dit aussitôt une voix près d'elle. Je peux aider ?

C'était un grand garçon à chemise bariolée, avec un grand nez, des cheveux blonds plaqués sur le crâne, un air supérieur qui, à la vue d'Hélène, s'était transformé en regard concupiscent. Il portait plusieurs bagues à la main droite, avec des pierres de différentes couleurs.

— C'est cette dame qui demande M. le Directeur.

Ça se voyait tout de suite, il était du genre à vous mettre la main au panier avant de connaître votre nom. Instinctivement, Hélène comprit que c'était sa chance, parce que c'était le comportement d'un imbécile.

— Je m'appelle Hélène Pelletier, je suis la sœur d'Étienne Pelletier qui…

Elle n'acheva pas. Le visage de Gaston s'était métamorphosé.

— Vous… La sœur de ce vieux Pép…

Il en restait comme deux ronds de flan.

— Venez, venez, disait-il.

Il aurait aimé passer son bras autour de ses épaules, comme si elle était malade, mais se retint.

— Je suis avec ma mère…

— Ah…

Il était refroidi, le Gaston.

Angèle s'avança. Il lui serra la main.

— Toutes mes condoléances, chère madame, dit-il, mais il ne pouvait s'empêcher de regarder Hélène, il était aimanté.

Ils marchèrent dans un couloir. Au passage, Hélène et Angèle découvraient les tables surchargées de dossiers, les fonctionnaires absorbés, et se demandaient comment Étienne avait pu supporter pareille ambiance. « Ça n'est pas très gai, avait-il écrit à sa mère. L'Agence des monnaies ressemble plutôt à l'Agence des momies. » C'était terriblement bien vu.

— Monsieur le Directeur, je vous présente Mme Pelletier, la veuve de… Euh, non, sa mère…

Jeantet s'était levé de son bureau, l'avait contourné.

— Madame, dit-il en serrant les talons comme un officier de cavalerie, je vous présente mes plus sincères condoléances. Avec votre fils, notre service a perdu l'un de ses plus brillants employés. Vous pouvez être fière du zèle qu'il a mis à servir, à travers l'Agence, l'Administration et l'Indochine tout entière.

Hélène se demanda s'il allait terminer par « vive la République, vive la France », mais non, il se contenta de desserrer les talons, de prendre les mains d'Angèle dans les siennes en penchant la tête de côté pour souligner sa compassion, fermant les yeux sur une douleur muette, puis, comme si, derrière leur dos, Gaston avait appuyé sur un interrupteur pour le faire changer de sujet, il se redressa.

— Vous voulez du thé vert ?

C'était désarmant.

Gaston s'était approché et désignait Hélène avec des yeux de merlan frit.

— Mademoiselle est la sœur de ce vieux Pépel… de notre regretté collègue.

Il sourit largement, très fier de sa formule. Jeantet se précipita sur la jeune femme, saisit ses mains comme il venait de faire avec Angèle. On put craindre qu'il répète son discours martial et funèbre, au lieu de quoi, il dit :

— On a aussi du café !

Hélène balaya du regard la phénoménale quantité de cadres qui couvrait son bureau, mais, contrairement à son frère, elle n'hésita pas un instant, saisit le premier qui était à sa portée et le retourna. Gaston réprima un cri de stupéfaction et se tordit les mains en fixant anxieusement son chef.

C'était un portrait de femme, d'une absolue banalité.

Jeantet, loin de s'offusquer de cette familiarité, s'ouvrit d'un sourire admiratif.

— Ma première épouse, dit-il. Une sal… Une rareté, si vous saviez… Mais on cause, on cause, prenez place.

Il avait déjà oublié sa proposition de thé vert.

— Vous avez fait connaissance avec Gaston Paumelle, je crois, dit Jeantet qui observa un long moment son subordonné, mais Gaston était trop fasciné par la présence d'Hélène pour penser à quitter le bureau.

Hélène se souvint d'une lettre d'Étienne : « Mon collègue Gaston Paumelle est un spécimen de ces salauds ordinaires qu'on doit trouver dans toutes les administrations qui accordent des droits. Avec le cynisme en plus. Et la laideur. Et la bêtise. Oui, ça fait beaucoup, mais un salaud de cette envergure, ça ne court pas les rues. »

Angèle et Hélène avaient plongé dans les fauteuils réservés aux invités dont le directeur avait dû faire légèrement raboter les pieds parce que, de sa place, il vous regardait de haut, ce qui donnait rapidement une impression diffuse d'infériorité.

— Mon fils, dit Angèle, est mort…

— Dans des conditions tragiques, je sais…

— … alors qu'il menait une enquête sur le trafic de la piastre. J'ai toutes les raisons de craindre que sa mort soit liée à cette enquête.

— Ah oui, son histoire de trafic, oui…

Jeantet avait l'air soudain très fatigué.

— C'était un peu une idée fixe, lâcha-t-il.

— Et… ?

— Et…

Il leva les yeux vers Gaston qui, lui, regardait la nuque d'Hélène, on avait l'impression qu'il allait finir par retirer son pantalon.

— Et... je ne sais pas, madame, je ne sais pas... Il fouillait dans des dossiers, il faisait des listes, qu'est-ce que vous voulez que je vous dise...

— Vous êtes directeur de l'Agence des monnaies, cette histoire de trafic n'éveillait rien pour vous ? C'était un pur produit de son imagination ?

— Il n'a déposé aucune conclusion, madame Pelletier ! Personne ne sait à quoi il était arrivé. Et personne ne sait même exactement ce qu'il cherchait non plus, n'est-ce pas, Gaston ?

— Oui, oui, dit Gaston qui n'avait pas écouté la question.

Il avait penché la tête pour tenter d'apercevoir les jambes d'Hélène.

Angèle allait reprendre la parole, mais Jeantet s'était levé, avait tiré une chaise pour venir s'asseoir près d'elle.

— C'est une histoire bien compliquée. Et si elle est vraie, elle doit faire intervenir des gens puissants et protégés. Votre fils a bénéficié de la plus solide des protections, celle de son ami Loan et de toute la secte Siêu Linh. Et malgré cela...

Le regard du directeur allait sans cesse d'Angèle à Gaston qui, là-bas, devant la porte, se déhanchait pour détailler sans vergogne ce qu'il pouvait apercevoir du physique d'Hélène. Il évaluait. Hélène en eut soudain assez et se tourna vers lui, le fusilla du regard, à quoi Gaston sourit comme s'il répondait à une invitation.

Jeantet posa sa main sur celle d'Angèle.

— Votre fils…

Il y avait, dans ces simples mots, une émotion retenue.

— Je suis désolé, madame Pelletier, mais vous ne trouverez personne ici pour vous aider.

Hélène en avait la gorge serrée.

Sa mère se tourna vers elle, les larmes aux yeux. « Personne » était une autre manière de désigner l'Agence et son directeur.

Elles se levèrent sans un mot. Jeantet saisit un cadre et voulut le leur tendre, mais il se ravisa. C'était la photo de son chien mort. Montrer ça à la mère d'un garçon mort n'aurait pas été très délicat. Il le reposa en soupirant, il avait l'impression d'être incompris.

Angèle et Hélène redescendirent, Gaston sur les talons. Il serra la main aux deux femmes et conserva plus longtemps celle d'Hélène dans la sienne. Ah, ce qu'il avait envie de se jeter sur elle. Il se contenta d'un sourire appuyé, il avait les dents jaunes.

*

Au téléphone, le jeune fonctionnaire du haut-commissariat s'était montré très compatissant.

— C'est moi qui ai eu la lourde charge de vous informer…

Il avait rédigé le télégramme, la compassion n'y crevait pas les yeux. C'est lui également qui avait fait procéder à la restitution des restes d'Étienne.

— Bien sûr, avait-il assuré au téléphone, si vous venez à Saigon, je me ferai un devoir de vous recevoir, madame Pelletier.

Policé, technique, efficace, administratif, il ressemblait terriblement à son langage. Il devait avoir l'âge d'Étienne. Angèle n'aurait pas aimé avoir un fils comme lui, maître de soi, imperméable au doute. Il s'appelait Germain Rouet-Babarit. Il avait fourgonné dans son tiroir de bureau pour en sortir des cartes de visite. Angèle jugea qu'il était plus empressé de la remettre à Hélène qu'à elle, mais ce n'était pas le sujet.

— Je voudrais savoir où en est l'enquête sur la mort de mon fils.

— En bonne voie, madame Pelletier.

— C'est-à-dire ?

— Nous avons recueilli sur place de nombreux débris de l'appareil. Vous savez sans doute qu'il s'agissait d'un avion assez ancien. Réformé. Nous nous apprêtons à expédier tout ce matériel à une agence d'expertise. Très sérieuse, je m'empresse de le souligner.

— Pourquoi n'est-ce pas encore fait ?

— L'Administration, madame, n'est pas toujours aussi réactive que nous le souhaiterions. L'expédition aura lieu dans la semaine, je m'y engage.

— Les résultats seront connus rapidement ?

— Il y a un peu de délai, je le crains. Les agences sérieuses ne courent pas les rues. Celle-ci se trouve à Bordeaux. Je crois pouvoir dire que c'est la toute meilleure.

Il souriait à Hélène chaque fois qu'il se sentait à son avantage.

— Ça ne répond pas à ma question, insista Angèle. Quel délai ?

— Entre huit et douze mois. Plutôt douze.

Les deux femmes en restèrent bouche bée.

— Et… en attendant ? risqua Hélène.

Le jeune fonctionnaire plissa les yeux en signe d'interrogation.

— En attendant, vous enquêtez ? Que faites-vous ?

— Ah certes non, mademoiselle ! Que voulez-vous que nous fassions sans le diagnostic des experts ? Nous ne saurions pas dans quelle direction aller ! En revanche, dès que nous connaîtrons les conclusions, nous prendrons toutes les mesures, bien évidemment.

Rouet-Babarit n'était pas idiot et comprenait bien que ces informations étaient pour ses interlocutrices de très mauvaises nouvelles. Aussi voulut-il « mettre un peu d'huile dans les rouages », c'est l'expression qu'il avait entendue pendant sa formation administrative.

— Vous ai-je dit que j'avais eu le plaisir de rencontrer votre défunt fils, madame Pelletier ?

— Dans quelles circonstances ?

— Il suspectait un trafic de piastres dont aurait pu bénéficier le Viêt-minh. Il m'a semblé assez

« habité » par cette question. Il souhaitait qu'une enquête soit ouverte, mais n'apportait aucune preuve nous permettant de le faire. Comme je le lui ai dit : « pas de preuve, pas d'enquête », c'est assez logique.

— Vous donnez la même réponse à toutes les questions.

— Pardon ?

Mais Angèle était déjà debout et faisait signe à Hélène de la suivre. Il n'y avait rien à espérer ici, rien de plus qu'à l'Agence.

Elles avaient atteint la porte du bureau lorsque Germain Rouet-Babarit dit, d'une voix plus forte :

— Euh… madame Pelletier…

Il tenait une enveloppe à la main.

— C'est le mémoire du haut-commissariat. Pour le rapatriement de la dépouille de votre fils…

Angèle la décacheta, Hélène lut par-dessus son épaule. Elle ouvrait la bouche lorsque sa mère lui coupa la parole.

— Je ne paierai pas, monsieur, lui dit-elle.

— C'est le remboursement des frais que l'Administration a engagés !

— L'enquête sur la mort de mon fils, répondit calmement Angèle, vous ne la mènerez jamais jusqu'à sa conclusion et vous finirez par classer l'affaire. Vous me renvoyez les restes de mon fils dans une boîte en carton et vous me facturez le tout vingt-quatre mille francs ?

Octobre 1948

Elle lui tendit la facture sans un mot. Et comme il ne faisait pas le geste de la prendre, elle la laissa tomber au sol.

Le jeune homme regarda cette femme si calme et si déterminée.

Et il en fut soudain aussi certain qu'elle-même : elle ne paierait jamais.

44

Chacun essayait de s'en sortir comme il pouvait

Louis prit le métro pour se rendre à Montmartre. Il avait retardé son départ pour Beyrouth afin d'accompagner Angèle et Hélène à l'aéroport puis, parce que l'occasion ne s'était jamais présentée, il avait invité ses fils à déjeuner.

— Avec Geneviève ? avait demandé Bouboule.

— Oh, je trouve qu'une journée entre hommes, ça serait pas mal aussi, non ?

Geneviève, on devinait sa réaction… « Ah bon, chacun vient sans sa femme ? Vous allez sans doute au boxon ! Eh bien, bravo ! Tu diras à ton père de ma part… » Ça n'en finirait jamais.

Le rendez-vous était fixé au métro Lamarck. Près de la station, dans une petite guérite, un ancien combattant d'une soixantaine d'années vendait des billets de la Loterie nationale. Son bénéfice devait être de quelques centimes par billet, guère plus que sa pension d'invalide.

Jean fut à l'heure.

En attendant François, on prit un café.

— Et puis non, il est onze heures et demie, je vais plutôt prendre un Cinzano, et toi ?

Du fait de la présence permanente de Geneviève, il y avait un moment qu'il n'avait pas eu un tel choix.

— Un Saint-Raphaël…

— Ça va avec Geneviève ? demanda son père en trinquant.

— Très bien, oui. Merci, papa.

Les deux hommes échangèrent un sourire gêné et s'absorbèrent un instant dans le décor du café et de l'escalier qui conduisait à la petite place occupée par la station de métro.

Il a grossi, pensa Louis. Il deviendrait bientôt gênant de l'appeler Bouboule, c'était bien tant qu'il était replet, mais maintenant… Cette question du poids de son fils intriguait beaucoup Louis, il imaginait mal Geneviève cuisinant des petits plats, elle ne savait rien faire d'autre, celle-là, que trôner en bout de table comme une divinité indienne, alors quoi ? Peut-être s'empiffrait-il au restaurant dès que l'occasion se présentait. Il avait avalé son apéritif cul sec, fallait-il lui en commander un autre ?

— François ne va pas tarder, dit-il.

Jean, lui, regrettait d'avoir accepté l'invitation, il aurait dû trouver un prétexte, il n'avait pas réfléchi. Il se sentait mal à l'aise ainsi, seul avec son père.

— Je voulais te dire, mon fils...

— Oui, quoi ? dit Jean précipitamment.

La moiteur de ses mains...

Louis fronçait les sourcils. Il avait beau chercher, jamais depuis le départ de Jean ils ne s'étaient trouvés seuls ensemble. Ni n'avaient reparlé de cette période noire où Bouboule... Ah, que c'était difficile à dire...

Jean faisait tourner nerveusement son verre vide sur le comptoir en zinc.

— Pour la savonnerie, tu sais ?...

Jean baissa la tête.

— Je suis désolé, dit Louis. C'était ma faute.

— Non, non, c'est moi... J'aurais dû... Je ne savais pas...

Voilà, pensa Louis, chacun va s'accuser de tout, ça sera comme si on n'avait rien dit. Il se tourna résolument vers son fils, son élan fut aussitôt coupé. La vue de Jean lui déchira le cœur. Il n'était qu'angoisse de la tête aux pieds. Mon Dieu, comment vivait-il ?

Louis posa sa main sur son épaule.

— C'est fini, dit-il, c'est fini, mon grand...

Jean avait l'air égaré.

— Ça va aller maintenant, hein ? Ça va aller...

Jean se mit à pleurer, très doucement, et son gros visage, encore bouffi par ces larmes, donna à Louis envie de disparaître.

Il lui tapotait l'épaule en répétant des mots inutiles, fouilla dans sa poche et lui tendit son mouchoir, tout propre, bien plié en quatre, c'est Angèle qui s'occupait de ces choses-là. Jean se moucha bruyamment.

— Parce que, ça se présente bien votre histoire de boutique, non ?

Louis adoptait un ton jovial.

Jean hochait la tête, oui, oui, il se mouchait de nouveau.

— Oui, je crois que ça va aller…

Il n'en savait rien, tout avait raté jusqu'ici, il ne voyait pas pourquoi les choses s'arrangeraient maintenant.

C'est à peu près tout ce qu'ils étaient capables de se dire ; Louis en était honteux, ne pas réussir à parler à son fils…

Il fit signe au garçon de resservir les consommations.

— Ah, te voilà !

François venait d'arriver, tout essoufflé à cause de son retard. Il sentit que quelque chose s'était passé, Bouboule reniflait, il avait les yeux rouges, quelle famille…

Comme leur père était là, les deux frères s'embrassèrent.

— Eh bien… qu'est-ce qui t'arrive ? demanda aussitôt Louis en désignant le crâne de François.

Celui-ci, machinalement, posa la main à l'endroit que le pharmacien avait dû tondre pour lui poser trois points de suture.

— Une mauvaise chute…

Il n'avait pas envie de s'expliquer.

— On déjeune ici ? demanda-t-il pour faire diversion.

— Non. On trouvera plus loin. Dans le quartier, il y a beaucoup de restaurants.

Après que Louis eut payé les consommations, tous trois quittèrent le café.

— En fait, dit-il, je voulais vous montrer…

Il s'arrêta.

— Je ne sais pas s'il y a encore quelque chose à voir… Peut-être que maintenant, tout ça…

Pour Jean autant que pour François, c'était assez mystérieux.

Ils marchèrent un moment, arrivèrent rue Ramey.

— C'est juste là, dit Louis en passant devant eux.

François leva les yeux : impasse Pers.

C'était une petite venelle au milieu de laquelle on trouvait une de ces fortes maisons en pierre meulière comme on en faisait avant la Grande Guerre, séparée de la ruelle par un muret en ciment surmonté d'une grille en fer forgé peinte en vert.

— De mon temps, c'était une barrière en bois, dit Louis.

La maison était tournée non vers la rue, mais vers une cour donnant sur une sorte de grange et un petit potager. Le tout n'était pas bien grand, mais proprement aménagé. Les rangs de légumes étaient courts mais tirés au cordeau, les mauvaises herbes éradiquées. Un arrosoir en fer était rangé près de quelques outils de jardin.

Louis désigna le petit bâtiment. Ce qu'on pensait d'abord être une grange était en fait un appentis avec un étage. Il aurait pu être abattu, mais il avait été rafistolé. Louis en était ému parce qu'il tenait plus de la relique que du bâtiment d'usage.

— C'est là que nous habitions, Édouard et moi.

Louis se tourna soudain vers ses fils.

— Je ne veux pas que vous restiez avec l'idée que votre père est un bandit. Encore moins votre mère !

1918. Le retour de guerre.

— Avec Édouard, on louait l'étage. Chaud en été, froid en hiver. Même se nourrir était difficile, les pensions n'arrivaient pas. Je ne vais pas vous embêter avec ça, j'aurais l'air d'un vieux con, mais on avait quand même fait une guerre sacrément moche…

Louis avait posé les deux mains sur le grillage, un pied sur le muret en ciment.

Son compagnon était de ces gueules cassées que le conflit avait essaimées un peu partout en France, il lui manquait la mâchoire inférieure.

— On était vraiment dans la panade… Je faisais des petits boulots, lui ne pouvait pas faire grand-chose, enfin, c'était compliqué pour lui, il faudrait du temps pour raconter son histoire, à ce pauvre Édouard.

C'est lui qui avait imaginé l'arnaque aux monuments aux morts, qui avait dessiné le catalogue, Albert avait fait le reste…

Louis hochait la tête de droite et de gauche, ces souvenirs l'attristaient parce que, au fond, c'est de là que tout était parti. Trois décennies s'étaient écoulées et son histoire aujourd'hui le ramenait ici, en compagnie de deux de ses fils à qui il ne voulait pas laisser une vilaine image de lui.

— On a fait ça... Chacun essayait de s'en sortir comme il pouvait, voilà la vérité vraie.

François et Jean se regardèrent. Ils s'étaient rarement sentis aussi proches l'un de l'autre.

— Votre mère et moi, on s'était rencontrés peu de temps avant. Après, il a fallu filer en vitesse... Édouard... Bon, Édouard est mort avant, voilà.

Il laissa passer quelques souvenirs qu'il chassa d'un geste de la tête.

— Ici, dit-il en désignant le pavillon dont l'entrée donnait dans la cour, c'était la maison de Mme Belmont.

C'est là que demeurait Louise, la petite amoureuse d'Édouard, onze ans, jolie comme un cœur, silencieuse et grave, orpheline de guerre, il ne lui restait que sa mère, la pauvre, devenue mutique après la mort de son homme, en 1916. Il avait laissé un peu d'argent pour la petite Louise avant de prendre la poudre d'escampette.

Mais ça, Louis le gardait pour lui. C'est drôle, il avait amené ses fils ici pour qu'ils comprennent la misère dans laquelle il s'était autrefois trouvé, et cette maison, assez jolie maintenant, cette grange entretenue, ce jardinet, tout donnait plutôt une impression de bonheur calme.

— Enfin, vous voyez ce que je veux dire...

François et Jean comprirent que c'était une question.

— Oui, dit Jean, oui !

François posa la main sur l'épaule de son père.

— Allez, dit Louis.

Et comme il en avait mal au cœur de revoir toutes ces choses, de repenser à cette ancienne vie, François lui prit le bras et le serra. Jean hésita à faire la même chose mais renonça, ça ne serait pas facile de marcher ainsi.

— J'ai faim, moi ! dit Louis.

Il ne voyait pas quoi dire d'autre.

Ils retournèrent vers la rue Ramey. Juste en face de l'impasse Pers, il y avait un restaurant, La Petite Bohème.

— Pourquoi pas, répondit François à la proposition muette de Louis.

Ils poussèrent la porte. L'odeur de bœuf bourguignon les enveloppa instantanément. Le restaurant était bruyant, toutes les tables étaient occupées, sauf une.

— Celle-ci vous tend les bras, dit un homme assez âgé, coiffé d'un béret rond comme un calot.

Sa moustache blanche lui faisait une tête de morse. Son tablier de cuisine peinait à masquer un ventre énorme qui expliquait sa démarche lente et chaloupée.

Les trois hommes prirent place au fond de la salle, près de la cabine téléphonique.

— Les entrées, c'est œuf mayonnaise, pâté de foie maison. Il me reste encore deux poireaux vinaigrette. Poireaux du jardin, attention !

Disant cela, il leva le pouce par-dessus son épaule. Louis se demanda s'il ne s'agissait pas des rangs de légumes aperçus dans le potager de l'impasse. Est-ce lui qui maintenant habitait la maison des Belmont ?

— Après, c'est bœuf bourguignon ou blanquette de veau, je vous écoute.

C'était un homme à la voix profonde et chevrotante.

Au retour vers le comptoir et la porte de la cuisine, il s'arrêta.

— Elle te convient pas ma blanquette, que tu me laisses tout ça ?

C'était dit d'une voix forte au plus jeune des deux ouvriers qui occupaient la table.

— Te laisse pas faire, mon garçon ! dit son compagnon en éclatant de rire devant son visage paniqué.

— Je t'en foutrais, moi, une blanquette pareille..., bougonna le patron en poursuivant son chemin vers sa cuisine.

C'était le plaisir de Louis quand il venait à Paris, de renouer avec l'ambiance des bistros parisiens. Celui-ci lui plaisait beaucoup. Il ne se souvenait pas que ce fût autrefois un restaurant. Peut-être ne l'avait-il jamais remarqué parce qu'il n'avait pas les moyens d'y manger. Une bouteille de beaujolais l'aida grandement à noyer sa mélancolie, les garçons l'accompagnèrent en souriant.

— Ça va, papa ? demanda Bouboule.

— Ça fait du bien !

On ne savait pas s'il parlait de la visite dans l'impasse Pers ou du verre qu'il reposait après l'avoir vidé d'un trait.

Ce fut un déjeuner joyeux.

— Dis donc, dit Louis à François, j'ai lu l'éditorial de ton patron, comment, Dirissov ?

— Denissov.

— C'est ça, sur les manifestations du 11, quel article ! Il écrit sacrément bien ce gars-là !

— Oui, dit François, c'est pas mal écrit.

Louis eut l'intuition confuse qu'il touchait là un sujet délicat, il n'insista pas.

On évoqua Étienne, mais ce ne fut pas triste. Et Hélène, ce qui fut plus embarrassant.

— Bah, dit Louis, vous faites au mieux avec elle. Maintenant, elle est grande cette petite, on n'y peut plus rien.

Les tables s'étaient vidées, il ne restait plus qu'eux vers quatorze heures trente. Le service aurait été d'une lenteur exaspérante si le spectacle n'avait été dans la salle. Le patron, M. Jules, était une de ces natures bougonnes, tranchantes, d'une mauvaise foi à toute épreuve, et, pendant tout le service, entretenait un dialogue avec l'ensemble de la salle. Ici, c'était M. Jules contre le reste du monde. Tout y était passé, le rationnement, les profiteurs de guerre, la hausse des prix, la qualité du tabac, l'arrogance des Américains, la grève des taxis, les loyers réglementés, le Salon des arts ménagers…

— Il remplace avantageusement le journal, je trouve, lâcha Louis en rigolant.

Le patron arrivait justement à leur table.

— Ça a été ? Oui, je sais, le service est assez lent…

— Non, non, ça va, s'empressa Louis.

— Il est marrant votre père, dit M. Jules en regardant les fils.

Puis il se tourna vers Louis.

— C'est que je suis remplaçant, moi, ici. Je fais que le vendredi. Du coup, j'ai un peu perdu la main.

— Pas pour la blanquette, assura François.

— Pour ça… La blanquette, c'est un truc qu'on a dans le sang, ça s'explique pas.

Louis paya. Ils se levèrent et s'avançaient pour prendre leurs manteaux au perroquet planté près de la porte lorsqu'une jeune femme entra, accompagnée d'une petite fille qui se précipita dans les bras de M. Jules en riant :

— Gros papy !

— Je suis pas gros, ma chérie, juste un peu enveloppé…

La jeune femme demanda :

— Vous pouvez me garder Madeleine une heure, le temps que… ?

Elle n'acheva pas sa phrase, l'enfant était déjà sur les épaules du patron. Elle sourit et se retourna pour partir.

— Louise ! appela M. Jules.

— Oui ?

Louis était à quelques centimètres d'elle, bouche bée.

C'était elle.

Il la reconnaissait parfaitement. Cette beauté grave, cette…

Ce sont ses yeux qu'il reconnut d'abord, son regard.

C'était Louise. Sa petite Louise.

Il faillit fondre en larmes.

— Tu vas tomber en panne de café, dit M. Jules. Ça fait deux fois que je te le dis !

— Ne dites pas de bêtises, j'en ai rapporté hier, il y en a huit paquets dans la remise.

— Ah bah oui, dit M. Jules en se retournant et regardant la fillette perchée au-dessus de lui. Ta mère me dit jamais rien et elle voudrait que je sache tout…

— Je vous en prie.

Louise tenait la porte ouverte aux trois clients.

— Merci…, murmura Louis.

François et Jean lui trouvèrent les yeux cernés de mauve.

En marchant dans la rue, il fouillait dans ses poches et bougonnait, où j'ai mis mon mouchoir, bon Dieu de bois ?…

*

Le sénateur de Neuville avait bien vu, l'interview du juge Lenoir avait été dévastatrice.

Sa conviction concernant la culpabilité de l'ultime témoin dans l'affaire Lampson avait été reprise et commentée par l'ensemble de la presse. Le juge ne cessait d'appeler François à la rédaction, il fallut bien se résoudre à lui répondre.

— Monsieur le Juge…

— Ah, monsieur Pelletier, monsieur Pelletier !

Il était au trente-sixième dessous. Sa voix en chevrotait d'émotion.

— N'avons-nous pas été un peu vite en besogne ?

François aurait bien aimé lui venir en aide. Le pauvre juge n'avait plus qu'à espérer avoir raison, que ce dernier témoin se révèle le coupable. Ou que l'affaire traîne en longueur assez longtemps pour qu'on oublie ses déclarations intempestives.

— Comment ça, « nous » ? demanda François.

— Eh bien, oui, nous avons fait des hypothèses, mais enfin…

— Monsieur le Juge, je me permets de vous rappeler que ce sont vos hypothèses, vos propos, que je me suis contenté de…

— Je sais, je sais, mais comprenez-moi…

Ce n'était pas une conversation, c'était une séance de thérapie.

D'ailleurs François cessa d'écouter, s'en tenant à des oui, des non, ne vous inquiétez pas. Son esprit était ailleurs. Lorsqu'il avait pensé : « Espérons pour lui que l'affaire va traîner en longueur », une idée lui était passée par la tête, il ne parvenait pas à remettre le doigt dessus.

Quand le pauvre juge eut étalé ses craintes et ses doutes, qu'il comprit qu'il était maintenant tout à fait seul et que son ivresse de parler à la presse était en passe de lui coûter bien cher, François raccrocha.

Et toute la fin de la journée il chercha à retrouver cette pensée fugitive, disparue aussitôt qu'apparue.

Soudain, il regarda sa montre.

L'idée venait de remonter à son esprit. Juste ou non ?

Le mieux, pour le savoir, était de prendre un taxi pour Le Régent.

Une séance était en cours. La caisse était fermée, François se faufila par la salle jusqu'à la cabine de projection. Désiré Lenfant se tourna vers lui, tout sourire :

— Ah, monsieur Pelletier, quel bon vent ?

Assis à la table de réparation, son jeune neveu, penché sur des recollages de pellicule, leva les yeux vers le visiteur inattendu.

— Attends, dit François… Roland, c'est ça ?

Le garçon rougit. François sourit, s'avança, le petit avait repris son minutieux travail.

— Ça va, Roland ? Tout va comme tu veux ?

Puis il se tourna vers Désiré Lenfant et demanda :

— Je peux vous l'emprunter quelques minutes ?

45

Ça n'est pas le bout du monde

À Saigon, il n'était guère difficile de trouver Siêu Linh. L'ancien entrepôt des docks recyclé en cathédrale avait été surmonté d'un emblème de la secte en fer forgé peint qui se voyait de loin et, aux abords du Saint-Siège, les rues pullulaient de moines marchant à pas pressés, les mains enfouies dans les manches de leur toge blanche. Les larges portes de l'église étaient fermées, mais elles s'entrouvrirent comme par miracle lorsque Angèle et Hélène s'approchèrent du parvis. Un dignitaire en toge et bonnet bleus s'avança vers elles.

— Vous êtes attendues, mesdames. Si vous voulez bien me suivre…

L'intérieur leur fit beaucoup d'effet. Les immenses vitraux haut placés dispensaient une lumière opalescente qui nimbait les tables chargées de lampes à huile et de bâtons d'encens, et des éclairages diffus mettaient discrètement en valeur les portraits en pied des Grands Annonciateurs qu'au passage le dignitaire qui les précédait saluait d'une infime génuflexion. Elles marchèrent sur l'interminable tapis vert et or tandis que, de part et d'autre de cette voie royale qui conduisait à un maître-autel, les dizaines de fidèles étaient prosternés, en prière, le front au sol.

Un profond coup de gong fit soudain s'arrêter le dignitaire qui s'agenouilla en baissant le regard. Le pape venait de faire son apparition. Les bras tendus vers les deux femmes, il approchait d'un petit pas calme et mesuré, censé souligner sa sérénité. Sa toge rouge était barrée d'un large collier de gemmes et topazes et son bonnet à pompons s'était rehaussé d'un étage. C'était maintenant comme deux moules à charlotte superposés, à la manière d'une pièce montée.

Il n'avait rien de l'homme avenant, souriant qu'Étienne avait décrit dans ses lettres. C'était un visage tendu, concentré.

Lorsqu'il fut à leur hauteur, ni Angèle ni Hélène ne surent comment réagir et chacune, dans le doute, saisit une main du pape. Angèle la porta à ses lèvres tandis qu'Hélène se contentait de la serrer brièvement avant de la relâcher.

— Madame Pelletier, mademoiselle… Comment vous dire… ?

Il avait la gorge nouée et ajouta vite :

— Allons, ne restons pas là, venez, venez…

Il les conduisit jusqu'à un salon qui tenait beaucoup du temple bouddhique. De profonds fauteuils étaient disposés face à une petite estrade où trônait le siège de Sa Sainteté. Là, un dignitaire était juché sur un tabouret et attendait stoïquement le pape, qui s'approcha. Le moine saisit avec déférence le bonnet à pompons et le souleva pour en soulager Loan. Apparut alors ce qui était peut-être la raison d'être de ce nouveau couvre-chef : la crête de cheveux faisait maintenant une vingtaine de centimètres et était constituée de petites torsades effilées fièrement dressées vers le ciel. Le bonnet avait dû s'adapter et gagner en hauteur afin de ne pas aplatir cette coiffure et porter atteinte au symbole d'élévation qu'elle était censée représenter. Hélène et Angèle furent d'autant plus frappées par cette coiffure volumineuse et démonstrative qu'elle conservait, comme on dit chez les coiffeurs, « du mouvement », c'est-à-dire qu'elle accompagnait gracieusement la moindre inclinaison de tête du pape, soulignant ainsi l'importance de ses expressions.

Une fois libéré de son chapeau à glands, Loan conduisit ses visiteuses vers un espace plus intime situé à l'angle de la pièce, équipé de poufs et de coussins où il s'installa sans façons auprès d'elles. Il présentait un visage austère, sa voix même n'avait pas retrouvé son timbre ordinaire.

— Dès que j'ai appris votre venue, je me suis permis de vous inviter... Ah, madame Pelletier (et il saisit de nouveau les mains d'Angèle), que vous dire ?... J'aimais infiniment M. Étienne, savez-vous ?... Il avait manifesté de grandes bontés à mon égard. Si je puis faire quelque chose... C'est terrible...

Allait-il se mettre à pleurer ? Hélène le pensa un instant.

— Je dois vous avouer une grande faute…

Bien qu'elle soit un peu éloignée d'elle, Hélène sentit sa mère se raidir. Loan, lui, hochait doucement la tête, sa crête se balançait comme des épis mûrs.

— Je n'ai pas cru votre fils, madame Pelletier, voilà ma faute, oui, oui, oui.

Ni Angèle, ni sa fille n'intervinrent. Mais les mots ne venaient pas, Loan avait le regard dans le vide. Alors Hélène se lança :

— Mon frère tentait de s'enfuir avec les preuves d'un trafic de piastres…

— Et je ne l'ai pas cru. C'était une faute parce que j'aurais peut-être pu le sauver… Oui, c'est un peu confus, pardonnez-moi. Ce que M. Étienne appelait un « trafic », c'est en fait un usage très courant ici. Très courant, tout le monde y recourt tôt ou tard. Même notre Église, pour être honnête, a su en profiter autrefois. Mais M. Étienne était certain que ce trafic profitait également au Viêt-minh, ce qui serait un comble, n'est-ce pas ! Et je n'y ai pas cru. Je l'ai aidé parce qu'il était mon ami, mais je n'ai pas pris suffisamment de précautions.

— Et vous pensez aujourd'hui qu'il avait raison ?

Loan se contenta de hocher la tête longuement, les épis basculèrent d'avant en arrière.

— C'est pour moi une certitude…

— Qu'est-ce qui… ? C'est votre avion… ?

Angèle avançait mot après mot.

— Oui, madame Pelletier. Et je ne peux pas croire qu'il s'agisse d'un accident.

— C'était un vieil appareil, non ?

— Oui, mais nous le faisions entretenir régulièrement ! Il satisfaisait à toutes les exigences techniques. Il a quasiment explosé en vol, madame Pelletier ! Oh, pardon !

À ces mots, Angèle venait de fondre en larmes.

Hélène vint la réconforter, Loan appela d'un geste des fidèles jusqu'ici invisibles qui arrivèrent silencieusement, avec des mouchoirs, avec un plateau de thé, des serviettes imbibées d'eau tiède parfumée au jasmin.

— Merci, merci, disait Angèle en faisant des gestes de défense, d'excuses.

On servit du thé, Angèle se moucha.

— Ça va aller, je vous en prie, ne vous occupez pas de moi…

Loan laissa couler un long silence puis il reprit :

— Même s'il n'est pas parfaitement révisé (ce qui n'était pas le cas !), si une panne survient, un avion mis en difficulté cherche à se poser. Ici, le pilote n'a pas eu l'ombre d'une chance. En quelques secondes, l'appareil avait disparu corps et biens… Oui, oui…

Loan attendit que la jeune adepte en toge blanche achève de servir le thé et s'esquive à petits pas pressés.

— Mais il y a autre chose. M. Étienne, je crois, a obtenu ses preuves par un jeune garçon qui… qui vivait près de lui… et faisait… C'était une sorte de domestique ou de majordome, voyez-vous ?…

Les deux femmes voyaient très bien.

— Il était le neveu de M. Qiáo, un intermédiaire chinois très… très proche du Viêt-minh.

— Qiáo, vous avez dit ?

Hélène se souvenait de la surprise de François lorsque Étienne avait prononcé ce nom. François avait compris « Caillaux » ou « Caillou », ça ne devait pas être ça, avait-il conclu, nous verrons quand Étienne sera là…

— Oui, Qiáo. Son neveu lui a volé des pièces compromettantes et il a été assassiné quelques minutes avant que M. Étienne parvienne à s'enfuir. Sans doute le Viêt-minh savait-il que j'avais mis notre appareil à sa disposition, aussi, à défaut d'avoir intercepté votre fils à Saigon, ont-ils saboté cet avion…

Hélène voyait maintenant le film des événements. Le dossier volé, la mort du jeune homme, la fuite d'Étienne, l'aérodrome, l'avion…

— Et ce M. Qiáo…, demanda Angèle, les lèvres quasiment fermées.

— C'est la troisième chose qui me fait dire que je suis hélas dans le vrai. Il a été retrouvé mort le lendemain de la disparition de M. Étienne. Son corps a été repêché flottant dans un arroyo au nord de Saigon.

Le film arrivait à sa conclusion.

Celui chez qui on avait volé des preuves était à son tour abattu. Tous les protagonistes avaient disparu.

L'histoire s'achevait, maintenant la bobine tournait à vide.

— Vous connaissiez ce M. Qiáo ? demanda Hélène. Ou son neveu ?

— Son neveu, oui, il fréquentait notre Église, c'était un garçon très doux, très calme, très croyant, oui, oui, oui. Son oncle, lui, je ne le connaissais pas. Pour moi, c'était un proche du Viêt-minh, alors…

La confession avait fait du bien à Loan.

— Nous prions toujours pour M. Étienne.

— Oui, oui, dit Angèle que cela agaçait, des prières allaient-elles lui rendre son fils ?

— Je vais faire resservir du thé.

— Oh non, je vous remercie.

Angèle se leva. L'atmosphère de cette salle l'oppressait.

Sa fille, qui s'était levée elle aussi, ne put s'empêcher de demander enfin :

— Comment mon frère s'est-il rendu à l'aérodrome ?

— Je ne sais pas. Je lui avais proposé nos services, mais il préférait faire à son idée. Je suppose qu'il a commandé un taxi. Je ne l'ai plus revu.

Loan les précéda vers la porte qui conduisait à la cathédrale.

Il s'arrêta brièvement devant l'escabeau où le dignitaire en toge bleue, qui devait rester perché de longues heures dans l'attente de Sa Sainteté, le coiffa de sa mitre à étages dont les glands entamèrent aussitôt leurs mouvements épileptiques.

La grandeur, l'opulence de cette cathédrale, son silence vibrant, son atmosphère alourdie par les fumées d'encens écrasèrent Angèle qui se retint au bras de sa fille.

— Si je puis faire quelque chose…, dit Loan.

— Peut-être. Ma mère et moi n'avons pas pu récupérer les affaires d'Étienne à son ancien logement…

— Oh, je vais m'en occuper tout de suite. Je ne sais pas si nous retrouverons tout, n'est-ce pas, mais je ferai l'impossible, oui, oui, oui.

Il avait l'air très déterminé, le vif mouvement de ses glands confirmait la fermeté de sa motivation.

— Il y aura, mercredi soir, une procession nocturne de notre Église. C'est l'anniversaire de la révélation dont l'Âme suprême m'a fait le dépositaire. J'ai décidé de la consacrer à la mémoire de M. Étienne. Peut-être nous ferez-vous l'honneur d'y assister ?

Angèle imagina la procession, l'esprit de son fils flottant sur la foule, c'était au-dessus de ses forces.

— Merci, vraiment, je ne pense pas pouvoir le supporter… Si nous pouvions récupérer la malle d'Étienne…

— Je m'en occupe, oui, oui, oui…

La pluie tombait à seaux lorsqu'ils arrivèrent au parvis.

— Je vais vous faire raccompagner ! dit Loan.

— Merci, monsieur, ça ne sera pas la peine.

Ils demeuraient tous trois debout, sous l'immense auvent à l'emblème de Siêu Linh, à regarder cette averse dense et lourde, bruyante comme un train.

Des cyclopousses en maraude fonçaient déjà dans leur direction.

Rafraîchies par le torrent de pluie et libérées de l'ambiance oppressante de la cathédrale où personne, hormis le pape, ne semblait réellement vivant, épuisées par la confirmation de ce qu'elles redoutaient concernant la mort d'Étienne, Angèle et Hélène n'étaient plus ensemble.

La première n'avait qu'une hâte, récupérer les affaires de son fils et rentrer, quitter cette ville, ce pays qu'elle haïssait. Elle était venue chercher la vérité sur la mort d'Étienne, elle l'avait trouvée et ne savait plus qu'en faire, alors rentrer et dormir, voilà tout ce qu'elle désirait.

Hélène, autant du fait de son âge que par tempérament, refusant de s'avouer vaincue, se demandait avec insistance s'il ne restait pas quelque chose à faire.

De retour au Cristal Palace, Angèle demanda les horaires des vols. Demain, après-demain, ajouta-t-elle… Il fallut plus d'une demi-heure pour trouver des départs pour Beyrouth.

Angèle percevait une rancune sourde chez sa fille.

— Qu'est-ce que tu veux faire, Hélène ? Celui qui a commandité l'assassinat d'Étienne a été tué à son tour… Il n'y a plus que des morts dans cette histoire.

Hélène ne s'y résolvait pas mais n'avait rien à proposer. Elle faisait la tête, murée dans un silence accusateur et têtu qu'Angèle trouvait assez infantile.

Octobre 1948

Loan tint parole. La malle d'Étienne arriva en fin de journée.

Elles reconnurent immédiatement l'homme à qui il manquait des dents qui leur avait aboyé dessus, mais il n'avait plus du tout la même attitude, il avançait les épaules basses, le regard rivé au sol. Le jeune homme qui tenait la poignée opposée n'avait rien de la soumission de son aîné, et marchait droit, montrant une fierté presque provocante malgré la circonstance, grotesque comme celle d'un toréador, et il soutenait délibérément le regard d'Angèle et d'Hélène.

Les deux hommes ne prononcèrent pas un mot et se retirèrent. Le pape de Siêu Linh était respecté et craint.

C'était une malle en fer de celles qu'utilisent les militaires en campagne. Angèle l'avait achetée à Beyrouth. Depuis, elle avait pris bien des coups et paraissait étonnamment légère lorsque les deux hommes l'avaient posée. Là, dans cette pièce, Angèle et Hélène la considéraient presque comme une menace. L'ouvrir était la promesse de pleurs et de chagrin, ni l'une ni l'autre ne voulait faire le premier geste.

Elles levèrent la tête, des cris résonnaient dans le couloir, une voix criarde, pressée, véhémente, celle qu'elles avaient reçue en plein visage à l'appartement d'Étienne. Elles se regardèrent. Angèle se décidait à aller voir ce qui se passait quand la porte s'ouvrit brutalement sur le jeune homme qui avait apporté la malle, il était rouge de colère et jeta au milieu de la pièce un objet qu'on n'eut que le temps d'apercevoir, et repartit en claquant la porte. C'était l'appareil photo d'Étienne. Hélène ouvrit l'étui en cuir. Il n'avait pas l'air endommagé, elle le posa sur le lit.

Alors elles levèrent le couvercle de la malle.

Il ne restait pas grand-chose, c'était moins d'occasions de pleurer.

Des vêtements, dont un pull d'hiver qu'Angèle avait tricoté elle-même (« Maman, avait dit Étienne en riant, je ne vais pas faire du ski, je vais à Saigon ! »), quelques caleçons… Les vêtements, dans les pillages, c'est ce qui part en premier. Il y avait encore une statue de Bouddha.

— Il m'en a parlé dans une de ses lettres, dit Hélène.

Il y avait aussi le panier de Joseph.

— Tiens, Joseph, c'est à toi…

Le chat vint aussitôt s'y installer mais il resta assis à l'intérieur, comme si, impatient, il attendait le moment du départ.

Elles trouvèrent enfin une brochure de Siêu Linh dont s'échappa un mot signé « Votre ami, Loan ». « Destination Phnom Penh puis avion de ligne pour Paris… » En le lisant, Angèle continuait à s'interroger sur la manière dont Étienne avait rejoint l'aérodrome. « Si vous avez besoin d'être transportés jusque-là, dites-le-moi », avait écrit Loan. Oui, se dit-elle, un taxi. Sans doute.

Elles s'étaient jusqu'ici assez bien tenues, c'est l'apparition de la correspondance d'Angèle et d'Hélène qui les fit pleurer.

Octobre 1948

— Tu vas te moquer de moi, dit Angèle en se mouchant, j'ai apporté ici les lettres qu'Étienne m'a envoyées.

— Moi aussi…, confessa Hélène.

C'était assez ridicule pour les faire sourire.

— Commande une bouteille de vin blanc, tu veux ? proposa Angèle.

Elles passèrent la soirée à se lire des passages des lettres qu'Étienne leur avait adressées. Elles buvaient, elles riaient.

— Tiens, dit Hélène, écoute : « J'ai fait beaucoup de progrès en matière de cadrage : il n'est pas rare que la moitié du sujet figure sur le cliché. Je pense qu'une nouvelle carrière me tend un bras. »

— Et ça, disait Angèle : « Le pape Loan de Siêu Linh envisage de nouer des relations avec les autres Églises. Mais il considère Pie XII et l'archevêque d'Athènes comme des collègues de bureau de rang subalterne, ça ne va pas faciliter les choses. »

En fin de soirée, elles dormaient, tout habillées, sur le grand lit. Vers minuit, Angèle se réveilla, fit un brin de toilette. Avant de revenir s'allonger, elle reprit le petit mot que Loan avait écrit à Étienne.

« Si vous avez également besoin d'un transfert vers Biên Hòa, dites-le-moi. »

Comment, poursuivi par des gens qui avaient tué le jeune homme qui vivait avec lui, Étienne était-il allé à l'aérodrome ?

*

— Que veux-tu y faire ? demanda Hélène.

Elle était en train de rembobiner la pellicule de l'appareil d'Étienne, elle tâcherait d'en trouver de neuves quelque part en ville. C'était un Leica avec un joli bruit mécanique et un objectif de 50 mm.

— C'est vrai que tu as fait de la photo au lycée, dit Angèle en s'habillant.

— Si on veut, dit Hélène à voix suffisamment basse pour que sa mère ne l'entende pas.

Est-ce que ça lui avait plu, la photographie, pour le peu qu'elle en avait fait ? Elle tenait l'appareil d'Étienne dans ses mains et ressentait une sensation très étrange de familiarité, comme si ses doigts avaient trouvé aussitôt leur place, que le geste lui eût été habituel, tu parles, elle ne savait même pas comment on développait une photo...

— Qu'est-ce que tu veux faire là-bas ? répéta-t-elle.

— Qu'est-ce qu'il nous reste d'autre ? Visiter la ville ?

La question était posée comme une absurdité, il était évident que Saigon était un endroit haïssable.

Hélène se garda de répondre qu'elle irait bien marcher dans les rues, au port, faire des photos peut-être.

— L'aérodrome est à moins d'une heure d'ici. Ça n'est pas le bout du monde.

46

C'était douloureux

On était maintenant à quelques jours de l'ouverture de la boutique, ce qui rendait Jean plus nerveux encore qu'à l'accoutumée. Et Geneviève plus amère.

— On dirait une buvette de marché couvert, grinçait Geneviève en voyant les présentoirs entassés, prêts à être installés sur le trottoir.

On venait de réceptionner la dernière livraison. Jean avait prétexté un tour de reins pour rester dans l'arrière-boutique, il avait du mal à affronter le regard de M. Steuvels.

Geneviève acheva les comptes puis appela Jean et l'invita à sortir pour regarder la camionnette repartir. Ils découvrirent alors, sur le trottoir d'en face, Georges Guénot, les poings serrés dans les poches de sa canadienne.

Jean, déjà épuisé par la matinée, ne se sentit pas le courage d'affronter son ancien patron.

Il accéléra le pas pour se mettre à l'abri, mais s'arrêta en voyant Geneviève camper sur ses jambes et croiser les bras.

Elle avait visiblement envie d'en découdre avec ce visiteur inattendu qui maintenant traversait la rue d'un pas rageur et s'arrêtait, disant :

— C'est vous, n'est-ce pas ?

Geneviève le fixa droit dans les yeux.

— J'ai été dénoncé, ajouta-t-il. Je sais que c'est vous !

M. Georges était terriblement sûr de lui.

— Personne d'autre n'était au courant…

Geneviève se tourna vers Jean qui ne savait quelle attitude adopter. Elle baissa la tête, elle semblait réfléchir très profondément.

— Venez, dit-elle enfin.

Sans attendre de réponse, elle tourna les talons et revint vers la boutique, poussa la porte qu'elle tint grande ouverte.

Guénot entra et regarda les dizaines de cartons empilés les uns sur les autres. Ce qui attira aussitôt son attention, ce furent, alignés sur le comptoir de vente, les draps, les nappes, les serviettes… Il connaissait assez son stock pour reconnaître les tissus qui avaient naguère été les siens.

— C'est à moi, tout ça !

— Maintenant, c'est à nous, répondit tranquillement Geneviève.

Mais elle ne le regardait pas, elle allait et venait dans l'espace qui demeurait disponible. Jean et

Guénot mirent du temps à comprendre qu'elle alignait des présentoirs près de la porte mais sans savoir pourquoi elle le faisait.

— C'est nous qui avons racheté vos stocks, mon cher, poursuivait-elle.

Elle disparut un court instant. Lorsqu'elle revint, elle tenait à deux mains une pièce de bois que Jean reconnut, un morceau de poutre qui avait été déposé par les menuisiers. Guénot fit aussitôt un pas en arrière, prêt à se défendre, mais Geneviève avait déjà levé le morceau de bois au-dessus de sa tête et l'abattit de toutes ses forces sur un présentoir en fer qui, sous le choc, fut écrasé par le milieu.

— Oh ! fit Jean.

Geneviève n'écoutait pas, elle fit un pas de côté et leva de nouveau son morceau de poutre qu'elle abattit sur un second présentoir.

Cette fois Jean resta muet, sidéré.

Guénot, quant à lui, se tenait près de la porte, prêt à déguerpir lorsque Geneviève se tourna vers lui.

— Vous êtes venu ici nous accuser de dénonciation calomnieuse, vous vous êtes mis en colère et vous avez commencé à tout casser.

— Quoi ?

— Vous avez saccagé une grande partie du magasin, mon mari a voulu s'interposer et vous l'avez frappé, n'est-ce pas, Jean ?

Jean ne savait pas ce qu'il fallait répondre. Geneviève, de toute manière, n'attendait rien de lui.

— Vous avez cassé assez de choses pour nous empêcher d'ouvrir comme prévu la semaine prochaine. Nous allons exiger des dommages-intérêts.

— Attendez, attendez !

Geneviève détruisit un troisième présentoir puis laissa tomber le morceau de bois à ses pieds.

— Nous allons porter plainte contre vous auprès de monsieur… Comment il s'appelle, déjà ? Perret ? Ferret ? Terret, c'est ça, Terret ! Du Comité de confiscation !

Guénot était pâle comme un linge. Comment le connaissait-elle, cet inspecteur ? Cette question fut balayée par une voix qui résonnait dans sa tête. « Si l'on vous retrouve demain avec une vilaine affaire, le moindre scandale… »

— Attendez, disait Guénot, les deux mains devant lui comme pour empêcher Geneviève d'approcher.

«… le plus petit faux pas, le miracle ne se reproduira pas ».

— Je m'en vais, je m'en vais.

Guénot ouvrit la porte.

« Vous serez déféré devant le juge… »

— Dix mille francs.

Guénot se tourna vers Geneviève.

— Pardon ?

— Dix mille francs.

Elle montra les présentoirs ratatinés.

— Nous ne porterons pas plainte si vous nous dédommagez, n'est-ce pas, Jean ?

— Mais dix mille…

Guénot n'en croyait pas ses oreilles.

— C'est le prix.

— C'est… C'est impossible !

— Vous croyez ?

Geneviève le fixait dans les yeux.

« Vous irez tout droit en prison. »

Guénot était effondré.

— Je n'ai que huit mille…, balbutia-t-il.

L'œil froid, Geneviève se contenta de tendre la main.

*

François s'attendait à passer un moment difficile. Mais ce qu'il était prêt à endurer devant Denissov, il se sentait moins prêt à l'accepter devant Baron et Malevitz. Or, c'est exactement ce qui allait se passer parce qu'ils étaient là tous les trois, dans le bureau du patron.

Baron et Malevitz, ordinairement frères ennemis, étaient cette fois du même côté du manche et lui, François, du mauvais.

Il était encore sous le coup des révélations concernant le sombre passé de ses parents. Quand il fut devant les trois hommes, ce fut plus fort que lui :

— Ah, je ne savais pas, c'est un tribunal ?

Il comprit son erreur aussitôt.

— Ça pourrait…

C'était la réponse de Denissov, cassante.

— Il y a une dizaine de jours, tu as interrogé Arthur à propos de deux officines véreuses – Godard et Hopkins – sur lesquelles nous serions très heureux de pouvoir écrire. Trois jours plus tard, tu es allé, sans prévenir personne, interviewer le sénateur de Neuville, alors je te pose la question : tu es journaliste indépendant ou reporter au *Journal* ?

François jouait sa place. Il n'avait pas vu les choses ainsi… C'était pourtant logique mais il n'avait pas eu le temps de faire le point, de se poser les bonnes questions, de chercher des réponses acceptables. S'il était maintenant jeté dehors du *Journal*, il ne s'en remettrait pas.

— On va reprendre, d'accord ? proposa Denissov. Godard et Hopkins d'abord ?

— Non, dit François, on ne peut pas réfléchir de cette manière. C'est un tout.

Denissov se cala dans son fauteuil, vas-y.

— Mon frère enquêtait à Saigon sur un trafic de piastres couvert par le gouvernement français et dont aurait profité le Viêt-minh.

Les trois hommes comprirent immédiatement le potentiel dévastateur d'une telle information.

— Il suspectait que ces fonds transitent par Godard ou par Hopkins.

— Comment le savait-il ? demanda Baron.

La manière agressive dont il posait la question était un abus de position dominante. Si je sors de cette affaire, je lui fais la peau, se jura François.

— Il ne le savait pas. Il le croyait.

— C'est pareil. Pourquoi le croyait-il ?

À partir de là, il fallait s'éloigner de la vérité et rester crédible.

— Une indiscrétion reçue à l'Agence des monnaies de Saigon où il travaillait. Le problème, c'est qu'il n'avait aucune preuve.

— Le sénateur de Neuville était suspecté d'être dans ce coup ?

L'espace de François se réduisait à vue d'œil. Une fausse manœuvre, il tombait à l'eau, personne ne lui lancerait de bouée. Ils savaient qu'il était allé rencontrer Neuville. Il supposa qu'ils ne savaient pas pourquoi.

— Ça n'a rien à voir.

— Il n'y a aucun rapport entre l'enquête de ton frère et ta visite à Neuville ?

— Si. Mon frère ne disposait d'aucune preuve concernant ce trafic. Mais il est mort dans des conditions prétendument accidentelles, dont j'avais des raisons de douter.

— Qu'est-ce que ce con de Neuville vient faire là-dedans ? demanda Baron, agacé.

François allait boire le calice jusqu'à la lie. Pour s'en tirer, il allait devoir lui-même passer pour un con.

Il regarda Denissov. Il admirait cet homme-là, c'est avec lui qu'il avait eu envie de travailler. Et il y était parvenu. Et s'il n'acceptait pas de passer pour un con, il sortirait du jeu et n'y reviendrait plus jamais…

— On m'avait dit qu'il connaissait bien l'Indochine, il y a été en poste plusieurs années… Je voulais lui demander son avis sur la mort de mon frère, savoir si ça lui semblait plausible…

— À Neuville ?

C'est ce qu'il redoutait le plus : Baron éclata de rire, Denissov se retenait de le rejoindre. Seul Malevitz était mal à l'aise. Son poulain passait pour un imbécile, c'était vexant pour lui aussi.

— Quelle fumisterie ! dit Baron. Ce type n'a jamais rien compris à l'Indochine ! Qui t'a donné une idée pareille ?

Là, c'était difficile parce que François ne voyait pas du tout ce qu'il pouvait dire. Par bonheur, Denissov lui sauva la mise.

— Peu importe, tu es d'accord que c'était une idée à la con ?

— Dès que j'ai eu parlé avec lui, je l'ai compris mais voilà…

L'orage était-il en train de se dissiper ?

— Quand on ne connaît rien à un sujet, dit Baron, on laisse faire ceux dont c'est le secteur…

— Ta gueule, Arthur.

C'était le premier mot de Malevitz depuis le début de la réunion. Il avait dit cela sur le ton d'un homme qui acceptait la défaite mais ne supporterait pas l'humiliation.

Denissov, là encore, préféra calmer le jeu. Tout le monde comprenait que François avait gardé tout cela pour lui dans l'espoir d'avoir déterré une grosse affaire.

— Et dans tout cela, tu n'as rien ?

François avait le choix entre soutenir Étienne et donner au gouvernement le feu vert pour clouer au pilori toute la famille Pelletier…

— Non. Mon frère n'avait aucun document, aucun élément tangible. Rien qui pouvait nous permettre d'écrire, ni même d'enquêter, ça ne tenait pas.

— Et pour son accident d'avion ?

— Une enquête est en cours mais c'était un appareil réformé, sans doute en mauvais état.

C'était une déroute. Tout le monde le ressentit. On ne frappe pas un homme au sol, même Baron préféra garder le silence.

François était descendu de plusieurs degrés dans l'estime de Denissov et de Malevitz, c'était douloureux.

Il eut une consolation.

— Bon, je veux bien admettre que j'ai agi comme un con, il n'empêche, je ne suis pas totalement inutile ici, non ?

Il tendit sa proposition de manchette à Denissov qui éclata de rire.

— Bravo ! dit-il en passant le papier à Malevitz et à Baron. Bien joué !

C'était douloureux

Affaire Mary Lampson
Le « dernier témoin » n'était autre que Roland, 11 ans, le neveu du projectionniste
Il descendait dans la salle pour assister en catimini aux séances interdites par son oncle

François Pelletier venait de réintégrer les faits divers.

47

C'est un malin !

Elles prirent un taxi devant le Cristal, direction Biên Hòa, au nord-est de Saigon. Le chauffeur était un bavard qui commenta toute la route en vietnamien, désignant ici des monuments qu'on ne voyait pas, là des curiosités disparues, brandissant l'index dans une direction en hurlant des précisions qu'on ne comprenait pas. Après une demi-heure de ce régime, Angèle et Hélène étaient déjà fatiguées du voyage. Le chauffeur espérait un bon pourboire en échange de sa prestation touristique. Angèle ouvrit son sac, attrapa un billet, n'importe lequel, le tendit par-dessus l'épaule du chauffeur en disant : « Taisez-vous. » Il avait obtenu son pourboire, il était satisfait.

C'étaient des arbres d'un vert profond comme elles n'en connaissaient pas, des étendues d'eau, des rizières, des villages, des rues, des routes qui ressemblaient à des chemins sur lesquelles des buffles tiraient des charrettes d'où des enfants, les pieds ballants à l'arrière, vous regardaient froidement en caressant des poules qu'ils tenaient sur leurs genoux.

Parfois Hélène tapait de la main sur l'épaule du chauffeur qui aussitôt s'arrêtait, elle descendait faire une ou deux photos, des portraits, elle était jolie, souriante, gracieuse, personne ne refusait de poser.

L'aérodrome Guynemer était situé en lisière de forêt et ne comprenait qu'une piste, assez courte à première vue, dangereuse peut-être parce qu'elle paraissait buter contre les grands arbres, par mauvais temps les atterrissages devaient être sportifs. On y trouvait un petit bâtiment bas qui devait servir de centre de contrôle puisqu'il n'y avait pas de tour. Un appareil de tourisme était stationné près de l'unique hangar.

Elles entrèrent dans le bâtiment tandis que le chauffeur allait se garer à l'abri en prévision de la pluie qui, depuis le départ, menaçait d'exploser.

C'était une sorte de mess d'officiers avec un bar centenaire, des décorations aux murs, des trophées poussiéreux, des fanions aux couleurs passées, des drapeaux mités, une vitrine devenue opaque où trônait encore une coupe en laiton doré avec deux ailes à la place des anses. Flottait dans cette pièce assez basse de plafond une odeur de tabac gris et de cigare bon marché. Le tout avait ce caractère sinistre et défraîchi des lieux dont l'heure de gloire est un lointain souvenir, qui survivent miraculeusement à une espérance de vie depuis longtemps dépassée, et rappelait plus le siège d'un ancien club de football de cinquième division que le centre de contrôle d'un aérodrome privé. Sur le côté droit se trouvait la table des commandes dont, même sans y connaître rien, on devinait la rusticité : un micro, un haut-parleur, quelques boutons et un gros extincteur rouge. Et un opérateur-homme d'entretien-gérant-barman portant une casquette verte élimée, Asiatique au visage raviné et à la bouche légèrement ouverte en permanence. La lèvre inférieure pendante dessinait une curieuse lippe qui lui donnait une allure un peu dédaigneuse. Il pouvait avoir une soixantaine d'années.

— Voui ? dit-il.

Ses lèvres ne remuaient quasiment pas lorsqu'il s'exprimait. Il avait une voix rendue râpeuse par le tabac.

Angèle se présenta. Il n'était pas certain que l'homme comprenait tout ce qu'elle disait. En l'écoutant vaguement évoquer le départ d'Étienne, il s'inquiétait de voir Hélène prendre des photos ici et là, ça ne lui plaisait pas beaucoup.

— Voui, voui, répétait-il.

Lorsque Angèle eut terminé, il demanda :

— C'est pour quoi ?

Angèle était interdite, n'avait-elle pas été claire ?

— Le jeune homme, dans l'avion… c'était mon fils, dit-elle.

— Voui, et c'est pour quoi ?

Ce bonhomme était idiot ou avait été victime d'une attaque cérébrale. C'était très inquiétant de l'imaginer seul à la tête de l'aérodrome.

Hélène vint à la rescousse.

— Comment est-il arrivé ici ? En taxi ?

— En chep.

Elles se regardèrent. Un doute leur vint sur la langue qu'il parlait.

— En chep, répéta-t-il. Vec la léchion. Che vu fers quoi ?

— Je prendrais bien une bière, dit Hélène. En jeep, alors, avec la Légion ?

— Voui.

Angèle était dépassée, son regard passait de sa fille au barman.

— Il est venu ici avec des amis de Raymond. Pour la sécurité…

— C'était donc ça…, dit Angèle.

— Voui, dit le barman qui avait posé trois bouteilles de bière sur le comptoir et entamait déjà la sienne.

La commande du client incluait celle du serveur. Sa lèvre inférieure amorphe ne lui permettant pas de boire au goulot, il renversait la tête en arrière, la bouche grande ouverte et faisait couler la bière avec beaucoup d'habileté et un bruit de lavabo qui se vide.

Hélène avait trouvé la clé pour converser avec lui et elles purent reconstituer les derniers instants d'Étienne, son arrivée avec un petit groupe de légionnaires, le pilote de Siêu Linh qui attendait depuis plusieurs jours (et dormait dans le hangar quand il n'était pas au bar), la mise en route sans attendre, les légionnaires qui attendent qu'Étienne soit monté dans l'avion avant de repartir pour Saigon.

Et la limousine.

Garée entre le centre de contrôle et le hangar.

— Une limousine…, dit Hélène, toujours souriante.

Son sourire était, sur le barman, un puissant accélérateur de conversation.

— Voui.

Angèle en était à la moitié de sa bière, Hélène achevait la sienne, le barman entamait sa quatrième.

Jusqu'ici le tableau correspondait (à la Légion près) à l'idée qu'elles se faisaient du départ précipité d'Étienne, mais la présence de cette limousine était plus inattendue. D'autant que, pour en avoir le cœur net, Hélène sortit afin d'observer les lieux plus attentivement. Une voiture entre ces deux bâtiments, ce n'était pas une voiture stationnée. C'était une voiture cachée.

— M. Qiáo est venu en personne superviser l'accident, dit Hélène en revenant vers le bar.

Angèle se contenta de se moucher. Hélène lui prit les épaules.

— On va rentrer, maintenant, tu veux ?

Elle se tourna ensuite vers le barman.

— Merci de votre gentillesse, monsieur.

C'est à cet instant que les choses basculent.

— 'as d'quoi, dit le barman en levant sa bouteille en signe de convivialité.

Les deux femmes lèvent la tête vers le plafond.

La pluie vient de se décider. Elle tombe en cataracte sur le toit et résonne si fort qu'il faut élever la voix pour se faire entendre.

Hélène s'éloigne du bar, ouvre la porte, se trouve face à un rideau de pluie, se penche pour apercevoir le chauffeur de taxi et lui faire signe d'approcher.

Pendant ce temps, Angèle sourit timidement au barman en serrant son sac à main contre sa poitrine, cherchant une contenance.

Le barman rote bruyamment et se penche vers elle et, sur le ton de la confidence :

— F'était pas mochieu Qiáo. F'était Loan. Fieu Linh.

Hélène, qui ne sait pas elle-même comment, de la porte, elle a pu entendre ce que disait le barman, s'est précipitée.

— C'était Loan ? Le pape de Siêu Linh ? Vous êtes sûr ?

— F'solument !

Il repose sa bière sur le comptoir et, en souriant, il met ses mains doigts largement écartés au sommet de son crâne pour simuler l'extravagante coiffure de Loan.

*

La voiture naviguait lentement sur la route, comme une barque. Le bruit de la pluie rendait la discussion difficile mais ni Angèle ni Hélène n'avaient envie de parler. Chacune tentait de saisir les conséquences de cette information. Loan était présent lors du décollage de l'avion qu'il avait affrété pour Étienne.

Hélène se pencha vers sa mère :

— Il a affirmé qu'il n'avait jamais revu Étienne.

Angèle répondit :

— Et qu'il ne savait pas comment ton frère s'était rendu à l'aérodrome, alors qu'il était sur place !

Hélène ajouta :

— Il a dirigé toutes les accusations vers ce Chinois, Qiáo…

— … qui présente l'énorme avantage d'être mort.

Progressivement, la réflexion faisait passer Loan de complice à coupable.

Pourquoi, dans quel dessein le pape de Siêu Linh aurait-il organisé cet attentat contre Étienne ?

— Il y a peut-être moyen de le savoir, dit Hélène.

*

La première fois n'avait pas suffi.

— Vous avez rendez-vous ? demanda la femme qui siégeait à l'extrémité du comptoir d'accueil.

Hélène n'espérait qu'une chose : ne pas retomber sur Gaston Paumelle. Mais Gaston, comme un chien de chasse, flairait les jeunes femmes de loin.

— Mademoiselle Pelletier !…, dit-il en lui serrant la main avec une insistance écœurante.

— Pouvez-vous demander à M. le Directeur s'il lui est possible de me recevoir quelques instants ?

La présence de cette jeune femme... C'était beaucoup de sensations pour Gaston qui passa sa longue main embagouzée sur son front.

— À moins que je doive aller le lui demander moi-même...

— Mais pas du tout !

Lorsqu'ils avancèrent dans le couloir, on pouvait craindre qu'il se mette à balayer le sol devant la jeune fille. Il avait sa stratégie. Arriver devant la porte du patron, s'effacer devant Hélène pour voir son derrière, elle portait une robe imprimée, ça le rendait fou, il croyait sentir son parfum, mieux, son odeur, ah, ce qu'il avait envie de la retourner là, contre le mur !

— Monsieur le Directeur... ?

— Oui, quoi, quoi ?

Gaston s'effaça et laissa passer Hélène.

— C'est Mlle Pell...

Il n'eut pas le temps d'achever, Hélène se tourna vers lui, le repoussa aimablement dans le couloir.

— Merci, monsieur Paumelle, je suis arrivée.

Elle referma la porte et se tourna vers Jeantet.

— Il fallait que je vous voie...

Elle aurait dû s'excuser pour cette intrusion mais sa voix laissait transpirer une urgence, une inquiétude.

— Ah oui, dit Jeantet, je me disais aussi...

— Pardon ?

— Il est collant, hein ?

Il désignait la porte. Hélène sourit.

— Et encore, ajouta-t-il, vous avez de la chance, vous n'avez rien à lui demander parce que…

Il rangeait ses cadres, affairé. La manipulation tenait de la partie de pousse-pousse et de chaises musicales. Hélène s'était approchée. Il brandit soudain sous son nez la photographie d'un berger allemand.

— Itsou. J'ai dû le faire piquer…

— Vous devriez faire la même chose avec M. Paumelle.

Jeantet n'avait pas écouté, il passa sa manche sur le verre du cadre qu'il reposa, en prit un autre.

— Oui, pour votre frère, bien sûr…

— Il m'a semblé que, sans la présence de M. Paumelle, vous pourriez peut-être m'en dire davantage…

Il ouvrit le tiroir de son bureau, en sortit une peau de chamois et se lança dans une grande opération de nettoyage, prenant les cadres un à un, les frottant, les reposant.

— Oui, oui… Davantage, je comprends bien.

Hélène fut certaine que ce type était complètement timbré.

— C'est au sujet de Loan, risqua-t-elle, le pape de Siêu Linh.

— Eh bien, oui, Loan, ce cher vieux Loan…

— Savez-vous s'il connaissait bien M. Qiáo ?

Le nom du comprador chinois lui fit grand effet. Il lâcha sa peau de chamois, se rua sur Hélène, posa ses mains sur ses épaules et l'obligea à s'asseoir dans le profond fauteuil dont elle avait déjà fait l'écrasante expérience. Mais, comme avec Angèle, il s'accroupit près d'elle et c'est lui qui se trouvait en position d'infériorité.

— Votre frère... Un pur ! C'était un pur, mademoiselle, vous pouvez être fière de lui !

Allait-il entamer de nouveau son couplet républicain ?

Il jeta un regard vers la porte, baissa la voix.

— Cul et chemise, je dirais.

Hélène avait du mal à suivre.

— Loan et Qiáo, cul et chemise. Ils fricotaient beaucoup ensemble à une époque. Après... Quand ce vieux Diêm, je veux dire Loan, a eu son Église, il a moins eu besoin du Chinetoque, vous comprenez ?... Mais avant... Oui, un pur, votre frère !

Hélène savait qu'il fallait le laisser divaguer, sauf à risquer de couper le fil.

— Qiáo, c'était un seigneur, vous voyez ?... Diêm, je veux dire Loan (je ne m'y fais pas !), lui, c'était un gagne-petit, avant. Il rabattait des affaires sur le Chinetoque. Rémunéré à la commission. Pourquoi vous me demandez ça, d'abord ?

— J'essaye de comprendre ce que cherchait mon malheureux frère. Vous êtes, par définition, l'homme le mieux informé de l'Agence... Alors, je m'interroge sur M. Qiáo et...

— Il est mort, vous ne saviez pas ?

— Si, justement. Il y a une curieuse coïncidence entre la mort d'Étienne et la sienne.

Jeantet était dérouté, quoi, quoi, murmurait-il, ses yeux se posaient ici et là, cherchaient un point de chute.

— Vous aviez de l'estime pour Étienne, n'est-ce pas ?

— Un pur !

— Alors, aidez-moi à comprendre. Est-ce que M. Qiáo organisait des transferts au profit du Viêt-minh ?

— Oh là là ! gémit Jeantet en se relevant.

Il battait des bras et regardait son bureau comme s'il était victime d'une inondation.

— Mais qu'est-ce que vous voulez que je vous dise !

Hélène se tut.

— Tout le monde concussionne, vous savez ? C'est un désastre. Tout le monde. On ne voit pas pourquoi les Viêts ne seraient pas dans la boucle…

Hélène se leva à son tour. Jeantet plissa les yeux, il la trouvait grande, d'un coup.

— Dites-moi… Loan aurait-il intérêt à entretenir des relations avec le Viêt-minh ?

Jeantet ouvrit de grands yeux. Et se mit à rire.

— Mais évidemment ! Son Église a besoin d'être bien avec tout le monde ! Avec le gouvernement français qui lui a accordé des territoires. Et avec le Viêt-minh dont il sera un allié puissant le moment venu. Il doit manger à tous les râteliers, ce vieux Loan ! C'est un malin !

C'est un malin !

*

Angèle et Hélène prirent l'apéritif au Métropole. Deux femmes sombres dans un décor grisant. Elles avaient longuement discuté dans la chambre avant de sortir.

Loan leur avait plusieurs fois menti.

Il connaissait très bien M. Qiáo.

Il entretenait « évidemment » des relations avec le Viêt-minh.

Il se trouvait à l'aérodrome au moment de l'envol d'Étienne dans son avion qu'il avait, plus que personne, les moyens de faire saboter.

Il savait parfaitement comment Étienne s'était rendu à Biên Hòa et avait choisi de le cacher.

L'enquête d'Étienne menaçait de tarir une importante source d'approvisionnement du Viêt-minh en argent et Loan avait préféré ses associés à son ami.

Tout se mettait en place. Jusqu'à la manière dont Loan avait manœuvré pour accréditer la culpabilité d'un homme aujourd'hui disparu contre lequel on ne pourrait rien, sur lequel on ne saurait jamais rien…

Angèle sirotait son cocktail.

— J'ai envie de le tuer, dit Hélène.

— Moi aussi, ma chérie, moi aussi. Il reste une journée à passer ici. Après, on rentre et ce sera terminé.

Elle but une nouvelle gorgée.

— Oui, terminé.

48

C'est fini

La nuit d'Hélène ne fut qu'une longue colère, l'ombre d'Étienne appelait à la vengeance, suppliait qu'on lui rende justice, l'interpellait, Hélène, ne m'abandonne pas, disait-elle, Hélène…

Elle ne cessait de tuer Loan, s'éveillait en sursaut, moite, égarée. Malgré la cruauté extrême à laquelle elle recourait, elle ne parvenait jamais à le tuer tout à fait, c'était un phénix, il reparaissait sans cesse, toujours souriant, l'ombre de ses torsades projetait des formes ophidiennes sur les murs de la cathédrale.

Par trois fois elle se leva, tituba jusqu'à la salle de bains pour se masser le visage à l'eau claire, elle était épuisée.

Lorsqu'elle repassait par la chambre de sa mère, elle entendait sa respiration calme, apercevait le profil de son corps plongé dans le sommeil, et ça la révoltait, comment pouvait-elle ainsi dormir après ce qu'elles venaient d'apprendre ?

Joseph en avait eu assez de ces permanentes allées et venues, il était allé se coucher dans son panier de voyage, lui aussi avait hâte de rentrer.

Angèle, les yeux fermés, s'était abandonnée à la nuit. Ce devait être ainsi lorsqu'on allait mourir, on se relâche et la mort vient nous envahir. Combien de fois s'était-elle demandé ce qu'avait ressenti son fils, avait-il eu peur ? Pourquoi n'avait-elle pas pu prendre sa place ?

Trois fois, elle entendit Hélène se lever, s'arrêter un instant au seuil de sa chambre, la regarder dormir. Depuis son lit, Angèle sentait la rancune de sa fille, sa colère, cette hostilité à son égard qui, le temps du deuil, s'était apaisée et qui revenait plus intense que jamais. Angèle ne bougeait pas, s'appliquait à donner à sa respiration le rythme calme et lent de la dormeuse. Elle avait besoin d'être seule.

Toutes les nuits ont une fin.

Celle d'Hélène s'acheva alors que le jour était levé. Huit heures passées. Le lit de sa mère était vide. Elle fit sa toilette, s'habilla et, comme Angèle n'avait pas réapparu :

— Mme Pelletier vous fait dire qu'elle est en ville, lui dit-on à la réception.

Le ressentiment du concierge était intact depuis qu'Angèle avait imposé un chat dans sa chambre, il parlait les lèvres serrées, d'une voix sèche.

— A-t-elle dit où elle allait ?

C'était pénible pour lui de faire son devoir pour des gens pareils, de répondre.

— Elle a demandé l'adresse de la maison Lecoq & d'Arneville, c'est tout ce que je puis vous dire.

Il avait fait le maximum, il se détourna pour consulter le tableau des clés d'un air soucieux et concentré.

Hélène venait d'achever son petit déjeuner lorsque sa mère revint. Elle s'était acheté un imperméable d'un jaune criard, un parapluie, un sac à main.

— Où étais-tu ?

— J'ai fait quelques courses.

Hélène lui trouva les traits tirés bien qu'elle l'ait vue dormir profondément.

— Tu es allée chez Lecoq.

Était-ce une question ? La tonalité était accusatrice, Angèle fit mine de ne pas l'avoir senti.

— Oui, j'étais à court d'argent.

— Mais nous partons demain matin !

— L'hôtel est plus cher que je ne l'avais pensé. Que vas-tu faire aujourd'hui ?

Aussitôt Angèle se mordit la langue. Hélène répondait toujours à cela comme si sa mère se permettait une intrusion dans son intimité.

— Et toi ?

C'était un peu comme à la maison, des questions sur un ton acide.

— Je vais te laisser ta journée, ma chérie. Je suis fatiguée…

— Tu as pourtant bien dormi !

Angèle sourit, oui, bien dormi.

— J'irai peut-être refaire un tour en ville, je ne sais pas. Je ne reviendrai jamais ici, c'est là qu'Étienne a vécu, alors…

Hélène fit une petite moue dubitative, elle ne voyait pas très bien ce que ça voulait dire.

— Je propose qu'on se retrouve pour dîner, qu'en dis-tu ?

La proposition de séparation les arrangeait toutes les deux.

Et c'est ainsi qu'Hélène quitta l'hôtel, son appareil en bandoulière, et alla acheter des pellicules. Mais elle gardait en tête le projet d'aller trouver Loan. Quoi faire ? Le tuer, venir avec un couteau comme il y en a dans cette vitrine, le lui planter dans le ventre, le voir se tordre de douleur.

Elle en était incapable, évidemment, elle le savait, alors quoi ? Le gifler ? C'était dérisoire. Il se défendrait, les adeptes accourraient aussitôt, elle serait ceinturée, jetée dehors, on appellerait la police.

C'est ça, se disait-elle, ce qu'elle haïssait chez sa mère, son fatalisme. Au fond, sa faiblesse. Et dont elle avait hérité puisqu'elle-même ne faisait rien. Elle marcha dans les rues.

C'est la seule journée claire qu'elle connaîtrait au cours de ce séjour. La pluie avait reflué vers le nord, le ciel était toujours blanc et l'atmosphère humide, la ville restait inchangée, les variations du temps ne modifiaient rien à son rythme.

Ses pas involontairement l'avaient conduite du côté de la cathédrale de Siêu Linh où en milieu de journée commencèrent les préparatifs de la procession du soir. On tendait des tissus dans la largeur des rues, on posait des oriflammes et des drapeaux, les moines de l'Église s'affairaient comme des souris.

Hélène vibrait de toutes ses fibres en pensant à ce qu'avait dit cet enfoiré : « J'ai décidé de consacrer cette procession à la mémoire de M. Étienne. »

Elle se sentait écœurée, méchante, mauvaise, elle prenait des photos des gens comme elle les aurait giflés. L'appareil était l'incarnation de son état d'esprit.

Elle marcha dans les docks, dans les faubourgs, poussa jusqu'à la rivière, rentra faire une sieste à l'hôtel où elle craignit de rencontrer sa mère mais non. Alors, elle s'allongea tout habillée, dormit deux heures, s'éveilla ensuquée, le soir tombait. Elle resta allongée, elle n'avait aucun courage. Qu'avait fait sa mère ? Elle ne l'avait pas vue de la journée.

Ce fut la soirée des rendez-vous manqués. Hélène attendit sa mère qui arriva quand Hélène venait de partir, elles se succédèrent dans le hall de l'hôtel et finalement se retrouvèrent assez tard, l'ambiance n'était pas gaie.

Elles allèrent dîner au Métropole, mangèrent peu, burent trop, évitèrent de parler de l'essentiel, il y avait entre elles des silences terribles, puis elles revinrent au Cristal, passèrent sous les dais de Siêu Linh sans paraître les voir, montèrent à leur chambre. Le taxi pour l'aéroport était commandé pour cinq heures et demie du matin.

— Je suis fourbue, dit Angèle en achevant sa toilette.

Elle embrassa Hélène sur le front, comme le faisait son père, c'était la première fois.

— Bonne nuit, maman.

Et les voilà chacune dans leur chambre, la porte de communication est fermée. Hélène se sent seulement les jambes lourdes mais elle a sous-estimé la fatigue. À peine allongée, elle sombre.

Quelle heure est-il quand elle ouvre les yeux ?

Les lumières du boulevard filtrent par les rideaux. Il est vingt-deux heures quarante-cinq. C'est la musique qui l'a réveillée, des accents sourds et lancinants, des gongs qui viennent de là-bas, près de la cathédrale. La procession.

Hélène retombe sur l'oreiller. Elle va devoir se lever pour aller aux toilettes, passer par la chambre de sa mère.

Elle marche sur la pointe des pieds, referme derrière elle la porte de la salle de bains puis revient. Le lit de sa mère est ouvert mais vide. Joseph dort au pied, sur le couvre-lit replié.

— Maman ?

Sa voix résonne. Hélène regarde la chaise, s'avance, ouvre l'armoire. Serait-elle sortie ? Son imperméable n'est pas là. Ni son sac à main.

— Maman ?

Ses lunettes ne sont pas sur la table de nuit.

Où est-elle allée ?

La procession, sans doute. Bien sûr. Elle va pleurer beaucoup.

Les échos du défilé des fidèles l'auront obsédée, elle est allée voir ou, au contraire, s'est éloignée pour ne plus les entendre, elle reviendra quand tout sera terminé. Du coup, elle ne se couchera pas, ce sera vite l'heure du taxi, de l'aéroport, du départ.

C'est ce mot de « départ » qui fait venir Hélène jusqu'aux bagages entreposés dans le corridor d'entrée. Il y a la malle d'Étienne qu'elle entrouvre. Le Bouddha enveloppé dans du papier journal, la correspondance. Les lettres d'Étienne. Elles ont été remuées. Sur le dessus une lettre datant du début du séjour de son frère à Saigon. Hélène pâlit, relève la tête.

Qu'est-ce que… ?

« C'est un pays très violent. Il paraît qu'ici tout le monde a ses tueurs, qu'il suffit d'aller à Cholon pour en trouver qui, pour quelques piastres, te débarrassent d'à peu près qui tu veux. »

La visite de sa mère à Lecoq & d'Arneville.

Sa disparition la journée entière.

Hélène n'attend pas, elle se précipite sur ses vêtements, attrape ses affaires, elle est encore en train de s'habiller qu'elle dévale déjà l'escalier jusqu'à l'accueil mais cette fois, elle ne s'y arrête pas, ne demande pas si l'on a vu sa mère parce qu'elle sait…

Hélène court, bouscule des gens, ne s'excuse pas, elle court.

La musique, lugubre, funèbre, emplit les rues. Elle court. Les lumières sont vives près de la cathédrale. Des flambeaux innombrables, une immense foule silencieuse, recueillie, obéissante. Les tambours. Les gongs et les tambourins. Les fidèles alignés sur les trottoirs. Le centre de la rue est libre pour le défilé des dignitaires et des moines, c'est cela qu'on entend de loin, le début de la procession.

Le rythme de la musique s'amplifie.

Hélène ne sait plus où donner de la tête. Elle avance, se faufile vers le parvis de la cathédrale qu'elle aperçoit maintenant, c'est la sortie des dignitaires.

Elle cherche autour d'elle. Là-bas, deux caisses en bois jetées sur le trottoir, elle se précipite, les pose l'une sur l'autre, monte dessus, elle surplombe légèrement la foule et voit Loan, en grande tenue rouge et or, et son haut bonnet à glands.

Il marche en tête, suivi de près par cinq dignitaires en toge bleue. Derrière eux, l'immense foule des fidèles s'écoule lentement au sortir de la cathédrale, portant oriflammes et bannières, battant tambours, avançant dans la vibration lente et solennelle des tam-tams et des cymbales, les flûtes stridentes. Les parfums d'encens inondent la rue. La foule s'agenouille au passage de Loan dont le regard extatique pointe vers un horizon lointain, un idéal.

Il se trouve à une trentaine de mètres lorsque Hélène aperçoit sa mère, son imperméable jaune, la seule d'un petit groupe à ne pas s'agenouiller à l'instant où le pape arrive à sa hauteur.

Angèle reste debout, elle se sent forte.

Loan marche lentement, c'est ce jaune qui attire son œil.

Il tourne très légèrement la tête.

Et lorsqu'il a accroché l'image d'Angèle debout au milieu de la grappe de fidèles qui se recueillent, il ne parvient plus à s'en détacher, sa démarche elle-même s'en ressent, il ralentit légèrement le pas, se reprend mais reste fixé sur cette femme qui le regarde, il va se passer quelque chose.

Tout le monde sent, lorsque le pape de Siêu Linh ralentit le pas, qu'il se passe quelque chose.

Lui le premier. Il ouvre la bouche. Veut-il crier ? appeler ?

Le ralentissement du défilé gagne les percussions qui, une à une, cessent de battre. Les lumières des flambeaux tremblent.

Angèle et Loan se regardent dans les yeux.

Il veut sans doute exprimer quelque chose et Angèle doit le sentir parce qu'elle fait « non » de la tête, très lentement.

La balle atteint le pape à cet instant précis.

La détonation résonne dans la rue.

Ce sont des cris avant même que Loan, qui se tient la poitrine à deux mains, ne s'affaisse, puis tombe à genoux, cherchant de l'aide, le sang coule à flots entre ses doigts. Le bonnet à glands a roulé jusqu'au trottoir. Les fidèles le piétinent en se précipitant.

Des têtes se tournent vers les immeubles de chaque côté de la rue. On a tiré d'une fenêtre. Il y en a tant ! Le tir vient de loin ? D'ici ?

Tout le monde se précipite sur le pape maintenant allongé sur le bitume, dans une mare de sang.

Hélène cherche l'imperméable jaune mais il a disparu.

Elle descend de ses caisses, tente de courir mais elle doit remonter à contre-courant la foule désorientée, les gesticulations, les cris, les lamentations.

Il lui faut près d'un quart d'heure pour regagner le Cristal.

Elle s'arrête brusquement devant la grande baie vitrée. Devant le comptoir d'accueil, sa mère sort de son sac une enveloppe volumineuse qu'elle remet à l'employé de nuit. Elle donne des instructions, l'homme approuve, prend l'enveloppe et se retourne pour ouvrir le grand coffre mural.

Hélène reste longtemps dans la rue, la ville est bruyante, des gens pressés continuent à converger vers la cathédrale comme s'ils craignaient d'arriver en retard, les visages sont ébahis, soucieux, on croise des passants qui s'interrogent, un coup de feu ? Vraiment ? Le pape de Siêu Linh… il est mort.

Une dizaine de minutes plus tard, Hélène voit entrer dans le hall du Cristal un homme en noir, des mèches de cheveux dépassent de son feutre gris.

Il se plante devant le comptoir. L'employé le regarde longuement.

L'homme se contente d'attendre, de sortir un paquet de cigarettes, d'en allumer une.

L'employé se tourne alors vers le coffre mural, l'ouvre et lui tend l'épaisse enveloppe qu'il vient de recevoir des mains d'Angèle.

Quand il sort, Hélène trouve à cet homme un regard froid, il semble n'avoir pas de lèvres.

Il a empoché l'enveloppe d'un geste précis et s'est fondu dans la foule.

Lorsqu'elle remonte à sa chambre, Hélène marche sur la pointe des pieds, passe à la salle de bains mais ne s'y attarde pas.

Elle distingue, dans la semi-pénombre, le corps de sa mère.

Elle est sidérée.

Sa mère a fait ce dont elle-même n'a pas été capable.

Saisie par une émotion qui lui fait venir les larmes aux yeux, elle se retient d'aller se serrer contre elle, de lui dire… Elle pleure en silence, passe dans sa chambre.

Joseph dort sur le couvre-lit.

Sans se déshabiller, Hélène s'allonge.

C'est fini.

ÉPILOGUE

18 novembre 1948

49

Tu as bien agi

Louis n'avait pas pu faire autrement. Après une absence de plusieurs jours à la savonnerie, le travail s'était accumulé autant pour Angèle que pour lui et, comme il était rentré seul, toute la tâche lui incombait. Aussi, lorsqu'il apprit l'horaire d'arrivée de son épouse, il eut beau réfléchir, il n'y avait pas moyen de s'y rendre. Il se résolut à envoyer à l'aéroport son meilleur contremaître et courut vérifier les arrivages et contrôler les livraisons.

C'était compter sans le retard de l'avion. Louis était à la maison lorsque Angèle enfin arriva, il était plus de vingt-trois heures. Le contremaître déposa la malle d'Étienne dans son ancienne chambre, Louis détourna les yeux.

Après avoir serré Louis contre elle un long moment, Angèle retira son chapeau, l'accrocha au portemanteau.

— Tout s'est bien passé ? demanda-t-il.

— Très bien, oui, très bien.

— Tu dois être fatiguée…

— Un peu.

Louis avait préparé une salade de tomates, c'est la seule chose qu'il savait faire.

— Ne t'inquiète pas, c'est parfait, l'assura Angèle.

Il avait aussi débouché une bouteille de vin blanc. Angèle prit place.

— Et toi, avec les garçons ?

— Oui, c'était… Ç'a été.

Il y avait presque trente ans qu'ils vivaient ensemble. Ils en avaient toujours été heureux.

Les dernières semaines avaient été terribles, marquées par la mort d'un de leurs enfants, le retour d'un passé qu'ils espéraient enterré, mais les épreuves n'avaient en rien entamé leur relation.

— Je voulais te dire…, commença Angèle sans le regarder, elle se servait des tomates.

Louis hocha la tête, oui ?

— Je suis passée chez Lecoq & d'Arneville.

Elle coupait du pain, ne le regardait pas.

— J'ai dépensé beaucoup d'argent, Louis.

Louis prit un instant puis demanda calmement :

— Beaucoup… Tu veux dire, vraiment beaucoup ?

— Oui, mon chéri, c'est ce que je veux dire.

Louis hocha la tête. Bien des images lui venaient mais aucune ne correspondait réellement à ce qu'une femme comme Angèle pouvait appeler « beaucoup d'argent ». D'autant qu'elle avait toujours été économe et même, ça n'était pas lui faire injure que de le dire, assez serrée de ce côté. Elle n'avait pas l'air décidée à lui expliquer à quoi elle avait consacré, à l'entendre, une petite fortune.

— Au moins, dit Louis, en as-tu fait bon usage ?

Elle le fixa franchement.

— Je le pense.

— Alors, tu as bien agi, Angèle.

— Je t'aime, Louis.

— Moi aussi, ma chérie, tu sais que je t'aime.

*

Il y avait deux affaires dont n'importe quel journaliste aurait fait des unes et des articles et même tout un feuilleton.

L'affaire Albert Maillard (« On a retrouvé l'homme qui a vendu, en 1920, pour 30 millions de francs de faux monuments aux morts ! »), l'affaire des piastres (« Grâce à un honteux trafic de la piastre indochinoise, des personnalités politiques de premier plan s'enrichissent sur le dos des Français »), et tout cela lui avait échappé.

Jusqu'à l'éditorial qu'on lui volait !

Depuis 1941 François voyait passer les plats. Était-il maudit ?

C'est un coursier qui lui apporta l'enveloppe de couleur mauve, une grande écriture féminine, élégante. Il sut tout de suite, il la déchira.

« 64, rue Rambuteau. Maintenant ? »

François arracha sa veste du perroquet, faillit s'étaler dans le couloir en prenant son virage, il descendit quatre à quatre l'escalier jusqu'au rez-de-chaussée, prit à droite, non à gauche ! Il courait, courait déjà hors d'haleine, premier angle de rue…

Nine est là, les mains sagement croisées devant elle. Il s'arrête.

— Je vous ai fait courir, pardon…, dit-elle.

— Non, non, pas du tout ! Je voulais vous dire… Je suis désolé pour ce… Je vais vous expliquer…

Mais elle ne lui en laisse pas le temps, elle se précipite vers lui et l'embrasse avec une fougue qui lui coupe la respiration. Elle a des lèvres satinées, chaudes, une bouche petite qu'il pourrait sucer comme un fruit, elle se presse contre lui. Elle l'écarte doucement.

— Viens…

Son accent est plus prononcé. François lève les yeux. Au 64, c'est l'hôtel Mercator.

Nine le tient par la main, le tire derrière elle.

— Vous avez des chambres ? demande-t-elle à l'employé de la réception.

La jeune femme devant lui est souriante, ouverte. Il prend une clé tenue par un porte-clés volumineux en forme de pyramide.

— La 12, au premier étage.

C'est aussitôt l'escalier, et toujours Nine le tire par la main, pressée, si pressée…

Elle ne parvient pas à mettre la clé dans la serrure tant elle est agitée, elle en rit, François veut intervenir mais la porte s'ouvre enfin, viens, dit-elle, ils se dévêtent dans la fièvre de l'instant, les chaussures volent dans la pièce, Nine défait la ceinture de François, c'est désordonné, maladroit, urgent, François l'a déshabillée, et comme si ça n'allait jamais assez vite, elle se penche pour retirer elle-même sa culotte, viens, elle le tire vers le lit, le pousse aux épaules pour qu'il s'allonge, elle se couche aussitôt sur lui, le cherche de la main, le fait entrer en elle, elle hurle, le mord à l'épaule, je jouis, murmure-t-elle, et elle pleure en même temps.

*

Deux heures plus tard, la chambre sentait l'amour tendre et le goudron, elle fumait avec des gestes souples que François trouvait divins.

Soyeuse, c'est le mot qui lui vint, tout en elle était soyeux.

Elle était assise dans le lit, entre ses seins brillaient encore de minuscules gouttes de transpiration. François l'avait mordue lui aussi, près de l'aisselle. Elle se leva.

Dans la veste de François qui gisait au sol, elle alla chercher l'exemplaire du *Journal* dépassant de la poche.

Après la découverte du dernier spectateur du Régent

Le juge Lenoir dessaisi de l'affaire Mary Lampson

— Tu lui as bien savonné la planche, dit Nine en tirant sur sa cigarette.

— Il n'avait pas besoin de moi pour glisser jusqu'en bas.

— Un nouveau juge…

— Non.

— C'est ce qui est écrit…

— On va nommer un juge pour la forme. Maintenant que tous les témoins possibles ont été entendus, qu'il n'y a plus aucun suspect, la nomination d'un nouveau juge revient à un classement de l'affaire. À moins d'une révélation inattendue, il ne se passera plus rien. Mary Lampson vient de mourir une seconde fois.

— Oh, fit Nine.

Elle avait commencé à s'habiller. Elle avait passé le haut, rien en bas, c'était d'une impudeur inouïe et d'une simplicité absolue.

— Non, je ne connais pas cet hôtel.

— Pourquoi me dis-tu ça ?

— Parce que tu vas te poser la question, c'est seulement une question de temps. Je l'ai choisi parce qu'il est à côté de ton bureau. J'ai attendu de te voir entrer au *Journal* pour remettre ma lettre à l'accueil en disant que c'était urgent. Voilà.

Elle acheva de s'habiller en le fixant. François se résolut à faire de même.

— Tu peux rester, dit-elle. Moi je dois rentrer mais tu peux rester un peu.

Elle parlait de nouveau si doucement qu'il avait de la peine à la comprendre.

Il en avait mal au ventre de la voir partir, s'enfuir. Elle griffonna quelque chose sur le coin du journal.

— C'est le numéro de ma concierge, elle transmet bien les messages, souffla-t-elle.

Et son haleine portait le condensé de leurs ébats violents et exaltés.

— Attends, cria-t-il.

Il la tint serrée contre lui à l'étouffer.

— Il faut que je me sauve, dit-elle.

Il desserra son étreinte.

— Je… Je ne sais rien de toi !

C'était ridicule. En deux heures, il en avait sans doute plus appris sur elle que bien des gens qui la connaissaient depuis des lustres, mais la remarque ne fit pas sourire Nine.

— On a le temps.

Elle esquissa un pas vers la porte puis se tourna vers lui.

— Tu sais, je ne suis pas comme ça…

Nine répondait par avance à une question qui avait déjà, dans l'esprit de François, entamé son chemin insidieux, vénéneux, celle que n'importe quel homme se serait lui aussi posée : Nine était-elle… « une fille comme ça ». Facile. À coucher avec le premier venu.

Elle regardait François dans les yeux, comme si elle attendait une réponse. Lui restait prisonnier d'une impression embarrassante, contradictoire, si typiquement masculine et dont, sous le regard clair et droit de Nine, il avait un peu honte.

Un baiser planté sur ses lèvres et Nine était sortie.

Il y avait des tapis dans les couloirs, et dans l'escalier il ne l'entendit même pas descendre.

Le silence de la chambre eut tout à coup quelque chose d'étrange et oppressant.

Il s'habilla à son tour. Quelque chose tournait dans sa tête, un mot, une idée.

— La demoiselle a payé la chambre, dit l'employé de la réception.

François s'arrêta sur le trottoir. Il ne saurait jamais comment les pièces du puzzle se mirent soudain en place dans son esprit.

Nine parlait très bas, comme si elle avait peur non pas qu'on l'entende, mais de parler trop fort. François sentit sa poitrine se serrer. Il s'était arrêté au beau milieu du trottoir, les passants s'écartaient pour l'éviter.

Son accent n'était pas étranger. C'était une difficulté de parole.

Et si, chaque fois, elle avait choisi de se déplacer plutôt que de laisser un numéro de téléphone, c'est qu'elle n'aurait pas pu y répondre.

Et si Nine le fixait si intensément, ce n'était pas pour l'admirer, mais pour lire sur ses lèvres.

Nine était sourde.

*

Hélène accrocha la huitième photo sur le fil. Ce devait être Vĩnh, un beau garçon à l'air timide. Il posait à côté d'un immense réfrigérateur, n'était-ce pas celui qu'elle avait aperçu quand les nouveaux locataires de l'appartement d'Étienne avaient ouvert la porte ? On ne pouvait douter que son frère ait pris cette photo, le jeune homme était coupé à partir de l'épaule gauche, il lui manquait même une oreille.

Chez elle, la salle de bains était très exiguë, elle devait être très attentive pour ne rien renverser et c'était tout un déménagement d'installer et de ranger ensuite. En d'autres temps, c'eût été une nouvelle cause de discorde avec François, mais leurs tensions s'étaient apaisées, les événements familiaux avaient rebattu les cartes. Il avait été convenu qu'Hélène ne développerait ses photos que lorsque François n'aurait pas besoin de la salle de bains.

Sur le fil, les autres clichés provenant de la dernière pellicule trouvée dans l'appareil de son frère, des rues de travers, Joseph avec une demi-tête dans un demi-panier, des coolies portant des sacs de riz…

La photo suivante se révélait dans le grand bac, c'était toujours le moment magique, lorsque les formes semblaient monter des limbes.

Hélène en resta pétrifiée. C'était Loan, avec son bonnet à glands, monté sur une sorte de char lors d'une procession, avec aux lèvres un sourire d'intense satisfaction…

François avait demandé des nouvelles du séjour à Saigon. Bouboule aussi. Hélène leur avait raconté les entrevues à l'Agence des monnaies, au haut-commissariat, rien d'autre. Pour eux, Étienne avait été victime de représailles du Viêt-minh à cause de son enquête. Au fond, c'était assez proche de la vérité. Hélène ne se sentait pas autorisée à aller plus loin.

Elle ralluma la lumière, referma les bouteilles d'acide, remisa les feuilles de papier ; il fallait tout transporter jusque dans sa chambre.

Elle avait dépensé presque tout ce qu'elle possédait pour ce labo précaire et provisoire. Elle allait maintenant devoir se mettre à la recherche d'un travail.

François rentrait. Venait-il du *Journal* ? de reportage ? Il avait l'air fatigué et soucieux, il portait une odeur qu'elle ne lui connaissait pas.

Il avait ouvert une bouteille de vin d'un geste concentré, absorbé par ses pensées.

— Tu en veux ? lui demanda-t-il.

— Ma foi…

Hélène vint le rejoindre à la table. Joseph sauta sur ses genoux et se roula en boule.

Elle tendit son verre.

Ils trinquèrent.

— Je voulais te demander, dit alors Hélène, ils n'embauchent pas de photographes au *Journal du soir* ?

*

Le 18 novembre, jour de l'ouverture du magasin, Jean installa sur le trottoir, sous l'auvent largement déployé, les présentoirs en fer. « Tout à fait le genre qu'on voit chez les primeurs pour les légumes », grinça Geneviève.

La ressemblance avec le marché tenait aussi aux petites ardoises qui portaient un « Dixie » calligraphié en bleu et auquel Jean avait passé pas mal de temps. Geneviève l'avait toisé, tandis que, penché sur la table, il dessinait les lettres au pinceau. Elle trouvait ça d'un vulgaire achevé. Comme ce nom, Dixie. Jean prétendait que ça plairait, « ça fait américain, pour les gens, c'est toujours bon signe ». Il avait choisi des ardoises pour que l'on puisse indiquer le prix à la craie, ce qui permettait de le faire varier d'un jour à l'autre.

Le dispositif invitait les passants à fouiller. Seuls les draps et les parures volumineuses étaient présentés dans la boutique.

— Les prix sont très bas. On fait une marge minimale, mais sur beaucoup de produits.

Et c'est peu dire que les tarifs étaient modestes, c'est la première chose que les clientes virent, ça n'était vraiment pas cher.

— On ne va rien gagner ! avait dit Geneviève d'un ton de reproche.

Jean ne voyait pas qu'il y eût d'autre solution.

— Nous n'avons ni les moyens, ni les produits pour prétendre au commerce de luxe, alors on fait comme au marché, on fouille, on choisit, on paie. On achète des serviettes comme des patates, des nappes comme des choux-fleurs.

Pour Geneviève cette comparaison était blessante, mais ne le resta pas longtemps.

On ouvrit dès sept heures du matin. Les passantes qui filaient vers le métro marquèrent le pas à l'aller et s'arrêtèrent résolument le soir au retour, on fermait tard, à dix-neuf heures trente. Les autres passantes, dans la journée, hésitèrent, mais dès qu'elles mirent les mains dans une panière, elles s'enhardirent. Près d'une passante sur deux devint cliente dans le quart d'heure qui suivait.

Le stock de serviettes de table fut épuisé en deux jours, les serviettes et gants de toilette en trois. Le soir du quatrième jour, il ne restait plus que le tiers des draps et quelques taies d'oreiller et de traversin, tout le reste était parti.

Jean et Geneviève fermèrent la boutique, il n'y avait quasiment plus rien à vendre. Ils étaient épuisés, assommés par ce tourbillon, cette réussite.

Geneviève fit les calculs. L'achat des stocks au tiers de leur prix et la technique de vente inspirée du marché conjuguée à la politique de tarifs très bas avaient porté leurs fruits : un bénéfice de huit cent mille francs. Deux fois plus que ce que Guénot avait pronostiqué.

— Je propose que nous allions au restaurant, dit Geneviève.

Oublié les critiques sur la méthode de vente et son aspect de marché aux puces. Les Pelletier avaient trouvé un modèle. On achèterait des tissus pas cher, la quantité ferait descendre les tarifs de la façon, on vendrait ensuite à des prix modestes.

— Le secret, c'est la rotation des marchandises, diagnostiqua Jean.

Pour trouver des stocks, des sous-traitants, se dit-il, il faudra voyager beaucoup.

Geneviève souriait aux anges. Elle commanda une demi-bouteille de muscadet pour elle-même. Jean, qui préférait le rouge, hésita, pouvait-il en commander pour lui seul ?

— Mais oui, l'encouragea-t-elle. Fais-toi plaisir. Ça n'est pas tous les jours qu'on fête un grand événement.

— C'est vrai, convint Jean, ça n'est pas tous les jours qu'on fait un pareil profit !

— Ça n'est pas de cela que je parlais, Jean.

Elle était très souriante, elle s'était remaquillée avant de partir de la maison. Elle n'était pas à table, elle régnait sur le couple.

Jean ne comprit pas très bien, mais il ne s'en formalisa pas, entre eux les malentendus étaient fréquents.

— C'est vrai que pour un événement, reprit-il, c'est un événement !

— Il y a bien plus important, Jean.

Le sourire de Jean se figea.

Geneviève avait posé les mains à plat de chaque côté de son assiette.

— Je suis enceinte, Jean. Nous allons avoir un enfant.

Épilogue – 18 novembre 1848

Le visage de Jean se décomposa, il devint blanc comme de la craie.

— Mais…, articula-t-il.

Il avança alors la main, saisit vivement celle de Geneviève.

— C'est… C'est merveilleux, mon amour.

Fontvieille, 2021

Dette de reconnaissance

Du début à la fin, Camille Cléret, historienne, m'a assisté, conseillé, documenté avec autant de gentillesse que d'efficacité. Elle m'a notamment signalé toutes les licences que je prenais avec l'histoire. À partir de quoi, j'ai pris mes risques.

Merci à Valérie Tesnière, directrice, et au personnel de la Contemporaine qui m'ont permis de m'immerger dans les collections du journal *France-Soir* que cette remarquable bibliothèque située sur le campus de Nanterre met à la disposition de ses usagers.

Sur le plan bibliographique, je dois reconnaître une dette particulière à certains ouvrages.

Au tout premier rang se trouve *L'Indochine* (Grasset, 1997), triptyque que Lucien Bodard a consacré à la guerre du même nom. Franchement, je n'espérais pas être aussi passionné par ce livre que je l'ai été. Il est soutenu de bout en bout par la férocité, l'art du portrait, le grand talent d'écriture de Bodard. Je lui dois, par exemple, mais pas seulement, l'« usine viêt » du chapitre 25, les tueurs de Saigon, et bien d'autres choses.

L'ouvrage de Jacques Despuech *Le Trafic de piastres* (Deux Rives, 1953) a été une mine pour tenter de rendre romanesque cette affaire de devises bien connue des historiens et dans laquelle je n'ai pas inventé grand-chose…

La mort d'Étienne Pelletier est inspirée de celle, accidentelle, de François-Jean Armorin (*Son dernier reportage*, Véziant, 1953, préfacé par Joseph Kessel).

Les événements du 11 novembre 1948 viennent en partie d'une lettre adressée par Georges Suffert, président des Étudiants catholiques, au directeur de *Combat*. L'éditorial de François Pelletier est directement inspiré de l'article de Claude Bourdet paru dans *Combat* le 12 novembre 1948.

Pour la question de la torture en Indochine, j'ai notamment recouru au célèbre témoignage de Jacques Chegaray (« Les tortures en Indochine », in *Les Crimes de l'armée française*, La Découverte, 2006), aux écrits d'Andrée Viollis (*Indochine S.O.S.*, Gallimard, 1935), du colonel Trinquier (*La Guerre moderne*, Economica, 1961) et à une interview de Marie-Monique Robin (*Hommes et libertés*, Ligue des droits de l'homme).

J'ai lu avec profit *La Nuit indochinoise* de Jean Hougron (Robert Laffont, coll. « Bouquins », 2004), *Soldats perdus et fous de Dieu* de Jean Lartéguy (Presses de la Cité, 1986), *Rue de la soie* (Le Livre de Poche (LGF), 1996) et *La Dernière Collin*e (Le Livre de Poche (LGF), 1999) de Régine Deforges mais aussi certains ouvrages de fond parmi lesquels : *Indochine, la colonisation ambiguë, 1858-1954* de Hémery et Brocheux (La Découverte, 1994), *La Guerre d'Indochine* de Jacques Dalloz (Le Seuil, 1987), *Indochine 1945-1954* de Patrice Gélinet (Acropole, 2014) ou *La Guerre d'Indochine* d'Ivan Cadeau (Tallandier, 2015), *La France du marché noir 1940-1949* de Fabrice Grenard (Payot, 2008).

Le Métropole et le Cristal Palace du roman se démarquent nettement des établissements qui les ont inspirés mais doivent leur ambiance à des ouvrages comme *Continental Saigon* de Philippe Franchini (Olivier Orban, 1976), *Saigon 1925-1945* (Autrement, 2008) ou *Le Roman de Saigon* de Raymond Reding (Éditions du Rocher, 2010).

Le bref passage d'Hélène aux Beaux-Arts à Paris est redevable à Isabelle Conte, « Les femmes et la culture d'atelier à l'École des beaux-arts » (*Livraisons d'histoire de l'architecture*, 35, 2018) et quelques-uns de ses errements à Ludivine Bantigny (*Le Plus Bel Âge ?*, Fayard, 2007).

L'origine des mésaventures de Georges Guénot doit se chercher chez François Rouquet et Fabrice Virgili, *Les Françaises, les Français et l'Épuration* (Gallimard, « Folio histoire », 2018).

Pour le *Journal du soir*, j'ai eu recours à *Lazareff et ses hommes* de Robert Soulé (Grasset, 1992), *Histoire de la presse en France* de Christian Delporte (Armand Colin, 2016) ainsi qu'aux Mémoires de Jean Ferniot

(*Je recommencerais bien*, Grasset, 1991) et de Daniel Morgaine (*L'Un d'entre eux*, Jean Picollec, 1983).

Concernant le Vietnam, Sylvain Ouillon a eu le mérite de me répondre toujours avec gentillesse et compétence mais aussi de ne pas rire de mes demandes, ce que j'ai grandement apprécié. Tout comme Pierre Josse qui m'a fait profiter de sa remarquable connaissance de l'Asie du Sud-Est.

Pour Beyrouth, Alexandre Najjar, auteur du *Dictionnaire amoureux du Liban* (Plon, 2014), a bien voulu être mon cicérone.

Enfin, c'est à mon traducteur en vietnamien, Nguyên Duy Bình, que je dois de précieux éléments concernant la secte Siêu Linh.

Que tous quatre soient vivement remerciés.

J'ai eu ailleurs l'occasion de citer H. G. Wells dans sa préface à *Dolorès*, Édition des Deux-Rives, 1946. On me permettra de le refaire : « On prend un trait chez celui-ci, un trait chez cet autre ; on l'emprunte à un ami de toujours, ou à quelqu'un à peine entrevu sur le quai d'une gare, en attendant un train. On emprunte même parfois une phrase, une idée à un fait divers de journal. Voilà la manière d'écrire un roman ; il n'y en a pas d'autre. »

Il y a sans doute bien d'autres manières, mais il se trouve que celle de Wells est aussi la mienne. Il arrive ainsi qu'en cours d'écriture je me rende compte de l'origine de certains des « traits » dont il est question ici. Pour ce roman, certains sont dus à Louis Althusser, Louis Aragon, Margaret Atwood,

Gérald Aubert, Saul Bellow, Michel Blanc, Pierre Bost, Georges Brassens, Jérôme Cahuzac, Maurice Druon, Alexandre Dumas, Gustave Flaubert, René Goscinny, Elizabeth Jane Howard, Eugène Ionesco, Michel Jobert, LSD La Série Documentaire, John le Carré, Jean-Pierre Melville, Lisa Moore, Yolande Moreau, Claude Nougaro, Marcel Proust, George Sand, Cécile Scordel, Antonio Scurati, Gédéon Tallemant des Réaux, Bertrand Tavernier, Heimito von Doderer, Deric Washburn.

Ses lecteurs apprécieront, je l'espère, le clin d'œil à Georges Simenon.

Comme à l'accoutumée quelques amis : Pierre Assouline, Gérald Aubert, Catherine Bozorgan, Odile Chaland, Nathalie Cohen (à qui je dois « Les années glorieuses »), Thierry Depambour, Camille Trumer et Perrine Margaine ont bien voulu accepter de relire le manuscrit et me faire part de réflexions très pertinentes et de conseils avisés. Je les en remercie bien vivement.

Merci enfin à Philippe Robinet, à Caroline Lépée, mon éditrice, ma gratitude à Camille Lucet, Patricia Roussel, Anne Sitruk et Valérie Taillefer, et, plus globalement, à toute l'équipe de Calmann-Lévy.

Table

I
Beyrouth, mars 1948

II

Saigon, septembre 1948

III
Octobre 1948

Épilogue
18 novembre 1948

Du même auteur :

Travail soigné, Le Masque, 2006 ; Le Livre de Poche, 2010. Prix Cognac 2006.

Robe de marié, Calmann-Lévy, 2009 ; Le Livre de Poche, 2010. Prix du Polar francophone 2009.

Cadres noirs, Calmann-Lévy, 2010 ; Le Livre de Poche, 2011. Prix du Polar européen 2010.

Alex, Albin Michel, 2011 ; Le Livre de Poche, 2012. Prix des lecteurs du Livre de Poche 2012 ; CWA DAGGER International 2013.

Sacrifices, Albin Michel, 2012 ; Le Livre de Poche, 2014. CWA DAGGER International 2015.

Rosy & John, Le Livre de Poche, 2014.

Trois jours et une vie, Albin Michel, 2016 ; Le Livre de Poche, 2017.

Dictionnaire amoureux du polar, Plon, 2020 ; trophée Maurice Renault de l'association 813 (2021).

Le Serpent majuscule, Albin Michel, 2021 ; Le Livre de Poche, 2022.

Les Enfants du désastre, trilogie

Au revoir là-haut, Albin Michel, 2013 ; Le Livre de Poche, 2015. Prix Goncourt 2013 ; CWA DAGGER International 2016.

Couleurs de l'incendie, Albin Michel, 2018 ; Le Livre de Poche, 2019.

Miroir de nos peines, Albin Michel, 2020 ; Le Livre de Poche, 2021.

Les Années glorieuses

Le Grand Monde, Calmann-Lévy, 2022 ; Le Livre de Poche, 2023.

Le Silence et la Colère, Calmann-Lévy, 2023.

Le Livre de Poche s'engage pour l'environnement en réduisant l'empreinte carbone de ses livres. Celle de cet exemplaire est de :
490 g éq. CO_2
Rendez-vous sur
www.livredepoche-durable.fr

PAPIER À BASE DE FIBRES CERTIFIÉES

Composition réalisée par PCA

Achevé d'imprimer en mai 2023 en Espagne par
Liberdúplex – 08791 Sant Llorenç d'Hortons
Dépôt légal 1re publication : janvier 2023
Édition 04 – mai 2023
Librairie Générale Française
21, rue du Montparnasse – 75298 Paris Cedex 06

51/8000/6